SV

W0094596

Katniss Hsiao

DAS PARFÜM
DES TODES

Thriller

Aus dem taiwanischen Chinesisch von
Karin Betz

Herausgegeben von
Thomas Wörtche

Suhrkamp

Die Originalausgabe erschien 2022 unter dem Titel
成為怪物以前 *(Bevor wir Monster wurden)*
bei Ink Literary Monthly Publishing Co., Ltd., New Taipei City, Taiwan.
Published by agreement with Ink Literary Monthly Publishing Co., Ltd.
c/o The Grayhawk Agency Ltd.
In association with Liepman AG, Literary Agency.

Die Übersetzung des vorliegenden Werkes wurde vom
Kultusministerium von Taiwan (R.O.C.) gefördert.

Abweichungen vom Originaltext wurden von der Übersetzerin
in Abstimmung mit der Autorin vorgenommen.

Klimaneutral
Druckprodukt
ClimatePartner.com/14438-2110-1001

Erste Auflage 2024
suhrkamp taschenbuch 5443
Deutsche Erstausgabe
© der deutschsprachigen Ausgabe
Suhrkamp Verlag AG, Berlin, 2024
Copyright © 2022 by Katniss Hsiao (蕭瑋萱)
Alle Rechte vorbehalten.
Wir behalten uns auch eine Nutzung des Werks
für Text und Data Mining im Sinne von § 44b UrhG vor.
Umschlagabbildungen: Tarzhanova/Getty Images (Frau),
FinePic®, München (Blutstropfen, Kratzer, Hintergrund)
Umschlaggestaltung: zero-media.net, München
Druck und Bindung: CPI books GmbH, Leck
Printed in Germany
ISBN 978-3-518-47443-3

www.suhrkamp.de

DAS PARFÜM
DES TODES

Der Tod, ein Liebesbrief an meine Eltern

Dies ist die Geschichte von einem Mann, der aus dem 50. Stock eines Hochhauses fällt. Während er fällt, wiederholt er immer wieder wie ein Mantra:
›Bis hierher lief's noch ganz gut,
bis hierher lief's noch ganz gut,
bis hierher lief's noch ganz gut …‹
Aber wichtig ist nicht der Fall, sondern die Landung.

Mathieu Kassovitz, Der Hass

I

Der Tatort

0

Wale, sagtest du.

Ich sah hinaus aufs Meer, aber dort war nichts.

Von hier aus sieht man sie nicht, sagte ich. Ich musste
schreien, um den Wind zu übertönen.

Du wirktest enttäuscht; gerne hätte ich dich getröstet, aber
ich wusste nicht, wie. Also standen wir einfach da, an der
Ufermauer, unweit des Strands. Vor uns der Ozean und
hinter uns ein endloses Meer von blühendem Silbergras.
Ringsum Wellen. Das Meer rauschte, eine Bö streifte unsere
Wangen, ließ das Gras zittern, riss uns mit sich Richtung
Wasser, ins unerträgliche Chaos.

Gehen wir, sagtest du.

Wohin?, fragten meine Augen, als ich zusah, wie du die
Schuhe auszogst, die steile, raue Ufermauer hinunterglittest,
über die Tetrapoden aus Beton klettertest. Entschlossen
strebtest du vorwärts, grubst die Zehen wie Schaufeln
in den Sand, als wolltest du dir jedes einzelne Sandkorn
einverleiben.

Strauchelnd lief ich dir nach, trat in die von dir hinter-
lassenen Fußstapfen, ließ keinen aus. Sie waren weich und
feucht und wimmerten leise bei jedem Schritt, so wie das
Meer in den Muschelschnecken wimmert. Erst nach einer
Weile merkte ich, dass du nicht in gerader Linie aufs Meer
zuliefst. Du beschriebst einen Bogen, nahmst unbekanntes
Terrain ein.

Ohne zu zögern, ranntest du ins Wasser. Sand und Wellen
sind die Sprache des Meers, sagtest du, eine fragile Sprache;
Worte, die sofort verschluckt werden und für das menschliche

Ohr für immer unverständlich bleiben.

Die Wellen zerrten an deinen Waden, du gerietst aus dem Gleichgewicht. Im Licht des Sonnenuntergangs glänzte auf deinem Nacken eine Mischung aus Schweiß und Meerwasser, die sofort zu einem schimmernden Salzrand trocknete. Dazu die Meeresbrise, Salz auf Salz; der Geruch der Welt nahm mit einem Mal Farbe an.

Ich tauchte nur vorsichtig meine Zehen ins Wasser. Die sprühende Gischt attackierte meine Beine. Es war eiskalt. Rasch wich ich zurück auf den Sand, wie ein kleines Kind, das etwas falsch gemacht hat. Sand und Wasser gingen mir unter die Haut.

Du standest am Rand des Meers, dann wieder mitten im Meer, im Kommen und Gehen der Wellen, dem Wasser so nah, in seiner Umarmung, als wärst du immer schon ein Teil davon gewesen. Zerstört und heil zugleich, so sieht es aus, wenn man vom Meer verwundet wird. Ich konnte deine Gefühle lesen, aber mehr auch nicht; so wie die Gischt das Segelschiff nur umarmen, es aber nicht allein mit ihrer Liebe oben halten kann.

Wohin geht der Mensch nach dem Tod? Ich erinnere mich noch daran, wie du mir diese Frage gestellt hast, an einem stinklangweiligen Nachmittag. Vielleicht war er gar nicht so langweilig, außer uns wusste sowieso niemand, was wir trieben. Du öffnetest den Mund und die Worte strömten heraus, als hätte man ein Loch ins Meer gerissen, aus dem Blut quoll, wie Luftblasen, die aus den Tiefen des Wassers an die Oberfläche steigen, dorthin zurück, wo sie hingehören. Ich antwortete nicht.

Die einen glauben an die ewige Wiedergeburt, die anderen an die Auferstehung. Sollte etwas davon wahr sein, findest du dann vielleicht irgendwann irgendwo ein Tagebuch,

einen Brief, versteckt im doppelten Boden einer Schublade
oder ganz hinten im Schrank. Wirst du dich in dieser
Zukunft an mich erinnern, an uns, unsere Umarmungen,
das wohlige Schaudern, die nächtliche Meeresbrise?
Wenn ja, dann wirst du verstehen, wie traurig ich war an
dem Tag, an dem ich beschloss, dich zu töten. Wie viel Kraft
es mich gekostet hat. Ich habe geweint.

1

Yang Ning zwang sich, die Augen zu öffnen, der Rest ihres Körpers gehorchte ihr nicht. Nach einer Nacht, die sie auf der Seite liegend verbracht hatte, war sie stocksteif, ihre Glieder fühlten sich taub an. Nur schwach hob und senkte sich ihr Brustkorb. Mit großer Anstrengung wälzte sie sich auf den Rücken. Etwas Klebrig-Feuchtes legte sich auf sie, ergriff von ihr Besitz, ihrer Wirbelsäule, ihrem Schlüsselbein, ihren Rippen, und zog sie langsam und stetig auf Grund.

Es war, als risse die Kraft des Wassers sie mit sich. Verzweifelt kämpfte sie gegen die gierige Umarmung an, doch ihre Brust schnürte sich immer weiter zusammen, sie bekam keine Luft mehr. Und da plötzlich dieser kalte Hauch, der sie berührte wie eine übergriffige Liebkosung. Die Angst drang in jede Faser ihres Körpers.

Da war noch jemand im Raum.

Eine dunkle Gestalt stand in der Ecke. Instinktiv wusste Yang Ning, dass es eine Frau war. Sie wollte schreien, die Augen zukneifen, aber es gelang ihr nicht. Sie fühlte sich wie eine Leiche mit Bewusstsein. So hatte sie ihren Zustand auch der Ärztin beschrieben. Die hatte bedächtig genickt und das Übliche geantwortet: Keine Sorge, das wird schon wieder. Bald geht es Ihnen besser. Entspannen Sie sich. Dann stellte sie ihr routiniert ein Rezept aus und ließ ihr von der Sprechstundenhilfe höflich, aber mit spürbarem Unbehagen, einen Folgetermin geben.

Die dunkle Gestalt fixierte Yang Ning mit einem Blick, von dem sie eine Gänsehaut bekam. Sie schauderte, kämpfte, ihr Körper und ihr Geist rangen miteinander. *Fokussier dich, Yang Ning, konzentrier dich auf deinen Kehlkopf, schrei.* Sie spürte, wie die kleinen Muskeln in ihrem Hals arbeiteten. Ein Hüsteln, das war alles. Nicht mehr als das Hüsteln eines alten Mannes auf dem Totenbett.

Uh. Noch einmal. *Uh. Mach schon, Yang Ning, beeil dich,* trieb sie sich tonlos an. *Los jetzt, wach auf!* Die Silhouette der Frau bewegte sich auf sie zu, flimmernd, schemenhaft. Gleich würde sie bei ihr sein.

Es roch nach Kohlenfeuer.

Der Wind pfiff durch die Fensterritzen und bewegte sachte die ockerfarbenen Vorhänge, stellte eine Verbindung zur Außenwelt her. Die winterliche Sonne schien durch den Stoff auf den ramponierten Wecker auf dem Nachttisch. Schon lange war der Sekundenzeiger abgebrochen, der jedes Mal, wenn sie den Wecker schüttelte, im Inneren der Uhr klapperte. Es war, als ob sie die Zeit in der Hand hielt wie eine Kinderrassel.

Langsam nahm die Wirklichkeit Gestalt an. Raum und Zeit hatten wieder eine klare Bedeutung, ergänzten einander, verwoben sich zu dem, was wir die Erscheinungsformen der Welt nennen. Yang Ning blinzelte; einmal, zweimal. Ihr Kreislauf kam wieder in Gang. Langsam bewegte sie die Handgelenke, Ellbogen und Arme, als wären sie Bruchstücke der Erinnerung, die sie aus dem Abgrund gerettet hatte. Sie hielt sich eine Hand vors Gesicht und betrachtete ihre Finger, als sähe sie sie zum ersten Mal. Mit ängstlicher Neugier starrte Yang Ning auf ihre Hand, versicherte sich ihrer Existenz.

Mühsam richtete sie sich auf, mit den steifen, unbeholfenen Bewegungen eines Kleinkinds, das eben erst zu sitzen gelernt hat. Ihr Körper fühlte sich fremd an.

Einatmen. Ausatmen.

Der erste Atemzug nach dem Aufwachen verursachte wie immer einen stechenden Schmerz.

Ihr Herz raste, trommelte förmlich gegen die Brust, wie um ihr zu versichern, dass sie lebte. Zitternd griff sie nach dem Wecker.

Elf Uhr siebenunddreißig, sagte sie sich vor. *Ich bin soeben aufgewacht, sitze zuhause im Bett. Mein Name ist Yang Ning.* Sie atmete tief durch.

Die Anfälle kamen immer häufiger und dauerten immer länger. Dennoch war jedes Mal so entsetzlich wie das erste Mal, brach erneut wie eine Katastrophe über sie herein. Sie stellte den Wecker hin, schlug die Decke zurück und schwang die Beine hinaus. Die unbarmherzige Kälte der Keramikfliesen biss in ihre Fußsohlen.

Scheißwinter, fluchte sie. Der November im Norden Taiwans war so nasskalt und trostlos wie immer, ständig steckte einem die Kälte in den Knochen. Verdammt, wo waren ihre Hausschuhe? Wohl oder übel musste sie mit nackten Füßen über den kalten Boden ins Badezimmer schlurfen, wobei sie wie ein Bulldozer den Müll zur Seite kickte, benutzte Taschentücher, Plastikbecher, schmutzige Klamotten, offene Tüten mit *Cheetos extra scharf.* Die Brösel knirschten unter ihren Fußsohlen und blieben daran kleben. Yang Ning streifte die krümeligen Füße am Türrahmen ab und sah sich dabei aus den Augenwinkeln nach ihrer großen Haarklammer um, der mit den Haifischzähnen.

Ein Blick in den Spiegel sagte ihr, dass nicht nur der November in Taipeh trostlos aussah.

Ihre Augen wahren blutunterlaufen, darunter hingen blaugrüne Tränensäcke, aus jeder Pore schrie ihr die Müdigkeit entgegen. Die Nasenschleimhaut brannte beim Einatmen der kalten Luft, ihre Wimpern und Brauen waren struppig, die aufgekratzten Allergiebläschen an ihrem Hals bildeten roten Schorf. Als sie vorsichtig mit den Fingern ihre Schläfen massierte, regneten abgestorbene Hautpartikel herunter. *Erst achtundzwanzig und schon vorzeitige Hautalterung,* dachte sie.

Sie hatte hohe Wangenknochen, ihre Gesichtszüge waren streng und hager, ohne freundliche Rundungen. In den vergangenen Jahren war sie zu einem Schakal abgemagert, kein Gramm Fett mehr auf den Rippen. Die früher nur leicht eingefallenen Wangen waren hohl, ihre vordem gutsitzenden Wintersachen schlabberten. Doch gerade in diesem schroffen Äußeren lag eine eigentümliche Schönheit.

Sie war eher klein, eins sechsundfünfzig, jemand, der leicht in der Menge unterging. Trotzdem verströmte sie von Kopf bis Fuß die Aggressivität eines Raubtiers.

Mit einer gründlichen heißen Dusche wusch sie den widerlichen Schleier herunter, den sie auf sich spürte. Ah, wie ein Aufstieg aus der Hölle war das, als hätte jemand mit einem »Plopp« den Stöpsel gezogen und endlich konnte der Dreck abfließen. Sie riss das Handtuch vom Halter, um sich die nassen Haarsträhnen aus dem Gesicht zu wischen, und rubbelte sich gedankenverloren trocken. Dann lief sie bibbernd ins Wohnzimmer und zog einen Pullover vom Sofa, den sie dort achtlos hingeworfen hatte. Erst beim Anziehen bemerkte sie, dass der Fernseher lief.

»... die jungen Orcas müssen sich erst an die Uferströmung gewöhnen und üben zunächst mit Algen. Algen werden zwar von Ebbe und Flut vor- und zurückgeworfen, können aber nicht fliehen, weshalb die Orcas irgendwann lebende Beute als Übungsobjekte brauchen.« Die tiefe Stimme des Sprechers legte eine dramatische Pause ein. »Mit verborgener Finne lauert der Wal in seinem Schwarm unter Wasser vor dem Strand und wartet wie ein Surfer auf die passende Welle, mit der er sich gegen den Strand wirft, wo er mit dem Maul den Seelöwen packt und aufs Meer hinauszieht ...«

Noch hatte er den Seelöwen nicht getötet. Noch nicht.

Der Seelöwe würde versuchen zu fliehen, aufs offene Meer hinaus, wo ein Schwarm Killerwale ihn umzingelte, wieder und wieder. *Kenn deine Beute*, hörte Yang Ning die Killerwale sagen. *Achte auf die Strömung, die Tiefe. Nimm dir Zeit. Gib acht, dass du nicht strandest.*

Schluss damit. Sie wollte das Meer nicht in ihrem Zimmer haben, fand aber unter dem Kleiderhaufen auf dem Sofa die Fernbedienung nicht sofort. Immerhin entdeckte sie in der Sofaritze ihr Smartphone.

»Der Orca, mit seinem ausgesprochenen Familiensinn, seiner hohen Intelligenz und seiner geschickten Technik, ist der beste Jäger des Ozeans. Um jeden Preis, selbst wenn er einen Artgenossen töten muss, wird er seine Familie beschützen.« Sie spürte den Ozean in ihren Venen, mit jedem Pulsschlag. »Aber nicht einmal dieser brutale Killer ist vor der Trauer gefeit. Erst kürzlich beobachteten Touristen auf Vancouver Island in Kanada, wie das Tahlequah genannte Orca-Weibchen J35 siebzehn Tage lang die Leiche ihres Kalbs mit sich trug ...«

Immer noch schlotternd wischte Yang Ning sich mit dem Handrücken die Nase und steckte ihr Telefon ein. Im selben Augenblick vibrierte es. Sie warf einen Blick auf das Display, *Xu Haoyang*. Kurzerhand drückte sie den Anruf weg und tapste über die kalten Fliesen in die Küche.

Auf der Theke stand eine Reihe leerer Flaschen, umschwirrt von Fruchtfliegen, angezogen von den Resten auf den Flaschenböden, die sie nicht ausgespült hatte. In einer Schüssel lag noch ein vertrockneter Mantou, der schon ganz gelb war. *Nein danke.* Sie hob den Deckel von dem Topf, der auf dem Gasherd stand. Eine glibberige, gärende Flüssigkeit. Miso-Suppe? Sie nahm einen Löffel, rührte um und förderte angeschimmelte Wakame-Algen zutage. Sie zögerte kurz, hob den Löffel dann aber doch unter ihre Nase und schnüffelte.

Der Kühlschrank war leer. Sie suchte alles ab, aber in der ganzen Wohnung war nichts Essbares zu finden. Dann warf sie einen Blick auf den Müll, der sich im Wohnzimmer angehäuft hatte. Es war an der Zeit, einmal gründlich sauber zu machen. Welcher Tag war heute? Donnerstag oder Freitag? Sie war sich nicht sicher. Wieder vibrierte ihr Telefon. Diesmal war es Xiaozhi. Sie ging dran.

»Hi, Ning. Du hast gesagt, ich soll dich anrufen, wenn es einen Auftrag gibt.« Seine Stimme klang gedämpft, zittrig, verschwörerisch. »In Wanlong, nicht weit von dir, eine Zwanzigquadratmeterwohnung im zweiten Stock. Die Leiche haben sie schon abtransportiert. Ich schicke dir gleich die Adresse …«

Plötzlich verstummte er. Sie hörte, wie es im Hintergrund lärmte. Dann schrie eine andere Männerstimme: »Was zum Henker, hab ich dir nicht eingeschärft, dass sie Ruhe braucht? Rede ich mit der Wand? Ist sie nicht schon fertig genug oder ist dir alles, was ich sage, scheißegal …?«

Sie wollte sich gerade einmischen, als die Stimme sich nun an sie wandte: »He, Ning, hör mir gut zu! Du bleibst zuhause, ist das klar? Wenn du es wagst, herzukommen, dann schmeiß ich dich eigenhändig raus. Lass dich bloß nicht blicken. Den Job erledigen Xiaozhi und Xueli. Ich habe ihnen klipp und klar gesagt, dass du hier nichts zu suchen hast, kapiert?«

Ohne ihre Antwort abzuwarten, legte er auf. Derselbe Großkotz wie immer.

»… ihre grenzenlose Trauer hat etwas Obsessives, geradezu Menschliches. Kaum vorstellbar bei einem Killerwal …«
Begleitet von Tahlequahs Trauergesang schwappten unaufhörlich die in der Sonne glitzernden Wellen in ihr Zimmer.

Yang Ning hielt es keinen Augenblick länger in den Fluten aus. Sie packte sich warm ein, zwei Hosen übereinander, schnappte sich ihren Parka und den Schlüsselbund mit dem Wal-Anhänger und verließ das Haus.

2

Der Novemberhimmel war jämmerlich grau. Die Fensterscheiben und die Blechdächer reflektierten nur hier und dort ein paar träge und kraftlose Sonnenstrahlen, als hätten sie sonst nichts zu tun, wüssten nicht, wohin mit sich; als ob nicht Tag für Tag Menschen zerstört würden, als ob nicht alles am Ende vergebens wäre.

Eben erst war ein rotglühender Herbst zu Ende gegangen, und der Winter wirkte eher uninspiriert, so als würde er nur darauf warten, endlich von der nächsten Jahreszeit erlöst zu werden. Immerhin konnte man sich glücklich schätzen, wenn es in diesem Nest im Süden Taipehs nicht regnete. Fußgänger hasteten vorüber, zumeist schweigend. Später am Tag, wenn die Schule aus war und die Eltern auf ihren Motorrollern ausschwärmten, würde eine Kakophonie aus ihrem schrillen Hupen, den Trillerpfeifen der Schülerlotsen und dem Kreischen der herumrennenden Schulkinder die Straßen erfüllen. Darauf konnte Yang Ning gut verzichten.

Sie wohnte im Liuhe-Markt von Yonghe, einem Gewirr von kleinen Gassen und Gässchen, die irgendwann alle in einen Tunnel mündeten, eine überdachte Fußgängerpassage, in der Straßenhändler Essen und allen möglichen Krimskrams feilboten. Ein einziger wirrer Haufen, in dem nichts miteinander zu tun hatte. Scheppernd stieß Yang Ning die Eisentür im Erdgeschoss auf, die, genauso wie das ganze Gebäude, schon ziemlich in die Jahre gekommen war. Sie musste die Tür kräftig zuschlagen, um den rostigen Schnappverschluss wieder einrasten zu lassen, weshalb sie mehrere Anläufe unternahm, um sicherzugehen, dass die Tür wirklich fest verschlossen war. Dann navigierte sie geübt und mit großen Schritten durch das Gassengewirr zu ihrem Motorrad, das irgendwo unter einer Laterne geparkt war.

Obwohl vermummt wie ein Bär, ging sie schlotternd, die Hände tief in den Taschen ihres Parkas vergraben, den Kopf zwischen den Schultern eingezogen. Sie war so auffällig dick eingepackt, dass einige der viel leichter gekleideten älteren Frauen in den Gassen erstaunt die Köpfe nach ihr umdrehten.

Ihr Arbeitsplatz lag nicht weit von ihrer Wohnung in der Wolong-Straße, gleich um die Ecke des Großen Leichenschauhauses, kurz hinter der Brücke und nur wenige Stationen mit dem Bus, wirklich bequem zu erreichen; aber wer einer Tätigkeit wie der ihren nachging, fuhr nicht gern mit dem Bus. Yang Ning fand ihre alte schwarze Hundertfünfundzwanziger, stellte den etwas lose gewordenen Rückspiegel ein, vergewisserte sich mehrfach, dass der Reißverschluss ihres Parkas auch gut zugezogen war, hauchte in die Hände. Dann zog sie den Helm und die Lederhandschuhe aus dem Kofferfach und bereitete sich mental auf den Härtetest für ihre Kälteempfindlichkeit vor: Die Brücke.

Der fiese Wind fand trotz der eng zugezogenen Schließe den Weg unter ihren Helm und hinter das Visier, biss in ihre Kopfhaut und ließ ihre Augen tränen. Das Zugband des Helmverschlusses schlug hart gegen ihr Schlüsselbein. Ihr Parka blähte sich leicht auf. Dann hatte sie es geschafft.

Sie zwängte ihr Motorrad zwischen einen Strommast und einen dieser kleinen Fünfzig-Kubik-Roller Marke Lämmchen und bockte es auf. Dann zog sie den Helm ab und betrat den unauffälligen Wohnblock, von dem der rosafarbene Außenputz abblätterte.

Im Aufzug hingen zwei farbige Werbeplakate ihrer Firma:

Keine Sorge: Überlassen sie uns Ihre Trauer und Ihren Schmerz und *Wir kümmern uns drum!* NEXT STOP Company jeweils vor dem Hintergrund der Silhouette zweier Menschen, die sich im Sonnenuntergang umarmen. Darunter Adresse und Telefonnummer.

Plakate, die Immobilienverwalter ansprechen sollten. *Schon klar*, dachte Yang Ning, die die bescheuerte Werbung nicht mehr sehen konnte, aber jedes Mal wieder hinsehen musste und jedes Mal wieder angewidert war. Wie russische Matrioschkas kamen die Plakate in Sets, reproduzierten sich endlos neu.

Die Firma NEXT STOP war auf Tatortreinigung spezialisiert. Wohnung ausräumen, die Leiche abtransportieren, den Ort so wiederherstellen, dass er den Lebenden übergeben werden konnte, in der Hoffnung, dass die Lebenden wie die Toten dann »das nächste Kapitel aufschlagen konnten«, wie es die Firmenwebseite formulierte. Ihr Chef fand, dass ein englischer Firmenname »internationaler« wirke und eine breite Kundschaft anziehe. *Quatsch*, dachte Yang Nin. Aber das war typisch für die pragmatische, plumpe Art dieses alten Sacks.

Vom Erdgeschoss bis zum vierten Stock residierte das Beerdigungsinstitut Barmherziges Leben, auch das eine Investition ihres Chefs. Das Büro von NEXT STOP lag im Untergeschoss. Sie drückte auf B1, und es dauerte keine fünf Sekunden, bis der Metallkasten sie in eine andere Welt befördert hatte.

In den Jahren seit der Gründung der Firma war die Zahl der Angestellten stets dieselbe geblieben, außer ihr und dem Chef waren da noch Xiaozhi, Einsneunfünf und Xueli, die sich abwechselnd um die Aufträge kümmerten. Das Büro war für ihre kleine Truppe ziemlich geräumig. Gleich hinter der großen Glastür stieß man auf einen Stehtisch mit einem goldenen Räuchergefäß. Der daraus aufsteigende Rauch lenkte den Blick automatisch auf die riesige, bestimmt fünf Meter breite Tafel an der dahinterliegenden Wand. *Die Gnade Buddhas* stand dort in goldenen Schriftzeichen auf schwarzem Grund.

Weiter rechts standen vier Schreibtische, einer neben dem anderen. Yang Ning warf die Tasche auf den ihren. Er war so gut wie leer, keine Topfpflanze, keine Post-its, kein Buch, kein Schreibblock und keine Stifte. Nur ein azurblauer Kaffeebecher stand einsam in einer Ecke, dekoriert mit dem Bild einer Riesenschildkröte, die den Mittelfinger reckte, darunter die Aufschrift: *Don't fucking touch me.*

Die fleckigen Betonwände waren mit Kalligrafien, Rollbildern, gerahmten Fotos und Zeitungs- und Zeitschriftenausschnitten gepflastert, so dass kaum eine leere Stelle blieb, was den Raum trotz seiner Größe vollgestopft wirken ließ. Außerdem waren nach den Regeln des Fengshui ein achteckiger daoistischer Bagua-Konvexspiegel und ein Messing-Flaschenkürbis im Raum platziert worden. Ob es an seinem Umgang mit zu vielen alten Leuten lag oder ob er in seiner Jugend zu viel angestellt hatte, ihr Chef wurde jedenfalls immer abergläubischer. An Neujahr ließ er sogar einen Schamanen kommen, um die bösen Geister des alten Jahres zu vertreiben. Vielleicht war er auch nur einer von denen, die, auf einer gewissen beruflichen Höhe angekommen, Angst vor dem Fall hatten. Yang Ning, ohnehin von der Regelbesessenheit ihres Chefs genervt, konnte den Anblick der vielen mit roten Quasten versehenen Glücksbringer nicht ertragen. *Geschmackloser Kitsch.*

»Yang Ning?«

Wortlos hatte sie die Teeküche betreten, warf einen Blick

in den Kühlschrank, zog einen Milchkarton heraus, riss die Tülle ab und trank wie ein gieriges Tier. Xiaozhi kam ihr entgeistert hinterher. »He, die Milch ist schon …«

Er starrte auf den leeren Milchkarton, den sie ins Spülbecken gefeuert hatte, als würden Pilze aus dem Karton sprießen, wenn er nur lange genug hinsah.

Yang Ning leckte sich die Lippen, wischte sich den Mund ab und sah sich nach etwas Essbarem um. Kein Reis, kein Brot, nur ein halbleeres Glas Nudelsoße, eine Dose rote Misopaste mit längst abgelaufenem Verfallsdatum, ein Glas Fuyuan-Erdnussbutter, in dem vielleicht gerade noch genug für eine Scheibe Brot war, und eine Flasche achtunddreißigprozentiger Jinmen-Hirseschnaps.

»Der Chef ist nicht da, oder?« Yang Ning überlegte noch, was ihr unter der vorhandenen Auswahl am ehesten behagte. *Misopaste oder Erdnussbutter? Egal, davon wird kein Mensch satt.*

»Der ist oben und macht mit Qian die Buchhaltung.« Xiaozhi riss sich vom Anblick des Kartons mit der abgelaufenen Milch los. Unwillkürlich hatte er die Stimme gesenkt. Er wirkte verschreckt, so als hätte ihm jemand schwer zugesetzt. »Der hat heute offenbar Dynamit gefrühstückt, supermies drauf ist er.«

Seufzend schloss Yang Ning den Kühlschrank und setzte die Suche nach etwas Essbarem im Schrank fort.

Xiaozhi murmelte irgendetwas, vielleicht beschwerte er sich immer noch über den übelgelaunten Chef, vielleicht ging es um seine Freundin, aber Yang Ning hörte nicht zu, es war ihr gerade vollkommen gleichgültig, was er sagte. Sie hatte Hunger. Endlich wurde sie fündig. Ausgerechnet auf der Glasplatte in der Mikrowelle lagen sechs Riegel Twinkies. Mit einem erleichterten Grunzen riss sie einen auf und schlang ihn hinunter.

Eigentlich konnte sie diese »goldenen Küchlein mit weißer Cremefüllung« nicht ausstehen. Der Kuchen schmeckte nach nichts, die Füllung war dafür widerlich süß, das ganze Ding so fettig, dass man nach einem Bissen genug hatte. *Seelenloses Industriefutter*, nannte Yang Ning solches Zeug normalerweise. Aber jetzt war sie schon beim dritten.

Die Twinkies hatte der Chef in der Mikrowelle versteckt, für den Nachmittagstee, keine Frage. Xiaozhi wollte etwas sagen, aber als er sah, mit welcher Gier sich Yang Ning über die Dinger hermachte, schluckte er seine Einwände hinunter. *Wir kriegen sowieso eins auf den Deckel, Twinkies hin oder her,* dachte er.

»Kunde schon am Tatort?«, stieß Yang Ning mit vollem Mund hervor.

»Nein. Der Vermieter hat uns die Schlüssel gegeben. Wir sollen nicht erst auf die Eltern des Verstorbenen warten, weil es so furchtbar stinkt. Die sind noch unterwegs, kommen aus Zhanghua.«

»Details?«

»Laut Polizeibericht ein männlicher Jugendlicher, der sich in einer alten Zwanzigquadratmeterwohnung die Pulsadern aufgeschnitten hat. Lag dort einige Tage in seinem Blut, bevor sie ihn gefunden haben.« Er nahm einen Kaffeebecher vom Gestell und ließ heißes Wasser hineinlaufen. »Die Leiche wurde heute Morgen abtransportiert. Der Chef war schon dort, um sich die Sache anzusehen. Ziemlich übel, sagt er.«

Endlich satt. Yang Ning leckte die letzten Krümel von den Lippen. Ein bloßer Reflex, denn sie schmeckte nichts. Xiaozhi reichte ihr den Kaffeebecher. Sie nahm einen großen Schluck. Nass. So viel konnte sie immerhin noch unterscheiden.

»Schick mir die Adresse aufs Handy.« Yang Ning stellte

den Becher ab, ließ den Müll auf dem Küchentresen liegen und ging zur Tür.

»Bist du dir sicher?« Xiaozhi klaubte hastig die leeren Verpackungen zusammen, warf alles in den Mülleimer und lief ihr nach. »Du arbeitest seit Wochen ohne Unterbrechung. Du brauchst Erholung ...«

»Wie lange braucht ihr?«, unterbrach Yang Ning.

Er runzelte entnervt die Stirn. »Xueli braucht eine halbe Stunde, bis sie hier ist. Bis ich die Chemikalien zusammengesucht, alles eingeladen habe und rübergefahren bin, noch einmal eine halbe Stunde. Eine gute Stunde also.«

Bring du alles Nötige mit, ich fahre vor und warte dort.« Sie ging in die Kammer, um ihre Ausrüstung zu holen. Schutzanzug, Schutzmaske, Plastiküberzieher für die Schuhe, jede Menge Einweghandschuhe und ihre Gürteltasche. Dann baute sie sich vor Xiaozhi auf und streckte die Hand aus.

Xiaozhi sah sie fragend an. Dann begriff er, klaubte den Schlüsselbund aus einem Metallkasten und ließ ihn klimpernd in Yang Nings Handfläche fallen. Sie schloss die Faust und ging, ohne sich noch einmal umzudrehen.

3

Immer, wenn mein Körper zur Ruhe kommt, läuft mein Gehirn auf Hochtouren, als ob es meine Trägheit ausgleichen wollte. Meine Gedanken rasen. Jetzt zum Beispiel, wo ich mich still und heimlich in einer Ecke zwischen Strommast und Trafostation verstecke, während es in meinem Schädel rumort.

Jedes Mal, wenn ich sie sehe, ist es das Gleiche; das heißt, ich beobachte aus der Distanz, wie sie ihr Motorrad abstellt, den Helm herunternimmt, ihr Haar schüttelt, es mit den Fingern kämmt und zu einem Zopf zusammenbindet. Ihr Blick wandert zwischen Smartphone und Briefkasten hin und her, um sich der Adresse zu vergewissern; dann tritt sie ein paar Schritte zurück und sieht hinauf, in diesem Fall zu einem Balkon mit weißem Gitter.

Sie wirkt bedrückt. Mehrere Schichten Kleidung verbergen ihre Figur, aber ihre Gesichtszüge sind noch hagerer als beim letzten Mal. Sie steckt das Smartphone wieder ein, geht zu ihrem Motorrad, hebt ihre Werkzeugkiste hoch, als wäre nichts drin, zieht einen Schlüsselbund aus der Jacke und schließt die Metalltür des Wohnblocks auf.

Fasziniert starre ich ihr nach, bis nichts mehr von ihr zu sehen ist und ihr Geruch verschwindet. Es fällt mir schwer, mich loszureißen.

4

Die Aufzugstür öffnete sich mit einem Klingeln. Sie wollte die Türschilder unter die Lupe nehmen, aber dann bemerkte sie die Stahltür, die weit hinten im Flur an der Wand lehnte. Stumm erzählte die ramponierte Tür von der Zumutung, brutal aus den Angeln gerissen zu werden. Jemand hatte einen rosa Zettel mit dem Gaszählerstand daran zurückgelassen.

Im niedrigen Schuhschrank neben der Tür standen zwei Paar schmutzige weiße Stoffschuhe und ein paar Flipflops, obenauf lagen Gummihandschuhe, Schuhüberzieher aus Plastik und die Plastikhülle eines Leichensacks, die die Leichenträger zurückgelassen hatten.

Ein unfassbares Chaos.

Yang Ning stellte ihre Werkzeugkiste ab und legte ihr Outfit an, in dem man wie ein weißer Hase aussieht. Sie hatte Glück. Keine Nachbarn in der Nähe. Vergangene Woche hatte der Chef das ganze Team für einen Eilauftrag mobilisiert. Innerhalb von drei Tagen mussten sie die Verheerungen beseitigen, die ein Feuer in einem Laden für chinesische Medizin mitten in der Einkaufszone angerichtet hatte. Der Fall hatte eine Menge Schaulustiger angezogen, täglich waren es mehr geworden, die sich das Maul über die Angelegenheit zerrissen hatten.

Mittags um zwölf tauchte dann eine dieser Nachbarstanten auf, eine Frau über fünfzig, gewappnet mit einem Plastikschutzhelm, der an Wassermelonenschalen erinnerte, in einer Hand eine Bento-Box, in der anderen einen klimpernden Schlüsselbund, und versuchte hartnäckig, sich Zugang zum Tatort zu verschaffen. Als Xiaozhi höflich versuchte, sie loszuwerden, blieb sie stur und begann eine Diskussion. »Ich kenne die Besitzer! Seit bestimmt zwanzig Jahren verkaufe ich da unten in der Gasse Tofu-Pudding, nie habe ich den Preis erhöht, nur fünfunddreißig die Schale, jeden Tag habe ich auf einen Plausch bei diesen Leuten vorbeigeschaut. Wer hat Sie eigentlich herbestellt, hm? Was nehmen Sie denn die Stunde, wenn ich fragen darf?«

Das geht dich einen Scheißdreck an. Yang Ning hatte gerade Handschuhe und Maske abgestreift und sich für einen Augenblick am Straßenrand ausgeruht. Gierig und laut gluckernd schüttete sie eine halbe Flasche Mineralwasser in sich hinein, bis ihr das Wasser an den Mundwinkeln herunterlief und auf den Hasenoverall tropfte. Der weiße Schutzanzug bestand aus besonders widerstandsfähigem Material, um sie vor Schmutz und Keimen zu schützen; es wurde einem aber auch verdammt heiß darin. Jeder in ihrem Team litt an einer gravierenden Beeinträchtigung der natürlichen Thermoregulierung. Man verlor das richtige Gefühl für Hitze und Kälte, und Hautausschläge waren an der Tagesordnung.

Vor allem bei Yang Ning, die ständig fror und einen regelrechten Kältehorror entwickelt hatte. Weil sie ständig den nervigen Ausschlag am Hals aufkratzte, prangten dort hässliche violette Narben.

Xiaozhi war die Tofutante immer noch nicht losgeworden.

»Ahui soll immer noch im Koma liegen. Ich kenne die nämlich wirklich gut, ob Sie's glauben oder nicht. Wollte ihn ja besuchen gehen, aber Sie wissen ja, Unglück färbt ab, das bekommt meinem Geschäft nicht. Und Sie? Wie wär's damit, den Toten Respekt zu zollen und Räucherstäbchen abzubrennen, he? Gleich da hinten liegt der Fu-An-Tempel. Ich kenne den Tempelwärter, wir waren zusammen in der Schule ... Um ehrlich zu sein, der Sohn war schon immer ein Nichtsnutz, zu faul für die Schule, mit zwanzig immer noch keinen Job, und im Laden hat er auch nicht ausgeholfen. Was haben die sich gestritten bei denen! Die ganze Nachbarschaft hat es gehört.« Sie trat an Xiaozhi heran, als wollte sie ihm ein Geheimnis verraten, sprach aber weiter so laut, dass es jeder hörte: »Ich frage mich ja, ob der es nicht gewesen ist, zuzutrauen wär's ihm, diesem Balg, den sie großgezogen haben …«

Yang Ning räusperte sich geräuschvoll und spuckte einmal kräftig auf den heißen Asphalt, was vorerst genügte, um die Tofutante verstummen zu lassen.

Sie wollte eben auf die Frau zugehen und sie Mores lehren, als ihr Chef aus dem Laden kam und dazwischenging.

Rasch hatte er seine Schutzmaske abgezogen und sich freundlich lächelnd der Frau zugewandt. »Danke für Ihre Fürsorglichkeit, das wissen wir sehr zu schätzen. Lassen Sie uns bitte erst unsere Arbeit machen, danach erzähle ich Ihnen gerne, was Sie wissen wollen …«

Er wusste, wie man sich solche Leute vom Hals schaffte.

Der Chef wollte sie immer dazu bringen, unangenehme Situationen mit pfiffiger Nachsicht zu handhaben. Damit hatte er bei Yang Ning keine Chance. Sie zuckte nur mit den Schultern. *So etwas liegt mir eben nicht.*

»Du willst nicht. Nicht einmal so viel willst du dazulernen«, sagte er dann. Sie erinnerte sich gut daran. Wollte sie nichts dazulernen?

Mit geübten Handgriffen machte Yang Ning sich bereit, legte ihre Anziehsachen bis auf die Unterwäsche ab und stopfte sie in eine große Plastiktüte, stieg in den weißen Hasenoverall, streifte die Plastiküberzieher über die Schuhe und zwei Paar Plastikhandschuhe über die Hände und zog die Gürteltasche fest, in die sie ihr Smartphone und weitere Einweghandschuhe steckte.

Zuletzt zog sie die Atemschutzmaske aus der Kiste. Einen Moment lang hielt sie die Maske in der Hand und betrachtete sie, schließlich streifte sie das Ding über.

Yang Ning stieß die zweite, ebenfalls ramponierte Metalltür auf, verbeugte sich kurz mit zusammengelegten Handflächen und betrat vorsichtig die Wohnung.

Der Ventilator lief, mehr schlecht als recht, er baumelte bedenklich von der Deckenhalterung. Von den Kabelsträngen schälte sich schon die Ummantelung und legte die schwarzen, roten und grünen Kabel bloß. Bei jeder Umdrehung ein schrilles Quietschen.

Das Licht war an und der Fernseher lief, eine dieser politischen Mittagsdebatten. Der Ton war leise, nur ein Hintergrundrauschen. Ein paar fette Kakerlaken liefen über den Bildschirm. Eine davon breitete gerade die Flügel aus und flog weg. Das Wohnzimmer war weder besonders unordentlich noch besonders schmutzig, nur ein paar leere Essenskartons und Getränkedosen lagen auf dem Boden, umschwirrt von Fliegen. Immer schon hatte es Yang Ning fasziniert, wie das organische Leben sich nach dem Tod des Bewohners in so einer Wohnung einfach fortsetzte, nein, vervielfachte, lauter und lebhafter wurde als zu dessen Lebzeiten.

Vom Schlafzimmer über das Wohnzimmer bis zur Eingangstür verliefen relativ große, blutige Schuhsohlenabdrücke; wahrscheinlich von den Leichenträgern. Yang Ning beugte sich über einen der klebrigen Blutflecke, dekoriert mit etlichen Maden und Kakerlaken, die sich mit zitternden Fühlern und schabenden Mundwerkzeugen hemmungslos an ihrem Mahl labten.

Auf einem Beistelltisch lagen Briefumschläge und diverse Papiere. Sie fingerte den dicken Stapel durch. Ein Flyer mit Weihnachtsangeboten vom Supermarkt, eine Kreditkartenabrechnung, ein Bußgeldbescheid wegen Geschwindigkeitsüberschreitung.

Yang Nings Blick fiel auf einen Haufen ungeordneter Kleidung und Wäsche auf dem Wohnzimmersofa. Als sie anfing, die Kleidungsstücke einzeln in die Hand zu nehmen und aufzufalten, störte sie eine Kakerlake auf, die mit tanzenden Fühlern aus dem Haufen flog und sich dann eilig in eine Sofaritze verkroch. Yang Ning hielt ein weißes Kleidungsstück in der Hand, die Uniform eines Krankenpflegers. Sie schüttelte sie aus. Kakerlakenteile, Hautschuppen. *Schließ die Augen und atme tief ein.* Faulig, säuerlich, ranzig, fischig. Sie müsste es riechen, selbst durch die Schutzmaske hindurch müsste der widerliche Gestank in ihre Nasenlöcher stechen. Jeder andere würde angeekelt die Flucht ergreifen vor diesem Gestank, der drei Jahre zuvor auch ihr Tränen in die Augen getrieben hatte. Beinahe ohnmächtig war sie davon geworden, von diesen Gerüchen. Jetzt sehnte sie sich danach.

Wie jeder wusste, der einmal am Fundort einer Leiche war, war der Anblick einer solchen Szene bei Weitem nicht das Schlimmste, das Entscheidende war der Gestank. Eine olfaktorische Folterkammer, in die man sich freiwillig begab. Früher, als sie mit diesem Job anfing, hatte sie sich jedes Mal übergeben müssen, ausnahmslos jedes Mal, und für den Rest des Tages diesen gallenbitteren Geschmack im Mund verspürt und den beißenden Geruch von Magensäure in der Nase. Statt nach Hause war sie nach der Arbeit erst zurück ins Büro gegangen und hatte sich geduscht und geduscht, mit den Fingern die Nase zugekniffen und das Wasser hinausgeschneuzt, wieder und wieder, dann mit der Drahtbürste ihre Fingernägel gesäubert. Anschließend hatte sie an sich geschnüffelt, von oben bis unten, ihre Haut rotgeschwollen vom hartnäckigen Schrubben. Und immer war das Gedächtnis ihres Geruchssinns stärker gewesen und hatte sie noch einmal unter die Dusche gezwungen.

Nach dem Abtrocknen hatte sie sich dann mit Zitronenöl eingerieben und sich mit schwarzem Tee getränkte Wattebäusche in die Nase gestopft. Nie war sie ins Bett gegangen, ohne ihren Hals mit einem Erfrischungstuch abzureiben und ihre Haare unter einer Duschhaube zu verstauen. Und trotzdem hatte sie weiter diesen Leichengeruch an sich haften gefühlt.

»Ich mache das schon seit einer Ewigkeit und kann mich immer noch nicht daran gewöhnen«, pflegte der Chef zu sagen. »Und du mit deiner feinen Hundenase kannst erst recht nichts dagegen machen, glaub mir.« Noch nie im Leben sei ihm jemand mit einem so ausgezeichneten Geruchssinn begegnet, sagte er. Er hatte alles versucht, um sie davon abzuhalten, aber jedes Mal ging sie wieder hin, jedes Mal übergab sie sich, aber jedes Mal blieb sie. Als könnte sie nicht genug davon kriegen.

Niemand hatte sie davon abbringen können. Der Chef hatte sie immer wieder nach dem Grund gefragt, auch Xu Haoyang, ihre Freunde, sogar ihr Tutor an der Uni. Warum ausgerechnet dieser Job? Wo sie doch einen recht guten Abschluss am Institut für Medienwissenschaften gemacht habe, wo sie doch eine recht nette Frau sei, wo es doch keinen rechten Grund für diese absurde Berufswahl gebe? Ihr Tutor hatte seufzend die Stirn gerunzelt, ihre Freunde den Kopf geschüttelt.

Des Geldes wegen. Das war ihre Antwort. Es war eine ehrliche Antwort. Sie brauchte schnellverdientes Geld, um ihren jüngeren Bruder zu sich nach Taipeh zu holen.

Ihr damaliges Ich, das war Yang Ning immer klar gewesen, war bereit gewesen, mit Freuden all ihre Zeit, ihren Körper, ihren Fluchtinstinkt zu opfern, um schnelles Geld zu machen.

Und jetzt wäre sie bereit, alles für eine Zeitmaschine zu opfern.

Langsam erwachte Yang Ning aus ihrer Versunkenheit. Sie brauchte etwas Heftigeres, um ihre Sinne zu stimulieren.

Sie konzentrierte sich. Endlich regte sich ihr paralysierter Geruchssinn ein wenig, nahm eine hauchdünne Spur auf, eine faulige Süße, die unter der Tür hervorkroch. Dort, hinter der Holztür lag das, wonach sie verlangte, ihre Droge. Mit dem weißen Kittel des Jungen in der linken Hand drehte sie mit der rechten den Türgriff.

Mit ohrenbetäubendem Summen stürzte sich ein Schwarm Schmeißfliegen auf sie, prallte gegen ihren Kopf. Mit einer heftigen Handbewegung wehrte sie den Angriff ab, wobei sie sich gleichzeitig die Kakerlaken abklopfte, die an ihr hochkrochen.

Eine dicke, breite Spur aus Blut und Fett hatte sich den Weg vom Bett bis zur Tür gebahnt, klebte in einem glibberigen Dunkelrot an den Dielen fest, wie ein Kunstwerk, schockierend und faszinierend zugleich. Der Dielenboden schien zu leben, vollgesaugt mit einer schleimigen Mischung aus Blut, Körpersäften und Dreck, glitschig und klebrig zugleich. Vorsichtig setzte Yang Ning einen Fuß vor den anderen.

Auf dem mit einem rosa Laken bezogenen Bett bildete die Masse aus Blut und Fett eine auf der Seite liegende menschliche Silhouette nach. Maden und Kakerlaken wuselten über das Kopfkissen und die Matratze, erweckten sie zum Leben, dicht an dicht, Schicht um Schicht türmten sich die fetten weißen Maden auf der Körperform, und unter dem schwarz-weißen Gewirr, den Fühlern und den körnchengroßen Exkrementen war ein Loch in der Matratze zu erkennen, in dem säuberlich nebeneinander pralle, dunkelrot glänzende Kakerlakeneier lagen.

Yang Ning ignorierte die um sie herumhuschenden Kakerlaken. Allmählich kam Leben in ihre unter der Schutzmaske verborgene Nase; ihre Nasenlöcher bebten heftig, während sie instinktiv den Raum erforschte. Sie roch. Ein Gemisch aus verfaulten Algen, schimmeliger scharfer Bohnenpaste und einem Haufen toter Ratten. Ein Gestank, bei dem jeder normale Mensch würgen und sofort die Flucht ergreifen würde. Ein Teil von ihr wollte fliehen. *Lauf, Yang Ning, lauf!* Der andere Teil war erregt, der Mund trocken vor Aufregung, gebannt.

Der Geruch nahm Gestalt an und produzierte ein Bild von dem Toten, als er noch am Leben war.

Sie öffnete den Kleiderschrank. Außer drei weißen Krankenpflegeruniformen hatte er nicht viel zum Anziehen. Ein paar stonewashed Bluejeans, karierte Hemden, weiße T-Shirts, Jacke. Als Unterwäsche ausschließlich beige Boxershorts. Auf dem Schrankboden fand sie noch einen leuchtend gelben Schal, ein paar Lederhandschuhe, sauber und angenehm weich; offenbar nicht mehr neu, aber gut gepflegt. Sein Innenleben und sein äußeres Auftreten passten offenbar nicht ganz zusammen. Ein gewisser Lebenshunger, Abenteuerlust, der Wunsch, zu lieben und geliebt zu werden, was ihn wiederum unsicher und zögerlich machte.

Ein billiger weißer IKEA-Pressspan-Schreibtisch, darauf an der Seite ein Stapel Bücher, in der Mitte ein Laptop, an dem das Ladegerät blinkte, eine einfache Plastikbox mit Bleistiften, Radiergummi, eine Schwammbürste, Zeichenutensilien; daneben zwei Päckchen Post-its. Alles sehr sauber und ordentlich.

Yang Ning ließ sich in den Drehsessel fallen, legte den Kopf in den Nacken, stieß sich mit dem rechten Fuß ab und machte eine volle Drehung. Sie dachte daran, wie sie das erste Mal einen Tatort betreten hatte.

Kaum, dass der Chef den Schlüssel in der Tür herumgedreht hatte, war ihr vom grässlichen Leichengestank das Tunfischsandwich vom Abendessen wieder hochgekommen. Sie taumelte zurück Richtung Flur, stürmte die Treppe hinunter, so schnell, dass sie beinahe strauchelte. Draußen ging sie in die Knie, riss ihre Maske herunter und übergab sich. Ihr Gesicht war nur noch Rotz und Tränen, so fest sie auch die Augen zukniff, die Tränen flossen weiter. Sie fühlte sich beschissen, wollte abhauen, laut schreiend davonlaufen. Aber was würde dann aus Yang Han? Sie riss sich mit aller Kraft zusammen, stemmte sich hoch auf die Füße. *Denk an Yang Han*, sagte sie sich. *Du brauchst Geld, Yang Ning. Sobald du das Geld zusammenhast, wird alles gut.*

Niemand hatte gesehen, wie sie zusammengebrochen war, und niemand hatte mitbekommen, wie sie sich wieder zusammengerissen hatte. Ruhig stand sie auf und ging zurück, um durch Leichensäfte zu waten.

Wie glitschig. Wie tief. Ihr Gesicht verzog sich zu einer Grimasse, und beinahe wären ihr wieder Tränen aus den Augen geschossen. Tief durch den Mund atmen, Yang Ning, los, du kannst es. Bloß nicht gehen lassen, nicht ablenken lassen, sonst würde sie sich zersetzen, auflösen. Beängstigend, wirklich beängstigend war das. Sie hatte nichts außer einem klopfenden Herzen, Kurzatmigkeit, einen zum Platzen geschwollenen Kopf, um diesen Angriff abzuwehren. *Halte durch! Du schaffst das.*

Alles in Ordnung? Irgendwann hatte der Chef sich zu ihr umgedreht. Sicher, hatte sie geantwortet, mit Mühe die Tränen zurückhaltend.

Yang Ning wirbelte noch einmal auf dem Sessel herum zum Schreibtisch. An der Wand hing ein Gruppenfoto, das den Krankenpfleger mit Freunden auf einer Geburtstagsfeier zeigte. Es war sorgfältig mit Papierkleber befestigt.

Auf dem Foto strahlte er über das ganze Gesicht. Ein junger Mann, schätzungsweise zwischen fünfzehn und achtzehn, kurzes, schwarzes Haar, groß und schlaksig, feingliedrig. Sachte glitt Yang Ning mit den Fingerspitzen über jeden einzelnen Gegenstand. Die Fragmente in ihrem Kopf verbanden sich, schwebten, schlitterten, gewannen allmählich Struktur, setzten sich vorsichtig zu einem Bild des jungen Mannes zusammen.

Auf dem Laptop klebten zwei Haftnotizen, darauf war etwas gekritzelt, in verblasster Tinte und kaum leserlicher Schrift. Yang Ning konnte nur wenige Worte entziffern: »Freitag ... getroffen ... Vorschläge, die ich zuhause umsetzen will ...« stand auf der einen, »Von der Haltestelle Krankenhaus nach ...«

Auf dem Bücherregal an der Seite standen hauptsächlich Mangas und auf dem oberen Regalbrett ein paar Mangafiguren, die Yang Ning nichts sagten, aber dem Anschein nach die wertvollsten Gegenstände im Raum waren. Sie schnippte mit den Fingern gegen den vertrockneten Zierspargel, der in einer Ecke des Schreibtischs stand. Blattfragmente bröselten leise herab und verteilten sich als Staub auf dem Tisch.

Sie nahm das Inventar noch einmal genauer unter die Lupe. Rechnungen, Briefe, Mangafiguren, Notizbücher, Glückwunschkarten. Wendete eine Zigarettenschachtel zwischen den Fingern, klopfte sachte damit auf den Tisch. Schüchtern, intelligent, introvertiert. Leidenschaftlich, aber extrem zurückhaltend. Keiner, der gut mit Worten war, unsicher im Umgang mit anderen. Jemand, der sich zurückzog und lieber allein blieb, um nicht verletzt zu werden. Wie es aussah, hatte er aufgrund seiner netten Art dennoch ein paar Freunde gewonnen, die ihn für seine Aufrichtigkeit schätzten.

In einer Schublade entdeckte sie seine Brieftasche. Studentenausweis, Praktikumsausweis, Rabattkarten von Kaufhäusern und Läden in Ximending und der B-Ebene der U-Bahn-Station Sun Yatsen. Schließlich sein Personalausweis: Name: Zheng Wenliang. Geburtsdatum: 8. Juni 2002.

Eine Kakerlake kletterte an ihrer Wade hoch, reckte ihre Fühler, um dort einen Blutfleck zu kosten. Yang Ning schüttelte sie ab, aber schon krabbelte das Insekt flink an ihrem Arm hinauf.

Früher hatte sie diesen Job des Geldes wegen gemacht. Jetzt arbeitete sie wegen etwas anderem.

An die Arbeit.

Yang Ning beugte sich über das Bett und schnüffelte am Bettlaken. Und tatsächlich roch sie etwas. Furchtbaren Leichengeruch. Beinahe hätte sie laut gejubelt. Ein wohliger Schauer durchfuhr sie. Sie stöhnte leise. Das war ihre Droge, ihr Weg zum höchsten Glück.

Mit zitternden Fingern drückte sie den Timer: 0:29:59.

Ihr blieb noch eine halbe Stunde, um es zu genießen.

Sie riss die Maske herunter.

Leichengeruch war ihre Medizin, ihr einziges Mittel gegen den Geruchsverlust, den kein Arzt zu heilen verstand.

Yang Ning schloss die Augen und vergrub den Kopf in der Krankenpflegeruniform. Sie roch nach Notarzt, Klimaanlagen-

schimmel, Gips, Jodtinktur, Pflaster, Bleiche, Alkohol, Fruchtwasser, diversen menschlichen Ausdünstungen … Dutzende verschiedener Gerüche, einschließlich dem von Snuggle-
Weichspüler. Eine verwirrende Mischung. Sie schnüffelte,
konzentrierte sich, fokussierte ihre Gedanken auf den jungen Mann.

Vom vielen Händedesinfizieren hatte er rissige Haut, die
er mit Vaseline und Calendula-Salbe behandelte. Der Kragen
roch nach Seven-Stars-Zigaretten, und er trank Milchtee, der
süß riechende Flecken auf dem Kittel hinterließ.

Je tiefer sie inhalierte, desto deutlicher stand ihr der junge Mann vor Augen. Er hatte fettige Haare und benutzte ein
nach Minze duftendes Shampoo. Und dann war da noch
ein schwacher, blumiger Parfümgeruch, Rose vielleicht. Sie
konnte nicht sagen, welche Marke es war.

All diese Gerüche waren zwischen diesen vier Wänden ge-
fangen. Und sie war ein Schwamm, der sie alle in sich auf-
sog, mit allen Poren, bis sie genug hatte. Herrlich. Jede Faser
ihres Körpers leistete Widerstand und genoss es zugleich.

Der Raum war ein organisches Gebilde, dessen Geruch
sich von Sekunde zu Sekunde, von Minute zu Minute veränderte.

Unvermittelt hob sie den Kopf. Ihr Blick fiel auf die zer-
knüllten Papiertaschentücher im Papierkorb, voll mit dem
Rotz und den Tränen des jungen Mannes.

Seine heißen, salzigen Tränen waren in der Luft ver-
dampft, hatten ihre Spuren in den Staubmilben und der ab-
gestandenen Feuchtigkeit hinterlassen, zusammen mit einer
speziellen Mischung von Empfindungen, seiner Entschlossenheit, seiner Einsamkeit, seiner Trauer, seiner Angst und
seinen Schuldgefühlen. Jedes Gefühl klar und ursprünglich.

Sie musste an Yang Han denken.

5

Als Yang Hans Todestag sich zum ersten Mal jährte, war Yang Ning die Einzige der Familie, die nicht zur Gedenkfeier auftauchte.

Ihr Nichterscheinen sorgte für großen Verdruss unter den Verwandten, vor allem ihre Großeltern väterlicherseits waren empört. Yang Ning konnte sich die sarkastischen Kommentare vorstellen, die ihre Mutter sich ihretwegen hatte anhören müssen, mit gesenktem Kopf, stummen Tränen, zuckenden Mundwinkeln, unterwürfig wie immer. Nie wagte sie ein Widerwort, nie zog sie vor ihnen eine Show ab. Jetzt, wo Yang Han nicht mehr war, hatte sie niemanden, an dem sie ihre Hysterie auslassen konnte, ihr fehlte das Publikum für ihre emotionale Erpressung, ihr ständiges Gaslighting.

Xu Haoyang hatte sich Sonderurlaub genommen, um einen Tag vor der Zeremonie an Yang Nings Stelle nach Miaoli zu reisen. Anstelle seiner Freundin rezitierte er Sutren für Yang Han, ertrug er die theatralischen Zusammenbrüche ihrer Mutter, den stummen Ernst ihres Vaters, selbst das Gezeter und Gejammer ihrer Großeltern. Was Yang Ning ihm verschwiegen hatte: Auch sie fuhr an dem Tag nach Süden. Die Waggons des alten Zugs rumpelten über die Gleise, quietschten, schaukelten den ganzen Weg bis hinunter nach Xinpu. Als der Zug den Küstenbogen entlangfuhr, verlangsamte er seine Fahrt. Wie sehr hätte sie sich gewünscht, die Fenster öffnen zu können und die Meeresbrise auf der Haut zu spüren.

All das, was sich einmal in der Luft ereignet hat. Ob der Wind sich daran erinnerte? Den Geruch und den Geschmack nach zärtlicher Zuneigung, die Tränen, die vor langer Zeit über Wangen gerollt waren? Wenn jemand gestorben war, die

Asche in alle Winde verstreut – ob der Wind dann aus der Erinnerung der Berührung mit einem Menschen die Gestalt der Verstorbenen zu rekonstruieren vermochte?

Der Zug machte kurz Halt und Yang Ning stieg aus.

Sie stand am Bahnsteig und dachte an das Zirpen der Zikaden im Sommer. Jetzt war es Winter und der Winter war totenstill, nur das Rattern der Züge, die in großen Abständen hier durchkamen.

Yang Han und Yang Ning waren Kinder des Meeres. Sie wuchsen in einem kleinen Dorf auf, das nur eine Viertelstunde mit dem Fahrrad von der Küste entfernt lag.

Einmal draußen, ließen sie es langsam angehen, ließen die Streitereien ihrer Eltern hinter sich. Nie gingen sie ins Wasser, und dennoch gehörte ihnen alles, was das Meer war. Im Sommer öffneten Restaurants mit Livemusik, Imbisswagen mit Tacos, Bierstände. Binnen kürzester Zeit verwandelte sich ihr Refugium zu einem lärmenden Rummelplatz. Einmal wurde Yang Han vom Surfboard eines Strandtouristen einfach umgehauen. Als sie sah, wie hilflos und unbedarft ihr kleiner Bruder war, wusste sie, dass sie losziehen und einen anderen Zufluchtsort finden musste, um seinetwillen.

Daher hatte sie ihn in jenem Sommer, er war dreizehn, bei der Hand genommen, und sie waren kurzentschlossen mit dem Zug hierher gefahren, zu eben dieser Bahnstation, um einen Ort nur für sie beide zu finden. Sie schloss die Augen und erinnerte sich an die Gerüche.

Die salzige Feuchtigkeit des Windes, faulendes Holz, abblätternde Farbe, Hundepisse; der süßeste Geruch stammte vom Rudelführer. Süßer sogar als die Früchte. Dieser Hund war bullig und stark und begegnete Hund und Mensch mit Ingrimm, fletschte laut bellend die Zähne und ließ jeden wissen, mit wem er es zu tun hatte. Bei Yang Han dagegen verhielt er sich, als hätte er die Frau seiner Träume gefunden, schnaubte leise wimmernd durch die Nase, rieb sich an ihm, leckte ihn ab, wollte ihn verwöhnen. Und Yang Han liebte den Hund, nannte ihn zärtlich Kapitän. Jedes Mal, wenn sie sich wiedertrafen, benahmen sie sich wie zwei Verliebte nach einer langen Trennung, verharrten Nase an Nase, Stirn an Stirn, stundenlang.

Yang Ning konnte Kapitän nicht ausstehen und wusste, dass der Hund sie genauso wenig mochte. Sie konnte auch den rostigen, fauligen Geruch des Bahnhofs nicht ausstehen. Sie hasste den Geruch des Meeres, viel zu komplex, wie ein überkochender Eintopf, in dem die Herren über Leben und Tod wie wild herumrührten, jede Sekunde tausend Tode, jede Sekunde tausend Leben. Zu dick, zu gesättigt, erdrückend, erstickend. Unerträglich.

Aber Yang Han liebte es, aufs Meer hinauszuschauen und in die Wellen zu laufen. Er liebte seine Weite und seine Farbe. Nur ihm zuliebe hockte sich Yang Ning an den Rand dieses Eintopfs, atmete sein feuchtfauliges Salzaroma ein und beobachtete, wie Yang Han und sein vierbeiniger Freund mit den Wellen spielten. Beobachtete, wie ihr Bruder den Schaum kickte, den die Wellen beim Abebben am Strand zurückließen, und dann kichernd zu ihr zurückrannte.

»Yang Ning!«

»Hm?«

»Ob es da draußen Wale gibt?« Er deutete aufs Meer hinaus.

»Was glaubst du?«

»Bestimmt!« Wie klein er damals war, wie pummelig. »Eine Walkuh mit einem Baby im Bauch.«

»Dann ist es wohl so«, sagte sie. »Wenn du glaubst, dass es welche gibt, gibt es sie auch.«

»Und Haie?«

»Und ob!« Sie packte ihren kichernden Bruder und knabberte spielerisch an seinem Nacken. »Pass auf, dich frisst er zuerst!«

Um ans Meer zu kommen, musste man zuerst das Haus verlassen, dann aus dem Zug steigen, von der Station aus fünf hinter Maschendraht grasende Schafe passieren. Dann ging es weiter, über von Feuersalbei und Hibiskus gesäumte Wege und über eine Holzbrücke. Um ans Meer zu kommen, musste sie die Strandmauer überwinden, hinunterschlittern, über Tetrapoden klettern, durch Seegras und Kletterpflanzen stapfen. Einen Schritt nach dem anderen.

In einem Sommer, Yang Han war gerade sieben geworden, gerieten die Geschwister in ein plötzliches Nachmittagsgewitter. Laut schreiend sprangen sie über die Wasserpfützen, suchten Hals über Kopf Zuflucht unter einer löchrigen Plane, dem Vordach einer Wellblechhütte. Die Hütte wirkte alt und schäbig und jemand hortete daneben eine Reihe am Strand gefundener Schutzhelme und anderes Zeug.

»Ich bin klatschnass.« Yang Han hüpfte mit seinen Flipflops fröhlich in den Wasserpfützen herum. Yang Ning war weniger begeistert. Sie wischte sich das Wasser von der Stirn, zog ihre durchnässte Geldbörse aus der Hosentasche und beäugte den Inhalt, der zu einer breiigen Masse geworden war. Hoffentlich würde der Mann am Bahnhofsschalter nachher den durchweichten Hundertdollarschein akzeptieren. Plötzlich ging die Tür der Hütte auf. Instinktiv zog Yang Ning ihren Bruder schützend hinter sich, mitten in den Regen. Er schrie auf und sprang zurück unter das Dach, neben seine Schwester. Eine alte Frau stand im Türrahmen, die sie in einem derben Hakka-Dialekt anredete. Yang Ning verstand kein Wort, aber die Gesten der Frau machten deutlich, dass sie die beiden hereinbat.

In den Ecken dieser schlichten Behausung standen Blechwannen, um das eindringende Regenwasser aufzufangen. Ansonsten war es dort erstaunlich aufgeräumt und gemütlich. Die alte Frau, die sich mit anmutigen kleinen Schritten durch den Raum bewegte, reichte ihnen ein Handtuch, setzte den Teekessel auf und stellte den Kindern sogar ein paar Kleinigkeiten zum Essen hin. Außer ihrem starken Akzent fiel Yang Ning die große Nase der Frau auf. Sie sprach leise und freundlich, ihr ganzes Benehmen war höflich und zurückhaltend; kein Wort, keine Geste waren zu viel oder zu wenig. Später nannten die Geschwister, wenn sie unter sich waren, die Frau scherzhaft Hexe Yubaba. Fortan würden sie der freundlichen Hexe Yubaba auf dem Weg zum Meer stets einen Besuch abstatten. Sie sprachen nie viel, hockten einfach eine Weile mit ihr zusammen, auf eine Tasse Tee und ein paar Süßigkeiten, bis sie dann losliefen, um den Zug nach Hause zu erwischen.

Es war an einem Morgen zu Beginn des Winters, als sie zum letzten Mal an ihre Tür klopften. Sie fanden die Tür von einer Eisenkette mit Vorhängeschloss verriegelt. Yang Han und Yang Ning riefen im Duett nach der alten Frau. Keine Antwort. Ein Nachbar, vermutlich verärgert über den Lärm, kam in einem dünnen Morgenmantel und Pantoffeln aus seinem Häuschen und erklärte, dass die alte Dame mit ihrer Tochter ins Ausland gegangen sei.

Sie war fort und ihr Haus lag verlassen da.

Yang Han war lange Zeit untröstlich. Yang Ning verstand ihn. Es war nicht wegen der heruntergekommenen alten Wellblechhütte. Ihr Bruder hatte die gemütliche, ruhige Wärme in der Hütte geliebt, und vor allem die gute Hexe Yubaba.

Er mochte Wale, wie überhaupt alle Tiere, sogar – nach Yang Nings Empfinden – grässliche Krachmacher wie Spatzen oder noch grauenhaftere Wesen wie Säuglinge. Außerdem mochte er Filme, sammelte DVDs, die er wie einen Schatz auf einem Regal hütete; jede Wand seines Zimmers war mit Filmpostern in allen Größen gepflastert. Wenn sie sich spätabends in sein Zimmer schlich, grummelte er im Halbschlaf: »Ning ... bist du auch gewaschen?« Dann würde sie sich verschmitzt unter seine Decke kuscheln und absichtlich ihr Gesicht an seinem Kopfkissen abwischen.

»Warum tauschst du die nie aus?«, fragte sie, auf dem Rücken liegend, mit offenem Haar, die Füße an der Wand hochgereckt, wo sie mit den Zehen die Klebestreifen von den Postern zu lösen versuchte. »Unter deinem Bett liegen doch noch zig Rollen. Die an der Wand sind schon ganz vergilbt.«

Yang Han setzte sich im Bett auf, zog die Füße seiner Schwester zu sich herunter und verpasste ihnen eine sanfte Massage.

»Weiß nicht. Ich kann mich nur schwer davon trennen.«

Yang Ning grinste. Er war so sentimental. Damals konnte sie mit seiner zärtlichen Beziehung zu Dingen nichts anfangen. Erst viele Jahre später, als sie an einer Bushaltestelle ein Filmplakat sah, begriff sie plötzlich das Gefühl, etwas schon zu vermissen, bevor es weg war.

Ihr kleiner Bruder trank lieber Ziegen- als Kuhmilch. Sie schmecke nach Sehnsucht, sagte er, intensiv und nachgiebig zugleich. »Mama hat mir jeden Tag eine Bento-Box für den Kindergarten mitgegeben. Mit Ziegenmilch. Das Glas der Milchflasche war so schön kühl«, erzählte er lächelnd. »Die fühlte sich toll an.«

Yang Ning fand, dass Ziegenmilch stank. Dennoch besorgte sie ihm jeden Tag nach der Schule eine Flasche im Seven Eleven. Früher hatte ihre Mutter das gemacht, später war es an Yang Ning. Immer war der Kühlschrank voll mit den kleinen Glasflaschen, auf denen sich beim Herausnehmen feine Wasserperlen bildeten.

»Wie kann man sich ständig für alles begeistern?«, fragte sie ihn. »Gibt es nichts, das du nicht magst?«

»Ich mag alles«, sagte er.

»Spinner.« Sie verzog spöttisch den Mund.

»Aber es gibt eine Sache, die ich mir wünsche.« Er hielt den Mund dicht an ihr Ohr und flüsterte: »Ich hätte gern deine Nase.«

»Nichts zu machen.« Sie zuckte mit den Schultern, geschmeichelt.

Ihr raffinierter Geruchssinn war in der Lage, die feinsten, subtilsten, selbst bewusst versteckten Gerüche zu identifizieren. Für sie war es ein Kinderspiel, zu erschnüffeln, was das Mädchen mit dem müden Gesicht und der goldgeränderten rosa Haarspange hinter dem Ticketschalter mit ihrem Parfüm verbergen wollte: das süßliche Aroma des Sake, den sie gestern bis spät in die Nacht getrunken hatte, den herben Zigarettengeruch an ihren Fingerspitzen, den Hauch eines weiteren Krauts an ihrer Uniform, das Yang Ning nicht zu benennen wusste.

Ein Rülpser des Kioskbetreibers an der Ecke verriet ihr, dass er zu Mittag kalte Nudeln und Misosuppe gegessen hatte und dass auch das Taiwan-Bier, das er sich schon zuvor gegönnt hatte, ihm noch unverdaut im Magen lag. Er schwitzte gehörig, was er mit einem billigen Eau de Cologne an Nacken und Handgelenken überdecken wollte, es roch stark nach Alkohol, hatte etwas Stechendes; ganz anders als seine Frau, die sich vor dem Laden hockend Luft zufächelte.

Gerüche konnten sich nicht verstecken. Yang Nings Nase deckte ihre Geschichten auf.

Sie erspürte den krankmachenden Rotz an der Nase eines Passanten und die Sojasprossen in der rotweiß gestreiften Plastiktüte der Frau an der Ecke. Ihr kleiner Bruder packte sie oft am Arm, deutete verstohlen auf Passanten und flüsterte: »He, Ning, was ist mit dem da?«

Für Yang Ning war ihr ausgezeichneter Geruchssinn ein Fluch. Der unvermeidbare Instinkt erschöpfte sie und führte dazu, dass sie sich ständig physisch und mental von Menschen und Dingen angewidert fühlte. Sie litt, von der Grundschule bis zur Uni; der Geruchsmix im Ranzen eines Mitschülers, die fettigen Haare der Sitznachbarin, der auf- und abebbende Menstruationsgeruch im Klassenzimmer machten sie wahnsinnig.

So echt ihr Leiden auch war, so überheblich wirkten ihre ständigen Klagen auf andere.

Die Bilder, die uns das Sehvermögen vermittelt, bleiben an der Oberfläche, sind nur Erinnerung, aber Geruch dringt ein, in jede Pore. Yang Ning wusste um die Macht der Gerüche. Niemand entkam dieser Macht.

Doch dann, als sie wieder alles hinter sich gelassen hatte und noch einmal aus dem Zug gestiegen war, im Heulen des Winds, der den Sand und die Gischt vom Meer herüberwehte, während ein alter Mann mit einem Beutel Wechselkleidung an ihr vorüberging, stand sie dort am Gleis und roch nichts mehr. In ihrer Nase herrschte Leere.

6

Der Erste, der es bemerkte, war Xu Haoyang.

Wenige Wochen nach Yang Hans Tod entdeckte er, dass Yang Ning den Milchtee, der schon seit Tagen in der Küche stand und längst sauer geworden war, ohne Weiteres ausgetrunken hatte. Ein anderes Mal war der Mülleimer umgekippt und die ganze Küche stank nach fauligen Abfällen, ohne dass Yang Ning reagierte. Zunächst nahm er an, dass es an ihrer Trauer lag, die sie vollkommen teilnahmslos machte, aber das erschien allzu abwegig. Er suchte im Internet und stieß auf einen Artikel auf einer Gesundheitsseite, der ihn dazu brachte, sie zu testen. Egal, ob er ihr Schokolade, Kaffee oder Mottenkugeln unter die Nase hielt – Yang Ning roch nichts.

Es folgten Termine beim Hals-Nasen-Ohren-Arzt, Neurologen, Zahnarzt, Rheumatologen, Gastroenterologen, sogar zu einem MRT nötigte er sie, aber jeder Arztbesuch blieb ohne Befund. Yang Ning nahm es achselzuckend hin, aber Haoyang war außer sich. Wenn sie jetzt daran zurückdachte, erinnerte sie sich kaum an die vielen Arztbesuche, die ganze Episode bildete in ihrem Gedächtnis einen nutzlosen, verworrenen Haufen; nur das Bild Haoyangs, der nervös vor den Behandlungszimmern auf und ab ging, stand ihr noch vor Augen.

Nach etwa vier Monaten, die sie mit Besuchen bei den besten Spezialisten Taiwans verbrachte, bekam sie von einem Psychiater die Diagnose: Gefühls- und Geschmacksverlust infolge einer posttraumatischen Belastungsstörung. Eine ungewöhnlich lange Bezeichnung für eine Krankheit, die sich trotzdem nicht sehr wissenschaftlich anhörte. Yang Ning war nicht klar, was posttraumatische Belastungsstörung heißen sollte. Ein geliebtes Haustier stirbt, Mobbing durch Kollegen, vom Lehrer getadelt werden, weil man sich nicht traut, den Badeanzug für den Schwimmunterricht anzuziehen, Zeugin zu werden, wie ein Mensch, der dir nahesteht, bei einem Autounfall stirbt ... was davon war schlimm genug, um ein Trauma zu provozieren?

Eine Psychotherapeutin riet ihr zu lernen, loszulassen, bevor sie ihr gewohntes Leben wieder aufnahm. Was immer das hieß.

»Sie setzen sich zu sehr unter Druck«, sagte die Therapeutin freundlich. »Wir alle müssen lernen, loszulassen.«

Wir? Alle? Als ginge das jeden an, als hätten wir alle die gleichen Enttäuschungen und Rückschläge durchgemacht. Als ob, wenn du weinst, die ganze Welt mit dir weinte. *Bullshit.* Die Welt hört nicht auf, sich zu drehen, wenn sie jemanden verliert, aber deine Welt, ja, die hört womöglich auf, sich zu drehen, wenn du jemanden verlierst. Wenn der Schmerz dich in die Knie zwingt, dann bist du in deiner Einsamkeit verdammt allein.

»Weinen Sie ruhig, das ist normal. Sie brauchen sich Ihrer Tränen nicht zu schämen.«

Yang Ning weinte nicht. In ihr herrschte Leere. Es gibt Menschen, die können den Schmerz vorhersehen, sich mental auf den Verlust vorbereiten. Ihn nach und nach in ihren Alltag integrieren, ihn Schritt für Schritt akzeptieren, sich wappnen für den Tag, an dem das Schicksal erbarmungslos zuschlägt. Wie eine Impfung, wie das Präventionsgelaber eines Politikfuzzis, das ständig und hartnäckig in den Medien verbreitet wird, damit die Bevölkerung dem Virus, das eines Tages angreift, nicht so leicht erliegt.

Aber was, wenn du diese Übung nicht hast? Was, wenn der

Verlust dich völlig unvorbereitet trifft? Auf einmal sind da so viele Fragen, auf die niemand eine Antwort hat.

Niemand, der dir erklären kann, wie du weiter existieren sollst, wenn der Grund für dein Dasein erloschen ist.

Am Tag der Gedenkfeier zum Jahrestag von Yang Hans Tod blieb Yang Ning am Bahnhof stehen, hinter den gelben Plastiknoppen der Wartelinie, und starrte auf den ziegelroten Schotter im Gleisbett. Kapitän ließ sich nicht blicken.

Auf der Rückfahrt nach Taipeh beschloss Yang Ning, aus der gemeinsamen Wohnung mit Haoyang auszuziehen. Noch während sie im schaukelnden Zug durch das Land ratterte, suchte sie sich online eine preiswerte Bleibe. Die neue Wohnung lag im selben Viertel, immer noch innerhalb des Liuhe-Markts, ein gerade frei gewordenes, ausgebautes Dachgeschoss in einem Blechdachhaus, eine winzige Wohnung für Singles.

Haoyang bat sie zu bleiben, er flehte sie an. Sie entgegnete nichts. Wie eine nackte, graue Wand mit einem fleckigen, undurchschaubaren Putz, aus dessen Ritzen der Schimmel wucherte.

»Warum?«, fragte er immer wieder. Im Grunde verstand er sie, aber er fühlte sich gekränkt und ertrug den Gedanken nicht, sie gehen zu lassen.

»Habe ich dich zu sehr unter Druck gesetzt? … Ich will mich nicht von dir trennen, Ning … Lass uns reden. Wir waren uns doch einig, dass wir das gemeinsam durchstehen …«

»Ning, jetzt sag doch etwas. Bitte.«

»Ich kann für eine Weile auf dem Sofa schlafen, wenn du willst, ehrlich …« Jedes Wort eine Selbstkasteiung, jeder Atemzug ein erbärmliches Flehen.

Warum? Das fragte sie sich auch, die ganze Zeit, und fand keine Antwort. Natürlich gab es Gründe, viele sogar, sie brauchte Luft zum Atmen, wollte fliehen.

Sie wusste, wie sie aussah. Verzweifelt, eine Marionette, der man den Faden abgeschnitten hat, aber sie wollte sich nicht zusammenreißen und aufstehen. Sie wollte sich von der Dunkelheit aufsaugen lassen und von niemandem gerettet werden. Sie fürchtete sich vor dem Tag, an dem er ihre Antriebslosigkeit satthätte, sich umdrehte und davonginge. Noch einen solchen Verlust konnte sie nicht ertragen. Sie musste zuerst gehen.

»Ich möchte mich daran gewöhnen, allein zu leben«, sagte sie schließlich.

Xu Haoyang bekniete sie, heulte, wie er noch nie im Leben geheult hatte. Es war zwecklos.

Sie kannten sich seit der Mittelstufe. Haoyang war der höfliche, gebildete Typ, Yang Ning war die Bissige, Ehrgeizige. Er war schlaksig und gutaussehend, sie drahtig und sonnenverbrannt. Sein Lächeln war dümmlich naiv, ihr Lächeln dagegen war wie Sonnenschein. Er ging auf dieselbe Oberstufe wie sie, um ihr nah zu sein, schrieb sich für überflüssige Nachhilfestunden ein, um neben ihr sitzen zu können, und legte sich mit einem älteren Mitschüler an, der in sie verknallt war.

Erst kurz nach dem Examen gestand er ihr seine Liebe, an einem brennend heißen Tag, so heiß, dass das Vanilleeis in ihrer Hand nach zwei Mal Lecken zerfloss, während ihr Haar im feuchtwarmen Wind wehte. Sein Herz klopfte, er war furchtbar nervös.

Ich will in die Großstadt, studieren und Geld verdienen, meinen kleinen Bruder zu mir holen. Sie sagte es mit großer Bestimmt-heit, das Gesicht dem Meer zugewandt. *Nie wieder will ich die-sen verdammten Ozean sehen, ich halte es keine Minute länger in diesem elenden Kaff aus.*

Einverstanden, sagte er. *Solange du dort bist, gehe ich überall hin.*

Tausend Male hatte er sich diesen Augenblick im Kopf ausgemalt. Nie hätte er gedacht, wie aufregend, wie peinlich dieser Augenblick der Wahrheit würde. Sein Gesicht war feu-errot angelaufen, seine Wangen so heiß, dass man Eier darauf hätte braten können, und als er fertig war, wagte er nicht, ihr in die Augen zu sehen. Aber Yang Ning gab keinen Mucks von sich. Schließlich fasste er sich ein Herz, hob den Kopf und warf ihr einen verstohlenen Blick zu.

Unverwandt starrte sie aufs Meer hinaus, schleckte ge-nüsslich ihr Eis.

Die Farbe wich ihm aus dem Gesicht, er verzog die Lip-pen. *Reiß dich zusammen, Haoyang, bloß nicht allzu verletzt wir-ken!,* sagte er sich. Sie sollte sich nicht verantwortlich fühlen. Fiebernd überlegte er, was er sagen sollte, um die peinliche Stille nach seinem Geständnis zu füllen.

»He«, sagte Yang Ning. Überrascht drehte er sich zu ihr um.

Sie küsste ihn zuerst. Ein langer, süßer Kuss, bei dem sie ihm mit der Zunge das Eis aus den Mundwinkeln leckte.

Am Ende bewarben sie sich beide erfolgreich für dieselbe Uni im Norden, sie studierte Medienwissenschaften, er Jura. Sie mieteten eine Wohnung in Yonghe. Sieben Jahre vergin-gen mit einem Wimpernschlag.

Sie war es, die ihm den ersten Kuss gab, und sie war es, die ihn verließ. Immer war sie ihm einen Schritt voraus und nie holte er sie ein.

Kaum, dass sie aus Xinpu zurück war, begann sie, ihre Sachen zu packen, und drei Tage später zog sie aus. Während Xu Haoyang weinend vor dem leeren Kleiderschrank der alten Wohnung hockte, kniete Yang Ning in einer Ecke ihrer neuen Wohnung und starrte lange Zeit reglos den Berg von Umzugskartons an.

Am darauffolgenden Tag hatte ihr Chef angerufen. Yang Ning wusste nicht mehr, warum sie den Anruf angenommen hatte, vielleicht einfach, um sich an etwas festhalten zu können, und wenn es das Telefon war, das ihr einen Vorwand bot, ein paar Sekunden länger zu leben.

Der Chef sagte nicht viel, nämlich nur, dass sie die verdammte Tür aufmachen solle. Dann legte er auf und sie hörte nur noch das Tuten des Besetztzeichens. Gleich darauf hämmerte es gegen ihre Tür.

Yang Ning schleppte sich zum Eingang und machte auf. Bevor sie sich es sich versah, wurde sie hochgehoben. Einsneunfünf und Xiaozhi schleppten sie hinaus. Vielleicht hatte der Chef geflucht, vielleicht hatte Einsneunfünf bei ihrem Anblick die Nase gerümpft, aber bemerkt hatte sie nichts davon. Sie hatte es geschehen lassen. Vielleicht hatte sie einfach vergessen, wie man der Welt Widerstand leistete.

7

Wie verkappte Entführer hatten die drei Yang Ning holter-
diepolter aus dem Haus geschleppt und in eine Limousine
verfrachtet.

Am Einsatzort gab es keinen Aufzug und die Treppen war
steil und lang. Stumm sah Einsneunfünf zu, wie Xiaozhi die
teilnahmslose Yang Ning mühselig in den fünften Stock hi-
naufzerrte. Eine Himmelsleiter hinaufsteigen schien einfacher.

Xiaozhi hatte seine Zweifel, ob es einen heilenden oder
gar stimulierenden Effekt auf Yang Ning hätte, mit dieser
zweifellos schlimmsten Drecksarbeit der Welt zum Weitermachen gezwungen zu werden. Der Chef war anderer Meinung. Yang Ning zur Arbeit zu drängen sei das beste Mittel,
um sie wieder in die Spur zu bringen und sie zu zwingen,
sich der Realität zu stellen, insistierte er. Als sie sich oben auf
dem Treppenabsatz vor der rostigen, roten Eisentür für ihren
Einsatz rüsteten, konnte Xiaozhi nicht länger an sich halten.
»Also ... sollten wir Yang Ning nicht ein bisschen mehr Zeit
geben ... Ihr seht doch, in welcher Verfassung sie ist. Sie sollte sich noch ausruhen ...«

Er klang eher verärgert als besorgt. Während er sprach,
wanderte sein Blick ständig zu Yang Ning, die blass und
stumm auf dem Treppenabsatz hockte. Dass Xiaozhi es wagte, zu irgendwas seine Meinung zu sagen, sogar dem Chef zu
widersprechen – das hatte es allerdings noch nie gegeben. Erstaunt sah Einsneunfünf den Kollegen an.

Xiaozhi hielt sonst immer die Klappe und tat, was von ihm
verlangt wurde. Der nette Trottel, der schon als Kind immer
von allen herumgeschubst wurde. Er wusste einfach nicht,

wie er sich dagegen wehren sollte, und ging jedem Konflikt aus dem Weg. Am Ende ertrug er alles schweigend.

Er und Yang Ning waren sich zum ersten Mal auf der Einführungsveranstaltung für die Erstsemester der Medienwissenschaften begegnet. Danach hatten sie sich immer wieder bei anderen Veranstaltungen ihres Studiengangs getroffen, aber jedes Mal war es bei belanglosem Smalltalk geblieben. Für Xiaozhi war sie eine kluge, scharfzüngige und ehrgeizige Kommilitonin, die außerhalb der Seminare und Institutsaktivitäten in jeder freien Minute arbeitete. Mehr wusste er nicht über sie.

Sein zweites Studienjahr verlief alles andere als glücklich. Nachdem ihm jemand beim Sport den Ellbogen ins Auge gerammt hatte, waren Splitter seiner Brille in Augenbraue und Lid zurückgeblieben, und er verbrachte viel Zeit in Kliniken. Die Drückeberger, mit denen er Gruppenarbeiten machte, wälzten trotzdem alle Arbeit auf ihn ab und ließen ihn die Protokolle schreiben. Trotzdem schaufelte er sich die Zeit frei, um mit seiner Freundin zum Weihnachtsmarkt zu gehen, mit dem Ergebnis, dass sie ausgerechnet dort vor dem großen Weihnachtsbaum mit ihm Schluss machte. Als wäre das noch nicht genug, empfing er am darauffolgenden Tag eine SMS von dem Restaurant, in dem er jobbte, in der es hieß, dass der Laden zum Jahresende schließen würde. Erfolglos, verlassen, arbeitslos und um ein Haar erblindet; es war wirklich zu viel auf einmal.

Bei einer Studentenparty zur Feier der Wintersonnenwende zog einer der älteren Studenten Xiaozhi wegen seiner jüngsten Pechsträhne auf. Xiaozhi fand das gar nicht lustig und obwohl einige passende Retourkutschen durch sein Hirn ratterten, kam ihm am Ende keine davon über die Lippen. Wie üblich wollte er es lächelnd wegstecken, aber diesmal brachten seine Mundwinkel kein Lächeln zustande. Er hielt es nicht länger unter den anderen aus und nutzte eine Gesprächspause, um sich still nach draußen zu verdrücken.

Als er auf den Stufen vor der Tür hockte, hätte er am liebsten die Coladose in seiner Hand zerdrückt und von sich geschleudert. Aber nicht einmal das schaffte er.

Plötzlich landete eine Dose Taiwan-Bier in seinem Schoß. Erstaunt sah er auf. Yang Ning hockte sich neben ihn, riss ihre eigene Bierdose auf und nahm einen großen Schluck.

»Mann, dieses Bier schmeckt echt strange.« Sie schnitt eine angewiderte Grimasse, drehte die Dose in der Hand und studierte die Marke und die Zusammensetzung. Dann wendete sie sich abrupt Xiaozhi zu. »Und du? Trinkst du nicht einmal mehr was?«

Er wurde rot und wollte hastig die Bierdose aufreißen, doch sie packte seinen Arm.

»He, Mister, nur weil jemand etwas sagt, heißt das noch lange nicht, dass du es machen musst«, sagte sie. »Wenn du willst, dann trink. Wenn nicht, lass es bleiben oder gib es mir eben zurück, o. k.?«

Xiaozhi ließ den Kopf hängen und sagte kein Wort.

»Ich habe denen an deiner Stelle die Meinung gesagt, diesen Idioten.« Sie ließ seinen Arm los und deutete mit dem Kinn nach drinnen. »Aber du bist selbst ein Idiot. Ich warte schon die ganze Zeit darauf, dass du endlich einmal den Mund aufmachst und dich wehrst. Wann hörst du auf, dir alles gefallen zu lassen?«

»Ich … ich streite mich nicht gern«, sagte er leise.

»O. k., alles klar. Du streitest dich nicht gern.« Sie zuckte mit den Schultern. »Deine Entscheidung. Gefällt es dir etwa, wenn Chen Guangwei dich vor allen Leuten lächerlich macht?«

Zerknirscht schüttelte er den Kopf.

»Du solltest dir angewöhnen, nicht immer klein beizugeben. Wenn du so weitermachst und nie etwas sagst, fressen die dich bei lebendigem Leib.

Jetzt zum Beispiel haben einige Leute da drinnen meinen Ärger abbekommen, und vielleicht können sie mich deshalb nicht ausstehen. Dann eben nicht! Man muss das üben. Tu dir selbst einen Gefallen und lerne, zu dir zu stehen.«

Er schluckte.

»He, versteh mich nicht falsch. Ich will dir nichts Böses. Du brauchst jetzt nicht beleidigt davonzurennen, wie He Yujing es immer macht.« Sie riss die Hände hoch und mimte eine theatralische Empörte. Xiaozhi rang sich ein Lächeln ab. »Man braucht sich nicht gleich über jedes bisschen aufzuregen, so wie die. Aber du kannst versuchen, auch mal ›nein‹ zu sagen, oder ›es reicht‹.«

Er starrte auf die Bierdose in seiner Hand. Sie trank ihr Bier aus und zerdrückte die Dose in der Hand. »Ganz ehrlich? Manchmal ist es gar nicht schlecht, von einigen Leuten nicht gemocht zu werden. Zumindest, wie soll ich sagen, mich macht es gelassener.«

»Hm.«

»Gut. Ich weiß nicht, ob du wieder mit mir reingehen möchtest. Eben haben sie die Chrysanthemen in den Feuertopf getan, und wenn ich mich nicht beeile, sind keine mehr übrig.« Yang Ning reckte sich und gähnte. Sie wollte gerade aufstehen, als er einen tiefen Atemzug nahm, die Dose aufriss und so gierig sein Bier trank, dass es ihm an den Mundwinkeln hinuntertroff.

Sie lachte. Ein warmes Lachen. »Fang an, es zu üben. Lass dich hören.«

Nach diesem Abend hatten sie nach wie vor wenig Kontakt miteinander. Sie war weiterhin die vielbeschäftigte große Schwester, er war weiterhin der schüchterne Xiaozhi, mit ein wenig, ein klein wenig mehr Courage. Damals wusste er noch nicht, dass seine Familie wenige Jahre später in große finanzielle Schwierigkeiten geraten und das Schicksal ihn so zu ihrem Arbeitskollegen machen würde. Und dann, als die beiden allmählich Freunde geworden waren, starb Yang Nings Bruder.

»Es ist grausam, sie so schnell zurückzuholen«, sagte Xiaozhi.

»Grausam, meine Fresse!« Der Chef blies genervt den Rauch seiner Zigarette aus. »Immer schön langsam, meinst du, he? Wie viel Zeit darf's denn sein? Wie viel verdammte Zeit braucht sie, sag's mir? Hab ich ihr nicht schon genug Zeit gegeben?«

»Aber sieh sie doch an …«

»Genau deshalb, weil sie so aussieht, muss ich sie zurückholen.« Der Chef warf einen Blick auf Yang Ning. »Sie wusste von Anfang an, worauf sie sich einlässt.«

»Das ist doch nicht dasselbe.« Xiaozhi streckte den Rücken durch. Wahrscheinlich war er noch nie so mutig gewesen, so laut. Er zitterte. »Denkst du, der Anblick einer Wohnung voller Blut hilft ihr, in ihrer Verfassung? Das hier ist die Hölle! Seit wann geht es einem in der Hölle besser?«

Der Chef lächelte nur, mit einer Mischung aus Zärtlichkeit und Erleichterung, von der Xiaozhi nicht wusste, wie er sie deuten sollte. Er wollte gerade weiterschimpfen, als Einsneunfünf ihm beschwichtigend die Hand auf die Schulter legte. Xiaozhi runzelte die Stirn, sagte aber kein Wort mehr.

»Ich verstehe, was du sagen willst.« Der Chef sprach langsam. »Du weißt, seit wie vielen Jahren sie für mich arbeitet, und du weißt auch, wie es während all dieser Jahre gelaufen ist.« Xiaozhi hörte die Ernsthaftigkeit aus seinen Worten heraus und langsam wich die Anspannung aus seinen Schultern.

»Sie muss wieder zu uns zurück.« Der Chef drückte seine Zigarette aus. »Anders geht es nicht.«

8

Yang Ning stand wie angewurzelt da, Schutzmaske in der Hand, mit verlorenem Blick.

»Rechts. Schön den rechten Fuß aufsetzen …« Als Yang Ning nicht reagierte, packte Xiaozhi ihren Fuß und hob ihn ein Stück an. »So ist es gut … warte … komm, Ning, hilf mir, dir die Sachen überzuziehen. Gut, ich mach's.« Zögerlich half Xiaozhi ihr in den Schutzanzug. Rechter Fuß, linker Fuß. Hüfte, rechter Ärmel. Linker Ärmel, Reißverschluss. Yang Ning starrte weiter stumm und teilnahmslos ins Leere, während er sie versorgte wie eine Kranke oder ein Kind.

Am Ende streifte er ihr noch die Maske über.

Als alle vier ausgerüstet und bereit für die Arbeit waren, schloss der Chef die Tür auf und ging voran. Es war eine vielleicht dreißig Quadratmeter große, auf den ersten Blick einfach eingerichtete Wohnung. Sobald die Tür aufging, schwärmten Massen von Insekten aus und flogen gegen die Schutzanzüge und Masken der Putzkolonne. Überall türmte sich der Müll. Das Bett verschwand fast hinter zahllosen Dosen, Plastikflaschen und Instantnudelpackungen, während auf dem kleinen Schreibtisch verstreut Lehrbücher für die Prüfungen zum Öffentlichen Dienst lagen und von Kakerlakenkot überzogene Notizblöcke.

Xiaozhi sah sich nach Yang Ning um, die noch immer apathisch im Türrahmen stand und am ganzen Körper zitterte.

»Ning …«, rief er leise. Doch als er sie stützen wollte, wehrte sie ab und schnellte schnurstracks auf das Bett zu.

Strauchelnd ging sie vor dem Bett auf die Knie. Die Leichensäfte waren in die Matratze eingesickert und hatten dort eine blutig braune Vertiefung in Form eines von Körperfett gerahmten menschlichen Umrisses gebildet. Yang Ning lehnte sich über das Bett, lag beinahe mit dem Oberkörper darauf, keuchend; atemlos strich sie mit beiden Händen über die Matratze, streichelte sie mit zitternden Fingern, die geradezu zärtlich über Insektenpanzer, sich windende weiße Maden und die undefinierbare Masse aus Urin und anderen Körpersäften glitten.

Ihr Geruchssinn, seit einem Jahr mausetot, war wieder zum Leben erwacht.

Yang Nings Nasenlöcher bebten, während sie tief inhalierte. Wie ein Schmetterling, der aus dem Kokon schlüpft, zuckend, sich reckend, flügelschlagend. Ringsum neue Aromen. Gierig schnüffelte sie durch die Gesichtsmaske hindurch an ihren klebrigen Fingern. Sie roch es, der faulig süße Gestank strömte in ihre Nase, gnadenlos, als wollte er sie innerlich zerreißen, ihre Seele verätzen.

Sie lechzte nach mehr, sie wollte in diesem Gestank aufgehen. Es schien unmöglich, sich davon loszureißen, vom Geruch der Finsternis.

Sie rang verzweifelt nach Luft, fühlte sich wie eine Blinde, die eines Nachts aufwacht und die hellen Lichter am Weihnachtsbaum erblickt, das funkelnde Sternenmeer am Nachthimmel, so viele Dinge, die mit einem Mal Gestalt annahmen und Sinn ergaben.

Plötzlich musste sie lachen, ein schrilles, kurzes Lachen beim Anblick einer Kakerlake, die sich vor ihr aufbaute und mit den Fühlern zuckte. Sie wollte das Tier packen, aber es entwischte flink. Yang Ning lachte Tränen, lachte, bis der Rotz ihre Nase verstopfte und sie keine Luft mehr bekam.

Die drei Männer standen daneben und sahen fassungslos zu, wie sie ihre Schutzmaske herunterriss. Alarmiert kniete der Chef sich neben sie und versuchte, ihr die Maske mit Gewalt wieder aufzusetzen, aber sie wehrte sich so vehement, dass die beiden ringend zu Boden fielen.

»Ning, verdammt!« Wieder und wieder brüllte der Chef ihren Namen. »Setz sofort die Maske wieder auf!«

Allmählich gab sie ihren Widerstand auf. Er half ihr auf die Beine, zog ihr die Maske über, mit vorsichtiger Sorgfalt.

Der Gestank hatte sich ihrer voll und ganz bemächtigt, belagerte sie wie ein Parasit. Wie gelähmt hatte sie es geschehen lassen, dass er Besitz von ihrer Seele und ihrem Verstand ergriff. Yang Ning war nur noch eine Gefangene, deren äußere Hülle den Geruch aufgesaugt hatte, bis sie bloß noch eins von vielen Dingen im Raum war, ein Insekt, Blut, Fett, Leichensaft.

Sie spürte das Kratzen im Hals, wusste nicht, ob sie lachen oder weinen sollte oder diese widerlichen Aromen auskotzen, alles raus, aus der Kehle, aus den Atemwegen, aber es ging nicht. Vielleicht wollte etwas tief in ihr drin es nicht loslassen.

Am liebsten wäre sie für den Rest ihres Lebens dortgeblieben, hätte so getan, als wäre alles wie früher, bevor sie aus der Bahn geraten war, als wäre er noch da und sie nicht so verdammt allein. In diesem Augenblick war ihr klar geworden, dass sie für immer, wieder und wieder diesen Leichengestank in sich aufnehmen musste, um sich lebendig zu fühlen. Ihr Drang nach Leben würde sie fortan nach dem Tod gieren lassen.

»Weine ruhig.« Der Chef tätschelte ihr sachte die Schulter. »Es ist alles gut.«

Sie schluchzte. Es war das erste Mal seit Yang Hans Tod, dass sie Rotz und Wasser heulend um ihren kleinen Bruder trauerte.

9

Danach steckte sie ihre Nase in alles, Müllkippen, Recycling-
anlagen, hing mit dem Kopf in der Abfalltonne, besuchte sogar die berüchtigten öffentlichen Klos neben dem Parkplatz
des Bangka-Lungshan-Tempels, aber alles ohne Erfolg. An
sämtlichen Orten, von deren Gestank gewöhnlichen Menschen übel wurde, roch sie nichts.

Erst als sie eines Morgens nach einer durchwachten Nacht
über den Markt ging und direkt vor ihren Augen ein Huhn
geschlachtet wurde, roch sie etwas. Für den Bruchteil einer
Sekunde war er da, der Geruch von frischem Blut, zusammen
mit der olfaktorischen Mischung des ganzen Marktes. Ein
überwältigendes Chaos, von dem sie beinahe ohnmächtig geworden wäre.

Schließlich wurde ihr klar, dass ihr Geruchssinn nur an
Tatorten wiedergeboren wurde, dort, wo ein Leben blutig zu
Ende gegangen war. Allein der Gestank des Todes verschaffte ihr Genugtuung. Ihr Beruf half, denn ihre Einsatzorte waren das perfekte Übungsterrain. Anfangs waren die Gerüche
nur ein diffuser Klumpen, ihr fehlten Praxis und die richtige
Technik. Sie strömten einfach auf sie ein, ohne dass sie sie auf-
halten konnte, oder folgten ihr, ohne dass sie ihnen entkommen konnte. Blutgeruch war der heftigste von allen, er überlagerte alle anderen und hinderte sie an der Wahrnehmung von
Nuancen, alles roch ausnahmslos nach Verfall und Verwesung.

Doch mit der Zeit lernte sie, Gerüche zu unterscheiden
und sie zu analysieren. Sie isolierte einzelne Aromen, lernte,
sie eindeutig zuzuordnen und im Gedächtnis zu behalten.

Es war wie eine Sucht. Ein Bedürfnis, das stärkste, aufrich-
tigste unter allen Bedürfnissen.

Fortan arbeitete Yang Ning Tag und Nacht wie eine Besessene, aber nicht etwa besonders sorgfältig, sondern allein, um ihr Verlangen nach Gerüchen zu stillen. Immer war sie als Erste am Tatort, nahm die Maske ab und gab sich der Finsternis hin. Hin und wieder übergab sie sich. Manche Gerüche blieben auch nach unzähligen Begegnungen ungenießbar. Wie die widerwärtige, verfaulte Ananas, die das Beerdigungsinstitut im Erdgeschoss immer wieder wegzuwerfen vergaß. Sie kotzte alles an Ort und Stelle aus, wenn ihr danach war, manchmal mitten in die Kleider eines Toten.

Häufiger jedoch ließ sie sich vom Gestank betäuben, und der Chef, Xueli und die anderen fanden sie völlig benebelt vor, fiebrig heiß, einem jedem anderen unbegreiflichen, überwältigenden Orgasmus nahe.

Stöhnend.

10

»He, Ning! Hallo!«

Die Lautstärke der Begrüßung, begleitet von einem sanften Rippenstoß, beförderte Yang Ning in die Wirklichkeit zurück. Sie blinzelte träge. Inmitten des scheußlichen Gestanks hatte sie leise schnarchend in der Wohnung gelegen und nicht bemerkt, wie die Tür aufging.

»Was ist denn mit dir los? Spinnst du?« Xueli stand über sie gebeugt, die Hände in die Hüften gestemmt. Neben offensichtlichem Ärger schwang ein gewisser Horror in ihrer Stimme mit. Sie starrte auf Yang Nings entblößtes Gesicht.

Yang Ning leckte sich die rissigen Lippen. Es dauerte einen Augenblick, bis ihre Augen sich an die Helligkeit gewöhnt hatten und ihr Gehirn wieder zu arbeiten begann. Der Gestank brannte in ihrer Nase und schnürte ihre Kehle zu. Sie hatte ihrem Riechorgan offenbar einen Tick zu viel zugemutet. Sie würgte. Das gallige Aufstoßen ihres Magens kündigte den vertrauten Brechreiz an. Unwillkürlich musste sie lächeln.

»Das ist ja ekelhaft.« Fassungslos starrte Xueli die Kollegin an. Zwar wurde ihre Stimme von der Gesichtsmaske gedämpft, aber ihre Wut und ihre Verachtung waren deutlich herauszuhören. »Was zum Henker treibst du hier?«

Yang Ning antwortete nicht. Der Timer ihrer Uhr zeigte 00:00:49 an. Sie stellte ihn ab, ließ die Krankenpflegeruniform fallen, die sie noch immer in den Händen hielt, und schnappte sich ihre. Dann stolperte sie an Xueli vorbei in Richtung Wohnzimmer.

»Ning!« Auch Xiaozhi war inzwischen vor Ort und sprach

sie vorsichtig an. Sie aber würdigte ihn keines Blicks, ging zu ihrer Werkzeugtasche und nahm antibakterielle Müllbeutel heraus.

»Yang. Ning.« Xueli spuckte jedes Wort mit Nachdruck aus. »Fuck. Off.«

Xiaozhi gefror das Blut in den Adern.

»Du sollst abhauen, verfickt noch eins, hast du nicht gehört!« Xueli war kurz davor, auszurasten, weil Yang Ning sie vollkommen ignorierte. »Das ist Xiaozhis und mein Job. Ich scheiß auf dein Geltungsbedürfnis.«

»Dann hol doch den Chef.« Yang Ning hob den Kopf. Ihre Augen waren eiskalt. »Wenn er es mir sagt, dann gehe ich.«

Xueli verschränkte die Arme und fixierte sie mit vernichtendem Adlerblick, aber Yang Ning lief ungerührt durch das Zimmer und las den Müll auf, der noch nicht vollständig in den Blutlachen festklebte. Anschließend griff sie zur Spraydose und besprühte alles ringsum mit weißem Schaum, bis er sich zusammen mit den aufgelösten Blut- und Fettflecken bräunlich gelb färbte. Die chemische Reaktion setzte Unmengen Sauerstoff frei.

»Willst du nicht besser deine Maske …« Xiaozhi schluckte den Rest des Satzes hinunter, kniete sich neben Yang Ning und fing an, den Boden zu schrubben.

»Du hältst dich selbst für so verdammt gutmütig, aber jeder andere hält dich für ihr verdammtes Schoßhündchen«, spottete Xueli.

Beklommen schielte Xiaozhi nach Yang Ning, um ihre Reaktion zu prüfen. Dann sah er Xueli vorwurfsvoll an. Sie hielt seinem Blick stand, sehr darauf bedacht, ihre Furcht unter einer Fassade der Geringschätzung zu verbergen. Yang Ning gab sich den Anschein, als hätte sie nichts gehört, hockte sich stumm hin, betrachtete den weiter wachsenden Schaum, zog einen kleinen Schaber aus ihrer Gürteltasche und begann, die unförmigen Flecken vom Boden zu kratzen.

Einsneunfünf hatte Xiaozhi erzählt, dass Yang Ning und Xueli sich schon vom ersten Tag an auf den Tod nicht ausstehen konnten und sich beim geringsten Anlass gegenseitig an die Gurgel gingen. Yang Ning hatte mit ihrer Scharfzüngigkeit stets die Oberhand über Xueli behalten, die am Ende jedes Mal in Tränen aufgelöst zum Chef gerannt war.

Jetzt hingegen war Yang Ning nur noch eine leere Hülle aus Wut und Zweifeln. Schweigsamkeit hieß ihre neue Normalität, aber wenn man sie zu sehr reizte, rutschte ihr nicht mehr nur die Zunge, sondern gleich die Hand aus. Bei genauem Hinsehen erkannte man die feine, gebogene Narbe unter Xuelis linkem Auge, ein Vermächtnis von Yang Nings Fäusten. Fünf Stiche, um die Wunde zu nähen.

Damals hatten Yang Ning, Xiaozhi, Einsneunfünf und Xueli schon seit drei Tagen gegen den Müll im Haus eines Verstorbenen angekämpft. Die Wohnungen, in denen jemand vor seinem Tod allein gelebt hatte, waren am schwierigsten zu säubern, nicht nur wegen des Chaos dort, sondern weil die Leichen oft erst entdeckt wurden, nachdem sie schon viele Tage vor sich hin gefault waren, manchmal verwesten sie schon seit einem oder zwei Monaten oder einem ganzen Jahr. Erst wenn ein Nachbar wegen des furchtbaren Gestanks nach toten Ratten die Polizei rief oder der Vermieter wegen der rückständigen Miete vorbeischaute, wurde der aufgedunsene, zum Madenparadies gewordene Leichnam schließlich entdeckt.

In solchen Fällen hatte jede Wohnung ein spezielles Ökosystem zu bieten, mit einer Artenvielfalt, die selbst Hartgesottenen die Sprache verschlug.

Bei diesem Verstorbenen handelte es sich um einen Achtundsiebzigjährigen, einen pensionierten Klempner, der sich mit seinen Kindern überworfen und schon viele Jahre allein gelebt hatte. Der Mann litt zu Lebzeiten offenbar unter einem extremen Messie-Syndrom: Stapelweise DVDs mit pornografischem Inhalt, eine bizarre Sammlung von Schraubgläsern, randvoll mit Urin und Fäkalien, haufenweise leere oder halb leergegessene Pappboxen vom Schnellimbiss, neben denen sich Dosen und Gläser mit eingelegtem Gemüse türmten, eine Sammlung von Bauernkalendern ab 1946, Rubbellos-Nieten, Lottozettel und anderes Papier lagen überall verstreut. Noch dazu hatte er anscheinend die Nachbarschaft regelmäßig nach weggeworfenen Toastern, Kühlschränken, Waschmaschinen, Haartrocknern und anderen Elektrogeräten durchkämmt. Yang Ning zählte sechs Mikrowellengeräte desselben Modells.

Außerdem war der Boden übersät mit abgeschnittenen Finger- und Fußnägeln.

Die Wohnung war riesig für taiwanische Verhältnisse, bestimmt zweihundert Quadratmeter, und dennoch war darin kein Durchkommen. Der Mann hatte in einem Berg von Müll gehaust. Die Polizei und die Feuerwehr hatten Schwierigkeit, darin überhaupt den Leichnam zu entdecken, bis sich ein tapferer junger Feuerwehrmann tief genug vorwagte, um im hintersten Teil der Wohnung einen wurmzerfressenen Schädel zu erspähen. Auf den ersten Blick sah es so aus, als ob der alte Mann unter einem umgestürzten Haufen gehorteter Zeitungen begraben worden und in seinem geliebten Müll erstickt war.

Um den Leichnam bergen zu können, musste man erst an ihn herankommen, weshalb der Chef alle vier zum Saubermachen vorgeschickt hatte. Sieben volle Stunden lang reichten sie einander den Müll durch, bis das, was von dem Toten übrig war, abtransportiert werden konnte und die Polizei, die Feuerwehr und die Leichenbestatter die Wohnung verließen. Danach fing für die vier die Arbeit erst richtig an. Die stundenlange Plackerei in stickiger, verpesteter Luft – die Fenster zu öffnen war nicht möglich –, laugte die Truppe physisch und mental vollkommen aus. Ihre Nerven lagen blank.

Xuelis unablässiges Grummeln, Schimpfen und Fluchen ging selbst Xiaozhi so gegen den Strich, dass er sich mit Einsneunfünf ins Badezimmer verzog, um sich dort dem Dreck zu widmen.

Yang Ning fuhrwerkte wie immer mit ihrem Schaber herum, um die diffuse Masse aus Blut, Fett, Hautschuppen und Kleidern, die als zäher Klumpen am Boden klebte, wegzukratzen. Weil sich alles nur schwer ablöste, nahm sie noch einmal die Spraydose zur Hand und drückte mehrmals kräftig ab. Eine enorme Schaumwelle breitete sich aus und setzte knisternd eine wilde chemische Reaktion frei. Yang Ning geriet bei dem Anblick trotz aller Erschöpfung in Hochstimmung. Sie atmete tief durch.

Die Gelassenheit der verhassten Kollegin brachte Xueli in Rage, und plötzlich brach es aus ihr heraus: »Ich kapier's einfach nicht. Bist du verfickt noch mal der einzige Mensch der Welt, der jemanden verloren hat? Hör endlich auf, das Opfer zu mimen! Dein Bruder hat sich umgebr…«

Mit voller Kraft landete Yang Nings Schaber in ihrem Gesicht. Ein sauberer Treffer, mit dem sie Xuelis Visier zerstörte, und in der nächsten Sekunde setzte Yang Ning mit einem Fausthieb nach. Der Eimer mit der Desinfektionslösung fiel um, Xueli ging zu Boden, eine stechende Chlorwolke stieg aus der blauen Flüssigkeit auf, die sich nach allen Richtungen ausbreitete. Yang Ning war nicht mehr zu halten. Hemmungslos drosch sie auf Xueli ein, bis eine Blutspur über ihr ungeschütztes Gesicht lief.

Aufgeschreckt von dem Lärm, stürzte Einsneunfünf aus dem Bad und nahm Yang Ning von hinten in den Schwitzkasten. Xiaozhi rief den Krankenwagen. Über dem grauenhaft stinkenden Chaos lagen jetzt zusätzlich Yang Nings röhrendes Kampfgeschrei und Xuelis Wimmern.

Als der Krankenwagen Xueli abtransportiert hatte, spuckte Yang Ning grimmig auf den Boden. Äußerlich wirkte sie wie eine wildgewordene Tigerin, aber Xiaozhi sah die Tränen in ihren Augen.

Der Chef bestellte Xiaozhi, Einsneunfünf und Yang Ning ins Büro. »Geht's noch? Mir reicht's jetzt mit euch!« Außer sich vor Wut herrschte er Yang Ning an: »Du glaubst wohl, du bist hier die Chefin, wie? Einfach draufschlagen, mitten ins Gesicht, klar, noch dazu bewaffnet? Warum nicht gleich totschlagen, he? Bist du noch zu retten?«

Yang Ning starrte auf die Holzfigur des Gottes Guangong, der mit gesenktem Schwert hinter dem Chef stand, und sagte kein Wort.

»Und ihr zwei Luschen, wo wart ihr, verdammt noch mal? Konntet ihr das nicht verhindern?« Er versetzte beiden eine Kopfnuss. Xiaozhi zuckte zurück. »Tut weh, was?«, schimpfte der Chef. »Und wie fühlt sich die Kleine wohl, der du nicht geholfen hast? Was meinst du Arsch, wie ich die Sache ihrem alten Herrn erklären soll?«

Alle drei schwiegen. Jeder von ihnen hatte gehört, wie Xueli hysterisch schreiend ihren Vater angerufen hatte, einen Polizeirevierleiter von hitzigem Temperament. Wenig später war er in Begleitung seines Assistenten wie ein Rachegott ins Büro des Chefs gerauscht und hatte nach Yang Ning verlangt. Der Chef hatte sie angewiesen, sich in der Werkzeugkammer zu verstecken und keinen Mucks von sich zu geben. Immerhin war der Chef mit allen Wassern gewaschen und wusste, was zu tun war. Mit allerhand devoten Beschwichtigungen und unter Aufbietung diverser Schnäpse aus seiner gut bestückten Bar brachte er Xuelis Vater dazu, die Waffen zu strecken, übernahm die Krankenhauskosten, zahlte Schmerzensgeld und besiegelte alles mit einer theatralischen Entschuldigung.

Damit war die Sache damals geregelt gewesen.

Yang Ning hatte unterdessen in der Werkzeugkammer gehockt, im Geiste Xuelis Worte wiederholt und nur eins gedacht: *Ein paar Stiche mehr hätten nicht geschadet.*

Jeder von ihnen erinnerte sich mit Schrecken an die Geschichte. »Provozier sie nicht«, zischte Xiaozhi Xueli hinter vorgehaltener Hand zu.

Yang Ning lief von den beißenden Chemikalien die Nase. Weil sie ihr Visier nicht abnehmen konnte, um die Nase zu putzen, leckte sie den Rotz mit der Zunge ab. Salzig. Vehement kratzte sie mit dem Schaber die blutige Masse ab, die hartnäckig am Boden klebte. Irgendwann bekam sie es los, hielt ein blutgetränktes Kleidungsstück hoch, stopfte es in den Müllsack. So weich. Sie musste daran denken, wie sie das erste Mal Hirn und Kopfhaut in der Hand gehalten hatte, wie schleimig und glibberig sich das selbst durch die Handschuhe hindurch anfühlte. Der Gedanke verursachte ihr eine Gänsehaut.

Xueli wollte, obwohl sie durchaus Angst hatte, keine Schwäche zeigen. »Was hab ich denn gesagt? Dürfen wir jetzt gar nichts mehr sagen, damit sie es nicht in den falschen Hals bekommt und ausrastet?«

Yang Nings Miene verdüsterte sich. Sie stand auf, und

mit einem lauten Scheppern knallte die Gittertür gegen die Wand. In diesem Augenblick erschien der Chef im Türrahmen, Panamahut, offener Hemdkragen, schwarze Lederschuhe, in der Hand eine Havanna. Sofort wurde es im Raum vollkommen still, nur das Rascheln der Schaben auf Plastikfolie und das Summen der Schmeißfliegen waren noch zu hören.

Er machte keine Szene. Stand einfach nur ruhig da und musterte Yang Ning kühl.

»Raus hier«, sagte er heiser. »Raus hier, oder die verdammte Schutzmaske auf.«

11

Um zweiundzwanzig Uhr und sechs Minuten war die Arbeit für diesen Tag beendet.

Während Xiaozhi und Xueli zusammenpackten, ging Yang Ning vor die Tür, legte ihre Ausrüstung ab und badete sich von oben bis unten in Desinfektionsmittel.

Unten vor dem Haus stand der Chef und sprach Zheng Wenliangs Eltern sein Beileid aus. Neben ihm stand ein anderer Mann, vermutlich ein Sozialarbeiter oder Seelsorger mit einem Namensschild um den Hals, und tätschelte Wenliangs Mutter die Schulter. Yang Ning durchzuckte die Erinnerung wie ein Déjà-vu. So war es ihr selbst einmal ergangen, es schien eine Ewigkeit her.

Stumm ging sie an der Gruppe vorbei, bestieg ihr Motorrad und fuhr zum Büro. Sie wollte als Erste unter die Dusche.

Als sie den Schalter umlegte, gingen die Neonlampen des Büros an, eine nach der anderen, wie die Ouvertüre zu einem Horrorfilm. Sie warf die Werkzeugtasche in die Kammer und eilte ins Bad. Zuerst Hände waschen, dann raus aus den Anziehsachen und ab in die Waschmaschine damit.

Als sie noch neu war in diesem Job, warf sie die bei der Arbeit getragenen Sachen immer weg. Jacken, Blusen, Hosen, Unterhemden, BHs, Höschen, Socken, sogar die Schuhe und die Hülle ihres Smartphones. Sie konnte nicht anders, hatte das Gefühl, der Leichengestank hafte für immer in den Fasern und verfolge sie wie ein böser Geist. Als sie nach der ersten Woche vor dem halbleeren Kleiderschrank stand, wurde ihr klar, dass sie sich das auf Dauer nicht leisten konnte. Also hieß es waschen, waschen, waschen.

Beim Aufhaken ihres BHs erschauerte sie durch die Berührung ihrer eiskalten Finger am Rücken. Im selben Augenblick kam eine SMS von Xu Haoyang: *Dusch nicht im Büro, sondern komm direkt nach Hause.*

Piep, piep. Noch eine Nachricht: *Ich habe Lammrisotto gekauft, das magst du doch so gerne. Ich warte vor der Tür auf dich.*

Sie hatte tatsächlich Hunger. Ihr leerer Magen knurrte. Beim Wort Lammrisotto lief ihr das Wasser im Mund zusammen. Sie streifte ihr Haarband ab und stellte sich unter die Brause. Weil sie nicht riechen konnte, ob der Tatortgestank wirklich heruntergewaschen wurde, hatte sie ihre eigene Reinigungsroutine entwickelt: Händeschrubben im Waschbecken, erst dann unter die Dusche und jedes Körperteil von Kopf bis Fuß wieder und wieder so gründlich mit dem Badeschwamm bearbeiten, bis die Haut feuerrot war, die letzten alten Hautzellen abgeschrubbt, alle Poren ausgespült waren, so lange, bis es wehtat.

Früher war sie ihre eigene Inspizientin gewesen, hatte sich ab und zu die Finger unter die Nase gehalten, aber stets befunden, dass es unter ihren Fingernägeln angenehm nach ihr selbst roch. Ein bisschen faulig, aber auch süß, ein auf besondere Art zugleich widerlicher und heilsamer Geruch. Einer der wenigen Gerüche, die sie mochte und mit denen sie etwas anfangen konnte.

Manchmal jagte sie ihren Bruder durch das Haus, der sich irgendwann ergab und an ihren Fingern schnüffelte.

»Riecht das nicht gut?«

»Widerlich!«

»Ach woher, riech doch noch mal!«

Sie rang ihn nieder und hielt ihn fest, bis sie bekam, was sie wollte. Wieder und wieder spielte sie das gleiche Spiel, ohne es je müde zu werden. Nachdem sie mit Xu Haoyang zusammengezogen war, wurde er der Gejagte. Mit dem Unterschied, dass sie sich am Ende lachend und küssend in den Armen lagen.

Sie brauchte eine Dreiviertelstunde für die Dusche. Dabei ließ sie eine beliebige Playlist mit Rock, Elektro oder Heavy Metal laufen, Hauptsache laut, den Regler auf höchster Stufe, laut genug, um das Rauschen der Dusche zu übertönen. Manchmal trommelte Xueli dann von außen gegen die Tür. Weil es zu laut war oder weil sie so lange brauchte. Es war ihr gleichgültig. Sie beeilte sich deswegen gewiss nicht.

Die Musik schüttete ihre Gedanken zu, sie wollte aufhören zu denken, einfach nur Wasser auf sich regnen lassen. Aber heute wollten ihre Gedanken sie nicht loslassen; sie schloss die Augen, ließ das Wasser gegen die Stirn prallen. Sie vermisste den Shampoogeruch. Den Lavendelduft, den Haoyang so mochte.

Sie dachte an das Buch, das er gekauft hatte, mit dem Titel *Nichts - Was im Leben wichtig ist*:

»Nichts bedeutet irgendetwas, das weiß ich seit Langem. Deshalb lohnt es sich nicht, irgendetwas zu tun. Das habe ich gerade herausgefunden.« Ein Junge sitzt auf einem Baum und ruft diese Worte einer Schar Kinder zu, die unter dem Baum stehen. »Alles beginnt nur, um zu enden. Kaum, dass du geboren wirst, beginnst du zu sterben. So ist das mit allem.«

Um dem bösen Jungen auf dem Baum zu beweisen, dass es »Bedeutung« gibt, errichten die Kinder in einem verlassenen Sägewerk einen »Berg der Bedeutung«, auf dem jeder von ihnen abwechselnd seinen wertvollsten Besitz opfern muss. Wer etwas geopfert hat, darf entscheiden, welchen bedeutungsvollen Gegenstand das nächste Kind aufzugeben hat. Nachdem der Protagonist seine Lieblingssandalen zerstören muss, bestimmt er, dass sein Freund den geliebten Hamster opfern muss. Die Forderungen werden immer gemeiner und schließlich landen Puppen, Fahrräder, Zeigefinger, Hunde, Glauben und Jungfräulichkeit auf dem Altar reiner Bosheit ...

Der böse Junge behält Recht. Um den Sinn des Lebens zu beweisen, hat jedes der Kinder ihn am Ende verloren.

Im Bad hingen Dampfschwaden, wie ein dichter, weißer Nebel. Sie rieb den Spiegel frei, der sofort wieder anlief und die Welt verschwimmen ließ. Sie konnte ihr Gesicht nicht sehen. Wenn alles endete, warum dann überhaupt anfangen? Nichts ergab mehr Sinn. Oder, falls der Sinn, den das Leben einmal gehabt hatte, starb, warum dann weiterleben?

12

Vor dem Haus lief *Für Elise*, in Endlosschleife. Der Müllwagen. Yang Ning stieg in ihre Zottelpantoffeln und rieb sich die Augen. Es war schon vier Uhr nachmittags.

Der Fernseher lief noch. Sie hatte nicht mitbekommen, wann der Spielfilm das Nachrichtenmagazin abgelöst hatte.

»Ich kümmere mich um das Büro ... und die Instandhaltung des Hauses und das Grundstück ... ich erledige ein paar Dinge für meine Mutter ... was sie mich erledigen lässt und wozu ich in der Lage bin.« Eine leicht stotternde, verunsicherte Männerstimme.

»Gehen Sie nie mit Freunden aus?«, fragte eine Frau.

»Nun, die beste Freundin eines Mannes ist seine Mutter«, antwortete der Mann. Endlich fand Yang Ning die Fernbedienung zwischen den Sofakissen. Sie fühlte sich klebrig an, mit Soße oder Limo bekleckert vielleicht. Sie drückte auf »Off«, die Stimmen verschwanden, die Wohnung wurde still.

Auf dem Homescreen ihres Smartphones prangte eine Nachricht von Haoyang: *An deiner Tür hängt was zu essen, tu's aber erst in die Mikrowelle.*

Sie legte das Telefon beiseite. Schon seit einer ganzen Weile beantwortete sie seine Nachrichten nicht mehr, aber Haoyang bombardierte sie weiter mit SMS, kaufte ihr Bento-Boxen, brach bei ihr ein, um sauber zu machen, und gab weiter vor, dass zwischen ihnen noch ein dünnes Band bestand. Sie hatte ihm gesagt, dass es vorbei war, vielleicht nicht überzeugend genug, aber immerhin mit klaren Worten: Es ist vorbei. Kauf mir kein Essen mehr. Gib mir meinen Zweitschlüssel zurück. Findest du das etwa witzig? Was sagt denn deine Neue dazu? Enqi, so heißt sie doch?

Aber er hatte sich nicht darum geschert.

Es war an einem Sommertag, als sie Enqi zum ersten Mal begegnete.

Genau dreihundertfünfundsiebzig Tage waren seit ihrer Trennung vergangen. Sie hatte gerade einen Auftrag in Ximending beendet und lud mit Xiaozhi zusammen ihr Equipment in den Transporter. Der Schweiß rann ihren Hals hinunter, über die Schlüsselbeine, in den BH. Sie legte den Kopf in den Nacken, zog die Schultern hoch und versuchte, sich trotz ihrer vollen Hände mit dem Oberarm den Schweiß und das Unbehagen vom Hals zu wischen, als sie auf der anderen Straßenseite eine vertraute Gestalt entdeckte.

Eine hübsche Frau mit Kurzhaarschnitt hatte sich bei ihm eingehängt, während sie mit ihm an der Fußgängerampel wartete. Die beiden plauderten vertraut miteinander. Yang Ning erstarrte. Sie konnte ihren Blick nicht von ihnen lösen. Schon lange, sehr lange nicht mehr hatte sie Haoyang so gelöst lachen gesehen. Er nickte fröhlich. Dann sah er auf und sein Lächeln erfror. Ihre Blicke trafen sich, Yang Ning hob grüßend das Kinn und lud weiter Schläuche auf den Wagen. Zum ersten Mal ging sie nicht ins Büro, um zu duschen, sondern bestieg ihr Motorrad, fuhr direkt nach Hause, kurvte durch das Gewirr von Gassen, stürzte die Treppe hinauf durch die Tür und warf sich aufs Bett, das Gesicht in den Kissen.

Es dauerte nicht lange, bis Haoyang auftauchte und an die Tür klopfte. Glückwunsch, sagte Yang Ning, ein nettes Mädchen. Er wirkte gekränkt. Stumm kam er herein und schloss sie in Arme. Sie ließ es geschehen.

Yang Ning war sich bewusst, dass sie heuchelte. Ihr war immer klar gewesen, dass er sich irgendwann eine andere suchen würde; so schnell hatte sie allerdings nicht damit gerechnet. Vielleicht hatte sie gehofft, dass er weiter auf sie warten würde. Ein egoistischer, heimlicher Wunsch, der sich nicht erfüllen ließ, das wusste sie. Niemand war verpflichtet, auf jemanden zu warten und ganz bestimmt nicht er auf sie.

Er hielt ihr Gesicht in den Händen und küsste sie. Sie schmiegte sich an ihn, presste ihren Unterleib gegen seinen und bewegte sachte die Hüfte, zärtlich, natürlich, leidenschaftlich, wie Wellen, die sich gegen die Felsen werfen. Als er ihre Zungenspitze mit seiner umgarnte, zog sie sich etwas zurück, fuhr mit der Hand in seine Hose, umfasste seinen heißen Penis und rieb sanft von oben nach unten, bis er es nicht mehr aushielt, seine Lippen von ihren löste und leise stöhnte. Sie ging auf die Knie und zog seinen Reißverschluss auf.

Gierig befummelten sie einander, fielen auf Yang Nings Bett, rissen sich gegenseitig die Kleider vom Leib und liebten sich wie wilde Tiere. Sie benutzten ihre Körper, um ihre Seelen anzurufen, fielen verzweifelt übereinander her, verausgabten sich. Yang Ning stöhnte lustvoll und ungehemmt, ließ ihre ganze Wut durch ihren Körper sprechen, umklammerte ihn mit ihrer feuchtdunklen Verzweiflung.

Fick mich, keuchte sie ihm ins Ohr, komm in mir drin. Sie übersäte ihn mit Bissspuren, selbst seinen Penis, sie verfeuerten ihre Körper, als gäbe es kein Morgen.

Als sie fertig waren, weinte er, wie ein verwundetes Tier. Noch immer waren sie miteinander verbunden, lagen nackt und eng umschlungen da. Haoyang schluchzte hemmungslos, während Yang Ning gewaltsam die Tränen unterdrückte und sich die Unterlippe blutig biss.

Sie bat ihn nicht, zu bleiben.

Etwas zwischen ihnen war endgültig zusammengebrochen und in Stücke zerfallen.

Xu Haoyang war in seine Wohnung zurückgegangen. Das

Leben ging weiter, was geschehen war, war geschehen. Er zeigte weiter besorgtes Interesse, während sie ihm lediglich die kalte Schulter zeigte. Sie hatten es nie wieder getan, nie darüber gesprochen. Als ob es nie geschehen wäre.

Yang Ning hatte Riesenhunger, zwang sich aber trotzdem, erst ihre gründliche Reinigungsprozedur zu beenden, bevor sie sich die Plastiktüte mit der Bento-Box schnappte, die draußen am Griff hing.

Sie war immer eine gute Esserin gewesen, was sie auf ihren Bruder Yang Han schob, der sie verzogen habe. Kaum konnte er laufen, tummelte er sich in der Küche, um seiner Mutter beim Kochen zuzusehen. Seine große Schwester kaufte ihm einen stabilen kleinen Schemel, auf dem er einen besseren Überblick hatte.

Im selben Jahr, in dem Yang Ning ihre Milchzähne verlor, ging es mit dem Geschäft ihres Vaters bergab und die ständigen Reibungen zwischen ihren Eltern nahmen zu, die Risse wurden tiefer, die Streitereien heftiger. Ihre Familie sollte von da an nie wieder das sein, was sie einmal gewesen war. Der Vater fand ständig neue Ausreden, um von zuhause fortzubleiben. Ob er seine Zeit, wie er behauptete, auf Geschäftsreisen verbrachte, oder im Bett seiner Sekretärin – wer wusste das schon. Die Mutter dagegen wurde immer exzentrischer, zog sich nach einem Streit tagelang stumm in ihr Zimmer zurück, wo sie zusammengekauert auf dem Bett lag, die Wand anstarrte und eine Packung Taschentücher nach der anderen vollheulte und sich für das bedauernswerteste Geschöpf auf Erden hielt. Die Wäsche blieb ungewaschen, sie kaufte nichts zu essen ein, kochte nichts. Es kümmerte sie nicht, schien sie nichts anzugehen.

Yang Ning musste sich allein um den Haushalt kümmern. Die Unterschrift ihrer Mutter im Elternkontaktbuch der Schule zu fälschen, war eine ihrer leichtesten Übungen. Waschen und Putzen ging auch noch, aber kochen war ein Problem. Sie konnte kein rohes Fleisch anfassen, vom Geruch wurde ihr schlecht. Niemals hätte sie es zubereiten können. Aber sie wollte ihren Bruder nicht mittags und abends draußen Fastfood essen lassen. Nachdem sie ihr Vorhaben endlos in Gedanken durchgespielt hatte, ließ sie eines Tages die Schule sausen und fand den Mut, einkaufen zu gehen. Im Supermarkt entdeckte sie ein Seidenhuhn, in Plastik verschweißt und weitgehend geruchsfrei, rund und fleischig, kein Kopf, keine Krallen, kein Blut.

Im Kochbuch fand sie ein einfaches Rezept für Eintopf. Sie drehte den Wasserhahn auf, um das Huhn unter fließendem Wasser abzuwaschen, aber als sie die Plastikfolie aufriss, kam plötzlich der Kopf des Huhns zum Vorschein, an einem schlaffen Hals baumelnd, die Augenlider fielen unter dem Wasserstrahl auf und zu, als würde es Yang Ning anblinzeln.

Und mit dem Kopf kam der Geruch. Unerbittlich drängte sich ihrer Nase mit einem Mal sein Todesgestank auf. Mit einem Schrei ließ sie die halb geöffnete Verpackung mit dem Huhn fallen.

Yang Han eilte ihr zu Hilfe. Er zog den Schemel zu ihr heran, stellte sich auf die Zehenspitzen und beförderte das Huhn etwas ungelenk aus der Spüle und außer Sichtweite seiner Schwester. »Ich mach das, ich hab keine Angst«, lispelte er durch die Zahnlücken zwischen den Milchzähnen.

Der Anblick des langen, schlaffen und glitschigen Hühnerhalses behagte auch ihm nicht. Dennoch nahm er Yang Nings Hand und drückte sie, einmal, zweimal. *Keine Sorge, ich bin da.*

Zusammen stellten sie Kochwasser auf, warfen das Huhn

hinein, hoben ab und zu den Deckel an, um zu prüfen, ob es gar war, gossen Wasser an, wenn zu viel verkocht war, stellten die Gasflamme ab und wieder an. Erst als sie es vier Stunden später auf den Tisch stellten, fiel ihnen ein, dass sie das Salz vergessen hatten. Yang Ning erinnerte sich für immer an den Geschmack des fadesten Hühnereintopfs, den sie je gegessen hatte, aber immerhin war es auch der mit dem zartesten, im Munde zergehenden Fleisch. Yang Han war damals erst acht Jahre alt. Er passte auf seine Schwester auf.

Sie dagegen hatte versagt, als es darum ging, auf ihn aufzupassen.

In einem Rutsch hatte sie fast die ganze Schachtel mit gebratenem Reis verschlungen. Wie still es jetzt war. Der Fernseher war aus, und die Wohnung, nachdem Haoyang sich gestern Einlass verschafft und aufgeräumt hatte, sauber und ordentlich. Sie schaute von ihrer Bento-Box auf, betrachtete den irgendwie fremden, stillen Raum und fühlte sich plötzlich wie eine Außerirdische. Sie warf einen Blick auf ihr Smartphone. Niemand hatte ihr eine Nachricht geschickt, auch nicht im Gruppenchat ihres Teams; normalerweise fanden sich dort, egal, ob es einen Auftrag gab oder nicht, immer Sprachnachrichten des Chefs, zuverlässig ploppten dort seine vulgären Auslassungen auf, über das Equipment, die Hygiene, die schlechte Auftragslage, wildes Geschimpfe über Gott und die Welt. Yang Ning hörte sich seine Tiraden gern an, schon seit sie bei diesem Job eingestiegen war, manchmal spielte sie sich die Nachrichten in der Stille der Nacht mehrmals hintereinander vor.

Sie verstand ihren tieferen Sinn, hatte ein Gefühl für die verquere Zärtlichkeit dieser Botschaften.

Heute aber gab es keine einzige Nachricht, weder die üblichen Vorträge des Chefs noch Xiaozhis Entschuldigungen, noch Xuelis großes Repertoire an Emojis, und auch nicht die zuverlässigen Bestätigungen von Einsneunfünf: *Alles klar. Verstanden. Passt.*

Sie vermutete, dass der Chef ohne ihr Wissen eine zweite Chatgruppe aufgemacht hatte, um sie von der Arbeit auszuschließen. Sie rief in der Firma an. Niemand nahm ab. Fluchend stopfte sie den Rest ihres Essens in sich hinein.

Als sie in der Firma ankam, war es bereits elf Uhr abends. Im Büro war keine Menschenseele. Niemand beantwortete ihre Anrufe.

Frustriert hockte sie sich auf einen Bürosessel und drehte sich mehrmals um die eigene Achse. Es gab keine Adresse, zu der sie hinfahren konnte, und selbst wenn es eine gegeben hätte, wären die anderen schon seit Stunden bei der Arbeit und der Gestank hätte sich längst aufgelöst, wäre vom Reinigungsmittelgeruch verwässert, der ganze Tatort schon beinahe wieder frisch und sauber. Und Yang Ning wäre verloren, ihre Nase weiter tot und nutzlos. *Scheiße.*

Ein Mann betrat das Büro, Goldrandbrille, weißes Hemd, Anzughose mit schwarzem Ledergürtel, etwa Anfang vierzig. Überrascht sah er sie an.

»Hi, Qian, altes Haus«, rief Yang Ning. Ihre Respektlosigkeit war notorisch, allerdings bewahrte sie ihm gegenüber immer noch eine gewisse Höflichkeit, denn Zou Youqian war für die Buchhaltung von NEXT STOP und die des Beerdigungsinstituts zuständig; einer, mit dem man sich gut stellen musste.

»Niemand hier heute, was?«

»Stimmt«, sagte Yang Ning, mehr zu sich selbst. »Sie haben mich allein gelassen.«

Zou Youqian und ihr Chef waren derselbe Jahrgang und hatten dieselbe Schule besucht. Doch man konnte sich kaum unterschiedlichere Charaktere vorstellen. Der Chef war eher der vorlaute, grobschlächtige Draufgänger, Qian dagegen der zurückhaltende, beherrschte Saubermann und Einzelgänger. Gleich bei ihrer ersten Begegnung hatten er und der Chef das Gefühl, einander prächtig zu ergänzen. Ihre Freundschaft hatte etwas von diesen Buddys in Coming-of-Age-Filmen.

Sie deutete auf das hautfarbene Pflaster an seiner rechten Schläfe. »Was ist mit deinem Kopf?«

»Ach, das …« Instinktiv fuhr seine Hand an die Stelle. »Nichts weiter. Du solltest dir mehr Ruhe gönnen, du hast dunkle Ringe unter den Augen. Falls du deinen Chef siehst, richte ihm aus, dass ich mit ihm sprechen muss.«

»Mach ich.«

Yang Ning und Zou Youqian hatten sich in all den Jahren nie lange miteinander unterhalten. Auch jetzt blieb er nicht noch auf einen Plausch, sondern drehte nur eine Runde durch das Büro und verabschiedete sich wieder nach oben.

Dann klingelte das Telefon, der Festnetzapparat der Firma. Yang Ning musste sich kurz besinnen, bis ihr einfiel, dass außer ihr niemand da war, um abzuheben. *Geh ran, verdammt!*

»Guten Abend, Sie sprechen mit NEXT STOP Tatortreinigung. Wie kann ich Ihnen behilflich sein?«

»… Ich brauche … morgen früh …« Ein Rauschen in der Leitung machte das Gesagte beinahe unhörbar.

Sie unterbrach den Anrufer. »Verzeihung, die Verbindung ist leider sehr schlecht, könnten Sie bitte noch einmal wiederholen, was Sie eben gesagt haben?«

»Sie müssen sofort kommen … bis fünf Uhr muss alles sauber sein … Zhuangjing Lu in Zhonghe, Gasse dreiunddreißig, Block zweiundzwanzig, Hausnummer ... zweiter Stock A Sieben ...«

»Welche Gasse?« Yang Ning kramte Stift und Papier hervor und versuchte, schnell die Adresse zu notieren, die der Anrufer so unerklärlich hastig von sich gab. »Warten Sie, sagten Sie Gasse dreiunddreißig, Block zweiundzwanzig?«

Der Anrufer antwortete nicht und redete einfach weiter. »... eine kleine Wohnung ... das Honorar steckt in einem Briefumschlag ... im Zeitungskasten, mit den Schlüsseln.«

Rauschen. Yang Ning war verwirrt.

»Sagten Sie, die Schlüssel sind im Zeitungskasten? Was war das mit dem Umschlag?«

»... um fünf Uhr müssen Sie fertig sein ...«

»Ich brauche Ihren Namen, Handynummer, Festnetz, oder LINE-Daten, um den Auftrag zu bestätigen. Außerdem den Umfang des Auftrags.«

»Die Decke ist eingestürzt ... alles muss weg, der Deckenventilator, die Kabel, der Futon, der Dreck ... reinigen Sie den Boden, bringen Sie den heruntergefallenen Deckenputz weg ... das wär's.«

»Ventilator, Futon ...« Sie wiederholte, was sie mitbekommen hatte. »Mein Vorgesetzter ist gerade nicht hier. Wir müssen uns die Sache erst ansehen, um zu entscheiden, wie viele von uns gebraucht werden, welche Ausrüstung ...«

»... Bringen Sie den Müll weg ... die persönlichen Gegenstände können bleiben ...«

»Hallo?« Yang Ning hatte die Lautstärke hochgedreht. »Hallo? Ich brauche Ihre Telefonnummer, damit wir Sie ...«

»Vor fünf muss alles fertig sein.« Das Besetztzeichen. Der Anrufer hatte aufgelegt.

13

Yang Ning schickte dem Chef eine SMS, lud die übliche Ausrüstung in den Lieferwagen und gab die Adresse ins Navigationssystem ein.

Ein vierstöckiges Blechdachhaus, offensichtlich schon älter, dreißig bis vierzig Jahre alt, schätzte sie. Von Grünspan überzogene, gelbe Keramikfliesen an den Außenwänden, gefährlich herabhängende Kabel, altmodische Klimaanlagekästen, die ihre Hintern zum Fenster hinausstreckten, rostige Fenstergitter, grüngelbe Regenmarkisen. Typisch für die alten Gassen und Hinterhöfe Taiwans.

Im Erdgeschoss hausten Lumpensammler, die die fehlende Eisentür durch zerschlissene blaue Zeltplanen und Stoffbanner mit Wahlwerbungen ersetzt hatten. Vor der Tür lagen große und kleine schwarze Plastikbeutel, Pappkartons und Reissäcke. Zwischen den Haufen von Wertstoffsäcken und den Motorrädern weiter vorn war eine Lücke, in die Yang Ning rückwärts einparkte. Obwohl sie sehr vorsichtig manövrierte, stieß sie am Ende etliche Müllsäcke von den Altpapierkartons, was gehörig Lärm verursachte.

Verdammt. Sie stellte den Motor ab, stieg aus und hievte mit genervtem Stöhnen die Müllsäcke wieder an Ort und Stelle, die aber hartnäckig immer wieder herunterfielen. Am Ende stellte sie frustriert alles einfach irgendwo ab. Obwohl sie nichts roch, rümpfte sie unwillkürlich die Nase.

Zweiter Stock ... Es dauerte etwas, bis Yang Ning das vom Wetter ausgebleichte Schild mit der Wohnungsnummer A7 fand. Sie öffnete den Zeitungskasten, und da lagen wie angekündigt die Schlüssel und ein brauner Umschlag. Er war ziemlich schwer. Sie sah hinein. *Wow.* Ihre Finger glitten über den dicken Packen blauer Banknoten. Sie wog ihn einen Augenblick lang in der Hand, dann machte sie ein Foto und schickte es an den Chef. Anschließend zog sie ihren weißen Hasenanzug über und hängte sich die Gesichtsmaske um, ließ sie aber auf der Brust herunterbaumeln.

Fuck. Das war das engste und steilste Treppenhaus, das sie je gesehen hatte, bestimmt fünfundsiebzig Grad Steigung, wie eine verdammte Himmelsleiter, auf die maximal ein Mensch passte. Sie legte den Kopf schief und überlegte, wie sie ihre Ausrüstung da hinaufbekommen sollte, obwohl es kaum Platz genug gab, um beide Arme auszustrecken. Sie betete insgeheim, dass die Lage in der Wohnung auch ohne schwere Geräte zu meistern sein würde.

Ein Stockwerk von etwa hundert Quadratmetern war in sieben Wohneinheiten aufgeteilt worden. In Taiwan lebten mehr Menschen, als sie dachte, in solchen winzigen, sogenannten Sargwohnungen, vor allem in den Randgebieten Taipehs, wie Zhonghe oder Yonghe. Sie fand Nummer A7 am Ende des schmalen Korridors und schloss die hölzerne Tür auf.

Jetzt begriff sie, warum der Mann am anderen Ende der Leitung solche Eile gehabt hatte.

Die Stahlträger der Decke hatten nachgegeben, Teile der Zimmerdecke waren eingestürzt, dicke Elektrokabel hingen voller Putz und Dreck im Raum, der altmodische Deckenventilator war heruntergekracht; Schutt, Scherben und Staub bedeckten den Boden und einen Futon, der auf einem schlichten Holzgestell ruhte; dazwischen Blutspuren.

Yang Ning nahm den Raum genauer in Augenschein, stapfte durch das Chaos und entdeckte die Halterung des Deckenventilators, an der ein abgetrennter Strick festgebunden war. *Ein gescheiterter Selbstmordversuch?* Yang Ning mutmaßte,

dass der oder die Arme sich wohl am Deckenventilator erhängen wollte, der, zu alt, um das Gewicht zu halten, mitsamt
der Decke herabgestürzt war und ihn oder sie unter sich begraben hatte.

Sie schloss die Tür und ließ langsam ihren Kopf kreisen,
um die Nackenmuskeln zu lockern, ihren Körper bereit zum
Eintritt in eine andere Welt zu machen. Blut, Rost, Urin und
verschiedene, nicht sofort identifizierbare Gerüche; kein
starker Leichengestank. Dominanter war der Geruch nach
Angst und Tränen. Sie atmete noch einmal tief ein. Ihr Gehirn setzte aus, ihr Körper entspannte sich, zufrieden. Eine
angenehme Mischung aus schwebender Leichtigkeit und
wohliger Wärme überflutete ihr ganzes Denken. Sie fühlte
sich benommen, hatte Tränen in den Augen vor Glück.

Sie folgte einer Geruchsspur ins Badezimmer, der penetrante Geruch von Reinigungsmittel, vor allem im Waschbecken. Die Wand- und Bodenfliesen waren feucht. Nichts Ungewöhnliches. Yang Ning ging in die Hocke und entdeckte
eine feine rötliche Spur in den Fliesenfugen.

Das kriege ich allein hin.

So leise und vorsichtig wie möglich schleppte sie die Ausrüstung das nachtstille Treppenhaus hinauf. Wie sich ein Selbstmordversuch wohl anfühlte, fragte sie sich während des be-
schwerlichen Aufstiegs, und wie es sich wohl anfühlte, den
Selbstmordversuch eines Familienmitglieds mitzuerleben?

Der Schreibtisch war beim Einsturz intakt geblieben, aber
ziemlich unordentlich, übersät mit eingetrockneten Farb-
klecksen. Kunstkataloge und Zeichenutensilien lagen herum,
dazwischen das ein oder andere schwarze Haar. Ein unferti-
ges Bild fiel ins Auge. Vor dem Tisch stand ein kleiner, grob
gearbeiteter Holzstuhl, über dessen Lehne eine weiße Kell-

neruniform und der dazugehörige Gürtel hingen. Sie hob sie hoch und schüttelte sie auf. Ketchup, Basilikum, Ruß. Am Revers war ein Namensschild angebracht, in stilisierter Schönschrift: *Sunny*.

Sunny hatte zwischen dem Bett und einer Wand gerade ausreichend Raum geschaffen, um dort eine Mini-Single-Küche zu installieren. Es gab einen kleinen Kühlschrank, eine Induktionsherdplatte, einen grünen *Tatung*-Reiskocher und einen kleinen Küchenschrank. Schüsseln, Teller, Löffel, Essstäbchen, Frischhaltefolie ... alles da.

Auf einem niedrigen Regal neben dem Schreibtisch fand sie eine fast leere Tube No-Name-Primer, Lippenpflege und eine abgewetzte Tube Make-up, bei der man den Markennamen nicht mehr lesen konnte, offenbar selten benutzt. Ein Fan von Schminke war diese Sunny offenbar nicht gewesen, hatte aber vor dem Schlafengehen nicht an Moisturizer gespart, von dem sich gleich mehrere in Form von Lotionen und Gels diverser Marken fanden. In ihrem Kleiderschrank herrschte ein ziemliches Durcheinander, wie bei jemandem, der schnell aus dem Haus musste. Auf dem Schrankboden lagen zerknüllte Kleidungsstücke. Yang Ning schnüffelte jedes einzelne davon ab, nicht sehr gründlich, nur neugierig darauf, wie das Leben einer anderen roch.

Ein strenger Geruch nach Desinfektionsmittel fiel sie an, kaum dass sie eine Schublade aufgezogen hatte, die voller Unterwäsche war. Yang Ning rümpfte die Nase, während sie mit der Hand durch die Ansammlung aus zumeist weißen oder hautfarbenen BHs und Baumwollhöschen fuhr, nichts Schickes, keine Spitze, kein Glitzer. Sie zog an einem Träger; ausgeleiert, vergilbte Schnalle. Der penible Geruch stammte nicht von der Wäsche, aber sie hatte ihn angenommen.

Oha! Ganz hinten stießen ihre Finger doch noch auf et-

was Radikales unter der konservativen Ausstattung, ein tief-
geschnittener Body, mit burgunderroten Rüschen gerändert,
schwarze Rosenstickerei auf feiner Spitze, goldfarbene Ösen.
Modisch und sexy. Er sah so neu aus, wie er roch, vermutlich
nie getragen.

Los, an die Arbeit. Als sie die Dessous zurücklegte und dabei
unabsichtlich mit den Fingernägeln über den Schubladenbo-
den schabte, bemerkte sie, wie ungewöhnlich hohl es klang.
Sie tastete an den Rändern entlang. Der Boden ließ sich an-
heben und ein Hohlraum mit einer flachen Holzkiste wurde
sichtbar.

Es kostete ein wenig Kraft, die Kiste aus der Schublade zu
hebeln.

Ein Stapel Zeichnungen. Porträts, sehr detailgetreu gezeichnet und realistisch, jede Pore, jedes Fältchen in Zeit und
Raum festgehalten. Eine ältere Dame mit dunkelrotem Schal
und goldgeränderter Lesebrille, ein älterer Herr mit lederner
Haut, eingefallenen Wangen und durchscheinenden Adern,
eine üppige junge Frau mit rosiger Haut ... jede Faser des
Papiers schien zu atmen, aus jeder Zeichnung sprach ein be-
merkenswertes künstlerisches Talent. Darunter exquisite
Studien des menschlichen Körpers, in denen jeder Muskel,
jede Vene so realitätsgetreu wiedergegeben war wie in einem
Anatomiebuch.

Sie blähte die Backen und blies den Staub von der obers-
ten Zeichnung. Das Profil eines Mannes zitterte in ihrer
Hand. Yang Ning schloss die Augen senkte ihre Nasenspitze
tief über das Porträt und ließ sie vorsichtig über das Papier
gleiten. Grobe Textur. Sie sog den fremdartigen Geruch ein.

Yang Ning hatte keinen Sinn für Kunst. »Viel Luft nach
oben«, so konnte man das einhellige Urteil ihrer Kunstlehrer
von der Grundschule bis zum Abitur über sie zusammenfas-

sen. Niemand sprach ihr einen besonderen Sinn für Ästhetik zu. Kunst war in ihren Augen ein Luxus, reine Zeitverschwendung, antiquiert, wie aus einer anderen Lebensform. Nachdem sie den Stapel durchgesehen hatte, legte sie ihn zurück in die Kiste, die sie wieder in den Hohlraum zwängte.

An ihren Fingerspitzen haftete der Geruch nach fabrikneuen Dessous, ein Gemisch aus Formaldehyd, Antiknittermittel und Gummikleber, das in ihrer Nase biss, weshalb sie rasch an den geborstenen Bodenfliesen schnüffelte. Sie genoss das olfaktorische Eintauchen in das Leben eines anderen Menschen, es erfüllte sie mit sorgloser Leichtigkeit. Diesmal verzichtete sie auf das übliche Schläfchen, lockerte kurz Arme und Schultern und legte los.

Aufräumen, reinigen, genießen. Sie arbeitete wesentlich effizienter, als sie es auf so engem Raum erwartet hatte. Es fiel auch gar nicht so viel Abfall an wie gedacht. Sie hatte schon ihr Handy gezückt, um Onkel Ahui anzurufen, der für NEXT STOP den Sperrmüll entsorgte, steckte es aber wieder ein. Den Alten für die paar Säcke um vier Uhr morgens mit dem Kleinlastwagen anrücken zu lassen, käme einem Selbstmord gleich. Sie hatte bereits seine Flüche im Ohr. *Nein danke.* Er war ohnehin nicht gut auf Yang Ning zu sprechen.

Also packte sie den Abfall in Säcke, schleppte sie die Treppe hinunter, lud sie auf den Transporter und fuhr zur nächstgelegenen Deponie. Dann ging es zurück ins Büro und unter die heiße Dusche.

Den Umschlag mit dem dicken Bündel Geldscheine platzierte sie auf dem Schreibtisch des Chefs, kritzelte eine alles andere als aufrichtige Entschuldigungsnachricht dazu. Sie war auf seine Standpauke vorbereitet, wusste genau, was er sagen würde. Halt bloß die Klappe! Wann habe ich dir erlaubt, selbst den Abfall zu entsorgen? Ah, verstehe, du willst aufsteigen, die Chefin spielen, ohne meine Zustimmung Fälle annehmen, wie? Haben sie dir ins Hirn geschissen? Bla, bla, bla. Sicher, sie war ein bisschen leichtsinnig gewesen, aber sie hatte doch einen prima Job gemacht. Alles bestens.

Yang Ning spürte den Muskelkater in Armen und Beinen, ihr unterer Rücken tat weh, sie fühlte sich aber kein bisschen müde. Zuhause angekommen, legte sie sich hin, tat aber kein Auge zu. Irgendwann befand sie, dass sie genauso gut aufstehen konnte, zog sich ihren dicken Parka über und begab sich nach draußen auf Nahrungssuche. Der Nudelladen vor der Tür hatte heute geschlossen. Sie zog weiter bis zu dem Backsteingebäude an der Ecke, halboffene Bauweise, mit dem typischen, ziemlich rostigen, nie erneuerten Blechdach. Hier kochten seit einem Vierteljahrhundert die Suppen diverser Ladeninhaber, ohne dass je ein Ladenschild aufgehängt worden wäre. Vor der Tür parkten drei, vier Scooter, an denen vorbei sich Yang Ning in gewohnter Manier in den Laden zwängte. Viel Platz gab es nicht; mit der Reihe von Woks mit diversen Gerichten auf einem langen Tisch zur Straßenseite hin und den drei kleinen Holztischen und roten Plastikstühlen an den Innenwänden wirkte der Raum schon übervoll. Im Winter stand in der Ecke ein großer Topf, aus dem man sich zu seinem Essen eine warme Gratissuppe holen konnte, im Sommer ersetzt durch kaltes Mesonagrasgelee. Früher kam sie her, weil der Laden so nah bei ihrer Wohnung lag, praktisch und preiswert; jetzt eher deshalb, weil sie sich darauf verlassen konnte, dass Geschmack und Qualität unverändert waren. Natürlich war da noch die winzige Hoffnung, dass der vertraute Geruch den verlorenen Geschmackssinn wiederbeleben könnte, aber das wollte sie sich nicht eingestehen.

Diese Stadt wuchs mit jedem Rauchring, den die Öffnung des Dunstabzugs ausstieß.

Abgesehen von den Militärs, Beamten und Lehrern, die sich vor zwanzig, dreißig Jahren hier angesiedelt hatten, und den Grundbesitzern, die noch früher da waren und ein Fitzelchen Land ihr Eigen nannten, war diese Gegend dicht bepackt mit Studenten, die die Hochschulen im Norden besuchten, und denen, die hofften, nach dem Studium in Taipeh eine Stelle zu finden. Man fuhr einen Roller oder nahm den Bus über die Brücke zur Uni oder zur Arbeit, ein fortwährender Kampf, um über die Runden zu kommen.

Obwohl Yonghe von der prosperierenden Hauptstadt Taiwans nur durch einen Fluss getrennt war, verlief die Entwicklung auf dieser Seite der Brücke eher holprig; unfertige Bauprojekte, keine Visionen, keine Stadtplanung. Und fand trotzdem, wie Kinder, die von ihren Eltern verstoßen und sich selbst überlassen wurden, ihre eigenen, verworrenen Pfade zum Überleben.

Hier gab es keinen Luxus, alles war schlicht und alt, aber auch reif; ruhig, aber auch lärmend; stabil, aber auch rastlos; distanziert, aber auch turbulent.

Niemand wäre in der Lage gewesen, einen genauen Stadtplan von Yonghe zu zeichnen. In vielen Straßen und Gassen herrschte immerzu später Nachmittag, diese geruhsame Langsamkeit von schlurfenden Pantoffeln und gelangweiltem Gähnen. Aber dann wiederum herrschte in den Straßen und unter den Brücken ein chaotisches, lärmendes Treiben, Menschenansammlungen, in den man nicht vorankam, wie Wasserfälle in die Straßen schwemmende Kolonnen von Motorrollern. Das bunte Mosaik bildete einen lebendigen Organismus, eine eigenständige Daseinsform. Yonghe hatte nicht nur die größte Bevölkerungsdichte Taiwans hervorgebracht, sondern auch die größte Dichte an Straßengangs. Jetzt galt es vielen als Sprungbrett zur Welt von Reichtum und Erfolg, es war ein Ort der Rastlosen, an dem niemand lange bleiben wollte und am Ende doch viele sehr lange blieben.

Auch Yang Ning war hier gestrandet, gleich, nachdem sie Miaoli verlassen hatte. Ihr gefiel es hier, sie mochte die Widersprüche und das Chaos, liebte es, sich im Gewirr der Gassen zu verirren und mithilfe ihrer Nase wieder herauszufinden. Auf ihr Stammlokal mit den frittierten Schweinsrippchen folgten weitere Garküchen des Viertels mit diversen Gerüche nach Gekochtem und Gebratenem, dann eine Eisenwarenhandlung, die nach einer Mischung aus Metall, Farbe und Gummischläuchen roch; nur wenige Schritte weiter quoll unter weißem Tuch das Aroma von im Holzfass gedämpftem Klebreis hervor, im Laden daneben kochten Schweinsfüße, ein Stück weiter vorn duftete es nach den typischen kleinen Gerichten aus dünngeschnittenen, gekochten Innereien, die sie hier oben »Schwarzweißgeschnittenes« nannten. Lag schließlich der warme Teiggeruch dampfender Nudeln in der Luft, hatte sie gewusst, dass sie zuhause war.

Yang Ning verschlang mit großen Bissen ihr Essen. Einmal hatte sie eine ganze Welt besessen, jetzt hatte sie nichts mehr. Sie wischte den Tisch und den Teller mit Papier sauber. Dann ging sie an einem Kiosk vorbei und kaufte eine Flasche Ziegenmilch für den Nachhauseweg.

14

In Taiwan schneit es zwar so gut wie nie, aber die feuchte
Kälte des Winters kann dir gehörig in die Knochen fahren.
Es ist spät geworden, Zeit zu gehen. Mit einem Blick auf
die Ladefläche eines Müllwagens prüfe ich, ob alles bereit
ist, und drücke den Knopf. Ratternd setzt sich die große
Maschine in Gang, wie ein erwachender Riese.
Mal sehen, was sie tun wird, denke ich, und hauche weißen
Nebel in die Luft. Sie muss es zu Ende bringen. Das wird ein
harscher Winter.

15

»Eine gute Tasse braucht Zeit …«, sagte er, während er den Kessel hochhob und mit einer geschickten Bewegung des Handgelenks das heiße Wasser in die Teekanne füllte, »… ganz ohne Hast.«

Mit derselben langsamen Eleganz hielt er Yang Ning eine Tasse hin. »Bitte sehr.«

Yang Ning starrte hinunter in die klare, sich sanft kräuselnde Flüssigkeit. Sie nahm einen Schluck, behielt ihn einen Augenblick im Mund, schluckte hinunter. Sie schmeckte nichts. Wasser.

»Das ist ausgezeichneter Tee.« Er hielt seine Tasse unter der Nase und schnupperte, trank einen Schluck. »Ahh. So machen wir das hier, Tee trinken und plaudern, und am Ende sind eine Menge Fragen geklärt.«

Yang Ning zog die Augenbrauen hoch. Sein Gesicht war kantig, aber nicht unangenehm hager, messerscharfer Blick, Anfang vierzig, dunkler Teint und ein Kreis auffällig heller Haut am Ringfinger. Seine ganze Haltung strahlte große Lebenserfahrung aus. Gepflegtes Äußeres, gut gebaut, perfekt sitzende Uniform. Seine Art, den Tee zuzubereiten, entsprach seiner Art zu reden, gelassen und nonchalant; aber Yang Ning spürte, dass er sie keine Sekunde aus den Augen ließ.

Noch vor wenigen Tagen hatte sie wie üblich in ihrem Stammlokal Mapo Tofu gegessen, wie üblich nichts geschmeckt und war ihrer täglichen Routine gefolgt. An diesem Morgen aber war sie von einem Anruf geweckt worden, mit der Aufforderung, sich unverzüglich auf dem Polizeirevier einzufinden.

»Schon einmal auf einer Polizeiwache gewesen?«, fragte er.

»Mhm.« Missmutig verschränkte Yang Ning die Arme vor der Brust. *Ja, an dem Tag, als Yang Han starb.*

Sie und ihre Eltern waren zur Wache bestellt worden, um einige Formalitäten zu erledigen. Ihre Mutter weinte bis zur Erschöpfung, krümmte sich auf dem Boden, während ihr Vater bedrückt, aber gefasst danebenstand. Die Polizei in der Provinz hatte etwas altmodisch Taktvolles. Eine freundliche Polizistin, etwa im gleichen Alter wie Yang Nings Eltern, ging neben ihrer Mutter in die Hocke und tätschelte ihr beschwichtigend den Rücken.

Yang Ning dagegen starrte nur ausdruckslos ins Leere. Wie Fremde saßen die drei nebeneinander auf der harten Besucherbank. Ein grobschlächtiger, proletenhafter Polizeibeamter war für den Fall zuständig; deutliche, rote Betelnussspuren um den Mund und ein dicker Bierbauch. Er brachte ihnen etwas zu trinken, gefüllte Mantous und in Tee gekochte Eier und warf noch ein Päckchen Papiertücher auf den Tisch, zum Naseschnäuzen.

Ein paar schlichte Fragen, eine Unterschrift unter das Protokoll, ein Antrag auf Ausstellung eines Totenscheins und dergleichen mehr. Das gab ihrer Mutter genügend Zeit, sich die Augen auszuheulen. Zum Abschied hatte ihr der grobschlächtige Polizist verlegen die Tüte mit den restlichen Mantous und Eiern gereicht und ihr seine Hand auf die Schulter gelegt. Das Gewicht dieser warmen Hand war Yang Nings tröstlichste Erinnerung an diesen Tag.

»Wenn Sie etwas zu sagen haben, wäre jetzt die Gelegenheit dafür.« Die Worte des Polizisten holten sie zurück in die Gegenwart. »Als intelligenter Mensch wissen Sie bestimmt, was ich meine.«

»So?«

»Ich denke schon«, sagte er lächelnd. »Die Dinge sind

in Wahrheit gar nicht so kompliziert, wie sie scheinen, und wir sind da, um Ihnen nach Möglichkeit zu helfen. Rauchen Sie?«

Sie schüttelte den Kopf. Er nickte selbstzufrieden, klopfte sich eine Zigarette aus der Packung und klemmte sie zwischen die Lippen. Er wollte sie gerade anzünden, als es an der Tür klopfte.

»Inspektor.« Die Stimme vor der Tür klang müde und angespannt.

»Kommen Sie rein.« Er steckte die Zigarette in die Jackentasche und fuhr auf dem Stuhl herum.

Herein trat ein junger Polizist, der vor dem Älteren mit der Hand an der Mütze salutierte. »Das Team ist bereit.« Er war blass, dunkle Ringe unter den Augen, eingefallene Wangen und so hager, dass er geradezu schwächlich wirkte. Wäre Yang Ning ihm außerhalb der Polizeistation begegnet, hätte sie ihn eher für einen Junkie gehalten.

»Gehen Sie schon mal rüber, wir kommen gleich.« Der junge Polizist ging hinaus. Der Inspektor wandte sich wieder Yang Ning zu und streckte die Beine aus. »Gibt es wirklich nichts, was Sie uns sagen möchten, hier, in Ruhe, bei einer Tasse Tee und einer Zigarette? Na, kommen Sie schon.«

»Ich rauche nicht. Und ich habe nichts zu sagen. Ich bin schon seit zwanzig Minuten hier, wie lange geht das noch?«

»Gut.« Er stellte die Teekanne ab, presste die Knie zusammen, klatschte sich mit den Handflächen auf die Oberschenkel und stand auf. »Dann gehen wir rüber. Keine Sorge, wir folgen dem vorgeschriebenen Protokoll. Wenn Sie gehen wollen, müssen Sie es nur sagen.«

Yang Ning sah ihn an, seine große Gestalt blockierte die Tür.

»Hier entlang, bitte«, sagte er lächelnd.

Der Erste, den sie anrief, nachdem sie die Vorladung der Polizei bekommen hatte, war Xu Haoyang.

Nach dem anfänglichen Schock erlangte er schnell seine Fassung wieder und fragte, was genau die Polizei von ihr gewollt habe.

»Ich weiß es nicht, sie haben mir keinen Grund genannt. Er hat nur gefragt, ob ich so gut sein will, persönlich auf der Wache zu erscheinen. Er wird mir dann erklären, worum es geht.«

»Chen Mingqi war sein Name, Kriminalinspektor Chen, Polizei Yonghe. Ich soll bitte gleich vorbeikommen. Er war sehr höflich, es klang aber irgendwie dringlich … also, gesagt hat er das nicht, das war nur mein Gefühl …«

»Ich habe die Nummer überprüft und zurückgerufen … es hatte alles seine Richtigkeit. Ein anderer hat abgehoben und in etwa das Gleiche gesagt.«

»… eine schriftliche Vorladung? Nein. Haben sie die vielleicht an deine Adresse geschickt?«

»… Ja, kann sein, vielleicht haben sie sie auch nach Miaoli geschickt, keine Ahnung. Haben die denn zuerst bei dir angerufen? … Ich weiß es nicht … nein, nichts … ich war weder Zeugin eines Unfalls noch hatte ich eine Auseinandersetzung mit jemandem od … he, ob es vielleicht um die Sache mit Xueli geht? Das kann aber gar nicht sein, das hat der Chef längst geregelt. Ist auch schon eine Weile her … gut, ich frage gleich mal nach. … Ich gehe jetzt hin. Wann kannst du dort sein?«

Dann rief sie den Chef an. Sie wusste, dass sie ihm auf die Nerven ging, aber nun brauchte die Nervensäge seine Hilfe.

Er reagierte übertrieben theatralisch. In seiner typischen vulgären Großspurigkeit versicherte er ihr lang und breit, dass es bestimmt nichts mit Xueli zu tun habe, darum habe er sich gekümmert, erst letzte Woche habe ihr Vater ihn als Nachbarschaftsvorsteher zum Karaoke eingeladen.

»Was ist denn mit deinem Hao Sowieso, ist der tot, oder was? Geht der nicht mit dir hin?«

»Er sitzt gerade in einem Meeting, er hat sich schon freigenommen für später«, sagte Yang Ning. Die Ampel schaltete auf Rot. Sie bremste scharf.

»Was ist los? Mit wem hast du dir Ärger eingehandelt?« Die Stimme des Chefs klang besorgt.

»Es ist nichts weiter. Sie haben nur gesagt, dass sie eine Aussage von mir brauchen.«

»Wenn es nichts weiter ist, wozu brauchen sie dann deine Aussage?« Yang Ning hörte ihn schweren Schrittes die Treppe hinunterstapfen. »Was sagt denn Hao Sowieso dazu?«

»Er hat gesagt, ich soll hingehen und keine Fragen beantworten, soweit es sich vermeiden lässt.«

»Genau, Aussage verweigern, vom Schweigerecht Gebrauch machen, du weißt schon.«

»Ich weiß. Hat er mir gründlich eingeschärft.«

Der Chef ging schnell zum Lieferwagen, öffnete den Laderaum, zog mitten auf der Straße seinen Schutzanzug und die schmutzigen Sachen aus, streifte sich ein frisches Hemd mit Blumenmuster über und erteilte Kommandos. »He, Xiaozhi! Bist du taub, verdammt nochmal? Lad die Sachen in den Lieferwagen, wird's bald! Du und Xueli, ihr bleibt hier und schrubbt den Laden picobello, verstanden? Wenn die Auftraggeber was wollen, dann sollen sie mich anrufen ... Ning?«

»Ja?«

»Wo genau musst du hin?«

»Yonghe Polizeirevier.«

»Halte durch.« Selten hatte der Chef so fürsorglich geklungen. »Ich komme, so schnell ich kann.«

Haoyang konnte nicht vor einer Stunde vor Ort sein. Bis dahin musste sie allein zurechtkommen.

Also saß sie im Vernehmungszimmer und sagte sich immer wieder vor: Sag nichts, schweig. Der jüngere Polizist kam herein, eine graue Aktenmappe in der Hand. Yang Ning warf einen Blick darauf. Die Mappe war ziemlich dünn. Jetzt trat auch der Inspektor von eben wieder ein und schloss die Tür hinter sich. Die beiden Männer setzten sich ihr gegenüber.

Der Jüngere stellte sich vor. »Vielen Dank, dass Sie hergekommen sind, Frau Yang. Ich bin Kriminalinspektor Chen Mingqi, wir haben miteinander telefoniert. Das hier ist Oberinspektor Liao, der stellvertretende Leiter des Ermittlungsteams. Darf ich Sie zunächst um Erlaubnis bitten, unser Gespräch audiovisuell aufzuzeichnen, zur späteren Nachprüfbarkeit?«

Yang Ning nickte.

»Ich brauche Ihre verbale Zustimmung.«

»Einverstanden«, sagte Yang Ning.

»Schön, danke. Fangen wir an. Wir haben heute Montag, den zwanzigsten November zweitausendneunzehn, zehn Uhr fünf. Zugegen sind Inspektor Chen Mingqi, Oberinspektor Liao Shifeng und Frau Yang Ning. Bitte nennen Sie uns für die Aufzeichnung Ihren Namen, Geburtsdatum und Personalausweisnummer.«

»Yang Ning, vierundzwanzigster Dezember neunzehnhunderteinundneunzig. K206261189.«

»Könnte ich bitte Ihren Personalausweis sehen …« Er streckte die Hand aus. Yang Ning kramte den Ausweis aus der Jackentasche und reichte ihn ihm.

Er besah sich Vor- und Rückseite, öffnete die Akte und trug die Informationen in ein Formular ein. Dann blätterte er in der Mappe. »Gut. Ich würde Ihnen gern ein paar Fragen stellen ...«

»Ich weiß nicht einmal, warum ich hier bin«, sagte Yang Ning mit schneidender Stimme.

»In Ordnung, ich verstehe, schon gut.« Inspektor Chen beschwichtigte sie wie ein kleines Kind, das man nicht ernst nehmen muss, und fragte weiter. »Wo waren Sie am Dienstag, den fünften November, zwischen vier Uhr nachmittags und vier Uhr morgens?«

Absurd. Sie kam sich vor wie in einer Krimiserie.

Weil sie nicht antwortete, fragte Chen noch einmal: »Erinnern Sie sich, wo Sie waren?«

»Und Sie? Erinnern Sie sich, wo Sie am Dienstag, den fünften November zwischen vier Uhr nachmittags und vier Uhr morgens waren?«, platzte es aus Yang Ning heraus.

Inspektor Chen hob die Brauen und blinzelte zweimal schnell hintereinander.

Sofort bereute sie ihr vorlautes Mundwerk. Besser, sie zeigte sich kooperativ. Sie bemühte sich, einen milderen Ton anzuschlagen. »Wenn ich wüsste, worum es sich handelt, könnte ich Ihnen vielleicht eher behilflich sein.«

»Wenn Sie uns helfen wollen, beantworten Sie meine Frage.« Inspektor Chen lächelte, aber seine Haltung war alles andere als nachsichtig. »Sie müssen nichts anderes tun, als meine Fragen zu beantworten.«

»Wenn das so ist, dann tut es mir leid.« Yang Ning hob abwehrend die Hände. *Wenn ihr hart bleibt, dann bleibe ich es auch.* »Sie wollen, dass ich mich erinnere, was ich an einem bestimmten Tag vor einigen Wochen gemacht habe. Ich habe keine Ahnung.«

Ihr Blick war kühl.

»Ich bekomme aus heiterem Himmel einen Anruf, und es

heißt, ich soll mich im Polizeirevier einfinden, ohne Angabe von Gründen, ohne Vorladung. Das klingt nicht nach einem korrekten Vorgang, oder? Ich würde gerne wissen, ob ich überhaupt verpflichtet bin, hier zu sein.« Sie zuckte mit den Schultern. »Ich weiß es nicht, vielleicht wissen Sie es besser. Mein Anwalt weiß es bestimmt. Er wird gleich hier sein.«

Sie lehnte sich in ihrem Stuhl zurück und verschränkte die Arme, wieder entspannter, selbstzufrieden. »Sobald er hier ist, können wir uns besser unterhalten.«

Inspektor Chen presste die Lippen aufeinander. Seine Miene war erstarrt.

»Und übrigens mag ich keinen Tee. Ich hätte lieber einen Kaffee.« Yang Ning sah Inspektor Liao an. »Mit Milch.«

Es dauerte nicht lange, bis Haoyang eintraf. Gutsitzender Anzug, höfliches, aber bestimmtes Auftreten.

Die beiden Polizisten ließen Yang Ning allein im klimatisierten Vernehmungszimmer zurück und unterhielten sich eine ganze Weile mit Haoyang vor der Tür. Yang Ning konnte nichts sehen oder hören. Sie wurde allmählich nervös, biss sich auf die Unterlippe, wippte mit den Beinen.

Nach elend langer Zeit kam Haoyang herein, allein.

»Alles in Ordnung?«, fragte er und ging neben ihrem Stuhl in die Hocke.

Sie nickte. Er nahm ihre Hand in seine und betrachtete sie. Sie legte die freie Hand auf seinen Handrücken. »Ich bin schon seit einer Ewigkeit hier.«

Er wusste, worauf sie hinauswollte. Seine Hand hörte auf, ihre zu streicheln. Er sah sie an, als müsste er dringend etwas loswerden.

»Sieh mich nicht so an. Nun sag schon was«, drängte sie. »Schieß los, Haoyang.«

Er leckte sich die Lippen. Sie kannte diese Geste. Das machte er immer, wenn er nervös war, immer dann, wenn eine schwierige Gerichtsverhandlung bevorstand.

In ihr schrillten sämtliche Alarmglocken. Sie legte den Kopf schief und kniff die Augen zusammen. »Geht es um … meine Eltern?«

Er schüttelte den Kopf und wartete noch einen Augenblick ab, bevor er sagte: »Vor ein paar Wochen hast du eigenständig einen Auftrag übernommen, stimmt's? Zhuangjing Lu?«

Sie erinnerte sich. Der seltsame Anrufer, der Schlüssel, der dicke Umschlag mit den sechzigtausend Taiwan-Dollar. Der Deckenventilator.

War der Kunde nicht zufrieden gewesen? Hatte sie nicht ordentlich genug aufgeräumt? Ging es ums Geld? Das waren ihre ersten Gedanken. Aber Haoyangs ernste Miene sprach von etwas anderem. So einfach war es nicht.

Dann durchzuckte es sie wie ein Blitz. Sie öffnete die Lippen. Haoyang nickte. »Die Polizei geht von einem Mord aus. Und du warst vor ihnen am Tatort.«

Sie hörte, was er sagte. Die Worte drangen in ihr Ohr, aber sie konnte beim besten Willen nicht begreifen, was sie bedeuteten.

Sie wollte etwas sagen, aber die Worte steckten ihr im Halse fest. Sie hatte das Gefühl, zu ersticken. Haoyang sah sie an, stumm, mit zusammengezogenen Augenbrauen. Yang Ning senkte den Kopf, ließ sich jedes Wort noch einmal auf der Zunge zergehen. Langsam kroch die Angst in ihr hoch, übermannte sie von den Zehen bis zum Kopf. Was hatte sie sich da eingebrockt?

Der Jüngere, Inspektor Chen, leitete das Verhör. Er stellte sehr viele Fragen, verblüffende, heimtückische Fragen, die dazu angetan waren, dass sie den Köder schluckte.

»Womit verdienen Sie Ihren Lebensunterhalt?«

»Beschreiben Sie Ihre Arbeit.«

»Wir brauchen die Namen Ihrer Kollegen und Ihres Arbeitgebers und die Kontaktinformationen.«

»Waren Sie in den vergangenen Monaten Italienisch essen?«

»Zeichnen Sie?«

»Kennen Sie eine gewisse Frau Zhan?«

»Wie sieht üblicherweise Ihr Tagesablauf aus? Benutzen Sie ein Auto oder ein Motorrad, um sich fortzubewegen?«

»Haben Sie jemanden, der bezeugen kann, wo Sie am fünften November tagsüber waren?«

»Waren Sie schon einmal in der Zhuangjing Lu in Zhonghe?«

»Gut, erzählen Sie mir genau, was Sie an diesem Tag gemacht haben, alles, woran Sie sich erinnern können.«

»Sie sagen, er hat in der Firma angerufen ... ist das protokolliert, eine Sprachaufzeichnung, eine handgeschriebene Notiz?«

»Wir brauchen eine Beschreibung des Wagens und das Nummernschild. Sie verstehen sicher, dass wir uns das Fahrzeug genauer ansehen müssen.«

»Beschreiben Sie, wie dieser Zeitungskasten beschaffen war ... Halt, einen Schritt zurück. Sie haben den Umschlag an sich genommen. Haben Sie ihn an Ort und Stelle geöffnet oder erst, als Sie oben waren?«

Er reichte ihr Stift und Papier. »Ich muss Sie bitten, das Bild von der Wohnung zu zeichnen, das sich Ihnen bot.«

»So detailliert wie möglich.«

»Der Deckenventilator lag also auf dem Boden, als Sie das Zimmer betraten?«

»Sagten Sie, dass die Vorhänge zugezogen waren oder offen?«

»Gibt es jemanden, der bezeugen kann, wo Sie waren?« Inspektor Liao blickte sie aus Adleraugen an, während er ihr zuhörte, stellte hin und wieder eine Zwischenfrage, bissig und gnadenlos. Sie fühlte sich mit dem Rücken zur Wand. Verwirrt starrte sie auf den Mund des Polizisten, wie er sich öffnete, Worte formte, sich schloss und wieder öffnete ... endlos. Haoyang wehrte die meisten Fragen ab, nur hin und wieder legte er ihr sanft die Hand auf den Oberschenkel, um sie aus ihrer Trance zu wecken, damit sie die Ohren spitzte und die Frage so genau wie möglich beantwortete, mündlich oder schriftlich.

Es war schon spätabends, als sie endlich das Polizeirevier verlassen durfte. Sie wehrte sich nicht gegen Haoyangs Angebot, nein, seinen Befehl, sie nach Hause zu bringen, gestattete ihm, sie zu stützen, die Treppe hinaufzubegleiten, etwas zu trinken. Nachdem sie eine Dusche genommen hatte, kam sie wieder zur Besinnung. Sie war benutzt worden. Der Mörder hatte sich von ihr den Tatort von allen Spuren reinigen und sämtliche Beweise entsorgen lassen. Kein einziger vollständiger Fingerabdruck war zurückgeblieben, alles war blitzsauber.

Die sechzigtausend Taiwan-Dollar waren gut investiert, dachte Yang Ning nicht ohne Sarkasmus. *Wozu ich nicht alles zu gebrauchen bin.*

»Warum waren Sie sich so sicher, dass es Selbstmord war? Gab es Hinweise?« Sie erinnerte sich an Inspektor Liaos Fragen in diesem trostlosen Kasten von Vernehmungszimmer. Sie hatte nicht gewusst, was sie antworten sollte. Warum hatte sie keinen Augenblick daran gezweifelt, dass es Selbstmord war? Aus Gewohnheit? Intuition? Weil sie einen Strick gesehen hatte, der an einem Deckenventilator befestigt war?

Inspektor Liao hatte sich bei dieser Frage dicht zu ihr vorgebeugt. Yang Ning hatte nicht geantwortet. Xu Haoyang missfiel Liaos drohende Haltung. Beruhigend legte er Yang Ning die Hand aufs Knie und wiederholte ein ums andere Mal die Standardantwort des Rechtsanwalts auf solche Fragen.

Inspektor Liao lehnte sich zurück und schlug die Beine übereinander. »Ich will Sie nicht unter Druck setzen. Mich wundert nur, dass eine intelligente Frau wie Sie, mit Ihrer Erfahrung und Ihrem Instinkt, zu diesem Urteil kommen konnte.«

Ja, warum? Yang Ning überlegte fieberhaft. Der penetrante Blutgeruch, der ihr die ganze Zeit über in die Nase gestochen hatte, Rotze und Tränen, die Blutspuren, die sie im Bad und im Schlafzimmer aufgewischt hatte, der fehlende Wischmopp … sie hatte diesen Ungereimtheiten keine Beachtung geschenkt und selbst wenn, dann hatte nichts davon sie zu diesem Zeitpunkt bekümmert.

Endlich begriff sie die bittere Ironie des Ganzen. In jener Nacht hatte sie sämtlich Beweise vor sich liegen, der Mörder hatte sein Verbrechen ungehemmt vor ihr entblößt, dreist und höhnisch.

Und sie hatte eigenhändig einen Beweis nach dem anderen beseitigt.

16

Am darauffolgenden Morgen erschienen Haoyang und der Chef aufgewühlt in ihrer Wohnung. Die drei beratschlagten sich eine Weile und entschieden, sofort eine breitangelegte Recherche zu starten.

Egal an welchem Ort und in welchem Jahrhundert – die beste Informationsquelle ist und bleibt der Mensch. Yang Ning konnte nicht umhin, die Effizienz zu bewundern, mit der Haoyang und der Chef dank ihrer Verbindungen Informationen zusammengetragen hatten. Zeitungen, Videos, Fotos, Reportagen, Untersuchungsberichte, Beweismaterial, Augenzeugen, forensische Analysen. Eine ihrer leeren Wohnzimmerwände war schnell mit Zeitungsausschnitten und Fotos übersät.

Sicher, alle hatten von dem Fall gehört, aber niemand hatte damals etwas gesehen oder gehört. Wer hatte in seinem Leben schon Zeit und Raum übrig für Tragödien. Diese Gesellschaft kannte so viele Tragödien, dass sie ihr kaum mehr eine Träne wert waren.

Es gab einen Augenzeugen. Der neunzehnjährige Mann war auch derjenige gewesen, der die Polizei verständigt hatte.

Yang Ning versuchte, anhand der an ihrer Wohnzimmerwand gesammelten Indizien zu rekonstruieren, was sich an jenem Montag, dem elften November, nach sechs Uhr zehn morgens zugetragen hatte. An jenem Tag war der Himmel nicht einfach bewölkt gewesen, sondern der Wolkendunst hing so tief und schwer über der Stadt, als wollte er die Menschheit niederdrücken. Der junge Mann arbeitete seit gut sechs Monaten auf der Mülldeponie, morgens war er immer der Erste, ließ das Rollgitter hoch, legte den Hauptschalter um und prüfte, ob die Schwerlastmaschinen alle ordnungsgemäß arbeiteten. Außerdem war es ein ungeschriebenes Gesetz, dass er als Jüngster den älteren Arbeitern, die etwas später eintrafen, Zeitungen und Frühstück besorgte. Es gab Gerüchte über Lumpensammler, die nachts in das Gelände einbrachen, um Schrott zu stehlen, und der Deponieverwalter hatte den Leuten von der Spätschicht schon hunderte Male eingeschärft, alle Türen ringsum gut abzuschließen. Dennoch blieben die Türen häufig unverschlossen. Der junge Mann wiederum trug dafür Sorge, morgens vor halb sieben alle Türen aufzuschließen, um die Arbeiter der Frühschicht hereinzulassen, die nach und nach eintrudelten.

Hier stank es nach Rost, Schmieröl und seit Ewigkeiten gelagertem Müll, Küchenfäule, toten Ratten. Zu dieser Mischung kamen der Frühstücksgeruch, Omeletts mit Ketchup, irgendwas rein Vegetarisches, irgendwas mit doppelt Käse … er hätte nie gedacht, dass die älteren Arbeiter mit ihrem Essen so zimperlich waren.

An jenem Montag stand er am Vordereingang und rieb sich die Hände warm, um den Schlüssel bewegen zu können. An Wochenende war die Deponie geschlossen und der Gestank deshalb am Montagmorgen besonders penetrant. Er ging in die Hocke, um das Rolltor aufzuschließen, und hielt inne. Drinnen dröhnten die Maschinen.

War das die Schrottpresse? Seine Ohren waren ziemlich gut. Es gab zwei Pressen für Schrottautos. Nachdem alle recyclebaren Teile des Wagens entfernt waren, wurde er in diesen Maschinen zum sogenannten Trockenauto plattgepresst. Rasch zog er das Tor auf und rannte hinein. Das Biest war tatsächlich wach, es gab sein ohrenbetäubendes Malmen von sich, mit dem es sich gerade ein lilafarbenes Wohnmobil einverleibte. Sämtliche Instrumentenleuchten waren an.

»Hallo? Ist da jemand?«, rief er, so gut wie möglich die Presse übertönend. »Chef, sind Sie das? Warum ist so früh am Morgen die Maschine an?«

Keine Antwort.

Verdammt. Stirnrunzelnd warf er die Frühstückstüten auf den Tisch.

»Ist da jemand? He? Ich stelle jetzt die Maschine ab!« Er rannte zum Schaltpult und drückte dort die entsprechenden Knöpfe.

Der Krach hielt noch einen Augenblick an, die vorderen Stahlplatten sanken noch ein Stück tiefer, dann kam die Maschine mit einem Ruckeln zum Halt. Stille. Der Schrottplatz war ziemlich groß, so dass er nur eine kleine Runde drehte und kurz in alle Richtungen spähte, ob jemand zu sehen war. Niemand zeigte sich. Er atmete tief durch. Gerade wollte er kehrtmachen und zurückgehen.

Da sah er es.

Das plattgedrückte lila Wohnmobil blutete, eine rotweiße, klebrige Flüssigkeit quoll aus dem Metall heraus und lief auf seine Schuhspitzen zu. Ein totes Auge rollte bis vor seinen Hosensaum und starrte ihn an.

Um sechs Uhr siebzehn rief er bei der Polizei an. Um sechs Uhr zweiunddreißig kam ein Streifenwagen, die Polizisten sicherten das Gelände mit Absperrbändern und nahmen ihn ins Verhör. Um sechs Uhr siebenundfünfzig traf die Spurensicherung ein und auch ein Fernsehteam, das offenbar einen Insidertipp bekommen hatte.

Die weibliche Leiche war schon nicht mehr frisch gewesen. Erst hatte der Mörder den Kopf abgetrennt, dann den restlichen Körper in Stücke gehackt und anschließend die Leichenteile in drei schwarze Abfallsäcke verpackt. Um einen Profi handelte es sich in dieser Hinsicht offenbar nicht; die Schnitte waren unsauber, und klebrige Fleisch- und Knochenteile sickerten aus. Aber die Leiche musste vorher ausgeblutet und grob gesäubert worden sein, denn allzuviel Blut war nicht mehr übrig.

Unter dem Mikroskop identifizierten die Forensiker verzerrte eckige Raster und winzige orangefarbene Kratzer auf den Knochen, die mehrschichtige Analyse wies auf zwei verschiedene Werkzeuge hin. Eine Bogensäge mit einer Blattlänge von etwa fünfundsechzig Zentimetern, wie sie üblicherweise für Schreinerarbeiten verwendet werden, und ein gewöhnliches Hackbeil mit extrem scharfer, abriebfester Edelstahlklinge, etwa fünfzehneinhalb bis siebzehneinhalb Zentimeter lang und sieben Komma fünf bis zehn Zentimeter breit.

Mit demselben Beil waren mehrere knochentiefe Einschnitte in Schultern, Kopf und Arme verursacht worden. Die Kopfwunden waren tief, und es musste den Mörder viel Kraft gekostet haben, das Beil wieder herauszuziehen. Das Gesicht des Opfers war völlig deformiert, zerkratzt und zerhackt. Keins der Werkzeuge wurde vor Ort gefunden.

Zwar wurden keine Spuren von Samenflüssigkeit entdeckt, jedoch war der Unterleib des Opfers grausam malträtiert worden und zeigte Merkmale wiederholter Einführung eines stumpfen Gegenstands. Ihre Fingernägel waren sorgfältig geschnitten und gesäubert worden; keine Hautschuppen, kein Haar von einem anderen Menschen. Die Polizei gab die Personenbeschreibung in die landesweite Vermisstendatei ein: Eine Frau aus Zhonghe, zwischen achtzehn und zwanzig Jahren alt, hundertdreiundfünfzig bis hundertfünfundfünfzig Zentimeter groß, langes, glattes, schwarzes Haar, rundes Gesicht, gerade Zähne, vier noch junge Weisheitszähne, keine Löcher oder Füllungen, auffälliges Muttermal am Abdomen. Sie wurden schnell fündig: Zhan Jiajia, neunzehn Jahre alt.

Sie war Studentin an der Nationalen Kunsthochschule im dritten Semester. Laut ihrem Notendurchschnitt gehörte sie zu den zehn Besten des Jahrgangs, war eifrige Studentin, in Theorie noch besser als in der Praxis. Sie liebte Zeichnen und Design, zeigte aber im Vergleich mit ihren Kommilitonen kein auffälliges Talent. Zhan Jiajia galt als nicht besonders sozial aktiv oder ausgehfreudig, und ihre Mitstudenten wussten so wenig über ihre fachlichen Leistungen wie über ihr Privatleben. Sie ging zwar zu den Veranstaltungen der Fakultät, nahm aber nie an anderen Aktivitäten teil. Es gab einige, mit denen sie sich grüßte und ab und zu nach den Stunden noch ein bisschen plauderte oder essen ging. Dabei war sie eher diejenige, die zuhörte.

Abgesehen davon schien sie die meiste Zeit allein zu verbringen.

Dienstags, mittwochs und donnerstags abends kellnerte sie in einem italienischen Restaurant in der Nähe der Akademie, in weißem Kellnerinnen-Outfit mit dunkler Schärpe, um etwas dazuzuverdienen. In der Wohnung, in der sie starb, lebte sie seit Beginn des dritten Semesters. Mindestens einmal pro Monat fuhr sie in den Süden, nach Yunlin, meistens mit dem Zug, zu ihrer Familie. Ihr Vater war Klempner und Elektroinstallateur, die Mutter bediente die Fritteuse an einem Frühstücksstand. Die zwei Jahre ältere Schwester studierte in Taizhong an der Fengjia-Universität. Die Eltern gaben an, sie habe immer ein gutes Verhältnis mit ihrer Familie gepflegt, ein stilles, sehr braves Mädchen.

Zhan Jiajia hatte ein bescheidenes Dasein geführt, täglich bemüht, im Leben Schritt für Schritt voranzukommen, die Erfolgsleiter emporzusteigen, ohne genau zu wissen, wie sie es anstellen sollte. Ein ganz gewöhnlicher Mensch.

Yang Ning betrachtete eingehend das Porträt der jungen Frau. Langes schwarzes Haar, hübsch, aber unauffällig; schüchternes Lächeln, Stupsnase, ein kleiner Schönheitsfleck in einem Augenwinkel. Zhan Jiajia. Yang Ning sann über den Namen nach. Zhan Jiajia. *Du warst das also, in deren Wohnung ich aufgeräumt habe.* Plötzlich wurde ihr speiübel.

Zerlegen und zerhacken war heutzutage keine sonderlich brillante Vorgehensweise. In der Regel war es nicht mehr als eine Methode, um der Polizei zu zeigen: »He! Ich hatte Angst, dass ihr herausfindet, dass ich sie gekannt habe, da habe ich mir eben alle Mühe gegeben, um meine Spuren zu verwischen.« Die Holztür zu ihrer Wohnung wies keine Spuren von Gewalteinwirkung auf. Das Schloss war intakt. Sexuelle Gewalt mit einem stumpfen Gegenstand, Entstellung bis zur Unkenntlichkeit, die Leiche auseinandernehmen, auf dem Schrottplatz entsorgen. Der Mörder nahm allmählich Gestalt an. Die Polizei ermittelte in Richtung Sexualmord, Eifersuchtsdrama, dergleichen.

Das Polizeirevier verschaffte sich zunächst Einblick in die Aufnahmen der Überwachungskameras. Drei Kameras kamen in Betracht, die aber entweder nicht mehr funktionierten oder von einem Vogelnest blockiert waren und lediglich gefiederte Piepmätze zeigten. Die öffentlichen Mittel für die Wartung dieser Vorrichtungen waren vom Hausmeister und seinen Spießgesellen in fröhliche Saufabende investiert worden.

Der junge Mann, der die Polizei verständigt hatte, der Verwalter des Schrottplatzes und vier weitere Angestellte wurden verhört, aber schnell von der Liste der Tatverdächtigen gestrichen. Die Vernehmung von Zhan Jiajias Familienangehörigen, Freunden, Kommilitonen, Lehrern, Kollegen und dem Inhaber des italienischen Restaurants nahmen viel Zeit in Anspruch. Bei spektakulären Fällen wie diesem, auf die sich die Medien stürzten, ging die Kripo immer besonders sorgfältig vor. Trotz der aufgewendeten Mühe blieben die Untersuchungen ohne nennenswerte Erkenntnisse. Die Ermittlung geriet ins Stocken.

Dann kam der zweite forensische Bericht. Laut den Rechtsmedizinern mussten die tiefen Kratzspuren im Gesicht des Opfers von einem anderen Gegenstand als einem Beil herrühren, einem Messer oder Schaber. Davon abgesehen war die Todesursache nicht wie zunächst vermutet die Schnittwunden, sondern Strangulation. Tod durch Erwürgen war nichts Ungewöhnliches; seltsam war allerdings, dass das Opfer zwei verschiedene Strangulationsringe aufwies. Einer wies auf typische Würgemale hin. Der andere auf Erhängen.

Yang Ning machte große Augen. Zwei Würgeringe? Sie schnaubte durch die Nasenlöcher, und ihr Atem stand als weißer Hauch in der Luft. *Diese Schweinekälte.* Sie stellte sich vor, wie Liao und Chen beim Lesen des Berichts innerlich Verwünschungen ausgestoßen hatten. Dem Opfer war mit etlichen Messerschnitten der Kopf abgetrennt worden, es waren unsaubere Schnitte, zwölf bis fünfzehn Anläufe. Außerdem hatten die Forensiker Fluorosen der Zähne des Opfers entdeckt und flohstichartige Blutungen der Lederhaut und Bindehaut der Augen. Erst die zweite Autopsie ergab die beiden tiefen Strangulierungsfurchen am Hals.

Die Furchen, die entstehen, wenn ein Mensch sich erhängt oder erwürgt wird, meist begleitet von Hämatomen, nennt die Forensik Strangmarken. Trotz der extremen Verstümmelung des Opfers blieben die Strangmarken sichtbar. Nach Eintritt des Todes dringen Bakterien in den Körper, verbreiten sich über die Lymphe und Venen und leiten den Verfall ein. Doch durch die Kompression des Gewebes an den Strangmarken brechen die darunterliegenden Adern ein, die Zahl der vordringenden Bakterien wird verringert, der Verwesungsprozess verlangsamt.

Der erste Ring lag unterhalb der Schilddrüse, des sogenannten Adamsapfels, schwach, dunkelbraun, durchgängig, was auf einen Angriff von hinten hinwies. Der Täter musste ihr von hinten die Schlinge um den Hals geworfen und an den Seiten festgezogen haben, wobei der Knorpelknochen brach und das Opfer sich in die Zunge biss. An den Rändern der Furche waren leichte Blutspuren, woraus man folgern konnte, dass Zhan Jiajia von ihrem Mörder erwürgt wurde, bevor er die Leiche verstümmelte. Die zweite Strangmarke, heller, ockerfarben, pfeilförmig lag oberhalb der ersten, zwischen Schilddrüsenknochen und Zungenbein. Sie führte schräg über die Halsseiten und war vorne tiefer, klassische Merkmale von Erhängung mit der Schlinge im Nacken.

Das gleichzeitige Vorhandensein von Strangulierungs- und Erhängungsmalen führte zu Widersprüchen bei der Ermittlung. Was hatten die beiden unterschiedlichen Strangmarken zu bedeuten? Hatte der Mörder sein Opfer im Nachhinein zerlegt, weil sein Versuch, ihren Tod wie einen Selbstmord aussehen zu lassen, gescheitert war (die eingestürzte Zimmerdecke)?

Und woher stammten die tiefen Schrammen auf ihrem Gesicht? Warum hatte der Mörder sie zu verbergen versucht?

»Wow.« Yang Ning pfiff durch die Zähne.

Zunächst waren die Motive und Methoden des Mörders ziemlich gewöhnlich erschienen, erklärbar. Im Licht der jüngsten Erkenntnisse aber zeugten das Zerlegen und die Verstümmelung der Leiche nicht mehr unbedingt davon, dass der Täter eine enge Beziehung zum Opfer hatte. Wahrscheinlich hatte er sie nur deshalb verstümmelt, um die Schrammen auf ihrem Gesicht zu verbergen, und es handelte sich nicht um die wütende Rache des abservierten Liebhabers. Er war klug genug, um zu wissen, dass die Polizei die Spuren am Ende trotzdem entdecken würde, und hatte sich durch sein Vorgehen über zwei Wochen Vorsprung verschafft.

Zwei Wochen genügten, um Beweise verschwinden zu lassen, konspirative Absprachen zu treffen, sich ins Ausland abzusetzen. Den Kripobeamten tat der Kopf weh. Ihnen blieb nichts anderes, als die erste Strangmarke noch gründlicher analysieren zu lassen, Form, Tiefe, Breite, Härte, Farbe. Heraus kam, dass Zhan Jiajia höchstwahrscheinlich mit dem Kabel einer weit verbreiteten Haartrocknermarke erwürgt worden war.

Weil ihr Gesicht zur Unkenntlichkeit verstümmelt worden war, gab die Frage nach der Ursache der Schrammen weiter Rätsel auf. Bis Inspektor Liao eines Tages in der Zeitung auf folgende Nachricht stieß: *Elektrischer Ventilator zerkratzt alte Dame in Imbissstube.* Ein Ventilator vielleicht?

Yang Ning begriff endlich, warum sie in Verdacht geraten war und wie die Polizei sie gefunden hatte. Sie hatten sämtliche Mülldeponien Taipehs abgesucht und schließlich im selben Müllsack einen Deckenventilator und einen Fön mit einem zur Strangmarke passenden Kabel gefunden. Die Überwachungskamera an der Straßenecke, wohl die einzige funktionierende Kamera des Bezirks, zeigte den Firmentransporter von NEXT STOP und führte sie direkt zu Yang Ning.

Bittere Galle stieg aus ihrem Magen auf, ihr Hals zog sich zusammen.

Sie übergab sich auf das Foto der Toten.

17

Die Akten, die Haoyang ihr verschafft hatte, waren mittlerweile auf einen so dicken Stapel angeschwollen, dass Yang Ning zwei volle Tage brauchte, um alles durchzusehen. Ihr war bewusst, dass die Polizei – vor allem dieser verfluchte Inspektor Liao – ihr kein Wort glaubte. Am liebsten hätte er sie sofort verhaftet, sie war allein deshalb noch auf freiem Fuß, weil es der Polizei an felsenfesten Beweisen mangelte und sie bislang keinen Bezug zwischen Yang Ning und dem Opfer herstellen konnten. Zähneknirschend ließen sie ihre Hauptverdächtige weiter frei herumlaufen.

Nicht nur, dass der Mörder Yang Ning die Drecksarbeit und die Vernichtung der Beweise überlassen hatte; er hatte sie auch gleich zur Tatverdächtigen gemacht. *Aber warum? Warum ausgerechnet ich?*

Musste es unbedingt sie sein oder wäre jeder andere von NEXT STOP dem Mörder genauso recht gewesen?

Der Mörder hatte direkt über das Festnetz in der Firma angerufen. Jeder hätte den Anruf entgegennehmen können, in der Regel war es der Chef. War der Chef nicht da, fragte man die Anrufer nach ihrer Nummer, und der Chef bestimmte nach entsprechender Einschätzung des Falls das Team und die Ausrüstung. Vielleicht hatte der Kerl ursprünglich den Chef im Visier gehabt. Auszuschließen war das nicht.

Nur leider war sie es gewesen, die den Anruf angenommen hatte. Sie hatte dem Anrufer gesagt, dass der Chef nicht da sei und er warten müsse, bis der Auftrag bestätigt sei, aber er hatte auf sofortigen Service bestanden. Es hatte nicht so geklungen, als ob er jemanden Bestimmtes vor Ort haben wollte. *Oder doch ...?* Sie bekam eine Gänsehaut.

Was, wenn er gewusst hatte, dass sie allein im Büro war?

Sie hatte die Wahl: Sie konnte tatenlos zusehen, wie es ihr an den Kragen ging, und wie ein Lämmchen im Stall darauf warten, dass die Cops vermeintliche Beweise gegen sie aus dem Hut zauberten. Wer wusste schon, wie viele Ostereier der Mörder noch versteckt hatte? Wenn Inspektor Liao es sich in den Kopf gesetzt hatte, so lange im Müll zu wühlen, bis er etwas gegen sie in der Hand hatte, würde er früher oder später etwas finden. Sie sah ihn vor sich, wie er ihr grinsend mit den Handschellen winkte, während sein getreuer Adept Chen ihr ihre Rechte vorlas.

Yang Ning bleckte die Zähne. Die Polizei würde sich ordentlich aufgeilen an ihrem vermeintlichen Erfolg und womöglich würde sie Haoyang und den Chef mit in den Dreck ziehen, in die Ausweglosigkeit.

Ihr fehlten die Mittel, um diesen verdammten Mörder zu finden, aber zumindest würde sie ihren Gegnern das Leben schwer machen.

»Ich muss noch einmal zurück.«

Xu Haoyang sah sie an, als wäre sie ein Monster.

Nervös rieb sie sich die Hände. Sie war unruhig, aber ihr Verstand war hellwach, überzeugt von ihrer Idee. »Er ist garantiert noch einmal an den Tatort zurückgekehrt, nachdem ich fertig war. Ich kann zwar nicht sagen, wann, vielleicht um fünf Uhr morgens, vielleicht hat er sich in den Gassen versteckt gehalten, im Treppenhaus oder im Keller und hat gewartet, bis ich fertig war.«

Rastlos ging sie im Wohnzimmer auf und ab. »Ich muss mir die Wohnung noch einmal mit eigenen Augen ansehen.«

»Du willst …?« Er starrte sie ungläubig an.

»Sieh mal«, fuhr sie rasch fort, »Verbrecher kehren häufig

an den Ort ihrer Tat zurück. Der Kerl hat sie getötet, dann hat er mich die Beweise vernichten lassen. Sicher wollte er sich noch einmal davon überzeugen, ob ich ganze Arbeit geleistet hatte, oder nicht? Das ist doch nur logisch.«

»Gut möglich«, sagte Haoyang sehr bedächtig, um ihr etwas die Luft rauszulassen. »Aber jeder Mörder handelt anders, und nicht jeder kehrt an den Ort der Tat zurück. Abgesehen davon, was soll das bringen? Die Polizei hat alles von oben bis unten abgesucht.«

»Ja, mit den Augen.« In Yang Nings eigenen Augen loderte ein Feuer. »Ich suche mit der Nase.«

»Wie viele schwitzende Polizisten waren da drin schon unterwegs? Da hängt jetzt ein wilder Geruchsmix in der Luft.«

»Kann sein.« Sie zuckte mit den Schultern. »Das weiß ich erst, wenn ich dort bin.«

»Ning, jetzt hör mir bitte zu.« Er legte die Hände auf ihre Schultern und zwang sie, ihm gerade in die Augen zu sehen. »Die Polizei beobachtet dich auf Schritt und Tritt und wartet nur darauf, dass du ihnen in die Falle tappst. Die haben wahrscheinlich rund um die Uhr einen Streifenwagen vor dem Haus postiert. Was immer du ihnen an Gründen nennst, sie werden dir nicht glauben und annehmen, du seist die Mörderin, die an den Tatort zurückkehrt.«

»Das weiß ich doch. Aber sieh dir mal die Beweislage an. Die haben schon so viel gegen mich in der Hand … das Kennzeichen unseres Transporters; Augenzeugen, die mich gesehen haben, die Handschuhe, die ich mit dem Müll weggeworfen habe … alles deutet auf mich. Es gibt keine anderen Verdächtigen, und die Polizei sucht auch keine anderen. Die wollen mich so schnell wie möglich einbuchten, das weißt du besser als ich.« Yang Ning seufzte. »Klar, kann sein, dass ich nichts finde. Aber was soll ich denn sonst tun?«

Er antwortete nicht.

»Vertrau mir.« Sie begann, ihren Rucksack zu packen.

»Dann lass mich zumindest dafür sorgen ... dass du in Sicherheit bist.« Er klang bekümmert.

»Wie du willst.« Sie zog ihr Handy aus der Tasche, das gerade vibriert hatte. Das Display leuchtete. Eine Nachricht vom Chef. Sie textete zurück: »Aber ich kann gut selbst auf mich aufpassen. Kapier das endlich.«

Haoyang saß auf dem Motorrad, Hand am Schlüssel, Helm auf dem Kopf, aber er startete noch nicht.

»Der Chef sagt, augenblicklich ist niemand vor Ort, wir müssen schnell sein.« Yang Ning rückte ihren Helm zurecht und stieg hinter Haoyang auf. »Es kann natürlich sein, dass Inspektor Liao heute plötzlich nichts Besseres einfällt, als jemanden hinzuschicken. Also nichts wie hin!« Ihre vom Helm gedämpfte Stimme klang angespannt.

»Bist du dir wirklich sicher?«

»Fahr los.«

Es war nicht besonders weit. Sie stellten das Motorrad ein Stück entfernt von dem Wohnhaus ab und hielten sich auf dem Weg zu Zhan Jiajias Wohnung im Schatten der Häuser.

»Gib mir zehn Minuten. Ich schnuppere ein bisschen herum und schon bin ich wieder unten.«

Haoyang schüttelte den Kopf.

»Du musst hierbleiben und Wache halten«, zischte sie ihm leise zu. Auf keinen Fall wollte sie die Lumpensammler im Erdgeschoss alarmieren, ein älteres Paar Ende sechzig. Sie hatten als Augenzeugen ausgesagt, und zwar ausgiebig. Voller Stolz und theatralisch hatte der Alte sich in seinem breiten

Taiwan-Dialekt vor der Polizei wichtig gemacht. In Ermangelung von Videoaufzeichnungen galt er als Hauptzeuge.

Seine Aussage war so detailreich ausgeschmückt wie alte Volksepen. Je öfter Yang Ning den Bericht gelesen hatte, desto aufgebrachter war sie geworden.

»Wir gehen zusammen hoch oder gar nicht.« Auch Haoyang konnte stur sein.

»Er ist garantiert nicht da drin.«

»Wer? Liao? Oder der Psychopath?«

»Keiner von beiden!«, zischte sie.

»Und wenn du unvorsichtig bist und auch noch organische Spuren hinterlässt? Ich komme mit und passe auf«, insistierte er. »Lass mich das Siegel ablösen, ich mach das geschickter als du, so viel ist sicher.«

Sie gab auf.

»Fünf Minuten.« Haoyang streifte Handschuhe über. »Dann sind wir wieder draußen.«

Die Tür zu Zhan Jiajias Wohnung war mit schwarzgelbem Klebeband versiegelt. Auf dem Flur herrschte vollkommene Stille. Haoyang bückte sich und löste sehr vorsichtig das Klebeband, ohne es zu beschädigen.

Es war nicht abgeschlossen. Die Tür gab beim Aufdrücken ein leises Knarren von sich. Auf Zehenspitzen betraten sie das Zimmer.

Die Polizei hatte alles auf den Kopf gestellt. Unwillkürlich schnalzte Yang Ning mit der Zunge und schüttelte missbilligend den Kopf. Sie hatte alles so schön sauber und ordentlich verlassen. Sie zog einen Packen Fotos aus der Tasche, Aufnahmen der Wohnung und von Zhan Jiajias verstümmeltem Körper. Haoyang warf einen Blick darauf und wandte schnell den Kopf ab.

Yang Ning dachte an den Biomarker-Untersuchungsbericht, die Vermutungen der Polizei, die Terminologie, von der sie nur die Hälfte verstand. Sie versuchte, sich zu erinnern, wie es hier ausgesehen hatte, als sie ins Zimmer gekommen war; die eingestürzte Decke, Schutt und Staub, Ventilator, Strick, Blut. Sie erinnerte sich, wo der Ventilator gelegen hatte, an verzerrte Fußabdrücke in verschmierten Blutspuren neben dem Bett, wie sie säuberlich alles weggeschrubbt hatte, sogar noch mit Bodenwachs nachgewienert. Sie war sich ausgesprochen tüchtig und professionell vorgekommen.

Sie fragte sich, an welcher Stelle das Opfer vor seinem Tod hingestürzt war, dachte an die Blutspuren in den Fugen der Badezimmerfliesen, ließ ihren Blick wieder und wieder über den Raum schweifen, versuchte sich vorzustellen, wie der Mörder vorgegangen war, bis ihr schwindlig wurde. Mit einem Mal wurde ihr klar, warum Liao und Chen sie so auf dem Kieker hatten, warum sie sie hassen mussten, ob sie unschuldig war oder nicht. Sie war diejenige, die alles kaputtgemacht hatte. Die schuld daran war, dass sie nichts, rein gar nichts in der Hand hatten.

Sie öffnete den Schrank und griff nach einer Handvoll Unterwäsche, die ihr Haoyang schnell abnahm. Er sah sie fragend an. Was sollte er damit? Sie hob den doppelten Boden an. Die Kassette mit den Zeichnungen war verschwunden. Wenn sie sich recht erinnerte, war die Box unter dem von der Polizei aufgelisteten Inventar nicht aufgeführt gewesen. »Leg alles zurück«, flüsterte sie hastig.

Beim Anblick der durchwühlten Wohnung fühlte sie sich plötzlich überfordert. Wo anfangen?

Haoyang wagte nicht, sie zu stören. Er schloss den Schrank und widmete sich einem Haufen Dinge, die die Polizei auf den Schreibtisch geworfen hatte. Yang Ning stellte sich in die

Mitte des Zimmers, atmete mehrmals tief durch und inhalierte durch die Nase. Nichts. Dank ihrer gründlichen Reinigung war der Geruch des Todes längst verschwunden. Und ohne die Stimulierung durch diesen Geruch war ihre Nase bloß Müll.

Sie riss sich zusammen, konzentrierte sich, unternahm weitere Versuche, aber ihre Nase erwachte nicht zum Leben. Nun wusste sie nicht mehr weiter. Sie war diejenige, die unbedingt hatte herkommen wollen; jetzt, wo sie hier war, wurde ihr klar, dass es zu spät war – ihre Nase war nur durch den Tod zu ködern.

Sie stand da, mit geballten Fäusten, und dachte fieberhaft nach. Wo könnte sich der Tod versteckt halten?

Yang Ning kniete sich neben das Bett, krabbelte auf allen vieren um es herum, hielt die Nase dicht an den Lattenrost, schnüffelte an allem wie ein Hündchen. Sie hatte alles blitzsauber hinterlassen, Wände Boden, Bett, da war nichts mehr. Plötzlich kam ihr in den Sinn, dass sie nur das weggeworfen hatte, was er ihr aufgetragen hatte, Ventilator, Matratze, Kabel, Dreck und Abfall. Alles andere war noch da. Wenn er Zhan Jiajia hier ermordet hatte, könnte ihr Geruch noch irgendwo sein.

Je kürzer die Fasern, je rauer die Oberfläche, desto aufnahmefähiger war ein Material für Gerüche. Sie sah sich um, ging zum Schreibtisch und riss ein Taschentuch aus dem offenen Päckchen.

Kurze Fasern, weich, dicht gestanztes Punktmuster. Die besten Voraussetzungen, um Gerüche aufzunehmen. Sie versenkte ihre Nase darin. Ihre Augen weiteten sich. Endlich, da war es, ein Hauch von Tod und Angst wehte sie an, stieg in ihre Nasenlöcher, reizte ihren Geruchssinn.

Derart angefixt lief sie noch einmal durch das Zimmer.

Die Gerüche waren schwach, aber jetzt roch sie die feuchte Fäulnis, die sich typischerweise in ungelüfteten Räumen konzentrierte. Und dann waren da die Reinigungsmittel, die sie benutzt hatte, die Chemikalien der Forensiker, unterschiedliche menschliche Ausdünstungen.

Sie schnupperte nach hierhin und dorthin, ohne einen signifikanten Geruch zu finden. Der Kleiderschrank war von den Spuren des Mords verschont geblieben und roch ausschließlich nach Päonienduft-Waschmittel und der unangenehmen Synthetik von Gummihandschuhen.

Sie zog ein Kleidungsstück heraus und hielt es unter die Nase. Haoyang legte es gleich wieder an seinen Platz zurück.

Sie konzentrierte sich. Was fehlte? Wo suchen? Allmählich geriet sie in Panik. *Es muss doch irgendetwas geben ...* Der ganze Aufwand, und nun stand sie mit leeren Händen da. Sie sah nach oben. Ein winziges Fenster, direkt über dem Kopfende des Betts, nicht größer als zwei Buchcover nebeneinander. Und vor dem einzigen Fenster in diesem deprimierenden Zimmer hing ein kleiner Vorhang.

»Ning ...!« Haoyang sah die ganze Zeit auf die Uhr. Schon neun Minuten und siebzehn Sekunden, viel länger als geplant. »Wir müssen gehen.«

Sie hob die Hand, um abzuwiegeln, kletterte auf das Bettgestell, vor das Fenster, und schloss die Augen. Da. War. Etwas.

Eine milde Süße, altes Holz und zarter Rosenduft, die Ruhe und die Heimeligkeit alter Häuser auf dem Land. Ein seidener Geruchsfaden hing noch in der Gardine. Vorsichtig zog sie am Gewebe. Träge löste sich der Geruch daraus und wurde eins mit der Luft.

»Riechst du das?« Die Frage galt weniger Haoyang als ihr selbst.

»Dieser Geruch stammt nicht von Zhan Jiajia«, murmelte sie. »Das ist *er*. Hier ist er hängengeblieben.«

Der Geruch war nur vage, schwer fassbar. Sie sog ihn mehrmals kräftig ein, damit ihre Nase ihn aufnahm, bewahrte. Die Wahrscheinlichkeit, ihn nie wieder anzutreffen, war hoch.

»Ich habe das Gefühl ...« Unbewusst hatte sie die Stimme gesenkt. Ihre Nasenflügel bebten. »... das Gefühl, als ob ich das schon einmal gerochen hätte.«

Sie war nur noch Geruchssinn. Hastig durchforstete sie ihr Geruchsgedächtnis. Es war, wie wenn man mitten in der Nacht an der Tankstelle beim Tanken plötzlich eine Melodie hört. Man weiß genau, dass man das Lied kennt, eins, das man immer mochte, vertraut und fremd zugleich. Aber der Text und der Name wollen einem partout nicht einfallen. Man lauscht auf jede Note, fürchtet, dass das Lied zu Ende ist, bevor man sich erinnert hat und die Melodie einem für immer entgleitet.

Denk nach!

Yang Ning durchblätterte die Bibliothek der Gerüche in ihrem Gedächtnis, ihren Tempel der Düfte. Sollte sie das Regal mit den Blütendüften absuchen? Rosendüfte? Sie hatte noch nicht viele gerochen. Oder bei den Hölzern anfangen? Welche Holzsorte war das? Und warum roch sie so alt, so modrig?

Sie biss sich auf die Lippen, ihre Augen rollten wild unter den geschlossenen Lidern. Sie wusste, dass die Antwort da war, zum Greifen nah, aber sie wusste nicht, in welche Richtung sie gehen musste.

»Wir müssen los«, drängte Haoyang noch einmal leise. Sein Blick glitt ständig zwischen Tür und Armbanduhr hin und her.

Yang Ning öffnete die Augen und riss, ohne nachzudenken, den Vorhang herunter.

»Ning, zum …!«

Sie lief stracks zur Tür hinaus, ohne sich noch einmal umzudrehen.

18

Ob du es herausfindest? Die Spur, die ich gelegt habe?
Dein Geruchssinn, mein Geruch.
Ob du es herausfindest? Wir sind vom gleichen Schlag.
Menschen, die die Welt über Gerüche verstehen, die ihr Leben
geleitet von ihrem Geruchssinn leben.
Ob du es herausfindest?
Wir vermissen ihn, wir beide, mehr als jeder andere.

19

Der Wind pfiff unter ihren Helmen durch.

Haoyang stoppte an einem Seven Eleven, weil Yang Ning noch einkaufen wollte. Wie ein Hund schnüffelte sie sich im Laden die Regale entlang und riss alles, was duftete, herunter; Eau de Toilette, Shampoo, Duschgel, Seife, Duftkerzen, Kosmetik … Wie ein Parvenü auf der Suche nach dem richtigen *Style* warf sie alles entschlossen auf die Ladentheke.

Der junge Kerl mit dem Kurzhaarschnitt, der an der Kasse Nachtdienst schob, sah sie an wie ein Gespenst.

»Zum Mitnehmen oder zum Verschicken?«, fragte er, offensichtlich überfordert von einer Kundin mit Motorradhelm, die mitten in der Nacht im Shoppingrausch die Regale leerräumt. Diesen Typus hatten sie bei der Einweisung in den Job vergessen.

»Zum Mitnehmen.« Sie kramte ihre Brieftasche hervor.

Wie ein Roboter scannte der Junge ein Produkt nach dem anderen, seine Beklommenheit wollte nicht weichen. »Nebenan ist übrigens ein Supermarkt, also …«, stammelte er vorsichtig.

Sie hatte gar nicht hingehört. Wortlos hielt sie ihm eine Kreditkarte hin; einer plötzlichen Eingebung folgend, zog sie die Hand wieder zurück, steckte die Karte weg und kramte ein paar Tausend-Yuan-Scheine hervor. »Ich brauche eine Tüte.«

Ihr Geruchssinn würde bald wieder versiegen, weshalb Yang Ning sich beim Nachhausekommen nicht einmal die Hände wusch, sondern Haoyang bat, ihr beim Auspacken zu helfen, sich auf den Boden hockte und die erste Seifenverpackung aufriss. Sie schloss die Augen und roch, suchte die Nadel im Heuhaufen. Dann ging sie diszipliniert ein Produkt nach dem anderen durch, bis sie schließlich inmitten eines wilden Haufens Drogerieware und Plastikverpackungen saß und ihre Nase von der ganzen Chemie fix und fertig war. Duftende Schönheitsprodukte waren noch nie ihr Ding gewesen.

Irgendwann hörte man draußen die Busse wieder rumpeln. Als die Sonne hinter den Dächern hervorkroch, stand sie auf und beschloss, es professioneller anzugehen. Sie nahm die Gardine und brachte sie zu den Parfümabteilungen großer Kaufhäuser.

Der Geruch war einfach zu schwach. Sie vergeudete den ganzen Tag damit, aber keine Verkäuferin und kein Verkäufer konnte einen bestimmten Parfümduft ausmachen, schon gar nicht den einer bestimmten Marke. Manche boten ihr freundlich Duftproben an, was sie jeweils dankend ablehnte, ohne zu erklären, worum es ihr eigentlich ging. Die Verkäufer waren diskret genug, nicht nachzufragen, wofür Yang Ning ihnen unendlich dankbar war. Ihr Verhalten war schlicht ein Ausdruck freundlicher taiwanischer Zurückhaltung.

Der an der Gardine haftende Geruch verflüchtigte sich unterdessen von Minute zu Minute.

»Sie sollten einen professionellen Parfümeur oder eine Parfümeurin aufsuchen«, empfahl schließlich eine junge Verkäuferin, als Yang Ning sich schon zum Gehen wandte. »Diese Nasen hantieren den ganzen Tag mit Düften … warten Sie, ich hätte eine Telefonnummer für Sie.« Sie zog einen Notizblock hervor. »Das ist ein Freund von mir, ein bisschen verrückt, aber eine sehr feine Nase.«

Yang Ning wartete, während die Verkäuferin schrieb. »Rufen Sie ihn einfach an oder schicken Sie eine SMS, wenn er nicht abnimmt. Augenblick … ich weiß noch jemanden …

Fang … ich weiß leider nicht, wie sich ihr Vorname schreibt, Fang Xinyu heißt sie. Sie war Leiterin meiner Schulung, eine professionelle Nase. Anfang dreißig. Sie hat lange eine Fortbildung im Ausland gemacht und unterrichtet jetzt hier … Eine unvergessliche Erscheinung, Sie werden Augen machen!« Verzückt hielt die Verkäuferin in ihrem Redefluss inne.

»Ein wandelndes Top-Model, wie aus dem Katalog … stellen Sie sich eine Dame in haushohen Stilettos vor, die in einem umwerfenden Kleid und großen Ohrringen durch die nächtlichen Straßen stolziert. Das ist Madame Fang. Eine wahre Persönlichkeit und echte Größe ihres Fachs. Machen Sie sich darauf gefasst, dass sie eine scharfe Zunge hat.«

Yang Ning versuchte es gleich bei der ersten Nummer, jenem verrückten Herrn Guo. »Sagen Sie, dass ich Ihnen die Nummer gegeben habe«, redete die junge Frau weiter. Sie versuchte es zweimal, aber niemand ging ans Telefon. Dann wählte sie die Nummer der eleganten Frau Fang. Tuut … tuut … tuut …« Ihr Herz klopfte mit dem Klingelzeichen um die Wette.

»Hallo?«

»Lassen Sie … ich mache das«, rief die junge Verkäuferin und griff nach Yang Nings Telefon. »Hallo, Madame Fang? Ich bin's …« Es folgte ein kurzer Smalltalk. Die beiden kannten sich offenbar gut. »Ich habe hier eine Kundin, die Ihre Hilfe braucht, sie möchte …«

Geistesabwesend sah Yang Ning zu, wie sich die Lippen der jungen Frau bewegten.

»Wann? O.k., ich sag's ihr.« Sie hielt die Hand über das Mikrofon. »Sie gibt heute Abend in Neihu eine Duftschulung, von halb sieben bis zehn, danach hätte sie für Sie Zeit.« Der Verkäuferin kam plötzlich ein Gedanke. »Oder möchten Sie vielleicht am Unterricht teilnehmen? Soll ich fragen, ob noch ein Platz frei ist?«

Yang Ning zögerte kurz, dann nickte sie heftig. Die junge Frau glühte vor Stolz. »Hallo? Gäbe es in der Schulung vielleicht noch Platz? Dann könnte ich meine Kundin direkt zu Ihnen schicken, so weiß sie gleich, mit wem sie es zu tun hat, sie braucht wirklich dringend Hilfe ... Oh, danke! Sie sind einfach die Beste! Zum Dank lade ich Sie demnächst wieder zum Essen ein, zu dem Italiener, der beim letzten Mal zu hatte ... Super! Bye, bye!« Strahlend reichte sie Yang Ning das Telefon zurück. »Ich schreibe Ihnen die Adresse auf.«

Sprachlos starrte Yang Ning auf das Papier und räusperte sich. »Danke.«

20

Völlig außer Atem stieß Yang Ning die Tür zum Schulungsraum auf. Der Minutenzeiger der Uhr war schon wieder auf dem Weg nach oben.

»... es gibt vier Arten zur Gewinnung von ätherischen Ölen. Die erste ist Destillation. Auf der Folie sehen Sie das Bild eines industriellen Destillationsapparats ...« Ohne Yang Ning zu begrüßen, die zur letzten Reihe schlich und sich auf den Stuhl am Rand setzte, fuhr Madame Fang in ihrem Vortrag fort. »... geeignet vor allem für hitzebeständige Arten wie die Damaszenerrose und die meisten anderen Blüten ...«

Yang Ning warf einen Blick auf den Tisch vor ihr. Notizblock, Duftprobestreifen, leere Parfümfläschchen, Messbecher, Rührstäbe, Teekannen, Teeschalen, eine Tasse mit Kaffeesatz, ein Teilnahmeformular, eine Kursübersicht. *Parfüm – ein Liebesbrief an dich selbst*, hieß der Kurstitel.

Es war ein Grundkurs, aber als Yang Ning sich umsah, hatte sie den Eindruck, in einer Meisterklasse zu sitzen, so aufmerksam gespannt saßen die anderen acht Kursteilnehmer auf ihren Stühlen. Eine Assistentin trat auf Zehenspitzen an Yang Ning heran und bat sie, sich in die Anwesenheitsliste einzutragen. Yang Ning behielt den Stift, zum Mitschreiben.

»... aus einer Tonne Jasminblüten, etwa achtzig Millionen Blütenblätter, gewinnt man nicht mehr als einen Liter ätherisches Öl ...« Yang Ning kritzelte alles mit, so gut sie konnte. »... für aromatische Pflanzen aber, wie Ingwerwurzeln, Weihrauchharz oder getrocknete Calendula, greift man zur Extraktion mit überkritischen Fluiden, womit man einen edleren Duft erhält als durch Destillation ...«

Auf einem langen Tisch vor dem Podium standen zwei Reihen ätherischer Öle. Madame Fang forderte sämtliche Teilnehmer auf, nach vorn zu kommen und daran zu riechen, während sie die Charakteristika jedes einzelnen Dufts beschrieb. Weil Yang Ning ohnehin nichts roch, stand sie etwas abseits und notierte eifrig jedes Adjektiv, jede Beschreibung, jede Frage und jede Antwort. Früher hatte sie in punkto Geruch ihren Instinkt walten lassen, animalisch, wild, aber nie hatte sie die Sprache von den Düften gelernt oder geahnt, wie viel Wissen über Gerüche es zu erwerben gab.

»Und nun zurück an Ihre Plätze. Lassen Sie uns eine Übung machen.« Sie forderte die Gruppe auf, heißes Wasser in ihre Teekannen zu füllen. »Schließen Sie die Augen, atmen Sie tief ein. Konzentrieren Sie sich ganz auf Ihren Atem, lassen Sie ihn ruhig und gleichmäßig fließen, in ihrem eigenen Rhythmus. Atmen Sie so langsam wie möglich ein und aus, entspannen Sie sich …«

»Sind Sie so weit? Dann gießen Sie jetzt den Tee in Ihre Teeschale, dreiviertelvoll genügt. Beim Einatmen halten Sie die Nase etwa zwei Zentimeter über der Tasse. Atmen Sie durch den Mund aus, neben der Tasse. Wiederholen Sie das einige Male, bis Sie das Gefühl haben, etwas zu riechen … Manche von Ihnen werden schneller etwas riechen, andere langsamer, das spielt keine Rolle. Wer etwas riecht, nimmt einen Stift und notiert die auffälligen Merkmale des Geruchs. Wie intensiv ist er? Ist er nur zart, ist er mild, ist er intensiv?« Einige griffen bereits zögernd zum Stift. »Finden Sie Ihren eigenen Atemrhythmus. Ihr ganzer Körper konzentriert sich auf den Geruchssinn. Versuchen Sie den Geruch anhand dessen, was Sie bisher gelernt haben, zu analysieren. Woraus setzt er sich zusammen? Wenn Sie das nicht sagen können, beschreiben Sie ihn: Ist es Kräuterduft oder Blütenduft? Ist er zart, süß, fruchtig, frisch, würzig, rauchig? Es macht nichts, wenn Sie sich zunächst nicht sicher fühlen. Notieren Sie spontan, was Ihnen in den Sinn kommt, vertrauen Sie Ihrem Bauchgefühl ... Atmen Sie weiter tief ein und aus, riechen Sie den Tee immer wieder neu.«

Madame Fang ging an das Ende des Schulungsraums, lehnte neben der Tür und beobachtete ihre Schüler, wie sie über den Teetassen hingen und inhalierten oder versuchten, ihre Eindrücke in Worte zu fassen. Yang Ning überlegte nicht lange, stellte ihre Teetasse ab und gesellte sich zu ihr.

»Wollen Sie es nicht versuchen?« Frau Fang hielt ihren Blick auf die Kursteilnehmer in der ersten Reihe gerichtet, ohne sich Yang Ning zuzuwenden. »Ich habe Sie auch vorhin nicht an den Proben riechen sehen, Sie standen abseits, Ihre Nase zeigte keine Regung. Ist der Unterricht unter Ihrem Niveau? Oder zu langweilig?«

»Ich leide unter einer Störung des Geruchssinns«, sagte Yang Ning langsam. »Nicht angeboren. Ich kann seit einiger Zeit nichts mehr riechen oder schmecken.«

Jetzt stellte Madame Fang ihre Tasse ab und sah Yang Ning geradeheraus an.

»Nur unter besonderen Bedingungen, sehr ungewöhnlichen Bedingungen, rieche ich wieder etwas.« Yang Ning machte eine Pause. »Dann aber ist meine Nase wesentlich sensibler als die der meisten Menschen.«

Frau Fang zog die Brauen hoch, verschränkte die Arme vor der Brust und lächelte. Sie war neugierig geworden.

»Ich brauche Ihre Hilfe.« Sie zog ein fest verschlossenes Säckchen aus ihrer Tasche und nahm den säuberlich gefalteten Vorhang aus dem Säckchen. »Ob Sie für mich hieran riechen könnten?«

Frau Fang spielte mit der schlangenförmigen Kette um

ihren Hals. Sie musterte Yang Ning mit einem durchdringenden Blick, der gespannte Neugier verriet.

Schließlich winkte sie ihre Assistentin zu sich, flüsterte ihr etwas ins Ohr und forderte Yang Ning mit einer Geste auf, ihr zu folgen. »Gehen wir nach draußen. Hier drinnen sind zu viele Gerüche.«

Yang Ning folgte der Kursleiterin hinaus und zog die Tür hinter sich zu. Das Licht der durch die bodenlangen Fenster des Korridors im sechzehnten Stock scheinenden, bunten Neonlichter der Stadt kreierte zusammen mit dem warmen Gelb der Deckenlampen eine schummrige Atmosphäre, die Yang Ning ganz trunken machte. Madame Fang wedelte sachte die kleine Gardine unter ihrer Nase und sog den Geruch ein.

Sie schloss die Augen und konzentrierte sich. Erst nach einer ganzen Weile hob sie die Lider, legte den Kopf schief und sah Yang Ning mit gehobenen Brauen an. »Was genau möchten Sie riechen?«

»Eine Art Parfüm.«

»Parfüm?« Madame Fang schnüffelte noch einmal gründlich den Stoff ab. Zögernd öffnete sie den Mund: »Sind Sie sicher?«

»Ja.«

»Bestimmt? Wann wurde der Stoff mit dem Parfüm eingesprüht?«

»Das kann ich nicht sagen … das ist schon einige Tage her, vielleicht auch länger.«

»Parfümdüfte halten sich nicht über mehrere Tage, der ist längst verdunstet.«

»Es könnte auch ein Waschmittel sein oder Duschlotion, aber ich denke, die Wahrscheinlichkeit, dass es sich um Parfüm handelt, ist relativ hoch …«

Madame Fang schüttelte den Kopf. »Ich rieche nichts außer den Geruch nach modrigem Textil.«

Yang Ning sank vor Enttäuschung in sich zusammen.
»Eine Mischung aus Holz und Rosen«, flüsterte sie bedrückt.

In Madame Fangs Augen blitzte etwas auf. Sie nickte.

»Wenn ich es analysieren müsste, würde ich sagen, die
dominante Note ist der Holzgeruch«, fuhr Yang Ning fort.
»Kein erfrischender Holzgeruch, sondern einer nach kaltem,
dunklem Wald, Zedern oder Sandelholz, Holz, das sich rau
anfühlt.« Yang Ning konzentrierte sich auf ihre Erinnerung
an den Geruch. »Die Rose hat einen sehr intensiven Geruch,
ein bisschen aufdringlich, aber keine lebhafte Farbe, kein helles Rot, eher ein dunkles Ziegelrot, kräftiger und älter als ein
guter Rotwein, ein bisschen ... streng. Außerdem ein wenig
Moschus und eine Spur Vanille, ein länglicher Abgang, wie
altes Vanillepapier. All diese Aromen zusammen genommen
harmonieren unerwartet gut miteinander. Die Härte des
Holzgeruchs wird ... wie soll ich sagen ... vom Rosenduft ge-
rundet, und die feierliche Intensität der Rose wird verdünnt,
ausbalanciert, bis das Ganze sehr klassisch wirkt ... elegant.«

Madame Fang sah sie mit einem seltsamen Blick an, einer
Mischung aus Bewunderung und Staunen. »Noch etwas?«

»Das wäre alles, denke ich.« Sie hatte alles gegeben, wirklich.

»Nach dem Seminar gebe ich Ihnen eine Liste.« Mit diesem freundlich-schlichten Resümee beendete Madame Fang
die Unterhaltung, ging zurück in den Schulungsraum und
redete weiter, über die richtige Zusammensetzung von Düften und die Methoden von Parfümherstellung. Ihre Schüler
konnten es kaum erwarten, es selbst auszuprobieren.

Yang Ning machte nicht mit. Mit hängendem Kopf saß sie
still auf ihrem Platz und fragte sich, was das alles sollte.

Was, wenn sie tatsächlich das Glück hätte, herauszufinden, welches Parfüm welcher Marke der Mörder trug? Wie weiter? Was sollte sie tun? Herausfinden, wo es verkauft wurde und jeden Einzelnen identifizieren, der es gekauft hatte? Und dann die tausend oder zehntausend Nutzer dieses Parfüms als Tatverdächtige behandeln? Und wie sollte sie an die Aufzeichnungen von Überwachungskameras, Datenbanken mit Autokennzeichen herankommen und Telefone abhören? Gar nichts konnte sie tun, während diejenigen, die über die entsprechenden Ressourcen verfügten, sich an ihr festgebissen hatten.

Und was, wenn der gesuchte Duft nicht auf Madame Fangs Liste stand? Was tun, wenn auch diese, ihre einzige Spur ins Nichts führte?

21

Xiaozhi machte sich gerade an der Wohnungstür zu schaffen. Neben ihm stand der Chef, die Arme vor der Brust verschränkt, mit hochgezogenen Brauen. Beide drehten sich erstaunt nach Yang Ning um, die unter ihrem Motorradhelm keuchend vor der rostigen Außengittertür eintraf.

»Bist du den ganzen Weg gerannt, oder was?« Der Chef sah nicht gerade erfreut aus.

Sie war mit einem schweren Rucksack bepackt und zog einen riesigen Koffer hinter sich her.

Ihr Atem ging schwer, sie wirkte erschöpft, hatte dunkle Ringe unter blutunterlaufenen Augen, aber ihr Blick hatte etwas Getriebenes. Wie ein hungriger, nervöser Wolf, der sich kaum mehr auf den Beinen halten kann, aber mit der Energie des Besessenen weiterrennt, bis er endlich Beute gemacht hat. Stillstand bedeutete den sicheren Tod.

»Wann hast du das letzte Mal geschlafen?«

»Du siehst gar nicht gut aus.«

Keine Antwort.

Als Xiaozhi endlich die Tür aufhatte, reichte er Yang Ning einen Schutzanzug. Sie stellte ihr Gepäck ab und zog ihn über.

Der Sechzig-Liter-Wanderrucksack war größer, vielleicht sogar schwerer als sie selbst. Genau wie der Koffer war er randvoll mit Parfümfläschchen. Am Abend nach dem Seminar hatte Madame Fang ihr eine Liste mit Düften gegeben, dreißig Sorten, die jeweils auf Blumen-, Holz- und Amberduftnoten basierten. Außerdem die Namen weiterer Marken und Parfümeurs.

Sofort hatte Yang Ning das Telefon gezückt und alle Parfüms auf der Liste bestellt. Dank der Effizienz der Expresslieferungen waren sämtliche Bestellungen im Laufe dieses Nachmittags bei ihr eingetrudelt. Als sie alle zusammenhatte, wählte sie die Nummer des Chefs und flehte ihn an, sie auf einen Tatort zu lassen, um ihn zu »nutzen«.

Endlich stand sie nun im Wohnzimmer eines Toten, sog mit bebenden Nasenflügeln den Verwesungsgestank ein. Sie ließ den Geruch von ihrem Hirn abprallen, von wo er schneller als gedacht in ihren Blutkreislauf eindrang. Sie atmete tief ein. *Was für ein abgrundtief widerwärtiger Gestank.* Genau richtig.

Ihr Gesicht war unbedeckt, während sich die Miene des Chefs hinter seiner Maske verdüsterte. Er schnalzte mit der Zunge und machte keinen Hehl aus seiner Missbilligung.

Der Chef wusste, dass normalerweise kein Mensch so etwas ohne ausreichenden Schutz aushielt.

Aber jetzt war es Yang Nings Droge, sie hatte sich daran gewöhnt, sich zu foltern, um sich ihrer Existenz zu versichern. Er wusste nur zu gut, was sie fühlte. Er hatte es selbst durchlebt, den Teufelskreis der Einsamkeit, nachdem eine Frau ihn verlassen hatte. Er hatte einige Verzweiflungstaten hinter sich.

»Chef …«

»Ja?« Er kam wieder zu sich. Yang Ning hatte ihn schon ein paar Male gerufen.

»Wo ist das Klo?« Sie wusste wo, fragte aber trotzdem. Er war dankbar für diesen Rest von Respekt.

Er deutete mit dem Finger in die Richtung. »Aber he, da drin herrscht die reine Pestilenz.«

Yang Ning nickte und schleppte ihr Gepäck dorthin.

Als sie die Toilettentür öffnete, schlug ihr der gnadenlose Gestank wie eine Geißel entgegen. Blut und Exkremente waren über die Fliesen verteilt, in sämtlichen Ritzen und Fugen, unter dem Waschbecken tropfte das Siphon, und aus der Pfütze aus Tropfwasser und rotbraunem Schlamm sprossen Pilze, an denen sich schwarze Würmer gütlich taten.

Yang Ning riss die Tür weit auf, breitete auf einigen der weniger schmutzigen Fliesen große Papiertücher aus, nahm die Parfümfläschchen aus dem Rucksack und dem Koffer und hockte sich im Schneidersitz davor.

So saß sie gelassen inmitten einer Horde von kadaverfressenden Maden und Schmeißfliegen und war ganz auf ihre Nase konzentriert. Der Gestank drang in ihre Adern, wie ein Wiedersehen mit der großen Liebe. Ihr Herz schlug höher. Yang Ning spürte die Kraft in sich zurückkehren. Sie war bereit.

Aufgeregt drehte sie einen Flakon nach dem anderen auf und testete den Duft.

Sie musste nicht viel Zeit aufwenden, einmal riechen genügte ihr, um zu wissen, ob es das war, was sie suchte. Trotzdem verharrte sie jeweils einen Augenblick lang über dem Duft, analysierte ihn, ordnete ihn ein.

Gemäß dem üblichen Reinigungsprozedere sollte das Saubermachen dort beginnen, wo der Gestank am schlimmsten war, meistens identisch mit dem Ort des Verbrechens. Aber Yang Ning brauchte das Badezimmer, weshalb Xiaozhi und der Chef in der Küche loslegten. Es fiel ihnen schwer, bei der Sache zu bleiben. Immer wieder warfen sie einen Blick ins Bad und sahen nach Yang Ning, die aussah, als gäbe sie sich einem okkulten Ritual hin.

Das einundzwanzigste Fläschchen.

Nummer zweiundzwanzig.

Der Duft erinnerte sie an eine Mitschülerin, die in der Oberstufe neben Haoyang gesessen und ihn ständig mit ihrem koketten Gesäusel umgarnt hatte.

Nummer dreiundzwanzig.

Ihre Pupillen weiteten sich. Holz und Rosen. Cool bleiben, sagte sie sich, während sie mit der Nasenspitze über dem in ihrer Hand zitternden Flakon hing. Cool bleiben. Sie schloss die Augen und schnüffelte. Der Holzgeruch war dem, den sie suchte, sehr ähnlich, aber noch nicht kalt genug. Dieser hier beinhaltete etwas von einem feuchten Zigarrenende und fruchtiger Birne, insgesamt zu klamm und zu süß, obwohl im Abgang extrem ähnlich. Was, wenn keiner der siebenunddreißig Düfte passte? Wie weitermachen? Sie musste sich zusammenreißen, um das nächste Fläschchen aufzudrehen. Ihr Arm krampfte.

Nummer vierundzwanzig.

Nein. Immer noch nicht das Richtige. Ihr Atem ging unregelmäßig.

Nummer fünfundzwanzig.

Ihre Nasenlöcher weiteten sich.

Yang Ning wagte kaum, ihrer Nase zu vertrauen. Wieder und wieder roch sie an dem Fläschchen, um es sich zu bestätigen. Das war er.

Das war genau der Duft, den sie suchte. Sie erinnerte sich auch, wo sie ihn schon einmal gerochen hatte; in der Wohnung des jungen Mannes, in die sie unerlaubterweise vor den anderen gegangen war, an die blutige Körperform auf dem Bett, an die Krankenpflegeruniform, in die sie ihre Nase vergraben hatte. Sie erinnerte sich, wie sie inmitten dieser olfaktorischen Sinfonie aus Blut und Ungeziefer beinahe einen Orgasmus bekommenhätte.

Das Fläschchen fiel ihr aus der Hand und zerschellte am Boden. Das Parfüm lief aus, sein intensiver Geruch explodierte, verdunstete, verbreitete sich in der ganzen Wohnung. Der Chef und Xiaozhi kamen erschrocken herbeigerannt.

Langsam hob Yang Ning den Kopf und starrte sie an, unfähig, ihren Schock zu verbergen.

Da war noch ein … noch ein Ort, an dem sie diesen Duft
schon einmal gerochen hatte.

An Yang Hans Kleidung, als er noch am Leben war.

II

Das Täterprofil

1

Der Alte neben mir auf der Bank an der Bushaltestelle belaberte mich in einem fort, das Wetter, wo seine Kinder einen Studienplatz bekommen haben, was er so verdient im Monat, lauter solchen Bullshit. Dann machte er weiter mit Geschimpfe auf die Regierung, Arbeit, Familie. Ging mir zum einen Ohr rein und zum andern raus.
Ich lächelte gezwungen, nickte. Er dachte wohl, was für ein freundlicher Zeitgenosse ich doch wäre; schüttelte mir zum Abschied sogar die Hand, als ich den nächstbesten Bus bestieg, um ihn endlich los zu sein. Vor Ort habe ich mir keine großen Gedanken darüber gemacht, aber wenn ich jetzt, zuhause und frisch geduscht, daran zurückdenke, muss ich Tränen lachen.

Jeder Tag ist wie der andere, ein weiterer Tag auf dem Weg in den Tod. Wie klein doch so ein Mensch ist, alles ringsum zeigt uns, wie bedeutungslos wir sind. Der Tag unseres Todes wird vielleicht der beste unseres Lebens sein, meinst du nicht?

Mein Fach, meine Träume, der Sinn meiner Existenz, alles hängt von ihr ab.
Irgendwann ist es mir bewusst geworden, dass mein ganzes Leben sich nur um sie dreht, mit ihren Gefühlen steht und fällt, dass ich lächle, damit sie lächelt, ich zu einem großen Regenschirm werde, um allen Schaden von ihr abzuwenden. Ich liebe sie, aber ob ich mich glücklich fühle oder nicht, hängt allein von ihrer Reaktion ab. Mein Leben gehört mir nicht, es gehört meiner Mutter.

Ich hatte wirklich nicht gehört, was der Professor gesagt hatte. Als ich den Kopf hob, der in meiner Armbeuge geruht hatte, bemerkte ich, dass mein Sabber meinen rechten Arm am Lehrbuch festgeklebt hatte. Beim Versuch, ihn abzulösen, verwandelten sich die englischen Beispielsätze in einen diffusen Brei. Meine Augen mussten sich erst wieder ans Licht gewöhnen, um die Kreidespur auf meinem Pult zu entdecken und die unbedarften Krümel der Kreide, die nach dem Wurf beim Aufprall zerbrochen war.

»Hast du nicht gehört, was ich sage? Aufstehen!« Ich begriff gar nicht, was los war, mein Hirn war noch in irgendeiner Tiefe versunken.

»... verstehst du schon nicht mehr, was ich sage? Steht es so schlimm um dich? Dann sag ich's noch einmal: Aufstehen!« Benommen stand ich auf, wobei mein Stuhl mit dumpfem Stöhnen über den Boden schabte. Mein Kopf hing herunter, sank tief auf meine Brust.

»... es ist mir egal, was mit dir los ist, ob du krank bist oder sonst was. In meiner Stunde wird jedenfalls nicht geschlafen.« Seine strenge Stimme konnte seine Abscheu nicht verbergen. »Krank oder nicht, wenn du nicht zuhören willst, dann ab zu deinem Tutor oder wohin du willst, aber troll dich aus meiner Klasse.«

Sollte ich gehen? Jetzt gleich? Ich hatte keine Ahnung. Ich wusste nicht, was ich tun sollte. Mich entschuldigen? Ich bemühte mich, irgendetwas hervorzubringen, aber mein Hirn war ein einziger Brei. Ich war so müde.

»Raus!« Er brüllte fast. Raus, hatte er gesagt, raus. Ich versuchte, Worte und Taten in Einklang zu bringen, schob den Stuhl zurück, strauchelte beinahe über die Stuhlbeine, stolperte zur Tür hinaus, jeder Schritt war ein Kraftakt. Zum Tutor? Da sollte ich hingehen, oder? Aber warum? Ich wollte

nur noch schlafen. Mist, dachte ich plötzlich. Ich hatte die
Schultasche vergessen.

Nachdem ich ein paar Treppenstufen genommen hatte, hatte
ich einen totalen Blackout. Mein linker Fuß blieb an einer
der hohen Steinstufen hängen. Mein Gehirn lief einfach nicht
mehr weiter, hielt mitten im Selbstläufermodus an, piep, piep,
piep. Es würde vor sich hin rosten und zerfallen, während
die gute alte Sonne immer wieder aufging, eingeklemmt in
einen Riss in der Zeit. Ich war mir nicht sicher, ob ich mein
Gehirn um Hilfe rufen hörte oder den langgezogenen Ton
einer fernen Sirene.

Ich wusste nicht einmal mehr, ob ich treppauf oder treppab
ging.

In letzter Zeit bin ich oft vergesslich, weiß nicht mehr, was
ich mit dem Löffel in der Hand in der Küche suche, ob ich
meine Medizin genommen habe oder nicht, ob ich mich
schon geduscht habe oder nicht, ob ich die Sachen meines
Bruders trage oder meine eigenen. Worauf meine Mutter sich
freut. Wer ich bin.

Ich werde alles in mein Tagebuch schreiben. Ich muss
weitergehen, hinauf in den dritten Stock, hinauf aufs Dach.
Ich gebe mein Leben für dich, Mama.

2

»Auf gar keinen Fall.« Xu Haoyangs Stimme zitterte. Er packte die Unterlagen. »Niemals.«

»Aber ich brauche ihn«, bettelte Yang Ning. »Er ist genau der Richtige.«

»Als ich sagte, dass ich dir helfen würde, jemanden zu finden, meinte ich nicht jemanden wie ihn«, sagte Haoyang entsetzt. »Nicht ihn, niemals.«

»Was nutzen mir normale Menschen? Ich brauche einen, von dem ich lerne, die Welt aus der Sicht eines Killers ...«

»Du willst verstehen, wie ein Verbrecher tickt, o.k., ich finde einen für dich, einen, der Parfüm oder Damenwäsche klaut, oder einen Staatsanwalt, einen Rechtswissenschaftler, wen du willst.« Haoyang schien kurz vorm Durchdrehen. »Warum ausgerechnet der?«

»Ein Rechtswissenschaftler, besten Dank! Ich will einen, der Verbrechen begangen hat, ist das so schwer zu verstehen? Einen mit einer Faszination für Düfte, einen, der keine Angst vor dem Tod hat.« In Yang Nings Augen lag ein seltsamer Glanz. »Cheng Chunjin ist perfekt, brutal und intelligent, versteht sich auf Düfte und, ganz wichtig, er ist auf freiem Fuß. Er ist der Richtige, verstehst du? Haoyang, ich ...«

»Er ist gefährlich.« Haoyang beugte sich über sie. »Sechs junge Frauen, vergewaltigt und ermordet. Oder hast du diese Kleinigkeit übersehen?«

Yang Ning wollte etwas sagen, aber er ließ sie nicht zu Wort kommen. »Der Typ ist ein Irrer. Weißt du, was er zur Polizei gesagt hat? Seine Katze hätte ihm befohlen, es zu tun.« Er wartete, um sich zu vergewissern, dass sie ihm folgte, sah sich genötigt, sich noch einmal zu wiederholen. »Eine Katze hat ihn zum Töten angestiftet, ein böser Dämon hat es ihm ins Ohr geflüstert. Hast du das psychologische Gutachten gelesen? Der ist eine Nummer zu groß für dich.«

»Ich weiß das alles.« Yang Ning schlug einen sanften Ton an, um ihn zu beschwichtigen. »Ich habe die Akte gelesen.«

»Ach, hast du?« Haoyang knallte die Akte auf den Tisch. »Gut, lesen wir noch einmal zusammen, sollen wir?«

Demonstrativ blätterte er im Bericht und las vor, jede Silbe theatralisch betonend: »Im November 1995 begann Cheng Chunjin, gezielt junge Frauen zwischen vierzehn und achtzehn Jahren zu observieren und zu entführen. Er fesselte sie an Hand- und Fußgelenken, besprühte ihren Hals, ihre Handgelenke, Brüste und Sexualorgane mit Parfüm und vergewaltigte sie. Abgesehen davon wurde den Opfern durch Würgen, Einschnüren, Schläge, Messerstiche und das brutale Einführen von Gegenständen wie Schläuchen, Baseballschlägern oder einem Lockenstab in die Vagina und das Abdomen brutale Gewalt angetan ...«

»Bitte, du brauchst mir das nicht noch einmal vorzulesen, ich ...«

»Offenbar doch!«, unterbrach Haoyang wütend. Je weiter er las, umso aufgebrachter wurde er. »Hör gut zu: Am dreizehnten Mai neunzehnhundertsiebenundneunzig stellte er sich selbst im Polizeirevier Zhongshan und bekannte sich zu sechs Mordtaten. Er erklärte, dass er seine Opfer mit dem Lieblingsduft seiner Exfreundin eingesprüht habe, *Elizabeth Arden Red Door Eau de Toilette*. Sie habe nach drei Jahren wegen der Unvereinbarkeit ihrer Charaktere mit ihm Schluss gemacht. Die Trennung sei ein so großer Schock für ihn gewesen, dass er zuweilen den Verstand verloren und unter Halluzinationen und Wahnvorstellungen gelitten habe.

Vor Gericht brachte er bei mehreren Revisionsverhandlungen zu seiner Verteidigung eine Reihe obskurer Entschuldigungen vor, wie, seine Katze habe ihn zum Mord angestiftet, ein Dämon habe ihm die Taten eingeflüstert, er habe geträumt, Sex mit seiner Exfreundin zu haben, und er habe seine Taten stets bereut, sobald er wieder bei Verstand gewesen sei. Im Laufe von fünf Verhandlungen wurde seine Strafe von der Todesstrafe über lebenslange Haft, dann zwanzig Jahre Haft und schließlich auf achtzehn Jahre Haft abgemildert und Cheng Chunjin rechtskräftig verurteilt. Im Jahr zweitausendsieben, als zur Feier von zwanzig Jahren Aufhebung des Kriegsrechts in Taiwan die Haftstrafen von Gewalttätern halbiert wurden …«

»… hatte er zehn Jahre einer Strafe abgesessen, die durch die Halbierung nur noch neun betragen hätte«, fuhr Yang Ning dazwischen. »Zweitausendsieben wurde er entlassen.« Sie sah ihm unerschrocken in die Augen. »Hör zu, Haoyang, ich verstehe, warum du dir Sorgen machst, o.k.? Aber ich bin kein kleines Kind. Ich weiß sehr gut, mit wem ich es zu tun habe.«

»Der Kerl ist ein Psychopath!« Xu Haoyangs Stimme überschlug sich. »Und du traust dir zu, mit ihm umzugehen, ja? Warum nicht gleich den Teufel persönlich? Nach ein paar Seminaren in Psychologie und Kriminologie willst du dich dem grausamsten und perversesten Serienkiller der Geschichte Taiwans aussetzen?«

Yang Ning ließ sich nicht auf seine Provokationen ein. »Sieh dir doch seine Akte an. Der Mann steht bis heute unter polizeilicher Beobachtung. In all den Jahren hat er nicht einmal einen Strafzettel fürs Falschparken bekommen.«

»Weißt du, wie hoch die Rückfälligkeitsrate in diesem Land ist? Wenn die Polizei oder das Rechtssystem in Taiwan wirklich etwas taugen würden, wäre er nicht so lange frei herumgelaufen, um eine nach der anderen zu vergewaltigen und zu ermorden.«

»Findest du, dass es sich für einen Anwalt ziemt, so zu reden?«

»Ning.« Seine Miene war düster. »Ich meine das ernst. Niemand hat Cheng Chunjin verhaftet, er hat sich selbst gestellt. Sechsfacher Mord, aber nur zweimal hat ihn eine Überwachungskamera aufgenommen, die nicht mehr als eine maskierte Silhouette gezeigt hat. Die hätten ihn niemals erwischt. So sieht es aus.«

»Gerade das ist für mich der springende Punkt. Er war schlau genug, um die Polizei zum Narren zu halten. Er ist hochintelligent, psychisch gestört, hat ein Faible für Düfte und ist ein Serienmörder. Genau der Tätertyp, den ich suche.«

Haoyang schüttelte den Kopf. »Er hat alle zum Narren gehalten, nicht nur die Polizei, auch die Staatsanwaltschaft, den Richter. Und er wird auch dich zum Narren halten, Ning.«

»Und selbst wenn. Nur mit einem wie ihm werde ich tatsächlich Fortschritte machen.« Sie sprach langsam und überlegt. »Wenn du ihn so fürchtest, warum hast du mir dann geholfen, seine Akte aufzustöbern?«

»Hätte ich gewusst, was du vorhast, hätte ich dir nicht geholfen.«

»Nicht Cheng Chunjin ist es, der dich nervös machen sollte. Da draußen läuft ein Mörder frei herum, und die Polizei hat nicht die geringste Spur. Niemand weiß, wo er sich versteckt und was er als Nächstes vorhat.« Yang Nings Augen leuchteten. Sie war nicht von ihrer Idee abzubringen. »Einer wie er könnte mir helfen, Antworten zu finden.«

»Weshalb bist du dir da so sicher?«

»Nichts ist sicher.«

»Es ist zu riskant, ihn zu treffen. Ich kann nicht zulassen, dass du dich einer solchen Gefahr aussetzt ...«

»Sieh mich an, Haoyang. Bitte ...« Yang Ning breitete flehentlich die Arme aus. »Ich bin doch längst in Gefahr.«

Haoyang sah sie zweifelnd an, sein Gesicht schmerzlich verzerrt. »Wir finden sicher einen anderen Weg, Ning. Ich kenne einige erstklassige Kriminalexperten, die ...«

»... Ich weiß, dass er in Bangka wohnt.« Yang Ning legte zärtlich ihre Hand auf seine. »Ich brauche nur seine Telefonnummer.«

Haoyang sackte geschlagen auf einen Stuhl. Er knirschte mit den Zähnen.

»Bitte hilf mir, ihn zu finden.«

3

Drei Tage zuvor war Haoyang spätabends auf einen Anruf von Yang Nings Chef hin zu einem Wohnblock geeilt.

Die dunkelblaue Plane, die den Pick-up in einen Transporter verwandelte, war heruntergelassen. Auf der Ladefläche hockten Yang Ning und Xiaozhi. Der Chef stand neben dem Wagen und rauchte.

Leise kletterte er auf die Ladefläche und hockte sich Yang Ning gegenüber. Neben ihr stand eine große Tasche voller Parfümfläschchen. Haoyang fühlte sich sofort benebelt von dem wilden Duftmix, der die Luft erfüllte. Yang Ning wirkte ruhig, umschlang ihre Knie, ein paar Glasscherben in der Hand. Kein Theater, kein Schreien oder Weinen. Sie hob lediglich den Kopf und beschrieb ihm langsam und deutlich, was sie entdeckt hatte.

Bis zu diesem Zeitpunkt hatte sie diesen Duft an drei Stellen gerochen: Auf Zhan Jiajias Fenstervorhang, im Zimmer des jungen Krankenpflegers und an Yang Hans Kleidung, kurz bevor er starb.

Als sie Yang Hans Namen erwähnte, zuckte Haoyang zusammen.

Drei Jahre lang hatte sie den Namen nicht mehr ausgesprochen. Niemand in ihrem Umkreis wagte, ihn zu erwähnen, als würde damit eine stille Vereinbarung gebrochen. Und jetzt, wo sie ihn selbst aussprach, klang es so beiläufig wie irgendein beliebiger Name, etwas längst Vergessenes, das dir plötzlich wieder in den Sinn kommt.

Sie sagte weiter nichts. Schweigend verlor sie sich in ihrer eigenen Welt, deren Hintergrundraunen das Rauchringeblasen des Chefs, Xiaozhis Räuspern und das Rumpeln der vorbeifahrenden Busse bildeten. Yang Nings befremdliches Schweigen sorgte für eine erstickende Atmosphäre. Haoyang bekam davon eine Gänsehaut.

Etwas hatte sich still und leise gelöst, aber sobald man danach greifen wollte, fiel es in sich zusammen.

Die Rippströmung unter der glatten Oberfläche des Meeres entwickelte ihren Sog und drohte jeden Augenblick, Yang Ning mit sich fortzureißen. Und Haoyang hatte Angst, es nicht verhindern zu können.

Gerne hätte er ihre Hand gehalten, aber er wartete lieber ab, bis Yang Ning endlich die allgemeine Anspannung brach und ihm die Glasscherbe in ihrer Hand reichte. Xu Haoyang schnüffelte daran. Rosen, mehr erkannte er nicht. Seine Nase war nicht besonders empfindlich, und auf Parfüms verstand er sich erst recht nicht.

Die Stunden bis zu Haoyangs Eintreffen hatten Yang Ning genügt, um den Duft eindeutig zu zerlegen. An Zhan Jiajias Gardinenstoff hatte sie zuvor als Basisnoten nur Rose, Zedern, Sandelholz, Moschus, Vanille identifiziert, jetzt hatte sie noch mehr entdeckt. Die Essenz des Dufts war wesentlich körperlicher, vielschichtiger, getragener, würdevoller, ehrfurchtgebietender als erwartet.

»*Madame Rochas von Rochas.*« Haoyang las den Namen von der Glasflasche ab, nachdem er die Scherben zusammengesetzt hatte.

Xiaozhi schlug sein Notizbuch auf und hob verzagt die Hand, wie ein Schüler, der den Lehrer fragen will, ob er zur Toilette gehen darf. Erst nachdem Yang Ning aus ihrer Trance zurückgekehrt war und ihm sachte zugenickt hatte, machte er den Mund auf. »Ich habe ein wenig recherchiert. *Madame Rochas* gehört zwar zu den hochklassigen Parfüms, ist aber in Taiwan nicht besonders gefragt. Kein hiesiges Kaufhaus führt diesen Duft, man bekommt ihn nur im Internet, über einen autorisierten Händler. Kein Allerweltsparfüm, sondern ein klassischer, gern als Diplomatengattinnenduft bezeichnetes Parfüm, wegen seines reifen, getragenen, noblen Charakters.«

Sein Notizbuch war dicht beschrieben. Yang Ning war nicht die Einzige, die gründlich recherchierte. »*Madame Rochas* ist kein Duft für junge Leute.«

»Du sagst, diesen Duft hat der Mörder Zhan Jiajias hinterlassen, und außerdem hast du ihn an der Kleidung der Leiche eines Krankenpflegers und an der von Yang Han gerochen?«, fragte Haoyang.

»Mhm.« Die Bedeutung dieser Feststellung war so klar wie schockierend.

»Xiaozhi, schreib mit«, sagte Haoyang. »Zhan Jiajia, neunzehn Jahre alt, im dritten Semester am Kunstinstitut der National Taiwan University, wurde am Dienstag, dem fünften November, etwa um neun Uhr abends in einer kleinen Wohnung im Bezirk Zhonghe, erwürgt, ihre Leiche zerlegt.« Er warf dem Chef einen fragenden Blick zur Bestätigung dieser Angaben zu, den dieser mit einem unbehaglichen Nicken erwiderte.

»Wie war der Name des Krankenpflegers?«

»Zheng Wenliang«, sagte Xiaozhi.

»Todeszeitpunkt?«

»Zweiter November.« Der Chef drückte seine Zigarette aus und zog das Päckchen hervor. »Wir waren erst am vierten November vor Ort. Verdammte Scheiße. Ich erinnere mich gut an die Wohnung, in Wanlong, nicht weit von unserem Büro.«

»Alter?«

Xiaozhi blätterte in seinem Notizbuch. »Siebzehn.«

»Gut. Am zweiten November beging Zheng Wenliang, im

zweiten Jahr Krankenpflegeschüler an der Medizinischen Pflegefachschule Gengshen, im Zimmer seiner Wohngemeinschaft im Bezirk Wanlong Selbstmord durch Aufschneiden der Pulsadern. Koma durch immensen Blutverlust. In Taiwan gilt diese Form des Selbstmords zwar als außergewöhnlich drastisch, aber solange die Todesursache eindeutig feststeht und die Familie keine Autopsie verlangt, herrscht kein Verdacht auf Fremdeinwirkung. Schließlich hätten wir noch ...«

Er machte eine Pause, bevor er fortfuhr. »... Yang Han.« Er schielte vorsichtig nach Yang Ning, um ihre Reaktion zu testen. Sie wirkte angespannt, aber gleichgültig. »Yang Han war achtzehn Jahre alt, Absolvent der Oberstufe und bereitete sich gerade zum zweiten Mal auf die Aufnahmeprüfung für die Universität vor. Er starb am zwanzigsten Juli zweitausendsechzehn, nachmittags um zwei Uhr siebenundvierzig, zuhause in Toufen, Miaoli. Seine Mutter entdeckte die Leiche um sechs Uhr dreizehn beim Nachhausekommen und verständigte die Polizei, die Selbstmord durch Kohlenmonoxidvergiftung feststellte.«

»Aus Mangel an weiterem Material ist zum gegenwärtigen Zeitpunkt zwischen diesen drei Fällen kein Zusammenhang zu erkennen, abgesehen davon, dass alle drei Opfer unter zwanzig Jahre alt waren. Sie starben zu unterschiedlichen Zeitpunkten an unterschiedlichen Orten, zwei Männer und eine Frau mit verschiedenen Hintergründen. Auch die Todesursachen unterscheiden sich deutlich. Die einzige Gemeinsamkeit besteht in dem von Ning wahrgenommenen Duft.«

»Keiner in unserer Familie benutzt *Madame Rochas*«, unterbrach Yang Ning, mit rauer Stimme. »Auch das Liebchen meines Vaters nicht. Diesen Duft hat der Mörder für mich hinterlassen, da bin ich mir absolut sicher. Das hat er bewusst getan, auch wenn ich nicht weiß, was er von mir will. Vielleicht will er mich zum Sündenbock machen oder treibt ein seltsames Spiel mit mir. Ich weiß es nicht ... aber er hat es bewusst arrangiert. Zhan Jiajia, Zheng Wenliang, Han ... Yang Han, er hat den Zusammenhang zwischen ihnen hergestellt. Es ist seine Duftmarke, sein Parfüm, und er will mich damit anlocken.« Sie sagte das in einem Atemzug, ließ keinen Zweifel an der Gewissheit, mit der sie die Verbindung zwischen ihr selbst und dem Mörder feststellte.

»Ning. Es ist nicht so, dass ich dir nicht glauben würde ...«

Sie diskutierten. Der Chef schlug vor, die Polizei an ihren Erkenntnissen teilhaben zu lassen, damit sie Yang Ning nicht mehr als Hauptverdächtige betrachteten, ein Friedensangebot sozusagen. Yang Ning stimmte zu, aber Haoyang bezweifelte, dass die Polizei mit diesem Faden viel anfangen könne.

»Ich stimme dir vollkommen zu, dass etwas faul ist an diesen Toden. Aber die Polizei hat Zheng Wenliangs und Yang Hans Tod längst als Selbstmorde ad acta gelegt. Wir haben nichts als Vermutungen zu bieten, keine Beweise. Wir können nicht einmal die Präsenz des Parfüms beweisen, Yang Han und Zheng Wenliang können nicht mehr untersucht werden, und auch in Zhan Jiajias Wohnung gab es keine leere Parfümflasche, sondern nur einen Geruch an einem Vorhang, den allein du riechen kannst. Selbst wenn ein forensischer Nachweis möglich wäre, würde die Polizei dem nicht nachgehen ... Zudem kann man nicht sagen, ob es sich bei diesem Duft nicht um den der Opfer ...«

»Ausgeschlossen«, fiel ihm Yang Ning ins Wort.

»Ich weiß, die Wahrscheinlichkeit ist gering«, beschwichtigte er. »Aber könnte er nicht vielleicht von Familienangehörigen stammen, von Freunden, Professoren, Nachhilfelehrern?«

Yang Ning überlegte. *Madame Rochas* war auf keinen Fall ein Parfüm für junge Leute. Sicher, es könnte auch einem Erwachsenen aus dem Umfeld der Opfer gehören. Sie musste, ob sie wollte oder nicht, zugestehen, dass schnell die Pferde mit ihr durchgingen, dass es zu viele Emotionen gab.

»Genauso wenig kann man behaupten, dass Zhan Jiajias Fall nichts mit den anderen zu tun hat. Aber gegenwärtig erscheint der Zusammenhang noch sehr konstruiert«, fuhr Haoyang fort. »Wie willst du der Polizei erklären, dass du unautorisiert den Tatort aufgesucht und Beweismaterial an dich genommen hast? Sie könnte dich allein deshalb vor Gericht bringen.«

Die Polizei hatte ihre Firma so sehr im Blick, dass der Chef kaum seine persönlichen Quellen anzapfen konnte. Yang Ning musste noch einmal von vorn anfangen, bei Zhan Jiajias Familie, den Adressen und Telefonnummern ihrer Kommilitonen, Professoren. *Immerhin etwas*, dachte sie.

»Wir müssen bei ihr anfangen«, sagte sie laut, »uns im Namen von NEXT STOP einen Vorwand ausdenken, persönliche Gegenstände, die zurückgegeben werden müssen, dass der Chef im Namen der Firma sein Beileid aussprechen möchte, dergleichen. Oder das Arrangement für die Gedenkfeier zum Todestag besprechen. Es gibt genug Wege, um Kontakt zur Familie aufzunehmen, ohne dass die Polizei es mitbekommt. Bei den Freunden, Kommilitonen und Kollegen im italienischen Restaurant kann man sich etwas mit Abschiedsfotos für die Beerdigung ausdenken.« Auf die klassische Tour, das hieß, mit der Brechstange vorzugehen, war ganz nach Yang Nings Geschmack. Sie blinzelte, während die Bilder durch ihren Kopf flirrten. »Zhan Jiajia ist schon über einen Monat tot. Wenn wir uns nicht beeilen, sind die Spuren noch kälter, als sie es ohnehin schon sind.«

Je überzeugter Yang Ning klang, desto lauter schrillten bei Haoyang die Alarmglocken. Er kannte sie gut genug, um zu wissen, dass sie gerade erst in Fahrt geriet. Ihre Pläne formten und verfestigten sich, legten einen Panzer an und bekamen Dornen. Wenn er sie jetzt nicht aufhielt, dann niemals.

»Wir müssen uns nicht nur um Zhan Jiajia kümmern.« Er machte eine Pause und sah Yang Ning bedeutungsvoll an. Augenblicklich verdüsterte sich Yang Nings Miene. »Es gibt noch andere Wege.«

Yang Ning sah weg. Die Stimmung gefror. Der Chef und Xiaozhi begriffen nicht gleich, aber schnell dämmerte es ihnen. Keiner von ihnen wagte jedoch, ein Wort zu sagen.

»Du weißt, wovon ich rede.« Xu Haoyang blieb fest. »Wenn wir nicht dort anfangen, dann brauchen wir bei Zhan Jiajia gar nicht erst weitersuchen.«

Yang Nings Gesichtszüge verhärteten sich. Sie verstand sehr wohl, wovon die Rede war, aber Xu Haoyangs Unverblümtheit schockierte sie. Ihr Magen rebellierte. Er sprach weiter, sanft, aber entschieden. »Bedenke die Konsequenzen. Den Vorhang mitzunehmen, hat von vornherein ein großes Risiko bedeutet. Und wenn ihr anfangt, euch die Umgebung von Zhan Jiajia vorzunehmen, ziehst du den Chef und die ganze Firma mit in den Dreck. Je länger du dich auf Zhan Jiajia konzentrierst, umso gefährlicher wird es für alle Beteiligten und umso mehr entfernst du dich von der eigentlichen Wahrheit.«

Yang Ning musste gestehen, dass die Suche nach vergleichbaren Fällen inspirierend sein könnte. In diesem kritischen Augenblick, wo sie so viel Gegenwind hatte, war es vielleicht sogar der bessere Weg. Sie hob den Kopf, griff nach Xiaozhis Notizheft, riss eine Seite heraus und kritzelte Schlüsselbegriffe darauf, nach denen Haoyang in der Kriminaldatenbank

suchen sollte. Serienmörder, Duft, Parfüm, Mord, Jugendliche, Selbstmord …

Haoyang stopfte den Zettel in die Tasche. »Ich tue, was ich
kann«, sagte er.

4

Es dauerte nicht lange, bis Xu Haoyang der Datenbank umfassende Informationen entlockt hatte; sie spuckte mehrere Generationen von Taiwans Serienmördern, Dieben von Parfüm oder gebrauchter Damenunterwäsche, Strumpf- und Fußfetischisten, Serienvergewaltigern aus. Yang Ning durchsuchte unterdessen das Internet nach Fällen, auch die Mikrofilmarchive von Zeitungen und Zeitschriften in den Bibliotheken.

Binnen kürzester Zeit war sie in einer alten Zeitung auf einen Namen gestoßen: Cheng Chunjin. Ein Serienmörder, der von 1995 an im Norden Taiwans sein Unwesen getrieben hatte. »Der Parfümkiller« hatten die Medien ihn damals getauft, verantwortlich für eine Reihe von Morden von solcher Brutalität, dass die Behörden die Details aus Angst vor Nachahmern unter Verschluss hielten.

Er erfüllte alle von Yang Nings Kriterien; ein Serienmörder, der seine Opfer, junge Frauen, mit Parfüm besprühte, bevor er sie vergewaltigte. Ein Irrer, der ihr Mentor für die Erkundungen des kriminellen Hirns sein würde.

Cheng Chunjin war besser, als sie es erhofft hatte.

Sie weinte beinahe vor Glück und bat Haoyang: »Hilf mir, ihn aufzuspüren.«

»In Gefahr bin ich sowieso«, fügte sie hinzu.

Sicher, Haoyang hatte durch sein Arbeitsumfeld Mittel und Wege, Cheng Chunjin ausfindig zu machen; in seinem Bereich schuldete immer irgendwer irgendwem einen Gefallen. Es sollte ihm nicht schwerfallen, den Mann zu finden. Aber vor dem Gedanken, Yang Ning einem Psychopathen auszusetzen, grauste ihm. Er fühlte sich so hilflos wie nie zuvor.

Zu beider Überraschung sagte Cheng Chunjin bereitwillig zu.

Gerne, lautete seine Antwort. Treffen wir uns. Auch zu mehreren, kein Problem. Yang Ning sah ihn förmlich am Telefon mit den Schultern zucken. Sie hörte, wie er während des Gesprächs trank, aufstand, herumlief, das Rascheln seiner Kleidung. Er klang sehr von sich eingenommen, selbstzufrieden, unerschrocken.

Sie verabredeten sich in einem Laden für süße Tangyuan-Suppen, unweit des Bezirksreviers in Bangka.

Yang Ning musste all ihre Überredungskunst aufwenden, damit Haoyang sie allein gehen ließ; widerwillig stimmte er schließlich zu, unter der Bedingung, dass sie auf ihrem Smartphone den Live-Standort aktivierte und ein als USB-Stick getarntes Aufnahmegerät am Schlüsselbund trug. Alle zwei Stunden würde er anrufen, um sich zu vergewissern, dass alles in Ordnung war, und verabredete noch dazu ein paar Geheimcodes.

»Du weißt, was ich tue, wenn du nicht ans Telefon gehst?«, sagte er mit einer Miene, die so gar nicht zu ihm passte. »Ich stürme die Bude mit einem Spezialkommando.«

Sie legte ihre Ohrringe ab und ging von Kopf bis Fuß in Trauerfarbe. Schwarzes Haarband für den Pferdeschwanz, schwarze Daunenjacke, schwarze Hosen, schwarze Turnschuhe. Sie parkte ihr Motorrad an einem Polizeirevier etwa einen Kilometer entfernt vom Treffpunkt, ging den Rest zu Fuß und achtete darauf, unterwegs von jeder Verkehrsüberwachungskamera frontal erfasst zu werden.

Den ganzen Weg lang zerbrach sie sich den Kopf über ihren ersten Satz. Sollte sie direkt auf den Punkt kommen? Oder ihm erst einmal auf den Zahn fühlen, indem sie ihm Fragen wie diese hinwarf:

»Träumen Sie von ihnen?«

»Warum gerade sie?«

»Haben Sie es je bereut?«

Oder lieber so: »Warum, warum genau, haben Sie diese jungen Frauen ermordet?«

Eine ganze Weile stand sie gegenüber dem Restaurant auf der anderen Straßenseite und sammelte sich, um ihr Gehirn auf die adäquate Betriebstemperatur herunterzukühlen. Schließlich ordnete sie ihre Gedanken, überquerte die Straße und betrat mit entschlossenem Schritt das Restaurant.

Wenige Metalltische, ein paar runde Hocker. Zur Straße hin dampften große Fässer mit süßer Suppe. Ein winziger Laden. Cheng Chunjin saß in einer Ecke, eins siebzig bis eins fünfundsiebzig groß, schätzte Yang Ning, noch magerer als sie selbst, knochiges Gesicht, langgliedrige Finger, auffallend kräftige Hände, große Füße. Er sah älter aus als auf dem Foto, das sie bei sich trug, stärkere Falten auf der Stirn und in den Augenwinkeln, Altersflecken, raue Haut. Er trug ein sauberes weißes Hemd mit Stehkragen, eine bequeme schwarze Anzugshose, eine schwere Goldkette um den Hals und an den Füßen blauweiße Standard-Flipflops. Seine Haare waren tiefschwarz, wahrscheinlich gefärbt, mit Pomade oder Haarschaum straff nach hinten in Form gekämmt.

Ein echter Charakter, Typ klassischer Gangster.

Er hatte die Beine übereinandergeschlagen, vor ihm stand eine Schüssel süße Suppe. Wortlos trat Yang Ning auf ihn zu und setzte sich ihm gegenüber.

»Die Rote-Bohnen-Suppe ist wirklich lecker.« Ohne den Kopf zu heben, löffelte er ein Sesamreisbällchen aus seiner Schüssel und aß es auf. »Schön süß. Kann ich nur empfehlen.« Er hob die Schüssel an die Lippen und schlürfte genüsslich den Rest auf, schmatzte laut und leckte sich die Lippen. »Es gibt auch Erdnuss, Taro und Weißer Lotus, man kann alles mit der Rote-Bohnen-Suppe kombinieren, wie man möchte.«

Yang Ning saß mit undurchdringlicher Miene da und entgegnete nichts. Endlich hob er den Kopf und sah sie an.

Sein unergründlicher, irritierender Blick zwang Yang Ning, sich zusammenzureißen. Sie durfte sich nicht aus dem Konzept bringen und ihm die Führung überlassen.

»Man geht nicht in ein Lokal, ohne etwas zu bestellen, das gehört sich nicht.«

Yang Ning warf einen Blick auf seine gründlich leergeputzte Schüssel.

»Ach so, keine Sorge, das geht auf mich. Bestell, was du willst.«

Yang Ning musterte ihn kühl. Er lächelte und wandte sich mit erhobener Hand um. »Ich mach das. He, Asha, bring uns noch zwei Schüsseln. Von denen mit Sesam. Ah, und noch eine von denen mit Weißem Lotus.«

Cheng leckte sich freudig die Lippen und ließ ein aufgesetztes Dankeschön hören, als die Alte die Suppen brachte. Dann schob er Yang Ning eine Schüssel hin. »Iss, solange es heiß ist, in einem Rutsch runter damit.«

Auf der Suppe schwammen drei glänzende Reisbällchen.

»Warum haben Sie unserem Treffen zugestimmt?«, fragte Yang Ning. Der erste Satz, den sie von sich gab. Cheng Chunjins Kopf hing tief über seiner Schüssel. »Warum nicht?«, erwiderte er, ohne aufzusehen.

Sie sagte nichts, Cheng erwartete offenbar auch keine Antwort und widmete sich weiter seinem Essen, wobei er in einem fort nickte und zufrieden grunzte. Ein alter Mann betrat den Laden und bestellte mit rauer Stimme eine Portion salzige Reisbällchen und dazu Taiwan Tubing, Blätterteigkugeln von der besonders dünnen und knusprigen Sorte.

Cheng bedachte den Mann mit einem verächtlichen Blick. »Bestellt salzig in einem Laden für Süßes, der hat doch keine Ahnung, dieser Idiot.«

»Nicht jeder mag Süßes.«

Er riss seinen Kopf hoch und sah Yang Ning in die Augen. Er grinste. »Na komm schon, du magst es, du willst es nur nicht zugeben.«

»Sie kennen mich nicht.«

»Und ob ich dich kenne.« Er lachte lauthals. »Du bist diejenige, die mich nicht kennt, Mädchen.«

Yang Ning zuckte mit den Schultern. Sie hatte ihre Schüssel nicht angerührt und saß mit Abstand zum Tisch. Sie hatte nicht vor, sich auf seine Vorgaben einzulassen.

»Dein Pech.« Natürlich durchschaute Cheng ihre Absicht. Er schürzte die Lippen und schüttelte bedauernd den Kopf. »Wenn du nicht wenigstens probierst, wirst du nie herausfinden, ob's dir schmeckt oder nicht.«

»So wie Sie herausgefunden haben, dass es Ihnen gefällt, Frauen mit Parfüm einzusprühen?«

Cheng hielt inne. Er lächelte. Ein Schatten glitt über sein Gesicht, auf dem sich jetzt interessierte Neugier abzeichnete. »Am Telefon klangst du netter«, sagte er bedächtig.

»Ich bin langweilig, egal wo.«

»Nein, nein, nein«, er legte sachte den Löffel hin und musterte sie von Kopf bis Fuß, »du bist ein seltenes Vögelchen.«

Der alte Mann, der Salziges bevorzugte, hustete und röchelte so ausgiebig, dass einem schlecht wurde, und spuckte schließlich geräuschvoll auf den Boden. Cheng warf ihm einen angewiderten Blick zu. »Überall Kakerlaken, wo man steht und geht«, brummte er.

Nach kurzem Schweigen hob er sein Kinn wieder in Richtung Yang Ning. »Was willst du von mir?«

»Ich suche jemanden und brauche Ihre Hilfe dabei.«

»Ach ja?« Er zog die Brauen hoch, legte den Kopf schief, lehnte sich zurück und sah sie herablassend an.

»Ich brauche Ihre Hilfe, um ein Täterprofil zu erstellen. Außerdem möchte ich verstehen, wie Leute Ihres Schlags ticken.«

»Leute meines Schlags?« Er schnaubte verächtlich. »Es gibt nur mich.«

»Wie Sie wollen.«

Sie musterten einander wie zwei Raubtiere, die sich schnaubend umkreisten und auf die Gelegenheit zum Angriff warteten.

»Welchen Grund sollte ich haben, dir zu helfen?«

»Keinen.« Yang Ning imitierte seine herablassende Haltung. »Aber Sie werden es tun.«

5

Sie war schon einmal in Bangka gewesen. Vor langer Zeit, mit Yang Han.

Der Grund ihres Besuchs war eine Fürbitte im Tempel von Gott Wenchang, dem Schutzheiligen der Literatur und der Lernenden. Yang Han hatte den frühen Überlandbus von Miaoli genommen und seine Sachen bei Yang Ning abgestellt, die ihn in bester Laune in die Küche zerrte, wo sie einen Haufen Opfergaben vorbereitet hatte. Stolz und aufgeregt zog sie eine nach der anderen aus einer großen Tasche, reihte sie auf der Küchentheke auf und erklärte ihm, was sie alles hatte.

»Das hier sind Zongzi, die ich letzte Woche extra bei einem Laden namens *Oma Lin* bestellt habe, ohne Ei, habe ich gesagt. Die dämpfen wir hinterher im Reiskocher noch einmal und futtern sie auf, superlecker! Gott Wenchang kriegt nur ein paar davon, der ist der Dinger bestimmt schon überdrüssig, und außerdem bekommt man von zu viel fettigem Essen Blähungen, deshalb habe ich noch ein paar andere Sachen gekauft.« Sie breitete alles vor ihm aus, Diättee, Cremetörtchen, Nudelcracker Marke *Kleine Schwester Zhang*. Dann zog sie mit Verschwörermiene eine einfache schwarze Pappschachtel aus dem Kühlschrank und lüftete den Deckel: eine Torte! Der Teig war ein bisschen angebrannt, der Guss so ungleichmäßig verteilt, dass manche Stellen gar nichts abbekommen hatten, die Erdbeerfüllung war ausgelaufen und klebte am Boden der Schachtel.

»Mist.« Yang Ning runzelte die Stirn, tauchte kurzerhand den Zeigefinger in die Erdbeersauce und leckte ihn ab. »Tu so, als ob du nichts gesehen hättest«, lachte sie. »Hausgemachte Erdbeersahnetorte oder so ähnlich. Selbstgemacht bringt Pluspunkte, stimmt's?« Sie strahlte und wartete wie ein kleines Mädchen auf Yang Hans Lob. Er sagte nichts und starrte auf den Kuchen.

»Ich habe extra einen Kurs gemacht, bei einem ziemlich durchgedrehten Lehrer. Die anderen haben alle aufgegeben, ich habe immerhin die Hälfte geschafft.« Sie prustete los, aber Yang Han blieb stumm. Dann trat er auf seine Schwester zu und schloss sie in die Arme. Überrascht blieb sie stehen und tätschelte ihm den Rücken. Er vergrub sein Gesicht tief in ihrer Schulter.

Und noch ein bisschen tiefer.

Auf dem Weg nach Bangka trug Yang Han die Tasche, und Yang Ning balancierte die Kuchenschachtel in der einen Hand und fasste ihn an der anderen.

Noch während sie am Tempeleingang Räucherstäbchen kauften, ging Yang Ning in Gedanken die Opfergaben durch. Sie wollten schon über die Schwelle des großen Tors gehen, als sie plötzlich Yang Hans Hand losließ, als hätte sie einen elektrischen Schock bekommen. »Fast hätte ich's vergessen!«, rief sie und drehte sich so abrupt um, dass sie beinahe mit einer älteren Dame zusammengestoßen wäre, die gerade vor dem Tor kleine hölzerne Halbmonde zum Wahrsagen auf den Boden warf. Sie rannte zu einem Gemüsestand an der Ecke des Lungshan-Tempels und kaufte ein paar Stangen dünnen Lauch.

Es war ein sonniger Nachmittag. Yang Han wartete auf seine Schwester, dann gingen sie gemeinsam durch das Drachentor, platzierten ihre Opfergaben auf dem Altar des Schutzheiligen und brannten Räucherstäbchen ab. *Bitte bring Yang Han weg aus Miaoli, jede Uni in Taipeh ist uns recht*, betete Yang Ning stumm. *Bitte! Ich tue alles, was du willst.*

Sie wies Yang Han an, seinen Namen, Geburtstag und seine Adresse zu nennen. Er nickte nicht, sagte nichts, legte nur wortlos seine Hände zusammen. Er hatte das ganze Jahr für das Eintrittsexamen in die Medizinische Fachhochschule gepaukt. Sie verließen den Tempel durch das Tigertor auf der anderen Seite, und Yang Ning lud ihren Bruder auf eine Schüssel frittierte Fischbällchen und Austernomelett ein. Dann schlenderten sie über den Nachtmarkt, kauften noch eine Tüte frittierte Süßkartoffelbällchen und fuhren auf ihrem Motorrad nach Hause.

Haoyang absolvierte gerade den obligatorischen Wehrdienst, weshalb Yang Ning dankbar war, ihren kleinen Bruder dazuhaben. Als Yang Han sich auf dem Boden sein Nachtlager einrichtete, beobachtete sie ihn dabei, wie er sein Kissen aufschüttelte. »Komm nach Taipeh und zieh bei mir ein«, sagte sie. »Du hast noch drei Monate bis zum Examen. Geh hier auf die abschließende Paukschule, das ist viel besser. Haoyang ist nicht da, und ich langweile mich allein.«

Er schwieg, und sie drängte ihn nicht weiter. Sie wusste, dass er sich um den Haushalt kümmerte und die Mutter nicht allein lassen wollte. Er machte sich Sorgen um seine Mutter, genauso wie um seine große Schwester, um den abwesenden Vater. Er hatte sich immer so viele Sorgen um andere gemacht, dass ihm kein Raum geblieben war, sich um sich selbst zu sorgen.

Krieg das der Tag gewesen? Jener Tag schien der Schlüssel. Hätte sie ihm nur mehr Fragen gestellt, darauf geachtet, wie still er war, die Narben auf seinen Armen bemerkt, die er unter den langen Ärmeln verbarg; wäre sie bloß aufmerksamer, umsichtiger gewesen, hätte sie nur darauf bestanden, dass er zu ihr zog – wäre Yang Han dann noch an ihrer Seite?

Es gab so viele Wenns. Sie hasste dieses Wort. Sobald sie es aussprach, brach sich das Leid Bahn und alles, alles war ihre Schuld. Sie war die Mörderin.

6

Nie hätte sie gedacht, unter diesen Umständen nach Bangka zurückzukehren.

»Warum bist du allein hier? Warum ist denn der überhebliche Typ, der am Telefon war, nicht mitgekommen? Wie hast du mich eigentlich aufgestöbert? Hast du etwa Freunde bei den Bullen? Meine Weste ist rein, damit das klar ist. Was machst du eigentlich beruflich? Das habe ich am Telefon nicht richtig mitbekommen.«

»Sie reden zu viel.« Yang Ning lehnte sich zurück, bemüht, abgeklärt und schlagfertig zu wirken. »Eine Frage nach der anderen.«

Cheng Chunjin lachte. Diese passive Aggressivität war ganz nach seinem Geschmack. Er mochte es, den Gegner mit den eigenen Waffen zu schlagen. »Na dann.« Er legte seinen Löffel hin, richtete beide Hände mit der Handfläche nach oben auf Yang Ning. »Nach dir, Milady.«

Yang Ning erzählte von dem Fall, mit Auslassungen und Ausschmückungen, darauf bedacht, nicht mehr Information als nötig preiszugeben. Yang Han erwähnte sie mit keiner Silbe.

Während sie Cheng die Situation erklärte, behielt sie ihn unentwegt im Auge. Er tat desinteressiert, leckte sich häufig die Lippen, drehte manchmal den Kopf zur Seite oder ließ den metallenen Löffel gegen den Rand der leeren Porzellanschüssel klirren. Aber sein Blick war wach, die Brauen hochgezogen. Manchmal starrte er versonnen in eine Ecke, als erinnerte er sich an etwas. Er erwies sich als guter Zuhörer, unterbrach sie kein einziges Mal. Nur ungern erzählte sie

ihm von ihrer Arbeit, tat es aber dann doch, erwähnte ihren
»mal guten, mal schlechten« Geruchssinn und wie sie den
Duft *Madame Rochas* identifiziert hatte.

Cheng hörte auf, mit dem Löffel herumzuspielen, und
gab sich keine Mühe mehr, seine Neugier zu verbergen. Seine
Augen leuchteten. Dann sprudelten die Worte aus ihm heraus, als habe er nur darauf gewartet, dass sie endlich fertig
war. Er hatte ein sicheres Gespür, und seine Fragen waren
schärfer als die der Polizisten. Es war nicht leicht, ihm Paroli
zu bieten. Yang Ning konnte nicht umhin, ihn insgeheim zu
bewundern.

»Wie nennst du ihn?«, fragte Cheng.

Sie sah ihn fragend an.

»Du musst diesem Kerl einen Namen geben.« Er zog an
seinen Ohren. »Ich höre immer nur ›er‹, oder ›der Mörder‹,
›der Verbrecher‹, bla, bla, bla. Das dröhnt mir in den Ohren.
So läuft das nicht. Du wähnst dich weit von ihm entfernt und
meinst, du wärst anders als er. Aber das bist du nicht.«

»Grenouille.« Sie schnaubte leise durch die Nase. Verblüf-
fenderweise tauchte, kaum dass sie den Namen ausgesprochen hatte, ein Bild vor ihrem inneren Auge auf, Augen, Nase,
Mund, ein Gesichtsausdruck, eine Haltung. Schon länger
hatte Yang Ning eine Vorstellung von ihm. Mit einem Namen
war er kein flüchtiger Geist mehr, keine Fata Morgana.

»Gen ... wie?«

»Grenouille.«

»Seltsamer Name.« Er sah skeptisch drein, fragte aber
nicht weiter nach. »Nun gut. Hauptsache, du kannst ihn dir
vorstellen.«

»Du hast viel erzählt eben«, fuhr er fort, »aber am Ende
geht es um das Parfüm, auf dem Vorhang oder auf ihrer
Kleidung oder wo auch immer, um den Duft, den außer dir

niemand riechen kann. Und du hast mir keine Probe mitgebracht.« Er sah sie grimmig an.

»Das ist überflüssig, der Geruch hat sich längst in Nichts aufgelöst.«

»Nicht für mich, die beste Nase Taiwans!«

Sie antwortete nicht, kniff nur leicht die Augen zusammen, in einem Anflug von Rivalität und Feindseligkeit. »Beweisen Sie es!«

Cheng platzte fast vor Lachen, ein fröhliches, ehrliches Lachen. »Beweisen?«, fragte er schließlich. »Meine Fresse, du klingst wie ein Bulle. So was hat schon lange niemand mehr zu mir gesagt. Ich hätte gedacht, dass du mich gut genug kennst, um mir keine so dämliche Frage zu stellen.« Wieder lachte er. Yang Ning saß mit steinerner Miene da.

»No way! Es ist dir also ernst.« Er schien erstaunt, aber vor allem amüsiert. »Gut«, er räusperte sich, »jetzt hör mal zu …« Er schüttelte den Kopf, riss sich zusammen, aber seine Mundwinkel zeigten weiterhin nach oben.

Er drückte den Rücken durch, blähte die Nasenlöcher auf, ließ die Nasenflügel beben.

Es war unnötig. Yang Ning hatte es begriffen: Sie waren aus demselben Holz geschnitzt, teilten ein wesentliches Merkmal. Sie und er gehörten zu der seltenen menschlichen Spezies, die ihre Nase als Sonde wie als Waffe einsetzte.

Cheng Chunjin begann. »Bevor du herkamst, hast du geduscht, dabei reichlich Duschgel und Shampoo verwendet, Lavendel, teure Marke, Naturprodukt. Du benutzt besonders viel, weil du nichts riechen kannst oder weil du dich selbst nicht riechen kannst.« Er betonte den letzten Halbsatz. »An deinen Händen klebt Maschinenöl, nur ein bisschen, und der Geruch nach Kopierpapier, wie wenn man frisch ausgepacktes Papier in die Maschine einlegt. Also entweder hast du zuletzt im Copyshop gearbeitet und falls nicht, dann ist bei dir zuhause der Drucker heiß gelaufen.«

Yang Ning sah ihm an, wie sehr er es genoss, dieses typische Überlegenheitsgefühl von Menschen, die sich für etwas Besonderes halten; wie er es genoss, das Privatleben anderer bloßzulegen.

»Wirf einen Blick auf deine Schuhsohlen, los, das bringt dich schon nicht um. Tja, da ist Dreck, der mir unangenehm ins Näschen gestochen hat, als du reinkamst, und meine roten Bohnen schmeckten nicht mehr so recht nach roten Bohnen, sondern nach Hundescheiße.« Er verzog angewidert das Gesicht und wedelte theatralisch mit der Hand vor seiner Nase herum. »Gestern hat es geregnet, Regen, Erde und Gras; du scheinst vom Gehweg abgekommen zu sein. Auf deiner Jacke hat sich an den Schultern Zigarettenqualm festgesetzt, Seven Star, links stärker als rechts. Das stammt nicht von dir, dein Atem ist frisch. Du benutzt *Darlie*-Zahnpasta. Der Tabakgeruch muss von jemandem sein, der dir nahesteht, dein Freund? Dein Papa? Nein, nicht von deinem Freund, sonst würde der Geruch überall an dir haften. Du sagst, dass du Tatorte reinigst, Wohnungen, in den Leichen lagen; ein Rest davon bleibt immer an dir kleben, egal, wie arg du dich auch wäschst und schrubbst. Jetzt riechst du weder nach Leiche noch nach Desinfektionsmittel. Du hast also schon länger nicht gearbeitet, stimmt's?« Er machte eine Kunstpause, um ihre Reaktion zu testen. Wirkte sie erschrocken? Erstaunt? Verängstigt? Er gierte darauf, sie in Panik zu sehen, er gierte nach dem Geruch von Angst und Schweiß.

Nichts. Yang Ning blieb eisig.

Cheng kratzte sich ungehalten am Nacken.

Sie kniff die Augen zusammen, sein zur Schau getragenes

Überlegenheitsgefühl imitierend. Nichts spornt so sehr zu Höchstleistungen an wie Wut. »Ist das alles?«, fragte sie.

Ein Schatten glitt über sein Gesicht. »Schon als du hereinkamst, hattest du den Geruch nach Tangyuan an dir. Entweder warst du schon vorher hier, um den Laden abzuchecken, oder du hast lange zögernd vor der Tür gestanden. Wahrscheinlich Letzteres. Du hast draußen gestanden und versucht, dich zu sammeln. Du bist nicht so hart, wie du dich gibst.« Er grinste verächtlich. »Ein Pokerface aufsetzen, schweigen, nur ab und zu eine Frage rauslassen. Du willst es machen wie die verdammten Bullen, damit ich mit der Sprache rausrücke. Mimst die Coole, dabei wissen wir beide, dass du nur Theater spielst. Willst du mehr? O.k. Du hast flüssige Seife mit Zitronenduft und Handdesinfektionsmittel desselben Typs benutzt. Deine Fingernägel sind ausgesprochen sauber. Weil du nichts riechen kannst, hast du geradezu einen Händewaschzwang. Außer dem Verlust des Geruchssinns beschäftigt dich noch etwas anderes, vor dem du solche Angst hast, dass du es dir selbst nicht eingestehen willst. Diese Angst durchdringt dein ganzes Leben. Wovor hast du Angst?«, fragte er provokativ.

Yang Ning blieb äußerlich gelassen, aber innerlich regte sich Panik. Er war wesentlich sensibler als gedacht.

»Mit einem ›Ausreichend‹ bestanden«, sagte sie kühl.

»›Ausreichend‹? So?« Ihre Antwort missfiel ihm offensichtlich. Sie sah, wie seine Brust bebte, es war der Zorn, das Feuer, das tief in seinem Innersten loderte. Verachtet, unterschätzt, verspottet. Noch hatte er kein Messer gezückt. Er war ihr gegenüber nach wie vor wachsam, an ihr interessiert. Er würde seine Rolle so lange weiterspielen, wie sie es tat, wollte wissen, wie weit er gehen konnte.

Hatte sie schon seinen Triggerpunkt gefunden? Was trieb

ihn an? Von jemandem lächerlich gemacht zu werden, der ihm etwas bedeutete?

In ihr schrillten sämtliche Alarmglocken. Sie würde in den kommenden Tagen sehr aufpassen müssen ... Plötzlich kam ihr Haoyangs Warnung in den Sinn.

Sie starrten einander an. Keiner von ihnen wollte als Erster den Mund aufmachen.

Schließlich, nach langer Stille, während derer der kleine Fernseher die jüngsten Gerüchte über die Präsidentschaftskandidaten verkündete, ergriff Cheng die Initiative.

»Gehen wir.« Er stand auf und räkelte sich. »Ich hab Lust auf Rote-Bohnen-Pfannkuchen.«

Er ging voran, sie folgte ihm nach, immer einen Schritt hinter ihm.

Während sie an der Karaoke-Bar an der Ecke, an den Alten, die im Park Schach spielten, und den Pachinko-Spielhallen vorbei bis zum Hehlermarkt schlenderten, zerbrach sich Yang Ning den Kopf darüber, was er vorhatte; aber offenbar hatte er nichts weiter als einen Spaziergang durch das Viertel im Sinn, er ging und redete, hielt an jedem Imbissstand, um sich was Gutes einzuverleiben, und schwatzte mit vollem Mund weiter. Er fragte sie nach dem Zustand von Zhan Jiajias und Zheng Wenliangs Leiche aus, wo sie gefunden wurden und dergleichen mehr. Yang Ning fragte scharf zurück. Sie lieferten sich einen fortwährenden Schlagabtausch, aggressiv, aber ständig auf der Hut. In dieser bizarren Konstellation gelang es ihnen, das richtige Maß aus Nähe und Distanz zu finden, um zu erfahren, was man vom anderen wissen wollte.

Yang Nings Gegenwart an seiner Seite zog die Aufmerksamkeit der Leute auf sich. Etliche Ladeninhaber konnten nicht umhin, sie zwischen dem Eintüten von Snacks und dem Abkassieren verstohlen zu mustern. Die Älteren starrten sie gänzlich ungeniert an, stumm, aber mit einem stechenden Blick, der ihr eine Gänsehaut verursachte. Sie fühlte sich ausgesprochen fehl am Platz.

Cheng war erfinderisch: Sie sei sein Patenkind, arbeite in den Vereinigten Staaten und sei gerade auf Urlaubsbesuch in der Heimat. Sie wolle, dass er mit ihr in die Staaten ziehe, aber was solle einer wie er, durch und durch Taiwaner, schon bei den Amis?

»Nicht zu fassen, was für ein reizendes Kind! Was für ein Segen, eine solche Patentochter, gib gut auf sie acht«, plapperte eine ältere Dame, während sie routiniert einen Rote-Bohnen-Pfannkuchen aufspießte, kurz auskühlen ließ und in die Papiertüte steckte. Er bestellte noch einen für Yang Ning, mit Sahne.

Andernorts gab er an, sie sei seine neue Freundin, erzählte, wann und wo sie sich kennengelernt hätten. Seine Spucke flog, während er die Geschichte genüsslich ausschmückte. Die Leute kauften ihm alles mit einem verschwörerischen Grinsen ab.

Yang Ning ließ ihn reden. Stumm und ausdruckslos stand sie daneben und stellte fest, dass Cheng Chunjin ein auffällig sozialer Mensch war, geistig gewandt, ein Mann klarer Worte, durchtrieben, ein geschickter Lügner, beifallheischend. Er war ein Gauner, ohne jeden Zweifel, und schwindeln war sein tägliches Geschäft; er war beseelt von dem Drang, ein anderer zu sein, sich neu zu erfinden.

So ging er mit Yang Ning von Laden zu Laden. Jeder Ladeninhaber, einfach jedermann in Bangka schien ihn zu kennen, grüßte ihn im Vorübergehen. »He, Cheng, altes Haus!«

In den Augen dieser Leute war er wahrscheinlich nur ein freundlicher, geselliger und eleganter Herr, der sich aufs

Süßholzraspeln verstand. Einige fanden ihn vielleicht auch herzlich, großzügig, witzig.

Er futterte ohne Unterlass. Gerade hielt er eins dieser Küchlein in Form einer roten Schildkröte in der Hand und schlürfte dazu einen Becher Bubble Tea mit Milch.

»Ich bin ein guter Esser, was?«, sagte er grinsend.

In diesem Augenblick stellte Yang Ning erschrocken fest, dass sie ihn gar nicht mehr so sehr verabscheute.

»Was hältst du von der Frau vom Pfannkuchenladen, hm?«, fragte er.

Statt einer Antwort schnaubte sie durch die Nase.

»Vor zwei Jahren aus dem Gefängnis entlassen. Erwerbsmäßige Betrügerin, spezialisiert darauf, alte Leutchen um ihr Vermögen zu prellen. Hat schon dreimal gesessen. Und Ah Zheng, der Kerl von der Reinigung, der so fein angezogen ist? Niemand sieht ihm an, wie sehr er auf kleine Mädchen steht, je jünger, desto besser. Beim letzten Mal haben sie ihn mit einer Zehnjährigen in so einem Teehaus mit Schäferstündchen-Etage erwischt«, erzählte er. Mit dem kleinen Finger der Hand, die den Becher hielt, fuhr er einmal quer über seinen Hals. »Hat ihm fast das Genick gebrochen. Die Kleine musste in die Notaufnahme, war eine große Sache. Er drei Jahre im Bau. Und der Besitzer der kleinen Pachinko-Halle von eben? Dreh dich nicht um.«

Sie unterdrückte den Impuls, den Kopf umzuwenden, und nickte steif.

»Sieht eher schüchtern aus, oder? Hat sich ständig am Kopf gekratzt und nicht getraut, dich anzusehen. Der war einmal der schlimmste Zuhälter des Viertels, jede Menge Mädchen, so fies und rücksichtslos, wie man sein muss, um es in diesem Geschäft zu was zu bringen, Drogen, Schläge, Drohungen, was du willst. Alle hatten Schiss vor ihm. Und dann haben die Ärzte letztes Jahr bei ihm Darmkrebs im Endstadium diagnostiziert. ›Dein schlechtes Karma‹, hat einer zu ihm gesagt. Seitdem macht er einen auf fromm, rennt ständig mit Räucherstäbchen in den Tempel und bittet Buddha um Gnade. Bei mir hat er religiöse Gemälde bestellt.«

»Gemälde?«

»Zeig ich dir demnächst.« Sie saßen inzwischen auf einer Parkbank. Cheng redete mit vollem Mund, sein Bubble Tea perlte ihm fast über die Lippen. »Was ich sagen will: Der Schein trügt. Man muss sich die Leute genau ansehen, mit der Lupe rangehen, weißt du, das Äußere ist nur die Haut, der Teig vom Jiaozi, aber es kommt auf die Füllung an.« Er machte eine Kunstpause. »Wenn du einen Kerl wie den finden willst, dann nicht mit der Logik deines Verstands«, fuhr er fort, »du musst ihn dir erschnüffeln.«

Yang Ning dachte an einen Artikel in einer Fachzeitschrift, in dem es darum ging, dass die Massenmedien Serienmörder gerne als axtschwingende Irre darstellten. In Wahrheit schwanke der typische Mörder nicht mit clownsverzerrter Miene, bewaffnet mit Messer und Pistole, die Straße runter. Er sehe nicht aus wie ein Bane und sie nicht wie eine Harley Quinn und noch weniger wie ein schäbiger, stinkender Penner mit Mordlust im Blick. Wahrscheinlicher war, dass sie mit der Waffe im Mantel oder der Leiche im Sack unbemerkt an dir vorbeigingen. Nicht selten wohnten sie gleich nebenan, saßen dir gegenüber im Büro, führten ein ganz normales Leben, ob in Lederschuhen, Sneakern oder Flipflops. »Sie sind die Dunkle Materie der Psychologie«, war das Fazit des Autors.

»Du verfügst in dieser Hinsicht über eine Gabe.« Wenn Cheng nervös oder nachdenklich wurde, kratzte er sich, so wie jetzt, am Nacken; wollte er Selbstsicherheit demonstrieren, hob er das Kinn. »Um aber wirklich treffsicher zu werden, und das musst du, brauchst du Übung, und die kommt nur mit der Zeit. Hör auf, dich damit verrückt zu machen, wo du diesen Herrn, kann mir den Namen nicht merken, Gen irgendwas findest. Verstehst du? Du bist zu besessen von ihm, er hat dich mit allen Poren am Wickel. Lass locker. Taiwan ist ein großer Heuhaufen. Glaubst du, du bist besser darin, die Nadel im Heuhaufen zu finden, als die Bullen? ... Dir geht es also um Parfüm, deinen Geruchssinn, deine Fähigkeit, Düfte zu analysieren oder wie du es neumodisch nennen willst. Bei mir kannst du in die Lehre gehen, ich nehme nicht mal Geld dafür. Aber zuallererst: Fang bei der Beute an«, dozierte er. Er saugte heftig an seinem Bubble Tea, bekam einen Hustenanfall und mühte sich, die Teeperlen aus dem Hals zu kriegen. »Mamma mia! Beinahe hätte es mich erwischt«, keuchte er. »Sieh dir die Beute an, oder das Opfer, wenn dir der Ausdruck lieber ist.«

»Wer den Künstler verstehen will, muss erst das Werk verstehen.«

7

Kenn deine Beute.

Cheng Chunjins beispielloser, über die üblichen Muster hinausgehender Aktionsradius, der sich von seiner Wohnung in Taipeh aus nach Süden auffächerte, hatte ihm damals gegenüber den Ermittlern einen großen Vorsprung verschafft. Er hinterließ sechs weibliche Leichen an sechs verschiedenen Fundorten in sechs Städten in Nord- und Zentraltaiwan. Er war intelligent genug gewesen, zwischen den Morden so viel zeitlichen und räumlichen Abstand zu lassen, dass die jeweiligen Polizeireviere zunächst keinen Zusammenhang zwischen den Taten herstellten. Niemand kam damals auf die Idee, die verstreuten Leichenfunde ein und demselben Täter zuzuschreiben.

Yang Ning druckte sich die Fotos seiner sechs Opfer aus und erforschte die Biografie dieser Frauen. Warum ausgerechnet du?, fragte sie, als sie das Leben jener Frauen betrat.

Nach und nach begriff Yang Ning, dass keine der Frauen einfach zur falschen Zeit am falschen Ort gewesen war. Ihr Schicksal schien unausweichlich. Je tiefer sie in die Materie vordrang, umso erschreckender wurde ihr die Erkenntnis, dass es jeder von ihnen vom Augenblick ihrer Geburt an vorbestimmt schien, zur Jagdbeute zu werden.

Der Jäger hatte seine Beute nicht zufällig gewählt.

In Gedanken malte sich Yang Ning jede einzelne Mordszene aus, jeweils aus der Sicht des Opfers, wie sich die Frau gewehrt hatte, wie sie geschrien hatte; ihre Angst, als sie mit vorgehaltenem Messer ins Gras gezwungen wurde, als er ihr die Hände auf dem Rücken fesselte, sie halb totschlug, als er in sie eindrang, ihren Unterleib mit einem Schlauch malträtierte; sie wollte verstehen, wie es sich anfühlte, die Verzweiflung, der Schmerz. Unbarmherzig zwang sich Yang Ning, sich den Ablauf Stück für Stück vorzustellen. In welchem Bewusstseinszustand befindet man sich, wenn man sich nicht mehr wehren kann, nicht mehr schreien kann, der Folter und dem Tod vollkommen ausgeliefert ist? Wie in einem Albtraum, aus dem man niemals erwacht?

Ihr ganzer Schreibtisch, das Bett, das Wohnzimmersofa, der Couchtisch, alles war übersät mit den Spuren der Toten. Yang Ning hatte einmal gehört, dass das Letzte, was man vor dem Tod sieht, sich in den Blick brennt, bis dann allmählich alles zu einem Nebel verschwimmt. Und so starrten die Augen der toten Frauen stumpf aus den Fotos ins Leere. Yang Ning hielt diesen Blicken stand und zwang sich, in die Rolle der Beute zu schlüpfen, bis ihr die Angst durch Mark und Bein ging. Sie spürte das Kribbeln, wie von den Stichen feiner Akupunkturnadeln, von der Wirbelsäule hinauf bis unter den Schädel und hinunter in die Zehen. Immer wieder rannte sie zur Wohnungstür, um sich zu vergewissern, dass sie abgeschlossen war, dann zu den Fenstern. Geradezu obsessiv zog sie die Vorhänge zu und trug ständig einen Elektroschocker bei sich. Zitternd wickelte sie sich in eine Wolldecke, um die Kältewellen abzuwehren, die sie von innen überrollten.

Die Identifikation mit der Beute verursachte ihr reale Schmerzen. Manchmal schrie sie nachts laut auf.

Um herauszufinden, warum die Frauen zu Opfern wurden, analysierte sie ihre Gemeinsamkeiten, auch ihr äußerliches Erscheinungsbild, vor und nach ihrem Tod. Das war Lektion Nummer eins.

Mörder und Opfer, Jäger und Beute, Künstler und Kunstwerk. Das war es, was sie zu verstehen suchte, die Entstehung des Kunstwerks, die Kratzer, die Linien, von denen sie Rückschlüsse auf die Erregung des Künstlers bei der Erschaffung seines Werks zog. Yang Ning wurde zu einer ungewöhnlichen Kunstsachverständigen. Diese sechs Kunstwerke boten ihr ausreichend Übungsmaterial.

Sie brach das Versprechen, das sie Haoyang gegeben hatte, und traf sich im Laufe von nur einer Woche gleich mehrere Male mit Cheng. Es war kaum zu leugnen, in welche Euphorie sie geraten war, was dieser Funke in ihr auslöste, der Puls, das Wissen um das tief in der menschlichen Natur verborgene Böse. Es war, als hätte man einen Schalter umgelegt, der sie nach so langer Zeit wieder zum Leben erweckt hatte.

»Jeder Künstler trägt eine eigene Handschrift«, sagte Cheng. »Du hast nicht viele Hinweise, aber du hast den Duft, das ist nicht wenig.« Sie verstand.

»Yang Ning ist ein seltsamer Name«, sagte er und nannte sie für sich nur noch »Lämmchen«, weil ihr Nachname wie das chinesische Wort für Schaf klang. Sie ließ es geschehen.

»Je klarer du siehst, desto weniger verlässt du dich aufs Riechen«, sagte er. »Besser, du verschließt alle anderen Sinnesorgane.« Sie beherzigte es.

»Du musst deine bisherigen Vorstellungen und Stereotype vergessen, dich auf eine andere Welt einlassen, verstehst du? Mit Leib und Seele.« Sie nickte.

»Jetzt stell dir vor, du bist die Beute, und wenn du das Fürchten gelernt hast, stell dir vor, du bist der Jäger, und lerne, die Furcht zu beherrschen.« Er drängte sie zu lernen, Dominanz, Manipulation und Kontrolle zu genießen, die Freude an der Angst zu entdecken, das Licht im Dunkel des Bösen. Was für eine Frau, die vom Schnüffeln an einer Leiche einen Orgasmus bekam, gar nicht so neu war.

Er wurde zu ihrem Mentor, ihrem Phantom. Und sie war seine gelehrige Schülerin.

In Sachen Geruchssinn waren die beiden unerbittliche Rivalen, machten einander keine Zugeständnisse. Je mehr Zeit sie miteinander verbrachten, umso mehr musste Yang Ning sich eingestehen, dass Cheng Chunjins Nase noch wesentlich feiner war als ihre. Wenn Yang Ning sich allein dank ihres Geruchssinns lebendig fühlte, war Cheng Chunjin der personifizierte Geruch.

Der Qingshan-Tempel, Apotheken für chinesische Medizin, Läden für Räucherwerk, Bäckereien, Teeläden, Restaurants mit süßer Suppe, Copyshops, Reinigungen ... Bangka war ein wilder Geruchsmix, Chlorbleiche konkurrierte mit Fäkalien, ausgespuckten Betelnüssen und Erbrochenem. Aber auf der gusseisernen Parkbank, auf der sie mit Cheng saß, herrschte die erdige Frische der Blätter des Banyan-Baums; die vertrockneten Reste heruntergetropfter Suppe rochen nach altem Honig, über dem sich hartnäckig die säuerliche Schwere von Körperausdünstungen und Rülpsern hielt. Yang Ning roch für gewöhnlich nichts von alledem, sie lebte in der Erinnerung an diese Gerüche. Heute aber hatte der Blutgeruch eines frisch geschlachteten Huhns auf dem Markt ihre Nase zum Leben erweckt, die sich jetzt gierig der geschmiedeten Armlehne der Bank annäherte. Unter dem Rostgeruch nahm sie die Nuancen eines anderen muffigen, feuchten Gewebes wahr.

An diesem Ort existierten angenehm herber Kräuterduft, Süße und Widerwärtiges nebeneinander. Yang Ning fragte sich, ob Cheng seinen ausgeprägten Geruchssinn an dieser Umgebung geschult hatte oder ob er diese besondere olfaktorische Mischung dank seiner guten Nase so zu schätzen wusste.

Es hieß, erfahrene Seeleute könnten Nebel, Regen, Wind und Schnee riechen und genau sagen, woher eine Brise heranwehte, welche Städte sie gestreift hatte; manche brachten Rostgeruch mit sich, andere Fischgestank, andere wiederum die feuchte Macht eines Regengusses. Ein Sturmwind trug die Frische des Ozons in sich, der Wind, der vom Hafen her wehte, stank nach dem beißenden Motoröl der Fischerboote. Wenn der Nebel süßlich roch, versprach der Tag einen guten Fang.

Jene erfahrenen Seeleute, hieß es, fanden mithilfe ihrer Nase den Weg nach Hause, so wie die Schiffsköter, die aus einer Entfernung von zwei Kilometern den auf dem Meer treibenden Amber der Pottwale riechen können. Gerüche waren überall, und jeder davon war ein Code.

Cheng Chunjin, so viel stand fest, war ein Fachmann im Entschlüsseln dieser Codes, ein meisterhafter Kryptograf der Düfte.

»Riechst du die Bäckerei dort, klar riechst du das, he, wie das duftet, die Butterkekse von denen sind gar nicht schlecht … warte mal, ich kauf mir einen«, sagte er. »Frisch gebackenes Brot, he, Kaffee, gebratener Reis, klar, das ist die Sorte Geruch, die jeder in der Luft wittert, aber so was hier …«, er klopfte gegen das Mauerwerk aus feuchten roten Ziegelsteinen, an dem sie gerade vorbeigingen, »das bemerkt so gut wie niemand.« Yang Ning verstand. Flüchtige Gerüche waren auffällig, aber jene von den Dingen aufgesaugten, statischen Gerüche beinhalteten meistens mehr Hinweise. So wie jener Vorhangstoff.

Täglich ihren Geruchssinn zu wecken, um an diesem Stoff schnüffeln zu können, war zu Yang Nings bizarrem Morgenritual geworden, obwohl der Parfümgeruch längst nicht mehr wahrzunehmen war. Eines Tages legte sie alle Skrupel ab und brachte Cheng den Stoff mit. Sie saßen am Rand eines Parkplatzes auf einer Steinbank. Neben ihnen machten ein paar ältere Damen Atemübungen, wobei sie energisch die Arme schwangen. Cheng Chunjin starrte gedankenverloren ins Leere, seine Nasenlöcher blähten sich rhythmisch auf. Lange saß er so da, bis er schließlich mit den Schultern zuckte und den Kopf schüttelte.

Yang Ning sagte nichts weiter, konnte aber ihre Enttäuschung kaum verbergen. Später erinnerte sie sich daran, wie sie sich gefragt hatte, ob er nicht doch etwas gerochen hatte, ohne etwas zu sagen, und erst die passende Gelegenheit abwartete.

Die passende Gelegenheit, um seine Beute zu erlegen.

8

Sie schlief wenig, wälzte sich im Bett hin und her, hatte nie genug Zeit.

Haoyangs Befürchtungen hatten sich bewahrheitet. Sie fand keine Ruhe. Wenn sie nicht losging, um mit Cheng Chunjin ihr gefährliches Spiel fortzuführen, dieses permanente gegenseitige Aushorchen, Provozieren, Analysieren, blieb Yang Ning in einem dreckstarren alten Plüschmantel gehüllt in ihrem häuslichen Nest, hockte im Schneidersitz inmitten ihres magischen Zirkels aus den Fotos der Opfer, Stadtplänen und Untersuchungsberichten, als wollte sie sich für die Suche nach den Spuren des Mörders opfern.

Als Cheng einmal nach Taizhong fuhr, aufgeregt wie ein Kind auf dem Weg zur Prozession für die Meeresgöttin Mutter Matsu, bat Yang Ning um einen Termin bei Madame Fang, die ihr freudig anbot, sie in ihrer Privatwerkstatt zu empfangen. Die Werkstatt lag in Neihu, unweit des Schulungsraums. Fangs elegante Assistentin begleitete sie bis zur Tür des Heiligtums, das sich nur mit einer Codekarte öffnen ließ, und ließ die beiden dann diskret allein. Madame Fang schwebte in High Heels auf sie zu, so ehrfurchtsgebietend wie zuvor. Sie führte Yang Ning nur kurz herum und bat sie dann ins angrenzende Büro. Es war ein heller, sauberer Raum, an den Wänden hingen bewegliche Kunstobjekte aus Acryl. Auf den beiden Arbeitstischen reihten sich etwa ein Dutzend exquisiter kleiner Glasflakons auf, daneben, säuberlich angeordnet, fünf fächerförmige Ständer mit Teststreifen, außerdem Papier und Bleistifte. Dahinter stand ein tiefes Regal, gefüllt mit wohl hundert Ordnern voller archivierter Rezepte. Außerdem gab es ein Whiteboard mit Ständer, auf dem mehrere

Begriffe in einem für Yang Ning unverständlichen Englisch und chemische Formeln gekritzelt waren. Dazwischen hingen bebilderte Notizen, die von Magneten gehalten wurden.

»Für den Duftkunde-Basiskurs habe ich nur sechsundzwanzig ätherische Öle ausgewählt, die sich gut miteinander kombinieren lassen«, sagte sie und öffnete dabei eine auf dem Tisch stehende Duftbox, in deren Waben eine Auswahl von achtundvierzig Fläschchen stand. »Das hier ist für den Fortgeschrittenenkurs.«

Madame Fang schraubte den Deckel von Nummer zwölf ab, tauchte einen Teststreifen hinein und wedelte damit durch die Luft.

»Abgesehen von Adjektiven, können Sie es auch mit Nomen versuchen, am besten vertraute, gewöhnliche Alltagsgegenstände.« Sie nahm ein Fläschchen nach dem anderen heraus und dozierte weiter, über den öligen Geruch einiger Hölzer, den wächsernen Geruch von Buntstiften, den Duft von nassem Holz oder Gras nach dem Regen oder Käse, der schon eine Ewigkeit im Kühlschrank vor sich hin schimmelte.

»Das hier zum Beispiel«, fuhr sie fort, wobei die indifferente Miene, die sie üblicherweise beim Riechen trug, einer Grimasse wich, »enthält Tannine, die an die getrockneten Würste erinnern, die man am Jahresende auf dem Markt bekommt. Lässt dich daran denken, wie du zum Neujahrsfest deine Oma besuchst und die Räucherwürste schon riechst, bevor du die Küche betrittst. Und dann gehst du in ihr Schlafzimmer, öffnest den Kleiderschrank, und der muffige Geruch nach Mottenkugeln und Staub schlägt dir entgegen.«

Madame Fangs Vokabular war so präzise, dass Yang Ning sich den Geruch, obwohl sie nichts roch, lebendig vorstellen konnte.

Was man an Blumen rieche, habe wenig mit den Blumen selbst zu tun, »sondern man riecht die Luft, wenn man am Blumenbeet vorübergeht.« So wie die Sonne zwar keinen Duft habe, man aber trotzdem vom »Sonnenduft auf der Bettdecke« rede, eben dem Geruch nach in der Sonne getrockneter Bettwäsche.

»Duft hat viele Erscheinungsformen, er ist ein Zeichen, das auf das verweist, was du eigentlich suchst und möglicherweise ganz woanders wiederfindest. Als ich in England war, habe ich Synästhesien erforscht, die Verbindung zwischen Geruch und Sehvermögen«, sagte sie und zog dabei ein Buch mit Farbschemata aus einer Schublade, »und habe versucht, Düfte anhand des Pantone-Farbsystems zu ordnen. Dafür gibt es keine Standardlösung, aber es gibt gewisse Übereinstimmungen, was das allgemeine Empfinden betrifft. ›Hellgrün‹, ›Lauchgrün‹ oder ›Grasgrün‹ lassen die Leute an den Duft von Kräutern wie Minze und Lavendel denken. Rottöne werden erwartungsgemäß mit Rosenduft in Verbindung gebracht und Zitrusfrüchte immer mit Gelb und Orange. Rauchen Sie?«

Yang Ning schüttelte den Kopf. Madame Fang hielt ihr einen Pantone-Farbfächer hin. »Wählen Sie eine aus, die Farbe von Zigarettengeruch.«

Der Farbfächer erinnerte Yang Ning an ein Pfauenrad. Es dauerte eine Weile, bis sie sich schließlich für ein blasses Graugrün entschied, das auf den ersten Blick trübe, auf den zweiten aber angenehm wirkte.

»454C.« Madame Fang las die Nummer der Farbtafel vor. »Nichtraucher wählen für gewöhnlich eine dunklere, unangenehmere Farbe wie 448C oder 1245C, dieses Gelbgrün hier. Sie scheinen gegenüber Zigarettenqualm nicht besonders empfindlich zu sein, ihn sogar zu mögen. Oder sich danach zu sehnen ... Farben senden Signale, mit denen wir vertraut sind, sobald es aber um Düfte gehe, greifen wir zu Vergleichen wie, ›das riecht wie dies und jenes‹, wie Toast, wie Benzin, oder wir bezeichnen einen Geruch als ›faulig‹ oder ›wohlduftend‹, uns fehlt das Vokabular für olfaktorische Erfahrungen.« Madame Fang deutete auf die animierten Kunstobjekte an den Wänden, fluide Mandalas aus Acryl. »Die habe ich in England gemacht. Angewandter Geruch sozusagen, eine farbliche Umsetzung der Verbindung, die das Gehirn zwischen Gerüchen und Emotionen herstellt.«

Yang Ning trat an die Wand heran, um sich ein Werk näher anzusehen.

»Butterkekse.« Madame Fang lachte. Leuchtendes Zitronengelb, warmes Sonnengelb, erfrischendes Kokosmilchweiß, ein ins Rote spielendes Blauviolett. »Während meines Auslandsstudiums habe ich oft an die Backkunst meiner Mutter gedacht und meine Idee davon in Bilder umgesetzt. Es hat keine besondere Bedeutung, nur ein Ausdruck von Heimweh. Aber das mag ich von allen am liebsten.«

Ein versonnenes Lächeln zog über Madame Fangs Gesicht. Yang Ning kannte diesen Ausdruck.

Sie hatte viel darüber gelesen, über Gerüche, die bestimmte Erinnerungen und Gefühle wecken oder die dazu benutzt werden, um diese Gefühle zu wecken. Dennoch verstand sie noch immer nicht, was der von Grenouille hinterlassene Geruch bedeutete. Wohin sollte er sie führen?

Sie verfiel ins Grübeln, während Madame Fang weiterredete. »Eine Bekannte von mir erforscht den Zusammenhang zwischen Geruch, Gehirn und Psyche. Sie arbeitet an der Schnittstelle zwischen Neurowissenschaft und olfaktorischer Psychologie, ziemlich speziell, aber eben auch sehr interessant. Und von möglichem praktischen Nutzen, zum

Beispiel für die Dufttherapie; nicht zu verwechseln mit Aromatherapie, bei der es lediglich darum geht, sich durch das Schnuppern an ätherischen Ölen zu entspannen oder durch Ölmassagen von Kopfschmerzen oder Schlaflosigkeit geheilt zu werden. Sie müssen sich bewusst machen, dass Menschen zwar unterschiedlich auf Gerüche reagieren, sie aber allgegenwärtig sind, unvermeidlich, unabwendbar, nicht abstellbar.« Yang Ning lauschte auf jedes Wort. »Gerüche üben eine enorme Kraft aus, der Geruchssinn kommt vor allen anderen Organen, er dominiert alles.«

Sie wies darauf hin, dass Parfüm jedes Mal, wenn man den Flakon öffne, oxidiere, die einzelnen Duftbestandteile sich zersetzten und nur bestimmte Basisdüfte fortbestünden. »Denken Sie daran: Was Sie riechen, ist nicht der eigentliche Duft des Parfüms. Viele Parfüms ähneln sich im Nachhall. Darauf gilt es zu achten.«

Madame Fang verstummte. Erst nach einer langen Pause fuhr sie fort. »Lassen Sie sich nicht täuschen.« Sie klang wie eine Prophetin.

9

»Bist du sicher, dass du nicht erst etwas essen magst?«, rief Haoyang in Richtung Schlafzimmer.

Yang Ning antwortete nicht. Sie war gerade frisch geduscht und nur in ein Handtuch gewickelt aus dem Bad gekommen und bibbernd im Schlafzimmer verschwunden, um sich so schnell wie möglich in warme, schwarze Klamotten zu hüllen, eine Schicht über der anderen. Zuletzt streifte sie sich noch einen Rollkragenpullover über. *Scheißkälte!*, fluchte sie innerlich. Der alte Ölradiator lief auf vollen Touren, aber ihr war trotzdem immerzu kalt. Also mummelte sie sich dick ein, zog sogar zwei Paar Socken übereinander. Dann band sie sich vor dem Spiegel die Haare zusammen.

Auf dem Wohnzimmertisch vibrierte ihr Smartphone.

Haoyang stand auf und warf einen Blick auf das Display. Unbekannter Anrufer. Nach kurzem Zögern ging er ran.

»Hi.« Eine kraftlose Stimme. »Was gehen wir heute futtern?« Haoyang gefror das Blut in den Adern. Er erwiderte nichts.

»Wie wär's mit Süßkartoffelgelee, in dem Laden, von dem ich dir erzählt hab? Danach probieren wir das Taro-Eis gleich um die Ecke. Oder doch lieber Süße Suppe am Nordhafen? Kann mich nicht so recht entscheiden heute. Was sagst du?«

Schweigen. Auch Cheng Chunjin verstummte für einen Augenblick, dann lachte er. »Ah, ah, der Boyfriend, stimmt's?« Haoyang schnaubte durch die Nase.

Er spürte förmlich das Grinsen auf Chengs Gesicht. »Lämmchen hat mir eine Menge über dich erzählt. Ich hab das Gefühl, du hast was gegen mich.«

Lämmchen? Haoyang bebte vor Zorn. »Sie wird sich nicht

mit dir treffen, heute nicht und auch kein anderes Mal. Wenn du noch einmal anrufst, hebt beim nächsten Mal die Polizei ab, du Arsch.«

»He, he, immer langsam, Bruder. Die Nummer hat Lämmchen mir selbst gegeben«, sagte Cheng kichernd. »Du bist vielleicht nicht auf dem Laufenden, aber wir zwei haben uns diese Woche fast jeden Tag gesehen. Tut mir leid, dass sie keine Zeit mehr für dich hat. Wir sind jetzt so etwas wie Busenfreundinnen, weißt du, gehen zusammen Shoppen und Teetrinken und aufs Klo ...«

»Halt die Fresse! Du hältst dich von ihr fern, verstanden?«, brüllte Haoyang.

»Du kannst sie nicht anketten, Bruder. Wenn ich dir was verraten darf: Je mehr du sie an die Kette legen willst, desto schneller bist du sie los. Ich hab da Erfahrung, du weißt schon.« Cheng kicherte. Er genoss die Wirkung seiner Worte.

Haoyang wurde schlecht.

»Hast du mein Handy gesehen?«, rief Yang Ning aus dem Schlafzimmer, während sie sich zuletzt noch eine Daunenjacke überzog. Sie betrat das Wohnzimmer. »Ich bin spät dran.« Sie hielt inne und starrte Haoyang an, der ihr Telefon in der Hand hielt.

Er starrte zurück. »Wenn du ihr noch einmal nahekommst, bring ich zurück in den Knast«, schrie er ins Telefon und legte auf.

»Ihr seid also jetzt Freunde, wie?«, fragte er.

»Wer hat dir erlaubt, meine Anrufe anzunehmen?«

»Du hast meine Frage nicht beantwortet.«

»Du meine auch nicht.« Sie riss ihm das Telefon aus der Hand, stapfte in den Flur und fingerte ihre Schlüssel von der Konsole. »Wir klären das, wenn ich zurück bin.« Haoyang versperrte ihr den Weg zur Tür.

»Was?« Yang Ning runzelte die Stirn. Ihr Ton war barsch.

»Du hast unsere Abmachung gebrochen.«

»Ach ja?«

Er begriff nicht, wie sie so selbstgerecht auftreten konnte, mit verschränkten Armen und aufgebrachter Miene.

»Wir hatten vereinbart, dass jedes Treffen über mich läuft. Aber ich war nur zweimal im Spiel, letzten Dienstag und heute, wenn du das dazurechnen willst.«

Yang Ning schürzte die Lippen und schwieg.

»Der Typ ist ein Serienmörder. Hab ich dir denn nicht ausgiebig erklärt, wie gefährlich die Sache ist? Du bist kein Bulle, keine Psychologin, du hast keine Ahnung, was in ihm vorgeht. Der hat es geschafft, selbst professionelle Psychologen hereinzulegen, und zwar mehr als einmal.« Er fühlte eine nie gekannte Wut, einen nie gekannten Frust in sich aufsteigen. »Was denkst du dir eigentlich? Willst du ernsthaft seine beste Freundin werden oder die Kumpanin in einem perversen Ermittlerduo?«

»Weder noch«, entgegnete Yang Ning so ruhig wie möglich. »So oder so, ein oder zwei Treffen reichen nicht. Ich setze mich mit ihm in eine Fressbude, stelle ihm Fragen, er antwortet. Das ist alles ...«

»Du hattest es mir versprochen«, unterbrach Haoyang sie scharf. »Und nur deshalb habe ich es zugelassen, nur deshalb habe ich ihn für dich ausfindig gemacht. Und jetzt bist du sein *Lämmchen*? Verdammt.« Fassungslos schüttelte er den Kopf. »Das ist ein klarer Regelverstoß, Ning, du hast eine Grenze überschritten. Du denkst, du wärst in der Lage, die Sache rational anzugehen, aber das bist du nicht. Der führt dich an der Nase herum, kapierst du das nicht?«

»Regelverstoß?« Yang Ning stieß ein empörtes Lachen aus. »Wer von uns ist hier übergriffig?«

»Er genießt es, seine Spielchen mit dir zu treiben, er der Lehrer und du die gefügige Schülerin. Vielleicht braucht er das, eine Nachfolgerin, eine, die ihn versteht, versteht, wie viel Spaß es macht, jemanden zu ermorden.« Haoyang steigerte sich immer mehr in seine Empörung. »Er ist ein Spieler, Ning, und du bist nur ein Stein in seinem Spiel, begreifst du das nicht?«

Sie schnaubte, wütend und beschämt zugleich. Haoyangs harsche Worte hatten einen wahren Kern; gern hätte sie gekontert, aber sie hatte ihm nichts entgegenzusetzen. Hektisch fuhr sie sich durchs Haar und suchte nach einer passenden Antwort.

»Dreh dich um und sieh dir deine Wände an«, fuhr er fort. »Du schläfst kaum noch, stattdessen verbringst du Tag und Nacht inmitten eines Haufens von Fotos und Berichten über Cheng Chunjin und seine Mordopfer. Weißt du überhaupt noch, was du tust?«

Yang Ning presste die Lippen so fest zusammen, dass sie ganz weiß wurden. Zitternd trat sie auf ihn zu, ihre Augen funkelten, traurig und entrüstet. »Was ich mache? Was glaubst du denn, was ich mache?«

Nun war es Haoyang, der nicht wusste, was er antworten sollte.

»Du weißt nicht, was ich tue? Fuck, wieso fragst du mich so was?«

»So habe ich das nicht gemeint …«

»Ich will ihn finden, koste es, was es wolle. Hast du das vergessen?«, sagte sie mit der Entschlossenheit und der Verzweiflung der Märtyrerin. »Und wenn ich dabei draufgehe, Haoyang. Ich bin bereit.«

Es folgte eine erdrückende Stille. Haoyang versuchte die Barriere zwischen ihnen zu durchbrechen, wollte sie in den

Arm nehmen, aber sie wich zurück und seine Hände griffen ins Leere. Langsam ließ er sie sinken. »Ich habe stets nach einem Weg gesucht, um dir in deinem Kummer beizustehen, dich dazu zu bewegen, dass du dich mir öffnest«, brachte er mühsam hervor. Er flüsterte es wie eine vorsichtige Liebkosung. »Lass mich dir helfen, bitte.«

Yang Ning fühlte sich überwältigt von Trauer. Ihr war zum Weinen. Sie hätte ihren Kopf an seiner Brust bergen, sich bei ihm ausheulen oder verzweifelten Sex mit ihm haben können. Über zwei Jahre war es her, dass sie ihn grausam von sich gestoßen hatte, und immer noch war er bereit, sie zurückzunehmen. Warum ließ sie es nicht zu?

»Lass uns wieder zusammen sein«, sagte er mit weicher Stimme.

Ja, wollte sie sagen, *komm zurück, Haoyang, ich brauche dich.*

»Ning, ich …« Er lehnte sich vor, um sie zu küssen, aber sie wich aus, einmal, zweimal. Als seine Lippen ihre Nase streiften, verließ sie die Kraft, sich zu wehren. Aber sich in Haoyangs Arme zu werfen, bedeutete Schwäche. Sie hatte kein Recht, sich an einem sicheren Ort zu verstecken.

Ein Telefon klingelte. Die beiden erstarrten in ihren Bewegungen.

Haoyang stöhnte. Stirnrunzelnd zog er sein Smartphone aus der Hosentasche. Yang Ning erspähte den Namen auf dem Display. *wird Enqi*. Sofort war sie wieder im Abwehrmodus, wich einen Schritt zurück und verschränkte die Arme. Haoyang sah sie an und ließ das Telefon klingeln. Es hörte auf, aber gleich darauf fing es wieder an.

Yang Ning hatte genug. »Los, geh schon dran.«

»Ich werde ihr erklären, was los ist«, sagte Haoyang.

»Nicht nötig.« Yang Ning schlüpfte schnell an ihm vorbei, zog sich eilig die Stiefel an und öffnete die Tür. Er kam ihr nach und hielt die Hand vor die Aufzugstaste. »Ich sag es ihr, jetzt gleich, sie wird es verstehen …«

»Ich habe gesagt: nicht nötig!« Sie strafte ihn mit einem eisigen Blick. »Wir haben schon lange keine Beziehung mehr. Ich habe dich weder gebeten, mir Essen vorbeizubringen, noch, auf mich aufzupassen. Du kommst einfach in meine Wohnung spaziert, als wäre sie ein Park, aber ich kann auf dein scheiß Aufräumen und deine scheiß Fürsorglichkeit verzichten.«

»Ning …«

»Gehst du jetzt verfickt nochmal ans Telefon, oder soll ich das für dich tun? Deiner Freundin sagen, dass ihr Freund heute keine Zeit für sie hat, weil er gerade ganz versessen darauf ist, seine Ex flachzulegen?«, brüllte Yang Ning.

»Warum machst du alles so kompliziert?«, seufzte Hao-yang.

»Du machst es nicht einfacher.«

10

»Du bist heute ständig mit den Gedanken woanders«, brummte Cheng Chunjin mit vollem Mund, schlang den letzten Tangyuan hinunter und hob die Hand. »He, Chefin, noch eine Schüssel!«

»Für dich auch?« Er drehte sich zu ihr.

Sie schüttelte den Kopf und führte einen Löffel Erdnusssuppe an die Lippen.

»Ts, so geht das nicht, an andere Männer denken, während du mit mir zusammen bist.« Cheng verrenkte sich den Hals, um zu sehen, wo seine Suppe blieb. Yang Ning musste an die Geschichte mit den Maden denken, über die sie geredet hatten.

Wuselnde Maden, sich windende Maden, sterbende Maden.

Maden gedeihen in feuchtwarmem Klima. Für die Ausbildung und das Heranwachsen der Larven ballen sie sich, um besonders große Wärme zu erzeugen, zu Klumpen zusammen, die Rechtsmediziner und Entomologen als Madenklumpen bezeichnen. Während sie sich an einer Leiche nähren, bleiben sie ständig in Bewegung, denn durch aerobe Atmung steigt die Körpertemperatur einer Made um zehn bis zwanzig Grad an. Weil sie ihre Körpertemperatur nicht selbst regulieren können, sterben sie in einer Umgebung von fünfzig Grad und höher allerdings an Hitzschlag. Um das zu vermeiden, schwärmen sie zwischenzeitlich aus; sobald sie abgekühlt sind, ballen sie sich sofort wieder zusammen, weshalb der Kern des Klumpens und seine Ränder sich immer wieder ausdehnen und zusammenziehen. In den Augen des menschlichen Betrachters sieht es so aus, als ob sie fortwährend auf der Leiche herumschwärmten.

»Hm, interessant.« So hatte Yang Nings Kommentar dazu gelautet.

»Ich habe noch nie eine Leiche voller Maden gesehen«, hatte Cheng gesagt, mit einem gewissen Bedauern in der Stimme.

»Du hast doch bestimmt das Video von diesem toten Schwein gesehen?«, hatte sie gefragt. »Bei Menschen sieht es ganz ähnlich aus.«

Sofort hatte er auf dem Smartphone das YouTube-Video mit der nach drei Wochen zur Unkenntlichkeit deformierten Masse eines von Maden zerfressenen Schweinekadavers betrachtet.

Fasziniert hatte er in die Hände geklatscht.

Niemals hätte sich Yang Ning vorstellen können, dass sie eines Tages, Tapioka-Bällchen und kalte Reisnudeln futternd, neben einem sadistischen Mörder auf einer Bank sitzen und dabei über die Maden in einem Schweinekadaver plaudern würde.

Vielleicht lag es daran, dass er der Einzige war, dem sie bestimmte Dinge erzählen konnte, ohne dafür schief angesehen zu werden. Dinge, die man nur verstand, wenn man aus Erfahrung wusste, was es hieß, durch die Hölle zu gehen. Und jetzt, wo sie so weit gegangen war, gab es kein Zurück mehr.

Er war das notwendige Übel.

»Unglaublich, dass du mich so ignorierst. Hätte nie gedacht, dass dein langweiliger Boyfriend so großen Einfluss auf dich hat.« Cheng ließ sich schon die dritte Schüssel breite Reisnudeln schmecken. »Ich will dir mal was sagen. Diese Gefühlsscheiße ist ein endloses Chaos. Heute zermarterst du dir dein Hirn, deswegen, und selbst, wenn sich die Sache klärt, knabberst du morgen an neuem Ärger.« Er meinte es ernst. »Besser, du machst einen Spaziergang und gönnst dir was Süßes. Bleib aufm Teppich.«

»Das ist es nicht, was mich beschäftigt.«

»Verarsch mich nicht. Ich weiß gar nicht, wie du den eigentlich kennengelernt hast? Auf der Uni? Bei der Arbeit? Sag mal.«

Yang Ning sagte nichts. Wie sollte sie von ihrer Beziehung mit Haoyang erzählen? Dass sie alles eigenhändig kaputtgemacht gemacht hatte, wie sehr sie die gute Zeit mit ihm vermisste, wie aber inzwischen sowieso alles keine Rolle mehr spielte? Sie musste nach vorn schauen, um dem Schmerz der Erinnerungen aus dem Weg zu gehen.

Die Yang Ning ihrer Erinnerung hatte mit der jetzigen Yang Ning nichts mehr zu tun.

»Wie soll ich dir helfen, wenn du den Mund nicht aufmachst?« Cheng sah beleidigt aus. »Bei der anderen Sache ist mir schon was eingefallen. *Oh, ich gab dir mein Herz, und du gabst es weg ...*«, trällerte er.

»Welche andere Sache?«, unterbrach sie.

»Die mit dem Krankenpfleger, wie hieß der gleich ... Zheng irgendwas. Da hätte ich eine Idee. Aber erst erzähl mir von dir und deinem Boyfriend.«

Zwei Wochen zuvor wäre sie wutschnaubend aufgestanden und hätte ihn sitzen lassen. Aber jetzt war Cheng kein Fremder mehr. Sie wusste, wie durchtrieben und berechnend er war. Ohne Belohnung tat er nichts. Es war an ihr, zu überlegen, wie viel Vertrauen ihr das, was sie von ihm bekommen konnte, wert war.

Nach kurzem Zögern gab sie ihm, was er wollte. Nur einen Teil der Wahrheit, gerade so viel, dass es überzeugend genug klang, um alles, was sie hinzudichtete, plausibel erscheinen zu lassen. Machte eine Kunstpause, um den Anschein zu erwecken, dass sie mehr sagen wollte, ohne sich dabei preiszugeben.

»Und weiter? Na, komm schon.« Cheng leckte sich erwartungsvoll die Lippen.

Sie schüttelte den Kopf.

»Na gut.« Er schlug theatralisch mit dem Löffel gegen seine Schüssel, ding, ding, ding. »Hat die Mitbewohnerin von diesem Pflegefuzzi nicht gesagt, dass sie und andere Freunde ihn ermuntert hatten, sich selbst ins Gesicht zu sehen? Vielleicht hat er nicht ertragen, was er gesehen hat, und ihm ist nichts Besseres eingefallen, als sich die Pulsadern aufzuschneiden. Geh und prüfe nach, was damals mit ihm los war, was sein Leben so unerträglich gemacht hat.«

Yang Ning dachte kurz nach. »Also …«

Er schnitt ihr das Wort ab. »Ach, ich hab genug gesagt, finde ich. Es sei denn, du hast mir auch noch was zu erzählen.«

»Meinetwegen«, sagte sie. »Aber nicht jetzt«, sagte sie entschlossen. »Erst zeigst du mir deine Wohnung.«

»Zu früh.« Er verschränkte die Arme und grinste. »Geheimnisse sind der Schlüssel zu ewiger Liebe.«

Es war nicht das erste Mal, dass er ihren Wunsch zurückwies. Sie hatte es schon dreimal versucht. Er sicherte sich nicht weniger ab als sie.

»Du hast gesagt, dass ich das Werk durch den Künstler verstehen muss«, insistierte Yang Ning. »Also lass mich in deine Wohnung. Ich muss mich voll hineinknien.«

»Ach, hör auf«, entgegnete er unbeeindruckt. Er wischte sich demonstrativ mit einer Serviette den Mund ab. »Ich habe nein gesagt.«

»Ich weiß von deinen Bildern.«

Cheng erstarrte.

»Ich habe sogar schon ein paar gesehen«, fügte sie an. »Ich war vorgestern bei dem Kerl von der Pachinko-Halle und er hat mir seine Sammlung gezeigt.«

Er sah sie fragend an.

»Bring mich zu dir.«

11

*Wenn du den Leuten erzählst, dass deine eigene Mutter dich
nicht mag, sind sie erst überrascht, dann lachen sie. Als
hättest du einen Witz gemacht.*

*Ich weiß nicht, wie ich sie vom Gegenteil überzeugen könnte:
Nein, das ist kein Witz, es ist wahr, meine Mutter mag mich
nicht. Siehst du nicht, wie sie mich mustert? Sieh hin. Sie
hasst mich, aus tiefstem Herzen, ob sie sich dessen bewusst
ist oder nicht. Warum? Weil etwas nicht stimmt mit mir,
oder? Ich bin nicht gut genug, nicht umgänglich genug,
exzentrisch, ungeschickt. Vielleicht liegt es auch daran, dass
mir nach der Geburt der typische Säuglingsgeruch gefehlt hat,
der Milchgeruch, der Mutterliebe erzeugt.*

*Ich bin geruchslos, unvollkommen, aber dafür hat mich
der Himmel mit einem außergewöhnlichen Geruchssinn
gesegnet. Geruch hat etwas sehr Intuitives, mit seiner Hilfe
durchschaut man jeden Menschen sofort, er kann sich
nicht verstecken. Warum die Leute bloß so umständlich
mit Worten kommunizieren? Das verstehe ich einfach nicht.*

*Ich habe es nie geschafft, die Formen der gesellschaftlichen
Interaktion zu begreifen, vor allem, weil die Leute um mich
herum sich nie besonders für mich interessiert haben. Nicht
für mich interessiert ist vielleicht übertrieben, kann sein, dass
sie schlicht keine Notiz von meiner Existenz nehmen. Die
anderen Kinder in meiner Klasse sind oft versehentlich gegen
mich gerannt, Buntstifte in der Hand, und wenn wir dann
zusammen umgefallen sind, waren sie erschrockener als ich
und fingen an zu heulen.*

*Wenn wir uns in Gruppen einteilten, wurde ich immer
vergessen. Wenn einer aus der Klasse an seinem Geburtstag*

Bonbons verteilte, überging er mich. Ich gehörte nie dazu, ich wurde nicht einmal gemobbt, weil niemand mich auf dem Schirm hatte. Ein Kind ohne Geruch wird sogar von den Lehrern übersehen. Ich war wie die gestaltlosen, durchsichtigen Nebelschwaden in der Luft. Aber auch die Luft nahm mich nicht wahr.

Ich wollte wahrgenommen werden.

Ich bin ungeschickt, bei allem. Außer beim Malen. Das habe ich im Blut, es brodelt in mir, ein überschäumender Instinkt. Wie ein Tänzer, der sich selbst über seinen Körper verstehen lernt, lernt sich ein Maler über die Handhabung des Pinsels kennen, der eine Verlängerung seiner Hand ist. Mit jedem Bild erst wird er lebendig. All meine Bilder zeigen meine Mutter. Ihre Farben, Linien, Körperteile. Ich male ihre Haare, ihre Bewegungen beim Gehen, wie sie sich vor dem Baden auszieht, den wütenden Blick, mit dem sie mich anstarrt, wenn sie mich beim Zuschauen erwischt. Ich kann sie nie vollständig zeichnen, sie ist nur ein Eindruck, ein Gebilde aus Gerüchen und Farben. Für immer unerreichbar für mich. Ich male vielleicht auch deshalb so gern, weil ich unbewusst annehme, meine Mutter würde mich dafür mögen; vielleicht auch nur deshalb, weil der Geruch von Papier und Farbe mich beruhigt. Es ist jedes Mal schade, wenn der Farbgeruch nach dem Händewaschen oder nach dem Duschen meine Poren verlässt und sich in Nichts auflöst.
Egal. Ich tauche die ganze Hand in den Farbtopf. Je länger ich nach Farbe rieche, umso länger existiere ich.

12

Schließlich nahm er sie mit.

Der Weg führte durch den Wohnblockdschungel von Bangka, bis zu einer dunkelgrünen Metalltür, an der eine rosa Bekanntmachung des Gasablesetermins klebte. Sie stiegen die enge Treppe hinauf. Die Wände waren heruntergekommen, an einigen Ecken traten rostige Eisenträger aus den brüchigen Betonmauern hervor.

Cheng Chunjin ging voran und ließ seinen Schlüsselbund klirren, das metallische Echo hallte von den Wänden wider. Yang Ning ging dicht hinter ihm, angespannt; wiederholt öffnete und schloss sie die Fäuste, ihre Augen tasteten nervös die Umgebung ab.

Sie erreichten den fünften Stock. Zwei Wohnungen lagen auf dem Gang. Cheng wandte sich einer sauberen Stahltür zu, neben der ein hölzernes Schuhregal stand, auf dem mehrere Paar Schuhe ordentlich aufgereiht waren. »Bangka gilt als laut, aber hier ist es sehr ruhig«, sagte er und zog seine weißblauen Badelatschen aus. »Bitte lass deine Schuhe hier draußen.«

Sie wartete, bis er die Sicherheitstür und die Wohnungstür aufgesperrt hatte. Dann schob er die dahinterliegende Fliegengittertür auf.

Ein vorwurfsvolles Miauen. Zur Begrüßung erschien ein niedliches, dunkelbraun getigertes Kätzchen, das genauso überrascht war, Yang Ning zu sehen, wie umgekehrt. Mit großen Augen sahen sie einander an.

»Ja, ja, ja, mein Schätzchen, hast du mich vermisst?«, säuselte Cheng und nahm die Katze zärtlich auf den Arm, wo sie sich zufrieden zusammenrollte.

»Sie heißt Lala.« Er kraulte ihr das Köpfchen, und die Katze kniff genießerisch schnurrend die Augen zusammen. »Ganz schön anhänglich, was? Ist sie nicht süß?« Er hielt sie Yang Ning hin, die instinktiv zurückwich, bemüht, sich ihre Angst und ihren Ekel nicht anmerken zu lassen.

Yang Ning schnüffelte. Ihr Geruchssinn zeigte keinerlei Anzeichen von Leben.

»Jetzt tu nicht so.« Cheng schien ihre Gedanken zu lesen. »Bei mir ist es sauber.« Sie konnte nicht sagen, ob sie erleichtert oder enttäuscht war. Ihr Hirn raste. Was hatte Madame Fang neulich gesagt? Für die meisten Lebewesen sei der Geruchssinn das wichtigste Instrument, um die Außenwelt wahrzunehmen und auf sie zu reagieren, und außerdem sei er von allen fünf Sinnen der erste, der gleich nach der Geburt vollständig ausgebildet war. Schon nach zwölf Wochen war ein Fötus im Mutterleib in der Lage, über die Zusammensetzung des Fruchtwassers verschiedene Gerüche zu unterscheiden.

»Fragt man jemanden, auf welchen Sinn er oder sie am ehesten verzichten würde, ist die Antwort meistens: der Geruchssinn«, hatte Fang erzählt, während sie die Proben in ihrem Musterkasten geordnet hatte. »Die meisten Leute legen wenig Wert auf das Riechen, von zehn Personen finden neuneinhalb ihre Nase unwichtig. Sie wissen eben nicht, wie elementar der Geruchssinn ist, wie stark er uns beeinflusst.«

Yang Ning wusste es nur allzu gut.

Der Geruchssinn konnte nicht nur Emotionen wecken, er beeinflusste auch unsere Wahrnehmung, selbst unser Denken und Handeln, war aber gleichzeitig kaum als deren Ursache auszumachen. Yang Ning verstand das, es war ihre Art, die Welt wahrzunehmen, ihr Geruchssinn schien direkt mit ihren Nervenbahnen verbunden. Nicht selten brachte ihre tückische Nase sie dazu, Menschen zu verabscheuen, oder zumindest machte sie die Beziehung zu anderen kompliziert.

Diabetes roch für sie nach Obst, Nierenversagen nach Ammoniak, Buchumschläge nach warmem Blut ... Je nachdem, welche Gerüche ein Mensch bevorzugte, welche er hasste, welcher Geruch ihm anhaftete oder welchen er ausdünstete, konnte sie sagen, wie jemand aussah, kannte seinen Charakter, seine Vergangenheit, sämtliche Geschichten, die er mit sich trug.

Eine Art Forensik.

Cheng Chunjin mochte keine Gemüsemärkte. Er ertrage den schlammigen Geruch nicht, sagte er. Deshalb waren sie dort nur ein einziges Mal gewesen, um Tofupudding mit Ingwersoße zu kaufen, der nur einmal pro Woche frisch angeboten wurde. Dabei hatte er ihr auf dem Weg einen langen Vortrag über die Vorzüge von warmem Tofu im Winter gehalten und lautstark die Qualität der Ingwersoße dieses bestimmten Verkäufers gepriesen, und wie zart und frisch der Tofupudding sei und so fort, und sich und ihr dabei den Weg durch die Menschenmenge gebahnt.

In einer solchen Menschenmenge gab es wenig Abstand, Kleidung rieb gegen Kleidung, es galt, in Bewegung zu bleiben, jeder Schritt steigerte die Überlebenschancen. Tiefes Durchatmen war genauso wichtig, denn Sauerstoff war knapp. Die Älteren brachten die nötige Erfahrung mit, um in diesem Dschungel zu überleben; wie raubeinige Wildtiere bahnten sie sich mit unverfälschten, authentischen Mienen den Weg. Dann wuselten dort noch die Kinder herum, die von klein auf gewohnt waren, Einkäufe zu erledigen, wie kleine Schlammbeißer glitten sie mit ihrem »Lasst mich durch!« durch die wabernde Menge, flutschten direkt vor Yang Nings Nase vorbei.

Sie versuchte, sich dicht hinter Cheng zu halten, was gar nicht so einfach war. Um seinen Mantel nicht aus den Augen zu verlieren, stellte sie sich immer wieder auf die Zehenspitzen. Wer so klein war wie Yang Ning, die nicht einmal die Durchschnittsgröße taiwanischer Frauen hatte, ging schnell im Gedränge unter.

So trieb sie mit dem Strom. Irgendwann landete sie direkt vor dem Stand einer Metzgerfrau, die auf dem Hackbrett ihre Ware bearbeitete. Yang Ning holte tief Luft, um den Blutgeruch aufzusaugen, der ihren verlorenen Urinstinkt weckte.

»He, nicht einfach davonlaufen. Hier geht's lang.« Cheng hatte sich suchend nach ihr umgedreht. »Mach schnell, sonst ist alles ausverkauft.«

Sie hatte sich ihm wieder zugewandt, und er hatte sie am Arm gepackt, um sie sicher durch den Menschenpulk zu führen. Noch nie war sie ihm so nah gekommen. Zum ersten Mal hatte sie ihn gerochen.

»Da sind Pantoffeln.« Er wies mit dem Kinn nach rechts unten. Yang Ning ging in die Hocke und zog ein Paar hellblaue Lederslipper aus dem niedrigen Regal. Auch sie sauber und ordentlich.

Als sie wieder aufsah, gefror ihr das Blut in den Adern.

»Willkommen in meiner Festung««, sagte Cheng.

Jetzt, wo er zur Seite getreten war, hatte sie freie Sicht auf das Inventar der Wohnung. Ölbilder in allen Größen hingen, standen, lagen in jedem Winkel, außer auf dem Sofa und dem Kühlschrank.

Ein Bild in kräftigen, grellen Farben fiel ihr zuerst auf. Es zeigte eine Frau, die Hände auf dem Rücken gefesselt, das Gesicht angstverzerrt, sie robbte über den Boden, als wollte sie aus dem Rahmen fliehen. Ihr Mund war eine Fratze, sie schrie, aus Angst oder im Todeskampf, verfolgt von einem Mann in weißer Maske mit einem Messer in der einen und der Silhouette eines menschlichen Schädels in der anderen Hand.

Daneben das Bild einer nackten, an allen Gliedmaßen gefesselten Frau mit kraftlos herabhängendem Kopf, ihr Unterleib von Schläuchen und Skalpellen durchbohrt, in akribischer Symmetrie angeordnet fächerten sie ihren Venushügel zu einem bizarren Pfauenrad auf.

Yang Ning zwang sich, ruhig zu atmen. Langsam erhob sie sich aus der Hocke.

Ringsum Darstellungen sadistisch gefolterter Frauenkörper. Aus jedem Bild sprach dasselbe Verlangen nach Unterwerfung, nach dem Verstümmeln und Abschlachten von Frauen.

Yang Ning hatte sich mental darauf vorbereitet. Aber die kleinformatigen Abzüge, die der Mann von der Pachinko-Halle gezeigt hatte, waren lange nicht so schockierend wie die Originale gewesen, die sich hier ringsum drängten wie im Museum, versetzt angeordnet.

Bilder wie das einer nackten, blutüberströmten, auf einem Sofa liegenden Frau, deren Körper wie eine der schmelzenden Uhren Dalís von den Rändern des Sofas heruntertroff.

Wie gelähmt stand Yang Ning in der Diele, unfähig, ihren Körper dazu zu bringen, sich zu bewegen, und nicht wissend, wohin mit sich. Jedes Quäntchen Luft war erfüllt von Bösartigkeit. Im fahlen, durch die bodenlangen Fenster einfallenden Sonnenlicht streunte Lala zwischen alldem herum, streifte die dargestellten Körper mit ihrem Schwanz und wirbelte dabei den Staub von den Bildern auf, mit einer Ruhe, die inmitten dieser grauenhaften und aufwühlenden Darstellungen deplatziert wirkte.

Die Katze maunzte Yang Ning unzufrieden an.

Sie kam zur Besinnung, trat einen Schritt zurück, von Kopf bis Fuß in Alarmbereitschaft.

Ja, das war eine Festung, vielleicht auch ein Tempel, und Cheng Chunjin war der König, der Hohepriester, dessen Bilder seine Begierden und Erinnerungen festhielten. Er schloss die Augen und atmete tief ein, genoss den Geruch der Angst, den Yang Ning verströmte. Dann atmete er zufrieden aus, setzte sich aufs Sofa, entspannte sich, streckte wohlig alle viere von sich und beäugte seine Beute.

»Gefallen sie dir?«

»Ich bin mir nicht sicher«, sagte Yang Ning. »Mir fehlt der Kunstverstand.«

Die Antwort missfiel ihm sichtlich, aber ihm blieb der angenehme Angstgeruch. Er genoss die Anspannung, die in der Luft lag, den Druck, die Furcht und die Feindseligkeit, und bat sie nicht, sich zu setzen. Sie machte auch keine Anstalten, sich zu bewegen.

»Das da drüben ist die Aufgeschlitzte.« Wie ein geübter Museumsführer lenkte er Yang Nings Blick auf das Bild einer reifen Frau, mit nackter, weißer, makelloser Haut, die mit leicht zurückgebogenem, auf ein leuchtend rotes Kissen gebettetem Kopf auf einem seidenen Laken lag. Konzentrierte man sich allein auf diese Details, hätte man die gelungene Darstellung einer schlafenden Schönheit vor sich gehabt. Doch der Blick wanderte nach unten, wo ihre Eingeweide aus dem Bauch quollen. Es sah aus, als habe ihr jemand den Bauch aufgeschlitzt und sorgfältig ein inneres Organ nach dem anderen herausgeholt und zu einem prachtvollen, blutigen Blumenkranz arrangiert.

Für eine Weile drehte Cheng selbstzufrieden den Kopf in die eine und die andere Richtung, bevor er wieder den Mund aufmachte. »Wer das Werk kennt, kennt den Künstler. Ich habe dir genug beigebracht, findest du nicht?«, fragte er. »Nun sag mir, was dein Herr Grenouille für einer ist.«

Wenn Yang Ning jemals Skrupel gehabt hatte, dann waren sie jetzt mit einem Mal fortgewischt. Sie war bereit.

»Ich muss erst üben«, sagte sie.

Cheng legte bedächtig den Kopf schief.

Er wusste, wie sie das meinte.

Sie sahen einander an wie zwei hungrige Wölfe. Man versteht und braucht einander, und doch bleibt der eine die einzige Beute des anderen.

»Ich bin aber nicht dein Studienobjekt«, sagte er langsam.

»Das weiß ich.« Der Chef sagte immer, sie sei zu leichtsinnig, zu impulsiv, zu stur. Eines Tages werde er den Tatort ihres Todes säubern müssen.

»Aber du bist kein schlechtes Übungsobjekt.«

Es war schwierig, seine Gedanken zu lesen. Yang Ning wägte jedes Wort ab, wohl wissend, dass sie am Abgrund balancierte. »Heutzutage gibt es neben Aktenordnern noch andere Studienquellen, das Internet, Bücher, sogar Leute, die eigene Webseiten unterhalten, um euch zu erforschen. Fängt man einmal an zu suchen, findet man bergeweise Material.«

»Euch? Sie!«

»Sie.« Sie tat ihm den Gefallen, verzog aber den Mund zu einem spöttischen Lächeln. »Man findet sogar das Album mit den Fotos von den Campingausflügen deiner Schulabschlussklassen.«

Sein Blick schweifte über eins seiner Bilder. »Du weißt

schon, dass unachtsame Lämmchen zuerst verspeist werden.«

»Irgendwann sterben sie sowieso alle«, entgegnete Yang Ning unerschrocken. Ihre Augen blitzten. »Warum also nichts wagen?«

Chengs Schweigen hatte etwas Erstickendes.

»Willst du denn wirklich nicht wissen, was ich über dich denke?«, fuhr sie fort. »Wie hat Haoyang es formuliert? Du wärst mein Lehrer. Dann ist es an der Zeit zu sehen, wie ich mich gemacht habe.«

Er lehnte sich im Sofa zurück, streckte Arme und Beine von sich, hob das Kinn und bedachte sie mit einem abschätzigen Blick. »Gut.« Er atmete hörbar aus und setzte dann sein undurchdringliches Lächeln auf. »Fang an.«

Warum tat sie das? Direkt vor den Augen des Jägers herumtanzen? Warum hatte sie sich in diese Lage gebracht, seine Festung betreten, sein Privatleben erforscht, und das mit dem vollen Bewusstsein, dass sie sich damit in Lebensgefahr brachte? Sie blieb stehen, wo sie war, und begann zu reden, langsam und deutlich.

»In deinen Augen ist die Welt dreckig und dämlich. Andere Menschen sind für dich niedere Existenzen wie Lämmer oder Goldfische, die einen großartigen Kerl wie dich nicht weiter interessieren. Die dreckigste und dämlichste von allen aber war deine Mutter«, sie pausierte kurz, »und alle dummen Schlampen, die so waren wie sie.«

Cheng zeigte keine Regung.

»Solange du denken kannst, hatte dein Vater Affären, für deine Mutter und dich hatte er nur Schläge übrig. Als er sich irgendwann zu Tode gesoffen hatte, hast du erleichtert gehofft, von da an glücklich und in Frieden mit deiner Mutter leben zu können. So kam es nicht.«

Ein kleiner Junge in langärmligem Hemd und langen Hosen erhob sich vor Cheng Chunjins Gestalt. Er zupfte verzagt an seinen Hemdsärmeln, um die blauen Flecken und Narben zu verbergen. Seine Erscheinung war verschwommen, wie das Rauschen eines Fernsehkanals bei schlechtem Empfang. Fantasie und Wirklichkeit, Vergangenheit und Gegenwart vermischten sich zu einem gepixelten Farbenmosaik. Sie versuchte, ihn zu ignorieren, seine Einsamkeit, seinen vorwurfsvollen Kinderblick. Sie leckte sich die Lippen und fuhr fort.

»Deine Mutter ließ den ganzen, gegen deinen Vater angestauten Hass an dir aus, sie schlug dich, verfluchte dich, demütigte, drangsalierte und missbrauchte dich. Sosehr du dich auch um ihr Wohlwollen bemüht hast, du konntest es ihr nie recht machen. Du zogst dich immer mehr zurück, bliebst in der Schule ein Einzelgänger ohne Freunde. Womit sich genau das bestätigte, was deine Mutter immer zu dir gesagt hat: Wer braucht schon einen wie dich.

Du warst intelligent, aber hilflos. Als du älter wurdest, verwandelten sich deine Unsicherheit und dein Frust in nackte Wut. In den Augen der Außenwelt war deine Mutter eine gütige, freundliche und selbständige Frau. Eine alleinerziehende Mutter, die durch die Arbeit in einem Supermarkt für sich und ihren Sohn sorgte. Du allein wusstest, dass sie in Wahrheit eine miese Hure war, die dich am liebsten in den Müll geworfen hätte, aber dein ganzes Leben kontrolliert hat. Du entkamst ihr nicht.«

Endlich löste sich die Gestalt des Jungen auf. Yang Ning sammelte sich kurz, denn nun begann der Teil, in dem sie Schlussfolgerungen ziehen würde, die weit über das vorhandene Faktenwissen hinausgingen. Sie drang in eine Sphäre ein, die allein die beiden, Mutter und Sohn, wirklich kannten.

»Für dich konnte diese Welt voller Egoisten und Idioten

zugrunde gehen«, sagte sie fest. »Niemand verstand dich, niemand hatte dich gefragt, ob du auf der Welt sein willst, du wurdest einfach in die Existenz gezwungen. Es gab nur eins, deine Nase, die dich mit der Welt verband wie eine Nabelschnur.

Du wurdest mit einem außergewöhnlichen Geruchssinn geboren, wie du mir selbst erzählt hast. Was du mir nicht erzählt hast: Wegen der Sache mit deiner Mutter bist du besonders empfindlich gegenüber weiblichen Gerüchen, Körpergerüche, Kosmetik, Parfüms, Shampoos, Duschgels. Auf diesem Gebiet bist du Experte. Gerüche jeder Art dominieren deine Welt und auch dein Verständnis von Sex und des anderen Geschlechts.

Dein liebster Zeitvertreib ist das Anschauen von Pornovideos, damit befriedigst du deine Lust, aber vor allem bezwingst du deine Einsamkeit. Du besprühst die DVD mit Parfüm und fickst die Frau auf dem Bildschirm und gibst dich der Illusion hin, auf diese Weise die Kontrolle über dein Leben zurückzuerhalten. Aber immer funken die Worte deiner Mutter dazwischen: Keine Frau der Welt will von einem wie dir etwas wissen, alle sind sie lüsterne, schamlose Biester, aber mit dir will keine zusammen sein. So sind damals Sex und Gewalt, Selbstwertgefühl und Moral aufeinandergeprallt, haben miteinander gestritten und drohten dabei, dich zu zerbrechen.«

Sie zog ein vollgekritzeltes Notizbuch aus der Tasche. Lange und gründlich hatte sie sich auf diesen Augenblick vorbereitet.

»In der zwölften Klasse hast du im Biologielabor einen lebenden Frosch aufgeschnitten. Das steht im Polizeibericht, weil es ein Mitschüler ausgesagt hat: ›In der ersten Stunde Vivisektion waren wir ziemlich nervös‹«, zitierte sie, »»aber wir waren nur Jungs und keiner wollte Angst zeigen. Stattdessen haben wir blöde Witze gerissen. Er war der Einzige, dem es gar nichts ausgemacht hat. Wie ein Irrer hat er die Gedärme rausgerissen und den Frosch zerhackt. Von da an hatten wir alle Angst vor ihm.‹

Zu einem deiner Mitschüler sagtest du sogar, du hättest nie gedacht, wie viel Spaß das machen würde. ›Wie gut das riecht!‹, hast du ausgerufen. Nie hast du dich so wohl gefühlt, denn zum ersten Mal hatte diese fremde Welt an Bedeutung gewonnen. Mithilfe ähnlicher Experimente hast du die Kontrolle über dein Leben zurückgewonnen, statt Fröschen vielleicht Hunde oder Ratten genommen. Ich nehme an, es waren Katzen. Es gibt so viele streunende Katzen, die sich leicht anlocken und nicht weniger leicht töten lassen, ein Schlag mit der Brechstange genügt. Stimmt's?«

Er antwortete nicht und streichelte Lala, die neben ihm lag. Die Katze rollte sich auf den Rücken, den weichen Bauch nach oben.

»Tiere zu töten war ein Test, der erste Schritt, um deine Fantasien in die Tat umzusetzen. Ich nehme an, dass deine ersten Fantasien mit Sex und Tod zu tun hatten, mit der Vergewaltigung einer Leiche oder der Idee, eine Frau nach dem Sex zu strangulieren, zu töten. Die Vorstellung erregte dich. Aber weil keine Frau etwas mit dir zu tun haben wollte, blieben dir nur deine Fantasien. Nur diejenige, die in deinen Armen sterben würde, wäre wirklich deine.

Kleine Tiere zu töten machte Spaß und war aufregend, aber der Appetit kommt beim Essen. Mit der Zeit wuchsen dein Verlangen und dein Mut. Nach den ersten Erfahrungen während der Schulzeit kam mit der Uni die nächste Phase von Gewalt und Tötungsfantasien. Aber dann, ich weiß nicht, ob ich es eine glückliche Fügung für dich oder die Gesellschaft nennen soll, hast du *sie* kennengelernt. Lin Yulin, deine erste Freundin. Sie war die Welt für dich.«

Yang Ning holte kurz Luft. Sie spürte die leichte Veränderung in der Atmosphäre. Wäre sie eine Raubkatze gewesen, dann hätte sie gewusst, dass der Moment zur Flucht gekommen war.

»Ihr habt am selben Institut studiert. Sie war zwei Jahre älter als du. Sie war nett zu dir, aber sie war nett zu jedem. Sie roch gut. Sie war ein Sonnenstrahl, du warst auf den ersten Blick verliebt. Aber verwirrt und schüchtern, wie du warst, wusstest du nicht, was tun.«

Yang Ning redete weiter, dachte dabei aber an ihr Gespräch mit Lin Yulin zurück.

Lin Yulin war eher klein, aber gut gebaut und gut gealtert. Yang Ning musterte sie eingehend, auf der Suche nach Spuren von Cheng Chunjin.

Im kamelfarbenen Strickpulli, Jeans, Crocs an den Füßen und Arbeitshandschuhen, mit denen sie eine Schaufel hielt, hockte sie in einem kleinen Vorgarten. Die Krähenfüße um ihre Augen betonten ihren wachen Blick, und ihre ganze Art strahlte Lebenserfahrung und Eloquenz aus. Der Grund für Yang Nings Besuch schien sie nicht sonderlich zu überraschen. Es war eher Yang Ning, die während des Gesprächs verunsichert und übertrieben vorsichtig agierte.

Lin erhob sich, klopfte die Erde von der Kleidung, fragte, wie Yang Ning sie ausfindig gemacht habe, wer noch davon wisse und was der Grund ihres Besuchs sei. Dann streifte sie die Handschuhe ab, unter denen raue Hände zum Vorschein kamen.

Yang Ning hatte ihr freiheraus geantwortet, ohne etwas zurückzuhalten.

»Du warst nicht der Typ, die Initiative zu ergreifen, sondern sie war es, die auf dich zuging. Sie hielt dich für einen süßen Kerl, schüchtern und klug. Es dauerte nicht lange, bis ihr Händchen gehalten, euch geküsst und miteinander geschlafen habt, und es war kein Geheimnis. Sie war deine Erlöserin, deine Sonne, die dein Misstrauen und deinen Unterwerfungswunsch gegenüber Frauen milderte. Sie veränderte dich.«

Es war richtig, offen mit Lin Yulin zu sein. Sie nickte zustimmend und erzählte ihr alles, goss dabei weiter die Beete, jätete und harkte, redete wie ein Wasserfall. Manchmal hielt sie in der Arbeit inne und gab sich ihren Erinnerungen hin. Aber das alles lag schon lange zurück, und nicht jede Erinnerung lässt sich aus der Vergangenheit abrufen. Vieles wird erst zu vagen, verpixelten Bildern, dann zu Leerstellen.

»Mit ihr zusammen wurdest du gesprächiger. Endlich hast du dich nicht mehr durchsichtig gefühlt, als Außenseiter, und deine Professoren und Kommilitonen nahmen mit einem Mal deinen intelligenten Humor wahr. Damals hast du gelernt, wie man nonchalant plaudert, wie man sich darstellt und es genießt, im Mittelpunkt der Aufmerksamkeit zu stehen. Mit Lin Yulin hast du ein anderes Leben kennengelernt. Drei Jahre dauerte es an, keine Ewigkeit, aber eine ganze Weile, sehr stabil, keine Kämpfe. Die meiste Zeit über hast du bei ihr gewohnt, und selbst wenn der Besuch zuhause unvermeidlich war, fochten dich die verächtlichen Kommentare deiner Mutter nicht an. Lin Yulin half dir, das Leben weniger unerträglich zu finden. Du hast sie geliebt und wolltest für immer bei ihr bleiben.

Am Tag, als sie mit dir Schluss gemacht hat, brach eine

Welt für dich zusammen. Du hast sie angefleht, es nicht zu tun, sie bekniet, mit einem Schnitzmesser in der Faust. Du hast ihr solche Angst eingejagt, dass sie davongelaufen ist und am Telefon einen Kommilitonen herbeigerufen hat, um ihr beizustehen. Es kam zu einem Handgemenge zwischen euch dreien auf der Straße. Danach verschwand sie aus deinem Leben.«

Lin Yulin war verheiratet und hatte einen Sohn, der mittlerweile auf die Oberstufe ging, ein Cheerleader. Die drei führten ein friedliches Familienleben. Als Yang Ning sich dankend von ihr verabschiedete, musste sie ihr versprechen, Cheng unter keinen Umständen zu verraten, wo sie wohnte, wobei ihre Stimme zum ersten Mal einen bitteren und entschlossenen Ton annahm. Yang Ning versprach es.

»Aber gehen wir noch einen Schritt zurück. Wir sollten nicht übersehen, warum du sie gewählt hattest, ein entscheidender Punkt jeder kriminalpsychologischen Analyse. Tatsächlich hatte Lin Yulin viel mit deiner Mutter gemeinsam, eine üppige Figur, lächelnde Mondaugen, eine Vorliebe für enganliegende Kleider, eine lebhafte und lebensfrohe, großzügige Art. Die Ähnlichkeit entging dir sicher nicht. Wahrscheinlich warst du davon angewidert, doch deine Liebe zu ihr war stärker. Aber als sie dich verlassen hat, brachen die Dämme.«

Yang Ning konnte nicht umhin, ihre Augen über das Bild der Aufgeschlitzten wandern zu lassen. Cheng folgte ihrem Blick. Diese prachtvolle, farbenfrohe, lebendige Darstellung des Todes. Die heraushängenden inneren Organe schienen sich still wieder in den Bauch der Frau zurückzuziehen, das Blut floss zurück in den Körper, der Riss auf dem Abdomen wurde mit unsichtbaren Stichen wieder zugenäht, alles war wieder glatt und ebenmäßig. Die Frau atmete gleichmäßig, setzte sich auf und hielt einen Zeigefinger an die Lippen.

»Dein erstes Opfer war Zhang Anjie. Als du den Geruch nach *Red Door* von Elizabeth Arden an ihr wahrgenommen hast, hast du zugeschlagen. Du hast sie am Ufer eines Flusses ins Gras gezerrt, ihr den Rock heruntergerissen, ihre Hände auf dem Rücken gefesselt, sie vergewaltigt und erwürgt. Anschließend hast du ihr einen herumliegenden Plastikschlauch in den Bauch und in den Unterleib gestoßen.«

Yang Ning holte kurz Luft. »Ihr Tod tröstete dich. Danach wurden deine Methoden immer raffinierter. Es gelang dir, die üblichen Suchmuster der Polizei auszutricksen, indem du deinen Aktionsradius erweitert hast. Das macht dich anderen Killern nicht überlegen oder zu etwas Besonderem. Was dich antrieb, unterschied sich in nichts von ähnlichen Fällen. Alles kam durch den Verlust von Lin Yulin. Wie die Statistiken beweisen, reagieren nur wenige Serienkiller ihren Frust an dem Menschen ab, den sie wirklich hassen. Aber es war nicht Lin Yulin, die du gehasst hast, es war deine Mutter. Um sie anzugreifen, fehlte dir der Mumm. Du hattest einfach keine Eier dazu.« Yang Ning war sich bewusst, wie herausfordernd sie klang.

»Jahre später, als du nach deiner Selbstanzeige gegenüber der Polizei alles gestanden hast, gabst du zu Protokoll, dass du manchmal vor Trauer und Wut über die Trennung nicht mehr klar denken konntest, dich in deinen Wahnvorstellungen verloren hast, dich an unbekannten Orten wiedergefunden hast, Stimmen gehört hast, die dir vor dem Einschlafen Dinge einflüsterten. Nach der Trennung hast du zunächst einen Therapeuten aufgesucht, Tabletten genommen. Im Gefängnis hast du dir dann mit den dortigen Psychologen eine Schlacht geliefert, während der Gerichtsverhandlung mit dem Richter und dem Staatsanwalt dein Spiel getrieben, auch dein Leben nach dem Urteil blieb nichts als ein Spiel. Einige haben sich von dir für dumm verkaufen lassen, aber nicht alle. Nach dem Mord an Zhang Anjie warst du bei einem Psychologen namens Zhong Mingxin, nicht wahr? Aber er hat dir den vorgeblichen Wahn nicht abgekauft und dein durchtriebenes Spiel durchschaut, weshalb du dir nach nur einer Sitzung eine größere psychiatrische Klinik gewählt hast, um dazuzulernen. Schnell hast du begriffen, wie es in einer solchen Klinik läuft, und dir die Fachbegriffe und das Wissen über Psychopharmaka angeeignet, sogar gelernt, dich selbst zu analysieren. Es war eine wichtige Schule für dich.

Und so gelang es dir, der Anklage vorzumachen, dass du während deiner Taten geistig umnachtet gewesen wärst. Dass der Geruch nach *Red Door* von Elizabeth Arden, der Duft deiner ersten großen Liebe an Zhang Anjie, dich geistig verwirrt hätte; du gabst vor, dich nicht zu erinnern, sie verletzt zu haben, und dass du dich die ganze Zeit über mit deiner Ex zusammen gewähnt hättest, glücklich wiedervereint.

Der Duft deiner ersten großen Liebe? Mit der Exfreundin wiedervereint? Hast du wirklich geglaubt, dass nie jemand die Wahrheit herausfinden würde?« Yang Ning verzog spöttisch den Mund, legte den Kopf schief und blinzelte, auf dass das Phantombild der Frau endlich verschwände. Die Phantomfrau nickte und löste sich mit sichtlichem Bedauern in Luft auf.

»*Red Door* war das Parfüm deiner Mutter«, stieß Yang Ning hervor. Sie hatte sich vor Rage heiser geredet.

»Der Duft von *Red Door* erinnert dich an deine Mutter, niemanden sonst. An dein kompliziertes Verhältnis zu ihr, dein verzweifeltes Verlangen, von ihr geliebt zu werden, deine Gewaltfantasien, deinen Wunsch, sie zu töten. Das war dein Antrieb: der Wunsch, deine Mutter zu Tode zu ficken. Und das wusstest du auch, aber du wolltest es dir nicht eingestehen. Also hast du dir Frauen gesucht, die ihr ähnlich waren, Zhang Anjie, Guo Xinya, Cai Litong, Zhou Qing, Lin Yishan, Chen Shaoting. Sie alle waren eher klein, schulterlanges Haar, mollig, lebhaft und lachten gern. Du hast sie benutzt, um deinen Hass an ihnen abzureagieren. Hast sie mit dem Lieblingsduft deiner Mutter eingesprüht, sie misshandelt und ermordet. Und du hältst dich für etwas Besonderes? Was du getan hast, ist nichts weiter als das, was man in der Psychologie Ersatzhandlungen nennt, ganz und gar nicht außergewöhnlich. Vielleicht spielte bei dir noch eine Art von Selbstgerechtigkeit hinein, dass es deine Aufgabe wäre, das Übel aus der Welt zu schaffen, dass diese Frauen keine Existenzberechtigung hätten. Ein Überlegenheitskomplex, Teil einer narzisstischen Störung, gepaart mit dem Drang, Wut abzulassen und die Kontrolle zurückzuerlangen; zusammengenommen ergab das eine gefährliche Zeitbombe. Du hast der Gesellschaft keinen Nutzen gebracht, dich stattdessen als ihr Opfer gefühlt. Das alles hat sich ereignet, bevor es überall Überwachungskameras gab und die DNA-Analyse in der Rechtsmedizin noch in den Kinderschuhen steckte. Heutzutage würdest du kaum mehr so leicht mit deiner Geschichte davonkommen.

Du hast dich nicht aus Reue oder anderen noblen Gründen der Polizei gestellt, sondern allein deshalb, weil deine Mutter krank wurde und starb, stimmt's? Mit ihrem Tod ging dein Antrieb verloren, die Welt war still und langweilig geworden. Mit dem Tod des eigentlichen Ziels gab es keinen Grund mehr, andere an ihrer Stelle sterben zu lassen.«

Irgendwann während Yang Nings Vortrag hatte Cheng sein Gesicht zu ihr gedreht und sie unverwandt angestarrt, ohne dass seine Miene eine Regung zeigte; einfach nur seinen Blick in ihren verhakt.

Sie hatte es geschafft. Yang Ning wusste, dass ihr Täterprofil mindestens zu siebzig Prozent auf ihn passte.

Eine mörderische Feindseligkeit lag in der Luft. Yang Ning spürte sie, sie war förmlich greifbar, und selbst die größte Idiotin hätte sich schnellstmöglich aus dem Staub gemacht. Aber sie rührte sich nicht. Sie war nur wachsam, jede Pore in Alarmbereitschaft, bereit, einen Angriff zu kontern.

»Wenn ich in einer Stunde nicht aus dieser Wohnung heraus bin, mobilisiert mein Freund die Cops. Du hast keine Chance, zu entkommen«, warnte sie.

Cheng wandte seinen Blick nicht ab. Er machte keine Anstalten, sich zu bewegen. Keiner von beiden gab einen Deut nach.

»Alle Achtung«, sagte er schließlich kühl. »Ich muss sagen, dass du talentierter bist, als ich dachte. Nur eins solltest du wissen: Wir beide sind uns sehr ähnlich.« Er kratzte sich am Hals und hob das Kinn. Sein Gesicht zeigte nackte Wut, gepaart mit Unruhe. Yang Ning glaubte zu sehen, wie eine zähnefletschende Fratze aus seinem Kopf sprang und sie anzischte: »Du hast nur noch nicht angefangen.«

13

Stocksteif stolperte Yang Ning durch das Gassengewirr. Ihre Silhouette zitterte im Wettstreit des Mondlichts mit dem Schein der Straßenlaternen.

Cheng hatte ihr keine Schwierigkeiten gemacht. Gefasst und mit kühler Höflichkeit hatte er sie gebeten zu gehen. Lala war ihm vorangegangen, mit hocherhobenem Schwanz, der von einer gewissen Verstimmung zeugte, als habe sie ihrem Herrchen helfen wollen, den Gast hinauszukomplimentieren. Vor der Tür hatte sich Yang Ning rasch die Schuhe angezogen, gewartet, bis die Wohnungstür geschlossen war. Und war gerannt.

Mit zittrigen Fingern drehte sie den Schlüssel um, gab Gas und brauste auf dem Motorrad davon. Das Pfeifen des Fahrtwinds übertönte die dröhnende Leere in ihrem Kopf. Sie schnitt die Kurven und überholte so waghalsig, dass ein Lastwagenfahrer ihr ein aufgebrachtes, langgezogenes Hupen hinterherschickte.

Während sie um die Ecken brauste, betete sie inständig, dass Cheng Chunjin ihre Adresse nicht kannte. Ob sie sich für die nächsten Tage nicht besser eine andere Bleibe suchte? Das Gefühl, beschattet zu werden, verfolgte sie bis zu ihrer Straße. Sie hielt an, parkte das Motorrad und wartete. Immer wieder drehte sie sich um die eigene Achse und versicherte sich selbst, dass sie nichts zu fürchten hatte.

Yang Ning leckte sich die ausgetrockneten Lippen und betrat einen Supermarkt. Sie holte sich eine kalte Ziegenmilch, zahlte, drehte den Deckel ab und trank sie in einem Zug leer.

Dann blieb sie kurz unentschlossen vor der Tür stehen

und ging in die ihrer Wohnung entgegengesetzte Richtung, zu einem Schlosser.

In der Nacht hatte sie Mühe einzuschlafen. Ob wach oder im Traum, immerzu sah sie das Bild der Aufgeschlitzten vor sich. Ein herunterfallender Schlüssel im Treppenhaus ließ sie vor Schreck zusammenfahren. Ihre Augen waren geschwollen, ihre Nerven lagen blank. Fluchend wusch sie sich das Gesicht mit Eiswasser und ging ins Wohnzimmer, zu den Bildern und Namen an ihren Wänden. Sie atmete tief durch und schnappte sich die Unterlagen zu Zheng Wenliang, breitete sie vor sich aus und erstellte eine Chronologie und ein Diagramm seiner persönlichen Beziehungen.

Dabei kamen ihr Chengs Worte in den Sinn: »Sie alle wollen zurück. Die Jäger wollen zurückkehren, sie wollen Zeit an der Seite ihrer Beute verbringen.« Vielleicht war ein Trauma der Schlüssel zu allem.

»Was ein Mensch am wenigsten erträgt, ist die Konfrontation mit etwas aus seiner Kindheit.« Chengs Worte hallten in ihren Ohren wider. »Suche nach Bildern und Tagebüchern aus der Kindheit, mit wem sie zur Schule gegangen sind, wer ihre besten Freunde waren, und mit wem sie für immer den Kontakt abgebrochen haben. Mit der Zeit wird sich dir eine vollkommen andere Welt auftun als die, die du vor dir zu sehen glaubst. Sieh genau hin und nimm dir Zeit dafür«, hatte er gesagt. »Such seine Mitbewohnerin, kleines Lämmchen.«

»Was du nicht sagst«, stieß sie gedankenverloren aus, schüttelte den Kopf und schluckte. Sie hatte keine Zeit zu verlieren und musste so schnell wie möglich Zhengs Mitbewohnerin ausfindig machen, die damals die Polizei gerufen hatte.

Es war eine nette, zarte junge Frau, die beim Telefonat ständig in Tränen ausbrach, was Yang Ning leicht überforderte. Sie erwähnte, dass Wenliangs jüngerer Bruder im Alter von sieben Jahren bei einem Unfall ums Leben gekommen sei, seine Eltern seien nie darüber hinweggekommen. Und Wenliang habe seltsame Gewohnheiten entwickelt, seine Medizin zum Klo hinuntergespült, um länger krank zu sein, damit seine Eltern ihm ein klein wenig mehr Beachtung zuteilwerden ließen.

Ein Unfalltod?

Also noch ein Toter. Sie sah Cheng Chunjin vor sich, wie er sich ins Fäustchen lachte.

»Ich glaube, er verlor den Halt und fiel ins Wasser, so genau weiß ich das nicht, Wenliang hat nie darüber sprechen wollen«, sagte die Mitbewohnerin schluchzend. Yang Ning musste sich beherrschen, nicht laut aufzustöhnen. Und jetzt? Sie erstellte eine Liste mit den nächsten Schritten für ihr weiteres Vorgehen. Interviews mit den Zeugen für den Tod des kleinen Bruders, Nachbarn, die involvierten Polizisten, Sozialarbeiter, Lehrer, Bestatter. Sichtung von Bildern und Videos der Beerdigungszeremonie und der Liste der Anwesenden; was noch mehr Interviews bedeuten würde. Es war zum Verrücktwerden. Noch bevor sie auflegte, war ihr Notizbuch vollgekritzelt und zerfleddert, hilflos und wütend hatte ihr Stift das Papier bearbeitet.

Sie suchte Qian auf und bat ihn um Hilfe bei der Suche nach dem Bestattungsinstitut, das damals die Beerdigung von Wenliangs Bruder Wenru organisiert hatte. Der Buchhalter wirkte beunruhigt und hielt ihr endlose Vorträge mit guten Ratschlägen. So hatte Yang Ning ihn noch nie erlebt. Er rückte ständig seine Lesebrille zurecht und hörte nicht auf, zu erklären, dass sie zu leichtsinnig sei und er ihr nicht helfen wolle, sich in Gefahr zu begeben. Sie solle ihm versprechen, vorsichtig zu sein.

»Werd endlich erwachsen, Yang Ning«, sagte er.

Sie vermied eine klare Antwort. Es blieb ihr nichts anderes übrig, als über Umwege herauszufinden, was sie wissen wollte. Immerhin öffnete der Name ihres Chefs Türen, man kannte ihn in der Branche. Eine Liste der Anwesenden beim Begräbnis des kleinen Jungen existierte offenbar nicht mehr, allerdings gab es ein Video von der Zeremonie.

»Ich kann die DVD für Sie digitalisieren«, bot der hilfsbereite Mitarbeiter des Bestattungsinstituts an. »Falls Sie noch etwas brauchen, zögern Sie bitte nicht, zu fragen.«

Zheng Wenliangs Therapeut zeigte sich am Telefon weniger auskunftsfreudig und gab zu verstehen, dass er sich nicht zu diesem Fall äußern dürfe. Er stellte seinerseits eine Menge Fragen, Yang Ning hatte alle Mühe, ihn abzuschütteln. Auch Zhengs Lehrer und Tutoren an der Krankenpflegeschule wiesen Yang Nings Anliegen bedauernd zurück und hatten keine nützlichen Informationen für sie.

Schließlich bat sie seine Eltern um ein Treffen, unter dem Vorwand, sie habe etwas gefunden und wolle es ihnen zurückgeben. Sie einigten sich darauf, dass Yang Ning sie in Zhanghua, dem Heimatort der Brüder, besuchen würde.

Bevor sie aufbrach, stattete sie einem Tatort, an dem ihr Chef gerade sauber machte, einen Besuch ab, um ihren Geruchssinn wiederzubeleben. Sie hoffte inständig, dass er für eine Weile halten möge.

»Der gute Qian hat mir erzählt, dass du dich vor ein paar Tagen bei ihm nach allerhand erkundigt hast«, sagte der Chef.

Sie nickte beiläufig. Ihr Gehirn lief auf Hochtouren. Einmal hatte sie das mit Leichensaft besudelte Haarband einer Toten gestohlen und bei sich getragen, um ihre Nase lebendig zu halten. Sie musste aufpassen. Yang Ning hatte damals jede Viertelstunde das Haarband wie eine Droge unter ihre

Nase gehalten und sich gefühlt, wie wenn man nach einer langen Erkältung endlich wieder durchatmen kann. Zunächst war sie stolz auf sich gewesen, wegen ihrer tollen Idee, aber bald hatte sich die so clever wirkende Lösung als unüberwindliches Hindernis für jeden sozialen Kontakt erwiesen. Auch wenn Haoyang, Xiaozhi und der Chef sich bemüht hatten, ihren Ekel zu unterdrücken, hatten sie es nicht lange in einem Raum mit ihr ausgehalten. Trotzig hatte sie ihnen diese Toleranz abverlangt, aber als selbst das Dauerlächeln der Bento-Verkäuferin sich zu einer angewiderten Grimasse verzogen hatte, war sie es leid geworden, hatte das stinkende Band entsorgt und nie wieder einen solchen Versuch unternommen.

Jetzt aber musste sie um jeden Preis ihren Geruchssinn wiederhaben. Als der Chef ihr den Rücken zukehrte, zog sie rasch ihr Schnitzmesser hervor, trennte ein Stück des leichensaftgetränkten Kopfkissens heraus und stopfte es in einen Reißverschlussbeutel.

»Er hat gesagt, du wolltest Infos zu Zheng Wenliang und den anderen Selbstmorden. Wozu denn, hm?« Die Stimme des Chefs drang durch das Dröhnen des Luftreinigungsgeräts. »He. Ich hab dich was gefragt.«

Yang Ning nickte noch einmal. »Schon, aber ich hatte den Eindruck, dass er mir nicht weiterhelfen würde.«

Jetzt, wo sie ihre ominöse Trophäe gleich dreifach in verschließbaren Plastikbeuteln gesichert hatte, hielt sie nichts mehr vor Ort. Hastig verabschiedete sie sich und bestieg den Eilzug Richtung Zhanghua.

14

An jenem Tag war ein Anfang gemacht.
Ich hatte mich von oben bis unten mit Parfüm eingesprüht –
und mit einem Mal schienen meine Mitschüler zu entdecken,
dass ich existierte. Ich war nicht mehr unsichtbar. Das
Parfüm hatte mir Gestalt verliehen. Endlich gab es mich.
Ich verstand einen Menschen über meine Nase, wie
ein Hund oder ein Hai. Ich roch ihren Atem, roch ihre
Gewohnheiten, selbst ihre wohlgehüteten Geheimnisse.
Und entwickelte eine Abwehrhaltung. Mochte das, was sie
begrüßten, und vermied das, was sie abstieß. Das war meine
Art, mich in der Gesellschaft zurechtzufinden.
Aber es reichte nicht. Ich wollte gesehen und gemocht werden.
Dieser Wunsch, wahrgenommen und geliebt zu werden,
lauerte in mir wie ein unentdecktes Krebsgeschwür, das
mich innerlich verzehrte, jeden Tag mehr. Selbst, wenn ich
einen Teil von mir aufgeben musste, wie ein Geist unter den
Menschen leben musste, was machte das schon.
Es macht mir nichts aus, nie mehr ich selbst zu sein. Ehrlich.
Es macht nichts.

15

Vor dem aus roten Ziegeln mit weißem Fundament gebauten Reihenhaus zog Yang Ning den Fetzen des Kopfkissens heraus, nahm einen tiefen Atemzug und verstaute ihn wieder. Dann besprühte sie Hals und Handgelenke sorgfältig mit *Madame Rochas* und versuchte, ihre Anspannung abzuschütteln. Sie drückte den Klingelknopf.

Zheng Wenliangs Vater öffnete ihr. Dunkles, an den Schläfen dünner werdendes Haar umrahmte ein kantiges Gesicht. Auf den ersten Blick ein ernster, zurückhaltender Mann. Höflich bat er Yang Ning in seinem Südtaiwan-Dialekt herein, wo sie ihre Schuhe gegen ein paar rosa Slipper tauschte, führte sie ins Wohnzimmer und bat sie, auf dem Sofa Platz zu nehmen. Dann ging er kurz durch einen Vorhang aus Jadeperlensträngen in die Küche und kam mit einer Flasche kaltem Gerstentee Marke *Taste of Love* zurück.

Sie nahm die Flasche an, wusste aber nicht, was sie sagen sollte, und nickte nur kurz. Die ganze Situation war unbehaglich. Weil sie nichts sagte, fragte Herr Zheng sie auf Hochchinesisch: »Möchten Sie vielleicht lieber Wasser?«

»Nicht nötig«, sagte sie und zerbrach sich den Kopf, wie sie anfangen sollte. »Ich mag Tee.«

Er nickte, selbst nicht ganz sicher, was er tun konnte, damit sich sein Gast wohl fühlte. Unbewusst rieb er sich die Hände an der Hose ab. »Also dann ... trinken Sie erst mal einen Schluck, ich komme gleich.«

Wieder verschwand er hinter dem Perlenvorhang.

Der verblichene Stoff der Sofakissen roch vom Mangel an Sonnenlicht feucht und modrig. Dem Sofa gegenüber stand ein protziger alter Röhrenfernseher. Rechts an der Wand stand ein Holztisch mit einem Bildnis der Avatamsaka Dreifaltigkeit, Sakyamuni mit seinen strengen Bodhisattva-Wächtern. Davor brannten mehrere Butterlampen, und an den Seiten hingen Gebetsfahnen mit Zitaten aus Sutren, Beschwörungsformeln, Abbildern von Buddha und dem Fliegenden Pferd. Das Zimmer war von dichtem, tibetischen Räucherdunst erfüllt. Yang Ning roch Adlerholz und Muskat.

Neben dem Altar stand ein kleinerer Tisch mit den Fotos eines Jungen, vom Säuglings- bis zum Grundschulalter.

Zheng Wenliangs Mutter trat jetzt aus der Küche, in der Hand ein Tablett mit frischem Obst. »Es tut mir leid, dass Sie den langen Weg hier herunter auf sich nehmen mussten«, sagte sie. Ihr Gesicht war von tiefen und langen Falten gezeichnet, ihr schon länger nicht nachgefärbtes, kaffeeblondes Haar war zu einem lockeren Knoten hochgesteckt, aus dem ein paar graue Strähnen fielen. Frau Zheng war schlicht, aber elegant gekleidet. Am Handgelenk trug sie Gebetsperlen. Sie nahm neben Yang Ning auf dem Sofa Platz, und ihr Mann setzte sich neben sie.

»Es tut mir wirklich leid.« Ihre Stimme klang leicht nasal. »Wir haben keine Verwandten in Taipeh, es wäre ein bisschen …«

»Das weiß ich doch«, unterbrach Yang Ning etwas plump. »Hier …« Sie hatte beschlossen, gleich auf den Punkt zu kommen, und reichte den Zhengs einen halbvollen Flakon *Madame Rochas*. »Das habe ich von Wenliangs Kommilitonin. Sie sagte, das habe er oft benutzt. Kommt Ihnen der Duft bekannt vor?«

Herr Zheng besah sich das Fläschchen in seiner Hand, dann gab er es an seine Frau weiter, die einen Blick auf die Marke warf und den Verschluss abdrehte.

»Sie können es gerne ausprobieren«, sagte Yang Ning.

Frau Zheng sprühte etwas auf ihr Handgelenk, schnüffelte blinzelnd und schüttelte den Kopf.

Yang Ning war enttäuscht. »Das weckt keinerlei Erinnerungen?«

»Leider nein«, sagte Frau Zheng leise.

Nun weitete Yang Ning ihrerseits ihre Nasenlöcher, um wenigstens selbst etwas Lohnenswertes zu erschnüffeln. Aber am Ehepaar Zheng haftete kein besonderer Geruch. Allmählich ebbte ihr Geruchssinn wieder ab.

»Was ist mit diesen Büchern?« Sie zog ein paar Bücher hervor, die sie am selben Morgen erst gekauft hatte, *Meine Jugend in der Anstalt*, *Das schwarze Lied*, *Die Sprache der Menschlichkeit*, weil sie hoffte, dass die Eltern damit etwas verbanden. »Die habe ich ebenfalls von einer Freundin Wenliangs.«

Frau Zheng las die Titel, schüttelte den Kopf und legte sie auf den Couchtisch. Fortwährend ließ sie die Gebetsperlen an ihrem Handgelenk rotieren, eine nach der anderen, die in einem gleichmäßigen Rhythmus gegeneinanderklickten. Ihr Mann nahm eins der Bücher in die Hand und blätterte darin.

»Was ist mit seinem Notizbuch?«, fragte er überraschend.

»Notizbuch?«

»Nein, eigentlich kein Notizbuch.« Herr Zheng suchte nach dem passenden Begriff. »So ein Heft, in das man zeichnet.«

Er stand auf und verschwand in den oberen Stock. Seine Frau und Yang Ning blieben schweigend zurück. Die Zeiger der Wanduhr tickten.

Frau Zheng starrte zu Boden, während sie weiter ihre Gebetsperlen drehte.

Yang Ning fuhr sich durch die Haare. Sie war nicht sehr

gesprächig, ihr fiel nichts ein, auch kein Wort des Beileids oder des Trosts.

Frau Zheng schob Yang Ning den Teller hin. »Bitte nehmen Sie etwas Obst.«

»Ich sollte mir erst die Hände waschen.«

»Das Bad ist dort drüben, kommen Sie, ich zeige es Ihnen. Sie können auch das Spülbecken in der Küche nehmen.«

»Keine Sorge, ich gehe allein.«

Rasch stand sie auf, um den Holztisch mit dem Altar herum, durch den Perlenvorhang.

»Finden Sie sich zurecht?«, rief Frau Zheng ihr nach, im Begriff aufzustehen.

»Ja, bitte bleiben Sie sitzen«, rief sie eilig zurück.

Die altmodische Lampe flackerte, als sie den Lichtschalter betätigte. Nur ein fahler Schein fiel auf die Fliesen. Yang Ning zog die Tür zu, zog die Plastiktüte mit dem Kopfkissenfetzen heraus und schnüffelte.

Ihre Nase erwachte wieder zum Leben. Sie warf den Kopf zurück und fühlte sich wieder in der Lage, der Welt zu begegnen.

Eilig zog sie den Verschluss zu, aber es war schon zu spät, der Leichengeruch hatte sich bereits im Bad ausgebreitet, wie ein einziger Tropfen Blut, der den weiten Ozean der Luft verschmutzt und die Haie anlockt.

Yang Ning öffnete die Shampoo- und Duschgelflaschen, auf der Suche nach Ähnlichkeiten mit *Madame Rochas*. Nichts. Vorsichtig öffnete sie die Tür, schlich heraus und schnupperte sich durch die Küche. Ein halbgegessener Eierpfannkuchen vom Frühstück, am Vorabend gebratener Fisch, diverse Gerüche aus dem Kühlschrank ... kein Hinweis. Alles vergebens.

Beim Hinausgehen stieß sie mit Herrn Zheng zusammen, der gerade mit einem Stapel Hefte und loser Blätter die Treppe herunterkam. Peinlich berührt drückte er sie Yang Ning in die Hand.

»Er hat immer gern gezeichnet«, sagte Herr Zheng mit belegter Stimme, »sogar unterwegs im Zug.«

Yang Ning besah sich die Bleistiftzeichnungen und Aquarelle; es waren nur Skizzen, aber jede fein und ausgereift. Sie zeugten von der Sorgfalt und dem Ernst, mit dem Wenliang sich der Kunst gewidmet hatte, und von großer Stilsicherheit.

Yang Ning erinnerte sich an die Zeichenutensilien auf seinem Tisch. Bilder oder Skizzenbücher hatten sie allerdings nicht gefunden. Yang Ning runzelte die Stirn. Seltsam.

»Beim Saubermachen haben wir keine Skizzenbücher gefunden …«, flüsterte sie nachdenklich. Keine einzige Zeichnung, wie war das möglich? »Von wann sind diese hier?«

»Nun … die sind vielleicht vier, fünf Jahre alt. Er kam in den letzten Jahren nicht mehr oft nach Hause.«

»Ich werde danach fragen. Vielleicht sind sie bei Freunden.« Sie wollte Herrn Zheng die Zeichnungen seines Sohns zurückreichen, als Frau Zheng den Mund aufmachte. »Behalten Sie sie, wir brauchen sie nicht mehr.«

Herr Zheng sah sie erstaunt an. Er ließ die Hand sinken, hilflos und traurig sah er aus, als er an seinen Hosenbeinen herumzupfte.

»Nehmen Sie alles mit, die Bücher, das Parfüm«, insistierte Frau Zheng.

Yang Ning protestierte nicht, sondern ging schweigend zurück zum Sofa, sammelte die Sachen vom Couchtisch und steckte sie zusammen mit den Skizzen in ihren Rucksack. »Ich gehe jetzt besser.«

»Wie wär's mit einem Apfel für die Fahrt?« Frau Zheng

ging in die Küche. Die Stränge des Perlenvorhangs schwangen hinter ihr zusammen. Yang Ning setzte den Rucksack auf.

»Er hat mich bestimmt gehasst«, sagte Herr Zheng unvermittelt.

»Wer?«, fragte Yang Ning verwirrt, mit einem Blick Richtung Küche.

»Wenliang«, sagte er leise.

Yang Ning wusste nichts zu sagen.

»Als sein kleiner Bruder gestorben ist, waren wir alle am Boden zerstört.« Yang Ning folgte seinem Blick auf die Fotos des kleinen Knirpses. Die Fotos des lachenden Jungen zeigten also alle nur den jüngeren Bruder, es gab kein einziges Bild von Wenliang. Der Arme musste wie ein ungebetener Geist in diesem Haus gelebt haben, ohne die Möglichkeit, ein Teil der Familie zu sein. »Wir haben ihn ernährt und gekleidet, aber wir waren nie wirklich für ihn da.«

War es Reue oder Resignation, die in Herrn Zhengs trauriger Stimme mitschwang?

»Seine Mutter und ich, wir sind einfach nie über den Tod unseres Kleinen hinweggekommen, wir hatten nicht mehr die Kraft, Wenliang gute Eltern zu sein.«

Mit diesen Fotos hatten sie sich Splitter der Seele ihres Jüngsten zu bewahren versucht, sie waren Medien zur Kommunikation mit der Welt des Toten. Wenliang blieb diese Möglichkeit versagt. In diesem Haus gab es nichts von ihm.

»Er hat uns bestimmt gehasst«, wiederholte Herr Zheng. »Und ich kann es ihm nicht verübeln.«

16

Zheng Wenliangs Persönlichkeit nahm allmählich Gestalt an, wenn auch eine verstörende. Sein kleiner Bruder Wenru war sieben Jahre alt, als er eines Tages nicht von der Schule nach Hause kam. Einen Monat später wurde seine Leiche von einem Obdachlosen am Fluss neben einem Brückenpfeiler gefunden. Die Polizei entdeckte keine Hinweise auf ein Verbrechen. Der Kleine hatte oft irgendwo draußen gespielt. Weil die Angehörigen auf eine Autopsie verzichteten, wurde der Fall als »Unfalltod durch Ertrinken« zu den Akten gelegt. Die Eltern versanken daraufhin in einer apathischen Trauer, die keinen Raum mehr für die Sorge um den damals neunjährigen Wenliang ließ. Kinder, die ihre Eltern verlieren, nennt man Waisen. Für Eltern, die ihr Kind verlieren, gibt es keinen Begriff; vielleicht machte das einen solchen Verlust umso schmerzhafter. Wenliangs Mutter suchte zur Bewältigung ihrer Trauer Trost in der Religion, rezitierte Sutren, wurde Vegetarierin, kniete täglich stundenlang vor dem Hausaltar, gab viel Geld für Talismane, Heilwasser und andere Wundermittel aus. Ihr Ehemann versuchte, ihr eine Stütze zu sein, stieß aber bald an seine Grenzen. Für Wenliang blieb nur, als unsichtbarer Geist im Schatten seines toten Bruders zu leben.

Leise sprach Yang Ning den Namen aus. Ob Zheng Wenrus Tod wirklich ein Unfall gewesen war? Oder doch ein Mord, genauso wie Wenliangs vorgeblicher Selbstmord? Am Tag, als der kleine Bruder verschwand, hatten sich die Brüder in der Schule gestritten. Deshalb hatte Wenliang nach der Schule nicht wie üblich auf seinen kleinen Bruder gewartet, sondern war einfach nach Hause gegangen. Und hatte ihn nie wiedergesehen.

Wenliang hatte sich das gewiss niemals verziehen, und seine Eltern vermutlich auch nicht. Sein ganzes Leben lang hatte er sich vergeblich nach elterlicher Liebe gesehnt. Aus dem kleinen Jungen wurde ein feinfühliger Erwachsener mit künstlerischem Talent und großem Sinn für Verantwortung, Sorgfalt und Empathie für die Patienten in Krankenhaus. Aber er blieb ein junger Mann mit geringem Selbstbewusstsein, der sich selbst schnell in Frage stellte.

In Yang Ning arbeitete es. Der Tod von Wenliangs kleinem Bruder stellte eine Verbindung zu ihr her. Außerdem hatte sich nun herausgestellt, dass Zheng Wenliang und Zhan Jiajia beide leidenschaftliche Zeichner waren. Während sie seine Skizzenbücher durchblätterte, versuchte sie sich an die Stifte und Pinsel auf seinem Tisch zu erinnern; sie dachte auch an die verschwundenen Zeichnungen in Zhan Jiajias Geheimfach.

Und ihr Bruder? Hatte Yang Han vielleicht auch gezeichnet?

Sie wusste es nicht.

»Wer weiß, was du entdeckst?« Als sie Haoyang von ihren neuen Erkenntnissen berichtete, empfahl er ihr sofort, zu ihrer Mutter nach Miaoli zu fahren. Weil er wusste, dass sie ihren eigenen Kopf hatte, wählte Haoyang seine Worte mit Bedacht. »Du kannst dich doch ganz unverbindlich mit deinen Eltern und seinen Freunden unterhalten und, wer weiß, plötzlich tun sich ganz neue Gewissheiten auf. Das wäre jedenfalls besser, als wie ein aufgescheuchtes Huhn planlos hier und dort zu suchen.« Er schob ihr eine Flasche Ziegenmilch hin, als versöhnliche Geste. Sie vermied es, direkt zu antworten. Sie betrachtete die Wasserperlen auf der eisgekühlten Flasche, so schön schimmernd, so vergänglich. Sie wischte sie mit dem Handrücken ab.

Zurück nach Miaoli? Wohin in Miaoli? Nach Hause? Wie kann man nach Hause gehen, wenn man kein Zuhause mehr hat?

Am Tag, an dem Yang Han starb, waren für Yang Ning auch ihre Eltern gestorben. Sie hatte nicht nur ihren kleinen Bruder verloren, sondern auch ihr Zuhause, jeden, der zu ihrer Familie gehörte, einschließlich sich selbst. Ein Diagramm von Yang Hans persönlichem Umfeld zu zeichnen, würde ihr schwerfallen. Sie strengte sich an, sich an Einzelheiten aus seinem Leben zu erinnern, seinen Freundeskreis, Schulkameraden, Lehrer, Nachbarn, Tutoren an der Paukschule, Mädchen, in die er verliebt gewesen war, die Mitglieder seines Kochklubs … das Diagramm war weitverzweigter, als sie erwartet hatte. Erst jetzt wurde ihr bewusst, dass sein Umfeld viel größer gewesen war als gedacht. Gedankenverloren starrte sie auf die Leerstellen in ihrem Diagramm.

Ihr war so vieles entgangen.

Was hatte er eigentlich während der Zeit gemacht, die er nicht in der Paukschule verbracht hatte? Zuhause in seinem Zimmer den Stoff wiederholt? Mit einem Mädchen telefoniert, in das er sich verliebt hatte? Spielte er gerne Spiele auf seinem Smartphone? Welche Art Filme hatte er gemocht? Was war sein Lieblingsgericht?

Sie wusste nicht einmal, wie er zum Unterricht gefahren war und ob er nach der Paukschule mit den anderen mitgegangen war. Hatte er in der Schulmensa gegessen? War er mit dem Bus nach Hause gefahren? Wann war er Grenouille begegnet und wo? In welchem Verhältnis standen die beiden zueinander?

Wer waren seine Freunde in der Mittelstufe gewesen, und was hatte er eigentlich im Sportunterricht gemacht, der ihm verhasst war? Wenn er abends auf dem Bett lag und an die

Decke starrte, welche Gedanken waren ihm durch den Kopf gegangen?

»Er muss sehr einsam gewesen sein.« Der Satz, den Herr Zheng gesagt hatte, bevor sie gegangen war, holte sie ständig wieder ein. War Yang Han auch einsam gewesen? Wirklich? *Und wenn ich bei dir war, hast du dich dann auch einsam gefühlt?*

Wie fremd sie einander gewesen waren. Nie zuvor war ihr der Gedanke gekommen, dass sie nur wenig über ihn wusste. Oft saß sie da, starrte auf ein Foto oder eine Notiz und driftete ab. Ihre Gedanken hatten einen Kurzschluss, jede Regung schien eingefroren; ihre Gefühle überwältigten sie, füllten die Leerstellen in ihrem Gehirn. Sie drohte zu ersticken an diesem Zuviel, das ein Zuwenig war.

Sie zwang sich, ruhig zu bleiben, während sie sich weiter Notizen machte und Fragekästen anlegte, dabei wusste sie im Grunde nur zu gut, dass es sinnvoller wäre, in ihre alte Heimat zu fahren, die Hinterlassenschaften ihres Bruders durchzusehen, seine Tagebücher, sein Handy, seine Kontakte, Jahrgangsfotos, selbst seine Unterrichtsnotizen. Bestimmt fände sich irgendwo ein Faden, den sie aufnehmen konnte. Oder, auch das war eine Option, ihre Mutter fragen.

Mutter.

Das Wort löste bei Yang Ning eine innerliche Blockade aus. Es klang unendlich fern, roch nach wütend verschossenem Schießpulver, einem Rest Asche, den der Wind aufwirbelte, bis er dann auf den Grund des Herzens sank und die Vergangenheit begrub. Die splitterhaften, herzzerreißenden, herrlichen Lügen begrub.

Es war nicht so, dass sie nie daran gedacht hatte, zurückzugehen, der Gedanke an zuhause war sogar wiederholt durch ihre Träume gegeistert, aber am Ende hatte sie ihn immer unterdrückt. Allein die Vorstellung war erstickend.

Eines Nachts rief sie an.

Die Nummer stand weder in ihrem Adressbuch noch in ihrer Kontaktliste. Sie kannte sie seit ihrer Kindergartenzeit auswendig.

Ihr Puls raste, ihre Kehle war trocken, ihre Lippen gesprungen, ihre Hände zitterten, während sie dem regelmäßig wiederkehrenden Klingelton lauschte.

»Hallo?«

Sie hielt den Atem an.

»Hallo? Wer ist da?« Der Mensch am anderen Ende legte auf.

Yang Ning lachte, nein, sie prustete los.

Vor Lachen fiel ihr das Telefon aus der Hand, das Lachen wurde zu einem Schluchzen aus tiefster Kehle, das in der Stille des Zimmers widerhallte.

17

Unfähig, in ihr altes Zuhause zurückzukehren, blieb ihr nur, mit dem weiterzumachen, was sie hatte. Sie öffnete die Unterlagen, die sie vom Bestattungsinstitut erhalten hatte.

Für viele Menschen bedeutet der Unfalltod eines Kindes ein böses Omen, weshalb die ältere Generation traditionell keine Räucherstäbchen für das tote Kind abbrennen durfte. Aus diesem Grund waren nur wenige Familienmitglieder und enge Freunde der Familie zu Zheng Wenrus Beerdigung erschienen. Yang Ning spielte das Video ab. Ballons ersetzten die üblichen Blumen, Süßigkeiten die üblichen sechs Schüsseln mit Opfergaben. Gestützt von ihrem Mann hob Frau Zheng mit zitternder Hand den Stab und klopfte dreimal auf den kleinen Sarg. Wenliang stand daneben. Eine Verwandte ging neben ihm in die Hocke, nahm seine Hand und flüsterte ihm etwas zu. Er schien völlig verwirrt.

Wenliang war damals keine zehn Jahre alt, noch nicht einmal im Stimmbruch. Er wirkte klein, sehr klein und hilflos, während eine Parade von Onkeln und Tanten an ihm vorbeidefilierte. Seine Lippen formten wieder und wieder ein fast unhörbares »danke«. Yang Ning wollte nicht mehr hinsehen, aber ihr Bewegungsapparat gehorchte ihr nicht, mit trockenem Mund sah sie zu, wie Frau Zheng auf die Knie sank, sah, wie die anderen sich neben sie hockten und ihr beschwichtigend die Hand auf die Schulter legten, während sie die eigenen Tränen abwischten. Beim Anblick von Zheng Wenliangs hilfloser kleiner Gestalt erinnerte sie sich an die einzige Beerdigung, an der sie je teilgenommen hatte.

Hatte sie damals in den Augen der anderen auch so verwirrt und hilflos gewirkt?

Nachdem er beschlossen hatte, aus dieser Welt zu gehen, hatte Yang Ning keine Träne vergossen. Kühl hatte sie eine Notiz verfasst, bei der Reinigungsfirma angerufen, eigenhändig alle Formalitäten mit dem Bestatter besprochen; das ganze Arrangement kam von ihr, auch die Finanzierung. Sie hatte den Termin bestimmt, das Foto ausgewählt, die Blumen, das Totenkleid, den Sarg, die Urne, die Nische im Columbarium. Aber all diese Details waren vergessen. In dem Augenblick, in dem ihr kleiner Bruder ins Krematorium gebracht wurde, wurden ihre Erinnerungen zu Asche.

Das Bild von Frau Zheng und das ihrer eigenen Mutter überlagerten sich in ihrer Vorstellung.

Nach der Beerdigung waren nur sie selbst, ihre Mutter, ihr Onkel und ihre Tante mütterlicherseits und Xu Haoyang zurückgeblieben. Mit Yang Hans Foto in der Hand standen sie in einer Reihe mit den vielen anderen Menschen in Schwarz, die warteten, bis ihre Nummer aufgerufen wurde.

Der Tod nach dem Tod bedeutete langes Warten.

Kniend sah sie zu, wie der Sarg in den Kremationsofen fuhr. Daoistische Priester mit Gebetsketten in den Händen murmelten einen unverständlichen Singsang. Dann stand sie auf und ging, ohne sich noch einmal umzudrehen, ihren kleinen Koffer nachziehend bis zum Bahnhof, kaufte eine Rückfahrkarte. Haoyang reservierte auf der anderen Seite des Gangs, um ihr etwas Raum zu geben. Sie setzte ihre Kopfhörer auf und zog die Kapuze ihres Hoodies darüber.

»Tut mir leid«, sagten sie.

»Mach dir keine Vorwürfe; niemand hat ahnen können, dass es so kommt«, sagten sie.

»Pass auf deine Mutter auf«, sagten sie.

Als Yang Hans Sarg in den Ofen fuhr, hieß es: Neunzig Minuten, bis er eingeäschert ist.

Neunzig Minuten, genauso lange, wie der Zug von Miaoli zurück nach Taipeh brauchte. Sie hätte am liebsten gelacht, aber aus ihrer Kehle war nur ein ersticktes, seltsames Glucksen gekommen, eher ein Räuspern. Sie hatte sich selbst aus dem Sonnensystem geworfen, weit hinaus ins Nichts. Das war der Anfang des Abschieds von ihr selbst gewesen.

Niemand hatte sie aufgehalten.

Yang Ning kam wieder zu sich, blinzelte, um ihre schmerzenden Augen zu befeuchten. Das Video war am Ende angelangt, das Bild wurde schwarz. Sie klickte es irgendwo im ersten Drittel erneut an, ließ die Trauernden im Video noch einmal trauern. Sie ließ es laufen, ging ins Schlafzimmer, weinte ein paar künstliche Tränen, schaute in den Spiegel und wischte mit dem Zeigefinger zwei verlorene Wimpernhaare von der Wange.

Ihr Blick verschwamm, wie durch Nebeldunst ging sie zurück, setzte sich vor den Laptop auf dem Wohnzimmertisch und regulierte die Helligkeit. *Moment mal!*

Sie blinzelte wieder, jetzt war es ein heftiges Blinzeln. Moment mal. Dieser Mann, der sich dort zu Zheng Wenliang hinunterbückte und ihm den Kopf tätschelte, kam ihr bekannt vor.

Sie wanderte mit dem Cursor noch einmal zurück, auf Minute 13:27 bis 13:35, noch einmal, Minute 13:26 bis 13:34. Sie hielt das Video an. Die Hand auf der Maus, starrte sie ungläubig auf das Bild. Der Mann drehte sich um und ging.

Es war Qian.

18

Wenn er fertig war, musste er stets weinen, eine postkoitale Verzweiflung schnürte ihm die Kehle zu.

Eine halbe Stunde zuvor war er der glücklichste Mann auf Erden gewesen, hatte seine Krawatte aufgebunden, das wilde Tier in seinem Rachen losgelassen und zwischen warmem Fleisch sein angeschwollenes Verlangen gestillt. Seine Samenflüssigkeit tropfte von den Rändern des zitternden kleinen Mundes. Göttlich und rein, wie ein Meisterwerk der griechischen Kunst. Er bewunderte die ursprüngliche Schönheit, zerbrechlich und doch voller Kraft. Er bückte sich, um die fischige Süße seiner Körperflüssigkeit abzulecken. Er war überglücklich.

Aber danach würden sie ihn verlassen, es war unvermeidlich, und ihn in seiner auf das Entzücken folgenden Scham am Boden zerstört zurücklassen.

Todunglücklich lief er auf und ab, dann ging er ins Bad und duschte sich ab. Das warme Wasser aus dem Duschkopf mischte sich mit seinen heißen Tränen und spülte sie mit sich im schwarzen Abfluss fort. *Das war das letzte Mal*, sagte er sich. Wie jedes Mal. *Das war das allerletzte Mal.* Er wollte nicht mehr verletzt werden, nicht noch einmal an seinem gebrochenen Herzen leiden. Es war alles seine Schuld; er war zu grob, nicht zartfühlend genug, er musste umsichtiger sein, sein Verlangen tief in seinem Inneren vergraben.

Dieses Mal war wirklich das letzte Mal, schwor er sich, heulend. Ein treuherziges und dennoch niemals eingelöstes Versprechen, ein Zyklus, dessen Intervalle immer kürzer wurden.

Bevor er sie umschlang, betrachtete er sich gern im Badezimmerspiegel. Anfang vierzig, aber gut gehalten. Seine feinen, weichen Gesichtszüge wiesen die zarten Linien der Reife auf. Er sah in seine verständigen, seelenvollen Augen, sich seines Charmes wohlbewusst. Mit dem Gedanken an den hübschen Jungen draußen auf dem Bett setzte er seine Brille ab, die Gestalt im Spiegel zitterte, auf seiner Stirn bildeten sich Schweißperlen, seine Wangen röteten sich, seine Augen waren blutunterlaufen. Erregung und Finsternis hatten von ihm Besitz ergriffen. Das war er, sein wahres Ich, das sich ganz seinen Obsessionen unterwarf. Er liebte es.

Aber jetzt, allein vor dem Spiegel, brach er in hemmungsloses Weinen aus.

19

Anders als bei der Tatortreinigungsfirma, hatten die Verwaltungsangestellten des Bestattungsinstituts im oberen Stockwerk monatlich abwechselnd einen Tag frei, auch Zou Youqian.

Die Ampel schaltete auf Rot. Yang Ning bremste scharf ab und hielt. Der eisige Wind machte sie fertig. Sie fror bis auf die Knochen. Gedankenverloren starrte sie auf den Tacho, einen stechenden Schmerz in der Brust.

Sie sollte nicht so argwöhnisch sein. Qian war ein Gentleman, wortkarg, aber im Grunde geradeheraus und anständig. Das, und auch sein Temperament und seine Sturheit, waren ganz nach Yang Nings Geschmack. Er war absolut zuverlässig und kam immer picobello gekleidet zur Arbeit, im akkurat sitzenden Anzug, aber nach der Arbeit kümmerte er sich liebevoll um seine Kinder, ging mit ihnen wandern, campen und picknicken, ohne Angst, sich schmutzig zu machen. Yang Ning wusste das alles.

Vor Jahren hatte sie sich auf einer Weihnachtsfeier lange mit Qians Frau unterhalten, auch sie ein warmherziger, freundlicher Familienmensch, der reine Sonnenschein. Damals war ihr Sohn noch klein, erst drei Jahre alt. Er lutschte gerne an seinen Fingern, mit denen er anschließend in der Luft herumfuhr, als wollte er mit seinem Speichel Bilder malen. Er hatte sich auf Yang Nings Schoß gesetzt, Weihnachtslieder gesungen und war nicht mehr wegzukriegen gewesen.

Wann hatte sie den kleinen Jungen zuletzt gesehen?

Hinter ihr hupte es. Sie startete den Anlasser und gab Gas.

Sie sollte nicht zu viel darüber nachdenken, es gab keinen Grund, Qian zu verdächtigen. Schließlich war er ein alter

Freund ihres Chefs. An einem, der mit ihrem Chef gut auskam, konnte nichts verkehrt sein. Sie dachte an den Anruf, den sie früh an diesem Morgen gemacht hatte, kurz nach Sonnenaufgang. Herr Zheng war ans Telefon gegangen; seine Kehle war noch verstopft vom nächtlich angestauten Schleim und seine Worte schwer zu verstehen. Sie hatte sich erkundigt, ob er Zou Youqian kannte.

Die Beerdigung seines jüngeren Sohns lag schon so lange zurück, dass Herr Zheng sich nicht mehr an alle Einzelheiten erinnerte. Es dauerte eine Weile, bis es ihm wieder einfiel. Natürlich, Herr Zou war der Ehemann von Wenrus Grundschullehrerin, Luo Yishan. Die Lehrerin habe sich damals Vorwürfe gemacht, weil sie nicht gut genug auf den Jungen aufgepasst hatte, und habe bei der Beerdigung unter Tränen die Eltern fortwährend um Verzeihung gebeten.

Also hatte Qian ganz einfach seine Frau zur Beerdigung begleitet, warum auch nicht. Zheng Wenrus Tod war ein Unfall. Warum ließ die Geschichte sie nicht los? Woher kamen diese nagenden Zweifel?

Als Buchhalter der Firma kannte sich Qian mit den Interna von NEXT STOP gut aus. Natürlich waren ihm auch die Einzelheiten vieler Fälle bekannt, auch das Prozedere der Polizei bei den Ermittlungen am Tatort. Er wusste, dass in jener Nacht niemand außer Yang Ning im Büro gewesen war. Zu jedem der Opfer hatte er in der einen oder anderen Weise ein Verhältnis. Dann war da noch das Pflaster auf seiner Stirn gewesen, das sie an jenem Abend bemerkt hatte. Hatte sie ihn nicht sogar darauf angesprochen, woraufhin er eilig wieder verschwunden war? Yang Ning brummte der Schädel. Der Deckenventilator war auf Zhan Jiajia gestürzt, das Zimmer war voll von ihrem Blut gewesen. Wenn der Mörder in der Nähe war, musste er auch etwas von dem herabstürzenden Ventilator abbekommen haben, oder? Was Yang Ning am meisten beunruhigte: Qian hatte auch ihren kleinen Bruder gekannt. Sie konnte nicht ruhen, bevor sie der Sache nachgegangen war.

Sie saß noch immer auf dem Motorrad und hatte noch nicht einmal den Helm abgenommen, als sie ihr Telefon aus der Crossbody-Tasche kramte. Sie hatte zwei Anrufe von Xiaozhi verpasst. Sie rief sofort zurück. Xiaozhis entsetzte Stimme hallte in ihren Bluetooth-Kopfhörern. »Hallo, Ning?«

»Wo seid ihr?«

»In der Nähe von Neihu, in einem dieser Vierzig-Stock-Löcher. Wir sind alle vier hier.« Sie sah es vor sich. Xiaozhi saß links auf dem Rücksitz und ging am Smartphone die Kundennachrichten durch, Einsneunfünf saß am Steuer, daneben der Chef, und Xueli saß hinten neben Xiaozhi und bewunderte ihre frischlackierten Fingernägel. »Du darfst aber nicht herkommen, Ning, du weißt ja, der Chef …«, fügte Xiaozhi hastig an, als wäre es ihm eben wieder eingefallen.

»Ich weiß, ich weiß. Hab nur gefragt.« Sie hörte, wie jemand Xiaozhi das Telefon aus der Hand ringen wollte. »Ning, verdammte Scheiße, was soll das?«, schrie der Chef.

»Sie wollte doch gar nicht kommen«, versuchte Xiaozhi zu beschwichtigen.

»Will sie mit mir sprechen?«

»Nein, sie …«

Der Chef hatte das Telefon nun an sich gerissen. »He, Ning, was willst du?«

Yang Ning fasste sich kurz, um möglichst ruhig und geschäftsmäßig zu wirken. »Ich habe hier noch meine Ausgabenbelege von letztem Monat, die wollte ich endlich einreichen. Ist Qian heute im Büro?«

»Wegen so einem Furz machst du solchen Wind?«, gab er grob zurück. »Du sollst dich ausruhen und dir nicht wegen Papierkram den Kopf zerbrechen, ist das klar?«

»Es sind aber einige, bestimmte sieben oder acht.«

»Und wenn's hundert wären, das ist doch jetzt scheißegal. Die gibst du ab, wann du willst!«, sagte er. »Ich sag Qian, er soll dich hochkant rausschmeißen, wenn du heute einen Fuß ins Büro setzt. Du bleibst zuhause, kapiert?«

Der Chef klang, als würde er gleich ausrasten. Sie versicherte ihm, dass sie brav sein werde, und verabschiedete sich. Sie hatte die Information, die sie brauchte.

Sie fuhr noch ein Stück geradeaus durch das rotlackierte Tor, nahm den Helm ab und parkte das Motorrad.

Luo Yishan war so überrascht wie erfreut, Yang Ning zu sehen. Nach einem kurzen Austausch von Höflichkeiten bat sie Yang Ning ins Haus. Sie wirkte jung und dynamisch mit ihrem adretten Kurzhaarschnitt, dem gestreiften Pulli und dem Jeansoverall und entsprach so gar nicht der Vorstellung, die Yang Ning von einer geplagten Mutter von zwei Kindern hatte.

»Mach es dir bequem. Oje, bitte entschuldige die Unordnung.« Mit einem Blick auf ihr Handy klaubte Frau Luo verlegen lächelnd die Wäschestücke zusammen, die über der Sofalehne hingen, und trug sie hastig ins Schlafzimmer.

»Hast du schon zu Mittag gegessen?«

Yang Ning nickte.

»Hätte ich gewusst, dass Besuch kommt, hätte ich etwas zum Tee besorgt ... ich kann dir nur ein paar Kekse anbieten, die ich für die Kinder dahabe. Oder darf ich dir schnell etwas kochen?« Sie war schon auf dem Weg in die Küche.

»Bitte machen Sie sich keine Umstände ...« Yang Ning ließ ihren Blick vom Flur aus über das Wohnzimmer schweifen. Eine Kaffeekanne, eine aufgeschlagene Tageszeitung und ein das Sonnenlicht spiegelndes Smartphone auf dem Tisch, auf dem Boden lagen ein Haufen Wäschebügel und Wäscheklammern, ein 3D-Puzzleball, ein Quietschknochen für Hunde, ein Filzstift ohne Kappe, eine abgenutzte Buntstiftschachtel, ein kleines Whiteboard, ein Plastikdinosaurierbaby und Teile einer Lego-Figur. An einer Wand hingen mit linkischen Kinderhänden gefertigte Zeichnungen und Kritzeleien.

Ansonsten war das Wohnzimmer mit zahlreichen gerahmten Fotos geschmückt. Neben einigen Familienbildern gab es noch eins des neugeborenen Töchterchens und eins von der Einschulung des Sohns. Dieses Bild war stark vergrößert und prominent auf dem Fernsehtisch platziert worden.

»Mit kleinen Kindern im Haus ist es unmöglich, Ordnung zu halten«, sagte Qians Frau entschuldigend, als sie mit einer Schachtel Hörnchen und Kobayashi-Milchschnitten aus der Küche kam. »Kaffee?«

Sie stellte das Gebäck auf den Tisch. »Die musst du probieren, die sind von Kaiyi! Die hat dein Chef uns neulich mitgebracht. Und der Kaffee ist ein milder Arabica aus Äthiopien, den kauft mein Mann immer.«

Yang Ning nickte höflich, aber Yishan war schon wieder in der Küche verschwunden.

Es war eine dieser lichtdurchfluteten Familienwohnungen, immer gleich und doch immer anders, wie ein warmer Sonnenaufgang. Unordentlich, aber gemütlich. Für Yang Nings schwindenden Geruchssinn roch es nach Sonnenschein, Babypuder, Kinderatem und Waschpulver mit Jasminduft. Ein echtes Zuhause eben.

Wie es sich wohl anfühlte, in einem solchen Zuhause aufzuwachsen? Beinahe bereute sie es, diese wohlige Harmonie mit ihren Zweifeln zu besudeln.

»Warte, ich schließe das Fenster«, sagte ihre Gastgeberin lächelnd. »Zieh ruhig deine dicke Jacke aus. Du bist ziemlich kälteempfindlich, wie?«

Luo Yishan arbeitete immer noch an einer der besseren Grundschulen Taipehs, und trotz der vielen Jahrgänge, die sie schon hinter sich hatte, war sie den Kleinen gegenüber unverändert warmherzig und gut gelaunt geblieben.

»Der Kaffee ist gleich fertig. Trink doch erst mal ein Glas Wasser, bitte sehr.« Sie setzte sich zu Yang Ning. »Was verschafft mir die Ehre deines Besuchs?«

Yang Ning gab vor, die Kinder vermisst zu haben. Etwas Besseres war ihr vergangene Nacht, als sie sich schlaflos im Bett gewälzt hatte, nicht eingefallen. Sie hoffte, das passende Gesicht zu ihrer Behauptung zu machen. Lächelnd hielt Yishan ihr die Schachtel mit dem Gebäck hin. Höflich nahm Yang Ning ein Stück und behielt es in der Hand.

Der Sohn war gerade im Zeichenunterricht, und das kleine Mädchen schlief. Yishan redete wie ein Wasserfall, zeigte Yang Ning Handyfotos der Familie, futterte Hörnchen und redete dabei weiter. Die Zeichenschule sei unten am Hafen, Yang Ning müsse unbedingt einmal mit dem Kleinen hingehen, der wäre sicher ganz aus dem Häuschen. »Er ist jetzt schon zehn, ein echter kleiner Charakter.« Sie schüttelte mit gespielter Entrüstung den Kopf. »Die arme Lehrerin! Mit so einem Frechdachs muss man zurechtkommen können. Ich schicke ihn nur zur Zeichenschule, weil ich die Lehrerin kenne. Seine kleine Schwester kommt ihm nach. Warte, bis sie aufwacht, die kleine Wilde.«

Yang Ning wusste nicht, was sie sagen sollte, und nickte nur fortwährend.

»Und wie geht es dir? Erzähl mal.«

Und immer noch, auch nach drei Jahren noch, fiel Yang

Ning keine passende Antwort ein. Zum Glück begann die Kleine zu weinen, und Luo Yishan stand rasch auf, entschuldigte sich und verschwand im Schlafzimmer.

Blitzschnell schnappte sich Yang Ning das Smartphone auf dem Tisch. Sie hatte genau hingesehen, als Luo Yishan zuvor das Passwort eingegeben hatte. Sie hatte richtig gesehen, es war Qians Geburtstag. Flink gab sie die 761003 ein. Keine ungewöhnlichen Apps, nichts Auffälliges in der Anruferliste. Das Paar nutzte sogar denselben Google-Account. Fotos von dekorativen Essenstellern, von spielenden Kindern, Familienausflügen. Als sie den LINE-Gruppenchat des Ehepaars durchging, fielen ihr dann doch ein paar Nachrichten auf.

Kommst du zum Abendessen nach Hause?

Heute nicht, bin noch hier. Ich komme später, gib den Kindern einen Gutenachtkuss von mir.

O.k., fahr vorsichtig.

Es gab einige Chats dieser Art, vor allem freitagabends.

Bin noch hier? Wo? Yang Ning zog die Brauen hoch. Das Mädchen hatte aufgehört zu weinen, sie hörte nur noch ein helles Babybrabbeln. Schnell drückte sie die Bildschirmsperre und legte das Telefon zurück.

»Guck mal, Niu Niu, wer da ist! Tante Ning!« Yishan kehrte mit ihrer Tochter auf dem Arm zurück. Unbeholfen stand Yang Ning auf.

»Da, sieh mal, Schwester Ning Ning, Schwester Ning Ning!« Das kleine Mädchen öffnete den Mund und sabberte fröhlich. »Sie mag dich«, sagte Yishan lächelnd, während sie der Kleinen mit dem Sabbertuch die Spucke abwischte. »Möchtest du sie mal halten?«

Unwillkürlich wich Yang Ning einen Schritt zurück und schüttelte hastig den Kopf. Sie wirkte fast panisch.

»Haha, du bist immer noch dieselbe«, sagte Yishan amüsiert. »Die Kinder wachsen schneller, als man zusehen kann«, fuhr sie unbekümmert fort. »Guck mal, wie winzig sie als Neugeborenes war.« Noch ein Foto. Yang Ning betrachtete das Bild von dem verschrumpelten, rotgesichtigen Säugling. Waren alle kleinen Kinder so hässlich? Irgendwie sahen sie nach der Geburt alle gleich aus. Glitschige, unförmige Fleischklumpen. Ihr Blick schweifte zu dem Foto, das danebenhing. Ein Bild der jungen Eltern mit ihrem kleinen Sohn, vor einem baumbeschatteten kleinen Blechdachhäuschen.

Frau Luo folgte ihrem Blick.

»Oh, das ist aber ein schönes Foto.« Yang Ning nahm den Bilderrahmen in die Hand und studierte das Häuschen und die Landschaft der Umgebung.

»Das Häuschen hat Qian von seiner Familie geerbt, es ist schon alt. Sie haben dort recht bescheiden gewohnt, ohne jeden modernen Schnickschnack. Als unser Ältester noch klein war, haben wir oft Ausflüge dorthin gemacht, abenteuerlich war das. Vor ein paar Jahren ist es leider von einem Taifun beschädigt worden.«

War das der Ort? Konnte dieses Häuschen Antwort auf ihre Fragen geben?

Yishan warf einen Blick auf die Uhr und fragte Yang Ning, ob sie nicht mitkommen wolle, den Kleinen vom Unterricht abholen. Yang Ning fiel keine Ausrede ein, also sah sie zu, wie Yishan sich ihre Tochter vorsichtig in einem Babytragegurt vorband und ihren Rucksack mit allem Nötigen aufsetzte.

»Es ist nicht weit, nur die Straße runter, genau sieben Minuten zu Fuß. Ich habe die Zeit gestoppt.«

Sie hatte sieben Minuten. Yang Ning folgte ihr hinaus und zog ihren Parka zu. Unterwegs löcherte Yishan sie weiter mit

Fragen, und sie musste sich anstrengen, um auf das zu sprechen zu kommen, was sie dringend klären wollte.

»Ach, der Taifun, ja, das war vor drei oder vier Jahren. Der hat das halbe Dach abgedeckt, die Möbel waren klatschnass. Das wieder instand zu setzen, wird ziemlich teuer. Aber jetzt, wo Xiao Chen an den freien Tagen Zeichen- und Schwimmunterricht nimmt, haben wir keine Eile. Qian sagt, er wird es nach und nach wieder vollständig herrichten.« Sie lachte. »Es ist sein Geheimversteck, haha, er fährt fast jede Woche dorthin und gönnt sich ein paar Stunden Ruhe nach seiner anstrengenden Arbeitswoche.«

Bis sie die Umzäunung der Zeichenschule erreichten, bemühte Yang Ning nach Kräften ihr bescheidenes Konversationstalent, um herauszufinden, wo ungefähr diese Hütte zu finden war. Vor lauter Anspannung war sie fix und fertig.

Es ging durch eine Holztür in einen Hof. Ein mit weißen Kieselsteinen ausgelegter Pfad, an einem Steinpfeiler und einem Teich vorbei zu einem alten Gebäude mit weinumrankter Fassade. Auf dem großen, hölzernen Schild über dem Eingang stand in verspielter Schrift das Wort GAIA. Hinter der Eingangstür aus schwerem Massivholz gab es eine unbesetzte Rezeption. Yishan strebte gleich in Richtung Klassenzimmer. Gerade öffnete sich die Tür und eine Frau im Rollstuhl kam heraus.

»Hallo, Frau Liu«, rief Luo Yishan. Die Frau im Rollstuhl strahlte. Es gab gutaussehende Menschen, manche sahen vital aus, vielleicht auch nett oder sympathisch; es gab nur wenige Menschen, deren Anblick Yang Ning verblüffte. *Wow, die sieht ja umwerfend aus!*, war ihr erster Gedanke.

»Darf ich dir die beste Kunstlehrerin Taiwans vorstellen?«, sagte Yishan. »Sie leitet diese Kunstschule. Außerdem gibt sie nachmittags an meiner Grundschule die Kunstworkshops. Die Zukunft meines Kleinen habe ich ihren Händen anvertraut.«

Frau Liu schenkte ihr ein gewinnendes Lächeln. Ihr Haar war an den Schläfen zu einer romantischen Prinzessinnenfrisur zurückgebunden. Sie trug ein schneeweißes Kleid mit einem khakifarbenen Mohairjäckchen darüber und kein Make-up. Kleine Fältchen um die Augen zeugten von einem gewissen Alter, was ihrer Schönheit keinen Abbruch tat.

Yishan deutete auf Yang Ning. »Eine Freundin der Familie, eine von Qians Kolleginnen, Yang Ning, die Schriftzeichen sind Yang wie ›Pappel‹ und Ning wie ›friedlich‹.

Yang Ning nickte zur Begrüßung.

»Ihnen ist auch leicht kalt, nicht wahr?«, sagte Frau Liu mit einer sanften Stimme.

Bevor Yang Ning sich eine Antwort überlegt hatte, erkundigte sich Yishan nach ihrem Sohn. Die beiden Frauen plauderten freundlich miteinander, aber Yang Ning hörte nicht hin.

Dann unterbrach das Glucksen der Kleinen das Gespräch, und Frau Liu wendete den Rollstuhl und öffnete die Tür zum Klassenzimmer. Lautes und fröhliches Kindergeschrei schallte ihnen entgegen. Yang Ning warf einen Blick hinein, wo sechs Kinder auf dem Boden hockten und eifrig ein großes Stück schwarzen Stoff mit Farbe bearbeiteten. Zwei von ihnen bemalten ihn sorgfältig mit Pinseln, die anderen vier benutzten ihren ganzen Körper als Pinsel. Sie rollten über den Stoff und kreischten vor Wonne. Das ganze Zimmer war ein einziges Farbenfeuerwerk. Neben dem Stoff auf dem Boden gab es noch eine Staffelei mit Paletten, daneben Platz für eine Matte mit Bauklötzen und in einer Ecke ein Schaukelpferd und eine kleine Rutsche. Auf den Regalen standen diverse Puzzles, Knete, Ton, Legosteine, Puppen, Modellautos …

Yang Ning war baff. Als sie klein war, hatte es nirgends eine Schule gegeben, die so aussah. Das war eher ein Spielplatz als ein Klassenzimmer.

»Xiaochen!«, rief Frau Liu sanft. Keins der Kinder reagierte oder hob den Kopf, sie waren ganz in ihre Kunstwerke vertieft. Jetzt versuchte es Yishan. »Zou Xiaochen! Zeit, nach Hause zu gehen!«, rief sie laut, um den Lärm zu übertönen. Ein kleines Dickerchen befreite sich aus der Umklammerung eines Mitschülers und sah nach seiner Mutter. »Ich bin aber noch nicht fertig«, klagte er trotzig.

»Du kannst morgen weitermachen.«

»Warum muss ich als Erster gehen?« Unschlüssig blieb er an Ort und Stelle stehen. »Kann ich nicht bleiben, bis Peng Peng abgeholt wird?«, sagte er und packte den Jungen neben ihm am Arm. »Alle anderen bleiben auch noch.«

Es war schwer, gegen die spezielle Logik eines Kindes anzukämpfen, aber seine Mutter ließ sich nicht erweichen. »Morgen kannst du länger bleiben, aber Papa kommt gleich zum Abendessen heim. Wollten wir nicht zusammen auf dem Markt einkaufen gehen?«

Der Kleine sah ein, dass Widerstand zwecklos war, und verabschiedete sich so widerwillig und ausgiebig von seinen Freunden, als ob er eine lange Reise anträte.

»Weißt du nicht mehr, dass du mir helfen wolltest, für Papa Maiseintopf zu kochen? Mach schnell, sonst schaffen wir das nicht mehr«, drängte seine Mutter.

Der Kleine zog eine Schnute, die sein winziges Doppelkinn offenbarte, und tapste schließlich gemächlich zu seiner Mutter, stellte sich auf die Zehenspitzen und küsste seine kleine Schwester auf die Stirn. Yishan kniete sich vor ihn und brachte fürsorglich seine Kleidung in Ordnung. Er war überall voller Farbe, nicht nur an den Händen und Füßen, sondern auch im Gesicht und in den Haaren.

»Du siehst jedes Mal wilder aus. Geh ins Bad und wasch dir Hände und Füße, ja?«

Yang Ning musterte den Jungen. Seine vollen Wangen hatten zwar nichts von Qians schmalen, kantigen Gesichtszügen, aber die Augen kamen ihr vertraut vor. Sie warf einen verstohlenen Blick auf Yishan, auf das kleine Mädchen. Ob sie mit ihrem Verdacht nicht doch vollkommen danebenlag?

Das kleine Dickerchen erwiderte ihren skeptischen Blick mit argloser Neugier. »Wer ist das?«, fragte er. »Kenn ich die, Mama?«

»He, schäm dich!« Yishan packte ihn an den Schultern und drehte ihn zu sich herum. »So redet man nicht! ›Wer bist du?‹, kenn ich die?‹ Das ist Papas Kollegin. Und jetzt geh!«

Aber Yang Ning machte sich wenig aus den Unhöflichkeiten eines kleinen Jungen, sie war mit den Gedanken woanders.

So weit war sie noch nie mit dem Motorrad gefahren. Bis nach Tonghou im Bezirk Wulai, in den Bergen südwestlich von Taipeh.

Je weiter sie in die ländliche Gegend vordrang, desto weniger Menschen begegnete sie unterwegs. Irgendwann war sie so gut wie allein mit dem Knattern des Motors und dem Pfeifen des Windes. Die Straßen wurden immer enger, und Yang Ning fuhr langsamer.

Es war nicht leicht zu finden. Sie drehte mehrere Runden um den Hügel, hielt immer wieder an, um ihren Standort zu überprüfen, stemmte sich aus dem Sattel hoch, um besser durch die Bäume spähen zu können. Allmählich wurde es dunkel, das Rascheln der Blätter wurde deutlicher, die Silhouetten der Bäume verschwammen, der Wald wirkte düster und ein bisschen unheimlich.

Trotz der Dunkelheit schaltete sie den Scheinwerfer nicht ein.

Ihre Hände schmerzten schon vom langen Halten des Lenkers. Sie presste die Lippen zusammen. Es gab jetzt kein Zurück mehr, sie musste die Hütte finden. Ihre Augen strengten sich an, unter Ausnutzung des letzten Tageslichts die Umgebung abzusuchen, während sie achtgab, mit Stützgas und schleifender Kupplung das Motorrad im Schritttempo stabil zu halten. Endlich, kurz bevor es vollkommen dunkel wurde, erspähte sie zwischen den Bäumen ein Blechdach, das durch seine moosgrüne Farbe gut getarnt war.

Yang Ning parkte das Motorrad in einer Senke, streifte lila Plastikhandschuhe über und näherte sich der Hütte vorsichtig zu Fuß, durch kniehohes Gras watend. Der Besitzer musste entweder zu nachlässig sein, um zu mähen, oder er versuchte, den Ort absichtlich mit der Umgebung zu verschmelzen.

Die Hütte sah heruntergekommen aus. Am Dach blätterte die Farbe ab, mehrere Blechschindeln waren locker und mit von Betongewichten beschwerten Planen abgedeckt. Moos und Flechten wuchsen aus den Ritzen und überzogen die aus Ziegeln gemauerten Außenwände. Yang Ning schritt einmal ganz um das Häuschen herum. Auf der rechten Seite gab es einen Stapel Brennholz, daneben Hacke, Sense und eine Harke mit vier Zähnen, einen großen Hammer, Plastikeimer, Wasserschlauch, Besen, Arbeitshandhandschuhe und eine Schubkarre. Außerdem noch mehrere Drahtspulen, Aluminium- und Stahldraht. Die Fenster weiter oben sahen ziemlich neu aus. Sie schleppte und rollte ein großes Stück Holz vor die Wand, kletterte darauf und zog sich am Fenstersims hoch, aber die Fenster gewährten keinen Blick nach drinnen; sie waren mit Chlorbromsilberpapier verhängt, um das Sonnenlicht abzuhalten.

Kein Wagen parkte in der Nähe, und aus der Hütte drang kein Lebenszeichen. Die Tür war mit einem Vorhängeschloss gesichert. Yang Ning wünschte, sie hätte gelernt, wie man ein Schloss mit einer Haarnadel knackt. Nun gut. Sie ging zurück zu den Werkzeugen, schnappte sich kurzerhand den Hammer, stieg noch einmal auf den Holzblock und schlug zu. Dreimal, viermal … sie spürte den heftigen Rückstoß im Handgelenk, aber die Fensterscheibe blieb intakt. Ungeduldig biss sie sich auf die Unterlippe und ließ ihren Blick über das vorhandene Werkzeug schweifen. Sie musste sich etwas einfallen lassen. Schnell.

Sie sprang vom Holzblock herunter, zog eine elektrische Schweißpistole aus dem Haufen hervor und fand auch die Steckdose. Von einem anderen Haufen holte sie den zu einer Schlange zusammengerollten Wasserschlauch und testete den Sprühkopf. Sofort zischte eine Wasserfontäne heraus. So bewehrt, kletterte sie erneut auf den Holzblock. Sie holte tief Luft und richtete die Schweißpistole auf das Fenster. Funken sprühten und das Glas entwickelte unter der Hitze Sprünge, mit dem feinen Knistern von Wunderkerzen. Zufrieden grinsend drückte Yang Ning auf den Hahn des Wasserschlauchs.

Das Fenster zersplitterte zu einem milchigen Gitter und ein kräftiger Schlag mit der Schweißpistole genügte, um es endgültig zum Bersten zu bringen. Yang Ning zog vorsichtig die spitzen Glaszacken aus den Rändern, ließ Wasserschlauch und Schweißpistole zu Boden fallen, versenkte die Hände in den Ärmelenden ihres Parkas, stemmte sich hoch und zwängte sich hinein. Sie war halb durchgeschlüpft, als ihre

Hüfte an der unteren Leiste hängenblieb. Irgendwie gelang es ihr, sich so zu drehen, dass sie die innenliegende, obere Fensterleiste zu fassen bekam, und zog sie sich daran langsam nach innen. Die Leiste war sehr schmal. Kaum, dass ihre Füße in der Hütte waren, hing sie nur noch mit den vordersten beiden Gliedern ihrer Finger daran. Ihre Armmuskeln zitterten, als sie versuchte, sich langsam herabzulassen. Dann verließ sie die Kraft und sie rutschte ab.

Sie stieß nur ein leises Wimmern aus. Mit zusammengebissenen Zähnen betastete sie ihr rechtes Fußgelenk; der rechte Fuß war umgeknickt. Es war, als ob der Knöchel herausspringen wollte, aber gleichzeitig spürte sie, wie sich die Sehnen entspannten. Der menschliche Körper war eine wundersame Einheit aus Stärke und Verletzlichkeit.

Sie hörte ein Ploppen, wie wenn man das Brustbein eines Hühnchens auseinanderreißt.

Mit schmerzverzerrtem Gesicht lehnte sie sich sitzend an die Wand. *Atme!*, ermahnte sie sich. Sie atmete mehrmals tief durch, um wieder klar denken zu können und nicht vor Schmerz laut aufzuschreien. Kalte Schweißperlen standen auf ihrer Stirn, als sie mit beiden Händen ihre rechte Ferse packte, mit ganzer Kraft gleichzeitig drückte und zog, um den Knochen wieder einzurenken. Ihr Atem verwandelte sich in heftiges Keuchen. Schließlich riss sie das dünne, schweißgebadete Innenfutter ihrer Jacke in Streifen und wickelte sie so straff wie möglich um ihren Fußknöchel. Yang Ning wusste, dass dieser improvisierte Verband wenig Effekt hatte, aber vor Selbstmitleid zerfließend auf dem Boden sitzen zu bleiben, brachte auch nichts. Sie verlagerte ihr Gewicht auf den linken Fuß, stützte sich mit beiden Händen ab und fand einen wackeligen Stand. Ihr rechtes Fußgelenk fühlte sich an, als traktierte es jemand mit unzähligen Nadeln. Sie biss die Zähne zusammen und schlurfte, das rechte Bein nachziehend, durch die Hütte wie Frankensteins Monster.

Ein Wohnzimmer, ein Schlafzimmer und ein Badezimmer, die Einrichtung auffällig puristisch. Vielleicht hatte der Taifun die ursprüngliche Inneneinrichtung zerstört. Statt eines Sofas gab es nur ein paar Holzstühle, außerdem einen einfachen Tisch, auf dem ein Teeservice stand und ein Bücherregal mit ein paar Zeitschriften. Nichts von der Gemütlichkeit eines alten Familienbesitzes, sondern eher eine Klause, in die man eben erst überstürzt eingezogen war.

In der Küche war alles sauber und ordentlich, blitzblanke Gaskochplatten und ein Küchenschrank mit allem, was man brauchte. Der Kühlschrank und der Gefrierschrank waren gut gefüllt. Yang Ning stützte sich ab und zog eine Schublade nach der anderen auf, entdeckte aber nichts Ungewöhnliches.

Sie drehte sich um und humpelte Richtung Schlafzimmer.

Die Tür war nur angelehnt. Das Schlafzimmer war wesentlich größer als das Wohnzimmer. In der Mitte stand ein Doppelbett, am Fuß des Betts befanden sich zwei Kommoden aus grobem Holz und ein auffällig langer Arbeitstisch. Auf dem Tisch lagen Stapel mit Parfümteststreifen, Petriglaskolben, Duftkerzen, Fläschchen mit reinem Alkohol und vielleicht sechzig, siebzig braune Glasfläschchen, die durchsichtige Flüssigkeiten enthielten. Jedes war entweder auf Deutsch oder auf Italienisch beschriftet, beides Sprachen, die sie nicht verstand. Sie nahm eins davon in die Hand, drehte den Verschluss auf und wollte es gewohnheitsmäßig unter die Nase halten, als sie in der Bewegung gefror.

Ihr Gehirn empfing gerade eine andere Stimulation, ihr Puls raste. Sie roch.

Ihre Nase, die den Geruch des Todes brauchte, war in dem

Augenblick, in dem sie dieses Zimmer betreten hatte, zum Leben erwacht.

Ihr Herz schlug höher, ihr Atem beschleunigte sich, ihr Gemütszustand oszillierte in schnellem Wechsel zwischen Erregung und Entsetzen. Sie mochte es, diese heftige Anspannung, die Furcht, das Spiel mit einem im Schutz der Dunkelheit agierenden Scharfschützen, die Möglichkeit, dass sich jeden Augenblick jemand auf sie stürzte, und die Wonne, wenn sie zurückbeißen würde. Wie sehr sie es genoss, etwas zu riechen! Vielleicht war das der Grund dafür, jemanden wie Cheng Chunjin zu provozieren, der Grund dafür, dass sie nicht mehr mit Haoyang zusammen sein konnte. Vielleicht war sie einfach ein Miststück.

Dieses Schlafzimmer hatte den Geruch von Tränen, Urin und Kot an sich, der das übliche Maß an Trauer oder Angst übertraf. Yang Ning sezierte die Gerüche, versuchte, jedem einzelnen auf den Grund zu kommen. Sie kniete sich vor das Bett, griff nach dem Laken und barg ihre Nase darin.

Hinter jedem Geruch gab es eine Geschichte und die Geschichten in diesem Zimmer gehörten zu denen, die die Polizei interessierten.

Während sie das Laken, ein schwarzes Laken, zwischen den Fingern rieb, fiel ihr auf, wie zerschlissen es war, vor allem an den Rändern. Es war fleckig und stank widerwärtig nach Exkrementen, Samenflüssigkeit, Speichel und Galle. Sie rümpfte angeekelt die Nase, die vier unterschiedliche Schweißsorten unterschied, eine davon wesentlich dominanter, schmutziger. Qians Geruch nach einem Kölnischwasser mit Vetivergrasnote als Basis, Spuren von Lavendel und Patschuli und seine Zitrusfruchtseife waren unschwer zu identifizieren.

Besonders penetrant war der sauersalzige Geruch nach

Samenflüssigkeit. Die meisten Gerüche waren verjährt, abgestanden, steckten schon tief in der Matratze. Aus dem mehrschichtigen Geruchsgebilde formte sich vor ihren Augen ein Mensch. Yang Ning stellte sich vor, dass er diesen Geruch mochte, deshalb wusch er das Laken nicht. Der Geruch bildete einen Begleiter, selbst dann, wenn man allein auf dem Bett lag.

Von Yang Han aber war hier keine Spur.

Nichts. Sie war gereizt. Heftig schüttelte sie das Laken, wechselte ihren Standort. Immer noch nichts. Sie blähte die Nüstern wie ein Hund. Es musste doch irgendetwas geben. Sie kämpfte sich hoch und humpelte zu dem langen Tisch und öffnete hastig ein Fläschchen nach dem anderen. Lauter frische und angenehme Düfte, Babywäschewaschpulver, *Snuggle*-Weichspüler, Babypuder ... der freundliche Wohlfühlduft einer Welt voller Kinder und Sonnenschein überwältigte ihre Nase, die darüber beinahe die Gefahr und die Perversion vergaß, die gleich daneben lauerte.

Nicht der kleinste olfaktorische Hinweis auf *Madame Rochas*. Yang Ning beeilte sich, beugte sich tiefer, um schneller voranzukommen. Aufschrauben, zuschrauben, ihre Hände arbeiteten flink wie die eines Küchenchefs. Das letzte Fläschchen öffnete sie so hektisch, dass es umfiel und die Flüssigkeit auslief. Ihr blieb keine Zeit, aufzuwischen. Schnell stopfte sie ein paar Fläschchen in ihre Tasche und humpelte weiter, zu einem Wandschrank. Mit einem Ruck zog sie die Schiebetüren nach beiden Seiten auf.

Was war das denn? Unwillkürlich wich sie einen Schritt zurück. Mindestens hundert Paar bunte Kindersocken, sorgfältig nebeneinander an ein Korkboard gepinnt, die sich ihr stolz präsentierten, wie die exotische Sammlung eines fanatischen Insektenforschers.

Hohe Fußballsocken mit schmutzigen Rändern waren darunter, schwarze Socken mit Löchern an den Zehen, grellorangene *Gudetama*-Socken ... Im Grunde hatten sie etwas Liebenswertes. Als Sammlung lösten sie einen unaussprechlichen Horror aus. Jedem Paar hatte der Sammler mit einer Stecknadel ein handgeschriebenes Label verpasst:

Lai Yuyou, Shenkeng, 8. April 2015

Unbekannt, Wenshan, Wohnblock in Zhinanlu. 31. Juli 2016

...

Fiebernd schweiften Yang Nings Augen über die Namen und Daten. Sie war sich nicht sicher, was sie eigentlich suchte. Was würde sie tun, wenn Yang Hans Name auftauchte?

Dann fiel ihr Blick auf den Namen an einem Paar schmutziger Schuluniformsocken, graue Sohle, der Rest weiß.

Zheng Wenru, Zhanghua, 20. Oktober 2010.

Yang Nings Herz raste. Sie ignorierte die aufkommende Übelkeit und den schmerzenden Fuß, beugte sich vor und roch an dem Sockenpaar. Selbst nach all den Jahren haftete den Socken Zheng Wenrus Schweiß an, er war ein Teil davon. Daneben roch sie den Dreck eines Regentags, Urin und Kot. Der Kleine musste sich in die Hosen gemacht haben. Bittere Galle stieg aus ihrem Magen auf.

Sie übergab sich nicht, starrte nur mit einer Gänsehaut auf die bizarre Sockenwand, aus der sich in ihrer Vorstellung die Gestalt eines weinenden Jungen löste. Ihre Fassungslosigkeit machte sie unachtsam.

Der Geruch nach frischem Blut fiel sie von hinten an und störte sie auf. Blitzschnell riss sie den Reißverschluss ihrer Brusttasche auf und zog das Springmesser heraus.

Im selben Augenblick, als sie das Messer schnappen ließ, riss sie den Kopf herum.

Dunkelheit brach über sie herein.

20

Wann hatte es angefangen?

Er hatte sich das oft gefragt, aber er erinnerte sich nicht. Vielleicht in der Oberstufe, vielleicht schon früher. Als er sich vor dem Kindergarten in der Nähe der Schule herumgetrieben hatte, um einen Blick auf glänzende Schweißperlen und lockiges Kinderhaar zu erhaschen, auf leuchtende Augen. Er liebte die wie kleine Halbmonde gebogenen, lächelnden Kinderaugen.

Vorpubertäre Jungs rochen nach Katzenminze, unter ihren Schweiß mischte sich der Geruch nach Zahnpasta, nach feuchtem, mit Kräutershampoo gewaschenem Haar. Der Geruch von Opferlämmern vor ihrer endgültigen Erlösung. Es war ein ursprüngliches Verlangen nach Liebe, danach, aus zweien eins werden zu lassen.

Beim Anblick dieser eigentümlichen Schönheit hatte er weinen müssen.

Später, durch die Fragmente seines Alltags, die Fotos, die seine Mitschüler teilten, die zwischen die Schulbücher geschmuggelten Romane, begann er sich zu fürchten, er fürchtete sich davor, anders zu sein, vor dem, was aus ihm werden würde. Er versuchte zu fliehen, nicht mehr vor dem Kindergarten und der Grundschule anzuhalten, indem er zu Videos mit weiblichen Pornostars masturbierte oder unter dem Gejohle seiner Mitschüler Liebesbriefe von dem Mädchen aus der Nachbarklasse herumzeigte. Er begann zu schwimmen, trainierte abends nach dem Lernen, wenn das Schwimmbad fast leer war, jeden Abend.

Dann atmete er tief durch, durchpflügte das Wasser mit

den Armen und trat es mit den Beinen, schoss wie eine Rakete durch das Becken. *Halte durch*, sagte er sich, Handflächen nach unten, vollständig durchziehen, vorwärts. Rolle vorwärts, sein Haar flatterte im Wasser, auftauchen. Er stoppte, sank nach unten, beobachtete die verzerrten Umrisse am Beckenrand, atmete aus und beobachtete, wie die Luftblasen aufstiegen, zerplatzten, als hätten sie nie existiert.

Ob er sein ganzes Leben so verbringen sollte, unter Wasser?

Er ließ das kühle Nass durch seine Fingerspitzen rinnen, das Wasser jeden Zoll seines Verlangens vereinnahmen.

Später versteckte er sich, wenn er Angst hatte, oft unter Wasser.

In der Oberstufe lernte er Zhong Kaiyi kennen. Der eine extrovertiert, der andere introvertiert, der eine rebellisch, der andere klug. Sie waren ein Gespann vom Typ beste Freunde, die man aus Highschool-Filmen kennt, er, Qian, der gesetzte Berater an der Seite des zügellosen Kaiyi, der wie ein Bruder war, eine nicht wegzudenkende Instanz; jeder von ihnen das auffallende Gegenteil und der beste Schutzschild des anderen. Das nervige »Komm Alter, lass uns sehen, wer den Größeren hat« oder »Eh, wird Zeit, dass du eine flachlegst« nahm ab und endlich wagte keiner mehr, sich in sein Privatleben einzumischen.

Er hatte es mit Frauen versucht. Zweimal an der Uni, aber es funktionierte einfach nicht. Sie erregten ihn nicht, sosehr er sich auch bemühte. Er probierte viel. Sex-Toys, Augen verbinden, Bondaging, Lovehotels, Viagra, Alkohol … nichts half ihm, eine Erektion zu bekommen. Einmal hätte es beinahe geklappt. Die junge Frau lud ihn zum Valentinstag in ein schickes Restaurant ein, sie leerten eine Flasche Rotwein, und dann meinte sie mit einem verschämten Lächeln, sie habe eine Überraschung für ihn. Sie gingen zu ihr, wo sie in eine Krankenschwesteruniform schlüpfte, ihre Haare zu zwei Zöpfen band und ihn stürmisch abküsste.

Es ging nicht, sosehr er auch ihre Brüste knetete und ihren perfekten runden Hintern streichelte, seine Finger in ihr Spitzenhöschen gleiten ließ und ihre feuchte Muschi rieb. Sie wollte ihm helfen, aber er wehrte sanft ab.

»Ich muss mal«, sagte er. Sie sah ihn an, so erstaunt wie enttäuscht.

Frustriert und verängstigt hockte er auf der Toilette. Dann kam ihm eine Idee. Sein trockener Mund wurde wässrig. Zitternd nahm er sein Telefon auf und legte es wieder hin, kämpfte mit sich, rieb sich das Gesicht mit den Handflächen, bis es feuerrot war. So wird es gehen, sagte er sich. Keuchend öffnete er den Ordner mit den verborgenen Fotos.

Er wusste nicht mehr, ob ihn Erregung oder Schuldgefühle antrieben, als er drei Minuten später mit einem riesigen Ständer die Tür aufriss, sich auf das überraschte Mädchen stürzte, sie auf den Bauch drehte und ihn sie eindrang. *Eins, denk an das weiche schwarze Haar. Zwei, denk an das rosige Näschen eines kleinen Jungen, daran, wie seine zarten Wimpern dein Schamhaar berühren. Drei, küss die hübschen kleinen Lippen. Vier, pack sein noch unvollkommenes Schwänzchen.* Die junge Frau stöhnte, krallte ihre Finger ins Laken. Er schloss die Augen und grinste. *Fünf, denk an die feinen Härchen auf seinen kleinen Waden.* Er drang tief in sie ein. *Sechs, denk an die entzückenden kleinen Fußsohlen.*

Dann attackierte der Geruch einer erwachsenen Frau seine Nase.

Sieben. Erschöpft ließ er von ihr ab und starrte auf den schlaffen Penis zwischen seinen Beinen.

Damals wie heute hatte er sich auf die Bettkante gesetzt, tief gebeugt, die Hände an den Füßen, mit hängendem Kopf. Sie hatte ihm die Tränen abgewischt, sich dicht an ihn geschmiegt wie ein Kätzchen und ihren Kopf neben seinen Oberschenkel gelegt. Die junge Frau hatte ihn wirklich sehr gerngehabt.

Ein normaler Mensch, sagte er sich wieder und wieder vor, *ich bin ein normaler Mensch. Ich kann mich ändern.* Er gab nicht auf, tat sein Bestes, um die Richtung zu korrigieren, las psychologische Ratgeber, suchte anonym Beratung im Internet. Er kämpfte bis zum Umfallen gegen sich selbst an, bis er allmählich begriff, dass er einen Systemfehler hatte, der sich nicht einfach beheben ließ. Ihm blieb nichts übrig, als sich gegen das nächtliche Verlangen zu stählen, es zu unterdrücken.

Kurz vor dem Uni-Abschluss nötigte ihn Zhong Kaiyi, der hinter einer Studentin aus den Wirtschaftswissenschaften her war, sich einer Gruppe von Freiwilligen anzuschließen, die im Sommer bei einem indigenen Volk in den Bergen ein Ferienlager für Kinder ausrichteten. Er lehnte ab, einmal, zweimal, aber Kaiyi gab nicht nach. Hinterher redete er sich ein, es sei alles die Schuld seines Freundes gewesen, obwohl er im Grunde seines Herzens wusste, dass er nicht entschieden genug Widerstand geleistet hatte.

Sechs Tage und fünf Nächte voller Versuchungen folgten, umringt vom Schweiß wunderbarer kleiner Jungen, zarten Ärmchen in kurzen Ärmeln, das Lächeln auf den kleinen Gesichtern, feuchtes Haar. Wenn es zu heiß war, zogen sie die Oberteile aus und ihre kleinen Brustwarzen leuchteten. Er unterdrückte sein Verlangen, aber hin und wieder, wenn niemand hinsah, musste er sich zwischen die Beine greifen, um seine Erektion niederzudrücken. Der Schmerz rüttelte ihn wieder auf. Er spielte den Gleichgültigen, blieb kühl und distanziert, vermied es, ihnen in die Augen zu sehen, wich aus, wenn die Kleinen ihn anfassen wollten.

Bei der Besprechung am ersten Abend hielt ihm einer der anderen vor, dass er unfreundlich mit den Kindern umgehe, woraufhin Kaiyi sofort aufsprang und ihn lautstark verteidigte. Dankbar legte Qian ihm die Hand auf die Schulter, entschuldigte sich bei den andern und meinte, er habe sich tagsüber nicht wohlgefühlt.

Um seinen Freund nicht zu blamieren, zeigte er sich am nächsten Tag von seiner besten Seite und avancierte im Nu zum Lieblingshelfer.

Die Kinder waren begeistert von ihm, kreischten vor Lachen bei seinen Witzen, die kleinen Jungs folgten ihm auf Schritt und Tritt. Am Ende wollten sie alle seinem Team angehören. Ein Siebenjähriger, dem zwei vordere Schneidezähne fehlten, war besonders anhänglich. Der Junge war sehr schmächtig, lispelte durch die fehlenden Zähne. Er war furchtbar schmutzig, unter seinen Fingernägeln stand Dreck. Qian nannte ihn Winzling. Er wusch ihm die Haare und klopfte ihm den Schmutz ab. Dann brachte er ihm Zeichnen bei, spielte mit ihm, erzählte ihm Geschichten. Die anderen lächelten nur und begriffen nichts. Qian liebte sie, er verhätschelte sie, er verbrachte gern Zeit mit ihnen. Es war Liebe.

Bei seinem letzten Nachtdienst setzte er sich während des Rundgangs an Winzlings Bett, betrachtete sein naives Gesicht, die kleinen Waden, die aus der Decke hervorlugten, beobachtete, wie seine Brust sich hob und senkte. Wie sehr er sich zusammenreißen musste. Immer hieß es: Sei du selbst. Was, wenn das sein Selbst war? Ein eigentümlicher Glanz überzog Qians Gesicht, er kämpfte zwischen Scham und Erregung, schaukelte heftig mit dem Oberkörper, bis Winzling sich im Bett herumwälzte und im Schlaf etwas Unverständliches murmelte. Wie hübsch der Junge war. Er liebte ihn, er konnte nicht länger an sich halten.

Die Berührung seiner Haut versetzte Qian einen leisen Schlag, wie die Berührung eines Elektrodrahts. Hier gehörte er hin, *das war er*. Er beugte den Kopf hinunter und küsste das kleine Bein, ließ einen Speichelring zurück. Dann leckte er über die zarte Haut, seine Hand wanderte lustvoll das Bein hinauf, höher und höher. Als er die feinen Schweißperlen am Schritt des Kleinen küsste, bekam er eine Erektion.

Winzling blinzelte, er hatte ihn geweckt. Aber sein schläfriger Mund formte nur unzusammenhängende Sätze.

Rasch richtete Zou sich auf, zog seine Hand weg und stolperte hastig davon. Er rannte zu den Toiletten, schlug die Tür hinter sich zu und kauerte zitternd am Boden. Er war ein Monster! Jemand wie er hatte kein Recht zu existieren. Er fand sich abstoßend, bösartig, erbärmlich. Er war sein schlimmster Albtraum.

Was blieb, war tragischer Selbsthass.

Am nächsten Tag hing Winzling wie zuvor ständig an ihm. Offenbar war dem Jungen überhaupt nicht klar, was geschehen war, aber *ihm* war es klar. Er wagte nicht mehr, ihm oder einem der anderen Kinder in die Augen zu sehen, und ging bewusst auf Abstand. Als die Gruppe fertig zum Abreisen war und den Minibus bestieg, warf sich Winzling bäuchlings auf den Boden und plärrte hysterisch. Zhong Kaiyi und die Studentin der Wirtschaftswissenschaften, die er inzwischen erfolgreich erobert hatte, versuchten, ihn zu beruhigen, aber er weinte nur noch mehr. Qian blieb reglos im Minibus sitzen und verzog keine Miene, obwohl er am liebsten selbst laut losgeheult hätte. Kaiyi klopfte gegen die Fensterscheibe und forderte ihn auf, rauszukommen und sich zu verabschieden, aber er schüttelte den Kopf.

Er war nicht in der Lage dazu.

Zuhause angekommen, duschte er sich, zog ein sauberes Hemd und eine frische Hose an, dann ging er aufs Dach hinaus. Es war ein windiger Abend. Er legte die Jacke ab und faltete sie ordentlich zusammen. Dann stieg er auf die breite Brüstung. Sein Smartphone vibrierte in der Hosentasche, der Klingelton folgte. Er ließ es klingeln. Der Anrufer war hartnäckig. Beim dritten Mal zog er es heraus und sah auf das Display. Zhong Kaiyi. Er ging dran. Wie üblich legte Kaiyi mit seinen derben Sprüchen los, ohne Luft zu holen, fluchte und scherzte in seinem Heimatdialekt. Er wollte nichts Besonderes, nur mal hören, wie es lief, schlug vor, zusammen essen zu gehen.

Qian starrte hinunter auf die Straße. Tränen liefen über seine Wangen.

»Hallo? He, Qian, Bruder, alles klar? Hör mal, pennst du schon, oder was? Du hast noch genug Zeit, deinen Arsch schlafen zu legen. Komm mit, wir gönnen uns ein Mitternachtshäppchen.«

Qian zitterte am ganzen Körper. Seine Schultern bebten, Rotz und Tränen benässten sein Hemd. Er stieg von der Brüstung, ging in die Knie und schluchzte.

21

Was er brauchte, war eine perfekte Maskerade.

Um zu überleben, brauchte er die Fassade eines gewöhnlichen Lebens, Konformität.

Und so begann er, sich nach einer Partnerin umzusehen. Seine Verwandten und Bekannten waren nur allzu bereit, ihm bei der Suche behilflich zu sein, aber er scheute diese öffentliche Einmischung in sein Privatleben, es entsprach auch nicht seinem einfachen und geradlinigen Naturell. Gleichzeitig hatte er hohe Ansprüche.

Üblicherweise griff man in seiner Situation zum Online-Dating, was allerdings nicht zu Qians Perfektionismus passte. Er brauchte jemanden, den er vollständig durchschaute und dadurch kontrollieren konnte, den sanftmütigen, unkomplizierten Typ, ohne hohe sexuelle Ansprüche, eine, die gern Hausfrau war und für ihn den Nachwuchs großzog. Das Schicksal oder der Zufall meinte es gut mit ihm, denn schon bald fand er in der Stadtbibliothek genau die Richtige. Er war sich nicht sicher, ob er ihr schon einmal begegnet war, aber sie erkannte ihn sofort wieder.

»Entschuldigung«, sprach sie ihn an, »bist du nicht Zou Youqian?« Er war überrascht und nickte nur, reflexartig. »Ich bin's, Luo Yishan!«, rief sie freudig, »kennst du mich nicht mehr? Wir waren zusammen auf der Schule, ich war in deiner Nachbarklasse. Die anderen haben uns immer aufgezogen ...«

Ihr Lächeln fegte den Staub fort, der sich über seine Erinnerungen gelegt hatte. Natürlich, Luo Yishan, die ihm in der Mittelstufe einen Liebesbrief geschrieben hatte. Sie hatten sogar einmal vor den Augen ihrer frohlockenden Mitschüler verzagt Händchen gehalten. Zweimal hatte er ihr in der Mittagspause seine Jacke geliehen. Das Mädchen mit den tiefen Grübchen und dem herzförmigen Gesicht, das ihn an ein Eichhörnchen denken ließ. Mit wässrigen Augen hatte sie ihm bei der Schulabschlussfeier ihre Telefonnummer zugeschoben. Anschließend tauschten sie noch ein paar Nachrichten aus, und das war es dann gewesen.

Sie plauderten leise, brachten sich gegenseitig auf den neuesten Stand. Qian war erstaunt, wie sehr er sich über die Begegnung freute.

Als sie sich verabschieden wollte, lud er sie rasch auf eine Tasse Kaffee ein. Sie kam mit. *Was für ein netter und großmütiger Mensch,* dachte Qian, als sie sich herzlich bei der Bedienung bedankte, die ihr ein Huhn-Käse-Panini brachte. Er bat sie, schon anzufangen, damit es nicht kalt wurde, aber Luo Yishan schüttelte nur den Kopf und wartete höflich.

Sie sagte etwas, er lächelte. Lange schon hatte er sich nicht so entspannt gefühlt.

Immerhin verband sie die gemeinsame Vergangenheit. Als sie ihm von ihrem Beruf erzählte, war er sich nicht mehr so sicher. Eine Grundschullehrerin war vielleicht nicht die Richtige für einen wie ihn. Dennoch überzeugte ihn am Ende ihre offenherzige, gütige Art.

Wenn es auf der Welt jemals jemanden gab, der ihn würde ändern können, wäre es Luo Yishan. Zumindest glaubte er das. Mit der Zeit würde er in der Lage sein, ein ganz gewöhnliches, stabiles Leben zu führen. Er wollte alles dafür tun, damit sie bei ihm blieb. Zwei Wochen gab er sich, bevor er ihr seine Liebe gestehen wollte, denn zunächst brauchte er ein bisschen Übung. Aus Vorsicht bediente er sich einer dieser anonymen Hotlines, fuhr in ein Motel, duschte und wartete mit dem Handtuch um die Hüften auf der Bettkante, bis eine aufgetakelte und übermäßig geschminkte Dame anklopfte. Drinnen nahm sie die dunkle Sonnenbrille ab und fragte, ob er gleich zur Sache kommen wolle.

Er überlegte nicht lange und löste das Handtuch.

Sie hatte einen weichen, warmen Körper, nur leider etwas zu reife Haut für seinen Geschmack. Als er sie berührte, zwang er sich, an etwas anderes zu denken. Sofort tauchte die kleine Gestalt des Jungen aus dem Ferienlager vor seinem inneren Auge auf. Er wurde hart.

»Oh, ist der groß«, sagte die Frau mit professioneller Lüsternheit, »der ist bestimmt lecker.«

»Halt die Klappe«, sagte er. Grobheit war nicht seine Art, aber es ging nicht anders. »Dreh dich um«, sagte er. Die Frau wälzte sich gehorsam auf den Bauch.

Er drang von hinten in sie ein und spulte sein Mantra ab. *Eins*, streichle sein weiches Haar. *Zwei*, liebkose sein rosa Näschen. *Drei*, küss seinen hübschen Mund ... Die Frau stöhnte übertrieben, was ihn nervte. Es störte seine Konzentration. *Vier*, ... Wieder dieser furchtbare Geruch nach erwachsener Frau. Diesmal würde er sich nicht davon irritieren lassen. *Fünf, riech den feinen Schweiß an seinem Hals, sechs, ..., sieben, ...*

Zou Youqian stöhnte. Es hatte funktioniert.

Zwei Jahre später heiratete er Luo Yishan. Zhong Kaiyi war sein Trauzeuge.

Als es bei der Hochzeitsfeier Zeit für die Rede des Trauzeugen wurde, war Kaiyi schon sturzbetrunken, und seine Rede fiel zwar etwas ungehobelt, dafür aber aufrichtig und herzlich aus. Halb weinend und halb lachend taumelte er vom Rednerpult, nahm Yishan in den einen und Youqian in den anderen Arm und verpasste ihnen zwei kräftige Schmatzer.

Das frischgebackene Paar kaufte ein Auto und mietete eine Wohnung in Zhanghua, unweit von Yishans Eltern. Qian nahm eine Stelle als Buchhalter einer Importfirma für italienische Luxusgüter an, und Yishan arbeitete als Lehrerin in der Minquan-Grundschule. Anfangs saßen sie abends nach der Arbeit zusammen auf dem Sofa, plauderten beim Abendessen, sahen sich Serien an. Ab und zu schneite Kaiyi zur Tür herein, immer eine verrückte Geschichte auf Lager. Manchmal begleitete Qian seine Frau bei ihren vielfältigen Lehrerinnenaktivitäten, Wanderungen, Abendessen oder Tagesausflügen.

Zwei- bis dreimal pro Woche schliefen sie miteinander. Er konnte nicht sagen, ob Yishan mit ihm in dieser Hinsicht zufrieden war, sie redeten nie über Sex. Weil sie sich nicht beklagte, nahm er das als Zustimmung, in der gleichen Weise fortzufahren. Er hatte einen guten Job, ein gutes Zuhause, einen guten Freund, eine gute Ehefrau. Ob es ein gutes Leben war, wusste er nicht. Er wusste nur, dass er häufig allein schwimmen ging, immer häufiger. So verging die Zeit.

Dann nahmen seine Ausreden zu, wenn es darum ging, sie auf Exkursionen zu begleiten oder sie von der Arbeit abzuholen. Die zunehmende Distanziertheit hatte weniger mit ihr zu tun als mit der Grundschule, die für ihn wie ein gefülltes Bonbonglas war. Er musste zusehen, dass er nicht die Nerven verlor.

Dann kam die Nacht mit dem Regensturm, es war ein geradezu beängstigendes Unwetter. Er hatte die Küche aufgeräumt und den Boden gewischt, als er beim Blick auf die Uhr feststellte, dass es schon nach zehn Uhr abends war. Yishan war immer noch nicht zuhause und ging nicht ans Telefon. Besorgt setzte er sich ins Auto und fuhr die Straßen ab, die rechte Hand am Lenkrad, die linke am Telefon. Er hatte ihr schon drei Sprachnachrichten hinterlassen. Die Straßen waren so gut wie leergefegt, niemand wagte sich bei diesem Unwetter hinaus. Wer dennoch draußen war, hatte einen guten Grund dafür. Die Scheibenwischer quietschten, die Sicht war verschwommen, das Fernlicht leuchtete bestenfalls drei Meter weit. Er fühlte sich, als führe er durch einen Fluss.

Er hing seinen Gedanken nach.

»Hallo?«

»Hallo?«, antwortete er schnell. »Wo bist du? Immer noch in der Schule?«

»Ich bin bei meiner Mutter.«

»Oh.« In den vergangenen Monaten war sie immer öfter allein zu ihrer Mutter gegangen. Natürlich war es ihm aufgefallen, aber er hatte keine Gedanken darauf verschwendet. »Ich bin schon auf dem Weg. Ich hole dich ab«, sagte er und machte sich bereit zum Wenden.

»Nicht nötig.« Sie klang abweisend.

»Wirklich, ich bin gleich da, war gerade auf dem Weg zur Schule.«

»Bemüh dich nicht«, wiederholte sie entschlossen. Sie schwiegen. Nur das Prasseln des Regens war zu hören. Warum redete sie so mit ihm?

»Wann bist du denn nach Hause gekommen?«, fragte sie.

Er überlegte kurz und entschied, ihr einfach die Wahrheit zu sagen. »Nach dem Schwimmen, so um halb acht.«

»Du bist nach der Arbeit schwimmen gegangen, nach Hause gekommen und ich war nicht da. Draußen herrscht ein Sauwetter, und trotzdem hast du mich erst nach zehn zum ersten Mal angerufen.« Sie klang anders als sonst, etwas stimmte nicht. »Findest du das normal?«

»Ich hatte mir schon gedacht, dass du bei deiner Mutter

bist.« War sie sauer? Er verstand es nicht. »Schließlich gehst du ständig zu ihr.«

»Schließlich gehst du ständig zu ihr? Ist das alles, was du dazu zu sagen hast?« Sie sprach nicht sehr laut, aber er hörte die Wut in ihrer Stimme. »Hast du dich noch nie gefragt, warum? Jeden Abend, wenn ich nach Hause komme, ist die Wohnung leer. Ich will mit dir frühstücken, aber du sagst, du musst schnell los, und wir gehen getrennt zur Arbeit. Nach der Arbeit gehst du schwimmen, mal bis acht, mal bis neun, oder es wird sogar noch später, bis du zuhause bist. Dann wechselst du drei Worte mit mir, duschst und gehst schlafen. So geht das Tag für Tag. Und das findest du in Ordnung, ja?

Ich habe schon mehrmals mit dir reden wollen. Letzten Mittwoch hatte ich gesagt, wir sollten reden, und du hast versprochen, dass du zum Abendessen nach Hause kommst. Ich habe uns ein leckeres Menü gekocht. Und dann? Hast du angerufen und gesagt, es wird leider später. Also habe ich gewartet. Allein am gedeckten Tisch gesessen und gewartet. Um elf warst du zuhause. Das war nicht das erste Mal. Warum, glaubst du, gehe ich so oft zu meiner Mutter, Youqian? Hast du dir nie Gedanken darüber gemacht?«

Er hielt an einer roten Ampel.

»Ich habe es satt, Youqian. So geht es nicht weiter. Ich kann so nicht leben.«

Er schwieg.

»Denk darüber nach. Lass uns beide darüber nachdenken. Ich bleibe für ein paar Tage bei meiner Mutter. Fahr vorsichtig.« Sie legte auf.

Was wollte sie ihm zu verstehen geben? Was erwartete sie von ihm? Er verstand nicht einmal sich selbst, wie sollte er dann sie verstehen? War es nicht genug, einfach weiterzuma-

chen wie bisher? Worin bestand ein gutes Leben, ein normales Leben?

Die Ampel schaltete auf Grün, aber er ließ den Fuß auf der
Bremse und starrte in den Regen, sah zu, wie die Scheibenwischer das Wasser zu Bächen teilten.

Die Ampel wurde wieder rot.

22

Qian saß auf dem Bettrand und starrte auf die an den Stuhl gefesselte, bewusstlose Frau vor sich. Mit einem hilflosen Stöhnen vergrub er das Gesicht in den Händen.

Yang Nings Kopf hing schlaff herab, wie bei einer Stoffpuppe.

Eine Viertelstunde zuvor, als er sie mit dem Seil fesselte, war er erschrocken zusammengezuckt. Erst die Berührung mit der warmen Haut brachte ihn zur Besinnung. Das hier war real. Derjenige, der dieser Frau eben ein Wasserrohr auf den Hinterkopf geschlagen hatte, war er.

Wie fragil sie war. Er ging sehr behutsam vor, aus Angst, ihre Handgelenke zu brechen, wenn er zu straff zog. Erst zieht er ihr ein Rohr über den Hinterkopf, dann will er sie fesseln und bekommt Skrupel. Er lächelte bitter angesichts der absurden Ironie des Ganzen.

Warum hatte er sie bloß niedergeschlagen? Was wusste sie schon? Gar nichts. Was konnten ein paar selbstgemischte Parfüms und ein Schrank voller Socken schon beweisen? Sicher, sie vermutete irgendetwas, aber er hätte schon die passenden Antworten gefunden, man hätte sich verständigen können. Schließlich war er nicht der einzige Mensch der Welt mit einem Fußfetisch und einer Liebe zum Duftmischen. Weder das eine noch das andere war ein Verbrechen. Was gab es da zu argwöhnen? Und selbst wenn – was hatte sie schon in der Hand gegen ihn? Sie war es, die unrechtmäßig gehandelt hatte. Erst hatte sie bei ihm zuhause herumgeschnüffelt, dann war sie hier eingebrochen. Sie müsste sich ertappt fühlen, nicht er. Er rieb und knetete sein Gesicht mit einer Inbrunst, als wollte er es in seinen Handflächen auflösen.

Er hätte sie nicht schlagen dürfen. Besser, er hätte den Empörten gemimt, ihr eine Erklärung abverlangt und sie anschließend aufgefordert, unverzüglich sein Haus zu verlassen. Aber nein. Nein, nein, nein, nein. Yang Ning war zu intelligent. Sie wusste alles. Leichtsinnig war sie, aber schlau. Wer wusste schon, wozu sie fähig war? Zwar scherte sie sich nicht um Anstand und Regeln, aber allzu oft führte ein irrationaler Ansatz zur richtigen Antwort.

Schon fast einen Monat war es her, dass die Polizei Yang Ning vorgeladen hatte. Seit jenem vierundzwanzigsten Januar hatte sie einen erstaunlichen Kampfgeist an den Tag gelegt. Nicht nur, dass sie sich ausgerechnet mit einem wie Cheng Chunjin zu einem absonderlichen Team zusammengetan hatte, sie hatte auch, mit Zhong Kaiyis Namen als Türöffner, eine Menge Informationen von der Polizei, dem Bestattungsinstitut und Zheng Wenrus Familie erhalten. Das hatte Qian schon länger beunruhigt. Obwohl er nichts mit den aktuellen Fällen zu tun hatte, wollte es der Zufall oder das Schicksal, dass Zheng Wenru ausgerechnet der kleine Bruder von Zheng Wenliang war.

Die Erkenntnis hatte bei ihm einen namenlosen Schrecken ausgelöst.

Er sah zu, dass jede Akte, die über Kaiyi an Yang Ning weitergereicht wurde, zuerst über seinen Schreibtisch wanderte. Offiziell gab er das als Fürsorgepflicht eines Vorgesetzten gegenüber der Mitarbeiterin aus. Auf diese Weise ließ er alles, was irgendwie in Verbindung mit ihm gebracht werden konnte, verschwinden.

Dass Yang Ning eine harte Nuss war, stand außer Frage. Deshalb hatte er ihren Fortschritt in der Sache genau verfolgt und hätte sie gern zum Aufhören bewegt, aber wie? Sturheit war Yang Nings wesentlicher Charakterzug. Wenn er sie hier lebend rausließ, würde alles ans Licht kommen. So hockte er auf dem Bettrand, starrte zu Boden und kam zu dem Schluss, dass er keine Wahl hatte. Sie musste sterben. Seine Handflächen waren warm geworden.

In dem Augenblick, als Yishan ihn angerufen hatte, war es ihm sofort klar gewesen. Ob Yishan etwas ahnte? Vermutlich nicht. Sie hatte nur erzählt, dass Yang Ning überraschend vorbeigeschaut habe, hatte besorgt gewirkt. »Gesagt hat sie nichts. Sie hat sich nur nach den Kindern erkundigt. Und nach dem Haus in Tonghou. Ning sieht gar nicht gut aus, sie scheint noch dünner zu sein als früher und so blass! Hat sie dir ihren Besuch angekündigt? … Hm, ich habe mich gewundert, sie so unverhofft zu sehen. Ob etwas nicht in Ordnung ist mit ihr?« Yishan hatte noch weitergeredet, aber er erinnerte sich nicht mehr an ihre Worte. Er wusste nur noch, dass seine Hände eiskalt waren, als er auflegte.

Sofort sprang er auf, verließ das Büro, ohne sich zu verabschieden, stieg ins Auto und brauste nach Tonghou. Es herrschte Berufsverkehr. Keine gute Zeit für einen solchen Ausflug, schon gar nicht, wenn man es eilig hatte. Er stand vor einer roten Ampel nach der anderen, zappelig schob er immer wieder seine Brille nach oben. Die lange Reihe Autos hinter ihm verschwamm im Rückspiegel, während sein Wagen auf der Stelle stand und mit ihm ungeduldig in der Kälte bibberte.

Er erinnerte sich wieder an den Regensturm vor vielen, vielen Jahren.

Auf allen Kanälen war an jenem Abend vor dem Unwetter gewarnt worden. Er fuhr mit dem Auto durch den Regen und telefonierte mit Yishan, hörte ihre Verzweiflung, ihre Zweifel und auch die unausgesprochene Wut. »Lass uns darüber nachdenken, alle beide.« Rote Ampel, grüne Ampel. Er steuerte den Wagen, ohne recht zu wissen, wohin er eigentlich fuhr. Hatte er ihr weh getan? Er fühlte sich schuldig, hatte aber keine Ahnung, wie er sich verhalten sollte. Er beschloss, umzukehren und wieder nach Hause zu fahren. Während er wendete, schoss ihm plötzlich ein Gedanke durch den Kopf: Ob Yishan etwas ahnte? Schon seit einigen Monaten war sie nicht mehr die Alte. Konnte das bedeuten, dass sie sein kleines Geheimnis entdeckt hatte?

Unmöglich. Er hatte keine Grenzen überschritten. Die Fotos lagen alle in einem geheimen, passwortgeschützten Ordner auf einem anderen Smartphone, und er hatte immer nur stumm in einer der abschließbaren Kabinen des Schwimmbads masturbiert.

Alles andere spielte sich allein in seiner Vorstellungskraft ab, es gab nichts, was man ihm vorwerfen konnte. Er hatte eine reine Weste.

Oder war er am Ende nicht vorsichtig genug gewesen? Verzweiflung fiel ihn an. Wollte Yishan ihn verlassen? Würde sie ihn verlassen, wenn sie es wüsste? Bestimmt würde sie das. Wer wollte schon mit so einem wie ihm zusammen sein?

Liebte er sie? Doch, er würde es so nennen. Er war bereit, Verantwortung für sie zu übernehmen, bei ihr zu bleiben, wenn sie krank wurde, mitten in der Nacht aufzustehen und ihre eine Schüssel Nudeln zu kochen, wenn sie hungrig aufwachte. Er hatte sich an ihren nackten Körper gewöhnt, konnte ihr beim Pinkeln zusehen, und wenn sie lachte, musste er mitlachen. Vor allem gelang es ihm an ihrer Seite, seine Sehnsüchte in Zaum zu halten, auch wenn sie nicht verschwunden waren. In seinem ganzen dreißigjährigen Leben war er der Normalität nie so nahe gekommen.

Er liebte sie, aber er fühlte sich nicht körperlich zu ihr

hingezogen, das nicht. Alles, was er bieten konnte, war das Versprechen, für sie da zu sein, aber kein Verlangen.

Ob ihr das reichte oder nicht, für ihn reichte es. Verlassen wollte er sie nicht, besser als der jetzige Status quo ging es nicht für ihn, und mehr zu erwarten, stand ihm nicht zu. Seine Augen und seine Nase brannten. Es war unmöglich, sich auf den Verkehr zu konzentrieren. Er parkte das Auto am Rand einer Gasse und ließ den Kopf sinken.

Dann drückte er kräftig auf die Hupe. Zweimal, dreimal. Ein einsamer, langgezogener Schrei.

Die Scheibenwischer liefen weiter, in gleichmäßigem Rhythmus. Erschöpft hob er den Kopf und starrte durch die Scheibe.

Der kleine Junge hockte zusammengekauert unter einem Dachvorsprung wie ein verwundetes, heimatloses Tier.

Er öffnete die Beifahrertür. »Steig ein«, rief er dem Jungen zu.

Der Kleine zögerte erst. Doch der Regen war heftig, er hatte kein Telefon, wusste den Weg nicht mehr, niemand kam und half ihm. Er hatte schon eine ganze Weile verloren dort gehockt. »Könnten Sie vielleicht über die Zhongzheng Lu fahren?« Seine weinerliche Lispelstimme ließ Youqian an den kleinen Jungen aus dem Ferienlager denken, der ihn noch immer in seinen Träumen heimsuchte. »Da wohne ich, Zhongzheng Lu.«

»Sicher, ich fahre dich«, sagte er, sanft und leise, so als wolle er das kleine Tier nicht verscheuchen.

»Danke«, sagte der Junge. Diese Stimme kam ihm so vertraut vor! »Unsere Lehrerin hat gesagt, man muss sich immer schön bedanken.«

Der Kleine war ziemlich redselig, erzählte wiederholt von »unserer Lehrerin«, die gesagt habe, dass er bei diesem Regenwetter nicht ohne Regenmantel zur Schule kommen solle, aber sein großer Bruder habe ihm den blauen Mantel, den seine Mutter für ihn gekauft habe, weggenommen und nicht zurückgegeben. Sie hätten sich gestritten, und deshalb habe sein Bruder ihn nach der Schule nicht zur Hausaufgabenbetreuung begleitet wie sonst. »Unsere Lehrerin« habe gesagt, dass er eine Entschuldigung brauche, wenn er krank würde oder anderes zu tun habe. Er wisse nicht, ob sein Bruder der Lehrerin Bescheid gegeben habe. Aber dann hätten die Gassen im Regen alle gleich ausgesehen, und er sei gegangen und gegangen und habe nicht nach Hause gefunden. »Bei uns in der Straße gibt es einen Friseur, der schneidet mir die Haare, wenn sie zu lang werden. Unsere Lehrerin sagt, lange Haare sind unordentlich.«

Sein Haar roch nach Regen und Schweiß. Er zog zwei eingewickelte, arg deformierte kleine Schokofußbälle aus der Hosentasche. »Wollen Sie auch einen?«, fragte der Junge.

Er schüttelte den Kopf und versuchte, sich auf die Straße zu konzentrieren. Wie sollte er? Ein kleiner Junge. Regen. Schokoladenduft.

»Ihh, wie eklig«, der kleine Junge hielt die schokoladenverschmierten Finger hoch. »Hab vergessen, sie rauszunehmen. Wir hatten heute nämlich Turnen. Jetzt sind sie Matsch, hihi. Unsere Lehrerin sagt, wir dürfen nur einmal am Tag zum Schulkiosk gehen. Mama gibt mir zehn Dollar ...«

Ein kleiner Junge. Regen. Schokoladenduft.

»Mein Bruder kriegt zwanzig, weil er zwei Jahre älter ist, sagt Mama ... Darf ich die Schuhe ausziehen?«

Qian zuckte zusammen. Sein Blick streifte den kleinen Jungen. Er sah unglücklich drein.

»Darf ich die Schuhe ausziehen?« Ohne seine Antwort abzuwarten, kämpfte der Junge schon mit seinen Schuhen, die er mühselig abstreifte, die Socken gleich mit. *Dieser Geruch.* Schmutzige, durchnässte Kindersocken. Es war das erste Mal, dass er die regenfeuchten Füße eines Siebenjährigen roch, und es war um ihn geschehen. Für den Rest seines Lebens.

Für Qian war es nicht der kleine Junge, der an diesem Abend erwürgt wurde, sondern er selbst. Warum nur hatte der Regen nicht sein Verlangen fortgeschwemmt? Alles ging so schnell, wie im Rausch. Bevor er einen klaren Gedanken fassen konnte, trieb die Leiche des Kleinen schon den Fluss hinunter.

Niemand würde begreifen, wie sehr er litt. Man musste es selbst durchmachen, um es zu verstehen. Qian verstand in dieser Nacht, dass physische Qualen ein Witz waren im Vergleich zur Qual der Verzweiflung, der Überzeugung, keine Wahl zu haben, keinen Ausweg aus der Misere zu wissen. Es zerrte an seinen Eingeweiden und riss ihn in Stücke.

Yang Ning zuckte.

Er stand auf und rückte die noch immer bewusstlose junge Frau in eine bequemere Position.

23

Yang Ning war immer das aufmüpfige Kind in der Familie gewesen, die rebellische Tochter, willensstark, arrogant und scharfzüngig. Von einem nagenden Ehrgeiz beseelt, wollte sie immer die Beste sein, ob in Leichtathletik, in der Aerobic-Klasse oder im Wettbewerb um den schönsten Plakatentwurf. Ihre Dreistigkeit war legendär.

Allerdings waren ihre Noten so gut, dass die Lehrer beide Augen zudrückten.

Haoyang hatte ihr oft vorgeworfen, sie sei destruktiv, nicht nur anderen, sondern vor allem sich selbst gegenüber. Sie fasste es als Kompliment auf. Auch wenn sie es nicht sagte, war sie insgeheim stolz darauf, dass sie als kleine Rebellin galt, die Rebellion war ein Merkmal des Fortschritts. Niemals hatte sie erwartet, dass nicht sie selbst zuerst dabei draufgehen könnte, sondern ihr Bruder Yang Han.

Wie sehr sie ihn hasste! Sie hasste Yang Han dafür, dass er durch seinen Tod so leicht davongekommen war. Am liebsten wäre sie ihm in die Hölle gefolgt, um ihm eine runterzuhauen.

Aber sie hatte ihn auch geliebt. Oder etwa nicht? Damals, als sie ihn zärtlich kleiner Wal nannte, ihm fürsorglich die Schürze umband, als sie sein Essen noch dampfend heiß aus dem Topf löffelte, auch wenn sie sich dabei den Mund verbrannte.

Sie hatte ihn geliebt, als sie sich versprachen, dass sie immer zusammenbleiben würden.

Wie lernt man, in ständigen neuen Lügen zu leben? Wie kann man einem, der gegangen ist, Vorwürfe machen? Wie lange braucht eine Überlebende, bis sie wieder lächeln kann? Es hieß, manche Dinge könne man nur verstehen, wenn man sie selbst durchgemacht habe, und dann lerne man, damit zu leben. Aber sie hatte sie durchgemacht, ohne sie zu verstehen und ohne damit leben zu können.

Nach seinem Tod wollte sie nichts von Yang Han aufheben.

Die Frau vom Bestattungsinstitut wollte Yang Ning einen Beutel mit seiner Kleidung und seiner Brille mitgeben. Yang Ning starrte nur ausdruckslos vor sich hin und sagte kein Wort.

Betreten stand die Frau mit dem Beutel in der Hand da. »Komm schon, nimm es als Erinnerung an ihn«, flüsterte Haoyang leise in Yang Nings Ohr. Als sie sich noch immer nicht rührte, wollte er den Beutel für sie annehmen.

»Verbrennen Sie alles«, sagte Yang Ning schnell.

Hatte sie ihm inzwischen vergeben? Sie konnte es nicht sagen. Manchmal hasste sie ihn immer noch so sehr, dass es wehtat, so sehr, dass ihr nichts anderes übrigblieb, als andere anzugreifen und selbst verletzt zu werden. Um zu spüren, dass sie existierte.

Sie erinnerte sich an den Abend, an dem die anderen sie auf frischer Tat ertappten. Es war noch warm genug für kurze Ärmel gewesen. Der Chef hatte sie gebeten, einen Tatort vorab in Augenschein zu nehmen, eine kleine Wohnung in der Nähe des 832 Memorial Parks, unweit ihrer eigenen Wohnung. Sie stieg aufs Motorrad und fuhr hin.

Es stank nach verbranntem Holz und verkohltem Fleisch. Als wären hunderte von Tintenfischen auf einmal angebrannt. Yang Ning stocherte mit einer feuerfesten Stange in der eisernen Wanne mit den Kohlen herum. Die weiße Asche und die noch intakten pechschwarzen Kohlenstücke waren kalt, keine Funken, keine Glut. Stattdessen rührte der Stab einen bestimmten Geruch auf, der sie sachte anwehte. Litschiholzkohle. Yang Nings Nasenlöcher bebten. Das schwache, fruchtige Aroma löste sich schnell wieder in der Luft auf.

Es war derselbe Typ Holzkohle, den auch Yang Han benutzt hatte. Sie entwickelte weniger Rauch als gewöhnliche Holzkohle und duftete angenehm nach Litschis.

Yang Ning zog ein Kleidungsstück der Verstorbenen nach dem anderen aus dem Schrank, schnüffelte sie ab und warf sie aufs Bett. Dann stellte sie den Timer ihres Telefons und legte sich hin, döste benommen inmitten der Kleider der Verstorbenen ein. Als eine halbe Stunde später der Wecker schrillte, hörte sie ihn nicht und lag weiter leise schnarchend da. Ihre Brust hob und senkte sich gleichmäßig. Sie schlief so tief und fest, als wollte sie nie mehr aufwachen.

Bis der Klang von Schritten sie aus dem Schlaf riss. Die Tür ging auf, ein Chor entsetzter Rufe im Wechsel mit hastigen Entschuldigungen setzte ein. Yang Ning wusste bis heute nicht, warum auf einmal all diese Menschen an ihrem Arbeitsort auftauchten. Der Chef, Xiaozhi, die Eltern und der Bruder der Verstorbenen, ein daoistischer Priester und noch andere, deren Rolle sie nicht kannte, ein Sozialarbeiter vielleicht, der Vermieter.

Alle auf einmal. Wie wenn die Promi-Ehefrau mit Anwälten und Reportern im Gefolge ihren Mann auf frischer Tat beim Fremdgehen überrascht und eine große Szene folgt, Vorwürfe, Tränen. So fühlte sie sich, in flagranti ertappt. Ein Pulk von Menschen drängte sich in der Wohnung und im Hausflur. Der Chef wiederholte in einem fort Entschuldigungen und Erklärungen: »Die Arme ist völlig überarbeitet, kurz vor dem Burnout, wir haben alle Hände voll zu tun, wissen Sie …«

Mit hängendem Kopf stand sie daneben. Ja, sie war fix und fertig. Yang Hans Tod war zwar schon eine Weile her, aber noch immer war sie deprimiert und erschöpft.

Als sie am selben Tag alle wieder zurück in der Firma waren, ging sie ins Büro des Chefs, um sich ihre Abfuhr zu holen. Aber er hielt ihr keinen Vortrag, sah sie nur schweigend an.

Sie hasste diesen Blick. Die Art Blick, mit der man jemanden ansah, der sie nicht mehr alle hatte. Ein mitleidiger, gnädiger Blick. Vielleicht auch ein fürsorglicher. Sie wollte ihn nicht.

In derselben Nacht versuchte ihre Mutter, Yang Han in den Tod zu folgen.

Ihr Vater lieh sich das Telefon eines Krankenhausmitarbeiters. Weil diese Nummer nicht blockiert war, ging Yang Ning dran.

Sie redeten nicht viel. Seine Stimme war die eines eingefleischten Kettenrauchers und Trinkers, gefärbt von gespieltem Weltschmerz, vorgetäuschter Reife und geheuchelter Würde. Er nannte ihren Namen nicht. »Also, deine Mutter …« Er druckste herum, erzählte, er sei auf einen Besuch nach Hause gekommen und habe sie zusammengebrochen vor der Badezimmertür gefunden. Dann habe er den Rettungsdienst gerufen, der sie noch rechtzeitig ins Krankenhaus gebracht habe. Sie habe zwei Packungen Schlaftabletten geschluckt. Noch sei sie nicht aufgewacht.

So, du kommst jetzt also wieder nach Hause? Früher hätte Yang Ning ihm ihre sarkastischen Bemerkungen nicht erspart. Sie hätte ihn verbal fertiggemacht. Jetzt fehlte ihr die Kraft dazu.

Stattdessen sagte sie gar nichts. Auch ihr Vater schwieg nun betreten.

»Ist das alles?«, fragte sie schließlich.

Peinliches Schweigen, gefolgt von einem trockenen Hüsteln.

»Von Schlaftabletten stirbt man nicht«, hatte Yang Ning gesagt, ihre Stimme kühl. »Richte ihr aus, dass sie sich was Besseres einfallen lassen soll, wenn sie sterben will.«

Als das Blut in ihren Kopf zurückschoss, kam Yang Ning langsam wieder zu Bewusstsein. Mit dem Aufwachen setzte der Schmerz ein. Ihre Lider flatterten unkontrolliert, sie schaffte es nicht einmal, die Augen zu öffnen. Sie fühlte sich benommen und hätte sich am liebsten übergeben, brachte aber nur ein Würgen zustande. Immer wieder kippte ihr Kopf vornüber auf die Brust. Sie schwankte. Jetzt erst spürte sie die Schlinge, die sich um ihren Hals zog.

Sie bekam kaum Luft. Die Adern an ihren Schläfen pochten, der Sauerstoff hatte Mühe, zu ihrem Gehirn vorzudringen. Zwei dünne Blutströme rannen über ihre Schläfen zum Kinn, wo das Blut zu einer klebrigen Masse gerann. Yang Ning richtete sich so gut wie möglich auf und kämpfte, um bei Bewusstsein zu bleiben. Die lederne Schlinge um ihren Hals hielt sie aufrecht, denn das andere Ende war an der Lampenhalterung an der Decke festgeknotet. Erst als sie spürte, wie sich die Schlinge an ihrem Nacken zuzog, merkte sie, dass sie auf einem wackligen Holzschemel stand.

So gut es ging, richtete sie sich auf, um den Knoten zu lockern. Endlich konnte sie die Augen öffnen. Es dauerte einen Augenblick, bis sie begriff, dass sie sich immer noch im Schlafzimmer der Hütte befand, aber das Licht war aus, die Vorhänge dicht zugezogen. Es war stockfinster.

Mein Name ist Yang Ning, sagte sie sich innerlich vor, mein Name ist Yang Ning, und ich bin … ich bin in Qians Landhäuschen und weiß nicht, warum … Sie wollte husten, aber dabei zog sich die Schlinge zu und es kam nur ein Röcheln heraus. Ungewollt streckte sie die Zunge heraus.

Auf dem Boden lagen ihre Crossovertasche und ihr Springmesser; unmöglich, an sie heranzukommen. Mit beiden Händen zog und zerrte sie am Seil. Sie bot gewiss einen tragischen Anblick.

Ihre Knie gaben nach, besonders ihr rechter Fuß hatte kaum mehr Kraft. Mehrmals kippte sie vornüber, aber richtete sich mühevoll wieder auf und versuchte, festen Stand zu finden. Ihr Hals wies vermutlich bereits grässliche Strangulationsmale auf.

Das Licht ging an. Plötzlich geblendet, verlor sie das Gleichgewicht und baumelte in der Luft.

24

Am Morgen danach war Zou Youqian aufgestanden, hatte geduscht, sich rasiert, eine Krawatte umgebunden und war zur Arbeit gefahren. Er war entschlossen, sich nach der Arbeit in aller Form bei seiner Frau zu entschuldigen und sie wieder nach Hause zu holen.

Gegen elf rief Yishan an, völlig in Tränen aufgelöst. Einer ihrer Schüler sei verschwunden. Er tröstete sie am Telefon, beruhigte sie, sie solle erst einmal tief durchatmen. Ob er schon als vermisst gemeldet sei? Die Polizei werde ihn bestimmt aufstöbern. Sei in der Schule so weit alles Ordnung? Und die Eltern des Jungen? »Gut ... Mach dir keine Sorgen. Bleib tapfer. Wie heißt er denn?«

Zheng Wenru. Er wiederholte den Namen. *Zheng Wenru.* »Das wird sich schon alles aufklären«, sagte er.

Niemand wusste, wo Zheng Wenru zuletzt gewesen war oder was mit ihm passiert sein mochte. Offenbar war sein älterer Bruder, der in die dritte Klasse ging, geschockt zusammengebrochen und hatte lange kein Wort herausgebracht. In den folgenden Tagen war er täglich im Büro des Verbindungslehrers.

Das Verschwinden des kleinen Jungen war das Beste, was ihm in Bezug auf Yishan hatte passieren können. Ihr Verhältnis wurde mit einem Schlag wieder vertrauter. Als seine Klassenlehrerin fühlte sich Yishan schuldig, nicht weniger als Qian, wenn auch aus anderen Gründen. Das geteilte Schuldgefühl führte dazu, dass die beiden verwundeten Seelen sich zum ersten Mal in ihrer Ehe einander verbunden fühlten. Sie lernten, sich gegenseitig ihre Wunden zu lecken, sich gegenseitig zu trösten. Als sie am Tag nach dem Verschwinden des

Jungen nach langer Zeit wieder zusammen schliefen, kamen sie zum ersten Mal gemeinsam zum Höhepunkt.

Etwa einen Monat später entdeckte ein Obdachloser Zheng Wenrus Leiche unter einer Brücke. Die Leiche war im Wasser von Fischen und Krabben angefressen worden und in einem so fortgeschrittenen Verwesungszustand, dass die Polizei und die Rechtsmedizin keine Hinweise auf ein Verbrechen fanden. Die Familie lehnte eine eingehende Autopsie ab. Der Junge war ein kleiner Wildfang gewesen und war sicher wegen seiner Unvorsichtigkeit ertrunken. Sein Tod wurde als tragischer Unfall zu den Akten gelegt.

Qian begleitete seine Frau zur Beerdigung. Traurig betrachtete er die vergrößerte Fotografie des Jungen.
Spürte er Reue?
Er wusste es nicht.

25

Das plötzliche Licht hatte sie irritiert. Durch die flackernde Unruhe, die in die dicke schwarze Suppe vor ihren Augen gekommen war, hatte sie ihren Stand verloren, ihn aber im nächsten Augenblick wiedergefunden.

»Was mache ich bloß mit dir?«, murmelte er wieder und wieder.

Yang Ning setzte alles daran, die Lider zu heben. *Augen auf!*, schrie sie sich innerlich zu. *Reiß dich zusammen.* Mit zusammengekniffenen Augen, die sich allmählich an die Helligkeit gewöhnten, erkannte sie Qian, der am Bettrand saß. Die Goldrandbrille zwischen Zeige- und Mittelfinger der rechten Hand geklemmt, rieb er sich mit den Handflächen die Wangen. Er wirkte gequält.

»Ich habe dich gewarnt, ich habe dir gesagt, du sollst aufhören mit deinen Nachforschungen«, sagte er. »Wie oft habe ich es gesagt, aber du wolltest nicht auf mich hören …«

»Warum?«, brachte Yang Ning heraus, ihre Stimme rau wie Schleifpapier. Sie sabberte, ohne etwas dagegen tun zu können, in ihren Mundwinkeln sammelte sich weißer Schaum.

Qian antwortete nicht, er war zu sehr mit seinem Selbstmitleid beschäftigt. »Ich habe es auch Kaiyi gesagt, ihn gebeten, dich in Zaum zu halten …«

»Sprich nicht seinen Namen aus«, zischte Yang Ning. »Dazu hast du kein Recht.«

Endlich hob er den Kopf und sah sie an, traf ihren hasserfüllten Blick.

»Ich habe mit deinem Fall nichts, rein gar nichts zu tun«, sagte er. »Das war ich nicht.«

»Yang Han …« Eine bittere Mischung aus Blut und Spucke verklumpte ihre Kehle.

Er schüttelt vehement den Kopf. »Das war ich nicht«, wiederholte er. »Ich habe absolut nichts mit seinem Tod zu tun.«

Yang Ning schnaubte verächtlich.

»Ich habe ihn nie angefasst. Yang Han war ein guter Junge. Es tut mir leid, dass du deinen Bruder verloren hast.«

»Miao … li?«, stieß sie undeutlich zwischen den Zähnen hervor. Ihr Kopf sank, sie starrte wieder zu Boden.

»Nein, nein, nein. Ich war nie in Miaoli. Ich weiß nicht, was du dir zusammenreimst, aber weder er noch Zheng Wenliang und Zhan Jiajia haben etwas mit mir zu tun.« Er sprach im Brustton der Überzeugung. »Schon gar nicht Yang Han. Du weißt, wie erschüttert ich über seinen Tod war.«

»Was soll das heißen … schon gar nicht Yang Han?« Sie spuckte Blut. Mit jeder Bewegung zog sich die Schlinge enger und lockerte sich wieder. Ihr Hals brannte. »Schon gar nicht Yang Han?«

»Weißt du, ich glaube dir. Ich bin wahrscheinlich der Einzige, der dir glaubt. Haoyang, Kaiyi, sie alle halten dich für verrückt.«

»Zheng Wenru …«, sagte Yang Ning, »Zheng Wenru und Zheng Wenliang …«

»Es war ein Unfall«, murmelte er. »Es blieb mir nichts anderes übrig. Ich wäre aufgeflogen …«

Seine Worte wurden zu einem unzusammenhängenden Stammeln. »Es wäre zu schwierig gewesen, es nach Selbstmord aussehen zu lassen.« Sprach er mit ihr oder mit sich selbst? »Ich wollte es nicht tun, aber etwas in mir sagt, sei du selbst, und das bin ich. Ich habe es nicht mit Absicht getan. Sie riechen so gut. Ich wollte doch nur die Socken sammeln, ich kann es einfach nicht unterdrücken …«

»Du Schwein ...« Yang Nings Schläfen pochten so heftig, als hämmerte jemand mit Schlagstöcken darauf herum. Sie hatte tausend Fragen auf den Lippen, aber ihre Gefühle überwältigten sie, Wut, Zweifel, Ungläubigkeit, nackte Angst. Sie konnte keinen klaren Gedanken fassen. »Du elendes, dreckiges Schwein.«

Er ignorierte ihre Beschimpfungen. »Weißt du, ich hatte alles unter Kontrolle.« Sein Gesicht war verzerrt, sein Blick schweifte rastlos umher. »All die Jahre habe ich so gut aufgepasst ... warum musst du deine Nase in alles hineinstecken! Ich habe mit deinem Fall nichts zu tun.«

Sie war verwirrt. Eben noch war sie überzeugt gewesen, der Lösung ihres Falls nahe zu sein, aber was, wenn er es wirklich nicht gewesen war? Ihr Kopf drohte zu platzen.

»Ich kann nichts dafür, ich kann mich nicht beherrschen ...« Plötzlich fing er an zu schluchzen, er stieß ein ohrenbetäubendes Jaulen aus und weinte bitterlich. Seine Hände zitterten. Er schlang die Arme um den Kopf, wiegte sich vor und zurück und stieß immer wieder laute Schluchzer aus, bis er irgendwann nur noch leise winselte wie ein junger Welpe. »Ich habe das nicht gewollt«, wiederholte er dabei wieder und wieder. »Ich habe es nicht gewollt.«

Yang Ning hielt es vor Schmerzen nicht mehr aus. Sie war nur noch damit beschäftigt, sich gerade zu halten. Allmählich versiegten Qians Tränen, sein Winseln hörte auf. Es wurde so still, dass man beinahe den Staub fallen hörte. Nur aus Yang Nings Kehle drang hin und wieder ein Wimmern.

Qian zog ein Taschentuch hervor und wischte sich erst die Tränen fort, dann rieb er seine Brille sauber und setzte sie auf.

»Es tut mir leid.« Er stand auf. Yang Nings Augen weiteten sich. Zum ersten Mal überkam sie echte Panik. Sie wollte etwas sagen, um die Situation zu ihren Gunsten zu retten, irgendetwas, um ihn wachzurütteln, um an sein Schuldgefühl zu appellieren. Aber die Angst lähmte ihr Denken und sie bekam keine zusammenhängenden Laute heraus.

»Du zwingst mich dazu«, sagte er, wie um sich selbst zu überzeugen. »Du lässt mir keine Wahl.«

Yang Ning stieß ein heiseres Keuchen aus. Jeder Muskel in ihrem Körper zuckte. Ihre Zehen mussten mittlerweile vor Anstrengung blau angelaufen sein.

In seiner Miene lag Bedauern, als er hinter sie trat und das Seil stramm zog. »Es geht nicht anders.«

Ihr Kopf glühte, ihre Augen traten aus den Höhlen, das Licht vor ihr verwandelte sich in Blitze, und in ihren Ohren tobte schriller Lärm. Gleich würde sie das Bewusstsein verlieren, sie spürte es. Was tun? Sie hatte nur eine Chance.

Sie sog so gut es ging Luft ein, riss mit beiden Händen an der Schlinge um ihren Hals, krümmte die Knie, trat kräftig nach hinten aus und ließ sich mit dem Schwung ihres Tritts nach hinten fallen. Qian, der nicht mit dieser plötzlichen Wendung gerechnet hatte, ließ instinktiv das Seil los und hob die Hände, um Yang Nings Angriff abzufangen. Im selben Augenblick bekam die Decke Risse, die Deckenverankerung der Lampe löste sich durch den abrupten Zug und beide stürzten zu Boden. Qian fiel hart auf den Hinterkopf und wurde sofort bewusstlos.

Hustend und keuchend zerrte eine vor Wut rasende Yang Ning sich die Schlinge vom Hals. Endlich strömte wieder Sauerstoff in ihre Lungen, aber ihre Kehle brannte noch immer wie Feuer, und jede einzelne ihrer Körperzellen wollte schreien. Sie konnte nicht klar sehen, vor ihren Augen loderten Flammen.

Wie in Trance humpelte sie zu ihrer Tasche und ihrem

Messer und weiter zum Schrank. Sie stopfte ein Paar Socken nach dem anderen in die Tasche, dann wollte sie mit den Parfümflaschen weitermachen. Qian begann sich zu regen. Seine Brille lag zerbrochen auf dem Boden, benommen tastete er seinen blutenden Kopf ab und bewegte ihn vorsichtig. Ihm war speiübel. Vorsichtig stützte er sich auf.

Yang Ning schnappte sich mehrere Fläschchen mit Essenzen und schleuderte sie ihm mit erbarmungslosem Zorn an die Stirn. Qian sank wieder schlaff wie eine Puppe zu Boden, aus seiner Stirn sprudelte Blut. Yang Nings Augen funkelten.

Ohne eine Miene zu verziehen, hob sie eine schwere Flasche Alkohol hoch und zerschmetterte sie an Qians Kopf.

26

Sie machte ein paar Anrufe. Bald darauf trafen alle ein, die Polizei, der Rettungswagen, der Notarzt. Alle redeten durcheinander, aber Yang Ning war wie in Watte gehüllt, kein Laut drang zu ihr durch. In ihren Händen und Armen steckten Glassplitter, ihr Hinterkopf blutete, sie hatte dunkelviolette Striemen am Hals, eine brennende Kehle, einen gebrochenen Fußknöchel und unerträgliche Kopfschmerzen. Jeder Atemzug war eine Qual.

Den Weg auf der Krankenbahre in den Rettungswagen bis zum Krankenhaus bekam sie gar nicht mit; sie wollte nur noch schlafen und nicht mehr aufwachen. Ständig tauchten Polizisten auf, um sie zu befragen; es fehlte nicht viel, und sie hätten gleich die Notaufnahme in ein Verhörzimmer verwandelt.

»He! Nur weil sie bei Bewusstsein ist, heißt das nicht, dass sie über den Berg ist!« Eine junge Frau, Yang Ning wusste nicht, ob sie Ärztin oder Pflegerin war, scheuchte die Männer fort. »Sie ist nicht vernehmungsfähig, gehen Sie bitte aus dem Weg. Und jetzt raus hier!«

Yang Ning sah nur schemenhaft mit halb geschlossenen Lidern, was vor sich ging. Jemand half ihr, eine Tablette zu schlucken. Sie war dankbar, dass sie nach der Tablette schlafen konnte, dass man sie schlafen ließ. Das Anästhetikum machte sie zu einer Marionette, während sie aufgeschnitten und gepikst und genäht wurde. Yang Ning schlief. So lange, bis das unangenehme Quietschen eines über den Boden geschleiften Eisenhockers sie weckte. Inspektor Liao hatte neben ihrem Bett in der Notaufnahme Platz genommen. »Gestatten Sie«, sagte er mit einem Lächeln, aber ohne Interesse an ihrer Reaktion, zu einer ungehalten dreinblickenden Krankenpflegerin.

Das schrille Quietschen brachte Yang Ning in die Wirklichkeit zurück. Blinzelnd, mit gerunzelter Stirn, drehte sie sich ihrem Besucher zu, der sie mit einem Lächeln grüßte. Sie schloss die Augen.

Inspektor Liao hatte Zeit. Er betrachtete sie gelassen. Anders als sein jüngerer Kollege Chen, der unentwegt auf seinem Stuhl herumrückte, die Kugelschreibermine wieder und wieder heraus- und zurückschnappen ließ, hastig durch die Unterlagen auf seinem Schoß fuhr und mit den Fingergelenken knackte. Wiederholt sah er auf die Uhr und warf seinem Vorgesetzten, der lächelnd und in aller Ruhe dasaß, skeptische Blicke zu. Niemand sagte ein Wort. Yang Ning wartete mit geschlossenen Augen ab.

Ihre erste Begegnung mit Liao ging ihr durch den Kopf. Durchdringender Blick, gut gebaut, scharfsinnig und gerissen. Sein Gesicht überlagerte sich mit dem von Cheng Chunjin.

»Ist er tot?«, fragte sie schließlich kühl. Ihre Stimme schien ihr nicht zu gehören, sie war nur ein raues, tiefes Krächzen.

»Ach. Doch in der Lage zu sprechen?« Liao ließ sein Klemmbrett auf den Schoß sinken.

»Ist er tot?« Sie ignorierte seine gespielte Überraschung.

»Schädeltrauma, Kopfverletzung, Hirnblutungen«, antwortete er. »Er liegt im Koma.«

Sie schnaubte verächtlich.

»Ja?«

»Schade.« Ihr Augen blieben geschlossen. Jedes Wort erschöpfte sie. »Er hat es nicht verdient, am Leben zu sein.«

»Sie sollten sich darüber im Klaren sein, dass alles, was Sie sagen, gegen Sie verwendet werden kann«, sagte Liao.

»Den Satz habe ich irgendwo schon mal gehört.«

»Dann passen Sie auf, was Sie sagen.«

Sie sagte nichts mehr. Jeder Ton, jedes Atemholen verursachte höllische Schmerzen.

»Sie fragen gar nicht, wie es um Sie selbst bestellt ist.«

»Ganz okay, nehme ich an.«

»Die Ärztin hat Ihnen ein starkes Schmerzmittel und ein Beruhigungsmittel verabreicht. Außerdem hat sie Ihre Zunge wieder gerichtet.«

Ihre Zunge? Unwillkürlich sammelte sich Speichel in ihrer Mundhöhle, als sie prüfend ihre Zunge bewegte. Sie schien in Ordnung.

»Ein schöner Anblick sind Sie nicht gerade.« Inspektor Liao rutschte auf seinem Stuhl herum, um etwas bequemer zu sitzen.

»Halleluja«, wisperte sie entnervt.

»Sobald die Wirkung des Anästhetikums abklingt, wird jede Kieferbewegung schmerzhaft für Sie werden.« Er klemmte andeutungsweise seinen Unterkiefer zwischen zwei Fingern ein. »Ich hätte angenommen, dass Sie mindestens zwei Tage lang den Mund nicht aufbringen.«

»Ich kann ihn gut zulassen.«

»War das diesmal auch wegen Ihres Bruders?«

»Ich habe alles gesagt, was zu sagen ist.«

»Sobald Sie hier raus sind, müssen Sie sowieso ins Präsidium kommen und eine Aussage machen, das wissen Sie.«

»Aber jetzt können Sie mich schlafen lassen.«

»Sie haben schon ziemlich lange geschlafen.«

»Nicht lange genug.«

»Dürfte allmählich reichen, denke ich.«

»Ihnen hat auch niemand eins übergebraten.«

»Ich war auch nicht der, der zugeschlagen hat.«

Yang Ning antwortete nicht.

»Unabhängig davon, was unsere Untersuchungen zu seinen Taten ergeben, bleibt es beim Vorwurf des unerlaubten Eindringens in eine fremde Wohnung und schwerer Körperverletzung.« Obwohl er die übliche geschäftsmäßige Attitüde einnahm, hatte sich etwas in seinem Tonfall geändert, er klang milder, fand Yang Ning, längst nicht mehr so schneidend und drohend wie zuvor. *Schon besser*, dachte sie. Vielleicht hat die Polizei Fortschritte bei der Untersuchung des Falls gemacht, von denen ich noch nichts weiß.

»Das war Vergeltung, keine Notwehr«, fügte er an. »Das ist zu Ihrem Nachteil.«

»Kalt«, sagte sie nur, schlug aber bewusst die Augen auf und sah ihn an. »Mir ist kalt«, sagte sie noch einmal, deutlich artikuliert.

Liao warf seinem Kollegen einen Blick zu. Widerwillig stand Chen auf.

»Haben Sie etwas zu essen für mich?«

»Bei Ihnen steht gleich noch eine Untersuchung an.« Liao sah auf die Uhr. »Nun gut, zwei Stunden dauert es noch.«

»Hunger.«

»Besser, als totgeschlagen werden.«

»Er lebt ja noch.«

»Er liegt im Koma. Ob er aufwacht, ist nicht gewiss.«

»Für einen wie ihn ein Luxus.«

»Ich tue so, als hätte ich das nicht gehört.«

»Bekomme ich meine Tasche und mein Springmesser zurück?

»Die Tasche schon, das Messer nicht.«

»Bin ich immer noch tatverdächtig?«

»Wir haben Sie noch nicht als Täterin ausgeschlossen.«

»Nach wie vor tatverdächtig«, fiel Chen ein, der mit einer

Decke zurückkam. Er warf sie nachlässig auf das Fußende des Betts und setzte sich wieder. Weil Yang Ning sich nicht rührte, sah Liao sie fragend an. Sie hob ihre bandagierten Hände. Chen sah Liao an, der mit gehobenen Brauen zu ihm zurückstarrte.

»Scheiße«, zischte Chen leise, stand wieder auf und breitete achtlos die Decke über Yang Ning aus.

»Er hat behauptet, dass er nichts mit Yang Hans Tod zu tun hat.« Yang Ning hauchte nur noch. »Ich weiß nicht, ob man ihm glauben darf.«

»Das ist Sache der Polizei«, sagte Chen barsch und verschränkte die Hände vor der Brust.

»Das hätte ich auch gedacht«, gab sie bissig zurück. »Nur musste ich, weil die Polizei keine anderen Tatverdächtigen außer mir gefunden hat, die Sache wohl oder übel selbst in die Hand nehmen. Wo war die Polizei, als das perverse Schwein mich fast umgebracht hat?«

Chen ballte die Fäuste, sein Atem ging sichtlich schneller. Liao schüttelte beschwichtigend den Kopf und gebot ihm mit einem strengen Blick, sich zurückzuhalten.

»Es wird eine Weile dauern, bis wir uns darauf geeinigt haben, welche Formulierung meiner Aussage wir an die Medien weitergeben«, provozierte sie weiter. Sie sprach langsam, nicht nur, weil ihr das Reden schwerfiel. »Die Story ist ein gefundenes Fressen für die Medien.«

Inspektor Liao lächelte und winkte Chen näher zu sich heran. Chen beugte sich zu ihm herunter, und die beiden tauschten sich kurz flüsternd aus, woraufhin Chen sich aufrichtete und mit einem grimmigen Seitenblick auf Yang Ning aus dem Zimmer stampfte.

»Waren Sie schon immer so?«, fragte Liao.

»Wie?«

»So aggressiv.«

»Ja.«

Er lachte laut auf und schüttelte den Kopf. »Interessanter Verteidigungsmechanismus.«

»Wenn Sie es sagen.«

»Es heißt, Sie seien seit dem Selbstmord Ihres Bruders sehr verschlossen.«

Es kam selten vor, dass jemand ihren Bruder vor ihr zur Sprache brachte, und noch seltener sprach jemand so selbstverständlich und wertfrei von Selbstmord, ohne Mitleid in der Stimme. Sie war ihm dankbar dafür.

»Wie auch immer«, fuhr er fort. »Sie sollten aufhören, sich mit Gewalt in die Sache einzumischen.«

»Habe ich nicht.« Yang Ning ließ es zu, dass man ihr ihre Erschöpfung ansah. »Es war die Sache, die mich mit Gewalt hineingezogen hat.«

Der erste Besucher, der nach dem Verschwinden der beiden Polizisten auftauchte, war Cheng Chunjin.

Yang Ning wusste, dass er sich schon eine Weile in der Nähe herumgedrückt hatte, sie hatte seine Gegenwart gespürt. Während Liao ihr auf den Zahn gefühlt hatte, war er im Gebäude umhergeschlichen, und kaum waren die Polizisten gegangen, schlüpfte er zu ihr herein, in seinem üblichen Outfit, Anzughemd und -hose, khakifarbener Mantel und Schildkappe, und hockte sich dicht neben sie.

»Auweia«, sagte er mit einer Mischung aus Besorgnis und Entzücken. »Hast du dein Gesicht schon im Spiegel gesehen?« Er musterte sie amüsiert. »Du siehst grauenvoll aus, Lämmchen.«

Yang Ning ignorierte ihn und starrte an die Decke. Neugierig wie ein kleines Kind betatschte Cheng die Instrumente ringsum, das Beatmungsgerät, das Elektrokardiogramm, die Infusionsflasche, ihr Namensschild am Fußende des Bettgestells, und schnalzte immer wieder beeindruckt mit der Zunge. »Du weißt gar nicht, wie lange ich das alles nicht mehr gesehen habe«, sagte er aufgeregt. »Ich war schon seit einer Ewigkeit nicht mehr im Krankenhaus, wann war das denn ... bestimmt zehn Jahre her.«

»Seit?« Yang Ning machte den Mund auf, um seinen zu schließen.

»Wie, ›seit‹?« Er hörte auf, mit dem Infusionsschlauch herumzuspielen.

»Du weißt genau, was ich meine.«

Er zuckte mit den Schultern, summte ein bisschen vor sich hin und platzierte seinen Allerwertesten endlich auf das Polster des Besucherstuhls. »Na, seit es angefangen hat«, sagte er.

Yang Ning schluckte. »Seit es angefangen hat?« Sie verzog den Mund zu einem angedeuteten Lächeln.

»Du weißt ja, Kunst muss öffentlich bewundert werden, man darf sie nicht nur dem eigenen Urteil überlassen. Sie soll das Publikum zum Staunen und Nachdenken anregen. Sonst verliert sie schließlich ihren Zauber, nicht wahr?« Er war wie immer. »Aber natürlich ist nicht jeder so kreativ. Es gibt welche, die bedürfen der Inspiration und reden gerne über Methoden, Opfer, wie man eine Leiche entsorgt und so. Aber die wenigsten würden es selbst tun, die meisten sind nur Schwätzer, auf der Jagd nach etwas Neuem, suchen Ideen für Geschichten, die erkenne ich sofort.« Er erzählte das, als säße er unverbindlich plaudernd mit einer alten Freundin beim Kaffee. »Ab und zu allerdings, nur ab und zu, bin ich selbst neugierig zu sehen, was andere so machen, du verstehst. Die Leute werden heutzutage zunehmend exzentrischer. Wie heißt es doch gleich, Entfremdung, Einsamkeit, die verlorene Generation und so.« Er machte eine nachdenkliche Pause. »Tatsächlich führt das eher dazu, dass die Leute immer simpler werden. So simpel, dass es langweilig ist.«

»Und was hat das mit mir zu tun?«

»Das hat viel mit dir zu tun.« Er sah sie fest an. »Alles, was ich gesagt habe, hat mir dir zu tun.«

»Du kennst Zou Youqian.«

»Ich kenne ihn, aber er kennt mich nicht.« Cheng räkelte sich. »Seine Firma war damals zuständig für Zhou Qings Beerdigung. Als ich dort meine Räucherstäbchen für sie abbrannte, habe ich ihn kurz gestreift. Das hat genügt. Sein Geruch sprach Bände.« Er grinste. »Da wir gerade von Gerüchen sprechen. Gibt es hier was zu essen? Ich habe Hunger.« Er zog die Schubladen auf. »Was Süßes vielleicht? Ich bin so schnell hergeeilt, hatte nur eine Rote-Bohnen-Suppe heute.«

»Träum weiter. Ich darf nichts essen.«

»Hätte ich das gewusst, hätte ich mir was von einer Fressbude mitgebracht.« Er reckte den Kopf nach einer Uhr an der Wand. »Wer weiß, ob die jetzt noch aufhaben … Nun, wie gesagt, der Kerl stank so auffallend nach Blut und Wichse, dass ich neugierig geworden bin. Hab mich ein bisschen umgehört, im Netz und so, du weißt schon. Da hieß es, der blufft nur, das ist ein armer Schwätzer, teilt keine Bilder, keine Videos, nur mal ein kurzer Kommentar ab und zu. Aber mir war klar, dass der nicht nur schwafelte.« Er schlug die Tür eines Schranks, in dem er herumgesucht hatte, so laut zu, dass die Blicke anderer Patienten zu ihnen herüberwanderten, und machte eine rasche, entschuldigende Verbeugung. Dann fuhr er fort. »Weißt du, er hat geschrieben, dass er sie gewaschen hat, nachdem er sie vergewaltigt und stranguliert hat, die armen kleinen Kerle, dass er ihnen die Füße gewaschen und ihnen dann die Sachen wieder angezogen hat. Fand ich krass. Hat sie wieder hübsch zurechtgemacht. Nicht mein Ding, aber o.k., jeder nach seinem Gusto.« Er stieß einen leisen Pfiff aus. »Er hat geheult, die Leichen um Verzeihung gebeten und die Socken behalten. Dann erst hat er sie zerlegt und hinterm Haus vergraben … Tja, Jahre her, dass ich mich damit befasst habe. Anfangs fand ich sein kleines Geheimnis einigermaßen spannend, aber dann wurde es langweilig, immer alles nach demselben Schema, wie nennt man das auf Neuchinesisch, *Standard Operating Procedure?* He, he. Das hat er dann im Forum geteilt und geschrieben, dass er jedes Mal geflennt hat und sich entschuldigt, bla, bla, bla, das nervte. Ich bin dann raus aus dem Thread, war nichts für mich.«

»Du hast also gewusst, was der Kerl treibt, und ihn einfach weitermachen lassen?« Yang Ning konnte nicht sagen, was stärker war, ihr Entsetzen oder ihre Wut.

»Na, hör mal. Ich bin schließlich kein Bulle. Nichts und niemand verbietet mir, meinen kleinen privaten sozialen Studien und Experimenten nachzugehen, oder?«

»Also, du …« Sie brauchte einen Augenblick, um das Gehörte zu verdauen. »… für dich bin ich also auch so ein perverses Objekt deiner sozialen Studien? Teil eines Experiments?«

Yang Ning wartete seine Antwort nicht ab. Sie war außer sich. *Dieser hinterhältige Hund.* Natürlich hatte sie immer gewusst, dass dieser Mann kein Freund war. Dennoch empfand sie eine furchtbare Demütigung. »Ich war von Beginn an auf der falschen Fährte. Du hast gewusst, dass Zou Youqian nicht der war, nach dem ich suche. Trotzdem hast du gesagt, ich soll mir die Vergangenheit der Opfer genauer ansehen, wobei dir klar war, dass ich auf die Sache mit Zheng Wenliangs kleinem Bruder stoßen würde. Du hast es genossen, mir dabei zuzusehen, wie ich in die Falle getappt bin.«

Cheng Chunjin zog einen Flunsch.

»In Wahrheit hast du mir nie helfen wollen, den wahren Mörder zu finden. Während ich alles riskiert habe, hast du nur mit mir gespielt, zum Zeitvertreib.« Sie röchelte. Ihre Kehle fühlte sich nach dem vielen Sprechen an wie mit Schmirgelpapier bearbeitet, das Schlucken tat höllisch weh. Sie ballte die bandagierten Fäuste. »Du wolltest, dass ich draufgehe«, krächzte sie heiser.

»Es macht mich ganz traurig, dich so reden zu hören«, sagte er. »Zou Youqian war schlau, aber ihm hat es an Perfektion gemangelt. Hat eine Menge Spuren hinterlassen. Ich war einfach nur neugierig, wollte sehen, was du unternimmst, ob du die Wahrheit herausfindest.«

»Die Wahrheit?« Yang Ning tat alles, um den sengenden Schmerz in ihrer Kehle und in den Knochen zu ignorieren. Sie lachte laut auf. »Du hast Interesse an der Wahrheit? Du bist zum Kotzen. Die Wahrheit ist, dass du mir bloß eins auswischen wolltest, weil ich dich durchschaut habe. Deshalb hasst du mich, du willst mich loswerden, weil ich die Einzige bin, die weiß, dass du ein ganz gewöhnlicher Widerling bist, der unter einem scheiß Mutterkomplex leidet.«

»Dir eins auswischen …« Cheng gab sich den Anschein, über ihre Worte nachzudenken. »So gesehen muss ich dir Recht geben. Ich habe an jenem Nachmittag ernsthaft überlegt, wie ich dich erledigen soll.«

Entgeistert starrte sie ihn an. Das war ein Eingeständnis, mit dem sie nicht gerechnet hatte.

»Nicht zum ersten Mal, nebenbei bemerkt«, ergänzte er trocken. »Glaubst du also, ich hätte dich in eine tödliche Falle gelockt, um es dir heimzuzahlen? Oder weil ich es amüsant finde?« Cheng redete, als diskutiere er über Banalitäten.

Yang Ning japste ungläubig.

»Du enttäuschst mich«, fuhr er fort. »Stimmt schon, Zou Youqian erinnert in gewisser Weise an deinen Herrn Gre sowieso, zumindest was einzelne Komponenten betrifft, aber seine Methoden sind vollkommen andere, genauso wie der Typ Opfer und die Werkzeuge, völlig unterschiedliche Stile. Gewöhnliche Menschen könnten sich in dieser Hinsicht irren, aber du?« Er zog bedauernd die Mundwinkel nach unten. »Habe ich dir nicht beigebracht, wie man ein Kunstwerk richtig beurteilt, wie man ein Künstlerprofil erstellt, dich nicht sogar mit in meine Festung genommen? Ich habe meinen Wunsch, dich auf der Stelle umzubringen, unterdrückt. Und dann benimmst du dich wie eine Stümperin? Dieser Qian ist oberflächlich, der ist wie ein billiges Duftwässerchen.«

Sie verstand, was er meinte. Qian war ein schlichter Duft in einer pompösen Flasche. Ein altmodisches Aldehyd, das ungeübte Verbraucher für ein extravagantes Luxusgut halten, aber von Experten sofort als Scharlatanerie entlarvt wird, unreif, unausgegoren und krude in der Zusammensetzung der einzelnen Elemente. Es zeugte von wenig Struktur und Ordnung, war einfach nur ein lausiges Imitat.

Wie hatte sie das nicht erkennen können?

»Zu schade.« Es war nicht ganz klar, wie stark geheuchelt sein Bedauern war. Immerhin brachte er Yang Ning dazu, sich für einen Augenblick wirklich wie eine Versagerin vorzukommen. Unwillkürlich wurde sie rot vor Scham.

»Du musst das Original finden, den echten Duft, kein zweitklassiges Plagiat. Geh zurück zum Ursprung, Lämmchen, du bist an einer Ecke falsch abgebogen. Geruch ist der Schlüssel zu allem, der Geruch, und der Mensch.« Man merkte ihm bei diesen Worten eine schwer kaschierbare Sentimentalität an. »Ich habe dir alles Nötige an die Hand gegeben, von nun an musst du dich bei der Suche auf dich selbst verlassen, herausfinden, wo und wie alles angefangen hat. Du hast eine Gabe, lässt dich aber zu oft ablenken und siehst die Dinge nicht klar. Zu viel Wut, zu viel Feindseligkeit.« Er gestikulierte jetzt beim Reden heftig. »Das ist gar nichts Schlechtes. Das ist gut, es mangelt dir nicht an Energie, und Angst, dir die Finger schmutzig zu machen, hast du auch nicht. Aber du musst loslassen, nichts zurückhalten, verstehst du, was ich meine? Immer raus damit.«

»Ich bin beinahe draufgegangen.« Yang Ning versuchte, die Glut ihres Zorns wieder anzufachen, um endlich ihre Zunge zu lösen, die gelähmt war von dem Gefühl, ein naiver Trottel gewesen zu sein. »Ich liege erschöpft und mit furchtbaren Schmerzen in der Notaufnahme und habe es nicht nötig, mir deinen Bullshit anzuhören.«

»Du warst auch nicht ganz ehrlich mit mir, Lämmchen ... Yang Han.« Den Namen aus Chengs Mund zu hören, verursachte ihr eine Gänsehaut. »Du hast mir nie gesagt, dass es dir letztendlich nur um ihn geht. Es ging nie darum, deinen Namen reinzuwaschen. Du hast dein Leben für deinen kleinen Bruder riskiert, das war's.« Cheng lachte. »Na komm, tu nicht so überrascht, das verletzt mich. Hast du vielleicht gedacht, ich lasse mich für dumm verkaufen? War doch keine Frage, dass ich da von selbst draufkomme, Lämmchen.«

Er wartete kurz ihre Reaktion ab. Es kam keine. »Dein kleiner Bruder ist deine größte Angst. Es rührt mich jedes Mal zu Tränen, wenn ich darüber nachdenke. Die tapfere Schwester, die ihrem Bruder Gerechtigkeit widerfahren lassen will. Heroisch! Wie in diesem Film, in dem ein Vater Rache an den bösen Halunken nimmt, die seine Tochter entführt haben, bla, bla, bla, der war klasse! Wie hieß er noch gleich ... *96 Stunden*? Nee, der Originaltitel war anders ... *Taken*, jetzt hab ich's. Ist ja auch egal, war echt rührend. Gib es zu, Lämmchen, du wolltest unbedingt mitspielen, hast schon Vorsprechen geübt. Action, Lämmchen!«

Sie hasste ihn.

»Nur, leider ist das gar nicht dein Film. Weil er sich selbst umgebracht hat. Du willst einen Mörder finden, um dich endlich nicht mehr schuldig an seinem Tod zu fühlen. Jetzt glotz nicht so schockiert, Lämmchen. Wir alle wollen gern die Vergangenheit hinter uns lassen und nach vorne schauen, das ist normal, für Leute wie dich und mich jedenfalls. Du kannst es gar nicht erwarten, endlich einen Sündenbock zu finden, weil du es nicht länger erträgst, dich selbst als seine Mörderin zu sehen. Du willst eine Heldin sein. Endlich frei sein.«

»Halt die Klappe.«

»Weißt du, warum du dich an mich gewandt hast? Na?«

»Sei endlich still!«

»Sich von Schuld freizumachen, ist schon mal ein guter Grund, aber es gibt noch einen anderen, spannenderen ... Du willst diesen Fall im Grunde gar nicht lösen. Du liebst die Nähe des Todes.«

Yang Ning starrte stumm ins Leere.

»Den Tod genießen, ohne selbst dafür verantwortlich zu sein, den Geruch von Leichen. Je näher du dem Tod bist, desto lebendiger fühlst du dich. Endlich ein bisschen Lebensfreude! So ist es doch, nicht wahr? Was interessieren dich schon eine Zhan Jiajia oder ein Zheng Wenliang, es könnten irgendwelche Leichen oder meinetwegen Socken sein. Ob fünf oder zehn kleine Jungs gestorben sind, ist dir doch egal. Du bist eben so, und das weißt du auch, du gestehst es dir nur nicht ein. Je mehr sterben, desto näher kommst du dem Mörder und damit deinem kleinen Bruder. Anders gesagt, je mehr Menschen sterben, desto näher kommst du der

Wahrheit, desto mehr geilt es dich auf. Stimmt's oder hab ich Recht?«

Schweigen.

»Weißt du, warum du dich ausgerechnet an mich gewandt hast, Lämmchen? Weil du und ich …«

Er beugte sich über sie, mit einem breiten Grinsen. »… weil wir vom gleichen Schlag sind.«

III

Das Raunen

1

*Entgeistert starrte ich auf das unfassbare Chaos, den
zerbrochenen Ventilator, Staub, Schutt und die Blutspritzer
dazwischen, auf das Fönkabel in meiner Hand. Dann auf
die tote Frau auf dem Boden.
Was für ein elendes Schlamassel.*

*Als ob ein Deckenventilator das Gewicht eines Menschen
aushalten würde. Kein Wunder, dass er heruntergestürzt
ist, und sie hat dabei ziemlich was abgekriegt, Stirn, Rücken,
Arme, überall Schnittwunden. Weil ich nicht schnell genug
ausgewichen bin, hat es mich auch an der Schulter erwischt,
und jetzt haben sich meine und ihre Blutspritzer vermischt.
Sie war total verängstigt.
Ich habe es mir anders überlegt, ich will nicht mehr. Sie
hat die Schlinge aufgezogen und sich den Dreck abgeklopft,
gekeucht, gehustet, geheult. Ich will nicht, ich will nicht. Ich
stand verdattert da.
O.k., sie war also nicht tot. Was jetzt? Lass dir was einfallen,
sagte ich mir, schnell.
Scheiß Ventilator. Ich hätte es mir denken können.
Abgewracktes altes Ding. So ein Mist, ich hätte gar nicht
erst herkommen sollen. Ich bin einfach zu weich. Mir ihr
Lamento am Telefon anzuhören; ich habe Angst, hu, hu.
Dann bin ich eben sofort aufs Moped gestiegen und hergeeilt.
Weiches Herz, naja.
Nun gut, ich habe vor dem Losfahren Madame Rochas, ein
paar Handschuhe und Plastiksäcke eingepackt. Warum habe
ich mich wohl gehütet, von einer Kamera erwischt zu werden,
und paar Blöcke weiter geparkt? War es nicht so, dass mir*

schon am Telefon klar war, dass sie es vergeigt?

Zhan Jiajia. Hat sich an mich geklammert, als wäre ich das letzte Stück Treibholz auf dem weiten Ozean, und Rotz, Tränen und Blut auf meinem Hemd verteilt. Und da ist mir plötzlich gedämmert, warum es so gekommen ist.

Vor ihren Augen habe ich mir die Handschuhe übergestreift, mit einem lauten Plopp das Kabel aus dem Fön gerissen. Ich war bereit, und ich würde nicht zögern.

Ihretwegen. Und seinetwegen.

Die Kulisse stimmte. Fehlte nur die Hauptdarstellerin. Ich zog das noch nie benutzte Prepaid-Handy aus der Tasche und wählte die Nummer.

»Hallo, hier NEXT STOP Tatortreinigung, was kann ich für Sie tun?« Sie klang gelangweilt.

2

Xu Haoyang erinnerte sich gut daran, wie alles anfing.

Mit einem heißen Sommertag, der Silhouette einer Frau, Gerüchen, die in der Luft aufeinanderprallten. Vielleicht war er von diesem Augenblick an dazu verurteilt gewesen, sich zu unterwerfen. Aufzuhören, sein Herz zu verschließen, um sich stark zu fühlen, damit das Feuer nicht erlosch.

»Läufst du mit mir um die Wette?« Ihre freche, mädchenhafte Stimme. »Komm, wenn du dich traust.«

Das war seine erste Erinnerung an sie. An eine noch ziemlich junge Frau, die ihre Haare mit einem schwarzgepunkteten roten Band zu einem Pferdeschwanz gebunden hatte, im Trainingsanzug der Mittelstufe, kurze Ärmel, kurze Hose, viel Haut. Sie warf ihren Rucksack ins Gras, stellte sich an die Startlinie der Tartanbahn und lächelte verschmitzt dem jungen Mann neben ihr zu, der bis zu den Ohren rot wurde.

Der Junge hatte offenbar gerade große Töne gespuckt, was für ein guter Läufer er sei. Etliche Mitschüler hatten sich johlend neben der Bahn versammelt. Haoyang konnte nicht anders als stehen bleiben, seine Beine schienen von selbst anzuhalten, ohne sein Zutun. Er beobachtete, wie die junge Frau die Fußgelenke dehnte, sich warmmachte, sie war startklar. Ihr zauberhaftes Lachen trug einen Anflug von Grausamkeit in sich.

Sie wusste, wie gut sie war, sie war siegesgewiss, konnte es aber nicht lassen, den anderen herauszufordern. Eine Schlange, die gern mit der Beute spielte, um sie mit Haut und Haar zu verschlingen.

Er vergaß völlig, warum er eigentlich hergekommen war, nämlich, um sich zu registrieren. Nach dem Schulwechsel hatte er wegen einer Magen-Darm-Grippe die erste Woche versäumt. Er war einigermaßen nervös, neue Schule, neue Umgebung, neue Mitschüler. Aber jetzt war er gelähmt. Auch er war ihre Beute, er wollte gar nichts anderes sein. Er wollte wissen, wie es war, erst umgarnt und dann verschlungen zu werden. Er stand am anderen Ende der Bahn, und plötzlich rief sie ihm zu: »He, du, wir laufen gleich um die Wette. Bleib da stehen und sei Schiedsrichter, ja?« Es war keine Frage. Sie klang zwar freundlich, warm. Aber sie duldete keine Widerrede.

Sie war ein Sonnenstrahl.

Er nickte. Schon rannte sie auf ihn zu, und er musste sich beherrschen, ihr nicht entgegenzurennen. Sie war viel schneller als ihr Gegner. Keuchend blieb sie neben Haoyang stehen, drehte sich zu den anderen um und spreizte selbstgefällig Zeige- und Mittelfinger zum Siegerzeichen.

Ihr Duft schlug neben ihm ein wie ein Meteor. Sie roch nach Lavendelshampoo. Nur zwei Armlängen von ihm entfernt stand sie da und rang nach Luft, so nah, dass er ihre Wimpern flattern und ihre Nasenflügel beben sah. Vielleicht war ihm damals schon klar, dass er bei ihrer Berührung einfach schmelzen würde.

»Bestimmt mehr als zwei Sekunden Vorsprung!« Die junge Frau wandte sich triumphierend ihren Mitschülern zu, die mit Sporttaschen in den Händen herbeigetrottet waren und sie jetzt mit fröhlichem Jubel und Geplapper umrundeten. Als es zur nächsten Stunde klingelte, löste sich die Gruppe auf und strebte zum Schulgebäude zurück. Die junge Frau schulterte ihre Tasche, bedankte sich galant bei ihm und lehnte sich plötzlich vor, um an seiner Schulter zu schnüffeln. »Dein Duschgel riecht gut.« Er hatte sich noch nicht gesammelt, um ihr zu antworten, als sie prüfend die auf seiner

Schuluniform eingestickte Nummer ablas. »Ah, wir sind in derselben Klasse.«

Er betrachtete die Schatten, die ihre langen Wimpern im Sonnenlicht auf ihre Wangen warfen. Vielleicht hatte es damit angefangen, mit diesem frechen »Komm, wenn du dich traust«, mit diesem Lavendelsturm, mit ihrem unwiderstehlichen Lachen. Er war hin und weg.

»Ich heiße Yang Ning«, sagte sie.

3

Und wieder versank sie.

Yang Ning träumte von Haoyang, dann von Yang Han, dann von einer Frau, die sich ihr näherte.

Sie wollte weglaufen, aber so schnell sie auch rannte, die Frau blieb ihr auf den Fersen. Sie rannte zwischen windschiefen Wohnblöcken durch, bis zu einem verlassenen Parkplatz, einem Schulhof. Sie war schon außer Puste, aber sie konnte sich keine Pause erlauben. Immer, wenn sie sich umblickte, um einen Blick in das Gesicht der Frau zu erhaschen, sah sie wie durch Milchglas und erkannte nur eine schwankende Gestalt.

Yang Ning hörte, wie ihr Herz gegen ihre Brust hämmerte; und sie hörte das Lachen der Frau, ein leises, klirrendes Lachen, wie das Zerbersten einer Vase, deren Scherben in ihre Ohren schnitten.

Die Frau kam immer näher, Schritt für Schritt.

Im nächsten Augenblick stand sie vor ihr, packte sie erbarmungslos am Hals und drückte ihr mit endlos langen Spinnenfingern die Luft ab. Yang Ning stieß einen spitzen Schrei aus, ihr wurde schummrig.

Wach auf wach auf wach auf. Wach auf, sonst entkommst du ihr nicht. Das Gesicht der Frau war noch immer verschwommen. Sie sah es zwar direkt vor sich, aber es wackelte zu heftig. Sie hatte Yang Ning fest in ihrem eisigen Griff, der sie bibbern ließ. Sie wollte nur noch weg von hier. Der Würgegriff der Frau wurde fester, gleich würde sie ihr den Kopf abreißen. *Wach auf!* Sie versuchte zu schreien. *Wach auf!*

Als sie ihr den Kopf abriss, schrien Yang Ning und die Frau gleichzeitig. Schweißgebadet wachte sie auf. Im Zimmer war es dunkel, und nur langsam nahmen die Dinge um sie herum Konturen an. Ihre Lippen zitterten, als sie sich innerlich die Anweisungen der Ärztin vorbetete: Beim Aufwachen als Erstes Zeit und Ort benennen.

»Ich heiße Yang Ning, es ist zwei Uhr siebenundvierzig am Morgen, ich bin zuhause. Ich bin soeben aus einem Albtraum erwacht.« Sie wiederholte es noch einmal. Das half, wieder in die Realität zurückzufinden, hatte die Ärztin gesagt.

Sie spürte das weiche, warme Bettlaken unter sich und sog tief die feuchtkalte Luft ein. Allmählich kehrte die Wärme in ihre Fingerspitzen zurück. Wie gut es sich anfühlte, in Sicherheit zu sein und den eigenen Kopf noch an der richtigen Stelle zu wissen. Alles war gut. Aber nur so lange, bis ihr Blick über ihren Körper hinweg zur Schlafzimmertür schweifte, sie konnte ihn einfach nicht abwenden, er glitt immer wieder dorthin zurück. Kälte fuhr in ihre Zehen und von dort bis unter die Schädeldecke.

Sie wollte die Augen schließen, aber es ging nicht; auch ihr Zähneklappern ließ sich nicht unterdrücken. Dann hörte sie, wie sich der Schlüssel im Schloss umdrehte.

Einmal, noch einmal. Jemand schien es mit dem falschen Schlüssel zu probieren, immer wieder ging die Türklinke nach unten und sprang wieder zurück. Sie wollte hingehen und durch den Spion schauen, nachsehen, wer es war. Gleichzeitig wollte sie sich unter dem Laken verkriechen. Aber weder das eine noch das andere war möglich, sie konnte sich nicht rühren.

Vor der Tür ließ sich ein vertrautes Kichern hören. Eine namenlose Furcht befiel sie. Sie war gar nicht aufgewacht, sondern hatte einen Traum im Traum.

Wie wild versuchte sie, ihre Finger zu bewegen, um Hilfe herbeizuwinken. Es ging nicht. Die Botschaften ihres Gehirns wurden nicht über die Nervenbahnen zu den Muskeln geleitet, sondern verloren sich im Nirgendwo. Fühlt man sich so, wenn man gelähmt ist? Was, wenn sie nie wieder aufwachte? Ein konturloses weibliches Gesicht wehte durch die geschlossene Tür herein, dann folgten ein grinsender Mund, ein hämisches Lachen. Der Türgriff klapperte immer schneller, immer lauter auf und ab.

Mit aller Macht versuchte sie, sich zu konzentrieren, ihren Atem zu beruhigen. Was hatte die Ärztin gesagt: *Suchen Sie sich spirituelle Hilfe.*

Manche wenden sich an Gott, andere an Buddha. Suchen Sie sich etwas, wo Sie sich sicher und aufgehoben fühlen, hatte sie gesagt, die Ärztin mit den schönen, schlanken Fingern in ihrem hygienisch weißen Kittel. *Es geht darum, Ihre Nerven zu beruhigen. Sie müssen ernsthaft an etwas glauben, mit Leib und Seele, und Ihren Fokus voll und ganz auf ein Gegenüber richten und davon überzeugt sein, dass sie oder er Sie wieder aufrichten wird.*

Woran sollte sie denken? Wen sollte sie um Hilfe anrufen? Glaubte sie ernsthaft an etwas?

Noch nie hatte sie sich so hilflos gefühlt. Was, wenn sie keinen Glauben hatte? Hieß das, dass sie nie wieder aus ihren Albträumen erwachen würde? Eifrig durchstöberte sie ihre Welt, wühlte in ihrem Gedächtnis, um jemanden oder etwas zu finden, an das sie glauben konnte. Sie fand nichts.

Der Türgriff klapperte jetzt so laut, dass der Lärm in ihren Ohren dröhnte. Jeden Augenblick würde die Frau hereinstürmen, sie am Hals packen und in einen Abgrund zerren.

War das aus ihrem Leben geworden? Ein Leben, in dem es nichts gab, woran man glauben konnte, ein trauriges, erbärmliches Leben?

Ob es leichter wäre, einfach aufzugeben? Sie wusste es nicht. Sie roch Rauch, es roch nach Litschiholz und verwesten Leichen. Bilder tauchten vor ihren Augen auf, Zeichnungen von Körperteilen, männliche Profile, Socken, Parfümflaschen. Im Traum wachte sie schreiend auf, die Hände am eigenen Hals, in einem verzweifelten Versuch, ihren Kopf wieder aufzusetzen, und geschockt von dem Blut, das über ihre Finger rann.

In jener Nacht im Krankenhaus starb Yang Ning hintereinander fünf Tode. Eine Frau strangulierte sie, wieder und wieder, ein Folterkreislauf, in dem sie weder starb noch weiterlebte, von Sonnenaufgang bis Sonnenuntergang, bis die Frau endlich den Rückzug antrat und Yang Ning eine kurze Ruhepause vergönnt war.

Im halbwachen Fieberwahn schien es ihr, als ob Inspektor Liao, die Krankenpfleger, die Ärzte, Haoyang, Xiaozhi und auch Yang Han an ihrer Bettkante Platz nahmen und ihr etwas über die Ermittlungen, die Diagnose, die nächsten Schritte erzählten. Sie konnte sie nicht verstehen, und es war ihr gleich, was sie sagten. Es gab nur einen, den sie dabehalten wollte.

He, kleiner Wal!, wollte sie rufen, bekam aber keinen Ton heraus. *He, Han!*

Wie geht es dir? Sie hatte ihm so viel zu sagen. *Mir geht es nicht gut, überhaupt nicht gut. Kannst du nicht bei mir bleiben? Bitte, bleib. Ich schaffe das nicht allein.*

Und da war Yang Han, an ihrem Bett, still, schemenhaft, und beobachtete sie. Ihr Kehlkopf tanzte auf und ab, als sie versuchte, ihm zuzurufen: *Bleib! Bitte, bitte, hilf mir jemand, haltet ihn fest!* Sie wäre bereit gewesen, sich selbst dafür zu geben, die ganze Welt.

In ihrem endlosen Fiebertraum wurde sie zunehmend hysterisch, sie weinte einen Ozean voll Tränen. Sosehr sie auch bettelte, Yang Han redete nicht mit ihr, reagierte nicht, so als ob es ihn nie gegeben hätte. Sie versank tief im Wasser, in den bodenlosen Abgrund.

Erst in der zweiten Nacht wachte sie endlich auf. Traum und Wirklichkeit ließen sich in der Dunkelheit noch immer schwer unterscheiden, aber in ihren abwechselnd schmerzenden und tauben Händen fand sie einen Beleg für ihre Existenz. Sie träumte oft, sie würde aufwachen, aufstehen, Zähne putzen, essen, zu einem Arbeitseinsatz fahren, sich in ihre Schutzausrüstung hüllen, den Tag geschützt vor anderen verbringen, bis sie tatsächlich aufwachte, vollkommen verwirrt. Offensichtlich hatte sie den ganzen Mittwoch im Traum verbracht und musste den Tag daher noch einmal durchleben. Das Gefühl des Verlusts im Traum war real gewesen, und auch ihre Einsamkeit und ihr Schmerz waren real.

Warum konnte sie den Tag nicht einfach für immer wegwerfen, wie bei einem Abreißkalender?

Noch immer fühlte sie sich benommen und hatte Mühe, sich zu fokussieren, ob mit den Augen oder mit dem Verstand. Ihre Kehle war trocken, ihre Zunge wie verbrannt, ihre Lippen rissig. Alles tat weh. Nur mit Mühe gelang es ihr, sich mit ihren schwachen Armen aufzustützen. Neben ihr, auf einem alten, dunkelroten Zustellbett, lag Haoyang, unter einer dünnen Decke, den Kopf auf einen Arm gebettet, zusammengerollt wie ein kleines Kind, und schnarchte. Sein Gesicht war Yang Ning zugewandt.

Sie wollte ihn nicht wecken und langte mit zittriger Hand nach einem Becher Wasser auf dem Nachttisch. Gierig wie eine Verdurstende saugte sie am Strohhalm. Ihr fiel auf, wie sauber ihre Fingernägel waren. Außerdem hatte jemand die abgenutzte Krankenhausdecke, die Inspektor Chen achtlos über sie geworfen hatte, durch eine gute Decke ersetzt, die sie einmal zusammen mit Haoyang gekauft hatte. Er hatte noch mehr mitgebracht. Auf einem Bügel hing ein Handtuch, auf dem Nachttisch standen Feuchttücher, ein Ladegerät, eine kleine Waschschüssel, eine Frischhaltedose und ein Schneidebrett mit Obstmesser.

Nach und nach kehrten ihre Erinnerungen an den gestrigen Tag zurück, wirr und ungeordnet. Für sie wurde es immer schwieriger zu erkennen, was wahr und falsch war. Hatte sich das alles wirklich ereignet, oder hatte sie bloß fantasiert? Manchmal war sie so verstört, dass sie sich fragte, ob ihre Erinnerungen an die letzten zwanzig Jahre nicht nur Symbole waren, die irgendwer mit Gewalt in ihr Gehirn eingespeist hatte.

Dass sie sich am Abend zuvor auf Cheng Chunjin gestürzt hatte, gehörte wahrscheinlich zu den echten Erinnerungen. Der Ständer mit der Infusionsflasche war dabei umgefallen.

»Du willst eine Heldin sein, nichts weiter. Ob andere leben oder sterben, ist dir egal, stimmt's?«

Die Provokation und die Wahrheit in seinen Worten hallten in ihrem Gedächtnis wider.

»Gib es zu, Lämmchen. Je mehr Menschen sterben, desto mehr geilst du dich daran auf.«

Die Worte tanzten auf ihrer Hirnhaut, ihren Nervensträngen, unaufhörlich prallten sie davon ab, als wäre ihr Gehirn ein Flipperautomat. Im nächsten Augenblick sprang sie Cheng an die Gurgel und rang ihn nieder. Pfleger eilten herbei, die anderen Patienten schrien.

»Ohne all das, ohne mich, wärst du nichts.«

Seine Worte hatten sich in ihr festgesetzt, um sie für immer daran zu erinnern, wer sie wirklich war. Sie fühlte sich leer, innerlich ausgehöhlt. Das Team der Notaufnahmestation hatte sie im Nu wieder getrennt. Sie wehrte sich nicht, als ein Krankenpfleger sie festhielt.

Cheng Chunjin hustete nur kurz, dann begegnete er den besorgten Blicken der Umstehenden mit einem Lächeln: »Alles in Ordnung, danke.« Er rappelte sich auf und strich sein Hemd glatt.

Als er ging, saß Yang Ning noch verstört auf dem Boden. Er sah sie an, während er sich mit einem verschlagenen Grinsen den Nacken rieb. Sie hörte nicht, dass er etwas sagte, aber sie verstand die Worte, die sein Mund formte.

»Dir ist noch nicht klar, wozu du fähig bist.«

4

Im Bett neben ihr lag eine ältere Frau mit einer tiefen, heiseren Stimme. Als Yang Ning so weit war, dass sie sich aufsetzen und selbständig essen konnte, bat die Frau ihren Besucher, den Trennvorhang aufzuziehen, grüßte sie mit einem breiten Lächeln und fing an, sie auszufragen. Haoyang blockte ihre aufdringlichen Fragen ab, aber sie ließ sich schwer abwimmeln. Was ihr denn fehle? Ob er ihr Ehemann sei? Ach nein? Ihr Freund? Auch nicht? Wie schade. Die Polizei sei ja auch schon da gewesen und habe gemeint, sie solle sich nicht beunruhigen. Aber die Pfleger würden ja auch ständig nach ihr sehen ...

Als die alte Frau merkte, dass sie nichts aus ihm herausbekam außer einem höflichen Lächeln, erzählte sie ausführlich davon, wie sie vor zwei Tagen am Hang des Yangming-Bergs Bambusschösslinge gesammelt habe, aber der heftige Regen habe den Boden rutschig werden lassen, und schon sei sie hingefallen und habe sich das Knie und den Knöchel verrenkt. Während sie weiterquasselte, stopfte Yang Ning hungrig ihr Essen in sich hinein, Bilder von nassglatten Steinstufen und Geröll vor Augen.

Das ging so lange, bis Liao und Chen die Station betraten. Inspektor Chen zog ohne Umschweife den Trennvorhang zu, und es kehrte wieder Ruhe ein, bis auf das Piepen des Überwachungsmonitors und das gelegentliche Rumpeln der Rollbetten, die draußen vorbeigeschoben wurden.

»Gut geschlafen?«, fragte Inspektor Liao. Er sah die dunklen Tränensäcke unter ihren Augen, die sie noch düsterer, noch blutrünstiger aussehen ließen. »Brauchen Sie noch mehr Schlaf?«

»Ich hätte erwartet, dass ich als ermittlungsrelevante Person wenigstens ein eigenes Zimmer bekomme.«

»So wichtig sind Sie nicht«, knurrte Chen.

»Dann sind Sie es auch nicht«, gab Yang Ning gelassen zurück, »und haben bei einer Kranken nichts zu suchen.«

Ihr einziger Besucher neben Haoyang und der Polizei war Xiaozhi. Haoyang ließ die beiden allein, gesellte sich nach draußen zu den beiden Inspektoren und wartete schweigend mit ihnen vor dem Büro des Pflegepersonals. Xiaozhi hatte ihr ein paar Flaschen kalte Ziegenmilch mitgebracht. Eine davon schraubte er gleich auf und stach einen Strohhalm durch das Aluminiumsiegel. Sie sprachen über ihre Verletzungen und die Therapie, dann tauschten sie sich über ein paar Belanglosigkeiten aus. Obwohl sich beide bemühten, munter Smalltalk zu betreiben, verlief die Unterhaltung stockend. Beide wussten um den Elefanten im Raum, aber sie mieden das Thema.

Irgendwann tauchte Inspektor Liao auf und bat Xiaozhi mit einer Höflichkeit, die eher nach einem Befehl klang, doch ein andermal wiederzukommen. Als Xiaozhi ging, hatten weder er noch Yang Ning mit einer Silbe Qian oder den Chef erwähnt.

Warum war der Mensch, den sie als Ersten hier erwartet hatte, nicht da? Wo war er, mit seiner ruppigen Väterlichkeit, seinem *In Herrgottsnamen, was hast du denn da angestellt, Ning?* Ob die Polizei ihn aufgesucht hatte? Wollte er sie nicht mehr sehen?

Nie zuvor hatte sie sich so sehr danach gesehnt, dass er plötzlich aufkreuzen möge.

Vielleicht, ja vielleicht bedeutete sämtliche Freundschaften zu zerstören so etwas wie den Beginn der Unabhängig-

keit, tröstete sie sich. Wie auch immer man es nennen wollte
– trösten, beruhigen, betrügen –, solange sie selbst es war, die
sich von einem Menschen losriss, erschien der Verlust weniger grausam.

Neun Tage verbrachte sie im Krankenhaus. Inspektor Liao
erschien jeden Morgen kurz vor sieben Uhr und brachte
Frühstück mit, mal Sojamilch und Reisbällchen, mal Reismilch mit Eierkuchen. Das Quietschen des Eisenstuhls, den
er dicht vor das Bett zog, weckte dann Haoyang, dem Liao
freundlich einen guten Morgen wünschte und den er sanft
nötigte, zur Arbeit zu gehen. Erst gegen Mittag verschwand
Liao wieder Richtung Polizeirevier, kam aber abends nach
der Arbeit wieder. Immer hatte er Laptop, Laptopständer,
Kopfhörer und Ladegerät dabei und hockte mit seinem mobilen Büro so lange am Fußende ihres Bettes, bis Yang Ning
ihn irgendwann genervt hinauskomplimentierte: »Dürfte
ich jetzt bitte schlafen? Sehen Sie sich meinen Fuß an, ich
haue schon nicht ab«. Erst dann packte er zusammen, verabschiedete sich höflich von dem Wachmann vor der Tür und
den Krankenpflegern und zog von dannen.

Yang Ning redete ihn nie mit »Inspektor Liao« oder »Herr
Liao« an, sondern immer nur mit »He« oder »He, Sie«. Anderen gegenüber sagte sie, er sei »einer, der geschickt wurde, um mich auszuspionieren«, nie schenkte sie ihm einen
freundlichen Blick. Aber Liao ließ sich nicht beirren, seine
Unerschütterlichkeit war erstaunlich. Wenn sie stumm und
abweisend dasaß, hielt auch er den Mund. Im Stillen bewunderte sie ihn dafür, so anders zu sein als sie selbst oder auch
als Cheng Chunjin mit seiner redseligen Arroganz oder Haoyang mit seiner ewig besorgten Caritasmiene. Liao verstand
sich auf geduldiges Abwarten.

Yang Ning wusste, wie dankbar sie ihm sein sollte. In gewisser Weise füllte er eine vakante Rolle aus.

Eines Tages hatte er eine schwere Tüte mit scharfem Lammnudeleintopf zum Mittagessen für sie dabei. Als er mit der freien Hand Platz auf dem kleinen Tisch schuf, schob er auch ihren Schlüsselbund mit dem Walanhänger zur Seite. »J35«, sagte Yang Ning unvermittelt. »Kennen Sie die Geschichte? Tahlequah?«

Er hielt inne und betrachtete den Miniatur-Orca in seiner Hand.

Dann erzählte sie. Von Yang Han, von J35, vom Meer; warum, verstand sie selbst nicht. Wahrscheinlich, weil sie noch nie jemandem davon erzählt hatte, weil das Verlangen, es endlich rauszulassen, in ihren Eingeweiden rumorte. Wie bei einem gestrandeten Wal, den die Gase, die durch das Verrotten seiner Eingeweide entstanden, explodieren ließen, so dass Blut und Innereien durch die Luft flogen und sich ringsum verteilten und zu Nahrung für andere Organismen wurden.

Liao hörte zu, ließ die Explosion ihrer Eingeweide auf sich niederregnen, bis sie sich setzten. Immer wieder leckte Yang Ning sich die Lippen, verklebte und verleimte ihr zurückgebliebenes Knochengerüst.

Aus der Plastiktüte dampfte es. Sie füllte den Nudeleintopf in die Styroporschüssel, doch das aufsteigende Aroma blieb ihrer Nase verborgen. Später erst erfuhr Yang Ning, dass auch Orcas keinen Geruchssinn haben. Liao tat es ihr nach und widmete sich ebenfalls dem scharfen Eintopf. Beim Essen traten ihm Schweißperlen auf die Stirn.

Sie aßen schweigend. Irgendwann rollte Liao die Hemdsärmel auf, wobei er unabsichtlich eine Reihe heller Narben auf seinem Unterarm entblößte.

Er bemerkte, wie Yang Nings Blick auf die weißen Striemen fiel. »Meine Tochter.« Er nahm den Löffel und schlürfte etwas von der Brühe. »Ganz schön heiß«, sagte er.

Yang Ning wurde rot, beschämt von dem ungewollten Einblick in die Tragödie eines anderen Menschen.

»Ich hatte ihr eine Traube zu essen gegeben«, sagte Liao. »Als meine Frau sie fand, war es bereits zu spät.« Er machte eine Pause. »Sie war erst drei. Es ist lange her. Ich habe mich weder von der einen noch von der anderen verabschieden können.«

Liao senkte den Kopf und betrachte nachdenklich die Narben an seinem Handgelenk.

»Wie … wie haben Sie …« Yang Ning zerknüllte das Laken zwischen ihren Händen. Sie sprach es nicht aus, schüttelte nur leicht den Kopf.

»Gar nicht«, sanft nahm er die Antwort auf die nicht gestellte Frage vorweg, »ich habe einfach weitergemacht.« Er nahm noch ein Stück Lamm mit den Stäbchen auf und kaute herzhaft darauf herum.

Wortlos starrte sie erst ihn an, dann starrte sie den Löffel in ihrer Hand an und führte ihn endlich zum Mund.

5

Nach dem Absetzen der Analgetika trat der stechende Schmerz in ihren Händen und Armen zutage, das eingegipste rechte Fußgelenk machte ihr weniger zu schaffen. Sobald ein gesunder Mensch in ihrer Nähe auftauchte, verlangte Yang Ning danach, endlich entlassen zu werden. Inspektor Liao entsprach ihrem Wunsch, hatte ein Wort mit den zuständigen Stellen und half ihr auch mit den Entlassungsformalitäten.

Vor dem Verlassen des Krankenhauses bat sie darum, Zou Youqian sehen zu dürfen, und Liao begleitete sie zur Intensivstation. Yang Ning bewegte sich auf Krücken fort. Entgegen ihrer Gewohnheit, um die Jahreszeit mit einer warmen Strumpfhose unter einer Jeans herumzulaufen, konnte sie wegen des Gipsverbands bloß eine weite Hose tragen und hatte sich daher ansonsten sehr warm eingepackt, Strickmütze, Schal, Daunenjacke und ein Wärmepflaster auf dem Bauch. Das Erste, was sie sah, als sie aus dem Fahrstuhl humpelte, war der Polizist vor der Zimmertür. Im selben Augenblick ging die Tür auf und Luo Yishan kam heraus, den kleinen Sohn im Schlepptau. Yang Ning blieb am Aufzug stehen. Der Kleine hatte eine Hand im Mund, die andere hielt sich ängstlich an der seiner Mutter fest. Sie führte ihn zur Wartebank, hieß ihn, sich hinzusetzen, und setzte sich daneben, um ihm etwas ins Ohr zu flüstern. Er nickte brav, und seine Mutter gab ihm einen Kuss auf die Wange, strich ihm zärtlich durchs Haar und drückte die kleine Hand, die in ihrem Schoß ruhte.

Inspektor Liao kam hinter Yang Ning zum Vorschein. »Fünf Minuten«, sagte er. Sie nickte, bewegte sich aber keinen Schritt vorwärts. Luo Yishan hob den Kopf und sah in ihre Richtung. Die Blicke der beiden Frauen trafen sich. Der Ehemann der einen hatte die andere beinahe umgebracht, und die andere hatte beinahe ihren Ehemann umgebracht. Zwischen ihnen gab es nichts mehr zu sagen. Luo Yishan sah unendlich traurig aus. Auch der kleine Junge mit dem Eichhörnchengesicht sah nun in Yang Nings Richtung, zog seine Mutter verwirrt an der Hand und fragte etwas. Sie wandte ihm den Kopf zu, ohne zu antworten, und barg ihr Gesicht langsam, sehr langsam in seinen kleinen Händen.

Yang Ning stand stumm da und betrachtete die beiden aus der Distanz. Dann drehte sie sich um und humpelte zurück in den Fahrstuhl.

Noch am selben Nachmittag legte sie auf dem Polizeirevier eine umfängliche Zeugenaussage ab. Inspektor Liao war wieder ganz der scharfzüngige Ermittler, Inspektor Chen war so ungehalten und aggressiv wie immer und Haoyang sein übliches ruhiges und überfürsorgliches Selbst. Yang Ning war einfach unendlich erschöpft.

Während sich Haoyang als ihr Anwalt mit Liao einen verbalen Schlagabtausch lieferte, drifteten Yang Nings Gedanken ab.

Als sie schließlich im Begriff waren, das Revier zu verlassen, fragte Yang Ning unvermittelt: »Werden Sie ihnen die Sachen zurückgeben?«

»Welche Sachen?«

»Die Socken«, sagte sie, »geben Sie den Familien die Socken zurück?«

Inspektor Liao schüttelte den Kopf. »Unmöglich.«

»Aber Sie ... ihre Familien haben Sie schon verständigt?«

»Noch nicht. Wir warten noch auf den Bericht der Rechtsmedizin. Erst dann wissen wir genug, um die Familien zu kontaktieren.«

»Ob ich ...« Yang Ning schluckte. »Ob ich sie treffen dürfte?«

Inspektor Liao musterte sie fragend. »Das halte ich für keine gute Idee.«

Yang Ning nickte. »Dachte ich mir.«

Es war spät geworden. Draußen regnete es. Liao begleitete sie mit einem Regenschirm hinaus und sagte, dass die Polizei ihnen in den nächsten Tagen noch einen Besuch abstatten werde.

Yang Ning warf sich auf den Beifahrersitz von Haoyangs Auto und die Krücken auf die Rückbank. Überall hing schon Weihnachtsbeleuchtung, verbreitete warmes Licht. Wahrscheinlich spielten irgendwo in Endlosschleife Weihnachtslieder, die man im Auto nicht hörte.

»Der Wievielte ist heute?«, fragte sie.

»Der Vierzehnte«, antwortete Haoyang. »Schon wieder ein Jahr vorbei«, fügte er nach einer Pause an. »Wie die Zeit vergeht.«

Schweigend betrachtete sie die vielen, vom Regen zu einem weichen Rot verwaschenen Rücklichter der Autos vor ihnen, wie verwässerte Warnungen. Die Feiertage standen bevor und damit auch ihr Geburtstag. Einem Kind, dass an Heiligabend geboren worden war, hätte man ein friedvolleres Leben vorausgesagt.

Yang Ning erinnerte sich an einen ihrer Geburtstage – war es der siebte oder der achte? – und an ihren Vater.

Als Kind hatte sie es gemocht, ihn in seinem eleganten Anzug zu sehen, mit Aktentasche und Rollkoffer bewehrt, auf dem Weg, die Welt zu erobern. Oft war er ein halbes Jahr oder länger fortgeblieben. Die Kinder hatten ihn vermisst, aber was konnte man schon machen? Der Vater musste die Familie ernähren, und so mussten sie sich eben an seine Abwesenheit gewöhnen. Die Erwachsenen erwarteten von den Kindern, »verständig« zu sein.

In der Nacht schlüpfte sie in ihrem Peter-Rabbit-Schlafanzug aus dem Bett und linste durch die einen Spalt offenstehende Wohnzimmertür.

»Was erwartest du denn?« Ihr Vater runzelte ungehalten die Stirn und verschränkte die Arme. »Ich kann dich nicht mitnehmen. Ich bin immerzu auf Achse und muss Überstunden machen, wie soll ich mich da um dich kümmern?«

»Das ist alles, was dir zu sagen einfällt. Immer dasselbe.« Sie konnte ihre Mutter nicht sehen, sich aber gut ihr verdrießliches Gesicht vorstellen, das sie nur allzu gut kannte. »Lass dir etwas einfallen! Mich hier ständig mit zwei kleinen Kindern allein zu lassen, geht einfach nicht. Weißt du, wie anstrengend kleine Kinder sind?«

»Soll ich mich vielleicht um sie kümmern?« Yang Ning roch seinen alkoholisierten Atem, der das altmodische Eau de Cologne auf seinem Kragen überlagerte und sich mit dem muffigen Schweißgeruch ihrer Mutter mischte.

»Was wäre so schlimm daran, wenn wir alle zusammen mit dir nach Taipeh ziehen? Wo du ohnehin dort arbeitest? Die Schulen sind auch besser. Warum sitzen wir in diesem elenden Kaff fest?«

»Du stellst dir das so einfach vor. Weißt du, wie teuer Taipeh ist? Umziehen ist ein Riesenaufwand, das geht nicht von jetzt auf gleich.«

»Wir reden seit Jahren davon. Und Geld haben wir auch ...«

»Willst du damit sagen, dass wir genug Geld haben oder dass ich einfach mehr verdienen muss?« Ihr Vater hob die

Stimme. »Jedes Mal, wenn ich nach Hause komme, dasselbe Theater. Warum bist du so misstrauisch? Bekommst du nicht ausreichend Geld von mir? Ist es wirklich zu viel verlangt, dass du dich um die Kinder kümmerst?«

Die Tür des gegenüberliegenden Zimmers im Korridor öffnete sich einen Spalt, und Yang Hans schläfriges und verängstigtes kleines Gesicht lugte daraus hervor. Yang Ning legte einen Finger an die Lippen. Er nickte brav und blieb still.

»Als ob es ums Geld ginge!« Die Stimme ihrer Mutter überschlug sich fast. »Du willst mich nur nicht wissen lassen, was du treibst, wenn du nicht zuhause bist! Du hältst mich wohl für eine Idiotin, die deine Kinder großziehen darf, während du da draußen machst, was du willst, gib es doch zu!«

»Ach, halt die Klappe. Du spinnst doch.« Ihr Vater stand auf und verließ das Wohnzimmer, ihre Mutter lief ihm nach. Yang Ning schlüpfte hinüber zu Yang Han ins Zimmer und nahm ihn in den Arm.

In einem Alter, in dem sie noch gern mit Druckbleistiften und Seifenblasen spielte, war sie schon an die ständigen Lamentos ihrer Mutter gewöhnt: Dass sie nie die Oberstufe habe abschließen können, um auf die Uni zu gehen und zu studieren, um in Taipeh einen eigenen Job zu finden, eine unabhängige, moderne Frau zu sein. Warum sie bloß so früh geheiratet habe und als Hausfrau geendet sei. So viele tolle und anständige Männer hätten sich um sie gerissen, aber nein, weil Ning unterwegs gewesen sei, habe sie diesen Kerl heiraten müssen, der ständig fremdgehe … »Ich wollte keine Kinder, damals jedenfalls nicht, ich war noch viel zu jung. Aber dann hast du gemeint, deine Eltern wünschten sich so sehr ein Enkelkind und wären bereit, sich darum zu kümmern. Kaum war sie da, hatten sie dazu plötzlich keine Lust mehr. Und als sie hörten, dass es ein Mädchen ist, wollten sie erst recht nichts mehr von uns wissen. Nicht ein einziges Mal hat mich deine Mutter auf der Gebärstation besucht und mir vielleicht einen Teller Suppe gebracht. Stattdessen hat sie erwartet, dass ich bei euch den Abwasch mache!«

Während die Eltern sich die halbe Nacht lang anbrüllten, zogen Yang Ning und ihr Bruder das Laken über die Köpfe. Sie versuchte, Yang Han die Ohren zuzuhalten, aber die Eltern stritten laut, sehr laut.

Irgendwann setzte sich Yang Ning auf und erzählte Yang Han Geschichten von Walen, die unter Wasser gegen Seeungeheuer kämpften, bis er in ihren Armen einschlief. Sie selbst tat die ganze Nacht kein Auge zu und fragte sich, ob ihr Vater morgen, an ihrem Geburtstag, wohl zurückkommen würde.

Am nächsten Tag saß sie unruhig zuhause und wartete. Aber ihr Vater kam nicht zurück. Zu Mittag aßen die Kinder die kalten Mantous und das Rote-Bohnen-Brot, das noch auf dem Tisch stand, und abends machten sie sich ein Fertiggericht aus dem Kühlschrank in der Mikrowelle warm. Ihre Mutter verbrachte unterdessen den ganzen Tag über heulend im Schlafzimmer und schien die Existenz ihrer Kinder vergessen zu haben. Das war Yang Nings Geburtstag.

Yang Han hatte eine Karte mit Streichholzmännchen für sie gebastelt. Sie dankte ihm, umarmte ihn und brachte ihn ins Bett. Als sie seine Zimmertür schloss, ging endlich die elterliche Schlafzimmertür auf, und ihre Mutter kam heraus. Erwartungsvoll sah Yang Ning ihr nach, wie sie in die Küche schlurfte, im Kühlschrank nach etwas Essbarem suchte und sich ein Glas Sojamilch einschenkte. Auf dem Weg zurück ins Schlafzimmer ging sie an Yang Ning vorbei. »Geh aus dem Weg«, sagte sie, ohne ihre Tochter eines Blickes zu würdigen.

»Mama …«

»Was willst du schon wieder?« Der Teller krachte zu Boden, Schmorfleisch und Gemüse spritzten an die Wand und auf Yang Nings Füße. »Mama, Mama! Was willst du schon wieder? Den ganzen Tag nagst du an mir, als hätte ich nichts zu tun. Mama hier, Mama da! Nur wegen dir bin ich hier gelandet!« Ihre Mutter ballte die Fäuste. Yang Ning, unfähig, sich zu rühren, starrte auf die Soße, die an der Wand herunterlief. »Hätte ich dich bloß abgetrieben! Jetzt zahl ich für immer den Preis dafür, dass ich's nicht getan hab. Gleich nach der Geburt erwürgen! Das wär's gewesen, statt für immer mit zwei Bälgern am Arsch der Welt festzusitzen ...« Ihre Mutter wurde immer hysterischer, griff nach der Glaskaraffe auf dem Esstisch und schleuderte sie zu Boden. »Diese Nutten! Sollen sie alle verrecken!«, tobte sie weiter. »Oder ich sehe zu, dass ich selber verrecke! Endlich Schluss machen mit diesem Drecksleben ...«

Während ihre Mutter schrie und tobte wie am Spieß, stand Yang Ning die ganze Zeit über mit hängendem Kopf da. Irgendwann ging die Tür von Yang Hans Zimmer auf. »Mama ...«

In diesem Augenblick drehte die Mutter endgültig durch. Ihr Gesicht lief rot an, verzerrte sich zu einer irren Fratze, sie riss sich an den Haaren und wiegte sich vor und zurück, als wollte sie gleich platzen. Sie beugte sich vor zu Yang Ning und schrie sie an: »Immer, wenn ich dich sehe, muss ich daran denken, was für ein Widerling dein Vater ist!« Dann stapfte sie zurück ins Schlafzimmer, schlug die Tür hinter sich zu und ließ ihre zu Stein erstarrte Tochter zurück.

Yang Han zitterte vor Angst, er heulte Rotz und Wasser. Erst sein verzweifeltes Wimmern brachte wieder Leben in seine Schwester. Rasch ermahnte sie ihn, zu bleiben, wo er war, und nicht herumzulaufen. Sie versuchte, auf ihn zuzugehen, wollte ihn in den Arm nehmen und trösten. *Es ist alles gut, ich räume auf, hab keine Angst.* Vorsichtig hob sie den nackten Fuß, versuchte einen Schritt und trat in eine Glasscherbe.

Die Narbe am Fuß blieb für immer. Dieser Tag war vermutlich der Auslöser gewesen, der Grund, aus dem sie sich fortan hinter einer Fassade aus Sarkasmus und Provokation versteckt hatte. Sie hatte weiterhin gespielt und gelacht, wie Kinder es tun, sie war wild und selbstbewusst und eigensinnig gewesen, aber etwas in ihr war zerbrochen. Sie hatte sich einen Igelpanzer zugelegt, gelernt, ihre Enttäuschung zu verbergen, gelernt, sich so abzuhärten, dass niemand sie verletzen konnte.

Der Regen wurde heftiger, der Verkehr blieb stockend.

»Ist dir kalt?«, fragte Haoyang. »Ich habe die Heizung schon aufgedreht.«

»War mein Chef da, im Krankenhaus?«, fragte sie, um endlich loszuwerden, was die ganze Zeit an ihr genagt hatte. Es gab noch so viele Fragen, die ihr auf der Seele lagen, aber jetzt wollte sie vor allem diese eine beantwortet wissen. »War er da, als ich nicht bei Bewusstsein war vielleicht?«

Haoyang überlegte, wie er es ihr schonend beibringen könnte. Schließlich schüttelte er nur den Kopf. Sie hatte es nicht anders erwartet, aber bitter war es trotzdem.

»Cheng Chunjin hat mich besucht.«

Haoyangs Augen weiteten sich vor Schreck, er konnte nicht anders. »Er war im Krankenhaus?«

»Ja, bevor du kamst, gleich nachdem die Polizei weg war. Perfektes Timing.«

»Was wollte er?«, fragte Haoyang vorsichtig.

»Er wollte mir sagen, dass es mir egal sei, wie viele Menschen sterben.«

Ein Motorrad manövrierte sich knatternd und Schmutzwasser aufwirbelnd am Stau vorbei. Etliche Autofahrer hupten wütend.

»Sieht so aus, als hätte er Recht«, redete Yang Ning mit ruhiger Stimme weiter. »Ich scheine nur darauf zu warten, dass jemand stirbt, oder sehe zu, wie sie umgebracht werden. Je mehr Menschen er umbringt, umso höher die Wahrscheinlichkeit, dass ich ihn finde. Einen Mörder zu erwischen ist leichter, als einen Mörder davon abzuhalten, weiter zu morden«, sagte sie. »Ich weiß, dass es so aussieht, als wäre ich verrückt geworden.«

Sie seufzte. »Weißt du noch, wie wir uns einmal gestritten haben, als wir spätnachts auf dem Raohe-Nachtmarkt Lammschmortopf essen waren?« Haoyang wollte etwas sagen, aber sie redete bereits weiter. »Da hast du zu mir gesagt, dass ich dieselbe Traurigkeit und denselben Irrsinn im Blick hätte wie meine Mutter. Dass ich immer vor allem weggelaufen wäre, von zuhause, von uns beiden, von jedem. Ich habe es nicht zugegeben. Ich war so sauer auf dich, dass ich dich angeschrien habe. Gerne will ich wie jeder beliebige andere sein, einfach nur mittelmäßig oder auch der widerwärtigste Mensch auf Erden. Aber so wie sie will ich nie, nie, nie sein. Ich habe alles getan, um niemals zu werden wie sie … Aber Tatsache ist, dass du Recht hattest. Ich bin genauso hysterisch wie sie, ich interessiere mich genauso wenig für die Menschen um mich herum wie sie, bin unfähig, die Dinge loszulassen, die mir nicht gehören. Ich bin wie sie«, murmelte Yang Ning.

Draußen goss es wie aus Eimern.

»Weißt du noch, der Tag, an dem ich den Duft entdeckt habe? *Madame Rochas?* Wie gut sich das angefühlt hat zu wissen, dass nicht ich meinen Bruder auf dem Gewissen habe, sondern dass er ermordet wurde. Ich war aufgebracht und aufgeregt zugleich. Etwas hatte sich verändert, es gab Hoffnung, dass ich eines Tages, wenn ich den Kerl erwischt hätte, endlich wieder ich selbst sein könnte, endlich wieder ruhig schlafen. Als hätte ich endlich eine Erklärung, einen Grund, erleichtert aufzuatmen.« Mit einem resignierten Lachen blickte sie durch die Scheibe, auf die vorbeirollenden Autos. »Als hätte man mich begnadigt.« Sie machte eine Pause, starrte weiter hinaus. »Aber jetzt habe ich Angst. Was soll ich tun, wenn ich den Mörder nicht finden kann? Und was, wenn er sich doch selbst getötet hat? Wer weiß, ob meine Mutter sich nicht genauso fühlt.«

Das Fenster war von innen beschlagen. Yang Ning setzte den Finger an, wie um etwas zu zeichnen, aber beließ es bei einem Strich, der sich wie eine Narbe über die Scheibe zog. Die Welt war voller Fragezeichen und ohne Antworten. Sie standen an einer roten Ampel, die Scheibenwischer schabten leise über die Windschutzscheibe. Es wurde grün, und Haoyang setzte den Blinker, tak-tak, tak-tak.

Schließlich bogen sie ab.

6

Yang Ning zwang sich, aufzustehen. Sie stellte einen Hocker ins Badezimmer, holte sich eine Plastiktüte und Klebeband, setzte sich hin und zog und zerrte an ihren Sachen, bis sie endlich ausgezogen war. Dann verpackte sie ihren eingegipsten Fuß dicht und fest in die Plastiktüte und stellte das Wasser an.

Ah. Unwillkürlich stieß sie einen wohligen Seufzer aus, als der warme Duschregen auf ihre Haut prasselte. Die erste Dusche nach Tagen fühlte sich an wie nach einem Winterschlaf. Sie beugte den Kopf vor und genoss dankbar, wie der Wasserstrahl über ihren Nacken und Rücken rann. Das Bad füllte sich mit heißem Dampf, der zu einem undurchdringlichen Nebel anwuchs. Sie erinnerte sich daran, wie sie einmal gegen Abend neben Cheng auf der langen Bank am Flussufer gesessen hatte, im kalten Novemberwind. Dunkle Wolken hatten tief über dem Fluss gehangen und trotz der frischen Brise für dichte, geradezu unheimliche Nebelschwaden über dem Wasser gesorgt, die alles ringsum einhüllten.

Sie saßen jeweils an einem Ende der Bank, zwischen ihnen ein freier Platz. *Ein Berg bietet nicht genug Platz für zwei Tiger.*

Sie fror, obwohl sie ihren Rollkragen bis über das Gesicht gezogen hatte. Der Wind färbte ihre Wangen rot. Ständig schüttelte sie die Beine, die Händen tief in den Taschen ihrer Daunenjacke vergraben, um nicht steif vor Kälte zu werden.

Es war nicht ihre Idee gewesen, herzukommen. Cheng mochte den Ort. Ein Bein auf einen Steinpfosten aufgestellt, markierte er den hartgesottenen Teufelskerl und löffelte emsig ein Sorbet mit grüner Mango aus, den kalten Wind im

Gesicht. Dann stieß er durch die Zähne ein gespenstisches Heulen aus und leckte sich zufrieden die Lippen.

Yang Ning konnte sich vorstellen, woher seine Vorliebe für diese Bank kam. Es war ein typischer Ort für heimliche Dates von Mittelstufenschülern. Wahrscheinlich hatte er hier Zhang Anjie kennengelernt. Hier hatte es angefangen.

»Mit dir stimmt was nicht«, brummte er, dann rief er theatralisch »Oh, oh, oh, wie kaaaalt!« und warf sich den letzten Eiswürfel in den Rachen.

»Hm. Ich weiß immer noch nicht, wofür dieses *Madame Rochas* steht.« Sie versuchte, so gelassen wie möglich zu wirken, aber sobald sie den Mund aufmachte, war es schwer, ihre Verunsicherung zu verbergen. »Vielleicht bin ich von Anfang an der falschen Spur gefolgt, habe zu viel Zeit darauf verschwendet, das Parfüm zu identifizieren, ohne wirklich Fortschritte zu machen.« Sie wollte sich keine Blöße geben, aber der Frust war einfach zu groß. Sie ließ den Kopf hängen. »Wer weiß, ob der Duft im Grunde gar keine Rolle spielt, vielleicht laufen viel mehr Leute als gedacht damit herum und es war reiner Zufall?«

»Klar, jeder in Taiwan rennt mit Parfüm für alte Tanten auf der Haut herum«, grölte Cheng so großmäulig, dass er dabei Reste seines Mangosorbets auf den freien Platz zwischen ihm und Yang Ning spuckte. Angewidert starrte sie auf die grünliche Pfütze. Cheng wischte es schnell weg und wurde ernst. »Mach dich nicht lächerlich. Du weißt genau, dass Madame Sowieso der Schlüssel zu allem ist. Und Beute bleibt Beute. Es gibt einen Grund für beides. Nichts von wegen Zufall. Aber das ist es auch gar nicht, worüber du dir dein Köpfchen zerbrichst.«

Yang Nings Zunge war gelähmt. Er hatte Recht.

»Also, was ist los?«, er ließ nicht locker, wie üblich.

»Das Wesentliche ist, dass ein Parfüm wie *Madame Rochas*
bei einem Mann sehr auffallen würde«, gab sie schließlich zu.
Sie wusste, dass sie einige wichtige Puzzleteile vor sich liegen hatte. Aber keins passte zum anderen. »Warum sollte ein
Mörder, der unentdeckt bleiben will, so etwas verwenden?«

»Da haben wir es wieder.« Cheng klang unzufrieden. »Hör
auf, zu fragen, warum dies, warum jenes, und frag dich stattdessen: warum nicht? Du musst von der anderen Warte aus
denken, dich in ihn hineinversetzen, die geheimen Fantasien
des Jägers erforschen. Dann hörst du vielleicht auf, mir blöde
Fragen zu stellen.« Er schnaubte verächtlich. »Warum junge
Leute? Warum dieses Mädchen? Warum die und nicht die?
Stop it.« Er verdrehte die Augen. »Nutz deine Vorstellungskraft. Weißt du, warum das Leben verrückter ist, als man
denkt, warum das wahre Leben besser ist als jeder Film? Weil
hier die wulla-walla-wildesten, absurdesten Dinge passieren,
die seltsamsten, die ekligsten, die dreckigsten, die besten. Filme sind nur billige Imitationen des wahren Lebens. Und was
machst du? Du machst dir Knoten ins Hirn. Das geht doch
nicht, das kann nicht sein, hu, hu, hu! Hör auf, in Klischees
zu denken, alt, jung, Mann, Frau, Pferd, so eine Scheiße! Es
gibt andere Arten, um Menschen zu unterscheiden.«

Yang Ning sah die fünf Reiher vor sich, die mit weiten
Schwingen in einer Dreiecksformation majestätisch über
den Fluss zogen.

Das viel zu heiße Wasser riss sie aus ihren Gedanken. Der
Duschkopf sprühte ihr direkt ins Gesicht. Sie drehte ihn weg.
Warum nicht? Sie erinnerte sich, dass Qian an dem Tag, als er
versuchte, sie zu strangulieren, etwas Ähnliches gesagt hatte.
Zufall? Oder ein Wink des Schicksals?

Madame Rochas war ein Duft für Frauen. War der Mörder
vielleicht eine Frau? Könnte sein. Statistisch gesehen wurden

die meisten Morde von Männern begangen. Ihr Gefühl sagte ihr, dass auch hier ein Mann am Werk gewesen war. Ein aufdringlicher Duft würde bei einem Mann aber extrem deplatziert wirken, und ihr Grenouille schien nicht der Typ, der Aufmerksamkeit auf sich ziehen wollte. Oder ... plötzlich kam ihr Norman Bates in den Sinn, ein Psychopath mit gespaltener Persönlichkeit, der in den Kleidern seiner Mutter mordete. Ein gestörter Ödipus-Typ? Das war durchaus denkbar.

Erschrocken stellte sie fest, dass Wasser in die Plastikummantelung ihres Gipses gelaufen war. Verfluchter Mist. Das heiße Wasser hatte sich hartnäckig einen Weg in die Ritzen zwischen Hülle und Fuß gebahnt, Tropfen um Tropfen. Sie tastete nach dem Wasserhahn, drehte ihn ab, suchte stabilen Stand auf einem Fuß und zog das Handtuch von der Stange. Chengs Worte hallten in ihrem Kopf wider. »Denk nach! Welche Rolle spielt der Duft für den Künstler in seinem Kunstwerk?«

Es ging weniger darum, dass ihr Grenouille den Duft von *Madame Rochas* mochte, sondern dass er eine Art Markenzeichen seiner Kunst war. Nicht zu stark und nicht zu schwach, gerade richtig, um sich so weit aufzulösen, dass keine gewöhnliche Nase ihn mehr erkennen konnte ... In jedem Fall konnte sie davon ausgehen, dass er den Duft absichtlich versprüht hatte.

Das war nicht einfach ein Parfüm. Er hatte es für *sie* hinterlassen, als Provokation, als Kriegserklärung, als Landkarte.

Er hatte gewollt, dass sie es entdeckte.

Yang Ning musste zur Quelle vordringen. Sie suchte Halt an den feuchten Fliesen und stieg aus der Dusche. Wenn sie in Ruhe darüber nachdachte, war bisher doch nicht alles vergebens gewesen. Zou Youqian und Cheng Chunjin hatten sie jeder auf seine Weise dazu gebracht, sich der Wahrheit zu stellen. Und dafür blieb ihr nur ein Weg. Sie musste nach Hause zurückkehren.

In ein Zuhause, das längst für sie gestorben war.

7

Sie musste ein paar Tage darüber schlafen. Wie sollte sie bloß Kontakt aufnehmen? Wieder und wieder nahm sie das Telefon zur Hand, schaltete das Display ein und wieder aus. Jedes Wort, das sie eintippte, tat ihr in den Augen weh. Nachdem sie einige Entwürfe wieder gelöscht hatte, drückte sie irgendwann entnervt auf »senden«. Zwei Nachrichten, die an zwei verschiedene Adressaten gingen, mit demselben Inhalt: *Ich bin's. Komme heute Nachmittag vorbei.* Sie schrieb nicht: *Ich komme nach Hause* oder *ich komme zurück.* Einfach nur: *Ich komme.*

Den Schlüssel hatte sie weggeworfen, vor vielen Jahren war er zusammen mit den Küchenabfällen in die Tonne gewandert. Daher war es, als würde sie entfernte Verwandte besuchen gehen. Sie packte nur einen kleinen Koffer, mit Sachen zum Wechseln.

Es war ein sonniger Tag, die Luft war kühl. Zuerst fuhr sie ins Krankenhaus, um den Gipsverband loszuwerden und die Krücken zurückzugeben. Wieder mit dem Fuß den Boden zu berühren, fühlte sich seltsam an, ihre linke Hüfte begann schon bald zu schmerzen.

Auf dem Weg zum Bahnhof musste sie erst wieder das normale Gehen üben. Sie schaffte es gerade rechtzeitig zum Zug, ließ am Platz die Vorhänge aufgezogen und saß dann da, mit einer Schildmütze auf dem Kopf und Kopfhörern im Ohr, aber ohne Musik zu hören. Sowohl ihr Vater als auch ihre Mutter versuchten mehrmals, sie zu erreichen, aber sie nahm den Anruf nicht entgegen. Irgendwann stellte sie ihr Smartphone ganz aus und lehnte sich ans Fenster.

Ohne auf die Straßenschilder zu achten oder sich auf

Google Maps zu orientieren, verließ sie sich bei der Ankunft einfach auf ihre Intuition, schleppte ihren kleinen Koffer die Treppe hinunter und zum Bahnhofstor hinaus, folgte der vertrauten Hauptstraße, bog vor dem Mesona-Teeladen ab, weiter geradeaus bis zum Optiker Champion, wo sie an der Ampel die Straße überquerte, dann vorbei an dem Haushaltswarenladen, vor dem ein paar Bambusstühle auf Kunden warteten; vorbei an drei oder vier in der Wintersonne dösenden Alten, nach rechts, dann immer geradeaus entlang den Mauern der Grundschule, auf der von Bäumen gesäumten und mit riesigen Tierskulpturen aus Keramik geschmückten Allee. Die Rollen ihres Koffers rumpelten gleichmäßig über den Asphalt, bis zu dem Imbissstand mit den frittierten Shuangbaotai, wo sie in die kleine Gasse einbog und zählte, eins, zwei, drei, vier, fünf, sechs.

Vor dem sechsten Reihenhaus angekommen, stieg sie die Stufen hinauf und klingelte.

Das Türschild mit der weißen Schrift auf blauem Grund, die etwas rostig gewordene Eisentür. Waren die Topfpflanzen früher schon da gewesen? Vor dem Eingang stand ein wohlgepflegtes Osmanthus-Bäumchen, dessen smaragdgrünes Laub im Sommer angenehmen Schatten spendete.

Von drinnen vernahm sie hektische Geschäftigkeit, erschrockenes Aufstöhnen, ein pfeifender Wasserkessel, Geschirrklappern, sich nähernde, energische Schritte. Dann ging mit einem Ruck die Tür auf. Erschrocken schnappte Yang Ning nach Luft.

Auch ohne genauer hinzusehen, war ihr klar, wer die Tür geöffnet hatte. So überhastet agierte nur ihre Mutter, die jetzt vor ihr stand, den Türgriff fest in der Hand, während der Wind ins Haus fegte.

Yang Ning hielt den Blick auf die nackten Füße der Mutter auf den Fliesen gerichtet, das Gesicht weitgehend verdeckt von ihrer Schildmütze. Keine von beiden sagte ein Wort, aber die Mutter winkte sie wiederholt herein, übertrieben höflich und aufmerksam. Yang Ning schluckte und betrat, den Koffer hinter sich herziehend, das Haus. Die Rollen glitten durch den Flur in das Zimmer, das achtzehn Jahre Erinnerungen barg. Sie schloss die Tür hinter sich. Ihr Herz klopfte wie wild.

Ihr Zimmer sah so aus wie früher.

Die sonnendurchlässigen Gardinen mit den orangefarbenen Streublümchen, die Bettwäsche in diesem scheußlichen Pink, die bunten Kugelschreiber und Klemmbretter mit dem Logo des Nachhilfeinstituts, die alte Schreibtischlampe, die mindestens ein Jahrzehnt im Einsatz gewesen war, der Fön, der immer diesen angesengten Geruch verströmte. Immer noch die alten, zu klein gewordenen oder aus der Mode gekommenen Klamotten im Kleiderschrank, das verblichene Kopftuch. Alles war noch genau so, wie sie es verlassen hatte. Sachte fuhr sie mit den Fingern über die Glasplatte des Schreibtischs, makellos sauber und glänzend.

Der Rock, den sie am Tag vor ihrer Abreise gegen etwas anderes zum Anziehen gewechselt hatte, hing immer noch über der Stuhllehne, aber er war gewaschen und gebügelt worden.

»Ich dachte, wir hätten eine Abmachung«, hatte sie damals gesagt, enttäuscht.

Die Abmachung hatte darin bestanden, dass Yang Han mit ihr nach Taipeh ziehen würde, sobald sie dort auf die Uni ging. Er hatte zugestimmt, sie hatten sich beide darauf gefreut, und Yang Ning hatte sich ausschließlich auf Unis in Taipeh beworben, fest entschlossen, eine Umkehr war nicht vorgesehen. Einige Wochen später aber machte Yang Han einen Rückzieher. Sie wusste, warum: Weil ihre Mutter, als sie von diesem Plan hörte, eine Szene gemacht hatte, das übliche Schreien, Toben und Geschirrzerdeppern. Yang Ning war stinksauer. Von da an gab es nichts, was ihn dazu bewegen konnte, mit ihr zu kommen.

»Ich habe schon die Kaution für die Wohnung bezahlt, damit sie mir niemand wegschnappt. Wir können sofort einziehen, zwei Schlafzimmer, wirklich nicht schlecht, nur zehn Minuten zu Fuß bis zur Schule für dich. Die nehmen dich, ich habe schon gefragt, der Aufnahmeprozess ist ganz easy.«

Er schüttelte den Kopf. Seine Augen sahen verweint aus.

»Na komm schon, kleiner Wal.« Sie nahm seine Hand und ließ nicht mehr los.

»Es geht nicht. Ich muss hierbleiben.« Wieder und wieder führten sie dieses Gespräch, doch es nutzte nichts; keiner von beiden gab nach.

»Ich sorge für dich, das weißt du. Es ist überhaupt kein Problem, easy peasy.«

»Das hast du schon hundert Mal gesagt.«

»Genau, hundert Mal. Ich bin schon ganz heiser davon, aber du hörst mir nicht zu.« Sie änderte ihren Tonfall und fügte leise an: »Sie kommt schon allein zurecht, weißt du, wir können sie an den Wochenenden besuchen.«

Er biss sich auf die Unterlippe und schüttelte energisch den Kopf. So energisch, als wollte er sich mit Schwung aus dem Raum befördern.

»Glaub mir, bitte.«

»Oberstufe«, flüsterte er. »Wenn ich in die Oberstufe komme.«

»Das dauert noch drei Jahre.«

»In der Oberstufe«, insistierte er.

Seufzend strich sie ihm durchs Haar. »Gut. Aber wehe, du

nimmst es wieder zurück. Dann gehe ich persönlich in deine Schule und melde dich ab.«

Er nickte, lächelnd, aber mit Tränen in den Augen. »Du kommst aber zwischendurch hierher und besuchst mich, oder?«

»Na klar. Wen soll ich sonst besuchen?«

»Was, wenn du das nur so sagst?«

»Großes Indianerehrenwort.« Sie hielt ihm ihren kleinen Finger hin.

Er verzog das Gesicht. »Ich bin doch kein kleines Kind.«

»Ach so, du brauchst niemanden, der dich besucht, großer Zwölfjähriger? Na dann.« Sie zwickte ihm in die Nase.

»So meine ich das nicht.«

»Wie denn sonst?«

»Ach, Mensch!« Yang Han war beleidigt. »Wenn du so zu mir bist, dann will ich gar nicht hier sein, falls du kommst.«

»Wo willst du denn sonst sein?« Sie lachte.

»Geht dich nichts an. Ich verschwinde und du kannst sehen, was du machst.«

»Ich finde dich schon.«

»Und was, wenn nicht?« Er verschränkte die Arme und schnitt eine Grimasse.

»Kein Problem«, sagte sie verschmitzt, »ich suche einfach weiter und weiter.«

Ich suche weiter und weiter nach dir, war ihre Antwort gewesen.

Yang Ning setzte sich auf das Bett und strich über die Bettwäsche, lüpfte sie hoch und ließ wieder los, rieb den Stoff zwischen den Fingern, spürte die Baumwollfüllung. Hier war alles, was sie zurückgelassen hatte. Sie war von Verlassenem, Übriggebliebenem, Aufgegebenem umgeben.

Es klopfte an der Tür.

»Hast du schon gegessen?«, ließ ihre Mutter sich zaghaft vernehmen. Yang Ning erahnte ihre traurige, verlebte Gestalt hinter der Tür.

»Noch nicht«, antwortete sie mit der Stimme eines in der Wüste gestrandeten Wanderers.

»Ich habe Abendessen gekocht«, sagte ihre Mutter und fügte hastig hinzu, »scharf geschmorter Lammeintopf und andere Sachen, die du gern isst. Es ist vielleicht noch ein bisschen früh zum Essen, aber ich dachte …«

Yang Ning öffnete die Tür und trat heraus. »Sicher, warum nicht?«

Auf dem rechteckigen Holztisch im Esszimmer dampfte der Lammeintopf. Daneben standen getrockneter Tofu mit schwarzer Bohnensoße, Kai-lan mit Austernsoße, Gemüse-omelette, gebratener Schweinebauch, gebratene Schweineleber, frittierter Tintenfisch, Dämpffleisch mit Trockenpflaumen … Der Tisch bog sich unter all den Lieblingsgerichten ihrer Kindheit, salzig, fettig, scharf. Yang Ning mochte intensive Geschmäcker. Es war ein Festessen, für das man eine Ewigkeit in der Küche beschäftigt war. Sie wusste vor Überraschung nicht, was sie denken oder sagen sollte. Erinnerungen an die Zeiten, als zuhause der Familienfrieden noch intakt war, wurden wach. Ihre Mutter war immer eine gute Köchin gewesen. Aber wie oft hatte Yang Ning später Fertiggerichte für die Mikrowelle vom Supermarkt nach Hause tragen müssen und täglich das gleiche Essen hinuntergewürgt, bis sie es nicht mehr sehen konnte. Sie dachte daran, wie sie auf Zehenspitzen den Topf vom Regal gezogen hatte, um für sich und ihren Bruder Hühnchen zu kochen.

Ein kurzer Lichtstrahl lässt die dunklen Schatten der Vergangenheit nicht auf einmal vergessen. Auch wenn sie gestehen musste, dass sie von diesem Lichtstrahl geblendet war, wirkte das Bild nicht real. Es war zu warmherzig, zu normal, das herzliche Willkommensmahl einer Mutter für die verlorene Tochter.

Sie wusste nicht, wie sie dieser Normalität begegnen sollte.

Ob sie jetzt besser zum Schrank ging und die Löffel und Essstäbchen herausholte? Den Reis aus dem Reiskocher schaufelte? Sie hatte einen Knoten im Gehirn.

»Setz dich«, sagte ihre Mutter, ihr die Entscheidung abnehmend. Dann brachte sie Yang Ning eine Schüssel auf den Punkt gekochten Reis und Essstäbchen.

Yang Ning nahm sie verunsichert entgegen. »Danke.«

Ihre Mutter stellte das Radio an. »Hallo verehrte Zuhörer, willkommen zu unserer Sendung ›Der Musikfisch‹«, sagte eine fröhliche Stimme. »Zeit, dass der Fisch die Maultrommel rührt. Es ist kalt geworden, nicht wahr? Da heißt es, sich warm anziehen und überlegen, welches Essen zur kalten Jahreszeit passt. Ich will Ihnen verraten, was der CD-Fisch gerne isst ...« Die Mutter lief immer noch emsig zwischen Küche und Esstisch hin und her und stellte weitere kleine Gerichte auf den Tisch, wie eingelegte Eier mit Bittergurke.

»Die Hühnersuppe mit Bittergurke und Ananas ist noch am Kochen, das war ein ziemlich fettes Huhn ...«

»Es ist viel zu viel.«

»Ach was, nicht der Rede wert.« Die Mutter machte eine wegwerfende Handbewegung, zog hastig einen Stuhl heran und setzte sich zu Yang Ning an den Tisch, als hätte sie Angst, dass sie nichts essen wollte. »Sind ja nur ein paar schnell gemachte Kleinigkeiten.«

Dann stand sie wieder auf. »Oh, ich hole schnell noch eine leere Schale«, sagte sie, rannte schon wieder in die Küche und kam mit einer Schale zurück. »Ich habe den Kräuterapotheker gewechselt, probier mal, wie dir die Brühe schmeckt. So hat sie mehr Süße, heißt es.«

Sie schöpfte Lamm und Brühe in die Schale und setzte sie Yang Ning vor. »Es war gar nicht voll heute auf dem Markt, ich habe ruckzuck eingekauft und dann zuhause schnell etwas gebrutzelt. Bitte, greif zu.«

»Hm.« Yang Ning aß einen Bissen Lammfleisch. Und dann noch einen.

Ihr Mutter nickte erleichtert, griff selbst zu den Essstäbchen und wagte etwas Smalltalk.

»Schmeckt's?«

»Aromatisch, oder?«

»Nimm ein Bein!«

»Ich hab es heute mit extra viel Knoblauch geschmort, merkt man das?«

»Ist es dir zu scharf?« Sie stellte eine Frage nach der anderen.

»Hm.« »Aromatisch.« »Gut.« »Hm.« »Nein, lass.« Yang Ning antwortete einsilbig.

Am liebsten hätte sie gesagt: Ich rieche nichts, ich esse vor allem, um mich aufzuwärmen, für mich ist es gleich, ob es süß ist oder besonders lecker, ich schmecke gar nichts, Mama, rein gar nichts. Aber am Ende beließ sie es bei einem stummen Nicken. Genau wie damals bei Yang Hans Beerdigung, als sie mit ausdruckslosem Gesicht zusah, wie die anderen herbeieilten, um die in Ohnmacht gefallene Mutter zu stützen.

Sie häufte sich den Teller voll, kaute. Ihre Mutter fragte nicht, warum sie zurückgekommen war, redete stattdessen um den heißen Brei herum und fragte, ob es kalt sei in Taipeh? Ob es viel regne? Ob es nicht sehr schwül sei dort? Ob sie noch arbeite? Sie stritten sich nicht, drangen nicht zu sehr in den anderen und die Stimmung war nicht allzu angespannt. Es war in Ordnung, zusammen an einem Tisch zu sitzen, es war genug.

Ihre Mutter war sichtlich gealtert. Ihr kaffeebraunes Haar war dünn geworden, ihre Haut war längst nicht mehr so glatt und weiß wie früher, zwar immer noch hell, aber von vielen feinen Linien durchzogen. Tränensäcke unter den Augen, leicht hängende Wangen, dunkle Ränder an den Lippen. Seit wann trug sie statt ihrer enganliegenden Rollkragenpullover diese weiten Kleider?

Im Radio plapperte immer noch der CD-Fisch. Yang Nings Mutter war die Erste, die ihre Stäbchen beiseitelegte. Sie erklärte entschuldigend, dass sie seit einer Weile mit einer Bekannten Aerobic mache und nicht so viel essen sollte. Obwohl Yang Ning dem Essen tapfer zugesprochen hatte, sah der Tisch immer noch so sauber und üppig beladen aus, als hätte niemand etwas angerührt.

»Ich räume ab«, sagte sie und stand auf. Sofort erhob sich auch ihre Mutter, und die beiden brachten zusammen Teller und Schüsseln hinaus.

Küchenschürze, Spülschwamm und Spülmittel waren am selben Platz wie früher. Neben der Spüle stapelten sich leere Fertiggericht-Kartons und Einwegstäbchen.

Nachdem die Mutter den Tisch abgewischt hatte, stellte sie sich neben ihre Tochter ans Spülbecken, so dass Yang Ning spürte, wie ihre Kleider sich berührten.

Sofort wurde Yang Ning stocksteif. Es war blanke Panik. Ungewollt begann sie zu zittern.

»Du hast abgenommen«, sagte die Mutter und nahm ihr einen Teller aus der Hand. Yang Ning starrte reglos auf ihre schaumbedeckten Hände im Spülbecken.

»Du bist so dünn, dass man gar nichts mehr von deinen

Brüsten sieht«, fuhr die Mutter fort, wobei sie versuchte, das laute Plätschern des laufenden Wassers zu übertönen. »Dein Haar ist ganz schön lang, das habe ich noch nie an dir gesehen.« Sie trocknete eine Schüssel ab, wobei sie unbeabsichtigt gegen Yang Nings Arm stieß. Yang Ning zuckte zusammen wie bei einem elektrischen Schlag. Instinktiv ging sie in Abwehrhaltung.

»Ich bin müde«, sagte sie, verließ ihren Platz an der Spüle und trocknete sich die Hände an der Hose ab, »es fehlt ja nicht mehr viel. Ich gehe schon mal duschen und dann ins Bett.«

»Oh …« Ihre Mutter klang verletzt. »Gut … gut, du hast ja eine lange Reise hinter dir. Geh duschen. Warte, ich bringe dir ein Handtuch, habe es neu gekauft, für alle Fälle, und eine Zahnbürste.«

»Ich habe alles, was ich brauche.«

»Ah … ja.« Ihre Mutter blieb stehen. »In der roten Flasche ist Hairconditioner, Gesichtsreiniger steht …«

»Ich habe alles Nötige dabei.«

»Wenn du was zu waschen hast, wirf es in den Wäschekorb, ich wasche morgen früh.«

»Keine Sorge, ich mach das, wenn ich wieder zuhause bin.«

Als sie schon auf dem Weg ins Bad war, rief ihre Mutter ihr hinterher. »Ning …« Wie konnte es ihr bloß so leichtfallen, ihren Namen auszusprechen? Wie oft hatte sie das während ihrer Kindheit getan? »Kommst du bald noch einmal zu Besuch?«

»Weiß nicht.«

»Hast du nicht gesagt, dass Taipeh kalt und regnerisch ist … Wir könnten zusammen essen …«

»Du und ich?«

»Wir könnten zusammen zum Markt gehen … oder …«

»Ich gehe jetzt erst mal duschen.«

»… Wir könnten spazieren gehen, zum Strand vielleicht … warst du nicht immer gern am Meer?«

»Nein, war ich nicht …« Yang Ning hatte das Gefühl, gleich zu ersticken. Sie wollte fliehen.

»Ach, naja, wenn der Nachtmarkt offen hat, könnten wir auch dorthin …«

»Ich möchte …«

»Ich habe viel nachgedacht, weißt du, mir ist klar geworden, dass ich dich … dass ich euch früher …« Ihre Mutter brach in Tränen aus.

»Bitte, Mama, lass mich jetzt …«

»Ich wollte nicht weinen … Ich wollte dich nicht um Vergebung bitten …«

»Lass das doch, bitte … ich … ich möchte nur …«

Die Worte häuften sich, überlagerten sich, keine ließ die andere ausreden, kein Satz wurde zu Ende gesprochen.

»Ich weiß, dass du mich hasst, ich weiß, dass du mich für eine schlechte Mutter … Ich weiß, dass du wütend auf mich bist, aber ich möchte, dass du weißt, dass ich niemals absichtlich …«

»Nein«, sagte Yang Ning mit zittriger Stimme. »Nein. Hier ist nichts mehr, verstehst du, nur Leere, nichts.«

Sie drehte sich um und ging ins Bad und ließ ihre Mutter zurück, die heulend in die Hocke ging. »Es tut mir leid«, rief sie ihr nach, aber Yang Ning beachtete sie nicht mehr. Langsam stemmte ihre Mutter sich am Esstisch hoch, schlurfte zurück in die Küche und starrte auf den Schaum im Spülbecken.

Erst als sie das Wasser in der Küche wieder fließen hörte, drehte auch Yang Ning den Duschhahn auf. Plötzlich ver-

misste sie ihren Schutzanzug, um sich wieder in einen Zustand zu versetzen, in dem nichts und niemand an sie heran-
kam.

8

Sie versteckte sich eine ganze Weile im Bad, bis sie es irgendwann nicht mehr aushielt und auf Zehenspitzen in ihr Zimmer schlich. In ihren Straßenklamotten, ein Handtuch zu einem Turban um das nasse Haar gewickelt, kauerte sie sich auf dem Bett zusammen, bemüht, kein Geräusch zu machen. Sie hatte Angst, das Zimmer zu verlassen, denn sie hörte, wie ihre Mutter ständig an ihrer Zimmertür vorbeistreifte. So verging der Abend, bis die Mutter bei ihr anklopfte und zaghaft verkündete: »Also ... ich geh dann mal schlafen.«

Yang Ning antwortete nicht, aber endlich wich die Anspannung aus ihren Muskeln.

Ihr Gehirn lief auf Hochtouren. Sie blieb noch eine Weile zusammengerollt wie ein verängstigtes Tier liegen und starrte vor sich hin, ohne einen klaren Gedanken fassen zu können. Dann stand sie behutsam auf, zog den kleinen dicht verschlossenen Plastikbeutel heraus, steckte ihren Nase hinein und atmete tief ein. Auf allen vieren schlüpfte sie hinüber in Yang Hans altes Zimmer.

Auch hier sah alles aus wie früher, so als wäre der Bewohner nur mal kurz im Wohnzimmer und käme gleich zurück. Schon überwältigten sie die Erinnerungen wie eine Flut, angefangen bei den jüngsten. Nach Yang Hans Tod hatte sie den Chef und Xiaozhi gebeten, sauber zu machen. Der Geruch nach Litschiholzkohle war längst verschwunden, und außerdem hatte der Chef die zerstörte Matratze durch eine neue ersetzt und sogar einen neuen Bettüberwurf mit demselben Peter-Rabbit-Motiv in Blau gekauft. Es tat weh, die Dinge in diesem Zimmer zu betrachten. Sie griff nach dem auf dem Schreibtisch stehenden Teebecher, der in all den Jahren nie ersetzt worden war, und roch daran. Yang Han stand neben ihr. Sie wusste es. Da sie nun einmal in sein Reich eingetreten war, konnte sie sich nicht verstecken.

Yang Ning kannte den Geruch der Sehnsucht; sie würde ihr ganzes Leben damit verbringen müssen. Die Trauer zeichnete ihr Falten auf die Stirn. Sie erinnerte sich so gut an alles.

Einmal hatten sie aus Bettlaken, Handtüchern und Kleidungsstücken zwischen dem Schreibtisch und dem Bett ein Zelt errichtet.

Bist du bereit?, rief Yang Ning, die Hand am Lichtschalter. Ja! Yang Hans Stimme kam aus dem Zelt. Sie legte den Schalter um, und es wurde stockfinster. He, ich sehe nichts, sagte Yang Ning kichernd, du wolltest es doch anmachen, wenn ich ausschalte. Schon ging das kleine Licht an, eine Flamme tanzte im Zelt. Sie tastete sich vor, hob vorsichtig den Vorhang des Zelteingangs und kroch hinein. Willkommen, werter Gast!, sagte er. In der Hand hielt er eine kleine Papierlaterne, die Großmutter Tang ihm geschenkt hatte. Im Schneidersitz hockten sie einander gegenüber im Zelt. Wie schön, sagte Yang Han.

Dieser Ort war der glücklichste und der traurigste zugleich. Sie stellte den Teebecher ab und zog eine Schublade auf, was leichter ging als gedacht. Keine Laken, keine Decken, sondern nur Zeichenpapier. Ganz oben eine Zeichnung vom Meer, Sonnenlicht, das auf den Wellen tanzte, aufspritzende Gischt. Beinahe konnte sie die salzige Meeresbrise riechen. Es war ihr Meer, Yang Hans und Yang Nings Meer.

Mit angehaltenem Atem betrachtete sie das Bild. War dieses Bild ein Zeichen von Traurigkeit, lag nicht ein stummer Hilferuf in jeder dieser Wellen, in dem kleinen Fischerboot weit draußen, das eben sein Licht angezündet hatte? Wollte dieses Meer ihr etwas sagen oder in tiefem Schlaf versinken?

Ihre Nase war erfüllt vom fischig-süßen Meeresgeruch, sie roch nichts, was auf Yang Han hinwies.

Lange stand Yang Ning in die Betrachtung der Zeichnung versunken da, sie wusste nicht, wie lange, auch nicht, was ihr dabei alles durch den Kopf ging. Sie wusste nur, dass ihre Finger, als sie wieder zur Besinnung kam, wieder und wieder über den rechten unteren Bildrand fuhren, wo eine Bleistift-signatur ein Relief hinterlassen hatte: *Han, 17. Juli 2016.*

Drei Tage vor seinem Tod.

Vorsichtig legte sie das Meer aufs Bett und zog dann die restlichen Bilder aus der Schublade, die sie mit spitzen Fin-gern an den Rändern anfasste, um nichts zu zerknicken, und stapelte sie auf dem Schreibtisch. Dann besah sie sich eins nach dem anderen. Er hatte alle mit Han signiert, jeweils ganz klein in der Ecke, beinahe so, als wollte er nicht bemerkt werden. Die Bilder waren nach Datum geordnet, 10. Juli, 3. Juli, 26. Juni, 19. Juni, 12. Juni … Sie verglich die Daten mit dem Kalender auf ihrem Telefon. Er hatte immer sonntags gezeichnet.

Ein Schiffskapitän, eine Ziegenmilchflasche, Porträts, Muscheln, ein Anker … Je älter das Datum, umso kindlicher und unbeholfener die Zeichnungen. Sphäroide, Pyramiden, Weinflaschen. Sie blätterte zurück bis zur untersten Zeich-nung im Stapel und zog sie mit einem Ruck heraus. Es wa-ren schlichte Würfel, ein Übungsblatt. Die rechte Hälfte war von unbeholfener Hand gemalt, die Linien schief, die Enden nicht verbunden. Ihre Hand glitt routiniert in die rechte un-tere Ecke. *Han, 8. November 2015.*

Die linke Hälfte des Blatts war makellos. Mit ein paar Stri-chen wurde demonstriert, wie man einen Wohnblock zeich-nete. Auch hier gab es eine Signatur, in der linken Ecke, den Buchstaben *I.*

9

Klopf, klopf. Yang Ning schlug vorsichtig mit den Fingerknöcheln gegen die Tür und wartete.

»Ja?« Beherzt trat sie ins Schlafzimmer ihrer Mutter.

Drinnen gab es nur das gedämpfte, bleiche Licht einer kleinen Nachttischlampe. Ihre Mutter saß aufrecht im Bett, die Decke übergeschlagen, das Kopfkissen im Rücken, eine Lesebrille auf der Nase, und tippte in ihr Smartphone. Yang Ning blieb an den Türrahmen gelehnt stehen. Ihre Mutter legte das Telefon hin, strich die Decke glatt und streckte den Rücken durch.

Wann war sie zum letzten Mal in diesem Zimmer gewesen? Erst nach mehrmaligem Räuspern brachte sie einen Ton heraus. »Wusstest du, dass er Zeichenstunden genommen hat?« Sie hob den Packen Zeichnungen in der Hand hoch. »Die hier habe ich in seinem Zimmer gefunden.«

»Ah … hm … ja …« Ihre Mutter rang sichtlich darum, die Contenance zu bewahren. »Ja, er hat davon erzählt. Er hat bei einem Bekannten Stunden genommen, Zeichnen, vielleicht auch Aquarellmalerei, ich bin mir nicht sicher.«

»Bei einer Frau oder einem Mann?«

»Ein Mann«, sagte ihre Mutter hastig, »ein junger Mann. Ich habe gefragt.«

»In seinem Alter, einer aus der Paukschule?« Yang Ning legte die Zeichnungen auf die kleine Kommode neben der Tür. »Oder älter als er?«

»Nein, ein ganzes Stück älter als er. Wie alt genau kann ich nicht sagen.« Ihre Mutter beantwortete die Fragen so brav und streberhaft wie ein Kind, das seinem Lehrer gefallen will.

»Wo hat er ihn kennengelernt?«

»Das hat er nicht gesagt.«

Enttäuscht zupfte Yang Ning an den Zeichenblättern, ließ sich durch die Finger gleiten wie Saiten, entlockte ihnen leise, flappende Klänge. Wenn man nicht aufpasste, zerrissen die Saiten und die Menschen.

»Ich hatte mir Sorgen gemacht, ob das nicht zu viel Zeit von seiner Examensvorbereitung wegnimmt. Aber er meinte, dieser Bekannte hätte einen Abschluss in Psychologie oder Sozialarbeit, etwas in dieser Richtung, und würde im Sozialbereich arbeiten. Er nannte auch den Namen, ein seltsamer Name, in englischen Buchstaben ...«

I ... Yang Ning runzelte die Stirn.

»Er hat ein Atelier.« Die Mutter schlug die Decke zurück. »Ich habe die Visitenkarte gesehen, auch was Ausländisches ...«

»Du brauchst nicht aufzustehen«, sagte Yang Ning eilig. Sie war instinktiv zurückgezuckt. Bei der Bewegung ihrer Mutter spannten sich sofort ihre Muskeln, und ihr Körper ging in Abwehrstellung. Was in dieser Situation recht albern wirkte.

»Sie muss hier irgendwo sein. Die Karte des Ateliers, meine ich.« Die Mutter ließ sich nicht davon abbringen, aufzustehen. Schon berührten ihre Füße den Boden.

Yang Nings Fluchtinstinkt ließ sie nach den Zeichnungen greifen, um schnell hinauszugehen. Dabei fiel etwas aus dem Papierstapel und wehte still zu Boden.

Ihre Mutter blieb wie angewurzelt stehen. Yang Ning bückte sich und las eine Visitenkarte vom Boden auf. Sie wendete sie in der Hand. GAIA stand dort in lateinischen Buchstaben.

10

Als ich sie das erste Mal sah, trug sie einen
Ganzkörperschutzanzug, aber ihr Gesicht war unbedeckt, Sie
lag friedlich schnarchend auf der Seite unter der Decke, in
einem Bett, in dem kurz zuvor jemand gestorben war. Ich
hatte noch nie jemanden so tief und fest schlafen sehen, wie
ein Baby im Strampelanzug lag sie da, ein Lämmchen im
Stall. Der Anblick verwirrte mich, machte mich neugierig, ich
war sogar ein wenig eifersüchtig. Am liebsten wäre ich zu ihr
unter die Decke geschlüpft.
Es ist sehr, sehr lange her, dass ich gut geschlafen habe.
Die Wohnung stank nach salzigem, abgestandenem,
getrocknetem Blut. Instinktiv rümpfte ich die Nase. Die
Frau hielt die Schuluniform des Toten umklammert, sie
hatte Mund und Nase im Stoff vergraben. Die Decke hatte
sie nur bis zur Hüfte hochgezogen, aus ihrem Mundwinkel
rann Speichel, der eine Strähne ihres Haars durchnässt
hatte. Etliche Schmeißfliegen hatten sich auf dem Bett
niedergelassen und rieben sich die Vorderbeine.
Tatsächlich war das Bett ein einziges Chaos. Das Summen
und Brummen des Ungeziefers dröhnte mir in den
Ohren.
»Ning!«, rief Zhong Kaiyi entsetzt, rannte zum Bett und
legte ihr eine Hand auf die Stirn. Eine aufgestörte Kakerlake
rannte über sie hinweg und suchte sich eine sichere
Bleibe.
»Ist alles in Ordnung mit dir? Ist dir schlecht? Hast du
Fieber?« Zhong Kaiyi war sichtlich besorgt. »Was fehlt dir?
Bist du ohnmächtig geworden?« Furchtbare, fassungslose
Schluchzer explodierten.

»Verdammt nochmal, das darf doch wohl nicht wahr sein!«,
schrie Herr Ye, der Vermieter. Mit hocherhobenen Händen
und angewidertem Gesicht rannte er aus der Wohnung.
Hastig richtete die Frau sich auf. Als sie die Decke
zurückwarf, sahen alle den körpergroßen Blutfleck auf der
Matratze. Sie ließ die Schuluniform zu Boden fallen.
»Es tut mir wahnsinnig leid, Herr Li, bitten entschuldigen
Sie, lassen Sie uns vor die Tür gehen.« Zhong Kaiyi hatte
sich mit ausgebreiteten Armen vor die Eltern gestellt, wie ein
Adler, der Eindringlinge verscheucht, in diesem Fall alle, die
nicht auf den Anblick, den Gestank und den Schrecken dieser
Szene vorbereitet waren.
»Vorsicht, bitte, hier entlang, Frau Li, halten Sie sich an
mir fest. Es ist alles in Ordnung, ich kümmere mich darum.
Lassen Sie mich allein hineingehen und herausfinden, was
los ist.« Frau Li, die Rotz und Wasser heulte, konnte sich
kaum auf den Beinen halten. Zhong Kaiyi brachte sie
hinaus.
Ich ging hinterher. Zhong Kaiyi fing mich ab und packte
mich am Arm. »Sind Sie wahnsinnig geworden? Wieso
haben Sie die Eltern hochgelassen, verdammt nochmal?«
Ich bat ihn um Entschuldigung.
Drei Minuten zuvor waren wir, Zhong, Herr und Frau Li,
der Vermieter, der Bestatter, der daoistische Priester und ich
die Treppe hinaufgestiegen. Schon im Treppenhaus lungerte
dieser abartige Gestank. Ich wusste sofort, dass etwas nicht
stimmte, und Zhong wusste es auch. Er sagte, wir sollten
unten auf dem Treppenabsatz warten, während er schon mal
vorgehe, was dem Vermieter nicht gefiel. Er wollte unbedingt
hoch und sehen, was los ist, und, zugegeben, ich versuchte
nicht sehr hartnäckig, ihn zurückzuhalten. Am Ende hielt
uns die Neugier nicht mehr am Platz, alle eilten die Treppe

hinauf und bekamen etwas zu sehen und zu riechen, was niemand so ohne Weiteres verdauen kann.

»Du bleibst draußen und beschwichtigst sie, o.k.? Scheiße! Ich gehe wieder rein und kläre, was mit ihr los ist.« Zhong war stinksauer auf mich, wollte mir aber vor den Eltern keine Szene machen.

Ich nickte. Er ging hinein und schloss die Tür. Drinnen redeten sie zu leise, um draußen etwas verstehen zu können. Ich reichte den gramerfüllten Eltern, die sich heulend auf die Treppe gesetzt hatten, Taschentücher, während der Vermieter fluchend auf und ab ging. Der Bestatter und der Priester standen einfach stumm da und versuchten, nicht zu atmen. Ich nahm die Hände der Eltern in meine. »Es wird alles gut«, sagte ich.

Die Frau hatte friedlich auf dem Bett ihres toten Sohns geschlafen!

»Wir warten, bis Herr Zhong wieder herauskommt, dann sehen wir weiter. Ganz ruhig.«

Sie trug nicht einmal eine Schutzmaske.

»Frau Li, ich bitte Sie, atmen Sie tief durch. So …«

Ihr Gesichtsausdruck.

Ich konnte mich genauso wenig auf meinen Atem konzentrieren wie die Eltern. Das Gesicht der schlafenden Frau, ihr Erschrecken, das Ungeziefer um sie herum … es ging mir nicht aus dem Sinn.

Schließlich kamen Zhong und die Frau heraus. Zhong verbeugte sich tief. »Ich bitte um Verzeihung. Meine Angestellte hatte einen Zusammenbruch, schweres Fieber. Es ist meine Schuld, dass ich nicht bemerkt hatte, wie überarbeitet sie ist. Ich bin untröstlich. Natürlich übernehme ich die volle Verantwortung und bringe das in Ordnung. Ein Team ist unterwegs und wird …«

Jetzt machte die Frau, die völlig zerzaust war, den Mund
auf und murmelte eine Entschuldigung. Sie ließ den Kopf
hängen und wagte nicht, jemandem in die Augen zu sehen,
starrte nur unablässig zu Boden.
Zhong Kaiyi kümmerte sich umstandslos um eine
Entschädigung und die professionelle Reinigung, energisch
und effizient. Die Lis hörten nicht auf zu weinen, aber
sie beschwerten sich nicht und machten keine Szene. Die
Wohnungsbesichtigung wurde verschoben, und die beiden
schlurften, sich gegenseitig stützend, davon. Nur der
Vermieter ließ nicht locker, meckerte und krakeelte weiter.
Zhong legte ihm kumpelhaft die Hand auf die Schulter,
scherzte und redete sich um Kopf und Kragen. Es brauchte
viele Worte und viel Diplomatie, bis die Lage sich endlich
beruhigt hatte.
Sie sah furchtbar müde und zerknirscht aus. Eher klein und
ziemlich mager, ein verhungertes Äffchen. Irgendwie kam
sie mir bekannt vor. Diese Ähnlichkeit. Ich hätte mich nicht
vorwagen sollen. Besser nicht.
Ich tat es dennoch, trat vor sie und streckte ihr die Hand hin.
»Hallo, ich heiße Chen, Chen Shaocheng, vom Sozialdienst.
Ich war Li Weijuns Betreuer.«
Sie hob den Kopf und sah mich mit ausdruckslosem Gesicht
an. Ich war mir nicht sicher, ob sie überhaupt gehört hatte,
was ich sagte.
Etwas war am Entstehen, es keimte, es spross. Ich spürte es.
»Ich bin Sozialarbeiter, betreue Menschen mit
Selbstmordgedanken. Li Weijun war einer meiner Fälle.« Ich
versuchte, freundlich zu klingen. »Chen Shaocheng ist mein
Name«, wiederholte ich, »aber alle nennen mich Isaac.«
»Yang Ning«, sagte sie tonlos. Mehr nicht.

11

Der früheste Zug war der Expresszug um fünf Uhr neununddreißig.

Schon kurz vor fünf saß sie auf einem der blauen Plastikstühle vor dem Schalter und zitterte mit den Beinen wie ein Patient mit Restless-Legs-Syndrom, biss sich auf die Lippen. Eine Reinigungsfrau mit Baseballkappe beäugte sie misstrauisch, während sie ihren Wischmopp abstellte und sich anschickte, die Bänke zu putzen.

Weitere Reisende trudelten ein, allein, zu zweit, in Grüppchen, und allmählich ging es lauter und lebhafter zu an der Station. Sie sah hinauf zur elektronischen Fahrplananzeige. Noch sieben Minuten bis zur Abfahrt.

Was Außenstehende nicht sahen, war Yang Nings Hand, die in ihrer Hosentasche die schon abgenutzte und knittrige Visitenkarte befingerte. Ich werde ihn finden, gelobte sie sich – und dem Menschen, der sie verlassen hatte.

12

Auf dem Foto ist die Ähnlichkeit mit meinem Vater gut zu erkennen, vor allem die nach oben weisenden Augenwinkel und die buschigen, schwarzen Augenbrauen. Sein Aussehen hat er beiden Söhnen gleichermaßen vererbt, von den zwei Seiten seiner Persönlichkeit allerdings findet sich jeweils nur eine bei jedem von uns wieder; mein Bruder ist mit der warmherzigen, charmanten und verbindlichen Art meines Vaters gesegnet, dank der er seine Rolle einnehmen und zur Stütze meiner Mutter werden konnte. Mir dagegen hat er seine introvertierte, exzentrische Seite hinterlassen; ich bin der Teig, den der Bäcker im Himmel in den Ofen geschoben, an den er sich aber erst wieder erinnert hat, als er schon rundum verbrannt war.

Wir waren immer gleich angezogen, nahmen nach der Schule an denselben zusätzlichen Fokuskursen teil, und auch bei den Schulranzen und Schulbüchern machte unsere Mutter keinen Unterschied. Nie schimpfte oder schlug sie uns, es mangelte uns an nichts, sie tat alles, um eine gute Mutter zu sein.

Und dennoch war die grundlegende Abneigung, die sie gegen mich hegte, real. Und sie wuchs zunehmend.

Es muss im dritten Oberstufenjahr gewesen sein, als ich anfing, mir die Haare mit stark duftendem Shampoo zu waschen, das Madame Rochas-Parfüm meiner Mutter stibitzte und Bücher über Parfümherstellung und ätherische Öle zu lesen begann. Ich lernte, wie lange Düfte an mir haften blieben, bevor sie sich auflösten. Heimlich schüttete ich eine Flasche Ziegenmilch ins Badewasser und kniete mich dann, das Gesicht im Wasser, in die Wanne, so dass nur mein Rückgrat und meine auf dem Wasser treibenden Haare zu sehen waren. Vermutlich sah ich aus wie ein Käfer. Mit offenen Augen lag ich da, stieß Luftblasen aus und zählte rückwärts.

Geruch ist das Medium der Liebe und des Geliebtwerdens.

Angeblich bestand die ideale Mischung für die Enfleurage aus Rinder- und Schweinefett im Verhältnis drei zu sieben. Auf der Yongkang kaufte ich das letzte verfügbare Stück Sackleinen, breitete es so über das Bett, dass es exakt wie ein Handschuh zu seinem Körper passte, Kopf, Rücken, Hintern, Schenkel, und verteilte die passende Menge Pomade darauf. Mein Bruder lag schon da, splitternackt. Die Fettmischung im Topf durfte nicht zu heiß sein, aber auch nicht zu kalt, sondern gerade richtig, um den Geruch eines Menschen aufzunehmen. Zur Probe tauchte ich meinen Zeigefinger hinein. Perfekt.

Ich stellte mich ans Fußende, zog Handschuhe an, griff nach dem Spatel und verteilte die Masse sorgfältig auf jedem Zoll seiner Haut, angefangen beim rechten großen Zeh. Da so ein Zeh voller Grübchen und Windungen ist und Füße einen starken Geruch haben, trug ich extra viel auf, fingerdick. Für die Waden nahm ich weniger und wieder mehr für die Kniekehlen und so weiter. Wie wenn man einen Kuchen mit Zuckerguss glasiert, so dass er in alle Windungen läuft, glatt und ebenmäßig. Dann bat ich ihn, seinen Schritt zu öffnen, fuhr vorsichtig mit dem Spatel um seine Lenden und hob sachte seine weichen Geschlechtsteile an. Ich machte es genauso wie Dutzende Male zuvor. Geübt verteilte ich die Masse erst gleichmäßig auf den Spatel und trug dann vier Schichten auf seinen Penis auf. Schön dick.

Der Nabel riecht stärker als der Rücken, die Achseln stärker als der Rest der Arme, die darf man nicht auslassen. Das Prinzip ist simpel; je intensiver der Geruch, umso dicker die Pomade. Auch seine Lippen mit ihrem ungewöhnlichen Duft versiegelte ich, die Nasenlöcher mussten deshalb offen bleiben. Er schloss die Augen und der Spatel glitt über seine zuckenden Lider.

Am Ende hatte ich den Inhalt des Topfs vollständig aufgebraucht. Abschließend inspizierte ich mein Werk wie ein Künstler, ging um das Bett herum, nahm hier etwas weg, fügte dort etwas hinzu, glättete und besserte aus. Ein leckerer Kuchen. Mein Bruder glänzte so schön wie eine Mumie bei der Einbalsamierung.

»Alles in Ordnung?«, flüsterte ich in sein Ohr.

Mit geschlossenen Augen und geschlossenen Lippen konnte er nur ein zustimmendes Brummen vernehmen lassen.

Ich legte den Spatel beiseite und hob die Ränder des Leintuchs an, dann wickelte ich ihn ein wie ein Baby, nahtlos, strich jede Falte glatt, drückte den Stoff rundum fest und ließ nur ein kleines Luftloch an der Nase, damit Haut, Pomade und Leinen eins wurden.

Ein unheimlicher Anblick, dieses regelmäßige Heben und Senken des Bauchs meiner Mumie. Geradezu surreal.

Nachdem ich mir im Bad die Hände gewaschen hatte, setzte ich mich auf einen Stuhl neben seinem Kopf, suchte das Video auf meinem Smartphone, stellte die Lautstärke auf acht und legte es neben sein Ohr. Wir kannten diese amerikanische Sitcom in- und auswendig, wir konnten jede Zeile mitsprechen und an den richtigen Stellen für das Gelächter aus der Dose pausieren.

»… stellen Sie sich vor, Ihre Frage wäre ein Stift.«

»O. k.«

»Stellen Sie sich vor, Sie hielten diesen Stift.«

»O.k.« Wir wussten genau, wie lange das Gelächter aus der
Konserve dauerte, und setzten punktgenau ein.

»Und jetzt lassen Sie ihn fallen.«

»Aber ich habe ihn doch eben erst in die Hand genommen!«
Ich hob die Stimme, um eine perfekte Imitation abzuliefern.
»Sehen Sie hier, meine Initialen sind eingraviert!«

Die Mumie zuckte leicht, als mein Bruder versuchte, sein
Lachen zu unterdrücken.

Die Sitcom lief weiter. Mein Lachen verschwand, je länger
ich den reglosen Körper betrachtete.

»Tut mir leid«, murmelte ich. »Das ist das letzte Mal.«

»Hasst du mich?«, fragte er, ohne die Lippen nennenswert zu
bewegen.

Hassen? Ob ich ihn hasste? Den Bruder, dem die ganze
Liebe meiner Mutter galt, den klügsten, witzigsten Menschen,
dem ich je begegnet war, den Menschen, der mich am
meisten liebte. Ich tat mein Bestes, mich zu kleiden wie
er, zu sein wie er, zu reden wie er, ihm in allen Bereichen
nachzueifern. Und er tat alles, was er konnte, um seinen um
drei Minuten jüngeren Bruder zu schützen.

Es mag schwer zu verstehen sein, dass in dieser chaotischen
Leere der Welt niemand sich so ähnlich und so nah ist wie
Zwillinge. Er allein verstand, wie sehr ich sie liebte, er allein
verstand meinen Schmerz und meine Sehnsucht.

Ob ich ihn hasste?

»Wie könnte ich?«, sagte ich, mit näselnder Stimme.

Sein Geruch war rundum aus all seinen Poren gesaugt und
in der Fettmasse gespeichert worden. Das Sackleinen roch
immer ein bisschen modrig von dem engen, alten Laden auf
der Yongkang. Auch durch mehrmaliges Waschen war der

abgestandene Geruch nicht herauszubekommen, er blieb ein Teil davon.

Das nötige Gerät für den Entfettungsprozess stand auch schon bereit. Ich betrachtete die kleine Glasflasche in meiner Hand.

Die ersten Versuche, die vollständig danebengingen, nicht mitgerechnet, hatte ich immerhin vierzehn erfolgreiche Prozesse hinbekommen, nur das Ergebnis entsprach in keiner Weise dem, was man aus jenem Roman und seiner Verfilmung kennt. Vor allem der Prozess nach dem Aufsaugen gestaltete sich kompliziert und erforderte so viel Konzentration und Geduld, dass wir einige Male vor Erschöpfung beinahe aufgegeben hätten. Irgendwann schüttelte er das winzige Fläschchen und meinte: »Lass uns noch das letzte Stück Stoff aufbrauchen, und das war's dann.«

Sein Limit lag bei zweieinhalb Stunden, länger hielt er es nicht aus, ohne dass sein Rücken und seine Nase wehtaten. Die Fettschicht war dann zwar noch nicht vollständig mit seinem Geruch gesättigt, aber es musste eben reichen. Sobald der Timer klingelte, zog ich die Bandage so umsichtig ab wie bei einem Wundverband, schabte die Pomade herunter, wobei ich jeden kostbaren Tropfen auffing, und rubbelte ihn anschließend mit einem weichen Tuch von Kopf bis Fuß gründlich ab.

Es war das letzte Mal, so viel stand fest, und daher wendete ich besondere Sorgfalt auf, um nichts zu vergeuden. Anschließend destillierte ich den Geruch mit Alkohol heraus, mich strikt an die Anleitungen aus Büchern und Online-Videos haltend, und gewann noch ein klein wenig mehr ätherisches Öl.

Mutter machte sich gerade unten im Badezimmer fertig.
Ich zog Sachen meines Bruders an. Wir teilten uns ohnehin
einen Kleiderschrank, auch unsere Schuhe standen im
selben Schuhregal. Um sicherzugehen, wählte ich sein
Lieblingsoutfit, weißes T-Shirt, kragenloses, langärmliges
Karohemd und eine schlichte Jeans.
»Halt still«, sagte er, hielt mich an der Schulter fest und
verwuschelte mein Haar ein bisschen, so dass hinten ein
paar Strähnen abstanden wie ein Entenschwanz. Zitternd
griff er nach der Parfümflasche mit der kleinen Menge klarer
Flüssigkeit, zog den Verschluss ab und gab einen einzigen
Tropfen hinter mein Ohr. Der Geruch war unfassbar intensiv.
Sein Geruch. Er erfüllte meine Nase und haftete sich mir
unverfälscht an.
Ich wurde zum Geist meines Bruders.
Er klopfte mir auf die Schulter, als wollte er mir noch einmal
nachdrücklich seinen Stempel aufdrücken. »Geh«, sagte
er. Mehr nicht, alles andere blieb unausgesprochen. Ich
nickte, nahm all meinen Mut zusammen und lief die Treppe
hinunter.
Die Badezimmertür stand halb offen, Mutter legte sich
gerade vor dem Spiegel Ohrringe an. Als sie die Schritte
auf der Treppe hörte, rief sie laut nach draußen: »Hast du
schon gefrühstückt, Shaokai?« Ich zuckte zusammen, hielt
im Gehen inne. Ich bin es, Mama, Shaocheng!, wollte ich
sagen. Aber ich sagte nichts.
»Hast du heute schon was vor? Frau Qiu vertritt
mich, wir wär's wenn wir nachmittags zusammen zum
Feiertagsblumenmarkt gehen?« Hättest du mich das auch
gefragt, wenn du wüsstest, dass ich Shaocheng bin?
»Shaokai?«
Ich atmete tief durch, zwang mich, ruhig zu bleiben, lief

weiter die Treppe hinab und stellte mich vor das
Badezimmer.

»Was ist?«, fragte sie und rollte heraus, den Kopf gesenkt,
weil sie sich gerade die Hände mit einem Kosmetiktuch
abwischte. Als sie aufsah, daran erinnere ich mich genau,
wirkte sie für einen Augenblick irritiert, aber im Nu wich ihre
Verwirrung einem so strahlenden Lächeln, wie ich es noch
nie an ihr gesehen hatte.

»Komm, wir gehen frühstücken«, sagte sie und nahm mich
an der Hand.

13

Ohne dass sie den Kopf umwenden musste, merkte Yang Ning, dass jemand sich näherte, der wandelnde Duft von *Aesop Rōzu Eau de Parfum*.

»Hallo, Frau Liu, die junge Dame sucht ... ehrlich gesagt, ich weiß nicht genau, wen sie sucht ...« Man sah der Angestellten an der Empfangstheke an, dass sie ein wenig ratlos war, was sie mit Yang Ning anfangen sollte, und dass sie es eilig hatte, die heiße Kartoffel weiterzureichen.

»Ich kümmere mich darum, danke«, sagte Frau Liu, die sich im Rollstuhl genähert hatte. Höflich bat sie Yang Ning, auf dem Besuchersofa Platz zu nehmen. Sichtlich überrascht, erinnerte sie sich dennoch an Yang Nings Gesicht. »Sind Sie nicht die Freundin, die Yishan neulich mitgebracht hat? Verzeihung, aber ich habe Ihren Namen vergessen.«

»Yang Ning«, antwortete sie, ohne sich zu setzen. Für das nachfolgende Gespräch schien es geraten, vielleicht sogar von Vorteil, aufrecht stehen zu bleiben.

»Freut mich, Sie wiederzusehen. Was führt Sie her, wenn ich fragen darf?«

Rose war die Basisnote, darüber schwebten Bitterorange, Buddha-Hand-Zitrone, Perilla, überlagert von einer erdigen Brise Vetiver. Der Duft war ihr bekannt, sie hatte ihn schon lange in ihrem Gedächtnis abgespeichert. Doch jetzt löste er einen Niesreiz aus, den sie tapfer unterdrückte.

Viel zu intensiv, die ganze Frau war wie von einem Parfümregen durchdrungen, der Duft saß an den Handgelenken, Ellbogen, Fußknöcheln, hinter den Ohren, zwischen ihren Brüsten, sie war ein wandelnder Zerstäuber. Yang Ning fragte sich, ob es anderen auch so auffiel wie ihr. Instinktiv wandte sie leicht den Kopf ab und verlangsamte ihren Atem, um ihre Geruchsempfindlichkeit ein wenig zu drosseln.

»Frau Yang?« Der wandelnde Zerstäuber hatte bemerkt, dass das Gegenüber nicht ganz bei der Sache war.

»Ich suche einen Ihrer Lehrer.« Yang Ning hatte sich wieder gefasst. »Gibt es jemanden, der einen englischen Vornamen benutzt, einen Namen, der mit …«

Die Tür eines Klassenzimmers ging auf, der Lärm spielender Kinder drang heraus. »He, ich hab es zuerst gehabt! Jetzt bin ich dran!« Ein kleines Mädchen mit einer blumenverzierten Haarspange stolperte herbei, die Hände voller Farbe. »Frau Lehrerin, dürfen wir Farbe verspritzen?« Sie zog Frau Liu am Arm. »Ich will Grün!«, lispelte sie mit einer süßen Glockenstimme.

»Entschuldigen Sie«, sagte sie zu Yang Ning und wendete sich der Kleinen zu. »Was willst du denn malen?«

»Einen Elefanten. Meine Elefantenmama soll grün sein, zitronengrün.« Sie hob ihr Köpfchen und gestikulierte eifrig. »Weil sie so viel Gemüse gegessen hat.«

»Sehr schön«, nickte Frau Liu, »aber du musst es so machen, wie wir es besprochen haben, ja?«

»Ja!« Freudig hüpfte das Mädchen zurück in die Klasse. »Sie hat ja gesagt!«, verkündete sie stolz. Lautes Hurra dröhnte aus dem Zimmer.

»Süß, die Kleinen, nicht wahr?«, sagte Frau Liu lächelnd. »Zurück zu Ihrem Anliegen. Wie hieß der Lehrer, den Sie suchen?«

»Einen mit einem englischen Namen, er fängt mit dem Buchstaben I an, ein Mann.«

»Mit I?« Frau Liu legte den Kopf schief.

»Ja.«

»Nun gut, also … Wir beschäftigen eine ganze Reihe von

Lehrern, können Sie mir vielleicht mehr über denjenigen sagen, den Sie suchen?«

»Sportlicher Typ, zeichnet gern Porträts, Körperstudien, hauptsächlich mit Graphit, manchmal auch mit Ölfarbe oder Aquarelle. Da bin ich mir aber nicht ganz sicher. Er hat sich vor Kurzem verletzt und muss eine Schnittwunde oder eine Narbe haben, am Kopf oder an der Schulter möglicherweise …«

»Moment bitte, ich verstehe nicht ganz, was Sie wollen, Frau Yang«, unterbrach Frau Liu. »Ich möchte nicht unhöflich oder abweisend wirken … aber weiß Yishan, dass Sie hier sind?«

Verdammter Mist. Yang Ning fluchte innerlich. Aus Lius Argwohn ließ sich schließen, dass sie mehr oder weniger darüber Bescheid wusste, was mit Qians Familie los war. Und welche Rolle sie dabei spielte. Und allmählich ließ ihr Geruchssinn nach. Sie schüttelte den Kopf. »Es hat nichts mit ihr zu tun, ich wollte nur …«

»Wenn es nichts mit ihr zu tun hat, verstehe ich nicht, was Sie hier zu suchen haben.« Frau Lius Ton hatte sich merklich verschärft. »Wenn Sie mir den Grund für Ihren Besuch nicht erklären können und auch nicht genau wissen, wen Sie suchen, kann ich Ihnen leider nicht weiterhelfen.«

»Ich habe diese Visitenkarte bei einem Freund gefunden«, sagte Yang Ning hastig und zog die Karte heraus, die aus Yang Hans Zeichnungsstapel gefallen war. »Er hatte Kontakt mit einem der hiesigen Lehrer, konnte sich aber nicht an den Namen erinnern, nur, dass er mit I anfing. Diesen Lehrer muss ich finden, ich brauche seinen vollen Namen, das ist alles.«

»Dann schlage ich vor, sie fragen Ihren Freund, der sollte das doch herausfinden können«, konstatierte Frau Liu unnachgiebig. »Leider muss ich die Privatsphäre meiner Lehrer schützen und kann nicht einfach Informationen über sie preisgeben, das verstehen Sie sicher.«

Dabei hatte Yang Ning angenommen, es würde ein Kinderspiel sein, ihr den Namen zu entlocken. Offenbar hat sie Lius abwehrende Haltung unterschätzt.

»Also dann, Frau Yang. Ich schlage vor, Sie sprechen zuerst mit diesem Freund«, sagte Frau Liu, um sie hinauszukomplimentieren. »Tut mir wirklich leid, dass ich Ihnen nicht weiterhelfen kann.«

Fieberhaft suchte Yang Ning nach einem Vorwand zu bleiben, als sich von der Treppe her eine männliche Stimme vernehmen ließ. »Sag mal, Mama, weißt du, wo die Unterlagen dieses Schülers hingekommen sind, der heute Morgen die Probestunde genommen hat? Ein Mittelstufenschüler, der die Aufnahmeprüfung in Kunst machen will ...«

Der Mann kam dynamischen Schrittes die Treppe herunter in Richtung Empfangstresen. Sein Lächeln gefror, als sein Blick auf Yang Ning fiel.

Hauchdünne Fäden von *Madame Rochas* drangen von seinem Nacken und seinen Gelenken an ihre Nase. Mit einem Schlag setzte sich das Puzzle zusammen. Yang Ning erinnerte sich an das männliche Profilbild in Zhan Jiajias Geheimfach, die vorstehende Nase, das kleine Muttermal am Ohrläppchen. Er trug einen Pullover mit weitem Kragen, der ein Stück seiner Schultern entblößte. Auf der rechten Schulter prangte eine längliche, feine Narbe. Das Bild, das sie sich im Kopf von ihm gemacht hatte, nahm Konturen an.

»Das ist er«, sagte sie und sah ihm gerade in die Augen. »Das ist der Lehrer, nach dem ich suche.« Besorgt und etwas irritiert sah Frau Liu von einem zur anderen.

»Schon gut, wir kennen uns«, sagte der Mann langsam zu Frau Liu. Dann wandte er sich Yang Ning zu. »Kommen Sie, lassen Sie uns nach oben gehen«, sagte er und gab ihr mit einer Kopfbewegung zu verstehen, ihm zu folgen. »Oben ist ein freies Klassenzimmer, dort können wir reden.«

Yang Ning ging ihm nach, blieb aber am Fuß der Treppe stehen. Ihre rechte Hand tastete nach dem Elektroschocker in ihrer Jackentasche, ihre Handflächen wurden feucht.

Er drehte sich zu ihr um. »Unten ist alles voller Kinder und Kollegen, was soll man machen?«, sagte er ruhig.

»Dann gehen wir aufs Dach«, sagte sie.

Er überlegte kurz, dann nickte er.

14

Chen Shaokai und Chen Shaocheng.

*Wir glichen uns wie ein Ei dem anderen, die gleichen Augen,
Nasen, Lippen, auch in Körperbau und Hautfarbe. Nur das
eine letzte Schriftzeichen des Namens, das uns unterschied,
machte am Ende etwas sehr Verschiedenes aus uns. Vielleicht
hatte der Himmel nur einen von uns im Sinn gehabt und
die Zwillinge waren ein dummes Missgeschick. Als die Zeit
gekommen war, meinte er, oh, tut mir leid, war ein Fehler, tja.
Und hob die Hand und winkte einen von uns zu sich zurück.
Ein Leben blieb, ein anderes wurde ausgelöscht. Wem konnte
man deswegen Vorwürfe machen?*

*Es war einer dieser öden Nachmittage, an dem ich zum
ersten Mal von der Arbeit kommunaler Sozialbetreuer
für Selbstmordgefährdete hörte, bei einem Vortrag der
psychiatrischen Forschungsgesellschaft. Ein bulliger Alumne
mit aggressiver Ausstrahlung erzählte in einem wilden
Gemisch aus Hochchinesisch und Taiwan-Dialekt von
seinen Erfahrungen. Die Namen und Fotos der Betroffenen
wurden bei der Präsentation unkenntlich gemacht. Trotz
allem fand ich das Thema faszinierend.*
*Die Psychiatrische Forschungsgesellschaft war eine besondere
Organisation, hier gab es keinen Raum für Sonnenschein.
Oft kreuzte ich dort in meinen farbverschmierten Klamotten
auf. Hinter der Eingangstür erwarteten den Besucher viele
Paare dunkelgeränderter Augen, schlaff und antriebslos auf
dem Sofa hängende Glieder. Zur Begrüßung nicht mehr als
ein kurzes Kopfheben, ein träges »Hi«.*

Schwerfällige Körper mit verklärtem Blick, die sich mit letzter Kraft durch eine endlose, sture, trübselige Dunkelheit vorwärts kämpften. Seelen in einem Vakuum auf der Suche nach der Antwort auf das Mysterium der Entstehung des Lebens aus der Ursuppe. Irgendwie gefiel es mir, mich in diesem Reich des Todes lebendig zu fühlen.

Und weil ich so großen Gefallen daran fand, stürzte ich mich begeistert in die Aktivitäten der Organisation und wechselte, unter den ungläubigen Blicken meiner Umgebung, sogar das Studienfach, um diesen Menschen näher zu kommen.

Ich verpasste kein einziges Seminar, keine Gruppensitzung, keinen Therapie-Workshop, manchmal schleppte ich sogar meinen Bruder mit. Er ließ sich jedes Mal darauf ein, obwohl es ihn offensichtlich wenig interessierte, und lief mir einfach mit etwas hilflosem, fügsamen Lächeln hinterher. Ich stellte ihn meinen Freunden vor, wir aßen in der Nachbarschaft. Es war eine gute Zeit. Aber jede gute Zeit ist irgendwann zu Ende.

Die meisten der Jugendlichen, die an den Aktivitäten der Organisation teilnahmen, waren Mittelstufenschüler, auch einige Studenten waren darunter, manche trugen sichtbare Narben, die meisten aber schleppten unsichtbare emotionale Wunden mit sich herum. Eine der Oberstufenschülerinnen erschien immer auf die Minute pünktlich zu den Sitzungen, nie eine Minute zu früh oder zu spät, helle Haut, rabenschwarzes Haar, adrette Schuluniform, auf Hochglanz polierte Schuhe, sie wirkte wie ein Mädchen aus gutem Hause und Schülerin einer guten Schule. Strahlendes Lächeln, große runde Augen wie ein Kätzchen, perfekte Anmut, perfekt geformter Mund. Ihr Lachen kam immer zur rechten Zeit, genau wie ihr Stirnrunzeln. Aber hin und wieder hob sie die Hand, entschuldigte sich und rannte zur Toilette.

Dann brach sie zusammen, schaffte es nicht mehr, die äußere Fassade aufrechtzuerhalten. Ihre Augen nahmen einen bizarren Glanz an, wie bei einem Androiden, der zwangsweise verschrottet wird; sie riss sich die Haare aus, übergab sich, trommelte gegen die Wand, hockte heulend auf den schmutzigen Fliesen, biss sich auf die Hand, um nicht laut aufzuschreien, barg den Kopf in den Armen und schaukelte vor und zurück, heulte heiße Tränen. Als ich sie einmal, als ich gerade an den Toiletten vorüberging, von drinnen »Sei still!« rufen hörte, wusste ich, dass sie den Teufel anschrie, der ihr ins Ohr flüsterte.

Irgendwann beruhigte sie sich, der Teufel verstummte, sie stand auf, wusch sich Gesicht und Hände, trocknete ihre Tränen und legte vor dem Spiegel sorgfältig wieder die alte Maske an. Sie probte ihr perfektes Lächeln, bis es wieder saß, und kehrte in den Seminarraum zurück, als wäre nichts gewesen.

Es gab einen jüngeren Mittelstufenschüler, der taumelte wie ein Betrunkener, ohne dass er einen Tropfen Alkohol angerührt hätte. Seine Hände zitterten, seine Gliedmaßen gehorchten ihm nicht, ständig fiel er über die eigenen Füße. Mehr als einmal verschüttete er Getränke auf dem Tisch, wurde panisch und wischte sofort entschuldigend die Tischplatte sauber, nur um seine Cola-Dose im nächsten Augenblick schon wieder umzustoßen, so dass alles herunterlief. Wie ein verschrecktes Vögelchen starrte er dann auf den klebrigen Boden, Entschuldigung, Entschuldigung! winselnd, und knäuelte schluchzend das durchnässte Taschentuch in der Hand. Das waren die Töne von einem, der am Rand eines Abgrunds steht. Ein Windstoß würde genügen, und solche Menschen sprangen, sobald sie die Sonne nur noch unter- und nicht mehr aufgehen sahen.

Nicht selten, wenn ich vor der Gruppentherapie den Blick
dieses Jungen traf, hatte ich das Gefühl, in eine schwarze
Leere zu starren.

Und dann kam jener Tag am Ende meines dritten
Studienjahrs, ein Zuckerwattewölkchensommertag.
Ich trug mein graues T-Shirt mit Rundhalsausschnitt, das
schon voller resistenter Farbflecke war, Fahrräder fuhren
gemächlich auf dem Campus an mir vorbei. Mein Bruder
hatte die Nachrichten, die ich ihm eine Stunde zuvor
geschrieben hatte, immer noch nicht gelesen.
»Wie wär's mit Mittagessen?«, garniert mit einem
erwartungsvollen Katzen-Emoji.
»Würde gern wieder zu dem Malaysier von neulich.«
»Das Kokosmilch-Hühnchen!« Lecker-Emoji.
»He!« Wütendes-Kaninchen-Emoji.
»Stehe schon fast vor deinem Seminargebäude.«
Immer noch keine Antwort. Also noch eine Nachricht.
»Dann gehe ich eben alleine.«
Auf der Straße hatte sich eine Menschenmenge gebildet.
Es gab keinen Hinweis auf eine dieser Straßendarbietungen,
es war auch nicht das übliche Gedränge vor einem populären
Imbissstand.
Ich kniff die Augen zusammen. Die Polizei hatte
einen Bereich mit Bändern abgesperrt. Trillerpfeifen,
Funkgeräusche, Polizisten, die sich etwas zuraunten,
gestikulierten. Ich drängte mich bis zur Absperrung
durch und sah einen von einem weißen Tuch bedeckten
Körper. Die dicht an dicht stehenden Studenten ringsum
kommentierten lautstark, kein diskretes Flüstern. Es schien
zahlreiche Zeugen zu geben. Beinahe wäre er auf einen
vorüberradelnden Professor gestürzt.

Als ich mich umsah, sah ich den Glatzkopf, der auf
dem Randstein hockend mit der Polizei sprach, die
Goldrandlesebrille zwischen den Fingern drehend, sich
immer wieder das Gesicht mit den Handflächen reibend.
Zwischendurch blickte er auf, deutete mit der Hand nach
oben, schüttelte den Kopf.

Plötzlich sah ich die Gesichter der Schüler und Studenten
des therapeutischen Beratungszentrums vor mir, die
deprimierten Mienen derjenigen, sie sich irgendwann
tatsächlich umbrachten.

Einer, der sich in einer dieser Buden, wo es nur Frittiertes gab,
besoff, bis er auf den Tisch kotzte. Flennte. »Fuck, ich tu's.«
Immer sagten sie das Gleiche, fuck, fuck, fuck. Manchmal
war ein Freund dabei, der versuchte, ihnen gut zuzureden.
»Es wird alles wieder gut. Hör auf zu trinken. Morgen
fahren wir ans Meer, o.k.?« Dann stand der andere auf, Glas
in der Hand, kippte um. Fuck! Immer dasselbe. Bier auf dem
Hemd, Tränen. Gestern erst hab ich mit ihr telefoniert, und
sie hat ja gesagt. Warum lässt sie mich heute hängen? Zählt
ein Versprechen gar nichts mehr? Scheiß Weiber. Scheiß Welt.
Fuck.

Ich hatte immer das Gefühl, ich hätte etwas falsch
gemacht oder hätte mehr tun sollen. Aber das Leben ist ein
Fluss, es umspült Felsen und fließt weiter. Die Zeit kann
Umwege nehmen, sich in die Länge ziehen. Aber niemals
rückwärtslaufen.

Noch war der Krankenwagen nicht da.
Ich zog wieder mein Telefon hervor und wollte gerade
gehen, als ich die Turnschuhe sah, die unter dem weißen
Leichentuch hervorlugten.
Auf die Sohlen hatte jemand mit einem dicken wasserfesten

Marker einen Buchstaben geschrieben: I. Das waren meine Turnschuhe.
Der Tote war mein Bruder.

15

»Möchten Sie etwas trinken?«, fragte er. »Tee?«

»Sie haben gewusst, dass ich komme«, sagte Yang Ning.

»Ich habe gewartet.« Seine Stimme klang freundlich.

»Worauf? Auf mich?«

»Auf Sie«, sagte er unaufgeregt. »Ich habe so viele Fährten gelegt.«

»Wie bitte?« Sie war völlig durcheinander.

»Sie wissen es genau«, sagte er. »Die Antwort liegt offen zutage. Ich habe Sie schon längst erwartet.«

Yang Ning zwang sich, äußerlich Ruhe zu bewahren.

»Dann einen Tee.« Er wollte gerade nach unten gehen, als sie nicht länger an sich halten konnte. »Zhan Jiajia, Zheng Wenliang, Yang Han.«

Der Mann blieb stehen und drehte sich wieder zu ihr um.

»Wie viele andere waren vor ihnen dran?«

Er wich einen Schritt zurück. Dann schloss er leise die Tür zum Dachgeschoss. Sie standen auf der Dachterrasse. Es war windig, Yang Nings Haare wehten ihr ins Gesicht. »Antworten Sie mir.«

»Siebzehn«, sagte er, die Hände in den Taschen vergraben. »Siebzehn, einschließlich Zhan Jiajia. Sie war die Letzte.«

»Siebzehn!« Yang Ning wiederholte sich die Zahl. Unwillkürlich entfuhr ihr ein grimmiges Lachen. »Das darf nicht wahr sein.«

Stumm legte er den Kopf schief und sah sie an.

»Wir sind hier immer noch in Taiwan, nicht irgendwo ... unmöglich, dass das unentdeckt geblieben ist.«

»Ach ja? Nichts ist unmöglich, das sollten gerade Sie doch

am besten wissen«, sagte er leise. »Außerdem habe ich, abgesehen von Zhan Jiajia, niemanden umgebracht.«

Yang Ning öffnete den Mund, aber sie brachte kein Wort heraus.

»Zhan Jiajia war ein Unfall … aber ich habe sie umgebracht, das stimmt. Sie hatte es sich in letzter Minute anders überlegt. Ich konnte sie unmöglich ziehen lassen.« Die Sonne blendete ihn, er versank in Erinnerungen. »Ich fühle mich schuldig. Aber ohne sie wären Sie nicht hier.«

»Sie fühlen sich schuldig?«, sagte Yang Ning empört. Sie spuckte auf den Boden. »Sie widern mich an.«

»Sie verstehen es.« Er sah sie geradeheraus an. »Sie wissen, wie es ist, sich schuldig zu fühlen und nichts dagegen tun zu können.«

»Was fällt Ihnen ein, mich mit einem wie Ihnen zu vergleichen«, fuhr Yang Ning ihn an. »In dieser Liga spiele ich nicht.«

»Sie haben mir nicht zugehört. Ich habe gesagt, dass Zhan Jiajia die Einzige war, an die ich Hand angelegt habe, das leugne ich nicht. Aber nicht die anderen. Keinen von ihnen habe ich getötet.«

»Sind Sie völlig durchgeknallt oder tun Sie nur so? Wissen Sie, was Sie da sagen?«

Er antwortete nicht und sah ihr weiter in die Augen. Dieser Blick. Plötzlich spürte sie einen kalten Schauder. Sie las in seinem Blick, dass er die Wahrheit sagte.

Binnen Sekunden setzten sich die Puzzlestücke zusammen, eins nach dem anderen. *Bamm.* Die Wahrheit war zum Greifen nah gewesen, hatte ausgebreitet vor ihr gelegen, und sie war immer wieder darauf gestoßen, ohne sie sehen zu wollen. Entgeistert stand sie da, ein Zittern durchfuhr sie, vom Kopf bis zu den Zehen.

Er hatte sie wirklich nicht getötet.

Der Mann las aus ihrer schockstarren Miene ab, wie ihre Welt gerade auf den Kopf gestellt worden war. Er lächelte bitter. »Jetzt haben Sie es begriffen.«

»Das kann nicht sein.«

»Wenn man das Unmögliche ausgeschlossen hat, muss das, was übrigbleibt, die Wahrheit sein, so unwahrscheinlich sie auch klingen mag«, sagte er. »Das war schon immer eins meiner Lieblingszitate aus der Literatur.«

»Unmöglich …« Yang Ning blinzelte, es fiel ihr schwer, deutlich zu sprechen. »Sie haben es ihnen eingeflüstert. Es war Ihr stetiges Raunen.«

»Sehen Sie.« Er lächelte. »Sie sind von selbst darauf gekommen.«

Ein Einflüsterer. Ein teuflischer Dämon. Sie war entsetzt. Ein Verführer. Es gab viele Namen für Menschen wie ihn. Yang Nings Halsschmerzen kamen zurück. Ihre Kehle war wie zugeschnürt. Sie wollte etwas sagen, aber ihre Motorik gehorchte ihrem Gehirn nicht.

»Ich habe sie nicht umgebracht«, wiederholte er mit sanfter Stimme. »Sie alle haben es selbst getan.«

Yang Ning wurde schwindlig. Sie starrte auf die Kieselsteine am Boden, ihr Blick hielt sich an einem weinfarbenen, ovalen Stein fest; je länger sie ihn anstarrte, umso mehr Leben kam in den Stein, er schien zu zappeln wie ein Wurm.

»Sie standen daneben und haben ihnen den entscheidenden Stoß versetzt.«

Er schüttelte den Kopf. »Ich habe alles getan, um ihnen zu helfen. Es gibt welche, die sich überzeugen lassen, aber viele schaffen es einfach nicht.«

Yang Ying fühlte sich schwerelos, ein Tinnitus fiepte in ihren Ohren.

»Es ist zu schwer für sie, weiterzuleben, sie halten es einfach nicht mehr aus. Sie alle waren entschlossen, zu sterben.«

»Schwachsinn.« Sie bemühte sich, ruhig weiterzuatmen, ihren Körper unter Kontrolle zu halten.

»Ich habe nichts anderes getan, als ihnen zu versichern, dass nichts an ihrer Entscheidung falsch ist. Wenn du das Gefühl hast, dass das ganze Gesellschaftssystem und dein eigener Verstand dich im Stich lassen und du sie nicht mehr kontrollieren kannst, dann bleibt nur noch dein Leben, mit dem du machen kannst, was du willst.«

Ihre Lider flatterten. Der Kieselstein schien jetzt groß wie ein Ei, er zuckte und wand sich wie unter Elektroschocks. Sie gab sich einen Ruck, konnte aber nicht verhindern, dass ihre Stimme bebte. »Wie haben Sie es getan?«

»Geruch.«

Ihre Augen weiteten sich.

»Mit Ihnen zu reden ist eine Wohltat, Sie verstehen immer sofort, was ich meine.« Er lachte. »Es ist gar nicht so schwer, wie man denken mag. Leicht ist es auch wieder nicht. Man braucht jahrelange Übung und wohlüberlegte Planung. Aber hat man es geschafft, ihnen über Geruch eine fixe Idee einzupflanzen, ist das schon die halbe Miete. Danach braucht es nur ein wenig Geduld, um sie langsam bis zum Ende zu begleiten. Tja ...« Er seufzte. »Niemand denkt weiter darüber nach, niemand zweifelt, im Gegenteil. Die Lebenden helfen den Toten nachträglich, Gründe zu liefern. Einen Mord versucht man immer aufzuklären, aber einen Selbstmord?«, er schüttelte den Kopf. »Da wird getrauert, geseufzt, fertig. Über diese Art des Todes möchten alle so schnell wie möglich den Deckel schließen, niemand hat ein Interesse daran, die Ursachen auszugraben.« Er sah Yang Ning an. »Sind Sie nicht genauso?«

Sie antwortete nicht.

»Ist vielleicht einfach nur menschlich.«

Seine Offenheit war verblüffend. Ihr wurde heiß, das Gefühl, ihr Gehirn wäre ein Teig, der unter Hitzeeinwirkung fermentierte und anschwoll, bis ihr der Schädel platzte, überwältigte sie. »Sie haben es ihnen eingeflüstert, so lange, bis sie selbst Hand an sich gelegt haben und es keine Beweise dafür gab, dass Sie daran beteiligt waren«, sagte sie atemlos.

Er nickte.

»So ist es, es gibt keine Beweise«, bestätigte sie sich selbst. »Und was bringt Sie dazu, zu glauben, dass Sie ungeschoren davonkommen? Mich zu töten, bringt nichts, denn ich habe ausreichend Spuren hinterlassen, die zu Ihnen führen. Sie können nicht mehr vor Ihren Taten davonlaufen.«

»Ich laufe nicht davon.« Er klang enttäuscht. »Sie haben immer noch nicht erkannt, wie viel Mühe es mich gekostet hat, Sie hierher zu bringen. Und wozu? Bestimmt nicht, um Sie umzubringen.«

»Dann ...«

»Zhan Jiajia war speziell für Sie inszeniert.«

»Mich alle Beweise beseitigen zu lassen, um mir die Tat in die Schuhe zu schieben, und mir Hinweise zu hinterlassen, die nur mich zu Ihnen führen.« Sie sah ihn fragend an. »Sie war nicht die Erste, die für mich ...«

Er nickte. »Davor kamen Zheng Wenliang und noch drei andere. In diesen fünf Zimmern versprühte ich Madame Rochas. Aber die anderen drei wurden leider von einer anderen Frau Ihrer Firma gereinigt.«

»Xueli«, murmelte Yang Ning.

»Ich hatte ja keine Ahnung, dass die Wahrscheinlichkeit, Sie zu erwischen, gar nicht so hoch war. Zhan Jiajia leitete die Wende ein.«

»Einerseits wollten Sie unentdeckt bleiben, andererseits wollten Sie von mir gefunden werden ...« Yang Ning verstand es nicht. »Es ging also um mich, von Beginn an ...?«

»Natürlich.« Er klang jetzt wesentlich distanzierter als zuvor.

»Warum?«

»Sie wissen es. Sie müssen es nur glauben.«

»Weil Sie mich damals auf dem Bett des Toten gesehen haben? Sie wussten von meiner Arbeit, meiner empfindlichen Nase, meinem exzentrischen Tick? Sie suchten jemanden, der so pervers ist wie Sie selbst?«

»Natürlich spielte Ihr Geruchssinn eine wichtige Rolle, er war der Schlüssel zum Erfolg bei diesem Projekt. Aber Sie haben das Wichtigste vergessen«, sagte er leise. »Dabei haben Sie es immer gewusst.«

Sie sah ihn an. Mit einem Mal durchzuckte sie die Erkenntnis. »Yang Han.«

Er schwieg.

»Warum er?« Beinahe versagte ihr die Stimme. Sie brachte nur noch ein dünnes Fiepen heraus. »Warum?«

»Weil ich ihn mochte. Sehr.« Seine Stimme klang weinerlich. »Das ist die Wahrheit.«

»Schluss!«

»Haben Sie gewusst, dass er vor dem Zimmer Ihrer Mutter schlief? Auf dem Boden? Immer wieder hat sie gedroht, sich umzubringen, Rauchvergiftung, vor den Bus springen. Er konnte nicht schlafen, weil er ständig in Angst lebte, dass er aufwachte und seine Mutter wäre tot.«

Yang Ning schloss die Augen. Ein Dämon zerfleischte sie innerlich, fraß die Ausflüchte, unter denen sie die Wahrheit vergraben hielt.

»Ihre Mutter schnitt sich ins Handgelenk, schickte ihm

Fotos von der blutenden Wunde und schrieb dazu: ›Wenn ich sterbe, bist du endlich frei wie deine Schwester.‹ Was sollte der arme Kerl schon tun? Seiner Schwester davon erzählen? Nein, er wollte die Verantwortung selbst schultern, seine Schwester hatte schon genug durchgemacht, wie hätte er ihr noch mehr Ärger aufhalsen können?«

»Das hat sie nicht gemacht … niemals, sie hat so große Angst vor Schmerzen … sie …«

»Doch, hat sie«, gab er entschieden zurück. »Wieder und wieder hat er mir versichert, dass er es schon schaffen würde, sie am Leben zu halten und nicht den Verstand zu verlieren. Das ging nicht ohne Medikamente. Er nahm fünf verschiedene Mittel. Aber davon verstehen Sie nichts, weil Sie nie welche genommen haben. Diese Pillen machen dich zum Zombie, man ist wie gelähmt. Allein das Aufstehen ist eine Qual. Trotzdem bekam er es hin, mit einem Lächeln auf den Lippen aus dem Haus zu gehen, heimzukehren und zu kochen, zu pauken und anschließend vor der Schlafzimmertür seiner Mutter zu wachen. Können Sie sich das vorstellen?«

»Ich wollte ihn da rausholen.« Es war zu viel für Yang Ning, sie hielt es nicht aus. Hatte sie nicht seinetwegen so hart gearbeitet? »Ich habe alles darangesetzt, ihn zu mir zu holen …«

»Wie hätten Sie ihn verstehen können? Ihnen ging es doch gut, sie waren weit weg, konzentriert aufs Studium, aufs Geldverdienen. Sie hatten ein glückliches Leben mit Ihrem Traumprinzen vor sich. Da war kein Platz für das Leid des kleinen Bruders.«

Yang Ning spürte, dass diese Gemeinheiten aus dem Mund eines Menschen kamen, der innerlich so gebrochen war wie sie selbst. »Sie wissen gar nichts«, sagte sie, hilflos.

»Ich weiß viel mehr, als Sie denken. Sie sind diejenige, die nichts begreift. Wie alt war er, als Sie ausgezogen sind? Sie haben einen Mittelstufenschüler mit jemandem alleingelassen, mit dem Sie selbst nicht mehr leben konnten«, schimpfte er. »Haben Sie sein Lächeln nie durchschaut? Nein, weil Sie nicht dahintersehen wollten. Stets hat er Sie verteidigt, seine Schwester sei der beste Mensch der Welt, die Klügste, die Coolste.«

»Ich wollte, dass er mit mir geht ...«

»Jaja, er hat erzählt, dass Sie gegangen sind, damit er ein besseres Leben haben kann, ein Zuhause mit Ihnen in Taipeh. Wie hart Sie gearbeitet hätten, diese widerliche Arbeit ertragen hätten. Wenn Sie ihn versetzten, hatte er sofort eine Entschuldigung, sie ist so fleißig, so müde, sie muss sich ausruhen, bla, bla, bla, die Streitereien mit Ihrer Mutter wären Ihnen zu viel. Er komme schon allein zurecht. Immer war er auf Ihrer Seite.« Er hatte sich in Rage geredet. »Wie sehr er Sie vermisst hat. Aber er konnte seine Mutter nicht allein lassen. Er wusste einfach nicht, wie weiter.«

Er ging rückwärts, entfernte sich von ihr, mit ausgestreckten Armen. »Wissen Sie, was er gesagt hat? Er wäre ein Flugdrache an einer Schnur, der immer höher und höher steige, bis hinaus ins All.«

Erst jetzt fiel Yang Ning auf, dass sie weinte. Mit zusammengebissenen Zähnen und geballten Fäusten stand sie da und flennte vor einem Fremden, der ihr von ihrem Bruder erzählte.

»Er wollte sich selbst zurückholen, aber am anderen Ende der Schnur gab es niemanden, der geholfen hätte, ihn zurück auf die Erde zu ziehen. Und so ist er immer weiter weggedriftet, bis die Schnur riss, und er wusste, dass es kein Zurück mehr gab.«

Auch er weinte.

»Was haben Sie ihm zu riechen gegeben?«, fragte Yang Ning, leichenblass.

Er schüttelte den Kopf. »Das wollen Sie nicht wissen.«

»Mich, nicht wahr?« Sie weinte jetzt hemmungslos. »Und das Meer, das war es doch, das Meer, richtig?«

»Er sagte, er liebe niemanden auf der Welt so sehr wie seine Schwester. Ich weiß noch, wie er weinend in seiner Schuluniform am Strand saß«, fuhr er fort. »Dort bin ich ihm zum ersten Mal begegnet. Danach sind wir oft zusammen dort gewesen, zum Spazierengehen, zum Schwimmen, oder zu der Hütte, in der ihr als Kinder oft gewesen seid. Die alte Frau kam nie zurück, also habe ich irgendwann das Schloss aufgebrochen und durch ein neues ersetzt. Ich war oft allein dort und habe etwas für Sie hinterlassen. Bald werden Sie vieles besser verstehen.«

Er zog einen Schlüsselbund aus der Tasche und legte ihn auf den Boden. Yang Ning erkannte den Wal-Anhänger, den sie beim ersten gemeinsamen Besuch mit Yang Han im Zoo von Taipeh gekauft hatte. Der Wal war aus Filz und trug ein rotes Mini-T-Shirt mit der Aufschrift *I love you*. Sie hatte den gleichen.

Unwillkürlich tastete sie nach ihrem eigenen Schlüsselbund.

»Ich habe genug gesagt. Sie verstehen es jetzt.« Sein Blick war leer, aber sein Gesicht tränennass. »Ich bin lange genug gerannt, ich bin es leid. Auch Sie können nicht davonlaufen, das ist gut. Übrigens, ich heiße Chen Shaocheng.«

Er ging weiter rückwärts, zum Rand der Dachterrasse hin. Yang Ning wollte etwas sagen, um ihn aufzuhalten, aber die Worte blieben ihr im Hals stecken. »Mein Name ist Chen Shaocheng, aber Yang Han hat mich immer Isaac genannt, den Namen habe ich mir selbst gegeben.« Er redete weiter und weiter. »Er hat Sie sehr geliebt. Das wollte ich Ihnen nicht erzählen, ich habe es jahrelang für mich behalten. Bis zu dem Tag, an dem ich Sie im Bett des Verstorbenen sah. Da wusste ich, dass es Schicksal war, unausweichlich. Ich wusste, dass Sie mir helfen konnten. Anfangs war ich mir nicht sicher, aber dann wurde mir klar, dass Sie jemand sind, der weiß, wie weit man der Liebe wegen gehen kann. Verstehen Sie jetzt, warum ich auf Sie gewartet habe? Ich habe gehofft, dass Sie mich sehen.« Er stieß an die niedrige Mauer, die die Dachterrasse umschloss, verlor beinahe die Balance und streckte die Arme seitlich aus, um sich zu stabilisieren. Er lächelte. Sein Gesicht zeigte keine Furcht.

»Halt! Ich muss wissen …« Yang Ning schüttelte den Kopf, sie keuchte. Sie wusste, was er vorhatte. »Nein … das dürfen Sie nicht …«

»Ich habe ihn sehr gerngehabt. Ehrlich. In jeder Hinsicht. Es war Liebe.«

»Dann … warum?«, stammelte sie. »Ich verstehe es einfach nicht. Das …«

»Sie sehen ihm ziemlich ähnlich.« Er lachte.

Sie sprintete los, um ihn zu packen, bevor er springen konnte. *Hilf mir*, formten seine Lippen, tonlos. Er ließ sich rückwärts fallen.

Man hörte das laute Geräusch des Aufpralls.

16

*Beim ersten Mal war es eine Art Mission, auch ein
Experiment. Ich verbrachte Monate damit, alles sorgfältig
vorzubereiten, ängstlich und unsicher, ob ich es tun würde,
ob ich es tun sollte. Ich zweifelte an allem und litt furchtbar.
Bis ich eines Abends auf meinem Bettrand saß und feststellte,
dass ein Teil von mir bereits abgestumpft war. Das war
eine Art Überlebensinstinkt. Durch Rückzug vermeidet man,
verletzt zu werden. Am Morgen, an dem mich die Nachricht
erreichte, hatte ich mir gerade unten im Laden einen Kaffee
und ein Käsesandwich geholt. Als ich die Sachen auf den
Tisch stellte, klingelte das Telefon.*

*Er hatte eins dieser langen, schmalen Handtücher an
die oberste Sprosse der Leiter des Etagenbetts in seinem
Studentenwohnheimzimmer geknotet, sich hingekniet und
den Kopf durch die Schlinge gesteckt. Um sich auf diese
Weise zu erhängen, musste er wirklich entschlossen gewesen
sein. Kollegen und Kommilitonen sprachen mir ihr Beileid
aus, und ich blinzelte heftig, um meinen Augen ein paar
Tränen abzunötigen. Tränen stehen für Empathie, Trauer,
Traurigkeit; aber es gelang mir nicht. Ich starrte zu Boden
und dachte an Tränenflüsse, die sich zu einem großen Strom
vereinen. Meine Kollegen nahmen an, dass es mir peinlich
sei, vor aller Augen in Tränen auszubrechen, und ließen
mich ziehen, als ich allein Richtung Toiletten davonging.
Ihre mitleidigen Blicke im Rücken, taumelte ich zur Tür
und schlug sie hinter mir zu. Im blassen Licht sah ich aus
wie eine lebende Leiche. Statt zu weinen, hielt ich mich mit
beiden Händen am Rand des Waschbeckens fest und kotzte
grünliche, faulig stinkende Galle aus.*

Mir war klar geworden, dass ich nicht länger aus meinen
eigenen Fällen wählen durfte, das wäre zu auffällig, zu
viele Schwachstellen. Und vor allem bedeutete es eine
unerträgliche emotionale Folter.

Jeder Sozialbetreuer für Suizidgefährdete hatte ein Eins-
zu-eins-Verhältnis mit seinen Fällen, persönliche Infos
wurden streng vertraulich behandelt. Allerdings stapelten
sich die jeweiligen Akten offen auf den Schreibtischen, und
man konnte nicht sichergehen, dass kein anderer in einem
unbeobachteten Moment einen Blick hineinwarf. Und
dann benutzten die Leute gern Passwörter, die sich leicht
erraten ließen, Geburtstag plus die letzten Stellen des
Personalausweises, das Datum, an dem man seinen Partner
kennengelernt hatte, plus seinen englischen Spitznamen.
Unser Direktor nutzte eins, auf das nur ein Taiwaner, aber
dafür jeder Taiwaner kommen konnte: 5k4g4ji32k7au4a83.
Das Silbenschriftsystem auf der taiwanischen Tastatur
verwandelte die Zahlen in »Thisismypassword«.

Ich selbst gewöhnte mir an, meine Browserdaten zu
löschen, und achtete darauf, keine digitalen Spuren zu
hinterlassen. In meiner Generation lernte man alles im
Internet, von der Kunst des Kochens bis zur Kunst des
Verbrechens. Ich machte ständig Überstunden. Was nach
außen gewissenhaft wirkte, entsprang inneren Qualen.
Mittel- und Oberstufenschüler, auch Studenten, die Fälle von
Kollegen und Angehörige bestimmter Risikogruppen waren
meine potenziellen Opfer. In diesem Alter zweifeln sie daran,
was die Zukunft bringen wird, sind so erwartungsvoll wie
ängstlich, jeder ihrer Schritte ist so mutig wie vorsichtig.
Am leichtesten angreifbar sind diejenigen, die zwischen
Hoffnung und Verzweiflung schwanken. Ich wählte sehr
sorgfältig, besah mir die Daten zum familiären Hintergrund,

Schulleistungen, die Einträge von Schulpsychologen ab der ersten Klasse. Schon der Bericht über einen Hausbesuch verschaffte mir einen genauen Eindruck.

Jeder ernstzunehmende Sozialarbeiter, Jugendschutzbeauftragte oder Schulpsychologe betritt ein Zuhause mit hochsensiblen Antennen. Kein Detail bleibt unbemerkt, das familiäre Umfeld, das Kommen und Gehen, Wohnungsaufteilung. Schon an den Schuhen im Eingangsbereich erkennt man Anzahl, Alter und Geschlecht der Bewohner, selbst ihre Persönlichkeiten oder Konsumgewohnheiten. Wo stehen die Computer, welche Bilder oder religiösen Symbole hängen an den Wänden, stammen die Medikamententüten auf dem Tisch aus mehreren Apotheken, hat der Jugendliche ein eigenes Zimmer, ist es von innen abschließbar, gibt es Vorhänge, liegen vielleicht Luftballons auf dem Schreibtisch, die man für Lachgas verwenden kann, Feuerzeuge mit abgebrochener Kappe zum Einatmen toxischer Substanzen …? Manchmal durchforsten sie die Mülleimer, den Kühlschrank, das Bad auf der Suche nach Hinweisen. Ich hatte meine eigene Methode: mich ganz auf die Gerüche zu konzentrieren, die in den Zimmern hingen.

Gerüche waren Teil des Plans, eine zufällige Begegnung, ein Grund, damit sie auf der Straße den Kopf nach jemandem umwendeten, plötzlich in einer Gasse stehen blieben, all das hatte ich exakt austariert und arrangiert.

Die Bezeichnung Berater für Suizidgefährdete auf der Visitenkarte weist dich als guten Menschen aus. Niemand, der sie überreicht bekommt, unterstellt dir zweifelhafte Absichten. Der Mensch ist es gewohnt, andere nach ihrem Äußeren und ihren Berufen zu beurteilen, anstatt sich Zeit zu nehmen, um ein Bild von ihrem Inneren zu gewinnen.

Solange man anständig angezogen ist und freundlich lächelt,
ist Wohlwollen garantiert.
Freunde dich mit deinem Opfer an, verstehe seine
Bedürfnisse und leite es mit Gerüchen.
Gerüche können verborgene Erinnerungen wachrufen.
Ein bestimmter Badezusatz transportiert dich zurück in
die Kindheit, zu dem sorglosen Sommertag, an dem du
in der Badewanne mit der Gummiente gespielt hast, du
erinnerst dich an die rote Wasserschöpfkelle, an die Risse
in den bunten Fliesen auf dem Boden, den Duft des
aufgeschäumten Shampoos; auch wenn du nicht mehr weißt,
wie es duftete, weißt du, dass es existierte. Dir fällt ein, wie
du damals »Mami!« riefst und deine Mutter, die gerade im
Schlafzimmer Wäsche faltete, herbeirannte und fragte: »Was
ist?«, und ihr alarmierter Blick dich glücklich machte.
Stell dir vor, du gehst die Straße entlang und plötzlich steigt
dir ein bekannter Geruch in die Nase. Überrascht hältst
du im Gehen inne, wendest zögernd den Kopf nach dem
Menschen um, der eben an dir vorübergegangen ist. Eine
junge Frau, die dasselbe Parfüm trägt wie eine längst
verflossene Liebe, so lange her, dass du schon nicht mehr
weißt, wie sie aussah oder wie das Parfüm hieß. Du stehst
da wie vom Blitz getroffen. Der Duft weckt schlummernde
Erinnerungen, fünf, zehn oder sogar zwanzig Jahre später
holt dich die Vergangenheit ein, jetzt, wo du längst mit
jemand anderem verheiratet bist, zwei aufmüpfige Kinder
und einen langweiligen Job hast, der die monatlichen Raten
für das Haus bezahlt. Aufstehen, zur Arbeit gehen, zum
Abendessen nach Hause kommen, regelmäßiger Sex. Tage
und Nächte, die man weder besonders gut noch besonders
schlecht nennen kann. Der einzige Luxus in der täglichen
Routine sind das Einschlafen und Aufwachen, dazwischen

traumlose Nächte. Ein Leben wie in Formalin. Und dann dieser Duft auf der Straße, die plötzliche Erinnerung daran, wie das Wetter war, als du zum ersten Mal ein Mädchen geküsst hast, ihren feuchten Nacken, wie sie auf ihren Haarspitzen kaute, die Hände hob und ihr Haar zusammenband, wie ihre weiten Ärmel dabei den Blick auf den Spitzenrand ihrer Unterwäsche freigaben.

Natürlich war die Frau, die eben vorübergegangen war, nicht deine Exfreundin. Du siehst ihr nach, während du über die grauen Stoppeln am Kinn streichst, aber sie ist schon wieder in der Menge verschwunden. Du weißt nicht, ob du dich erleichtert fühlst oder dir die aufwallende Enttäuschung eingestehen sollst, die dich beinahe weinen lässt.

Ja, Gerüche besitzen eine enorme Kraft, um Erinnerungen heraufzubeschwören.

Jeder Versuch in dieser Richtung ist eine Herausforderung. Das Kölnischwasser, das der Vater des Jungen benutzte, zum Beispiel. Ich machte meine Hausaufgaben und wählte am Ende Zitrone, süße Orange und Grapefruit als Basis und fügte anschließend Noten von Haselwurzessenz und Bitterorangenblatt hinzu und ein klein wenig Pfefferminze. Daraus gewann ich eine kleine Menge kupferfarbener Flüssigkeit in einem Glasflakon. Als der Junge zur Toilette ging, sprühte ich etwas davon auf seine Schultasche und beobachtete ihn genau, als er wiederkam. Nichts. Mehrmals veränderte ich die Rezeptur, ließ die Pfefferminze weg, fügte stattdessen Muskat, Bergamotte und irgendwann etwas Moosessenz hinzu, das machte den Duft gesetzter, stabiler. Das war's. Es traf ihn wie ein Schlag. Nie werde ich den Gesichtsausdruck des Jungen vergessen; er erstarrte, als begegnete er seiner größten Furcht oder dem Teufel persönlich.

Traumata vergisst man nicht. Sie setzen sich tief in
den Gehirnwindungen fest und können ein instinktives
Alarmsystem auslösen. Der Körper erinnert sich mit jedem
Schritt, jedem Fingerschnippen an die emotionale Verletzung.
Die Zeit heilt nicht alle Wunden, verstörende Erinnerungen
verstecken sich tief in den Sinnesorganen, in einem mit
einem Vorhängeschloss gesicherten Kästchen am Grunde
des Herzens, das immer wieder gut abgesperrt wird. Aber
Gerüche sind der Schlüssel; mit einem Klacken springt das
Schloss auf, und die Flut der Erinnerungen ergießt sich in die
Blutbahn und löst einen physischen Katastrophenalarm aus.
Es tut mir leid, sagten die kleinen Mädchen und Jungen
dann.
Sie brachen zusammen.
Es ist alles meine Schuld, sagten sie. Dann gingen sie nach
Hause und hatten Albträume. Betranken sich, rauchten,
kifften, kicherten, heulten, tanzten wild auf Partys.

Das Mädchen, das an den Nägeln kaute, ständig
Nagelränder ausspuckte und fasziniert die rissige Haut um
ihre Fingerkuppen betrachtete. Dann machte sie mit den
Fußnägeln weiter, es sah aus wie eine Yogaübung.
Der Junge, der sich ständig die Haare ausriss, bis seine
Kopfhaut wehtat und er am Hinterkopf ganz kahl war.
Dann kaufte er sich auf dem Nachtmarkt eine Mütze für
dreihundertsechzig Taiwan-Dollar, investierte mehrere
Wochen Taschengeld. Der Verkäufer gab sie dem Kleinen
nicht billiger.
Das Mädchen, das sich mit dicken Nadeln aus dem
elterlichen Nähkasten Löcher in die Haut stach, bis ihr Arm
aussah wie eine Bienenwabe, ein bizarres Kunstwerk. Dann
leckte sie das Blut mit der Zunge ab.

Der junge Mann, der aß, was er in die Finger kriegte, je süßer, je schärfer, je fettiger, desto lieber. Dann übergab er sich.
Dann stopfte er sich wieder voll und übergab sich wieder.
Dabei fühlte er sich frei.
Die junge Frau, die Sex mit jedem hatte, mit Alten, mit Jungen, Männern, Frauen, Lehrern, Wachmännern, Nachbarn. Sie hasste es, aber sie brauchte den Geruch fremder Körper auf ihrem.
Der junge Mann, der von dem Gedanken besessen war, Urin zu trinken. Er wartete in den Pissoirs öffentlicher Toiletten, betrachtete gierig den gelben Strahl, der aus den Penissen fremder Männer schoss, und stellte sich vor, wie er seinen Mund darunterhielt und schluckte.
Die junge Frau, die immerzu still an ihrem Schreibtisch hockte, erst den Bleistift anstarrte, dann das Kerbmesser.
Stumm.

Für mich gilt es, das Trauma zu finden. Gas, Kräuter, Chlor, Kohle, der Bremsgeruch von Reifen, Tabak, Gerstenschnaps ... es kann vieles sein, das schlafende Geister weckt, die das Leben eines Menschen im Nu zum Albtraum machen. Man muss es nur auf eine Schultasche sprühen, einen Jackenkragen, eine Handyhülle, eine Geldbörse oder einen Regenschirm, sie entkommen ihm nicht. Jeder gerät in einen anderen Zustand, die Geruchsempfindlichkeit ist unterschiedlich, daher muss genau dosiert werden. Anfangs nur ganz schwach, kaum wahrnehmbar. Danach immer dicker auftragen, bis eine bestimmte Schwelle überschritten ist, die Zeit sich zurückzudrehen scheint und der Schmerz wieder da ist, in ihr Leben dringt und es zur Hölle macht.
Gerüche können auch an das eigene Versagen erinnern.
Daran, wie man es nicht geschafft hat, die Eltern zufrieden

zu stellen, sich zu verteidigen, seine Träume zu bewahren. Oder sie erinnern an Verluste, die Mutter, die die Familie verließ, den verstorbenen Verwandten, das bei einem Unfall getötete Kind. Die Gerüche einer glücklichen Kindheit, Kuchen, Kekse, Badezusätze, Duftpuppen, der Geruch der ersten Liebe. Die verlorene Schönheit, im Vergleich zur grausamen Realität.

Es ist ein Ziehen und Schieben. Mit Gerüchen ziehe ich Erinnerungen hervor, gebe den Gefühlen einen Stoß und lasse den Dingen ihren Lauf, bis der Schmerz sie zur Selbstaufgabe bringt.

Und dann wachen diese jungen Menschen eines Tages auf, starren an die Decke und entscheiden, dass sie nie wieder aufwachen wollen.

17

Yang Ning musste an die Stelle in einem Roman denken: *Selten können wir klar benennen, was uns dazu gebracht hat, bestimmte Wege einzuschlagen,* oder so ähnlich.

Wenn jemand stirbt, sagt man, spiegelt sich die letzte Szene seines Lebens in den Augen, bis das Licht erlöscht. Als sie vom Dach nach unten blickte, konnte sie Chen Shaochengs Augen nicht sehen, sie sah nur noch die unnatürlich verrenkten Gliedmaßen und das Blut, das aus ihm floss.

Sie sackte zu Boden, hörte die spitzen Schreie der Passanten. Die Kinder, dachte Yang Ning plötzlich. *Er ist einfach gesprungen, ohne an die Kinder zu denken.*

Alarmierte Rufe, Weinen, Keuchen, eilige Schritte, ein Durcheinander von Stimmen. Als die Polizei die Tür zur Dachterrasse aufstieß, ging sie auf die Knie und hob die Hände.

»Lassen Sie die Hände oben!«, schrien die Polizisten, obwohl Yang Ning keine Anstalten machte, sie herunterzunehmen. Einer von ihnen blieb mit etwas Abstand stehen und richtete eine Waffe auf sie. Die beiden anderen gingen langsam auf sie zu, »Flach auf den Boden legen! Keine Bewegung!«

Sie kooperierte anstandslos, und der Ton der Polizisten wurde milder. »Tut mir leid, junge Frau.« Der Polizist zu ihrer Linken sagte ihr auswendig ihre Rechte vor, laut und geübt, als läse er von einem Teleprompter ab. »Sie sind festgenommen. Sie haben das Recht, zu schweigen oder Ihr Geständnis schriftlich abzulegen, Sie haben das Recht, einen Anwalt zu nehmen, falls Sie zu den unteren Einkommensschichten gehören, Angehörige einer ethnischen Minderheit sind oder nach dem Gesetz besonderen Schutz bedürfen, können Sie Verwandte oder Freunde zu Ihrer Unterstützung herbitten … im Namen des Gesetzes …« und so weiter und so fort.

Die Handschellen stanken. Sie roch alles, den Schweiß, den Urin, das Desinfektionsmittel, den Tabak, noch bevor sie ihr angelegt wurden. Angewidert wandte sie das Gesicht ab.

»Können Sie gehen?«, fragte der, der ihr die Handschellen angelegt hatte, als er ihr aufhalf.

»Er ist gesprungen«, flüsterte Yang Ning.

»Was?«

»Er ist gesprungen, von selbst.« Yang Ning zögerte kurz. »Aber ich habe ihn nicht aufgehalten.«

»Schon gut, warten Sie mit Ihrer Aussage, bis wir auf dem Revier sind, ja?« Der Polizist hatte gar nicht zugehört, machte Dienst nach Vorschrift.

»Können Sie selbständig gehen?«

Sie nickte, obwohl sie überrascht feststellte, dass ihr die Beine versagten. Die Polizisten merkten, dass sie sich nicht allein aufrecht halten konnte, stützten sie an den Armen und halfen ihr die Treppe hinunter. Sie wagte nicht, den Blick zu heben, konnte aber nicht umhin, die schluchzenden Kinder zu hören. *Sie haben es nicht gesehen, oder? Nein, bestimmt nicht.* Ihr Kopf hing schlaff nach unten, baumelte wie eine Papierlaterne an der Schnur. Als sie am Fuß der letzten Treppe angekommen waren und die Polizisten höflich um Durchlass baten, sah sie Frau Lius Rollstuhl.

Das schräg durch die Fenster einfallende Sonnenlicht zeichnete Yang Nings Silhouette auf die weiße Wand. Ihr Platz war nicht unweit der automatischen Glasschiebetür, weshalb viele aus den Reihen der Zeugen, die die Polizei zur Vernehmung einbestellt hatte, immer wieder neugierig zu ihr hereinschielten. Sie saß seitlich neben einer an der Wand befestigten Edelstahlstange, an die sie mit einer Hand angekettet war, die andere Hand lag daneben. Weil sie eher klein war, befand sich die Stange auf Schulterhöhe und ihre Schultern schmerzten in dieser unbequemen Haltung.

Sie lehnte sich etwas zurück, um einen Blick auf die Wanduhr zu erhaschen, konnte aber nicht mehr als eine Ecke sehen, in der sich gerade weder Stunden- noch Minutenzeiger befanden. Eine Ewigkeit schien vergangen, seit man sie hier festgesetzt hatte; ihr Handgelenk war wund, ihre Arme wurden taub. Zum Glück war wenigstens ihr Geruchssinn wieder erlahmt, der ranzige Gestank des Metalls war ihr anfangs bitter aufgestoßen. Ständig diese dreckigen Oberflächen, die grauenvollen Kopfstützen im Zug oder im Kino. Sie waren der Grund, warum sie am liebsten Hoodies trug – auf keinen Fall wollte sie ihre Haare in direkten Kontakt mit den Bezügen kommen lassen. Gewöhnlichen Menschen entging der ranzige Geruch nach den Schuppen zu vieler Köpfe. Allein der Gedanke daran verursachte ihr eine Gänsehaut.

Mützen, Masken, Desinfektionstücher. Ihre Grundausstattung. Es half nichts – egal, ob die Heldin gerade den Helden küsste oder ein Vater beim Blick auf das Foto seines toten Sohns in Tränen ausbrach –, es fiel ihr schwer, sich auf die Leinwand zu konzentrieren. Ständig störten die Gerüche alle anderen Sinneseindrücke. Trotzdem ging sie ins Kino, mit Yang Han, und bewahrte die Eintrittskarten auf; als Spuren ihrer gemeinsamen Zeit.

Der Mann, der ihren kleinen Bruder in den Selbstmord getrieben hatte, war gerade eben vor ihren Augen in den Tod gesprungen, aber nun saß sie hier, und lauter Trivialitäten gingen ihr durch den Kopf. Kartenabrisse, Kochtöpfe, leere Ziegenmilchflaschen.

Sie hatte Hunger und Durst. Sie wollte gerade jemanden rufen und um etwas zu trinken bitten, als die Glastür aufging und zwei vertraute Gestalten eintraten.

Die Gesichter, die Liao und Chen bei ihrem Anblick machten, waren unbezahlbar. Man hätte sie am liebsten sofort als ikonische Comicfiguren vermarktet.

»Hab ich's nicht gleich gesagt!«, rief Inspektor Chen triumphierend. »Es war ein Fehler, sie laufen zu lassen.«

Inspektor Liao betrachtete sie nur schweigend, mit undurchdringlicher Miene. Sie sah nur kurz zu ihm auf und drehte sich wieder weg. Sein Gesichtsausdruck verriet nichts, aber sie wollte ohnehin lieber gar nicht wissen, was in ihm vorging. Aus einem der Büros traten zwei Polizisten, die die Ankömmlinge mit gebührendem Respekt grüßten.

»Bitte erstatten Sie mir Bericht«, sagte Liao, als er und Chen ihnen ins Büro folgten.

Chen murmelte weiter etwas davon, dass er es gleich gewusst habe, und warf Yang Ning noch einen grimmigen Blick zu, bevor er die Tür hinter sich zuschlug. Wieder war sie allein. Immer, wenn eine Tür aufging, hoffte sie, endlich gerufen zu werden. Das Neonlicht wirkte immer greller. Zweimal führte sie jemand zur Toilette, in Handschellen. Alles tat weh. Zwischendurch döste sie weg und meinte, im halbwachen Zustand das Meer rauschen zu hören.

Endlich öffnete die Tür sich erneut. Ein schlüsselklappernder Polizist löste ihre Handschellen und führte sie ins Verhörzimmer.

Dort erwartete sie Inspektor Liao.

»Sie wissen, was zu tun ist.« Er bat sie mit einer Geste Platz zu nehmen. Yang Ning setzte sich und rieb sich die Müdigkeit aus den Augen. Sie spürte ihre schweren Lider, den erhöhten Innendruck der Augen; ihr Gehirn schien ungewöhnlich langsam zu laufen. Sie schloss die Augen und zwickte sich in die Nase.

»Wenn Sie so weit sind, fangen wir an.« Inspektor Liao verschränkte die Finger und legte sie auf den Tisch.

»Musste es wirklich so weit kommen, damit Sie endlich zufrieden sind?«

»Wie bitte?«

Sie öffnete die blutunterlaufenen Augen und lehnte sich vor. »Nun tun Sie nicht so. Sie wissen es selbst.«

»Beweise sammeln, Sitzungen, Berichte. Wir hatten viel zu tun.«

»Na dann.«

»Haben Sie schon gegessen?«

Yang Ning grummelte verächtlich.

»Falls Sie nicht zu hungrig sind, würde ich gern anfangen«, sagte er. »Sie zuerst, Sie haben gewiss eine Menge Fragen.«

»Haben Sie etwas herausgefunden?«, fragte sie mit einem Blick auf die Akte.

»Was glauben Sie?«

Sie schwieg. Was hätten sie finden können? Yang Hans Tagebuch? Zheng Wenliangs Zeichnungen? »Ich weiß es nicht.« Die Gegenwart kam ihr gerade sehr flüchtig und unwirklich vor, nur ein vages Konzept. Ihre Gedanken flüchteten immerzu in die Vergangenheit, wie ein zurückspulendes Video. »Dinge, die Zhan Jiajia gehört haben, in seinem Schreibtisch?«

»Hat es etwas mit Yang Han zu tun?«, fragte er zurück.

»Ich weiß nicht.« Ihr Gesicht verzerrte sich. »Ich weiß es nicht.«

So leicht ließ Inspektor Liao sie nicht davonkommen. Er hatte auf diesen Tag gewartet, auf den Tag, an dem sie physisch und psychisch gebeutelt vor ihm sitzen würde, um tiefer in das Chaos unter der Fassade vordringen zu können. Zuvor war ein Verhör mit ihr, als würde man mit einer Axt auf Stein schlagen. Und trotzdem schlug wieder ihre sture, widerborstige Natur durch, sie widersetzte sich seinem Versuch, sie langsam und gezielt weich zu kochen. Ihr Gesicht wirkte apathisch und sie fühlte sich halbtot, aber ihre Zunge war so scharf wie immer. So rangen die beiden miteinander, bis die Sonne träge wieder aufging und vor dem Fenster die Tauben gurrten.

Yang Ning war am Ende ihrer Kräfte. Sie biss sich auf die Lippe und kaute abgestorbene Haut, grub die Nägel in die Handflächen, um sich durch den Schmerz wach zu halten. Inspektor Liao sah auf die Uhr. »Gut«, sagte er, dehnte den Hals und schüttelte die Handgelenke aus. »Machen wir Schluss für heute.« Er stand auf, öffnete die Tür, bat den diensthabenden Polizisten – inzwischen war die Ablösung da – ihr ein Taxi zu rufen und begleitete sie persönlich hinaus. »Ruhen Sie sich aus«, sagte er.

Yang Ning zeigte ihm den Mittelfinger.

Sie schaffte es kaum bis hinauf zu ihrer Dachwohnung. Der kleine Spalt, den ihre schweren Lider offen ließen, gab nur einen schmalen Ausschnitt des Weges frei. Beinahe hätte sie vor Haoyangs Wohnung gehalten. Die grüne Eisentür erschien ihr wie eine Oase in der Wüste, *Komm, drück auf die Klingel, Ning! Geh hinein und schlaf auf dem breiten Doppelbett.* Aber am Ende atmete sie nur tief durch, ging weiter bis zu ihrem Haus und schleppte sich die vielen Stockwerke hinauf. In ihrer Wohnung fiel sie angezogen aufs Bett, wickelte sich in ihre Bettdecke wie ein Hotdog und schlief ein.

Bis lautes Bam, Bam, Bam! sie weckte. *Gib's mir zurück! Hol's dir doch! Hört auf, herumzurennen!* ... Fröhlich tobende Kinder, genervte Erwachsene, trampelnde Schritte vom Stockwerk unter ihr holten sie unsanft aus ihrer Traumwelt zurück.

Yang Ning hatte sich gerade die Decke über den Kopf gezogen, als ihr Telefon klingelte. Sie ignorierte es, aber der Anrufer war hartnäckig, rief an, legte auf und rief wieder an, wie ihr Wecker, der in zuverlässiger Endlosschleife alle fünf Minuten sein Schrillen wiederholte. Es war zum Wahnsinnigwerden. Sie fluchte und fauchte in ihr Kopfkissen und musste sich beherrschen, das nervende Smartphone nicht mit Verve in die Ecke zu feuern. Besiegt streckte sie die linke Hand unter der Decke heraus und tastete danach.

Scheißkälte. Sie war zu schwach, um laut loszuschreien, es blieb bei einem fortgesetzten innerlichen Fluchen. Scheißkälte.

Das Telefon klingelte, als wollte es ihr an den Kragen, ihr den Schädel spalten. Da. Die Hand war schon kalt, fast eisig geworden, als sie endlich das rechteckige Ding zu fassen bekam, schnell zog sie Hand und Telefon wieder unter die warme Decke und ging dran.

»Hallo?« Haoyangs Stimme klang sehr weit weg. »Hallo?«

»Was willst du?« Das Telefon fühlte sich immer noch eiskalt an. Sie hatte die Augen zugekniffen und hob mühsam die Lippen vom vollgesabberten Kissen. Sie bekam nicht richtig mit, wovon er redete. An einem Ende der Leitung hämmernde Kopfschmerzen, am anderen Ende besorgte Ungeduld. Seine geradezu mütterliche Fürsorge traf auf ihre gereizte Ablehnung. Sie legte auf, aber gleich darauf rief er wieder an. Sein Anwaltsbüro hatte ihren Fall übernommen, Haoyangs Chef hatte zwei Anwälte für sie abgestellt, Haoyang und natürlich diese Enqi. Na großartig, dachte Yang Ning, die Neue als Verteidigerin der Ex und mittendrin der zwischen allen Stühlen stehende Boyfriend. Im ersten Moment fand sie die

Zusammenstellung abstrus, dann wiederum dachte sie: was soll's, und wehrte sich nicht dagegen. Sie hatte wichtigere Probleme.

»Mein Chef möchte, dass wir uns so bald wie möglich mit dir zusammensetzen. Passt es dir heute?« Yang Ning hörte seiner Stimme an, wie beunruhigt er war. Sie konnte sich denken, warum. »Enqi hat keine Ahnung ...«

Sie schnaubte spöttisch. »Das wundert mich nicht.«

Haoyang schlug vor, sich in der Kanzlei zu treffen. »Oder wäre dir ein Café lieber, das ginge auch.« Sie ging gar nicht auf ihn ein. »Denk daran, zu klingeln«, sagte sie einfach.

Yang Ning stand nicht auf, um die Wohnung aufzuräumen, sie zog sich nicht einmal frische Sachen an, sondern streckte nur die Hand wieder kurz unter der Decke heraus, ließ das Telefon fallen und mummelte sich erneut ein. Ständig wälzte sie sich herum, fühlte sich, als würde sie gleich ersticken. Je länger sie schlaflos dalag, desto aufgewühlter wurde sie. Schließlich stand sie unwillig auf. Sie zog sogar die Strümpfe von gestern wieder an.

Noch überlegte sie, ob sie nicht vielleicht doch ein sauberes Paar anziehen sollte, verzichtete aber darauf. Allein das Aufstehen hatte schon genug Kraft gekostet.

Das Wasser floss nach einer Winternacht eiskalt aus dem Hahn. Ihre Hände waren rot, ihre Fingergelenke steif. Obwohl sie bibberte, hielt sie tapfer durch und spritzte sich Wasser ins Gesicht. Dann drehte sie den Hahn vollständig auf. Das Wasser schoss schneller heraus, als es abfließen konnte, sie ließ es aufsteigen, bis das Becken voll war, hielt den Atem an und tauchte ihren Kopf unter.

»Hallo Frau Yang. Xu Haoyang kennen Sie ja, mein Name ist Wei Enqi, wir arbeiten beide als Anwälte in der Yizheng-Kanzlei ...«

»Ich weiß, wer Sie sind, danke.«

Die Frau vor ihr trug ein blassrosa Businesskostüm, schlank, helle Haut, kurzes Haar, Perlenohrringe.

»Lassen Sie bitte die Schuhe vor der Tür.« Yang Ning ließ die Tür offen und ging in die Küche, ohne auf die Gäste zu warten. »Möchten Sie ein Glas Wasser? Ich habe nur Wasser und Ziegenmilch anzubieten ... oh, die Ziegenmilch ist auch alle, also Wasser?« Sie zog eine PET-Flasche aus dem Kühlschrank.

Wei Enqi stakste vorsichtig durch den am Boden liegenden Müll und die Parfümflaschen und lehnte das Angebot mit einer Handbewegung höflich ab. Falls die Unordnung im Wohnzimmer sie irritierte, ließ sie es sich nicht anmerken, sondern bewahrte freundlich lächelnd ihre professionelle Haltung.

Yang Ning schraubte die PET-Flasche auf, setzte sie an die Lippen und trank gierig. Haoyang trat neben sie »Was ist mit deinen Haaren passiert?«, flüsterte er. Sie antwortete nicht und ließ sich weiter Flüssigkeit in die Kehle rinnen.

»Du erkältest dich noch«, sagte er, woraufhin sie die Kühlschranktür zuwarf, die jedoch quietschend wieder aufsprang.

»Lass mich mal ...«, sagte Haoyang leise. Sie kam ihm zuvor, stemmte sich gegen die Kühlschranktür, bis sie endlich zu war.

Ihre Haare waren klatschnass. Die Tropfspur, die sie mit jedem Schritt hinter sich herzog, erinnerte sie an ihre Existenz. Sie beförderte die leeren Imbisskartons, fettiges Einwickelpapier und Einweglöffel auf dem Esstisch in den Mülleimer und warf die über das Sofa verteilten Anziehsachen auf einen Haufen in der Ecke. Zuletzt klaubte sie die verstreut herumliegenden Dokumente, Bücher und Fotos zusammen und trug sie ins Schlafzimmer. »Fühlt euch wie zuhause«, sagte sie über die Schulter. Ihr war in diesem Augenblick selbst nicht klar, wie sarkastisch sie klang. Sie verfolgte keine bestimmte Absicht. Haoyang reagierte peinlich berührt, während Enqi sich setzte, ohne ihr Lächeln abzulegen. Im Schlafzimmer wanderte Yang Nings Blick über die Bilder und Ausschnitte an den Wänden. Es war alles vergeblich gewesen. Alle waren tot, und das war's. Punkt.

Als sie die Arme öffnete und die Unterlagen auf ihr Bett segelten, fiel ein Foto heraus. Zheng Wenliang.

Sie hatte sich schon umgedreht, aber nach zwei Schritten blieb sie seufzend stehen, ging zurück, hob das Foto auf und steckte es umsichtig in ein Buch.

Im Wohnzimmer war schon alles bereit. Wei Enqi studierte emsig die Akte, auch Haoyang hatte Unterlagen auf dem Schoß, allerdings wanderten seine Augen beständig umher, während er seine Finger knetete.

»Soweit wir informiert sind, haben Sie gestern auf dem Revier eine Aussage gemacht, Frau Yang ...«, begann Wei Enqi, mit klarer, präziser Stimme. Sie wusste, wie man einen Satz modulierte, wann man Pausen machte, zusammenfasste, besondere Hinweise einbaute. Aber Yang Ning fiel es schwer, sich zu konzentrieren, sie driftete immer wieder ab und nahm nur Satzfetzen war, wie Inseln in einem Meer von Geräuschen. Dazu gehörte die Erwähnung der Aussage von Frau Liu, der Lehrerin, die steif und fest behauptete, dass Yang Ning ihren Sohn Chen Shaocheng vom Dach gestoßen habe. Auch ihre Kollegen hatten aussagen müssen, einschließlich des Chefs, von dem sie seit einer Ewigkeit nichts gehört hatte. Die Polizei hatte in Chen Shaochengs Arbeitszimmer mit

Zhan Jiajias Namen versehene Zeichenutensilien gefunden, außerdem Zeichnungen von Zheng Wenliang und weitere Gegenstände, die nicht von ihm selbst stammten.

»Die betroffenen Familienangehörigen haben bereits diverse Klagen ...«

Yang Ning sah sie an. Diese Frau war so ziemlich das genaue Gegenteil von ihr; ein natürliches Selbstbewusstsein, das vom Aufwachsen in einer guten Familie, angeborenem Talent und sicher auch von ihrem Aussehen herrührte. Ein unangestrengtes Lächeln, harmonische Bewegungen, sie war so normal, so ungewöhnlich gewöhnlich, makellos, ohne Risse. Ein auf Hochglanz poliertes Ei.

Wie gerne hätte Yang Ning gewusst, wie sie roch. Welches Parfüm sie wohl trug?

Ob sie weinte, wenn sie mit Haoyang schlief? Ob sie Freudentränen in den Augen hatte, wenn ein strahlender Sonnentag anbrach? Ob sie das Gefühl kannte, einfach nicht mehr weitermachen zu können? Schlafen solche Menschen schnell ein, ohne Angst vor Albträumen, ohne Angst vor dem Aufstehen am nächsten Tag? Hatten sie mehr Angst vor der Nacht oder vor dem Tag?

Wei Enqis Lächeln war ohne Schatten, die Schönheit der aufgehenden Sonne. Croissants, frischgebackene, fluffige Croissants kamen Yang Ning in den Sinn.

»Frau Yang?« Ihr Gegenüber sah ihr an, dass sie abgelenkt war. »Haben Sie verstanden, was ich eben gesagt habe, ich kann es gern noch einmal ...«

»Ich denke, es ist Zeit für eine kurze Pause«, fiel Haoyang seiner Kollegin ins Wort.

Yang Ning hörte auf zu starren, erhob sich schnell und ging in die Küche. Warum, wusste sie nicht, sie wollte nur weg, durchatmen.

Verwirrt sah Wei Enqi zu Haoyang, der ihr schnell etwas ins Ohr flüsterte und dann Yang Ning nachging. »Komm, wir gehen kurz hinaus eine Zigarette rauchen«, sagte er und zog sie in Richtung Balkon.

Als sie draußen waren, schüttelte Yang Ning seinen Arm ab. »Was soll das? Eine rauchen?«

»Hör auf, dich so zu benehmen«, flüsterte er.

»Wie?«

Er wusste nicht, wie er es ausdrücken sollte. Sein Blick wanderte zwischen Yang Ning und dem Wohnzimmer hin und her. »Es war nicht meine Absicht …«

»Ich gratuliere. Wirklich hübsch. Intelligent, sieht nett aus. Die perfekte Schwiegertochter … nur ihre Haare könnten ein bisschen länger sein, damit sie deiner Mutter noch besser gefällt, meinst du nicht?«

»Bitte, hör auf damit …«

»Sie ist nicht doof. Früher oder später kommt sie sowieso drauf, vor allem, wenn du dich weiter so benimmst. Ich kann keine Anwältin gebrauchen, die eifersüchtig auf mich ist.« Sie wollte wieder hineingehen.

»Warte …« Er verstellte ihr den Weg. »Ich möchte mit dir reden.«

»Gut.« Sie verschränkte die Hände vor der Brust. »Schieß los.«

»Ich will das nicht mehr, Ning, ich ertrage es einfach nicht, dich so zu sehen.«

»Ach, und was gedenkst du, dagegen zu unternehmen?«

»Ich sag es ihr und regle das mit meinem Chef.«

»Nicht nötig, danke.«

»Du …« Er sah traurig aus, verloren. Mehrmals öffnete er den Mund, fand aber die richtigen Worte nicht und gab auf. »Schon gut.« Er wandte sich um, aber jetzt stoppte Yang Ning seine Hand, als er die Balkontür aufschieben wollte, und zog ihn herum. »Was soll das heißen, schon gut?«

»Hör auf, so zu tun, als wäre alles in Ordnung, Ning. Nichts ist in Ordnung. Sieh dich doch an.« Er hatte instinktiv die Stimme erhoben. Es war ihm egal, ob Enqi ihn hörte oder nicht, er wollte so gern durch den undurchdringlichen Schutzpanzer sehen, den die Frau vor ihm sich zugelegt hatte, er ertrug es nicht. Er hatte sich und ihr versprochen, sie glücklich zu machen. Es gelang ihm nicht. »Ich verstehe, dass du …«

»Was verstehst du?« Sie betonte jede Silbe, jedes Wort ein Stich. »Wie oft habe ich dir gesagt, dass ich dein Mitleid nicht brauche, Xu Haoyang?«

»Es geht nicht um Mitleid. Ich will dir helfen, so wie viele andere dir helfen wollen …«

»Egal wie du es nennst, Mitleid oder Sorge, es ist dasselbe. Mein Leben ist abgefuckt, aber das ist nicht deine Sache. Warum willst du mich mit Gewalt zu einem Teil deines glamourösen Lebens machen? Ich brauche deine Hilfe nicht.« Sie redete sich immer mehr in Rage. »Hör auf, den Märchenprinzen zu spielen, denn ich bin nicht dein verdammtes Aschenputtel, ich brauche keinen Retter.«

»Ich will dich nicht retten«, sagte er. Ihre Feindseligkeit war verletzend. Trotz der aufkeimenden Wut versuchte er es noch einmal beschwichtigend. »Aber es ist nicht nötig, die ganze Welt aus deinem Leben zu verbannen. Alle deine Freunde wissen, wie schlecht es dir geht, sie wollen dir nur helfen.«

»Ich. Will. Keine. Hilfe!«, brüllte sie. All die Wut, der Frust, die Trauer ließen sich nicht mehr im Zaum halten, und Yang Ning explodierte. »Ich scheiß auf dein Mitleid, dein Helfersyndrom, ich will nicht nach vorn blicken, einen Ausweg finden. Warum kann ich verdammt noch mal nicht bleiben, wo ich bin? Warum darf es nicht sein, dass ich mein Leben lang nicht darüber hinwegkomme?« Alles sprudelte aus ihr heraus. »Du hast dir nie überlegt, was ich wirklich will. Ich will nicht, dass es mir besser geht. Alle zerren an mir, wollen, dass ich glücklich bin. Was heißt glücklich? Warum muss ich unbedingt glücklich sein? Wie könnte ich, jemand wie ich? ›Du musst loslassen.‹ Ich kann nicht loslassen. Mein Leben ist ein Haufen Scheiße, ich halte es vor Schmerz nicht aus. Jeden Morgen beim Aufwachen habe ich das Gefühl zu ersticken. Mein kleiner Bruder ist tot, und ich kann nicht weinen, keine einzige Träne. Aber das bin ich, verstehst du? Ich brauche dieses Leid, ich will es nicht loswerden.«

»Und was ist mit mir?«, fragte Haoyang. »Was ist mit meinem Leid, Ning?«

Die Luft wurde dünn, ein plötzlich entstehendes Vakuum. Der Mensch nimmt nur die Liebe an, derer er sich wert fühlt. So war es doch, oder? *Wie tragisch*, dachte sie, man beginnt eine neue Beziehung, um das Loch zu stopfen, das die letzte hinterlassen hat, versucht, den anderen von seinen eigenen psychischen Wunden zu heilen, eine Modellstadt auf Ruinen zu errichten, sieht über das brüchige Fundament und die rissigen Mauern hinweg und sagt sich, dass alles gut wird. Wunden und Narben, Liebe und Verlust, alles nur eine Verlängerung des eigenen Ichs. Wie konnte ich so enden?

»Du hast dich immer vernachlässigt gefühlt, aber so ging es mir auch«, sagte Haoyang resigniert. Beim Blick in seine Augen bemerkte sie den Schatten, seine bloßliegende Verletzlichkeit. »Du hattest die Wahl und hast dich dafür entschieden, mich fallen zu lassen.«

Es schnürte ihr die Kehle zu. »Mir blieb nichts anderes übrig«, sagte sie nach einer längeren Pause.

»Ich komme mir vor wie ein Idiot. In unserer Wohnung zu bleiben. Auch ich habe den Menschen verloren, der mir am meisten bedeutet hat, und sie ist nie zurückgekommen.«

»Ich musste gehen.« Mehr fiel ihr nicht zu sagen ein. »Jedes Mal, wenn du sagst, dass du mir helfen willst, machst du es umso schwerer für mich. Dir gefällt nicht, wie ich jetzt bin, aber ich kann nicht mehr so werden, wie du mich willst. Kannst du mich nicht so akzeptieren, wie ich bin?«

Kannst du das? Darauf beruhen all dein Unverständnis und dein Schmerz. Meine armselige Erscheinung, mein Minderwertigkeitsgefühl, das bin ich, ein unvollkommener Mensch. »Er kommt nicht zurück, sagen die Leute ständig zu mir. Ich weiß. Und genauso ist es mit mir.«

Yang Ning schob die Balkontür auf und rannte ins Schlafzimmer, ohne Wei Enqi anzusehen, und schloss hinter sich ab. Sie hörte die beiden im Wohnzimmer reden, aber nicht, was gesagt wurde. Vielleicht hatte Enqi alles gehört, vielleicht ließ er sich eine Erklärung einfallen, vielleicht nicht.

Sie presste ihren Hinterkopf gegen die Tür. Niemand sah, wie unendlich traurig sie war. Und das war gut so.

18

Manchmal wollte ich ausgehen, aber ich fand meinen
Schlüssel nicht. Ich schlug die Kühlschranktür zu, aber sie
ging wieder auf. Ein Schraubdeckel saß so fest, dass ich ihn
nicht aufbekam. Solche Dinge genügten, um mich völlig
fertig zu machen. Es war keine gewöhnliche Traurigkeit. Ich
heulte, weil wegen solcher Nichtigkeiten meine ganze Welt
zusammenbrach.

Hatte der Schmerz ein bestimmtes Maß erreicht, hielt ich
es nicht mehr aus, packte eine kleine Tasche, genug zum
Anziehen und ausreichend Geld für fünf Tage, und zog los,
um jedem von ihnen meinen Respekt zu erweisen, legte nur
die Hände vor ihren Gräbern zusammen. Zu sagen gab es
nichts. Wenn ich fertig war, überlegte ich, wohin als Nächstes.
»Im Meer liegt die Freiheit.« Plötzlich erinnerte ich mich
daran, was ein muskulöser, stämmiger Kommilitone einmal
an einem Imbissstand zu mir gesagt hatte. »Wenn du nicht
weißt, wohin, dann fahr ans Meer.«

Also gut, dann ans Meer. Ich wollte ein Meer finden, das
mich aufnehmen konnte, stieg in den Zug, erst nach
Toucheng, das war aber zu touristisch. Ruifang war mir zu
trübselig, also suchte ich weiter, suchte und suchte, fand aber
kein Meer, in dem ich begraben sein wollte. Ich studierte die
Landkarte und kam nach Xinpu.

Das schien mir passend. Der Geruch des Bahnhofs, der
schlecht gesäuberte Bahnsteig, das modrige Holz, die
Muscheln am Strand, die salzige Meeresbrise. Nicht schlecht,
dann also hier. Ich war mir nicht sicher, ob ich die Schuhe
anbehalten oder ausziehen sollte, den Rucksack aufbehalten
oder ablegen sollte. Um wie viele Dinge man sich doch

kümmern musste, bevor man sich umbrachte. Ich wollte den
magischen Moment erwischen, wenn die Sonne untergeht,
inmitten unverfälschter Schönheit ins Meer laufen, der
poetischen Sentimentalität des Augenblicks. Eine gute Art,
sich davonzumachen.

So saß ich am Strand und zog die Schuhe aus, schüttelte
den Sand heraus und stellte sie ordentlich nebeneinander.
Dann sah ich mich um, denn ich wollte keine Panik auslösen.
Und da sah ich ihn, den Jungen in Schuluniform, der etwas
abseits in östlicher Richtung saß, den Kopf zwischen den
Beinen vergraben, und weinte.

Er weinte leise, aber herzzerreißend.

Ich hatte diese Art des Weinens schon oft gehört. Schiere
Verzweiflung sprach daraus.

Du weißt, in welcher Verfassung du bist, Chen Shaocheng,
lass es bleiben, ermahnte ich mich selbst, sieh nicht hin.
Mach schon und bring es hinter dich. Aber am Ende stand
ich auf und ging ein ganzes Stück bis zum nächsten Shop
und kaufte eine Dose Kombucha.

»He. Da, trink was.« Ich stupste den Jungen mit der Dose
Tee an der Schulter an. Er hob den Kopf, sein Gesicht war
tränen- und rotzverschmiert. »Trink.« Verwirrt nahm der
Junge das Getränk an. Ich setzte mich neben ihn und klopfte
mir den Sand von den Händen.

»Danke«, sagte er heiser, wobei er versehentlich etwas Rotz
schluckte. Da war noch reichlich übrig, und ich gab ihm ein
Päckchen Taschentücher. »Danke«, sagte er noch einmal.
Der Junge hörte auf zu weinen und trocknete sich das
Gesicht.

Wir saßen eine ganze Weile nebeneinander, keiner von uns
sagte ein Wort. Bald senkte sich ein Rosenrot auf das Gesicht
des Jungen, und als die Sonne alle Farben ihres Spektrums

auf ihn zeichnete, hatte er sich allmählich beruhigt, sein
Atem ging wieder gleichmäßig. Er hieß Yang Han.
Nicht, dass ich ihn nach seinem Namen gefragt hätte. Er
putzte sich die Nase und erzählte mir unaufgefordert seine
Geschichte, erzählte von sich, seiner Schwester, seiner Mutter,
lang und ausgiebig, als wäre es eine alte Legende. Die
Meeresbrise wurde zunehmend kühler, aber wir beachteten
es nicht. Irgendwann war es mitten in der Nacht, die Sterne
leuchteten, die Wellen schlugen leise gegen den Strand, und
in der Ferne blinkten die Lichter der Fischerboote.
Wie soll ich meine damaligen Gefühle beschreiben? Eine
Mischung aus Neugier, Staunen und Verwirrung wallte in
mir auf und spülte meine Apathie und meine Schwermut
fort. Seine Liebe war so groß, das Lächeln auf seinem
Gesicht, wenn er über seine Schwester sprach, wie er mit
seinen Zehen im feuchten Sand spielte. Die Narben an
seinen Handgelenken. Mir wurde klar, dass ich mir nichts
sehnlicher wünschte, als zu bleiben.
He, danke, sagte er schließlich, ich muss gehen, den letzten
Zug erwischen. Wir verabschiedeten uns am Bahnhof.
Er kaufte eine Fahrkarte nach Zhunan. Als ich dem
abfahrenden Zug nachstarrte, hielt ich das Stück Alublech in
der Hand, auf das er seine Telefonnummer gekritzelt hatte.

Ich rief ihn an und holte ihn diskret von der Paukschule ab.
Er hatte feine Sommersprossen auf der Nase, seine Schritte
waren kurz, sogar, wenn er rannte, und wenn er redete,
lachte er zwischendurch unwillkürlich, wie jemand, der mit
sich und der Welt zufrieden ist, als hätte man ihm einen
Smiley ins Gesicht gestanzt. Wenn er nachdenklich wurde,
kaute er auf den Lippen, eine Art, seelischen Schmerz durch
physischen Scherz zu relativieren. Seine Art zu zeichnen war

sehr schlicht, Farbe dagegen trug er wild und hemmungslos auf.

Er trug die zerstörerische Kraft des Meeres in sich. Ein Wort von ihm, und ich wäre auf der Stelle für ihn gestorben.

Er sickerte in meine Blutbahnen, oszillierte durch meine Zellmembrane wie ein Geruch. Als er zum ersten Mal seine Hand in meine legte, war es um mich geschehen.

Mit einem Mal war für mich alles möglich, er war der einzige Mensch, der Einzige, der mir einen Grund gab, nicht von der Erdoberfläche zu verschwinden. Unausweichlich wie die Schwerkraft band er mich fest und sicher an den Erdkern; er war die Verlängerung meiner selbst.

Wie umsichtig, wie aufrichtig und sorgsam ich mit ihm umging! Als gelte es, eine fragile, wundersame Elfe zu beschützen.

Viele, viele Tage später, als die untergehende Sonne sein Gesicht wieder einmal rosig färbte, küsste ich ihn sachte, ganz sachte auf die Narben am Handgelenk. Als ich mich über ihn beugte, verschwanden die Narben in meinem riesigen Schatten.

Als wir uns gegenseitig leckten, als ich dachte, alles wird gut, begriff ich plötzlich, dass Yang Han mich an meinen Bruder erinnerte.

Und Yang Ning erinnerte mich an mich selbst.

19

»Er hat dich so geliebt.«

Ständig hallte dieser Satz in Yang Nings Gedächtnis wider, verfolgte sie wie ein Phantom. Sie drehte die Lautstärke des Fernsehers hoch, um das Raunen in ihrem Schädel zu bezwingen. Und doch suchte Chen Shaocheng sie wieder und wieder in ihren Träumen heim, sie sah ihn weinen, und dann wieder sah sie sich selbst mit seinen Augen, ihr schluchzendes, verstörtes, vor Kummer erstickendes Selbst.

Sie hatte Yang Hans Mörder aufgespürt, und jetzt war er tot. Ein Grund zur Freude, zur Genugtuung, wie es Haoyang formuliert hatte, ein Grund, ihr Leben wieder in geordnete Bahnen zu lenken. Aber wo war das Leben, das sie in geordnete Bahnen lenken sollte? *Lächle, Ning,* sagte sie sich, wenn sie morgens aufstand und in den Spiegel schaute. *Na los, lächle. Er hat Han getötet, du hast ihn gefunden, er ist auch tot. Yang Han würde sich freuen, ganz bestimmt.*

»Ich wünschte, Sie könnten mich sehen.«

Yang Ning befasste sich nicht näher mit Chen Shaochengs Motiven. Sie konnte es nicht. Das unablässige halluzinatorische Raunen und die drückenden Albträume ihrer Nächte belasteten sie schon genug. Sobald sie den Namen Yang Han hörte, stockte ihr Atem, die Luft wurde dünn, sie verspürte akuten Sauerstoffmangel. Es war das erste Mal, dass sie einfach keine Kraft mehr in sich fand, um weiterzumachen. Sie fühlte sich unbedeutend. Bislang hatten Wut und Trauer sie körperlich und geistig aufrechterhalten, aber beides war verschwunden, sie fühlte sich wie ausgehöhlt. Ausgehöhlt? Nein, das traf es nicht. Sie hatte sich gehäutet, zu einem neuen, brutaleren Wesen.

Sie zwang sich weiter, vor dem Badezimmerspiegel Lachen zu üben, ein großes, breites Lachen. *Lächle!* Und jedes Mal tropften Tränen in das Waschbecken, eine nach der anderen, bis sie alles entschlossen mit dem Handrücken fortwischte. Sie war so müde. Schlafen, aufwachen, aufstehen, wegdriften, duschen, Essen in den Mund stopfen, sich im Wachzustand eine menschliche Form geben.

In Taipeh lebte man dicht an dicht. Vom Balkon aus sah sie die alte Frau gegenüber beim Wäscheaufhängen, hörte, wie nebenan der Pfannenwender gegen den gusseisernen Wok schlug, irgendwo weinte ein Säugling, irgendwo brummte und wackelte die Waschmaschine im Schleudergang. Der Mörder war tot, aber Yang Ning war immer noch wütend, so wütend, dass sie schon nicht mehr sagen konnte, ob Wut das richtige Wort für ihr Gefühl war.

»Wie sehr Sie ihm ähneln.«

Das Fenster über ihr stand wie gewöhnlich einen Spalt weit offen. Yang Ning lag auf dem Bett, das einfallende Sonnenlicht spielte mit dem sanft wehenden Vorhang, dessen Schatten unregelmäßige Zickzacklinien auf ihr Gesicht warf. Unwillkürlich kniff sie die Augen zu und hielt die Hand gegen das Licht, spürte einen Zollbreit Wärme auf der Haut. Ob das Licht von der auf- oder von der untergehenden Sonne stammte, konnte sie nicht sagen. Zeit war für sie nur noch ein vages Konzept. Sie aß, wenn sie hungrig war, und schlief, wenn sie müde war. Manchmal klingelte das Telefon; ansonsten empfand sie ihr Zuhause als zu still, selbst wenn ununterbrochen der Fernseher lief.

»Sie wissen, wie weit man aus Liebe zu gehen bereit ist.«

Mit keinem Wort hatte er sich zu Yang Hans Tod geäußert. Sein Schmerz war real gewesen, das hatte sie ihm angesehen. Warum also, warum?

Sein Gesichtsausdruck kurz vor dem Sturz hatte sich in ihr Gedächtnis eingebrannt. Zunächst war er ihr unergründlich erschienen, später wurde ihr schrecklich bewusst, was darin gelegen hatte: Erlösung, Befreiung, Erleichterung.

Das Blut schoss ihr in den Kopf, sie konnte keinen klaren Gedanken fassen. Erlösung wovon? Warum? Erlösung von der Schuld, die er gegenüber dem toten Yang Han fühlte? Nein, das allein war es nicht. Reue war nicht der einzige Grund dafür gewesen, dass er von Yang Ning gefunden werden wollte. Fieberhaft durchkämmte sie sämtliche Bilder jenes Tages, rief sich jedes kleine Detail ins Gedächtnis, die Kieselsteine auf dem Dach, Chen Shaochengs Mimik, sein langsames Rückwärtsgehen, jedes seiner Worte.

Er hatte ihre Schritte gezielt zu diesem Atelier geleitet; warum gerade dorthin? Und warum wollte er Yang Ning ausgerechnet an diesem Ort zur Zeugin seines Todes machen? Er hatte sie benutzt, für die vollendete Inszenierung seines Todes. Er wolle nicht mehr fliehen, hatte er gesagt, dann hatte er das Meer erwähnt, die kleine Hütte. Spielfilme. Mutter. Liebe. Seine Worte tobten durch ihren Kopf, wo sie aufeinanderprallten, sich spalteten, versehentlich auflösten. Irgendwann nahm aus alldem eine so vage wie alarmierende Theorie Gestalt an.

Abrupt setzte sie sich auf. Die Decke rutschte auf die Hüften herab. Ihre Mundwinkel zuckten ungläubig. Es war ihm darum gegangen, den Menschen zu schützen, der die eigentliche Hauptrolle in dieser Tragödie spielte. Chen Shaocheng. Liebe. Die Sonne huschte über ihr gequältes Gesicht. Licht und Schatten.

Sein trauriger, um Vergebung flehender Blick enthielt nur die eine Seite seiner verzweifelten Entschlossenheit zu sterben. Viel wichtiger war sein Wunsch, mit seinem Tod einen geliebten Menschen zu schützen. Yang Ning legte eine Hand auf die Brust, um ihr rasendes Herz zu beruhigen.

»*Hilf mir.*« Seine Lippen hatten die Worte nur geformt.

Verflucht. Ein Norman Bates, der den widerstreitenden Gefühlen für seine Mutter nicht entkommt, weil er ihre Persönlichkeitsstörung geerbt hat; er zieht sich ihre Kleider an, redet wie sie und sein Denken folgt ihrer Logik. Aber in Chen Shaochengs Fall lebte die Mutter noch. Er bewahrte nicht etwa ihr Vermächtnis, sondern führte ihre Befehle aus. Das bösartige Raunen stammte von einer Lebenden.

Die Mutter. Er hatte es für sie getan.

Madame Rochas war nicht nur ein Köder gewesen, es war ein Hilfeschrei und ein Geständnis.

Sie betrachtete die beiden Walanhänger an ihrem Schlüsselbund. Bevor die Polizei eintraf, hatte sie den Schlüssel mit dem Anhänger, den Chen Shaocheng auf den Boden gelegt hatte, rasch an ihren eigenen Schlüsselbund gehängt. Selbst wenn man sie vollständig durchsucht und den Schlüsselbund aus Sicherheitsgründen konfisziert hätte, hätte sie ihn später komplett zurückerhalten. »Ich habe dort etwas für Sie hinterlassen. Bald werden Sie vieles besser verstehen.«

Yang Ning besah sich nachdenklich die schmutzigen, ausgefransten Schwanzflossen und wusste, was zu tun war. Den Schlüsselbund in der Hand stand sie auf und machte einen Anruf. Xiaozhi ging sofort dran.

»Ich brauche deine Hilfe«, sagte sie.

Natürlich wehrte er zuerst ab, als sie ihm den Plan erläuterte, aber sie wusste, dass sie am Ende auf ihn zählen konnte.

Dann nahm sie den Zug nach Miaoli.

20

Wir hatten niemanden außer uns beiden.
Ich habe es nie ausgesprochen, all die Jahre über, denn
ich war mir sicher, dass wir es beide wussten, es war ein
unerschütterlicher Konsens zwischen uns. Von Geburt an
bildeten wir eine Einheit, und ich dachte, da wir nun einmal
überlebt hatten und so entschlossen weiterlebten, verstanden
wir es.
Aber du hast es nicht verstanden. Als du gesprungen bist,
habe ich gedacht: Du hast nichts begriffen.

Ich vermisse dich, Bruder, ich vermisse und ich hasse dich.
Wenn du sehen könntest, was du aus Mutter gemacht hast.
Zwischen Schmerz und Erlösung hin- und hergerissen, sitzt
sie in ihrem Rollstuhl und zwingt mich, sie ins Atelier zu
bringen, um mit ihnen zu plaudern, Tee zu trinken, sie zu
unterrichten. Wenn Mutter sie dann näher kennengelernt
und liebgewonnen hat, verlangt sie von mir, sie loszuwerden,
einen nach dem anderen, es ist ein Teufelskreis …
Wer so sehr leidet, sollte nicht weiterleben, sagt sie. Habe
ich diesen Satz jemals wirklich geglaubt? Aber, wie du
einmal gesagt hast: Von Kindheit an haben wir uns ihr nicht
widersetzen können, wir haben immer alles getan, um ihr zu
gefallen. Wie konnte es nur so weit kommen?
Sie hat dich nie vergessen können. Wahnsinnig vor Schmerz
verlangt sie, dass sie sterben müssen; alles nur, weil sie dich
so sehr vermisst.

Ich habe einen Jungen kennengelernt, Bruder.

… die Touristen am Strand haben uns angesehen, als hätten
wir sie nicht alle, weil wir so laut lachten und schrien,
nachdem wir ins Meer gesprungen waren, das viel kälter
war als gedacht. Für mich war es das erste Mal, dass ich im
Meer geschwommen bin, der Geruch im Wasser war ganz
anders als am Strand. Wie gut das riecht, sagte ich zu ihm
und erklärte ihm die unterschiedlichen Gerüche des Ozeans.
Für mich riecht er nach Lilien. Er hat erzählt, dass seine
Schwester auch eine sehr gute Nase habe, ihre sei bestimmt
empfindlicher als meine. Das hat mich neugierig gemacht,
ich wollte mehr über sie erfahren. Immer, wenn er von ihr
redet, strahlt er, auf eine schlicht hinreißende Art.

… Zuerst war ich mir nicht sicher, aber dann habe ich es
ihm doch geschenkt. Frohe Weihnachten, sagte ich. Er war
überrascht, lächelte in einem fort und versicherte mir, wie gut
es ihm gefalle.

Ich weiß nicht, warum ich so bin. Ständig ermahne ich
mich zu mehr Gelassenheit und werde stattdessen immer
angespannter. Es ist eine tiefsitzende Furcht, die dazu führt,
dass ich traurig werde, sobald ich mich glücklich fühle. Wird
es ihn vergraulen, wenn er merkt, wie ich wirklich bin?

Es war mein Fehler. Warum in aller Welt habe ich ihm die
Adresse des Ateliers gegeben? Gleich am ersten Tag hat er
Mutter getroffen … Ihr Gesichtsausdruck, als sie ihn sah …
Nein, bitte nicht, dachte ich, das darf nicht sein … ich muss
mir etwas einfallen lassen.

Ich habe sie angefleht. Zum ersten Mal bin ich auf die Knie
gegangen, habe geweint und gebettelt. Sie würdigte mich

keines Blicks. Ich musste mich übergeben, war entschlossen, aufzustehen und mich ihr entgegenzustellen, ich winselte und bat, aber es war zwecklos. Warum nur? Warum brachte ich es nicht fertig, mich ihr zu widersetzen? Weshalb war es meine Pflicht, sie glücklich zu machen und ihre Wünsche zu erfüllen? Wie konnte meine Rolle als Mustersöhnchen mir wichtiger sein als alles andere? Warum, warum, warum …?

Habe ich ihn nicht ausreichend geliebt, oder war die Liebe zu Mutter stärker als alles andere? Als alles, der einzige verbliebene Grund meines Daseins eingeschlossen? Oder hatte ich mich von vorn bis hinten getäuscht, was den Grund meines Daseins betraf?
Beim Abfüllen habe ich das Fläschchen zweimal umgeworfen, beim zweiten Mal ging es zu Bruch. Welcher Mensch würde für seine Mutter einen geliebten Menschen töten, sag es mir, Bruder?

Er hat geweint.
Es ist vorbei.
Mama, ich bin ein Monster.
So wie du.

21

Sie hatte nie Mutter werden wollen.

Gleich als frischgebackene Absolventin der Kunstakademie hatte sie das große Glück, als Assistentin der Direktion einer Taipeher Galerie eingestellt zu werden. Das Einstiegsgehalt war bescheiden, aber das Arbeitsumfeld sagte ihr zu. Ihr Vorgesetzter sah unglaublich gut aus, und die Gespräche unter den Kollegen drehten sich ausschließlich um bekannte Namen der Kunstszene. Fasziniert von der Idee, dazuzugehören, hing sie gerne auf After-Work-Partys herum. Sie genoss das Klacken hoher Absätze auf Marmorfliesen in den Gängen, die Musik einer verheißungsvollen Zukunft. Für sie schien dieser Job das geeignete Sprungbrett, um ihr Talent unter Beweis zu stellen.

Die Wirklichkeit sah anders aus. Kunst war ein Produkt, ein Accessoire; es ging nie um die Kunst, so wenig, wie es auf teuren Privatschulen um die Schüler geht. In den Gassen hinter der Galerie wurden viele Flaschen geleert, viel geraucht und hin und wieder eine Line durchgezogen. Die auf der Bühne redeten von Ideen, an die sie selbst nicht glaubten, und die vor der Bühne hoben die Gläser, um auf zweifelhafte Erfolge anzustoßen. Neulinge wie sie standen am untersten Ende der Nahrungskette, durften ihre Zeit vollständig der Firma opfern, während ein Großteil ihres Einkommens für Alkohol und den Arzt draufging. Sie knutschte mit Kollegen in der Gasse, verzog sich auf die Toilette, um Frust und Scham hinunterzuschlucken, das morgens aufgetragene Parfüm vom Eau de Cologne eines Typen verwässert. Ihren Roller hatte sie immer etwas abseits geparkt, damit niemand merkte, wie billig sie sich fortbewegte. Dann zog sie ein paar alte Latschen aus dem Kofferfach, die nicht an ihren wunden Füßen rieben, streifte sich die Regensachen über und fuhr zurück zu ihrem armseligen Wohnblock unter der Brücke, draußen im Vorort, die Hoffnung auf eine glorreiche Zukunft längst passé.

Immerzu regnete es in dieser Stadt. Verschmiertes Make-up, fettige Haare unterm Helm. Nach zwei Jahren war sie der vielen Kurzzeitromanzen überdrüssig. An einem jener Tage, an denen der Wolkenschleier sich nie lichtete, hatte sie endgültig genug. Schluss mit dem Zögern. Unverzüglich reichte sie die Kündigung ein, startete ihren Roller und fuhr davon.

In ihrer Euphorie über den Befreiungsschlag brauste sie los, gönnte sich eine Tour entlang der Nordküste, bis sie klatschnass war. Die ewiggraue nördliche Großstadt zeichnete sich im Regen außergewöhnlich deutlich ab. Die Sicht war gut, als sie sich der Stadt wieder näherte, nur ihr Benzin war fast alle. Sie hielt weiter auf ihren Bezirk zu, aber irgendwann ging stotternd der Motor aus. Nirgends eine Tankstelle. Ein Stück weiter vorn sah sie die Leuchtreklame einer Werkstatt.

»Hallo? Ist hier jemand?«, rief sie in den Laden hinein, vor sich eine lange Reihe von Motorrädern.

»Hi«, rief jemand von drinnen zurück. »Ich komme gleich.«

Mit einem schüchternen Lächeln auf dem Gesicht kam er unter der Hebebühne für Motorräder hervor. »Hallo.«

Sie war fünfundzwanzig, und er war siebenundzwanzig. Sein »Hallo« brannte sich in ihr Herz ein. Sie wohne nicht weit weg, sagte sie, dort hinten bei der Brücke. Er holte einen Kanister und füllte ihr genug Benzin für die nächsten Kilometer in den Tank. Sie bedankte sich, die beiden wechselten noch ein paar Worte. Ein Funke war übergesprungen. Am darauffolgenden Tag kehrte sie mit einer Kuchenschachtel zurück, sagte, sie wolle sich noch einmal bei ihm bedanken und ob er vielleicht gerade Zeit für die Inspektion ihres Rollers habe.

»Sicher, aber das dauert ein bisschen. Gehen Sie ruhig so lange spazieren oder etwas essen.«

»Nicht nötig«, sagte sie und hielt die Kuchenschachtel hoch. »Ich warte gern.«

Er machte umstandslos eine Ecke für sie frei, wischte einen kleinen Tisch sauber und zog einen eisernen Hocker heran, wusch sich die Hände und schnitt geschickt den Kuchen auf.

Die kleine Werkstatt entsprach nicht dem Klischee einer düsteren, nach Motoröl stinkenden Klitsche. Sie war verhältnismäßig sauber, aufgeräumt und hell; an den Wänden hingen sogar ein paar deplaziert wirkende Ölbilder, gleich neben dem Regal mit den Helmen. Sie schlug die Beine übereinander, kokettierte mit ihren hochhackigen Schuhen, leckte beim Essen die kleine Plastikgabel ab und sah ihm plaudernd bei der Arbeit zu. Ein Mechaniker, der gerne malte. Relativ groß und schlaksig, feine Gesichtszüge, dichte Augenbrauen und ungewöhnlich große Hände im Verhältnis zum Rest seines Körpers. Ein stiller Typ, mit sanfter Stimme und flinken Fingern. Seine Gesten und Bewegungen fügten sich zu einem eleganten und harmonischen Tanz von Mann und Maschine, er schien jedes Ersatzteil zu streicheln.

Seine Selbstgenügsamkeit und sein Selbstbewusstsein zogen sie an.

Nie hätte sie erwartet, an einem solchen Ort, inmitten von Motorensurren und beißendem Motorölgeruch eine nie gekannte Ruhe und Zufriedenheit zu finden. Wahrscheinlich war es die Mischung aus seiner pragmatischen Art und einem Sinn für Romantik, in die sie sich verliebte. Einer, dem sie ihr unbedarftes Ich anvertrauen konnte.

Anstelle eines Verlobungsrings schenkte er ihr eine Schraubenmutter, auf deren Innenseite er ihren englischen Künstlernamen Gaia eingraviert hatte. Ihre Liebe war keine leidenschaftliche Arie, eher ein zärtliches Liebeslied.

Unter der Anleitung dieses versierten Mechanikers lernte sie, Motorräder zu reparieren. Die Kunden bemerkten die Veränderungen in der Werkstatt. Wie die Farben der Bilder an den Wänden lebendiger wurden; wie der ehedem so introvertierte junge Meister in der Gegenwart dieser jungen Frau laut lachte, ihr fürsorglich das ölverschmierte Gesicht sauberwischte; wie die Frau mit der Ponyfrisur in ihren hohen Schuhen flink und geschickt mit dem Schraubschlüssel hantierte. Sie sahen auch, wie die beiden nach einem Streit schmollten, aber sich bald schon wieder grinsend verstohlene Blicke zuwarfen.

Als sie drei Jahre später heirateten, war aus ihr eine versierte Mechanikerin geworden, die kleine Werkstatt hallte von Motorgeheul und dem lauten Lachen der beiden wider; sie schraubten, malten und sparten emsig, um sich irgendwann den Traum von einem eigenen Atelier zu erfüllen. Bald wollten sie gemeinsam auf Reisen gehen und die leckersten Kuchen der ganzen Welt probieren. Sie hatten viele Pläne. Der wichtigste war, für immer zusammenzubleiben. Wahrscheinlich war es die glücklichste Zeit ihres Lebens.

Als sie dann Zwillinge erwartete, wurde ihr Appetit noch ungezügelter als zuvor. Er zog sie gern damit auf und meinte, nicht die Zwillinge ließen sie so anschwellen, sondern ihr Heißhunger. Besonders Lammfleisch hatte es ihr angetan. Früher war ihr allein vom strengen Schafsgeruch schlecht geworden, aber die beiden Lebewesen, die in ihr heranwuchsen, hatten diese Abneigung wie durch Zauberhand in eine Vorliebe verwandelt.

Eines Nachts, es war schon weit nach Mitternacht, wurde sie so hungrig, dass sie nicht schlafen konnte. Also bestiegen die beiden aus einer Laune heraus das Motorrad, versuchten ihr Glück auf dem Nachtmarkt und fanden tatsächlich einen Stand, der ihnen kurz vor dem Zusammenpacken den letzten Rest Lammeintopf verkaufte. Mit der dampfend heißen Portion in einer Plastiktüte gingen sie zurück zum Motorrad.

Sie stupste ihn schelmisch mit der Nase an. »Jetzt sag bloß nicht, dass wir das dir zu verdanken haben, das haben wir den beiden Schätzchen hier zu verdanken.« Zärtlich streichelte sie über ihren prallen Bauch. Es war nicht mehr weit bis zum Geburtstermin.

Grinsend zurrte er ihren Helm fest. Er wollte gerade vorne aufsitzen, als die außer Kontrolle geratene Limousine frontal in sie hineinfuhr.

Scheinwerferlichter, Hupen, quietschende Bremsen, spitze Schreie, Aufprall, Tumult, Notarztsirenen, blaurotes Lichterflackern. Überall auf der Straße Lammeintopf.

Der Fahrer hatte ein Festessen bei Freunden hinter sich, Ingwerente und reichlich Taiwan-Bier; genug, um auf dem Nachhauseweg das Gaspedal mit dem Bremspedal zu verwechseln. Entsetzt kroch der junge Mann Anfang zwanzig, der nicht mehr als ein paar Schrammen abbekommen hatte, aus dem Auto und stammelte sich durch seine Aussage bei den Streifenpolizisten. Zwei Tage lag der Mechaniker auf der Intensivstation, während die Ärzte vergeblich versuchten, ihn zu retten. Sie selbst lag für eine Weile im Koma. Sie überlebte, war aber fortan von der Hüfte abwärts gelähmt. Inmitten der Tragödie kamen die beiden gesunden Zwillingsbrüder zur Welt und übertönten mit ihren Schreien alle Trauerklagen.

Hass und Liebe hielten sie am Leben. Die Brüder trugen den Nachnamen des Vaters, und ihre Vornamen standen für Freude und Ehrlichkeit: Chen Shaokai und Chen Shaocheng.

22

Eine Trauerzeit konnte sie sich nicht erlauben, denn die beiden weinenden Säuglinge verlangten ihre volle Aufmerksamkeit.

Milchfluss anregen, die Brust geben, Babys richtig halten, sie baden, wickeln, nachts alle vier Stunden aufstehen. Sie hatte so viel zu lernen, dabei wusste sie selbst noch nicht richtig mit dem Rollstuhl umzugehen, ihre Blase zur rechten Zeit zu entleeren, den Katheter zu benutzen. Sie befasste sich intensiv mit Homer, Gustav Klimt, Roland Barthes und Frida Kahlo, fand aber keine Antwort darauf, wie sie dem Tod und dem neuen Leben begegnen sollte.

Viel früher als erwartet setzte ihre Menstruation wieder ein. Der Anblick der roten Blume, die zwischen ihren Beinen auf dem Laken entstanden war, ihre sich ausdehnenden, einsickernden Blütenblätter, entlockten ihr einen stummen Schrei. Der dickere dunkelrote Klumpen in der Mitte erinnerte sie an einen umhüllten Kern, einen Teil von ihr, den der Körper abgestoßen hatte, nicht anders als die beiden Fleischklumpen, die die Hebamme aus ihr herausgezogen und nach dem Durchtrennen der Nabelschnur ihr übergeben hatte. Erst als sie das blutgetränkte Laken unter sich abtastete, begriff sie, dass man sie aufgeschnitten hatte. Ein langer, tiefer Riss ging durch ihren Unterleib, ein zu ihr gehöriger Abgrund, aus dem das Blut sprudelte.

Ein paar starke und bewegliche Arme waren ihr geblieben und das Geld der Versicherung, mit dem sie ein schlichtes Atelier anmietete. Es genügte, um Kunstunterricht zu geben und als Zuverdienst Maniküre und Pediküre anzubieten. Ihren Kunden wie ihren Schülern begegnete sie mit einem

Lächeln auf den Lippen, stets zum Plaudern aufgelegt. Man mochte sie, aber sie ging selten aus. Scheinwerferlicht machte ihr Angst, die schnell in Panik umschlug. Geblendet stoppte sie dann mitten auf dem Zebrastreifen ihren Rollstuhl, als wäre sie vollständig gelähmt, und hatte das Gefühl, zu ersticken, während Motorräder an ihr vorüberbrausten und Autos laute Hupkonzerte anstimmten.

In solchen Augenblicken rief sie lauthals die Namen ihrer Söhne, ihres Mannes, doch niemand antwortete.

Auf einen Schlag war sie zur Mutter, zur Witwe und zum Krüppel geworden. Sie arbeitete, wandelte auf einem schmalen Grat zwischen Erschöpfung und Obsession. Nur die Trauerarbeit holte sie nie wirklich nach. Den Augen eines ihrer Söhne wohnte der Geist ihres Mannes inne. Sein Geruch, sein Blick, dieselben Grübchen beim Lächeln. Er hatte das Wunder vollbracht, in einen anderen Körper zu schlüpfen und in dieser Form an ihre Seite zurückzukehren.

Und was war mit dem anderen? Der geruchlose, stillere von beiden, der überzählige, der einen leichten Vorwurf im Gesicht trug. So war es. Er klagte sie an, wegen ihrer perversen Vorliebe für den anderen; ein Blick, der sie stets daran erinnerte, dass kein Mensch ersetzbar war, der Verlust endgültig und das Leben irgendwann ihre Hoffnung, die Wirklichkeit mit ihren Erinnerungen zu besiegen, begraben würde.

An einem wenig geschäftigen Montagmorgen, sie hatte gerade das Frühstücksgeschirr abgeräumt und die Einsamkeit drohte, sich auszubreiten, entschied sie, sich ein Fußbad einlaufen zu lassen. Sie goss Kokosmilch ins Wasser, hob mit aller Kraft die Füße hinein und drehte das heiße Wasser und die Massagedüse weit auf. Bald war sie in Dampfschwaden gehüllt. Die Vorrichtung piepte, die orangene Warnleuchte zeigte Überhitzung an. Sie beugte sich vor und betrachtete ihre tauben Füße, deren tote Haut trotz allem rot anlief. Sie fühlte nichts, nichts, nichts.

Erst als die Türglocke schellte, das »Mama, ich bin wieder da!« mit der brüchigen Stimme eines Teenagers erklang und die vertraute Gestalt auftauchte, schwand das Gefühl der Sinnlosigkeit des Lebens, und alles war wieder gut, so wie es sein sollte. Sie hatte alles getan, um eine gute Mutter zu sein, hart gearbeitet, um ihre Söhne auf eine gute Schule zu schicken, damit sie die beste Ausbildung und die besten Zukunftsaussichten hatten.

Als er beschloss, vom Dach des Unigebäudes zu springen, als sie sein Gesicht im Leichenschauhaus der Klinik sah, schien ihr Rollstuhl für immer inmitten hupender Autos auf dem Zebrastreifen stehen geblieben zu sein.

23

Es war stockfinster, der Mond fast gänzlich von Wolken verdeckt. Sosehr sie sich auch bemühte, leise und vorsichtig zu gehen, so laut knirschte in der ungewöhnlichen Stille dieser Nacht jeder ihrer Schritte auf dem Kies des kleinen Pfads. Kein Auto fuhr durch die kleine Straße. Die Holztür war unverschlossen. Yang Ning fürchtete eine Falle. Erst, nachdem sie sich vergewissert hatte, dass die Luft rein war, drückte sie mit der linken Hand möglichst geräuschlos den Türgriff herunter, in der rechten hielt sie einen Elektroschocker. Noch einmal betätigte sie prüfend den Schalter, die rote Warnlampe blinkte, und das furchteinflößende elektrische Surren des Geräts ertönte. Ihr Bedürfnis, sich sicher zu fühlen, war größer als die Angst, der Ton könne sie verraten.

Im Erdgeschoss und im ersten Stock befanden sich die Unterrichtsräume, im zweiten Stock die Wohnung. Yang Ning nutzte die kleine Lampe des Elektroschockers, um sich vorzutasten. Sie wollte gerade die Treppe nach oben nehmen, als das Licht anging. Frau Lius fragender Blick wich im Nu großer Wut. »Sie!« Ihre Hände ruhten an den Rädern des Rollstuhls. »Was zum Teufel haben Sie hier zu suchen?«

Yang Ning antwortete nicht. Sie blieb stehen und sah Frau Liu gelassen an.

»Reicht es nicht, dass Sie meinen Jungen umgebracht haben?«, schrie Frau Liu mit einer Stimme, als wollte sie Yang Ning in der Luft zerreißen. »Jetzt kreuzen Sie auch noch hier auf, um es mir persönlich zu sagen, oder was?«

Bevor sie aufgebrochen war, hatte Yang Ning innerlich verschiedene Szenarien durchgespielt. Noch beim Betreten des Hauses war die Hand, die den Elektroschocker hielt, feucht gewesen. Jetzt aber, wo sie die Frau im Rollstuhl vor sich sah, war sie vollkommen ruhig.

»Was hat er Ihnen getan?« Die Frau zitterte. Tränen liefen über ihre Wangen. »Oder ging es vielleicht um Herrn Zou? Mit dieser Sache hatten wir nichts, rein gar nichts zu tun. Wenn Sie mir nicht glauben wollen, kann ich nichts machen. Mein Sohn kommt nicht wieder.« Ihre Stimme wurde immer schriller. »Raus mit Ihnen. Verlassen Sie sofort mein Haus, oder ich rufe die Polizei.« Sie fummelte nach ihrem Telefon.

Yang Ning hinderte sie nicht daran. Sie zog zwei schwarze Notizbücher aus ihrer Innentasche und warf sie Frau Liu vor die Füße. »Die Tagebücher Ihres Sohns.« Erst jetzt brach sie ihr Schweigen. »Ich weiß alles.«

Frau Liu starrte auf die Notizbücher wie in einen Abgrund, es sah aus, als drohten ihre Augen herauszufallen. Sie ließ das Telefon sinken. Eine Ewigkeit schien zu vergehen, bis sie wieder den Kopf hob. Yang Ning erschrak. Eben noch hatte sie in das schmerzverzerrte, vorwurfsvolle Gesicht einer trauernden Mutter geblickt, doch jetzt wirkte ihr Gegenüber mit einem Mal so unbeschwert, als wäre sie gerade dabei, mit Freunden zu einem späten Essen auszugehen.

»Ach, wirklich?«, sagte Frau Liu mit süffisantem Lächeln. »Interessant. Ich habe sein Zimmer vollständig durchsucht, da waren keine Tagebücher. Wo haben Sie die her?«

Yang Ning ging nicht auf ihre Frage ein. »Ich habe alles gelesen. Sie sind das Alphatier, über allem thronend, das sich von seinem Sklaven die Beute anschleppen ließ.«

»So, das Alphatier …« Frau Liu sah Yang Ning mit spöttischem Interesse an. »Wenn Sie alles so genau wissen, dann sollten Sie auch wissen, dass ich nie dergleichen gesagt habe, ich habe nichts angeordnet. Es war seine eigene Entscheidung. Und *deren* Entscheidung.«

»Richtig, Sie hatten es nicht nötig, Befehle zu erteilen, Sie verfügten über eine mächtigere Waffe«, entgegnete Yang Ning kühl. »Sie waren die Mutter.«

Sie war die Anführerin. Gaia, wie sie sich nannte, die Mutter Erde, das Wesen, gegen das Chen Shaocheng machtlos war. Obwohl seine Liebe unerwidert blieb, war er bereit, jedes Opfer zu bringen, um sie zufrieden zu stellen.

»Steht das in seinem Tagebuch?«, fragte sie.

»Shaocheng war bereit, alles für Sie zu tun, alles.«

»Nun ja.« Frau Liu ließ sich nicht aus der Ruhe bringen. »Er hat hart gearbeitet.«

»Genau wie Sie, die Sie ihm unentwegt ins Ohr geraunt haben«, schnaubte Yang Ning verächtlich. »Wie traumatisiert muss ein Sohn sein, um sich so zu erniedrigen.«

»Ach«, seufzte Frau Liu. »Schreibt er das? Klingt ziemlich wirr.«

»Was ich mich frage ...«, fuhr Yang Ning fort. »Welche Wahnvorstellung einer höheren Mission hat Sie dazu gebracht, ihn in den vergangenen sieben Jahren so viele junge Menschen für Sie töten zu lassen?«

»Wahnvorstellung?« Frau Liu klang ehrlich überrascht. »Das war reine Notwendigkeit. Diesen Kindern fehlte die elterliche Liebe.« Sie rollte ein Stück weit auf Yang Ning zu. »Kapieren Sie das nicht? Erst wenn ein Kind gefährdet ist, wird den Eltern der Ernst der Lage bewusst, erst wenn ein Kind stirbt, sehen die Eltern ihre Fehler ein. Der Verlust ihrer Kinder stürzt sie in tiefe Verzweiflung, denn er ist unumkehrbar. Diese Kinder bekommen die Chance, in ihrem nächsten Leben elterliche Liebe zu erhalten und sich nie mehr allein zu fühlen. Nennen Sie es Befreiung.«

Frau Liu sagte das mit einem heiligen Ernst, der Yang Ning die Sprache verschlug.

Yang Nings Stirnrunzeln spornte ihr Gegenüber an, sie zu überzeugen. »Der Tod war für diese jungen Menschen eine Erlösung, verstehen Sie das nicht? Mir ging es nie um den Tod, das ist nur ein Mittel zum Zweck. Sie sehen nur die siebzehn Verstorbenen, ohne zu wissen, wie viele ich gerettet habe, unzählige! Wie viele Eltern habe ich wachgerüttelt! Gerade Sie müssten das doch begreifen, wie sehr die armen Kinder gelitten haben.«

»Da überschätzen Sie mich«, sagte Yang Ning. Angesichts des Wahnsinns, von dem diese Frau getrieben war, dachte sie an Chen Shaochengs Tagebücher, die Qualen, die aus jedem Wort, jedem Satz sprachen. Er hatte sie eigens für Yang Ning in der Hütte am Meer liegenlassen. Und nicht nur seine.

Beim Freitod ihres Sohns Shaokai waren bei Frau Liu die Sicherungen durchgebrannt, das Leben war ihr wieder so sinnlos und leer erschienen wie nach dem Unfalltod ihres Mannes. Nach wenigen Tagen, in denen die Trauer sie zersetzte und zerstörte, entdeckte sie ihre Mission. Mochte auch ein letzter Funken Moral dagegen ankämpfen, zwang ihr Unbewusstes ihr eine verquere Logik auf, die ihr als einzige Überlebensstrategie erschien. Es war wie eine Offenbarung.

Der Tod als Überhöhung des Lebens. Sie war überzeugt, dass Shaokai diese Idee verfolgt hatte, im Tod endlich mit seinem Vater vereint zu sein, in absoluter Freiheit und Liebe. In ihrer Vorstellung liebte sie jeden dieser jungen Menschen, die ihr Shaocheng, ihr ungeliebter, lebender Sohn zuführte, diese schönen, traurigen Gestalten. Sie bemühte sich, bot ihnen Unterricht, Fürsorge, Aufmerksamkeit, aber manchmal war das nicht genug, und für viele war es schon zu spät. Diese trübseligen Gesichter waren Zündstoff für sie, einfach unerträglich, rastlos zog sie an ihren wirren Haaren, bis Shaocheng die hoffnungslosen Fälle endlich auf den Weg der Erlösung leitete.

Mitleid, Befreiung, ultimative Liebe.

Was für eine tragische Ironie, dachte Yang Ning. Ihr Sohn Shaocheng gab Liu Pinxi, was sie wollte, Zerstörung und Wiedergeburt. Aber ihre Liebe bekam er nie.

»Und mit diesem Schwachsinn haben Sie Ihren Sohn zum Mörder gemacht? Mit dieser gequirlten Scheiße?«

»Sie wissen doch, wie es ist, nicht gewollt zu sein und darunter zu leiden.« Die Frau machte eine Kunstpause. »So wie der arme Yang Han.«

Es war, als hätte jemand ihr einen Peitschenhieb versetzt. Yang Ning ballte die Fäuste und versuchte, ihr Zittern zu unterdrücken.

»Er hat furchtbar gelitten.« Frau Lius Stimme war voller Mitleid. »So ein zartes Kind, es war einfach alles zu viel für ihn. Ihre Mutter. Und ... Sie.«

Yang Nings Mundwinkel zuckten. *Jetzt bloß nicht die Beherrschung verlieren*, sagte sie sich, *bleib ganz ruhig*. Es kostete Kraft, sich zusammenzureißen, damit sie nicht zerbrach.

»Mein Bruder hat gelitten, ja, und?«, entgegnete sie. »Das geht Sie einen Scheißdreck an.«

Diese Antwort hatte Frau Liu nicht erwartet. So leicht schien ihre Gegnerin sich nicht aus der Fassung bringen zu lassen, keine Tränen, kein Zusammenbruch. Fieberhaft überlegte sie, womit sie ihr den nächsten Stich versetzen könnte.

»Ihr Sohn ist ebenfalls tot«, sagte Yang Ning.

»Ich verstehe, warum Shaocheng diesen Schritt gewählt hat.« Liu Pinxi fand wieder zu ihrem selbstgefälligen Lächeln zurück. »Es war ein Liebesbrief an mich.«

Jetzt musste Yang Ning lauthals lachen, so herzhaft, wie sie in den vergangenen drei Jahren nicht mehr gelacht hatte.

Frau Liu verstand nicht, was so lustig war, bewahrte jedoch Haltung.

»Haha, nein! Nein, nein, nein.« Yang Ning unterstrich ihre Heiterkeit mit theatralischer Gestik. »Ich habe nicht von Shaocheng geredet, sondern von seinem Zwillingsbruder. Nun gut, ich verstehe Ihren Irrtum. Sie sind ja alle beide von einem Gebäude in den Tod gesprungen.«

Mit einem Schlag verschwand Lius Dauerlächeln.

»Auffallend, nicht wahr, wie Ihre beiden Söhne darum wetteiferten, der Erste zu sein, der Ihren Klauen entkommt. Am Ende haben sie den gleichen Weg gewählt.« Yang Ning deutete auf die Tagebücher. »Sie sollten das einmal lesen, wirklich gut geschrieben. Wissen Sie, man könnte Ihnen das Gefasel vom selbstlosen Erlösertum beinahe abkaufen. Nur leider sind Sie selbst eine dieser herzlosen Mütter, die Sie angeblich strafen wollten.«

Frau Liu hatte die Farbe gewechselt. Ihre Brust bebte. Yang Ning kannte jetzt kein Erbarmen mehr. »Shaocheng bedeutete Ihnen nichts. Sie dachten, es seien beides seine Tagebücher? Wie konnte Ihnen das entgehen? Ihre Zwillingssöhne waren einander näher als Ihnen, einer imitierte den anderen. Soll ich Ihnen etwas daraus vorlesen? Wie hieß der Erste noch gleich? Shaokai?«

Das Blatt hatte sich gewendet. Jetzt war es Liu Pinxi, die bei der Erwähnung des Namens ihres Lieblingssohns beinahe kollabierte. Yang Ning trat auf Liu zu, ging in die Hocke und schlug Chen Shaokais Tagebuch auf. Rasch blätterte sie ein paar Seiten um, bis sie die Stelle fand: »*Meine Gefühle gehören mir nicht mehr, sie sind unbestimmt, nichts macht mir mehr Freude. Früher habe ich so viele Dinge gern gegessen, jetzt ist mir egal, was ich esse. Alles fing an, seltsam zu schmecken, bitter, wie chinesische Medizin ...*«

»Stopp.«

Yang Ning spürte, wie der Rollstuhl zitterte. Unbeirrt las sie weiter: »... *und irgendwann schmeckte es nach gar nichts mehr. Ich tue weiter so, als ob es mir schmeckt, setze die gewohnte Miene auf, ihr zuliebe. Mutter hat mich immer gern essen gesehen.*«

»Stopp.«

»... *heute Abend, mein Bruder war nicht zuhause, hat Mutter japanisches Essen gekocht, extra für mich, Hühnchen Karaage und Yakiniku, aber es schmeckte nach nichts. Ich ekelte mich vor dem weichen Fleisch im Mund, hätte es am liebsten ausgespuckt, aber ich stopfte mir einen Bissen nach dem anderen rein und machte gute Miene.*«

»Schluss jetzt!« Frau Lius Stimme überschlug sich.

Yang Ning blätterte weiter. Dann schlug sie das Tagebuch zu und sah Liu Pinxi in die Augen. »Sie glauben doch nicht etwa, dass ich Sie davonkommen lasse?«

»Doch, das werden Sie.« Keuchend rang sich Frau Liu ein Lächeln ab. »Yang Han würde nicht wollen, dass Sie etwas Unbedachtes tun.«

»Vermutlich nicht.« Yang Nings Augen verengten sich. »Er war so ein lieber Kerl«, sagte sie leise.

Erleichtert seufzte Frau Liu auf. »Genau, so ein liebenswerter Junge, so gutmütig. Er hätte niemals gewollt, dass Sie einen Fehler begehen.«

»Sie haben immer noch nicht begriffen, was gespielt wird.« Yang Ning glich einer Tigerin, die sich gleich auf die Beute stürzt. »Sie glauben, Sie müssten nur den Namen meines kleinen Bruders erwähnen, um mich mürbe zu machen. Menschen zu manipulieren ist Ihre Stärke, nicht wahr?« Sie sah, wie alle Farbe aus Lius Gesicht wich. »Keine schlechte Strategie. Ja, ich fühle mich wie eine Ertrinkende, wenn ich seinen Namen höre. Darum muss ich mich bei Ihrem

Sohn bedanken, der mich dagegen immunisiert hat, indem er mir diese Tagebücher vermacht hat, um mich zu wappnen.

»Nein, Sie verstehen mich einfach nicht.« Nervös lehnte sich Frau Liu vor. »Diese Gesellschaft ist kaputt, sie kennt keine Standards mehr, alle jagen der Illusion des Erfolgs hinterher. Diese elende Mittelmäßigkeit, Schmutz, Heuchelei, Gier, Faulheit, Egoismus, Arroganz, was hat das mit Erfolg zu tun? Arbeiten, essen, fernsehen, einkaufen, endlos auf dem Smartphone herumtippen, das ergibt alles keinen Sinn. Warum soll ein junger Mensch so weiterleben, von den Eltern geschmäht, wie Müll behandelt? Die waren einfach nicht gemacht für diese Gesellschaft, was hätten sie denn tun sollen? Wir alle müssen irgendwann sterben, und wer so sehr unter dem Leben leidet, sollte nicht weiterleben.« Sie hatte einen Predigerton angenommen, in ihren Augen lag ein verklärter Glanz. »Ein Leben ohne Liebe ist bedeutungslos. Manchmal ist der Tod das Einzige, das man frei wählen kann.«

Yang Ning trat dicht an sie heran und stemmte beide Hände auf die Seiten des Rollstuhls, ihr Gesicht direkt vor dem von Frau Liu. »Diese jungen Leute hatten keine Wahl. Sie haben sie verdammt noch mal in eine Falle gelockt, ihnen ein falsches Bild der Wirklichkeit vorgegaukelt.«

Frau Liu sah enttäuscht aus. »Aber nein, Sie verstehen das falsch. Ich habe ihnen nur begreiflich gemacht, dass wir dieses Leid vorzeitig beenden können. Yang Han hat das verstanden.«

Wieder musste Yang Ning lachen. »Da haben wir es wieder. Netter Versuch.« Ihre demonstrative Fröhlichkeit verursachte Frau Liu eine Gänsehaut.

»Wie gut, dass ich nicht Yang Han bin. Ich habe keine Liebe zu dieser Welt übrig.« Yang Ning beugte sich weiter vor und zischte Liu ins Ohr. »Sie haben mir den einzigen Menschen genommen, den ich geliebt habe.« Dann richtete sie sich wieder auf.

Frau Lius Lächeln war jetzt einem Ausdruck nackter Angst gewichen.

»Sehr gut«, sagte Yang Ning sanft. »So ist es recht.«

Der Rand des Tagebuchs glitt über Frau Lius entsetztes Gesicht, über die Schläfe, die Wange, hinunter zum Kinn. Sie wusste, dass Haoyang mit allen Mitteln versuchen würde, sie zurückzuhalten. Wenn du sie tötest, würde er sagen, dann bist du wie sie, ein Monster, und genau das will sie. Den Gefallen darfst du ihr nicht tun! Und Yang Han? Er würde sie zaghaft am Ärmel zupfen: Komm, Ning, lass uns gehen. Das ist es nicht wert. Ich weiß, wie lieb du mich hast. Ist gut, gehen wir, würde er sagen, mach etwas aus deinem Leben, lass dich von diesen Kleinigkeiten nicht verrückt machen, hörst du, sonst bin ich sauer.

Ja, er wäre wütend auf sie, und zwar sehr. Aber du kommst nicht wieder, gab sie innerlich zurück, *du kommst nicht wieder*. Also tue ich, was mir passt.

Als Frau Liu nach dem Telefon griff, rammte Yang Ning ihr den Elektroschocker in den Bauch. Kein lautes Geräusch, nur ein leises elektrisches Knistern. Ein kurzer Aufschrei, und das Telefon polterte zu Boden.

»Die Leute halten mich alle für impulsiv, ich handle planlos, sagen sie.« Gelassen beäugte Yang Ning die vor Schmerz stöhnende Frau im Rollstuhl. »Niemand ahnt, wie lange ich mir diesen Moment ausgemalt habe.«

Sie zog ein Feuerzeug aus der Tasche. »Neunzig Minuten.« Sie ließ das Feuerzeug schnappen. Die kleine Flamme tanzte in der Luft. »Neunzig Minuten lang hat Yang Han gebrannt. Ein Chirurg sagte mir, dass es keinen qualvolleren Tod gibt, als bei lebendigem Leib zu verbrennen.« Sie ließ das Feuerzeug mehrmals auf- und zuschnappen.

»Aber selbst neunzig Minuten wären zu schnell für Sie. Ich habe lange nachgedacht, und immer noch fällt es mir schwer, mich zu entscheiden. Egal, wie ich es anstelle, Sie kämen zu leicht davon. Ein Glück, dass Sie es mit mir zu tun haben, nicht mit Yang Han. Ich bin nicht wie er. Er war der Gutherzige.« Sie pausierte kurz. »Ich war die Ungewollte, die Aufgegebene.«

24

Xiaozhi war wie versprochen mit dem Transporter zur Stelle. Der verdammte Rollstuhl. Den hatte sie in ihrem Plan nicht bedacht. Aber jetzt gab es kein Zurück mehr, sie musste es darauf ankommen lassen. Mit vereinten Kräften hievten sie die gefesselte Frau im Rollstuhl in den Transporter.

Erst dann hatte Yang Ning das Feuer entfacht.

Die züngelnden Flammen erinnerten sie an das Meer, ihres und Yang Hans Meer, den rotgoldenen Glanz der Wellen, diese blendende Pracht. Ein Kunstatelier bietet reichlich Material zum Brennen. Die Flammen fraßen die Vorhänge, die Gipsbüsten, ungehemmt wie ein wildes Tier.

Gedankenverloren betrachtete sie das Bild, das sich ihr bot.

Wie kam es, dass Menschen sich von einer Sekunde auf die andere nichts mehr zu sagen hatten? Oder alles für die Geliebte oder den Geliebten opferten? Alles – ein fieser Begriff war das, er schloss den Körper und Geist ein, Zeit und Materie und so viele Dinge, die sich nicht mit Worten fassen ließen, jeden Menschen, das Andere, das Universum; das alles aufgeben für einen bestimmten Menschen.

Gemeinerweise teilen die Menschen Liebe gern in Stufen ein. Gern hätte sie gewusst, ob das angeboren war oder eine der Grausamkeiten, die das Leben lehrt. Wie sie wohl abschnitt in diesem Wettbewerb?

Irgendwo weiter hinten barst das Glas eines gerahmten Bildes. Mit weit aufgerissenem Rachen stürzten sich die Flammen auf die Leinwand. Der Lärm wurde allmählich ohrenbetäubend, aber Yang Ning war so gleichmütig wie lange nicht. Die alte Welt versank und die Zukunft brach an. Sie zweifelte nicht. Das war das Leben, das sie wollte. Festes verwandelte sich in Flüssiges, bildete einen zähen Strom.

Yang Ning kam zu sich. Sie zog eine Packung Schlaftabletten aus der Tasche, drückte eine nach der anderen aus der Folie in den Tee, der in einem Becher auf dem Tisch stand, eine, zwei, drei … Sie rührte um, bis der Tee eine milchige Farbe annahm, prostete dem Feuer zu und trank in einem Zug den Becher leer.

Dann stellte sie ihn wieder ab, wischte mit einem Tuch den leeren Tablettenstreifen sauber, sicher war sicher, und warf ihn in die Flammen. Sie wollte keine unnötigen Spuren hinterlassen, weshalb sie sich nicht von der Stelle bewegte und nur stumm ihr Werk betrachtete. Die Cops würden ihr wohl oder übel ihre Geschichte abkaufen müssen. Jetzt fehlte nur noch der schwierigste Teil. Heißer Wind schlug ihr entgegen, die Luft schien vor ihren Augen zu schmelzen. Nur noch einen Schritt, sagte sie sich, es gibt kein Zurück mehr. Mit geballten Fäusten ließ sie sich in die Flammen fallen wie eine Motte.

Der Schmerz erfasste sie unmittelbar, überall. Fünf Sekunden, komm, nur fünf Sekunden, sagte ihr Kopf, aber ihr Körper wehrte sich. Schreiend rollte sie über den Boden aus dem Inferno und versuchte, die brennende Kleidung zu löschen, die an der versengten Haut ihrer Waden und Unterarme kleben blieb. Ihre Handinnenfläche war voller Blasen. Hustend stemmte sie sich auf die wundnässenden Hände, der Gestank, der Schmerz, sie stieß ein unheimliches Heulen aus. *Mach schnell.* Um den gierigen Flammen zu entkommen, die sich rascher ausbreiteten als gedacht, musste Yang Ning durch sie hindurch, der grauenvollen Tortur trotzend stolperte sie vorwärts, auf die schwere Holztür zu. Sie drehte am Türknauf, in gieriger Erwartung frischer Luft. Die Tür ging nicht auf. Konzentrier dich. Sie drückte und riss, wieder und wieder.

Das Schloss klemmte. Warum ausgerechnet jetzt? Eingehüllt in immer dichter werdende schwarze Rauchschwaden, rüttelte sie panisch den Drehknauf, dann warf sie sich mit Wucht gegen die Tür, die keinen Deut nachgab. Sie hämmerte und schrie, bis der Rauch ihre Stimme in einem Hustenanfall erstickte.

Verzweifelt glitt sie zu Boden. In diesem Augenblick merkte sie, dass ihr Geruchssinn erwachte.

Verschmortes Plastik, verbrannte Haut, das Blut und die Asche an ihren Lippen. Keine Spur von Litschiholzduft in der grauenvollen Mischung, die in ihre Nase drang. Das war sie allein, sie war das Brennholz für die Flammen.

Der Schock der Erkenntnis brachte Yang Ning zur Besinnung. Nein, es war nicht Teil des Plans, dass sie hier drinnen starb. Dann wäre alles umsonst gewesen.

Sie inspizierte das Türschloss. *Reiß dich zusammen*, sagte sie sich, *sieh nach, finde die Ursache*. Ein dünnes Metallplättchen hatte sich an der falschen Stelle verkeilt. Mit dem Nagel ihres Zeigefingers versuchte sie, das Plättchen zu verschieben, es gelang ihr nicht, die Lücke war zu klein und sie klemmte sich die Fingerkuppe. Sie brüllte vor Frust und Schmerz. Sie zwang sich, ruhig zu bleiben, und sah sich um. Da, die scheußliche Topfpflanze, die ihr schon beim ersten Besuch gegen den Strich gegangen war. Sie zertrümmerte das Gefäß, griff sich eine Scherbe und stieß sie mit aller Kraft in das Schloss. Mit einem Klacken sprang das Metallplättchen dorthin, wo es hingehörte. Die Tür ging auf.

Nie war sie so dankbar für einen Schwall frischer Luft gewesen. Schleppend, auf allen vieren, kroch sie aus dem brennenden Haus in den Vorgarten, wobei sie ihre Knie zu einer breiigen Masse aus Haut, Blasen und Blut matschte, bis sie auf dem asphaltierten Weg vor dem Zaun zusammenbrach und sich keuchend zu einer Kugel einrollte.

Die Nachbarin von gegenüber kam mit ihrer Tochter aus dem Haus gerannt, eine mit einem Handtuch um die nassen Haare, die andere im rosa Schlafanzug und einer Wolldecke um die Schultern. Bei Yang Nings Anblick stießen sie spitze Schreie aus. Immer mehr Menschen liefen herbei, in Flipflops, Morgenmänteln, Micky-Maus-Nachthemden, gestikulierten und diskutieren, riefen den Krankenwagen, filmten mit dem Smartphone, hielten ihre verängstigten Kinder zurück; aber keiner von ihnen wagte, Yang Ning anzufassen.

Ungezügelt stiegen die Flammen in den nächtlichen Himmel, in der blauen Stunde vor der Dämmerung. Asche legte sich wie Schnee über die Trümmer, die zu schwer waren, um vom Wind fortgetragen zu werden, aus jeder Öffnung quoll schwarzer Rauch und schraubte sich in langen Kolumnen aufwärts. Von Liu Pinxis Atelier blieb bald nur Schutt und Asche. Ein Endzeitszenario.

Yang Ning lag zusammengekauert da und stellte sich vor, Regen falle auf sie herab, sie sei umfangen von warmem Wasser. Sie dachte an ihre Mutter, erinnerte sich an die Geborgenheit in ihren Armen vor langer, sehr langer Zeit. Die Stimmen verloren sich, die Welt wurde still, bis sie nur noch ihr Herz schlagen hörte. Ihr Organismus arbeitete noch. Sie war ein Embryo im Mutterleib, badete im Fruchtwasser, warm und sicher. Ein guter Ort für das eigene Ende. Sie war ein ungeborenes Kind. Sie schloss die Augen und lächelte.

Happy Birthday.

25

Es war ein Weibchen, ein hübsches kleines Orca-Baby, sagte der Walforscher. Das Neugeborene starb am Tag seiner Geburt.

Eben noch war das Walkalb neben seiner Mutter geschwommen und hatte die Welt bestaunt, doch von einer Minute auf die andere hörte es auf zu atmen. J35 trieb ihr totes Kind mit der Stirn vor sich her, hielt es tagelang über Wasser. Trauernd nahm sie den Kadaver mit sich, noch als er begann, sich zu zersetzen.

Sie verlangsamte ihre Atmung, um stabiler im Wasser zu liegen, trug das, was von ihrem Kind übrig war, auf dem Kopf, auf dem Rücken, zwischen den Kiefern; sie aß kaum, hielt durch bis zur Erschöpfung, immer noch einen weiteren Tag. *Bleib noch einen Tag bei mir, mein Kind, nur ein bisschen länger noch, erkunde das Meer mit mir, ja?*

Nach siebzehn Tagen und tausendsechshundert Kilometern zerfiel der Kadaver schließlich in Einzelteile, die noch kurz auf den Wellen des Meers tanzten, der Heimat der Wale, bis sie auf Grund sanken. Die Strömung nahm ihre Tränen mit sich.

Niemand konnte sagen, wie lange ihre Trauer anhalten würde. Im Traum wurde sie eins mit J35 und trug ihre Liebe durch das Meer.

Manchmal schwammen sie als eine Einheit, manchmal nebeneinander, keine von ihnen war bereit zur Trennung. Die Bilder von Yang Han und dem Walkalb überlagerten sich, die Meereswogen schlugen gegen Yang Hans Beine und die im Licht gleißende Schwanzflosse des Orca-Babys. Sie teilten die Trauer, Yang Ning und J35, tauchten ab und den sinkenden Kadaver tragend wieder auf.

Yang Ning öffnete unter Wasser die Augen. Ein Spektrum von tiefschwarz bis blau, waren das die Farben von Fruchtwasser? Das Meer war wärmer als gedacht. Nie war sie mit Yang Han schwimmen gegangen, selbst wenn er sie bettelnd am Arm gezerrt hatte nicht. *Ich habe zu tun, das Wasser ist zu kalt, es ist zu gefährlich.* Immer gab es tausend Gründe; im Nachhinein betrachtet schien keiner davon angemessen. Ihr Verhalten war so mysteriös wie das von J35, die ihr totes Kalb nicht gehen lassen wollte.

Die unbeantworteten Fragen sind es, denen der Mensch die größte Aufmerksamkeit widmet. Sie hatte das Gefühl, das Meer denken zu hören, *bam, bam, bam*, der Klang des Herzschlags.

Yang Ning erinnerte sich, wie sie einmal in einem wunderschönen Sonnenuntergang mit ihm am Strand saß, dieser kurze Augenblick, in dem sich brüllend die Erde auftut, die Welt sich in zwei Teile teilt und alles in ein überwältigendes Rot getaucht wird, gegen das selbst das Meer nicht ankommt. Bevor sie unterging, wollte die Sonne alles mit ihren Strahlen zu Asche verbrennen.

Yang Han hatte sich gefürchtet. Vor dem Verlust, wahrscheinlich. Hab keine Angst, hatte sie gesagt, das ist nicht das Ende, sondern der Anfang.

Im Meer, im Mutterleib schwammen sie gemeinsam den letzten Sonnenstrahlen entgegen.

26

Weil sie nur Verbrennungen zweiten Grades davongetragen hatte, die meisten davon oberflächlich, hätte Yang Ning das Krankenhaus am liebsten vorzeitig verlassen und legte sich deswegen beinahe mit der Ärztin an.

Als besondere Patientin erhielt sie immerhin eine Sonderbehandlung. Die Hauptverdächtige eines Kapitalverbrechens konnte schlecht das Zimmer mit gewöhnlichen Kranken teilen. Zum ersten Mal im Leben bekam sie ein eigenes Krankenzimmer. Dort lag sie im Bett, betätigte den schwarzen Schaltknopf gleich daneben, und begleitet von zwei kurzen Pieptönen lief über den Infusionsschlauch ein Schmerzmittel in ihre Venen. Sie stieß einen langgezogenen Seufzer aus. Wie gut das tat, ihren Geist zu entspannen. Sie war eine halbfertige Mumie, die eine seltene Ruhe genoss.

Immer wieder kamen Krankenpfleger, um sie zur Hydrotherapie zu bringen, den Verband zu wechseln, Fieber und Blutdruck zu messen, die Medikation anzupassen. Mindestens zweimal am Tag erschien die Ärztin, um sie über die Fortschritte ihrer Genesung zu informieren. Vor der Tür wechselten sich Schichten von je zwei wachhabenden Polizisten ab. Inspektor Liao wurde sozusagen zu ihrem persönlichen Babysitter.

Er glaubte ihr nicht ganz. Besser gesagt, er wollte ihr glauben, weil er sie mochte; der wiederholte Schlagabtausch auf dem Revier und im Krankenhaus hatte zwischen den beiden ein besonderes Band geknüpft. Aber Liao war immer noch ein gewiefter Kriminalist, und sie konnte sicher sein, dass er ihr keine Ungereimtheit durchgehen ließ. Sofort hätte er sie am Wickel.

Vom Krankenhaus wanderte sie, unter strenger Polizeiaufsicht, direkt in Untersuchungshaft, ausgestattet mit Handschellen, Schutzhelm und Fußfesseln. Haoyang setzte ihr bis ins kleinste Detail auseinander, was sie erwartete, und sie wusste, dass sie sich bei den kommenden Verhören genau an seine Vorgaben halten musste, um alle Beteiligten innerhalb kurzer Zeit von ihrer Unschuld zu überzeugen.

Am ersten Sonntag nach der Inhaftierung kam überraschender Besuch.

Die beiden betrachteten sich lange durch das Fenster. Die Hörer in den Händen lauschten sie schweigend dem Atem des anderen.

Wie lange hatte Yang Ning sich dieses Wiedersehen ausgemalt, sich auf eine Salve wüster Beschimpfungen eingestellt: *Ning, Mensch, wo hast du dich da verdammt noch mal reingeritten? Was zum Teufel? Wie soll ich das deinen Alten beibringen, hm?* Sie hatte ihn vor sich gesehen, auf den Tisch schlagend, spuckend und so laut fluchend, dass die Wache herbeigeeilt wäre. *Wohin hat sich dein Haoyang verpisst, die dumme Pfeife, muss ich mir auch noch selber was ausdenken, um dich aus diesem Drecksloch zu holen …?* Etwa so hatte sie sich das vorgestellt. Seine cholerischen Übertreibungen, die so viel authentischer waren als das, was man von anderen zu hören bekam. Wie sehr hatte sie sein lautstarkes Poltern vermisst. Ihn vermisst.

Aber nichts davon wurde wahr. Der Mann ihr gegenüber hatte sein aufbrausendes Temperament eingebüßt. Er war derselbe Mensch, aber etwas hatte ihm den Glauben genommen. Mit hängenden Schultern saß er da und wich Yang Nings Blicken aus. Eine Welle von Hilflosigkeit, Trauer, Wut und Qual schwappte zu ihr hinüber.

»Du willst mir nicht in die Augen sehen«, sagte sie sanft. Der Chef hielt weiter den Blick gesenkt, ohne etwas zu entgegnen.

»He, wenn du mich nicht ansehen willst, dann bist du heute für nichts und wieder nichts hergekommen«, redete sie ihm liebevoll zu.

Jetzt nahm er seinen Hut ab und hob den Blick. Seine Augen waren gerötet, darunter hingen dunkle Tränensäcke, am Kinn prangten graue Bartstoppeln. Er war schlampig gekleidet. Allein der Hut wies ihn noch als Mitglied der Gesellschaft aus.

»Wie läufst du denn herum!« Yang Ning versuchte ein Lachen. »Dieses weiße T-Shirt, also bitte ... wo sind denn deine Hawaiihemden hin?«

»Tut mir leid«, murmelte er.

Sie presste die Lippen zusammen, behielt aber ihr freundliches Lächeln bei. »Du musst dich doch nicht entschuldigen.«

»Doch, ich ... verzeih mir.« Yang Ning konnte hören, wie sehr er unter der Sache gelitten hatte.

»Er ist für seine Taten selbst verantwortlich, das hat nichts mit dir zu tun.« Sie schüttelte energisch den Kopf. »Du hattest es nicht in der Hand.«

»Ich wollte dich im Krankenhaus besuchen, aber die Polizei hat mich nicht ...«

»Ich weiß, sie haben es mir viel später gesagt«, sagte sie leise. »Ist schon in Ordnung, die gute Absicht zählt.«

»Du ...« Ihm versagte die Stimme. Er presste seine rechte Handfläche gegen das Fensterglas. Yang Ning legte von der anderen Seite ihre linke Handfläche dagegen. Ihr Schmerz begegnete sich durch die Scheibe.

»Es sieht schlimmer aus, als es ist«, sagte sie, »ich muss nur weiter den Verband tragen wegen der Narben ...« Weil er schwieg, redete sie weiter, bemüht, sich zuversichtlich zu geben. »Ehrlich, mach dir keine Sorgen, ich bleibe nicht lange hier drin. Der Prozessbeginn lief gut. Wir haben das im Griff.«

Ein Klingeln wies darauf hin, dass die Besuchszeit zu Ende war, und ein Aufseher gab ihnen ein Zeichen.

»Geh und gönn dir was Gutes zu essen und ein bisschen Schlaf. Und außerdem …«, Yang Ning fuhr sich mit dem Zeigefinger über das Kinn, »solltest du das in Ordnung bringen, das sieht einfach megagruselig aus.«

Ihr herzliches Lachen entlockte auch ihm ein Lächeln. Er nickte, mit Tränen in den Augen.

»Du bist nicht verantwortlich für das, was andere anstellen«, versicherte sie ihm noch einmal. »Mir geht es gut.«

27

Für ihre Mithäftlinge war sie Neuneinsvier.

Die Tage in der Untersuchungshaft folgten einem festen Stundenplan. Sechs Uhr fünfzig aufstehen zum Appell, Zelle sauber machen, im Wechsel mit den anderen putzen und den Abwasch machen, Frühstück. Montags gab es Haferbrei, süße Erdnüsse und Brokkoli, dienstags Haferbrei, Erdnüsse mit frittiertem Mehlteig und Klettwurzeln ... am liebsten mochte sie das Freitagsmenü, Mantou mit braunem Zucker, Sojamilch und Kokoskekse. Leider gab es häufig Ausnahmen von der Regel. Einmal bekam sie die ganze Woche über nur Haferbrei mit frittierten Selleriestangen.

Zum Morgenappell durften sie die Zellen verlassen, den Rest des Tages verbrachte sie mit Nachdenken, ließ die täglich gesendeten »Lektionen für ein gutes Leben« über sich ergehen, las oder hörte Bücher, wusch sich, hielt ihre Zelle sauber. Nach der täglichen »Zeit der Stille« ging sie schlafen. Haoyang hatte dreißig Bücher angeschleppt, die Cover jeweils entfernt und auf dem Vorsatzblatt mit blauem Kugelschreiber ihren Namen und ihre Nummer gekritzelt.

914, *Yang Ning*. Die Aufschrift wirkte noch greller auf sie als das Licht der beiden Neonröhren an der Zellendecke.

Er hatte sich von Wei Enqi getrennt, sie blieben sich aber freundschaftlich verbunden und arbeiteten weiter zusammen. Zu Yang Ning kam er allein, zu festgelegten Zeiten, um gemeinsam die Strategien für die Verteidigung und die taktisch klügsten Erwiderungen auf die Anklage festzulegen: Yang Ning hatte Frau Liu mit ihren Erkenntnissen aus den Tagebüchern ihrer Söhne konfrontiert. Liu Pinxi hatte Yang Ning mit Schlaftabletten im Tee betäubt und anschließend das Atelier in Brand gesteckt. Das einzige Problem blieb, dass nach dem Brand weder der Rollstuhl noch die Leiche Liu Pinxis gefunden wurden. Das wichtigste Beweisstück für ihre Unschuld waren die Tagebücher der Söhne, die Yang Ning glücklicherweise aus den Flammen gerettet hatte.

Er war jedes Mal erstaunt, wenn Yang Ning ihn hin und wieder nach seinem Leben fragte. Über eine mögliche Fortsetzung ihrer Beziehung sprachen sie nie, und Haoyang ließ das Thema vorerst ruhen. Natürlich hegte er eine gewisse Hoffnung, aber er legte keine Eile an den Tag. Sie hatten alle Zeit der Welt.

Ihre Eltern kamen zu Besuch, gemeinsam. Scherzend meinte Yang Ning, sie müsse schnell durch die Scheibe ein Foto von diesem seltenen Anblick schießen.

Die drei waren auf seltsame Weise vertraut und gehemmt miteinander, und so beschränkte sich die Konversation auf wenige nichtssagende Sätze. Auf tiefer gehende Fragen hätte keiner von ihnen zu antworten gewusst.

Was sie wohl taten, während sie im Besucherwartezimmer saßen? Verlegen die Hände kneten, unruhig auf die Uhr sehen, Höflichkeiten austauschen? Oder redete ihre Mutter mit ihrem Vater? Wo arbeitete er eigentlich jetzt? Yang Ning wunderte sich über das menschliche Gehirn, das in ihrer jetzigen Situation ausgerechnet Fragen nach dem Leben ihrer Eltern wälzte. Für ihre Eltern war sie seit vielen Jahren tot, da war nichts mehr, und jetzt auf einmal, wo ihre Tochter durch die Hölle ging, bildeten sie eine Einheit.

Nach einigen dieser Besuche gewannen die drei ihre Sprache wieder und erfuhren mehr übereinander. Ihre Mutter unterhielt jetzt einen kleinen Catering-Service, mit dem sie die örtliche Grundschule belieferte. Ihr Vater war inzwischen Geschäftsführer einer Textilfabrik geworden und unterrichtete außerdem an einer Fachhochschule. Yang Ning taute auf, tauschte sich mit ihnen über Alltägliches aus, verriet die kleinen Tricks einer Gefängnisinsassin, zum Beispiel wie man es schaffte, sich schnell allein zu duschen. Irgendwann konnten sie zu ihrer eigenen Überraschung sogar zusammen lachen.

Abgesehen von solchen Besuchen und den unregelmäßig wiederkehrenden Verhandlungstagen, lebte Yang Ning nach der Uhr. Sie gewöhnte sich ein tägliches Workout an, Liegestütze, Planks, Dehnübungen. Sah man von der feuchtkalten Matratze ab, die sie nachts bibbern ließ, war sie so entspannt wie selten zuvor. Sie nahm sogar an einem Zeichenkurs teil, mit bescheidenen Ergebnissen allerdings. Die guten Ratschläge des Lehrers hörte sie sich brav an, nickte, dankte und ging zum Waschbecken, um sich sorgfältig die Farbe von den Händen zu waschen. Wenn sie die Schlieren der orangen, violetten, blauen Farbtöne in den Abfluss fließen sah, dachte sie manchmal an Chen Shaocheng und Chen Shaokai, ihre Tagebucheinträge, ihre traurige Realität, die dem Wahnsinn der Mutter gehorcht hatte. In ihren Gedanken lebten die Brüder weiter.

Wenig später beteiligte sie sich an den Vorbereitungen für das Neujahrsfest. Es galt, das Untersuchungsgefängnis festlich auszuschmücken.

Mithilfe von kleinen Scheren mit runden Enden, wie man sie aus dem Kindergarten kannte, schnitt Yang Ning geduldig Bilder und Schriftzüge in rotes Papier und verzierte sie mit Goldstaub, ruhig und ohne Hast. Sie hatte zu warten gelernt, auf Resultate, auf den richtigen Zeitpunkt, bei der Sache zu bleiben. Schnippschnapp, schnippschnapp glitt ihr Werkzeug durch das Papier und ließ gemächlich den mehrlagigen, auffaltbaren Scherenschnitt einer prächtigen Blüte entstehen.

Wer so tief in seine Arbeit versunken war, zog die Aufmerksamkeit anderer auf sich. Einssiebendrei gesellte sich zu ihr und erkundigte sich bewundernd nach ihrer Methode. Als Yang Ning frisch inhaftiert worden war, hatte Einssiebendrei ihr freundlich erklärt, wie man sein Bett machte, wo man sein Waschzeug ließ, brachte ihr geschriebene und ungeschriebene Regeln bei. Jetzt versuchte sie, Yang Ning ihre Geschichte zu entlocken. Ohne Erfolg.

»Lass sie doch, das ist eine Studierte«, sprang Nullfünfsieben, eine der älteren Insassinnen, ihr zur Seite. »Die ist lieber für sich, sie ist eben anders als wir unkultivierte Bande. Die hat eine Chance.«

Die Staatsanwältin kaufte Yang Ning ihre Geschichte zwar nicht ab, musste sie aber nach der vorübergehenden Verlängerung der Untersuchungshaft schließlich aus Mangel an Beweisen freisprechen. Ihr Geruchssinn war zwar noch nicht vollständig wiederhergestellt, aber die Haft hatte ihr in vieler Hinsicht ein dickeres Fell wachsen lassen. Die Taipeher Nachtluft fühlte sich weniger kalt an. Während Xu Haoyang im Büro die Entlassungsformalitäten erledigte, erwartete Inspektor Liao sie am Tor, in den Händen zwei Becher heißen Kakao.

»Tut mir leid, Ziegenmilch war alle«, sagte er.

Es wehte eine angenehme, leichte Brise. Sie setzten sich auf eine schmiedeeiserne Bank vor dem Tor. Yang Ning nahm einen Becher und dankte ihm dafür, dass er sich an ihre Lieblingsgetränke erinnerte. »Das wäre nicht nötig gewesen«, fügte sie an.

»Es freut mich, Sie noch einmal zu sehen«, erwiderte er.

»Das wird wohl nicht das letzte Mal sein.« Vorsichtig schlürfte Yang Ning ihren Kakao. »Trotzdem: Ich habe Ihnen alles gesagt, was zu sagen ist, es nutzt nichts, mich nach Dingen zu fragen, die ich nicht beantworten kann.«

»Ich wollte Ihnen nur eins mit auf den Weg geben: Blicken Sie nicht zurück.«

»Es ist Ihnen wohl schon zur Gewohnheit geworden, auf mich aufzupassen, wie?«

Liao runzelte die Stirn.

»Als hätte ich das nicht bemerkt.« Yang Ning lachte. »Von morgens bis abends meine Wohnung im Auge zu behalten, mir zu folgen, wenn ich ausgegangen bin …«

Liao schien erleichtert über ihre Offenheit. »Ehrlich gesagt hat mich eher gewundert, dass Cheng Chunjin nichts gemerkt hat«, gestand er.

»Selbst wenn, dann hätte er sich nichts anmerken lassen.« Yang Ning zog ihren weiten Rollkragen etwas höher. »Interessant, dass Sie unsere Treffen nicht verhindert haben.«

»Wozu?« Liao setzte die Lippen an den Becherrand, um auch einen Schluck zu trinken, verzog aber sofort das Gesicht und spie aus. »Verdammt, das ist ja brühend heiß! Wie kommt es, dass Sie das trinken können?«

Sie sah ihn verschmitzt an und nippte demonstrativ an ihrem Kakao. »Ich habe von einem gewissen Jemand gelernt, dass man manche Dinge gelassen angehen muss.«

Sorgsam wischte er mit seiner Serviette die kakaobespritzten Hände sauber. »Doch nicht etwa von diesem Irren?«, fragte er stirnrunzelnd.

Sie zuckte mit den Schultern. »Er ist kein Irrer. Ein Irrer ist einer, der wie eine Katze nach dem eigenen Schwanz jagt. So ist er nicht, zumindest ist er heute nicht so. Ihm gefällt es einfach.«

»Was?« Liao musste immer noch husten.

»Er ist ein Monster.« Nachdenklich starrte Yang Ning

ins Leere. »Aber das heißt nicht viel. Es gibt viele Sorten von Monstern.«

»Sie wären gut in diesem Fach«, sagte Liao, der endlich wieder zu Atem kam.

»Welches Fach? Polizistin? Oder Mörderin?«

»Beides«, sagte er nach kurzem Nachdenken. »Der Unterschied ist nicht allzu groß.«

Der Anflug eines Lächelns glitt über Yang Nings Gesicht. »Die Haft hat mich immerhin Geduld gelehrt.« *Achte auf Strömung und Tiefe, den richtigen Zeitpunkt; pass auf, dass du nicht strandest.*

»Sie lächeln.«

»Hm.« Yang Ning fühlte sich ungewöhnlich entspannt. »Es tut gut, ein bisschen frische Luft zu bekommen.« Eine Weile beobachteten beide schweigend, wie die Bäume im Wind wogten. »Geht es irgendwann wieder vorbei?«, fragte sie schließlich.

Er sah sie an, wie sie in die Ferne starrte, sich auf die Lippen biss, schluckte, wie sich der Adamsapfel ihres langen Halses hob und senkte.

»Wird es besser, irgendwann?«, wiederholte sie leise. »Dieses Gefühl ... gibt sich das mit der Zeit?«

»Ich weiß es nicht«, sagte Liao. Instinktiv sah er auf seine linke Hand. Dann strich er mit den Fingern über die helle Stelle, an der einmal ein Ring gewesen war. »Aber irgendwann weiß man, dass es weitergeht, man isst, duscht, wäscht seine Sachen, schläft, steht auf und wieder von vorn. Rechnungen müssen bezahlt werden, die Uhr läuft weiter.«

Sie wusste nicht warum, aber ihre Lider flatterten. Die Emotionen drohten, sie zu überwältigen.

»Man gewöhnt sich daran«, sagte er. »So ist das immer.«

Yang Ning nickte. Sie trank noch einen Schluck Kakao.

Dann stieß sie einen langgezogenen Seufzer aus. Der Wind strich zwischen ihnen hindurch. Hinter ihnen stand ein blaurotweißes Verkehrsschild: *Sackgasse. Da vorn ist eine Steinmauer, also halt an, solange du noch in einem Stück bist, noch nicht zerschmettert. Stopp.*

Sie wechselte das Thema.

»Werde ich jetzt weiter überwacht? Muss ich mir ständig überlegen, was ich anziehe, bevor ich eine Schüssel Nudeln essen gehe?«

»Nein. Sie sind jetzt ein freier Mensch«, sagte er.

»Na dann.« Sie stand auf.

»Ach so, bevor ich es vergesse ...« Er zog einen Umschlag heraus und reichte ihn ihr. »Ein Brief, den Ihnen ein Bewunderer ins Gefängnis geschickt hat.«

Kopfschüttelnd betrachtete Yang Ning die perfekte Zeichnung eines Lämmchens auf dem Umschlag. Sie stopfte ihn in die Tasche. »Ich muss los, hier wird es mir langsam zu kalt«, sagte sie und wandte sich zum Gehen. »Danke für den Kakao.«

»J35.«

Sie erstarrte. Dann wandte sie sich lächelnd wieder zu ihm um.

»Eins würde ich gern noch wissen.«

»Ja?«

»Zou Youqian und Cheng Chunjin ... Wie haben Sie es geschafft, dass sie sich ... Ihnen offenbart haben?«

»Nichts weiter«, antwortete sie. »Ich habe ihnen nur die Gelegenheit gegeben, mich umzubringen.«

Mein liebes Lämmchen,
es wundert mich zwar nicht, aber es tut mir sehr leid, dass
du im Gefängnis sitzt.

Sie ging zu ihrem gewohnten kleinen Imbiss an der Ecke, wo das frittierte Schweinefleisch wie üblich aus wenig Fleisch und viel Backteig bestand und die Inhaberin so energiegeladen war wie immer.

In ihrer Wohnung herrschte ein heilloses Durcheinander. Haoyang hatte offenbar darauf verzichtet, gute Seele zu spielen. Sie riss eine große Mülltüte ab, schüttelte sie auf und las in der Hocke den Müll vom Boden auf. Jeder Milchkarton wurde ordentlich zusammengefaltet, die leeren Ziegenmilchflaschen auf den Balkon gestellt. Sie überlegte, ob man die nicht zum Recyceln abgeben konnte.

Dann griff sie zu dem fremdartig wirkenden Staubsauger und fegte damit durch die Wohnung, bis er voll war. Ganze zwei Male musste sie hustend den Staubbeutel wechseln. Umso mehr genoss sie die anschließende heiße Dusche. Sie zog sich frische Sachen an, schwarzer Kapuzenpulli, schwarze Hose, schwarze Kniestrümpfe, die zu den schwarzen Sneakern passten, die vor der Tür standen. Sie nahm ein Haargummi zwischen die Zähne, fasste ihr Haar hoch oben am Hinterkopf zusammen und band es zu einem Pferdeschwanz. Dann kniete sie sich vor das Bett, um einen schwarzen Rucksack darunter hervorzukramen, ging damit auf den Balkon, wo sie mit einem kräftigen Ruck den Werkzeugkasten unter der Spüle hervorzog. Sie pustete den Staub vom Deckel, öffnete ihn und nahm alles heraus, Schubspannung, Hammer, Schere, wählte aus, was sie brauchte, holte aus der Küche noch ein Gemüsemesser und ein Schälmesser, steckte ihnen eine Schutzkappe auf und wickelte sie dann in Zeitungspapier. Dann stopfte sie alles in den Rucksack und zog den Reißverschluss zu.

Die Tage ohne dich sind schwerer zu ertragen als gedacht.
Ich glaube, auch Lala vermisst dich. Ihr ging es zuletzt nicht
gut. Sie will nicht fressen, und manchmal übergibt sie sich,
aber der Tierarzt sagt, sie sei gesund. Wahrscheinlich fühlt
sie sich einsam.

Sie legte sich kurz zum Schlafen hin. Als sie aufwachte, war es draußen noch dunkel, nur ein schwacher Lichtschein glomm schon am Horizont.

Sie zog die Jacke an, setzte den Rucksack auf und beschloss, ein wenig in der Gegend herumzuspazieren. Tautropfen sammelten sich auf ihren Wangen, und die winzigen Wasserperlen saugten die Kühle der Nacht in sich auf. Sie erschauerte, wischte die Tropfen mit dem Ärmel fort. Ein älterer Mann in Shorts und T-Shirt joggte an ihr vorüber, grüßte mit einem energetischen »Guten Morgen« und verschwand, der aufgehenden Sonne entgegen.

Du kannst dir nicht vorstellen, wie elend ich jetzt lebe, das
Leben unter dieser Schafsherde ist eine einzige Qual.

Als sie zurückkam, stand vor dem Hauseingang eine dünne Gestalt in Jeans, seine Hände steckten zu Fäusten geballt in den Jackentaschen. Rastlos ging er vor der Gittertür auf und ab.

»Hi.« Sie trat näher. »Lange nicht gesehen.«

»Hi.« Xiaozhi blieb stehen und zog die Hände aus den Taschen.

Sie kam seiner Frage zuvor. »Ich habe mir ein bisschen die Beine vertreten und was gefrühstückt.«

Er nickte, offenbar hatte er sich schon gewundert.

»Was macht die Arbeit?«, fragte sie.

»Es geht. Nach Neujahr gibt es immer viel zu tun.«

»Gut.« Sie hauchte in die kühle Luft. Ihre Wangen röteten sich schnell, wenn sie versuchte, dem kühlen Wind zu widerstehen. »Und?«

»Alles o.k. Ich gehe alle drei, vier Tage hin.«

»Was ist mit ihrem Auto? Dem Rollstuhl?«

»Habe ich am selben Tag entsorgt. Ich habe mich genau an deine Anweisungen gehalten.«

Yang Ning nickte und streckte ihm die Hand hin. Die Geste kannte er nur zu gut. Wenn sie morgens mit dem Motorrad ins Büro gekommen war, hatte sie immer als Erstes in allen Ecken nach etwas zu essen gewühlt, sich jede verfügbare Keksschachtel geschnappt, alles bis auf den letzten Krümel gemampft und sich die Finger abgeleckt. Und dann war sie zu ihm gegangen und hatte die Hand aufgehalten. Xiaozhi wusste, was sie jetzt von ihm wollte, es war klar gewesen, dass der Augenblick kommen würde, aber auf die Qualen, die es ihm bereitete, war er nicht vorbereitet. Am liebsten hätte er laut geschrien, stellte sich vor, wie auch sie schrie, so laut sie konnte, die Beherrschung verlor, tobte, drohend die Fäuste schwang, mit dem Motorrad gegen die Wand raste, von einer Klippe sprang; er konnte sich sogar vorstellen, wie sie eine Pistole auf ihren Kopf richtete, das würde zu ihr passen.

Selbst, wenn sie abdrückte – es wäre immer noch besser als das.

Er hatte begriffen, dass Yang Nings legendäre Impulsivität zu etwas anderem geworden war. Sie war klüger geworden, abgefeimter, gab sich nach außen hin konform, aber blieb innerlich kompromisslos. Was bedeutete, dass ihr Zorn unstillbar war, dass es in ihr kochte wie in einem Vulkan, der keinen Rauch abließ. Gerade ihre äußerliche Gleichmut war die reine Folter für ihn. Dieses Lächeln. So sah es aus, wenn die

Trauer bis ins Mark gedrungen war, wenn der ganze Mensch aus nichts anderem mehr bestand.

Er wollte ihn ihr nicht geben.

»He.« Sie nickte ihm auffordernd zu. Verschwörerisch. Langsam ließ er die Hand in die Hosentasche gleiten, zog einen Schlüsselring heraus. Neben dem Schlüssel baumelte ein Walanhänger.

Sie griff danach, aber er hielt ihn fest.

»Nun gib schon her.« Als er etwas sagen wollte, wehrte sie ab. »Ist schon gut. Du hast genug für mich getan, ich bin dir sehr dankbar, ehrlich.«

»Du hast mir immer geholfen.« Er presste die Lippen zusammen.

»Es tut mir leid, dass ich dich in diese Sache hineingezogen habe«, sagte sie leise.

»Ich vertraue dir.«

»Ich auch«, sagte sie. Er verstand, wie sie es meinte.

»Iss ein bisschen mehr, sieh dich mal an, du bist nur noch Haut und Knochen«, fügte sie an. »Der Chef zählt auf dich. Sag Xueli, sie soll ihr ständiges Gemecker lassen. Und, ach, erinnere ihn daran, dass er die Huhn-Kurkuma-Essenz einnimmt, die ich ihm gekauft habe.«

»Aber du kommst doch zurück?«, fragte er flehentlich.

Sie schüttelte den Kopf, lächelnd. Es war die sanfteste Art, seine Frage zu beantworten. Sie nahm den Schlüssel an sich und verabschiedete sich.

»Ist es das wirklich wert?«

Yang Ning hatte sich schon ein Stück weit entfernt, als er ihr die Frage nachrief. War es das wert? Sie wusste keine Antwort. Ohne sich noch einmal umzudrehen, ging sie weiter.

Bei unserer letzten Begegnung war ich ein wenig zu impulsiv,
aber du weißt ja, dass jeder seine Art hat, seinen Zorn
auszudrücken. Wir sind uns in dieser Hinsicht sehr ähnlich.

Sie zerknüllte den Brief und warf ihn am Bahnsteig in den Papierkorb. Auf dem Weg zum Strand humpelte ihr ein alter Hund entgegen, schwanzwedelnd und mit heraushängender Zunge. Mit ihm hatte sie gar nicht mehr gerechnet. Sie ging vor ihm in die Hocke und streichelte ihn, zum ersten Mal. »Ay, ay, Kapitän. Wie geht's dir?«

Sie erinnerte sich an seinen Geruch. Kapitän stank wie immer nach süßer Pisse.

»Vermisst du ihn auch?«, fragte sie ihn, Stirn an Stirn. Der Hund leckte ihr übers Gesicht. Sie wischte es nicht ab.

Denk daran, was ich dir gesagt habe. Erinnere dich an uns.
Ich warte auf dich.

Sie ging an den Tetrapoden entlang nach Süden, bis zu der Hütte mit dem Blechdach am Meer.

Sie wusste weder, ob es da draußen vor der Küste Wale gab, noch wusste sie, ob hinter dieser Tür eine Antwort auf sie wartete. Vielleicht hatte jeder Mensch solche Was-weiß-man-schon-Momente. Wenn es keine Rettung gab, keine Befreiung.

Sie steckte den Schlüssel ins Schloss, drehte um und ging hinein. Die Frau, die drinnen gefesselt und geknebelt auf einem Stuhl saß, riss angsterfüllt die Augen auf.

»Lange nicht gesehen«, sagte Yang Ning.

Nie hätte ich gedacht, dass mein Erstlingsroman so weit reisen würde, bis nach Deutschland – einfach unglaublich.

Bei einer Präsentation des Romans in Taiwan habe ich gesagt, dass in asiatischen Gesellschaften das Scheitern keinen Platz hat, man verlangt nach Konformität, Extrovertiertheit, Unterhaltung; der Erfolgsdruck hat schon viele getötet, sehr viele. Das ist nicht übertrieben. Vielleicht wurde gerade aus diesem Wissen heraus meine zutiefst verletzte Protagonistin Yang Ning geboren, die der Welt mit einer zerstörerischen Entschlossenheit gegenübertritt.

Die Geschichte nimmt ihren Ausgang von dieser Figur, einer brutalen und exzentrischen Frau, ihrem Gestank, ihrer geradezu unerträglichen Sturheit; wobei sie dennoch darum kämpft, eine Welt zu schaffen, in der sie, auch wenn sie nicht aufstehen kann, auch wenn sie nicht loslassen kann, nicht als Alien, als Versagerin eingestuft wird.

Was also bedeutet dieser Roman für mich? Mir einen Begleiter zu erschaffen, einen Zufluchtsort, eine Umarmung, eine Geschichte, eine Ecke, in der es keine Rolle spielt, wenn die Wunden nicht schnell genug heilen. Oder vielleicht will ich auch nur ein Zeichen setzen, die Menschen, die ich liebe, wissen lassen, dass es jemanden gibt, der für sie durchs Feuer gehen würde. Das ist alles, kurz und bündig.

Unerschrocken. Ohne Reue.

Um vom Aussterben bedrohte Tierarten zu erforschen, hat man Hunde mit aufs Meer genommen. Dass man mich und meinen Roman sogar in Deutschland aufgespürt hat, kommt mir daher so magisch vor, wie wenn ein Hund inmitten des weiten Ozeans die Fährte eines Orcas aufspürt. Ich danke meinem deutschen Verlag Suhrkamp und Thomas Wörtche, dass sie *Das Parfüm des Todes* aufgespürt haben, für ihr Vertrauen und ihre Wertschätzung. Ich danke der Botin, die die Welten miteinander verbindet, meiner deutschen Übersetzerin Karin Betz, für ihre Professionalität, ihre Wärme und ihr Wissen. Dank an alle Leserinnen und Leser, die die Seiten dieses Romans aufgeschlagen haben. Dank an jeden und jede, der und die *Das Parfüm des Todes* liebt – ich hoffe, wir können alle zusammen etwas Kraft daraus schöpfen.

Das ist mein erster Roman, beinahe 190 000 Schriftzeichen sind es im taiwanischen Chinesisch.

Yang Ning wurde aus meinen Zweifeln und meinem Schmerz geboren, und ich wusste, dass ich über sie schreiben sollte, komme, was wolle. In gewisser Weise ist Yang Nings Weg auf der Suche nach dem Mörder auch mein Weg auf der Suche nach Erlösung. Ich habe versucht, in der Verpackung eines Thrillers eine umsichtige, sowohl brutale als auch sanfte Literatur entstehen zu lassen.

Mein Dank gilt Kao Yi-feng, außerdem Ch'u An-min, der Programmleiterin von Ink Press, Chiang I-li, der stellvertretenden Programmleiterin, und Chefredakteurin Lin Chia-p'eng, für die mit Strenge gepaarte Liebenswürdigkeit, mit der sie so viel zum Gelingen dieses Romans beigetragen haben. Dank auch an den Stellvertretenden Leiter der Tatung-Polizeidienststelle, Kao Chen-wun, den Leiter des Polizeireviers in der Ningxia Lu, Ye Yu-hsin, den Stellvertretenden Leiter Hsu Mei-yun und den Einsatzleiter Lai Chaosong, den für die Jugendarbeit des Ermittlungsteams zuständigen Polizeiinspektor Huang Hsin-ya und Frau Hsiu Min – neben allen nützlichen Hinweisen auch Dank für den guten Tee und die außerordentliche Hilfsbereitschaft.

Danke, Lu Lala, dass du mich an einen Tatort mitgenommen hast, dass du mir den Schaber in die Hand gedrückt hast, so dass ich ein unvergessliches Gefühl für das Gewicht des Todes bekommen habe.

Mit jedem traurigen Atemzug suche ich nach der Chance, wiedergeboren zu werden. Wenn du kurz davor bist, zusammenzubrechen, dann ertrag den Schmerz, pack dein im Auflösen begriffenes Selbst und lerne, einfach weiterzutreiben. Das habe ich vor langer Zeit in ein Notizbuch geschrieben. Lass den Körper verfallen und gewinne dafür geistige und seelische Freiheit. Jetzt, wo ich meinen Roman beendet habe, hoffe ich, dass auch der Körper wieder erstarken wird.

Lieber V, danke, dass du mich gelehrt hast, mutig und verletzlich zu sein. Danke, dass du all meine Unsicherheiten und Wildheit vorsichtig umhüllt hast, mich nach Herzenslust hast lachen und weinen lassen und mir bis heute zur Seite stehst. Ein Glück, dich zu haben. Danke, liebe Freunde und Kollegen, dass ihr meine Verschrobenheit toleriert und mich immer wieder rechtzeitig vor dem Abgrund gerettet habt. Ich habe auf meinem Weg so viel Unterstützung erhalten, dass ich hier nicht alle aufzählen kann – danke dafür, dass ihr immer für mich da wart.

Dieser Roman ist meiner Familie gewidmet, meinen geliebten Eltern, meinen jüngeren Geschwistern, mit denen alles begann und endete. Durch euch weiß ich, was Liebe ist. Immer werde ich mich daran erinnern, wie wir in meinem Zimmer auf dem Boden hockten und unserem Hund Ohana aus Bilderbüchern vorlasen, unsere Arme weit, weit öffneten und sagten: »Ich hab dich so lieb.«

In *Infernal Affairs* sagt der erschöpfte Held am Ende: »Once there was only dark. If you ask me, light is winning.« Diese Worte haben mich durch meine schlaflosen Nächte getragen, und ich möchte sie allen Lesern und allen Seelen schicken, die in der Dunkelheit zu den Sternen aufschauen.

Dank allem, was ich habe, werde ich weiterhin stolpernd meinen Weg gehen.

Möge ich ein besserer Mensch werden.

Möge ich in naher Zukunft einen zärtlicheren Blick auf das Leben haben.

Katniss Hsiao, Mai 2024

Personenverzeichnis

Die Tatortreiniger

Yang Ning – aus Miaoli, einer Kleinstadt auf Taiwan, lebt im Bezirk Yonghe, Taipeh. Tatortreinigerin, außergewöhnlicher Geruchssinn

Zhong Kaiyi – Yang Nings Chef

Zou Youqian (Qian) – Buchhalter der Firma NEXT STOP, guter Freund Zhong Kaiyis

Einsneunfünf – Yang Nings hochgewachsener Kollege

Xiaozhi – Yang Nings schüchterner Kollege und alter Freund

Xueli – eine Kollegin, die Yang Ning gehörig gegen den Strich geht

Yang Nings Helfer

Madame Fang – eine exzellente Nase

Xu Haoyang – Yang Nings Exfreund, Anwalt

Cheng Chunjin – Yang Nings Mentor, Serienmörder

Die Fahnder

Chen Mingqi – ein junger Ermittler der Kripo

Liao Shifeng – Kriminalinspektor, Chens älterer Kollege

Die Toten

Yang Han – Yang Nings kleiner Bruder

Zheng Wenliang – ein Junge aus Zhanghua

Zhan Jiajia – ein Mädchen aus Yunlin

Die Brüder

Chen Shaokai

Chen Shaocheng

Die Mutter

Liu Pinxi

Zur Aussprache und zu den
Transkriptionssystemen des Chinesischen

Im Chinesischen sind Schriftsystem und Lautsystem voneinander getrennt. Chinesische Schriftzeichen sind kein Alphabet, jedes Zeichen hat eine eigene Bedeutung. Die meisten Begriffe bestehen im modernen Chinesisch aus zwei Schriftzeichen, von denen viele die gleiche Lautung haben können, aber in vier verschiedenen Tonhöhen. Z. B. 楊寧 Yáng Níng – der Name der Protagonistin wird jeweils im zweiten, ansteigenden Ton gelesen. Der Nachname steht zuerst, Ning ist also ihr Vorname.

Neben dem Hochchinesischen gibt es zahlreiche Dialekte, die sich in der Aussprache stark unterscheiden können – die Schrift aber bleibt immer dieselbe. Während in der Volksrepublik China nach einer Schriftreform in den 1950er Jahren zahlreiche Schriftzeichen vereinfacht wurden, sind in Taiwan und Hongkong nach wie vor die komplexeren Langzeichen in Gebrauch.

Neben den auf der Insel vorherrschenden Dialekten (Taiwan Minnan, Hokkien etc.) ist eine weitere Besonderheit des taiwanischen Chinesisch die häufige Verwendung japanischer Begriffe (von 1895 bis 1949 war die Insel japanische Kolonie) und Anglizismen.

Gab es früher mehrere Transkriptionssysteme, um die komplexe Lautung der chinesischen Schrift für Europäer zu romanisieren, hat sich heute weltweit das 1957 in der VR China eingeführte *Hanyu Pinyin* durchgesetzt und wird für den internationalen ISO-Standard verwendet. Allerdings existieren weiterhin andere Umschriften, was die unterschiedlichen Schreibweisen chinesischer Namen erklärt. So heißt

Peking eigentlich Beijing, Kanton heißt Guangzhou, Taipeh heißt Taibei.

In Taiwan ist ein eigenes Transkriptionssystem in Gebrauch, das weitgehend auf dem im 19. Jahrhundert von den Engländern Thomas Wade und Herbert Giles entwickelten Wade-Giles-System beruht. Der chinesische Name der Autorin dieses Romans wird im Wade-Giles-System mit Hsiao Wei-hsuan romanisiert und im Pinyin-System mit Xiao Weixuan. Es ist daneben in Taiwan weit verbreitet, sich neben dem chinesischen Vornamen einen selbstgewählten englischen Vornamen zu geben, daher Katniss Hsiao.

Da das Pinyin-System in der Regel für Leser und Leserinnen, die kein Chinesisch sprechen, einen leichteren Zugang zur richtigen Aussprache der Namen ermöglicht, habe ich für diese Übersetzung Hanyu-Pinyin verwendet, obwohl der Roman aus Taiwan stammt. Auch deshalb, weil in Taiwan selbst umstritten ist, welche Umschrift verwendet werden sollte, tatsächlich existieren dort mehrere Umschriften parallel.

Als kleine Aussprachehilfe hier eine knappe Übersicht über die Lautungen, die vom Deutschen abweichen:

ao	au (wie in »Raum«)
c	ts (aspiriert, wie in »stets«)
ch	tsch (aspiriert, wie in »deutsch«)
e	dunkles »e« bzw. kurzes »ö« (wie in »öfter«)
ei	e-i (Lauttrennung, wie Englisch »hey!«)
eng	Nasal, wie im Französischen
h	aspiriertes h (wie das »ch« in »hach«)
i	kurzes »i« in der Wortmitte; nach den Anlauten c, ch, r, s, sh, z, zh (wie ein stummes i oder sehr kurzes »ä«)

j	dj (wie Englisch »Jeep«)
ong	ung (wie »Lautung«)
q	tj (wie »tja«)
r	stimmloses, gerolltes »r« (wie »Park«)
ui	uöi
w	u (wie Englisch »wind«)
x	ch (wie in »ich«)
z	ds
zh	dsch (wie in »Dschungel«)

Inhalt

Candice Fox
Stunde um Stunde
Thriller
Aus dem australischen Englisch
von Andrea O'Brien
Herausgegeben von Thomas Wörtche
st 5358. Klappenbroschur. 475 Seiten
(978-3-518-47358-0)
Auch als eBook erhältlich

»Candice Fox, australischer Megastar am Thrillerhimmel.«
Katharina Granzin, taz

Die junge Tilly Delaney ist vor zwei Jahren auf mysteriöse Weise verschwunden. Aus Verzweiflung über die Untätigkeit der Polizei dringen ihre Eltern in das forensische Labor der Strafverfolgungsbehörden ein und stellen ein Ultimatum: Findet endlich unsere Tochter, oder wir werden alle Beweise für andere ungeklärte Fälle vernichten. Detective Hoskins und Ex-Polizistin Lamb müssen schnell handeln, um diesen *cold case* zu lösen, bevor die Situation völlig außer Kontrolle gerät.

Ein neuer Pageturner »der Großmeisterin des literarischen Thrillers aus Australien« *Focus*

»*Stunde um Stunde* gehört zu dieser Sorte Thriller,
bei denen man nicht aufhören kann zu lesen,
aber auch nicht aufhören will: Man genießt die Lektüre
einfach zu sehr.« *Simon McDonald*

suhrkamp taschenbuch

Weitere Informationen erhalten Sie unter www.suhrkamp.de
oder in Ihrer Buchhandlung.

Ausgezeichnet mit dem
Barry Award 2022, dem
Edgar Award 2022 und dem
Deutschen Krimipreis 2023

James Kestrel
Fünf Winter
Thriller
Aus dem amerikanischen Englisch
von Stefan Lux
Herausgegeben von Thomas Wörtche
st 5419. Broschur. 499 Seiten
(978-3-518-47419-8)
Auch als eBook erhältlich

Honolulu, Dezember 1941. Detective Joe McGrady, mit der Untersuchung eines grausamen Mordfalls beauftragt, folgt einem Verdächtigen bis nach Hongkong, das gerade von den Japanern eingenommen wird. Nicht nur der Krieg, sondern auch die Liebe zu einer Frau werden sein Leben für immer verändern. *Fünf Winter* ist ein gewaltiges Epos im Cinemascope-Format: ein fesselnder Thriller, ein erschütterndes Porträt des Krieges und eine herzzerreißende Liebesgeschichte in einem.

»**Eine höllisch gute Geschichte.** *Fünf Winter* **hat mich umgehauen.**« *Stephen King*

»**Elegant und hochspannend.**« *Frankfurter Allgemeine Zeitung*

»*Fünf Winter* **gehört zu den ganz großen amerikanischen Kriminalromanen, die man gelesen haben muss.**«
Tobias Gohlis

»**Poetisch, gewalttätig, intelligent, atemberaubend: ein überwältigendes Buch.**« *The Wall Street Journal*

suhrkamp taschenbuch

Weitere Informationen erhalten Sie unter www.suhrkamp.de
oder in Ihrer Buchhandlung.

Jonathan Moore
Poison Artist
Thriller
Aus dem australischen Englisch von
Stephan Lux
Herausgegeben von Thomas Wörtche
st 5325. Broschur. 349 Seiten
(978-3-518-47325-2)
Auch als eBook erhältlich

Aus der San Francisco Bay werden Männer geborgen, die unter
unbeschreiblichen Schmerzen gestorben sein müssen. Die Ge-
richtsmedizin bittet den brillanten Toxikologen Caleb Maddox
um seine Expertise. Die Jagd nach dem Mörder verschränkt sich
bald mit Calebs Suche nach Emmeline, einer Femme fatale, ver-
führerisch, mysteriös, extravagant, die er beim Absinth in einer
Bar kennengelernt hat und die ihm nicht mehr aus dem Kopf
geht …

»Ich habe seit *Roter Drache* nichts so Furchterregendes
mehr gelesen.« *Stephen King*

»Stilvoll und unfassbar spannend.« *Lee Child*

»Atemberaubend und fesselnd. Echter Nervenkitzel.« *RTL*

»Eine abgefahrene Mischung aus Poe, *Das Schweigen
der Lämmer* und *Vertigo*.« *William Landay*

»Besser als Hitchcock.« *Lou Berney*

── **suhrkamp taschenbuch** ──

Weitere Informationen erhalten Sie unter www.suhrkamp.de
oder in Ihrer Buchhandlung.

Jacob Ross
Die Knochenleser
Kriminalroman
Aus dem karibischen Englisch von
Karin Diemerling
Herausgegeben von Thomas Wörtche
st 5236. Klappenbroschur. 373 Seiten
(978-3-518-47236-1)
Auch als eBook erhältlich

Eine Welle von frauenfeindlicher Gewalt und gewalttätigem Terror gegen die Bevölkerung erschüttert Camoha, eine Insel der Kleinen Antillen. Dort lässt sich der junge Michael »Digger« Digson zum Forensiker ausbilden und wird ein Virtuose des »Knochenlesens«. Er ist auf der Suche nach seiner Mutter, die spurlos verschwunden und vermutlich ermordet worden ist. Zusammen mit der charismatischen Miss Stanislaus bildet Digger ein Ermittlergespann der Extraklasse. Gemeinsam werden die beiden in eine Welt voller tödlicher Geheimnisse hineingezogen, die ihnen alles abverlangt, um zu überleben.

»Ein Buch, das richtig wegknallt, ich habe es verschlungen. Ganz stark auf der Höhe der Zeit.« *Ulrich Noller, WDR 1*

»Faszinierend, spannend, erschütternd.
Dieses Ermittlerduo macht Lust auf mehr.«
Sonja Hartl, Deutschlandfunk Kultur

»Ein absolutes Must-Read.« *Tobias Elsaesser, RTL*

suhrkamp taschenbuch

Weitere Informationen erhalten Sie unter www.suhrkamp.de
oder in Ihrer Buchhandlung.